Kevin with
The Great Emperor

◆

大帝的
挑刺日常

◆

木苏里

著

广东旅游出版社

中国·广州

他拎着长弓，孤身一人站在山巅之上，
曾经美好的世界突然沉默下来变得静谧无声，仿佛只剩下了他一个。
巨大的夕阳在他身后缓缓下沉，而陨落的神祇却早已不见……

目录
Contents

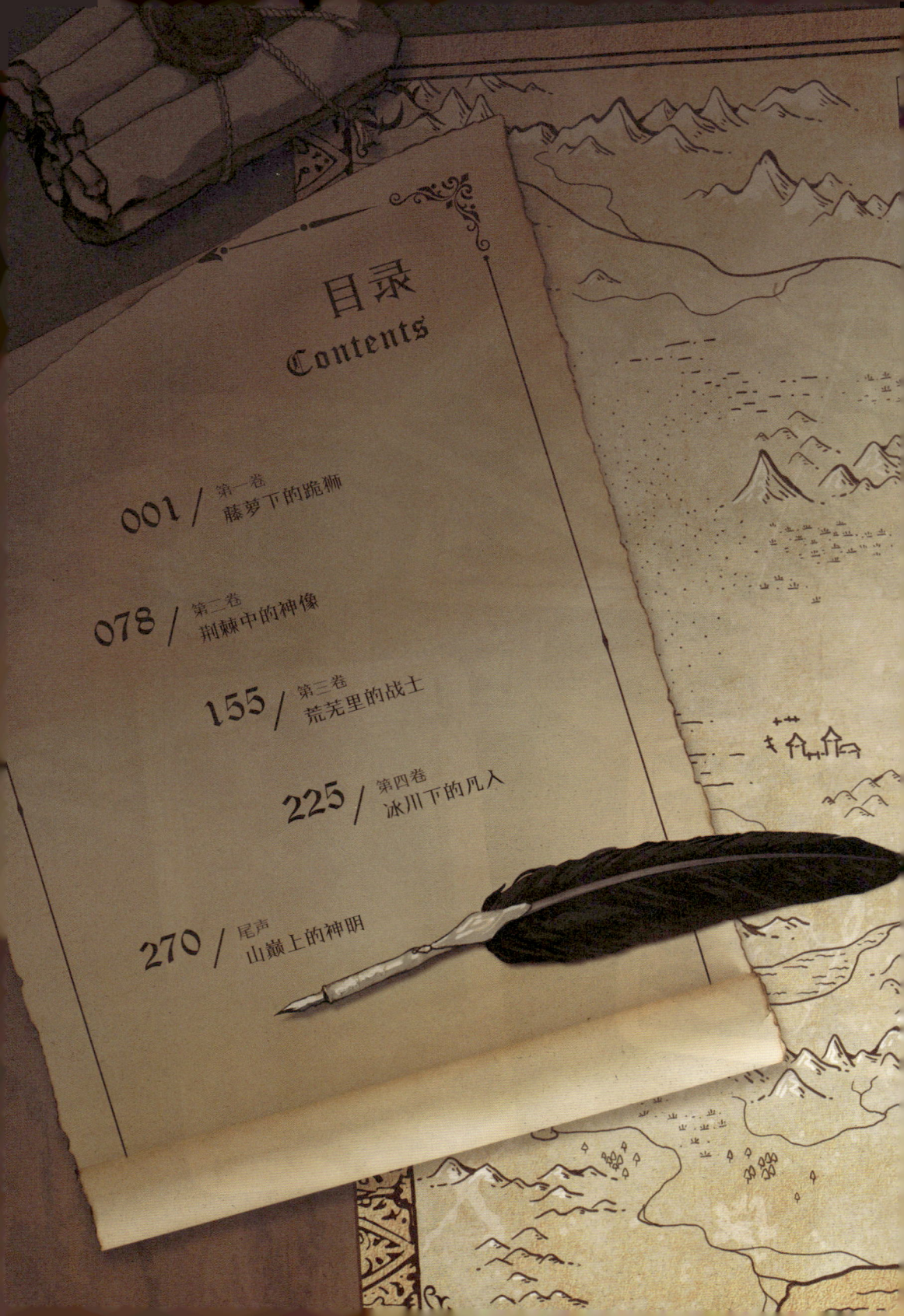

001 / 第一卷
藤萝下的跪狮

078 / 第二卷
荆棘中的神像

155 / 第三卷
荒芜里的战士

225 / 第四卷
冰川下的凡人

270 / 尾声
山巅上的神明

山巅的风扫过站在最高处的两个人，
又温柔地扫过乌沉沉的悬宫，吹进了皇城里。
三大军团的将士一拽缰绳，万鹫齐鸣，
黑色的重盾朝地上一磕，连大地都震颤了一下

灵族大巫低声吟诵的祝福被呜呜的风声送到远处，
他们祝福世界美好永恒，
祝福善良无畏的人生生不息。

第一卷
藤萝下的跪狮

01

北翡翠新历七百二十一年，五月，安多哈密林。

这是春季的最后一个深夜，大陆东部最长的一段瘴雾期刚刚结束，少有活物出窝。

因为环境格外寂静，密林深处那一点窸窸窣窣的动静便显得格外突兀。

那是一头正在挖泥的狮子。

它看起来比普通狮子瘦小一些，似乎还没成年，伏着肩，撅着腚，身上遍布刮擦的伤痕，有一部分已经溃烂，腐肉混着脓血，散发着难以言喻的气味。

不过它顾不上在意，只时不时用滚了泥的尾巴扫一扫近身的蚊蝇，两只并不结实的前爪上下翻飞，很快便在泥地上刨出了一个不小的坑。

它从喉咙底发出一阵呼噜声，对泥地下的食物显得兴奋而充满期待，毕竟它已经饿了太久……

就在它连尾巴都忍不住翘上天的时候，刨进湿泥里的前爪突然触到了什么东西。就听"叮——"的一声金属脆响，它的爪尖被震得一颤，猛地缩了回来。

狮子："……"

这绝不是利爪会发出的声音！

狮子一脸蒙地盯着那个泥坑，翘上天的尾巴啪嗒一声垂落在地。

它犹豫了好半天，最终还是屈服在了食欲之下，壮着胆子继续刨了起来。

没多会儿，坑里埋着的东西便露出了全貌——

那是个人形的怪物！

之所以说是怪物，是因为他一个人有两个人大，脑袋连前后都没法分，犹如一个浑圆而沉重的瓜。他浑身上下几乎找不出什么白的地方，到处都裹着里三层外三层的经年老泥……除了交叠在胸前的手。

那双手上还扣着半截金属护甲，从腕部一直覆盖到指根，锈迹斑驳，湿泥裹

覆，黑得早已看不出原色了，独独露出来的前半截手指，既没沾上污垢，又不显一丝血气，苍白干净得简直有些病态。

真病假病、新鲜不新鲜之类的，狮子已经顾不上了，能吃就行！

它跳到怪物胸前，低头便要咬！

一声金属摩擦的轻响乍然响起，那双看似清瘦病态的手猛地一抽，一手抵住它的利齿，另一只手迅速摸到了它身后，二话不说照着它的尊臀就是一巴掌。

狮子"嗷"地一嗓子，如受了奇耻大辱般傻了。

还没来得及回击，它就被那怪物揪着尾巴猛甩到了一边。

它利爪一张，一骨碌爬起来，企图弓身再扑，却被那怪物一把钳住喉咙，死死按在了地上。

怪物闷闷地喘了两口粗气，抬起那只空着的手沿着自己的脖颈按压一圈，一阵粗哑的金属摩擦音之后，那个摇摇欲坠的"脑袋"便被他不客气地掀了下来，随手丢在了地上——那是一个裹满泥土的旧式首铠。

首铠被摘下的同时，粗糙的边缘把怪人掖在衣领下的一根细绳钩了出来，上面坠着一块暗银色的金属薄片，薄片上刻着这怪人的全名——凯文·法斯宾德。

重铠甲片之间的锁绳早已残破不堪，凯文几乎没费什么力气，就把身上的负担卸了个干净，只留下内里一套早已看不出原样的衣裤，一柄扣在腰间的短刀，还有一只掉落在地的牛皮袋。

他左手钳着的狮子此时彻底回了神，拼命挣扎，虽然还没成年，力气却不容小觑。钢刀般的利爪在凯文手臂上抓出数道深口，鲜血淋漓。

凯文吃痛抽了口气，皱着眉"啧"了一声，顺手解开短刀扣，抬手就要照着它的脖颈划拉一下。

结果那狮子急了眼，陡然间爆发出的力道大得惊人，挣得凯文手一麻，让它翻身滑脱。

大概明白眼前这人也是个凶残的主儿，那狮子没打算继续硬扛，身形敏捷地钻了个空子，撒腿就跑，只是这没成年的小畜生逃就算了，还顺嘴叼走了凯文掉下的牛皮袋。

凯文："……"

他刚从泥地里爬出来，一番打斗几乎都出于生存的本能，四肢跟上了，脑子却还有些滞后。他原地愣了两秒，才想起那牛皮袋里装着什么东西，顿时翻了个白眼，拇指摩挲了一下短刀的刀背，抬脚便追了过去。

那狮子"嗷"地一嗓子，在前面四爪翻飞，恨不得能直接上天。

然而并没有什么用……毕竟它饿了太久不说，身上还有着数不清的带毒伤口。

片刻之后，凯文一手把短刀扣回腰间，一手拎着被藤茎五花大绑的狮子，找了条相对安全的河边坐了下来。沿路还顺手摸了几颗酸果、拾了一把干柴,一副要支架子烤肉的架势。

"还跑吗?嗯?"凯文拍着狮子的头,问道。

他大概太久没说过话了,声音又低又哑。因为懒得费力,轻得几不可闻,却意外地有种更吓人的威胁感。

狮子:"……"

凯文翻着它身上的皮毛,边检查边道:"你身上没有什么标记吧?没有的话我可就不客气了……毕竟我也饿了很久。"

这片大陆上的野兽有两种,一种是不带特殊标记的,那就是正经兽类,可食用——你是它们的猎物,当然,足够凶狠的话,也能让它们成为你的猎物。

而另一种带着部落标记的就不太正经了,那是巨兽人,细究起来大概千万年前跟凯文是一个祖宗,勉强算小半个同类,就目前来看是这片大陆上最凶猛的种族之一,不太方便下嘴。

"还真没有标记,那你就只能认倒霉了。"凯文哑着嗓子,凶残地安抚道。

狮子一脸惊悚。

凯文堆好干枝枯叶,从抢回来的牛皮袋里摸出了打火石,又一脸不放心地朝袋子里看了眼,确认了里面的东西都完好无损,这才松了口气。

"还好没碎……"他嘀咕着,把牛皮袋放在一边,似乎怕自己会不小心压上去,而后才低头擦着打火石,打算把干枝点着。

就这么会儿工夫,原本已经认命装死的狮子不知怎么又活泛了起来,猛地挣动了两下,撒泼似的滚来滚去,似乎想趁机咬断藤茎逃走。

好像它逃得掉似的……

凯文生怕它滚来滚去压到牛皮袋,忍不住抬头想吓唬它,却被眼前的情景弄得一愣。

就见被藤茎五花大绑的狮子在眨眼间没了踪影,取而代之的,是一个七八岁的棕发男孩儿。他正要从变松了的藤茎里挣脱出来,表情凶巴巴的,投向凯文的目光里满是敌意。

凯文:说好的正经野兽呢?怎么一言不合就变人?

他有点儿淡淡的胃疼。

结果还没等他从错愕和胃疼中回过神来,那男孩儿却先一步抓住了他的软肋,猛地扑到地上,一把朝那牛皮袋抓去!

"别碰!"凯文喝道。

可惜已经晚了……

那男孩儿凶猛的气势很足,想找个威胁的愿望也很美,就是手有点儿短。

没能抓全，最终一巴掌拍在了上面，发出啪的一声脆响。

凯文："……"

他一把掀开男孩儿的爪子，左手狠狠一抽藤茎的活结，把那小崽子捆紧了；右手一把抓过牛皮袋，急急地打开袋口在里头扒拉了一番，而后捏出了一颗黑色的圆粒。

那玩意儿跟颗豆子差不多大小，乍一看像甲虫，只是不小心被压瘪了，侧面还沾着一点儿烟金色的痕迹，仿佛"死"得十分冤屈。

凯文清瘦的脸上毫无表情，额角青筋直蹦。

这不起眼的"甲虫"叫作信砂，常用于战时，军队里人人都有，潜行偷袭时，往往靠它传达方位信息，必要情况下还能求救。

为了区分，不同军队所使用的信砂颜色不同，普通士兵和军官的也不一样，至于指挥官那一级的，一种颜色更是只代表特定的某个人。

这玩意儿捏爆就能起效，操作方便，十分"傻瓜"。

一般情况下，士兵见到信砂普遍像见了亲妈一样欣喜……除了此时的凯文。

他捏着这枚屈"死"的信砂，别说欣喜了，简直想把那手欠的小崽子吊起来打。不仅如此，他猜测收到信砂的那头同样不会有什么欣喜之情，说不定已经吓死了……

不得不说，某种程度上，他猜测得还挺准——

位于北端大裂谷深处的乌金悬宫里，观象高台上响起咣当一声，老神官扒着观象池的手一撒，直挺挺地厥了过去。

余下两位年轻的神官反应不及，依旧目瞪口呆地盯着池水中绽开的一簇光亮。

"我没做梦吧？信砂！烟金色！"其中一位神官叫着，表情好像见了鬼，"不不不，一定是我记错了，烟金色代表的不止一个人吧？！"

另一位则是真见了鬼，一脸恍惚道："你没记错，烟金色只代表一个人。就是那个青铜指挥官，凯文·法斯宾德……"

"可是……可是他很多年前就死了啊！"

半小时后，乌金悬宫深处，刚继任的新帝从床上翻身坐起，眼皮直跳地听内侍官叫道："陛下！神官院刚刚上报说，法斯宾德指挥官在安多哈密林一带诈尸了！"

新帝："……"

02

凯文鼻子一痒，扭头打了个喷嚏。

他稍微想象了一下王宫那边可能会有的反应，只觉得自己手臂上的汗毛都排着队立正了。

这下好了，骑虎难下。

那个被捆成蚕蛹似的小崽子在地上蠕动了两下，怎么也挣脱不开身上的藤茎，又急又气，憋得满脸通红。他艰难地伸着脖子，凶巴巴地"呸"了一声，仰脸就要叫嚷，结果正对上凯文黑如锅底的脸，顿时咽了回去，差点没噎死。

凯文在他面前蹲下来，看似慈爱地拍了拍他的脑袋，轻声问："哪只手？"

小崽子一时没反应过来："什么？"

他小小年纪，声音本该是清亮生脆的，此时却嘶哑得厉害，不比凯文好多少，可见也没少受罪。

凯文不动声色地打量了他一番，嘴上却还在吓唬："我问你是用哪只手抓的牛皮袋？"说着，还故意动作明显地摸了一下短刀的刀柄。

小崽子："……"

他的脸憋得更红，梗着脖子道："我、我刚才看了，不就拍死了一只黑虫子吗？大不了我赔你一个！"

凯文闻言笑了一声，舔了舔干裂的嘴唇，道："哦？怎么赔？"

男孩儿再次蠕动了两下，艰难地跪坐起来，一只手鸡爪子似的在身上挠了挠，从抹布般的衣服上顺手抓了一只，摊开给凯文："喏，还你一只彩色的，还会飞。"

凯文："……"他一时竟分辨不出这孩子是挑衅还是真傻。

小孩子的想法常常难以猜测，凯文对这种幼小活物的理解全凭以往经验。很可惜，他碰见过的孩子一个比一个熊，印象最深刻的那个尤其善于气人和挑衅……

于是五分钟后，凯文放松地泡在河里，一边清洗着身上的泥垢，一边有一搭没一搭地想着该怎么解释所谓的"死而复生"。

那个一张嘴就仿佛在找揍的小崽子，则被挂在河边的高树上，像个倒吊的大蚕蛹，一边摇晃，一边声嘶力竭地号叫。

他不愧来自巨兽人这种战斗种族，年纪虽小，说话却一点儿都不客气，冲凯文叫道："你居然打孩子，你还要不要脸——"

凯文头也不回道："不要。"

男孩儿继续号："我才八岁半，连只虫子都捏不死——"

凯文失笑："哄鬼呢？你换个形态就能咬断我的脖子。"

男孩儿："我要吐了啊啊啊——"

凯文："吐吧，我不看你。"

男孩儿"哇"的一声假哭起来。

凯文："……"

他号了好一会儿，却发现凯文连个多余的眼神都没丢给他，反倒收拾收拾上

了岸，水鬼似的拎着短刀走远了。

男孩儿默默住了嘴。

凯文离开的时间并不长，也没有在寂静的深林里弄出什么动静。但是当他回来的时候，手里却拎着三只肥硕的安多哈地鼠和几枚拳头大的野鸟蛋。

他蹲在河边熟练地剥皮放血，挑出内脏，沥尽了水后，回到树下支架烤了起来，顺便还把那几枚鸟蛋埋在了火堆的泥土下。

安多哈地鼠每只都有成年人小臂长，肥瘦刚好，在火烤下滋滋地冒着油，亮汪汪的。凯文把之前拾来的果子揉碎了，将汁液抹在焦脆的肉皮上，被热气一烘，香气便更浓了。

凯文正给烤肉翻着面儿，余光却看到有什么亮晶晶的东西滴在了一旁的地面上。

他下意识抬头看了一眼，就发现那倒吊着的小崽子已经顾不上号丧了，正张着嘴直滴口水。

"我调味够了，不用你再加料。"凯文没好气地说着，举着烤肉往旁边挪了挪。

男孩儿被食物香味勾得馋虫大动，刚消停没多久的肚子又开始声如雷鸣。

没有比在一个快饿死的人面前大快朵颐更缺德的事了，男孩儿终于忍不住道："你怎么对我这么残忍？"

凯文翻着肉嗤笑一声，随口道："已经不错了，我以前带过一个跟你差不多大的熊孩子，对他比对你残忍多了。"

男孩儿："……"

他略微"脑补"了一下"残忍多了"是个什么状态，顿时连汗毛都竖起来了，心说：你不怕他以后长大了套你麻袋吗……

凯文刚从地下"诈尸"的时候，脸上还沾着黑乎乎的泥，除了瘦削，看不出更多的特点，现在那些泥灰都被洗了个干净，素白斯文的原貌便完全显露了出来。

火光柔化了他眉骨和鼻梁的线条，又加重了他眼睫投下的阴影，在锋利与漂亮之间找到了一个极好的平衡点。

摸着良心讲，小崽子觉得凯文是他见过长得最好看的大人……

更是他见过的最不是东西的大人！

"他居然真的自己吃起来了啊啊啊——"男孩儿在心里撒着泼。

越是饿极的时候，吃东西越不能狼吞虎咽。凯文深谙这个道理，本就生了副斯文相的他，吃得不慌不忙、慢条斯理。

结果还没吃几口，他就忍不住道："再盯着我看眼珠子就该掉出来了……"

说完凯文扫了一眼那男孩儿，却见他抿着嘴瞪着眼，又凶又倔的表情里莫名带了点儿委屈。

凯文："……"

006

这小崽子的眼睛还存留猫科动物的影子，颜色浅而透亮，瞳仁在夜里又大又圆，显得格外清晰，再配上这副表情，使得凯文又想起了多年前帕赫家的那个小少爷——

那个他刚才提起过的熊孩子。

那时候凯文刚进预备军团，难得有个稍长一些的春假，本想好好松松骨头，却在半途受人之托，被请去帕赫家帮忙照看那个小少爷。

那孩子是真熊啊……

又倔又硬还不服管，毕生追求就是跟人反着来——尤其是凯文。

那时候凯文年纪也不算大，有着年轻人特有的血气，比现在还浑蛋。为了阻止那男孩儿往歪处长，凯文动手揍过他好几次。

每每被揍之后，那小少爷的表情就跟这男孩儿如出一辙，有凶狠，有倔强，有不甘，还有一点儿委屈。

那之后的很多年，凯文一直没机会再见那孩子。最后一次听到相关消息的时候，他正在白骨荒漠的行军帐里，听同帐的军官说"帕赫家族要完"。

照那样说来，这么多年过去，那个小少爷墓地的青草都换几茬了，以后也不可能再见到了。

想到这点，早修炼成精的凯文，居然见鬼般泛起了一丝愧疚。

于是，他鬼使神差地咳了一声，刚想站起身给那男孩儿松个绑，就听那崽子嘤嘤哭道："给口肉吃，我叫你爸爸！"

凯文："……"

跟帕赫家那崽子像个屁……

最终那小崽子还是被放了下来，在火堆旁捧着烤地鼠吃得满嘴油光。

凯文打野味的时候其实算了这崽子的份，但是没想到他居然这么能吃，瘦巴巴屁点儿大的人，居然吃掉了两只地鼠、三枚鸟蛋……

看他那吃相，凯文忍不住提醒道："你最好留点儿揣在身上以防万一，明天之后可就没人分你吃的了。"

男孩儿不假思索道："为什么？"

"因为天一亮我就走了。"凯文顺口道。

"我能跟你一起吗？这里跟迷宫一样，我绕好几天了，我还要找人呢……"男孩儿秉持着有奶就是娘的原则，一边啃着最后一点肉，一边含含混混地嘀咕着。

可惜凯文没在听。

他在估算，照他以往的了解，从信砂传到神官那儿，到王宫派的人抵达这片密林，差不多需要两天时间。而他在没想好怎么解释自己的情况之前，并不打算跟那些人见面。所以一天用来休息调整，另一天足够他离开这片密林另找地方避

007

一避。

他想得挺美，可惜老天爷就喜欢跟他过不去。

第二天清早，天刚蒙蒙亮，一个有着金色短发的年轻男人带着一队精悍的骑兵，在凯文面前从天而降，把他本就浅淡的睡意彻底惊没了。

"米奥？"凯文一脸诧异地看着领头的金发青年，差点儿以为自己在做梦。

米奥原本还脊背笔直地端坐在马鹫背上，待看清凯文的脸后，差点儿一个跟头栽下来。

他低头在马鹫高扬的脖颈后面埋了一会儿，摆着手道："等等，等等……让我缓一会儿，我觉得我似乎出现了幻觉。"

这会儿再想避开已不可能了，凯文余光扫到身边进入待攻击状态的男孩儿，干脆坦荡荡地道："没有，不是幻觉。是我，我还活着。"

"当初是我亲手把你的尸体从战场上拉回去的！你怎么可能……"怎么可能还活着！又怎么可能出现在安多哈！

米奥又激动又恍惚，话说了一半嗓子劈了，直接破了音，后半句便没能说下去。

凯文拍了拍黑色马鹫的头，道："说来话长。"

屏息等解释的米奥差点儿一口血喷出来，他翻身从马鹫背上下来，身后那一整队骑兵也"啪"地落了地，齐得吓人。

"怎么出现在安多哈的我也不知道，但当初我确实是在这附近被人发现的，据说当时我身上穿着普通骑兵的重铠，正处于假死状态。"凯文一本正经道，"事实上我后来也一直昏迷不醒，到最近才睁眼。"

说着，他一拍男孩儿的肩膀："喏——就是这孩子的家里人救我回去的。"

男孩儿："……"骗鬼呢！

大概是激动过度，米奥一时没去细想，居然真信了凯文的鬼话，道："你们干什么了，搞得这么狼狈？"

凯文摆了摆手："别提了，我本打算穿过这片密林，顺着东提道一路向北，先回圣安蒂斯再去找你们，正好带这小崽子去北方看看，结果迷路了，绕了几天都没能绕出来，不得已昨晚才捏爆了一只信砂。"

男孩儿特别想揭穿他的鬼话，让他也吃一次瘪……然而吃人的嘴软，况且还会被揍，所以只能"半身不遂"地戳在原地，一脸牙痛地看着那个金发青年百感交集的脸。

米奥瞪了凯文半晌，终于确认眼前的一切都是真的。他忍不住狠狠抱了凯文一把，又放开来，后退一步端正地行了个拔剑军礼，道："青铜军副指挥官、你最忠诚的朋友米奥·斯科特，率新编第一精锐小队，欢迎你的归来！"

男孩儿目瞪口呆："……"啥？

凯文却笑着拍了拍米奥的肩，道："好久不见。"

确认了好朋友还活着，米奥简直前所未有地亢奋，一边领着凯文和晕头转向的男孩儿朝密林外走去，一边眉飞色舞地给凯文讲着这几年发生的大事。

讲到掌权人换位的时候，凯文终于忍不住打断道："等等，你刚才说刚继位的新帝叫什么来着？"

米奥道："奥斯维德·克诺，怎么了？"

凯文："哦——有点儿耳熟。"

"你忘啦？哦对，你没反应过来正常，陛下改过姓。"米奥道，"他以前姓帕赫，帕赫家那个小儿子，你还记得吗？"

凯文："……"记得，怎么会不记得，昨晚还回忆过当初对他多凶残呢……

"我知道，你肯定想问他为什么会从帕赫变成克诺对不对？这个就说来话长了，等回去我再慢慢给你解释，毕竟现在不太方便。"米奥一脸神秘地眨了眨眼，哪壶不开提哪壶，"说起来，我记得你以前认识他啊，他七八岁那会儿，你不是还揍过他吗？"

凯文抹了把脸，心说真是谢谢你提醒我……

不过他念头一转，心又大了起来，不以为意道："百年的旧账了，肯定早忘了，登上帝位的人不会那么斤斤计较的。"

米奥深表赞同："没错，要不然陛下也不会亲自跟过来了。"

凯文一个急刹，连个犹豫都没有就转了方向，边朝另一个方向走边道："你们先行一步，我还有点儿事情，解决完就——"

他话还没说完就生生顿住了。

因为好死不死的，他刚走出没几步，就看到一个高个儿男人从一株高树后绕了出来，抱着胳膊直直挡在了他面前，居高临下地打量了他一番，而后皮笑肉不笑地道："好久不见，法斯宾德……阁下？"

凯文右眼皮一抖："……"

03

拦路的是一个英俊的年轻人，非常年轻，单就样貌来看，满没满二十岁都很难说。但他却给人一种与年龄不符的压迫感，不知是因为那双异常锋利的眉眼，还是过于高大的身材。

凯文心说还好刹得快，就这距离还得略抬高一点视线呢，再往前走两步就该直接仰视了。

他目光上下一扫，在极短的时间内将这年轻人打量了一个来回——从棕黑色的利落短发，到手臂和前胸饱满的肌肉，再到收进马靴的长腿……心里"啧啧"两声，横生一句感慨：你谁啊？

倒不是他真的猜不出这人是谁，而是他实在没法把这年轻人和当年那个熊孩子联系起来。

时间过得真快，这孩子吃饲料了吧？长这么高！

他这一愣神便有些久，久到奥斯维德从皮笑肉不笑生生变成了皮肉都不笑，眯着眼道："贵人多忘事，看来法斯宾德阁下已经不记得我了。"

"记得，一起待了一整个假期呢，当然记得。我只是在想我究竟是昏睡了几年还是几个世纪，怎么一转眼你都这么大了……"凯文随意在腰部上下量了个位置，比画着道，"你以前也就到我这里，还没拐杖高呢，两条带鱼能组成一个你。"

奥斯维德："……"

这混账的功力不减当年，好好一句话从他嘴里说出来就显得特别不是东西，不论长句短句，总能让人找到跳脚的点。

凯文说完才意识到当年的熊孩子现在已经变成顶头上司了，顿时咳了一声，扭开脸默默住了嘴。

奥斯维德突然一笑，慢条斯理道："跟阁下共度的那个假期愉快令人难忘，即便现在我还偶尔会梦到呢。能再次见到阁下，真是万分高兴……不管怎么说，欢迎回来。"

凯文默默听他说完，心里已经同步把这段话翻译了一遍：老子这辈子都记得那段被你胖揍的日子，时隔多年你终于还是落到我手里了，老天有眼。

奥斯维德盯着他脸上细微的表情变化看了片刻，好整以暇道："阁下的脸怎么了？"

凯文干笑两声："没事，牙疼，昨晚那肉烤太硬了。"

奥斯维德一听，"哦"了一声，抬头扫视了一圈周围，冲不远处默默听着的米奥道："耽搁得差不多了，各自上马鹫吧。不介意的话，阁下就来我的马鹫车吧，我迫不及待想和阁下你叙叙旧。"

凯文想都没想就拒绝了："不了，那怎么好意思，我骑马鹫就行。"

米奥一脸尴尬地冲他叫道："没有多余的马鹫了。"

凯文转头眯着眼看他："那你委屈一下，分我一半位置。"

米奥拍了拍马鹫肌肉壮实的脖颈，道："没问题，上来吧，回头路过流散之地的时候再买一头。陛下，你看行吗？"

凯文抬脚就要朝那边走。

奥斯维德闻言，也转过头去看米奥，一字一顿道："行啊。"

米奥一脸无辜地和他对视半响，突然领悟了某种意思，一拍大腿"哎哟"一声道："不好，腿抽筋！我动不了了，哎哟——哒，你要不还是上马鹫车吧凯文，我没法给你挪位置。嗷——"

他边说还边来戏了，小腿肚直抖，整个人伏在马鹫背上，占据了所有能占的位置，嗷嗷直叫。

凯文："……"

米奥说死就要死的功力令他叹为观止，他摇着头跟在奥斯维德身后，心不甘情不愿还必须保持微笑。

马鹫车就停在林外，由三头纯黑色的马鹫拉着，它们比普通马鹫壮实很多，脖颈后的鬃毛浓密卷曲，一直覆盖到背部巨大的鹫翅上，精壮漂亮。

凯文这才发现，一并来的不只有青铜军精锐小队，还有五十多个重铠骑兵，分列在马鹫车两侧，气势威严。

凯文："……"这是来找人的还是来打劫的？

他奇怪地看了那些重铠骑兵一眼，就被奥斯维德推着后背塞进了马鹫车。

"怎么这种阵仗？"凯文下意识回头问了一句。

"一个死了七年的人突然在流散之地和巨兽人部落之间发出求救信号，换你你会信？"奥斯维德反手重重地拍上马鹫车门，不客气道，"这已经是我改了主意的结果了。"

凯文"哦"了一声："没改之前是什么主意？"

奥斯维德一手撑着马鹫车顶，自上而下地扫了他一眼，道："让乌金铁骑军过来扫荡一遍，不管是谁在捣鬼，抓住先问主谋，不配合就地弄死再说。"

凯文道："不是有神官院吗？起码能估个大概吧。"

"神官院？"奥斯维德冷笑一声，"半个月前，卡朋特在观象台待了一整晚，也不知道看见了什么鬼东西，突然就疯了，披头散发，横冲直撞，好悬没从索道上翻下去摔死，现在整天缩在万神庙里，见谁咬谁，话都不会说了。没了他，神官院剩下那群废物根本看不出什么名堂来，就昨天的信砂还吓晕一个。指望他们推算具体情况？做梦比较快。"

凯文"啧啧"两声，也不知是觉得可惜还是什么。

片刻之后，他又反应过来，疑惑道："既然什么情况都不知道，那你又为什么改主意？"

奥斯维德闻言一顿，盯着车厢内的方桌没说话，仿佛对桌上放着的那个银质酒杯产生了莫大的兴趣。

凯文眯了眯眼。

这模样倒是跟小时候如出一辙，每次奥斯维德露出这种表情，就说明他有点

儿心虚……

凯文一想起他小时候的熊，就毫不客气地用短刀刀柄捅了奥斯维德一下，板着脸催促："问你话呢。"

奥斯维德一时没反应过来，被捅得下意识开口道："接到神官院的通报后，我就带人去了趟你的墓地。"

凯文："……"

奥斯维德："……"

两人静默数秒后，凯文黑着脸冷笑一声："十几年不见，你倒是厉害了啊！学会挖坟刨墓掀棺材了是吧？"

奥斯维德毫不犹豫地回嘴道："不然呢！不确认一下就冒冒失失往外冲？你怎么那么有意思呢？"

"我向来这么有意思——"凯文抬脚就要给他一下。

军队里混大的人，指望他多温柔那就是做梦。凯文除了一张能骗人的斯文脸，浑身上下从里到外就再没有第二个能跟"斯文温和"沾边的地方了。

结果脚刚抬起，凯文就猛地从惯性模式里回过神来：要完，鞋底正对着皇帝，该怎么若无其事地放下来……

奥斯维德也终于想起了自己现在的身份，他盯着停在面前的鞋底看了一会儿，嘲道："晕了这么多年，法斯宾德阁下腿还能踢这么高，真不容易啊。"

就在凯文和奥斯维德面面相觑的时候，马鸳车门被人拍了三下。

凯文二话不说放下腿，转头开门："谁——"

话没说完，就看到之前那个小狮子吭哧吭哧地爬上了马车，道："那个卷毛既不放我走，又不准我爬马鸳，非把我撵进车里来。"

"卷毛？哪个卷毛？"凯文探头朝外看了一眼，就见前面的米奥转头冲他挥了挥手。

还好，算你还有点儿良心。

凯文心里嘀咕了一句，二话不说便把男孩儿拽进了车里。

奥斯维德"啧"了一声，皱着眉不太耐烦道："怎么，你现在又不烦小崽子了，出门居然还主动带上一个？"

男孩儿眨了眨眼，也不求座位，自来熟地靠着角落，盘腿坐了下来，道："没啊，我昨天还被他揍了好几顿呢。"

凯文："……"你对着个陌生人告的哪门子瞎状？

男孩儿转头冲着门外打了个喷嚏，揉了揉有些痒痒的鼻子，瓮声瓮气道："不过他昨天跟我炫耀说我还不是最惨的，他以前带过一个跟我差不多大的小孩子，那个比我还惨，也不知道是哪个倒霉蛋。"

倒霉蛋奥斯维德："……"

凯文顺手从桌上的果盘里揪了老大一颗醋莓，毫不客气地塞进了男孩儿嘴里，给他堵了个严实。

男孩儿被酸得泪流满面，果然顾不上捣乱了。

奥斯维德缓缓道："炫耀啊……"

凯文一脸严肃："并没有。"

奥斯维德短促地哼笑了一声，擦着他的肩背绕过他，稳稳当当地坐下来，一手撑着膝盖，一手拿起桌上平摊着的一份地图继续看起来，再也不理凯文了。这人坐姿硬气得很，膝盖霸道地张着，好像稍微合拢一点儿就会委屈了那双长腿似的。

简而言之，他一个人占了一整张横座——马车里唯一一处可以坐的地方。

凯文将他的姿态来回扫了两遍，干脆倚着车门道："请问尊敬的陛下，你非要把我塞进马车里来，打算让我坐哪儿啊？"

奥斯维德抬起眼皮，端起桌上的半杯果酒抿了一口，刚要开口，马鹫车轮闷响两声，车身突然动了起来。

拉车的马鹫因为太过壮实，并不会飞，但是那巨大的双翅却是前进时最好的助力。双翅一掀，劲风猎猎，马鹫车顿时便疾驰起来。

正背倚着车门的凯文一个措手不及，被惯性甩得扑了出去，不偏不倚撞翻了方桌，重重地砸在奥斯维德身上，好死不死地碰掉了他手里的银杯。

凯文连忙撑着身体站起来，在风驰电掣中适应着平衡。

他好不容易站稳，就发现被打翻的果酒一滴不剩，全浇在了奥斯维德的胯间，大概是对他叉着腿一人占两座的报应。

奥斯维德的脸瞬间黑如锅底："……"

他低头看了一眼，不冷不热地冲凯文道："你小脑离家出走了吗？怎么不干脆射程再远一点，直接飞出马车去？"

凯文下意识就想说"你皮又痒了是不是"，还好在出口前被理智强拉了回来。

他难得要了回脸，也不指望奥斯维德给他指个座位了，干脆学那男孩儿，倚着车厢壁，就地坐了下来。一边闭上眼装死，一边有些发愁地想：总忍不住想揍皇帝，这可怎么是好。

车轮转得飞快，凯文颠簸了一会儿，居然真的睡着了。

等他再次醒来的时候，外面天色已经泛了青黑，光线昏暗。他身上不知什么时候被盖了条毯子，还是冬天用的那种厚质毛毯，从脖子到脚给他裹了个严实，捂得他出了一身汗，差点儿热疯了。

凯文："……"

这么缺德的事情，除了奥斯维德再没第二个人能干出来了！

013

凯文两眼一翻，掀开毯子就想抽他，却见原本在车里坐着的年轻皇帝已经没了踪影，不仅如此，连窝在角落里的男孩儿也不知去向。

他眉头一皱，绷紧了神经，屏息听了一会儿，却发现车外一片安静。

不对，准确地说……是寂静——那种连风声都消失无踪，让人忍不住泛起鸡皮疙瘩的寂静。

04

这种寂静是凯文最厌恶的，就好像刹那间所有人都死了，不再存在了，没有过去，看不到未来。这总会勾起他一些不那么美好的回忆，尽管实际上，他知道这究竟是什么玩意儿在捣鬼。

那是盘踞在大陆西边的荒漠种族，因为行踪诡谲、古怪又阴险，被多数人称为沙鬼。每次有一定数量的沙鬼匆匆过境的时候，方圆百米范围内的人都会出现耳目闭塞的幻觉——听不见任何声音，看不到除自己以外的任何一个人。

当然，持续的时间非常短暂，只有十几秒。

但在战场这样的紧要关头下，哪怕是十几秒也相当要命。所以凯文任青铜军指挥官的那些年，大半时间都耗费在"抵御沙鬼来袭"这件事上，甚至最后还"死"在了这样的战场上。

"阴魂不散……"凯文冷下脸，一手按在腰间的短刀刀柄上，绷紧了全身的每一根神经……

这几乎已经成了某种条件反射。

咔嗒——

车门突然发出一声轻响。

凯文瞬间弹起，一刀出去，狠狠地钉在车门上。

他体格并不壮硕，周身只覆着一层薄削的肌肉，所以单论力道并没有什么优势。但多年的经验使他深谙进攻的技巧，于是那扇看似厚重的车门被他一下击穿。一拔一搅之间，门轴断裂，整扇门轰然倒塌。

凯文："……"什么破玩意儿！

一阵荒风从车边呼啸而过，带起的石子碰撞在车厢上，接连发出"咔嗒咔嗒"的碰撞声，跟刚才的动静一模一样。一捧细碎的沙粒从敞着的车门处扑面而来，兜头糊了凯文一脸——

沙鬼已走，听觉恢复，幻觉消失了。

"很好，我刚下来不足五分钟你就卸了我的车门。"奥斯维德的声音在不远处响起，随着沙沙的脚步声越来越近，"法斯宾德阁下你闲得慌是不是？"

"你找打是不是？"凯文被沙鬼那一出弄得正烦，想都不想便回了他一句。

奥斯维德："……"

"它们还真是纯路过？"凯文单膝着地蹲跪在车门边，姿势未变，防备未松，握着短刀仔细地扫视着四周，"怎么可能……"

奥斯维德走到近处，手呲的一下撑在车门边框上，没好气地冲他道："这里是流散之地，不是战场，沙鬼'纯路过'在这里是常有的事情。"

"沙鬼能把一切地方变成战场，它们下辈子都学不会'规矩'这个词该怎么写。"凯文冷声道。

奥斯维德用两根手指夹住凯文的刀尖，给他挪了个方向："根据金狮帝国旧行法典，像你这种拿刀对着皇帝的人，是要被吊死挂上尖塔示众的，全裸。"

"还有这马车门——"他又用脚尖踢了踢地上那扇被捣烂的门，冷笑一声，言简意赅道，"赔。"

凯文："……"

他把短刀重新扣回腰间，一巴掌拍开奥斯维德撑在门框上的手，从车上跳了下来。

听觉恢复后，车外的世界便陡然变得异常喧闹——

这是个十分杂乱的城镇，风格迥异的房屋楼堡混在一起，或远或近，没有半点儿规划可言，好像是瓜分地皮一般，能占一处是一处。

这片被称为"流散之地"的城镇位于不同种族势力交界处，占据着大陆中段最大的"十字路口"，有着最狡猾剽悍的居民，最简单粗暴的钱货交易，最复杂的势力牵扯。是某些人的地狱，也是另一些人的天堂。

再混乱的地方，也有它长久以来形成的不成文规矩，就连沙鬼都不会在这里轻举妄动，所以从某种程度上来说，这里既危险又安全。

奥斯维德的车马照惯例只能留在城镇外围，停在专供过路军队歇脚的鸦巢废庙里，由重铠骑兵留守。余下的精锐小队分成了两拨，一拨去给众人买口粮酒水，一拨则稍作伪装跟着奥斯维德。

凯文在车下松了松筋骨，就见奥斯维德抱着胳膊上下打量他，表情中透着一股年轻人特有的不耐烦。

"我又怎么扎你眼了，尊敬的陛下？"凯文没好气地问道。

"你扭完了没？扭完了跟我过来，米奥还在等。"奥斯维德扭头便朝流散之地的中心走去。

"干什么？"凯文一头雾水地追上去，跟着他来到一家巨石砌成的店前。

店里老板娘调亮了灯火，正支着下巴，懒洋洋地对米奥道："两套七个银币，不还价，金狮帝国来的可以打个八折，雷音城的九折。"

米奥手里拎着一大一小两套衣服，眨了眨眼："为什么？"

老板娘："因为普遍长得好看。"

米奥顿时来了劲："看我，对，就我这张脸，能打几折？"

老板娘十分不给面子："我不喜欢自然卷，你再废话我就给你加价了。"

米奥："……"

站在他腿边的小狮子跟风道："姐姐，你看我呢，能打折吗？"

老板娘斜睨了他一眼："你先把你那头'鸟窝'收拾收拾再说，不过看在你喊姐姐的分儿上，给你七折。"

凯文嘴角一抽，拽住奥斯维德："真有兴致啊，还逛起服装店来了，你让的？"

奥斯维德倨傲地把袖子从他手里扯出来，拍了拍，道："你，还有里面那小崽子，要是再穿着这身不知滚了几层泥的衣服在我面前晃，我就命人把你们叉到城墙上挂着晾半个月。"

凯文："当了皇帝了不起了是吧？"

奥斯维德丢了个硬邦邦的"对"，抬手把凯文推进了门。他大概是真受不了那衣服，推的时候手一触即松，好像多留几秒指头就要烂掉似的。

老板娘目光扫过凯文的时候，唰地亮了："欢迎光临，本店一律不还价，冲你这张脸，我给你五折。"

而后她又打量了一遍奥斯维德，笑眯眯道："你也五折，如果能让我摸一下你的肌肉，就给你三折。"

奥斯维德："……"

凯文笑道："他顶多刚成年，你也下得去手？"

"胡说，你才刚成年！"奥斯维德绷着脸道。

米奥道："陛……他二十一岁了！"

凯文敷衍道："哎哟，好大。"

"闭嘴！"奥斯维德一把拽过米奥拿好的衣服，重手重脚地塞进凯文怀里，"赶紧把你那身抹布换了，否则我撕烂它。"

凯文毫不客气地白了他一眼，捧着衣服进了试衣间。

米奥掏着钱，表情一言难尽："……"居然冲着皇帝翻白眼，这是吃熊胆长大的吧！

在凯文换衣服的间隙，奥斯维德又支使米奥去买马鹫。

"不是根本没打算买吗？"米奥差点儿以为自己领会错了意思。

"现在打算了。"奥斯维德不冷不热道，"他把马鹫车门拆了还坐个什么！哦对了，买一头就好，他不赔门钱，就拿绳子拴着让他跟着跑回圣安蒂斯。"

凯文刚从试衣间出来，就被皇帝的恶意"糊"了一脸："……"

米奥总觉得这两人随时都能打起来，忙不迭拎着钱袋拽上小狮子，头也不回地跑了。

凯文忍不住犯嘀咕："那崽子什么时候跟米奥好起来了？"

"人家可没有三句话说不通就动手揍人的臭毛病。"奥斯维德不冷不热地嘲了一句，又瞥了凯文一眼，道，"那小孩儿究竟什么来历？"

凯文装傻："啊？"

两人一路朝鸦巢废庙的方向走，奥斯维德一边眯眼扫着两边的房屋店铺，一边道："你编来糊弄米奥的话就不用重复了，我听到那崽子嘀咕过要找人，还是家里人，跟你编的话可完全对不上。"

这话凯文也听那小狮子提过一句，但具体的还没顾得上问，毕竟他没想到后续发展会是这样。就在他琢磨着怎么回答奥斯维德的时候，不远处一拨人正吵闹着朝一间店里走，他们的对话隐约传进了凯文的耳朵里。

"这样真的没关系吗？毕竟是要送去金狮国的东西。"

"你管那么多，殿……少爷乐意，再说，那老东西本来就缺胳膊断腿的，你还真当份礼了？"

"金狮国那么多任皇帝都服服帖帖的，一个刚继位的新帝怕什么啊，咱们送什么他就收什么呗……"

那些对话凯文听了个七七八八，奥斯维德也没落下多少，听完脸色顿时就沉了下来。

流散之地这种地方凯文来得不多，但并不陌生，大多数店面他都叫得出名字也知道是干什么的，比如那拨人拥进去的店，就是一家黑赌场，混在里头的人，什么都能赌，什么都敢玩儿。

凯文和奥斯维德对视一眼，二话不说便缀在那拨人身后，跟进了店里。

"北翡翠国的人。"凯文近距离盯着那些人看了一会儿，附在奥斯维德耳边悄声道，"只是不知道他们说的究竟是什么东——"

话还没说完，赌场里面围聚着的人突然哄闹起来，叫嚣着吹着口哨。

凯文和奥斯维德仗着身高优势，越过一溜人头看过去。

就见被众人围着的，是个巨大的圆形铁笼，一头脖颈上套着钢圈的格里黑耳狼正亢奋地转着圈，双目通红，龇着骇人的尖牙。它的体形极其壮实，站起来大约有两个人高，一看就不是什么普通猛兽。

而铁笼的另一头，有人正在把一头脏兮兮的成年雄狮推进笼里。

那人正是刚才在门口说话的人之一，而之所以用"推"，是因为那头"本要作为礼物送到金狮帝国"的雄狮是个残废。

它脸上有着骇人的长疤，从左眼横贯至右眼，瞎得彻底。一只前爪也受过伤，瘸得厉害，站都站不起来，是半跪着被推进笼里的。

真是一个好礼物！奥斯维德表情森寒，冷笑了一声。

05

多年以前，金狮帝国曾经是大陆北端最强盛的国家，没有之一。但现在，整个北部乃至大半个东部都已改用北翡翠新历。

这个本来蜗居冰原一带的小国在傍上沙鬼之后，为虎作伥，迅速扩张领土，鲸吞蚕食，在近七百三十年里，牢牢把控着整个北大陆。而它现任的掌权者萨丕尔·金是个彻头彻尾的傻子。

也不知道哪根筋搭错了，他天生就爱跟金狮国过不去，尽管后者早已辉煌不再，甚至在前几任享乐皇帝的糟蹋下，都快跟雷音城那样的城邦国滚到一起去了，但他依旧乐此不疲地把金狮国当作眼中钉。

他总是想尽办法，利用一切可乘之机，或明示或暗示地羞辱金狮国。

比如眼前这头瞎眼的狮子。

"十分钟前沙鬼过境的时候，这帮浑蛋还跪在地上磕头送他们祖宗的行呢。"奥斯维德寒着脸，刻薄道，"现在倒有心思来嘲笑别人了。"

早在继任之前，他私下里说起北翡翠国和萨丕尔，评价就只有四个字："迟早要完。"

现在，他站在北翡翠国明晃晃的羞辱面前，却并没有想当然地丢出那四个字，而是眯着眼睛，偏头冲凯文道："我讨厌跪这个动作，厌恶至极。"

凯文目光一动，冲笼内残废的雄狮挑了挑下巴："谁不是呢。"

谁不是呢？

就算被划瞎了眼，折断了利爪，成了残废，也没人想要跪着。

就见那头被推进铁笼中的雄狮突然低吼了一声，瘸着的那只前爪猛地抓了两下地，硬是强撑着站直了腿。

它的身体在疯狂打着抖，不知道是太过痛苦，还是太过费劲，总之，绝不是因为害怕。

事实上，它瞎了的双眼看起来虽然可怖，但左右摇晃的头颅却总给人一种茫然感——它似乎根本搞不清自己在什么地方，即将面对的是什么样的危险，所有细微的来自对手的声音，都被周围哄闹的人声和尖啸的口哨声掩盖了。

对面那头格里黑耳狼似乎被下了药，或是动了别的什么手脚，双眼红得几乎滴血，森白的尖齿上还粘着碎肉，看起来离疯不远了。它在看到那头雄狮进笼的时候，来回转圈的脚步顿了一下。

歪着头，悬着一只前爪，细细观察着这一次的对手。

很快，它的前爪缓缓落了地，继续绕着铁笼一圈一圈地转着。欺负那雄狮是瞎的，它甚至在经过雄狮身边的时候，还撞了它两下，喉咙里发出低沉的呼噜声，不知是警告还是挑衅。

"这是我们在骷髅谷抓住的一头流浪雄狮，大概迷路了，靠吃垃圾过活。"一个站在铁笼边的年轻人神情傲慢地开了口，他一边转着手上的宝石戒指，一边慢条斯理地道，"它简直太可怜了，所以我们想给它换个活法。这场不赌命，点到即止，如果这老家伙赢了，所有的钱都归它，我给它买最好的肉，请最好的兽医，再给它打个精致舒适的笼子。如果输了……"

他顿了顿，又满不在乎道："输了也没关系，只是找个乐子而已，钱归你们，我们天亮继续赶路。"

听他说完，凯文言简意赅地点评道："小畜生。"

奥斯维德皱着眉："我知道他，萨丕尔最小的儿子博特，一副尖嘴猴腮的短命相，花钱如流水，上天入地找刺激，性格……我赞同你的观点。"

人群里口哨声更大了，博特那帮乔装打扮过的侍从狗腿子叫得尤为响亮。

对面格里黑耳狼的拥有者对博特"闲出病来送钱"的主意毫无异议，欣然押了筹码，冲裁判点了点头。

黑耳狼依旧挑衅般绕着雄狮来回转悠，粗硬的尾巴时不时大胆地扫过雄狮的爪子，喉咙底的呼噜声一直没停过，似乎半点儿也不怕它。

裁判拎起硕大的铜铃，晃了两下。

黑耳狼的主人不耐烦地叫了一句："别转了！"而后手中钢鞭一挥，啪的一声，狠狠抽在黑耳狼身上，瞬间皮开肉绽，血肉淋漓。黑耳狼猛地一颤，嗥叫着龇牙回扑，咣地撞在铁笼子上。那主人猛地缩回手，熟练地后退一步，丢开鞭子，不在意道："抽两下血性就上来了。"

黑耳狼目眦欲裂，一甩尾巴，退到了它的区域，伏低肩膀，弓起腰背，摆出了进攻的姿势。

凯文跟着奥斯维德，不知不觉从人群最后面，挤到了最前面，紧贴着铁笼的边缘。他们所站的位置和裁判隔着铁笼面对面，离铁笼的门闩近在咫尺。

"我有没有跟你提过，我能听懂兽语。"奥斯维德借着人群的喧闹，凑在凯文耳边悄悄道。

凯文一愣："什么意思？"

奥斯维德依旧眯着眼盯着笼内，他没多作解释，只是问了一句："你怕狮子吗？"

凯文嗤笑："怎么可能，昨晚还揍了狮子好几顿。"

奥斯维德敏锐地捕捉到了关键词："昨晚？"

凯文："……"不好！一时得意说漏了嘴。

奥斯维德"哦"了一声："我明白了，回头再跟你算账。"

他说完盯着裁判手里的铜铃，摇头"啧"了一声："很遗憾……"

凯文："遗憾什么？"

他目光一动，落到了奥斯维德悄悄抬起的手上，隐约猜到这祖宗究竟想干什么。

裁判举起铜锤，在铜铃上重重一敲。

当！

说时迟那时快，铃音响起的一瞬，那头壮硕如熊的黑耳狼嗖地蹿起，重箭一般直射雄狮，厉嗥一声，把那头雄狮猛扑在地。

两只巨大的猛兽在地上滚作一团，一时刹不住车，重重地撞在铁笼上。

重爪"咣当"一声砸在铁笼上，犹如利斧一般，直接把铁质栏杆砸得一弯，栏杆间的缝隙瞬间变大。

狮和狼锋利的爪尖不相上下，直接从那缝隙中捅了出来。

离得最近的博特躲闪不及，手臂上直接被刮下一片肉。

"啊——"人群瞬间骚乱，博特惊叫着，捂着胳膊，疯狂挤着，想离铁笼远一点。

不论是黑耳狼的主人，还是裁判，抑或之前就在围观的人，都没想到对战会激烈到这种程度。

"疯了！它们疯了！"人群里不断爆发出尖叫，推搡着让过赌场内的桌椅，纷纷朝外涌。

奥斯维德冷笑一声，看了眼离笼门最近的博特一行，补完了之前的话："很遗憾你不怕它们——"

说完，他手指一拽笼门，就听"咔嗒"一声，铁质笼门应声而开，滚作一团的巨大猛兽瞬间便从笼内扑了出来。

"走！"奥斯维德拽起凯文就跑。

身后，博特哭爹喊娘地号叫着，在他那群侍卫手忙脚乱的簇拥下横冲直撞，挤作一团。

"你脑子进水了吗？！"凯文一边跑一边恨不得拎着他的耳朵咆哮。

奥斯维德翻身跳过赌桌，跟凯文直扑出门，狂奔不歇，在绕过一个拐角看不到猛兽之后，抽空也咆哮着回了一句："我说了我能听懂它们在交流什么！你能不能等安全了再骂我！"

凯文直接蹿上了一堵矮墙，三两下用短刀爬上了屋顶："这是拜谁所赐？你还有脸说！"

没有刀的奥斯维德："……"

整个流散之地被两头猛兽搅得一团混乱，尖叫和火光到处都是。

凯文和奥斯维德一边吵着架，恨不得直接动手呼上奥斯维德两巴掌，一边"走位"极其灵活地在房屋间上天入地地流窜，试图早点滚回鸦巢废庙。

可惜……"走位"太灵活也容易出岔子，比如直接把自己送到那两头猛兽面前。

06

凯文从屋顶跳下来时，刚好和蹿过来的黑耳狼来了个面对面。

他赶紧一个急刹，却因为速度太快，循着惯性接连跟跄了好几步才堪堪停住，一抬头就差点儿贴上黑耳狼的鼻尖。

凯文："……"

一人一兽同时僵在原地，一时间都没反应过来。

凯文屏住呼吸，只觉得自己从地底爬出来这短短一天，过得真刺激，还不如回地下待着呢！

黑耳狼血红的眼珠一动，陡然暴起，尖利的钢爪闪着寒光，猛地朝凯文呼过来。

凯文一仰头，一弯膝，跪在地上弓腰一躲，险险避了过去。可他还没来得及重新直起腰，黑耳狼便又是一爪。

"让开！"

就听"砰——"的一声肉体撞击的闷响，凯文下意识眯了下双眸，眼前倏然一花。

那头黑耳狼怒嗥一声，重重地摔到了一旁的石墙上，巨大而壮硕的身体直接压塌了石墙的边角，碎石直落。

奥斯维德抹了一下嘴角，一骨碌从地上翻起来，一个侧滚回到凯文身边，嘲道："亲爱的有短刀的法斯宾德阁下，你下次还翻墙吗？"

"你还来劲了？"凯文猛地推了他一把，两人试图从一旁的巷子里横插过去，离开黑耳狼的视线。

谁知那玩意儿摔在墙上后，喉咙底"呼噜呼噜"发出了一阵有节奏的低响，又仰头厉嗥一声。

凯文顿时一愣，一把拽住要往巷子里跑的奥斯维德，喝道："别动！"

之前在赌场太过嘈杂，他听不清，现在他总算听出了那些"呼噜"的名堂。这种有节奏的低沉喉音和厉嗥他再熟悉不过了，这是巨兽人族在战场上特有的信息交流方法，跟密码似的，除了他们本族那些禽兽，没人能完全理解。

他只知道，这黑耳狼既然发出了这种声音，就意味着他们没法从巷子里横插出去了——

果不其然，凯文面前黑影一闪，那头瞎了双眼的雄狮缩着一只前爪，从矮墙上轰然落地，刚好挡住了他们唯一的退路。

奥斯维德丝毫没有当皇帝的矜贵与自觉，爆了句粗口，下意识地跟凯文变成了背贴背的姿势。

那头雄狮眼睛看不见，表情也依旧有些茫然，凯文甚至怀疑它根本就是傻的。只有在听到黑耳狼发出呼噜和嗥叫时，它才有点儿反应，几乎是条件反射地跟着那些信号做出动作。

把凯文和奥斯维德的去路守得严严实实。

黑耳狼眼珠子里几乎要滴出血来，自己就疯得厉害，偏偏还能带着另一头半傻的雄狮子一起疯，两头站起来能有两个人高的猛兽一点点朝凯文和奥斯维德靠近着……

厚实的脚掌踩在地上悄无声息，却又像是夺命的倒计时一样。

五米，三米……而后猛地一扑！

凯文劈手就是一刀，直剖黑耳狼的肚皮。

就在黑耳狼的利爪已经贴上了凯文的脸，而凯文的刀刃也已经抵上它的腹部时，一声惊叫划破夜色，钻进这两人两兽耳里。

"爸爸！！！"

凯文的手登时就是一抖，心说那不是跟着米奥跑了的小崽子吗？！这又是在乱认哪个爸爸呢？

下一秒，他就被一个炮弹似的东西撞了个满怀，朝后一个趔趄，跟奥斯维德滚到了一起。

与此同时，杂乱的脚步声纷纷响起，接二连三落在两人周围。

凯文从地上翻坐起来，就见赶来的青铜军小队正把那两头猛兽团团围住，而那个小崽子变回了兽形，正一爪子把黑耳狼的脸拍到地上，又把眼瞎的雄狮推到一旁，狠狠蹭了会儿，才消停下来。

这见面招呼的方式略有些凶残粗暴，爪子都没收，随时能割破一层皮肉。

米奥牵着一头马鹫从巷外走进来，盯着这混乱局面看了好半晌，终于找了个切入点："所以……这两头野兽跟得死紧，反倒是你们被陛下甩脱了？"

青铜军小队："……"

他们此时心里的阴影面积能笼罩整座城。

奥斯维德顾不上训什么青铜军小队，毕竟凯文那敌我无差别防备的"走位"，被甩脱太正常了。至少他跟凯文还活生生地坐在这里，有惊无险。比起这些，他更在意的是眼前滚作一团的三头大型猛兽——

那来历不明的小崽子果然是巨兽人族的，他还管那头瞎了眼的雄狮叫爸爸。

奥斯维德"啧"了一声，偏头冲凯文道："看来那崽子要找的就是这位了……说好的他家里人把你捡回去照顾了几年呢？嗯？"

凯文被事实狠狠打了脸，顿时破罐子破摔，耍起了赖皮："'嗯'什么，你先把眼前的解决了再扯别的。"

"你总有话说。"奥斯维德从鼻腔里哼了一声表示服气，又转头冲小狮子道："让他们换个形态，否则我的人没法放心收回武器，能听懂吗小鬼？"

小狮子转眼又变回男孩儿的模样，左右看了一眼，连连摇头道："恐怕现在不行，他们换不了。"

"为什么？"奥斯维德皱眉道。

凯文替那小崽子答道："一个太饿了，就我所了解，巨兽人在极度虚弱的时候会本能地保持兽形，攻击力强一些，便于自我保护。另一个……我怀疑是被喂了什么药，离疯不远了，太过亢奋所以变不回来。"

小狮子"嗯嗯"地点头，道："给口肉吃，我叫你二爸爸！"

凯文："……"你亲爹就在旁边，这么说话真不怕被抽吗？

"什么乱七八糟的！"奥斯维德对这小崽子的不要脸程度叹为观止。他招了招手，让青铜军小队的人帮着那小崽子把两头猛兽弄进了鸦巢废庙。

"怎么成了这副样子，你们是怎么碰见我爸爸的？"小男孩儿一条条数着他爸身上的伤口，完全忘了自己身上还有一堆毒伤没消干净。

凯文和奥斯维德两人对视一眼，不约而同回想起博特那句话——"这是我们在骷髅谷抓住的一头流浪雄狮，大概迷路了，靠吃垃圾过活。"

这样的描述换谁听了都不会很好受，更何况一个七八岁的孩子，所以他们双双选择了闭嘴，并把话题丢了回去："你怎么跟他走散的？"

跟凯文他们一起的时候，这小崽子颇有种"三天不打上房揭瓦"的架势，现在找回了爸，反倒乖顺起来，连那一头鸟窝似的乱毛都伏贴了不少。他颠儿颠儿地捧着一把棒子骨和长肉干，一根根地往雄狮嘴里塞。

直到雄狮吞完最后一点儿肉，疲惫地抖了抖耳朵打起了盹儿，他才擦着手跑来凯文身边。

小崽子撑着马车脚踏坐下来，晃荡着两条腿，低声道："麦——哦就是我爸爸，他……记性不太好，记不清许多事情，包括刚才干了什么，遇见了什么人，甚至还有我们住的地方。但是他一听呼噜声就会蹿出去，所以我们其实经常走散，好在我总能找回他。我敢打赌，等打完这个盹儿，他就不记得见过你们了。"

凯文叼着肉干嚼了两下，突然眉头一蹙，抬手打断道："等等，你刚才说你爸爸叫什么？"

"麦。"小崽子道，"怎么了？"

"我以前见过一个人,也叫这个名字……"凯文迟疑道。

他跟巨兽人族打的交道不如沙鬼那么多,但也知道不少,比如他们虽然是一个完整的族群,但平时不太喜欢聚居,更偏好各自落脚。只有进入高度戒备状态,才会聚到一起为战争做准备。

因为来往并不密切,所以他们对名字这种"用于区分彼此的代称"也相当敷衍。就凯文所知,他们都喜欢取单音节名字,张嘴就能叫,省力又敷衍。

而"麦"这个名字,恰好是凯文有印象的几个之一,并且是印象最深的那个。

因为这是巨兽族上一任首领的名字。

大约十年前,凯文曾经在对抗沙鬼的战场上见到过他人形的状态——

那是个有着金棕色头发和碎胡楂的硬汉,出于种族血统的关系,他站直身体能有两米多高,像一个肌肉精壮的巨人,山一样稳稳地镇守在巨兽人军队的正前方。然后他带着身后骁勇凶狠的战士,跟凯文的青铜军团联手,把沙鬼大军剿了个干净。

那一幕的印象太过深刻,以至于凯文根本无法把那个名字和眼前打盹儿的雄狮联系在一起。

他后来确实听过一些传言,说麦在一次交战中遭沙鬼暗算,可能没法再上战场了。巨兽人族向来信奉最原始的生存法则,所以麦从首领变成了前首领,之后就销声匿迹了……

小狮子挠了挠头,道:"也叫这个名字?不会啊,我认识的族人里面,还没有跟我爸重名的。"

那就是了。

凯文看着那头雄狮,一时间情绪复杂。

一旁的黑耳狼正喝着加了镇静药汁的水,那味道想必不太美好,它喝了两口,忍不住甩了甩脑袋,从喉咙底发出一声烦躁的呼噜,又习惯性地接了一声嗥叫。

原本打着盹儿的雄狮突然抬起了头,它那双被伤疤贯穿的眼睛不自然地黏合着,瘸了的那条腿努力撑了几下,终于从地上站了起来。

就在它弓起腰,想要分辨呼噜声里传递的信息以便应战的时候,小狮子跳下马车,边跑过去边安抚道:"爸爸,是我,班。没有沙鬼也没人受伤,我只是打了个呼噜,你再歇一会儿好吗?"

雄狮茫然地收回了爪子,在小狮子班靠过去之后,才慢慢安定下来,用爪子拍了他两下,重新伏在了地上。

奥斯维德眯着眼看着他们,不知道想起了什么。过了好一会儿,他挑了挑眉,低声道:"不错,还记得儿子。"

他瞎了两只眼，瘸了一条腿，脑袋痴傻记忆空白，跟十年前天差地别，唯一记得的只有两件事——

他是战士。

他还有个儿子。

07

奥斯维德这边携带的药剂效果显然不错，无论是给黑耳狼喝下的镇静剂，还是涂抹在麦和班父子俩身上的愈合剂，都很快有了反应——

班一路从废庙这头滚到那头，再从那头滚回来，上蹦下跳，嗷嗷号着："还不如不涂药呢，痒啊痒啊痒啊，救命——"

跟他相比，他爹就显得格外淡定。在战场上混下来的人，什么罪没受过啊，这种伤口愈合的酸爽劲对他们来说更是家常便饭。于是他抖着耳朵，默默听着傻儿子的动静，偶尔在班跳着脚路过的时候，伸爪子拍两把以示安抚。

凯文举着肉干，一边看戏下饭一边指点班："欸欸，往左一点，左！对，就这样，这一块还没扫过。"

班嘤嘤哭着蹭过去。

奥斯维德倒不是很饿。他抱着胳膊站在一旁，看看凯文，再看看痛哭流涕的小狮子，表情一言难尽。

眼前这场景实在太熟悉了，因为当年这个混账也是这么对他的。

那时候，还是熊孩子的他，心不甘情不愿地跟着凯文这个混账学剑术和近身格斗。凯文对细节的要求十分苛刻。快了慢了或是相差一点距离，哪怕小到可以忽略不计，也会要求他一遍遍重来。

这种方式足以消磨掉一个孩子所有的耐心和积极性，更何况那时候他耐心本就少得可怜。

于是，他开始无所不用其极地耍赖捣乱，到最后干脆一屁股坐在地上，抱着胳膊盘着腿，对凯文的唠叨充耳不闻，打死也不起来。

要命的是，凯文耐心比他还少，而且这混账脑中从来没有"尊老爱幼"的概念，说揍就揍，半点儿也不含糊。

当时，凯文被他赖地不起的抗议气乐了，干脆手欠地拎着他的后脖领，拖着他遛。

七八岁的孩子对凯文而言就像没分量一样，遛起来如同行云流水，半点儿障碍都没有。

那不要脸的混账边遛边道："来，往左歪一点儿，左边。好了，再往右一点

儿，很好。就这样，刚好把地拖一遍，给伊恩老伯省点儿事。"

凯文深谙他的逆反心理，指挥起来全部反着来。想要他往东，就说往西；想要他往前，就说向后。总之，能把人活活气吐血。

奥斯维德回想完以前的傻事，默默抹了一把脸。

凯文余光瞄到他的动静，转过脸来好整以暇道："怎么，想起什么不堪回首的往事了？"

奥斯维德面无表情地抬头看他："你还好意思提？"

凯文坦然道："为什么不好意思，耍赖撒泼的又不是我。"

他正嚼着肉干，腮帮子鼓起一小块，靠近耳根的地方一动一动，吃得十分惬意。奥斯维德瘫着脸看了他半晌，舔了舔泛痒的牙根，道："你究竟知不知道'皇帝'这两个字是什么意思？"

凯文动作一顿："……"不好，又忘了。

奥斯维德刻薄道："我这人别的不怎样，就是记性很好，最喜欢的一句话就是'一报还一报'。"

凯文："怎么报？"

"米奥——"奥斯维德转头叫了一声。

"陛下，什么事啊？"米奥走过来问道。

"马鸳车门不是被拆了吗，谁拆的谁补。"奥斯维德冲凯文一挑下巴，"过会儿找几个人把阁下的手脚张开绑在门口，挡风。"

米奥："……"

凯文："……"

流散之地被他们搅得混乱了一阵，但这种程度的混乱于这个城镇来说并不稀奇。剽悍的居民商户很快便淡定下来，该干吗干吗，唯一不好过的只有被咬了好几口，差点儿送去半条命的博特一行人。

他们现在估计还在紧急处理伤势，管不上其他。但要不了几刻钟就该反应过来了。

奥斯维德这边目标太大，不适合在鸦巢废庙久待。

就在他们休整完毕，打算收拾收拾重新动身的时候，被灌了镇静药剂的黑耳狼慢慢清醒起来，它眼里的血色逐渐褪去，恢复成清亮的蓝色，在废庙的角落里散着幽幽的光，看着怪瘆人的。

月光下黑耳狼巨大的影子开始变形，眨眼间便换了形态，变成一个黑发蓝眼的男人。他个头大约有两米，穿着黑色的粗布背心，露出来的手臂精壮健硕，横亘着许多新旧伤疤。有一道旧鞭痕更是从他左脸斜贯到颈骨和右边锁骨的交界处，显得狰狞可怖。

他从角落里站起来，像座小山一样走过来，先是冲奥斯维德他们点头道了谢，然后低头冲班笑了笑："不认识我了吗？我是肖。"

班一脸茫然。

"也对，我好多年没回山谷了，上一次看到你，你还在满地爬。"肖说着，又看了一眼麦，"你都这么大了，首领……麦还是不喜欢换形态？"

班耸了耸肩膀："兽形确实更舒服。"

也更有安全感……

肖摇了摇头，没说什么。

凯文在一旁探究地看着他，低声嘀咕了一句："旧部下？"

"差不多。"奥斯维德"嗯"了一声，道，"刚才他们在赌场铁笼子里，麦被推进去的时候，这个肖愣了一下又很快装成挑衅的样子绕圈，你还记得吗？我听见他用兽语叫了一句首领，说'你怎么会在这里'，但是那个麦似乎搞不清状况，没回答。"

凯文回想起来，麦最初确实一点儿动静也没有，直到肖从喉咙发出带节奏的呼噜声，才开始有反应。

所以后续的一系列攻击，才会转为肖来指挥，因为麦只听得懂这个。

麦情况特殊还可以理解，但是肖这样上过战场的人，是怎么把自己搞到那个境地的？这是凯文和奥斯维德都无法理解的。

"别用那样的眼神看我，这事说来话长。"兽类总是极其敏感的，肖一看凯文他们，就知道他们在想什么。

奥斯维德总觉得其中有蹊跷，道："那就长话短说，赶时间。"

肖皱着眉道："我最初其实是被北翡翠国的人抓住的，当然，少不了沙鬼帮忙。我在北翡翠国的地牢里待了很久，大概有几个月，或者更久，每天被灌药，以至于我没法换成人形。兽形虽然力量更强，但总有许多事情不那么方便，更何况我时疯时醒，很难自救，更别说救人了。"

"救人？"凯文插话道。

"对，地牢里关了很多人，有我们族的，几个灵族的，哦对，还有你们这儿的。你们是……金狮国的？"

凯文："……"壮士你是真醒假醒？

肖点了点头，当他们默认，沉声道："那就没错了，还抓了你们一拨人。有一部分在地牢待了没多久就被带走了，我猜是弄死了。"

他说着摇了摇头道："挺可惜的，有两个我还说过两句话。对了，中途有沙鬼来过地牢，它们可能以为我们都疯彻底了，说话没太避讳，我隐约听到什么'时

027

间差不多了''都布置好了'之类的话。我感觉事情不简单，就想尽办法逃出来了，谁知半路药劲上来，被路过的钻了空子，就成了现在这样……"

他这么一段话，听得在场众人都沉了脸。奥斯维德脸色尤其沉肃，因为他并没有收到任何关于人口失踪的上报，更何况还是一拨人！

这当中有些不对劲，但究竟哪里不对劲，他们一时都没琢磨出来。

"北翡翠国和沙鬼们显然正在暗地里谋划着什么龌龊的勾当，你们最好戒备起来，我也得赶回去通知现任首领。"

他说着从破旧的衣服里掏了一会儿，摸出一枚金属制的兽牙递给奥斯维德，道："今天的事情欠你们一份人情，以后需要帮忙时可以拿这个来找我，先走了。"

说完他看了麦和班一眼。

班想了想，也一本正经地掏出一枚金属兽牙，塞进凯文手里："我欠你两份肉！"说完和麦一起追上了肖。

凯文："……"这玩意儿人手一个吗？

好歹是被他揍过的崽子，凯文接了金属兽牙一边收起来，一边跟着他们走了几步，象征性地送了送。

结果就在肖走到最后一个重铠骑兵身旁的时候，突然"咦"了一声，刹住了脚步。

凯文顺着他的目光朝那个重铠骑兵露出来的半截手指看过去，就见那骑兵缺了一根小指，手背上还有被兽牙咬过的伤痕。

肖突然叫道："我在地牢里见过他！"

08

在场所有人都一愣，背后直接泛起一片鸡皮疙瘩。

重铠骑兵队一拽缰绳，训练有素地在顷刻间便形成了一个半包围的圈。米奥更是直接喝令道："拔剑！"

那个被围住的重铠骑兵似乎有些茫然，他左右转头看了几眼，忙道："你认错人了吧？我没待过什么地牢啊！"

凯文摸着腰间的短刀，刚好站在半包围圈的缺口处，堵住了那个重铠骑兵唯一的出路，头也不回地道："肖，你看清楚了吗？"

"我记得他的手，缺掉的小指是被我一个同族咬的。"肖笃定道，"咬痕还在，不会错。"

那个骑兵看了眼自己的手指，连忙摇头道："光看手就能认人？太武断了吧！你记得脸吗？你等等，我把首铠摘下来，你看完脸再说。"

他周身的铠甲严实厚重，一抬手一转头都能听到金属碰撞的铿锵声，在这种剑拔弩张的氛围下，有种说不出的悚然。

"我把首铠摘下来给你看，你一定是认错人了，一定认错了……"那个重铠骑兵一边嘀咕着，一边在脖颈周围按了一圈。

"咔咔"声接连响起，搭扣一处接一处地松开。

那一瞬间，每个人的神经都绷成了一张开弓的弦，所有的细节似乎都被拉成了慢动作。

重铠骑兵掀开首铠，露出了一张慌乱无害的娃娃脸和脖颈下一道横着的伤疤，他表情急切地朝凯文这边走了几步，离肖近了些："你一定是认错了对吗？"

"就是你！"肖叫道。

就在他开口的同时，那张娃娃脸突然垮塌下来，像被放了气的胶皮人偶一样，年轻饱满的皮肤瞬间松弛滑落。

"危险！让开！"凯文喝道。

他猛地推开班和麦，一个后翻让开了。

那个娃娃脸穿着的重铠骤然没了支撑，咣当一声砸落在地，跟重铠一起落地的，还有一副空了的皮囊。

一道细沙组成的风在铠甲和皮囊上方飞速旋转，像一条扭曲的长蛇。

"沙鬼！"

这一声惊叫犹如水滴进了滚油，瞬间炸了锅，马鸶嘶鸣和金属碰撞声响成一片，混乱不堪。

"就一只！上！"重铠骑兵队一声高吼，瞬间便气势汹汹地冲了过去。

沙鬼这种东西之所以难对付在于两点，一是成队的沙鬼出现时会使人出现短暂的耳目闭塞，二是它们经常转化成沙形，流动性太强，难以击中要害。

但是，难打死不代表打不死，很棘手不代表没弱点。

跟沙鬼周旋了太多年，凯文他们多少摸清了一些门路——

比如，沙鬼化成沙形的时候，看似无骨，其实还是有命门的。流动的细沙当中包着它们的心脏，只要击中，必死无疑。

又如，沙鬼最怕的东西就是水，在它们以沙形出现的时候，只要淋上足够多的水，它们的动作就会变得迟缓凝滞，而后被迫落地转化成人。

当然，沙鬼速度奇快无比，真对上的时候，知道门路也不一定能利用起来。

可现在只有一只！

一只沙鬼可没法导致耳目闭塞！

"三十多个重铠骑兵和十个青铜精锐兵，再算上三头巨兽人，围攻一只沙鬼，弄死了我都觉得丢人！弄不死我把头揪下来当球踢！"米奥拎着剑便冲了上去，

长臂一划，还想把只有一把短刀的凯文拨到后面去。

不对劲！

就是只有一只沙鬼才更不对劲！

凯文一把揪住米奥的衣领，把他狠狠甩到了一边，同时冲围攻上去的众人叫道："退后！"

他话音未落，冲在最前面的重铠骑兵已经一剑捅进了旋转的沙窝里。那一剑捅得又狠又准，力道奇大，甚至连半只手臂都没了进去。

"划到心脏了！"那人大叫一声，手臂一横，想借着那股力道直接活剖沙鬼的心脏。

沙鬼水蛇一样迅速扭开，躲过他的后招。

"呵！跑什——"那人冷笑一声抽剑再击，结果刚吐出两个字就突然顿住了。

他瞳孔骤缩，瞪大双眼盯着自己握剑的手。

就听"当啷"一声，重剑掉落在地。那人刚才捅进沙窝的前半截手臂骤然起了变化，从指尖开始化为细沙撒落在地，一眨眼的工夫便到了手肘。

"啊啊啊——"那人惊恐地大叫。

刚才触碰到沙鬼的前臂已经消失不见，裸露的手肘关节白骨森森，血肉模糊，地上的一堆细沙被风一吹，呼地散开，又在空中被扭动的沙鬼吸走，成了它的一部分。

从没见过的情况让所有人都目瞪口呆，整个鸦巢废庙在那一瞬间陷入了死一般的寂静。

一声粗哑的怪笑从沙粒中传出，听得众人悚然一惊。

"撤！"凯文大喝一声，把众人惊飞的神志瞬间拉回。

冲在最前面的重铠骑兵猛地一拽缰绳，转头就要跑，可是已经来不及了，沙鬼惊人的移动速度在这种时候简直让人绝望。

它眨眼便把那个没了手臂的骑兵裹进了沙粒里，只停留了两秒，便毫无眷恋地继续前行。

那个骑兵戛然而止的尖叫像陡然敲响的丧钟。

当——

又一个落在末尾的重铠骑兵被沙鬼裹住，死无全尸。

当——

没了主人的马鹫被沙鬼扫过，从尾巴开始化成细沙，然后是身体、硕大的双翅，以及头颅。

奥斯维德已经翻身上了最近的马鹫，一抖缰绳，同时在疾奔中伸出手臂，冲凯文吼道："上来！"

凯文一把握住，转眼便坐在了他身后。

"走走走！快！！"米奥疯狂地冲身后喊着，他身下的马鹫双翼掀起巨大的风，刮倒了无数幼树，再快一些就真的能飞起来了。

四十多头巨型马鹫同时疾驰，声势浩大得几乎要踏平整个边郊。

肖他们的反应速度比骑兵快多了，眨眼间便化成了兽形。

三头猛兽狂奔起来，速度丝毫不逊于带着双翅的马鹫。因为太快，周身的肌肉甚至都被风推得变了形。

"啊啊啊——"末尾又传来了尖叫，不出意外，转瞬间戛然而止。

众人甚至连回头看一眼的时间都没有，只想着快一点！再快一点！

戛然而止的呼救声从后方稍远处一直蔓延到近处。

凯文甚至能感觉到有沙粒蹭到了自己的背，他猛地一夹马鹫的腹部，让本就快到极致的马鹫更快一点。

"抓紧！"奥斯维德的声音几乎要被风吹散掉。

这声提醒一点儿也不多余，凯文被颠得几乎已经沾不到马鹫的背了，如果再快一点，很可能整个人都要被甩出去。

要命的关头，谁也没那工夫去刻薄，凯文二话不说，左手臂整个儿钩住奥斯维德精壮的腰，右手紧握短刀，转头看去。

"你不要命了吗！右手呢？！"奥斯维德吼道。

凯文已经顾不上让他闭嘴了，因为他发现，原本的四十多人现在只剩下不足十人，而那条扭曲的沙蛇还在紧追不舍。

因为速度太快，上下颠簸的频率太高，凯文甚至看不清余下的人究竟有哪些，只隐约听到米奥被风吹得支离破碎的咆哮："老子跟这帮畜生没完！！！"

仅仅这一句话的工夫，沙鬼便又连人带马鹫化掉了三个，眨眼间便贴到了凯文的身后……

奥斯维德一边紧拽缰绳，一边还要分心顾着身后，以免把凯文直接甩脱出去。

可是很快，他就听到沙粒的摩擦声贴了过来，近得仿佛要吞下凯文，直逼他的背部。

"凯文！"奥斯维德连四个字都来不及喊，直接叫了名字。

他隐约感觉身后的人身体僵了一下，天知道那一瞬间，他几乎连头皮都奓起来了。

不知道是因为死亡的逼近还是别的什么。

他甚至连危险都顾不上，克制不住地转头看了过去。

从他的角度只能看到凯文小半边身体，沙鬼已经贴了上来，似乎正在将凯文的身体裹进去，至少右手已经被沙粒淹没了。

奥斯维德呼吸一滞，一种说不上来的感觉顿时攫住了他全部的思绪。

紧接着，他眼前一花，沙鬼突然在空中换了实体，抬手便是一击。

奥斯维德只觉得后脑勺猛地一痛，眼前便彻底黑了。

09

北翡翠国几乎常年矗立在冰天雪地之中，北接一望无际的西萨冰原，南临浩荡凶险的克拉长河。王城斐灵坐落在中心偏北的地方，寒冷干燥，即便到了五月，走在室外也能呵气成冰。

因为城下有几处冻脉，地底的温度比地面更低，还潮湿。

北翡翠国环境最恶劣的地牢就建在这种地方，紧邻冻脉。

凯文交叠着长腿，以一种十分舒适的姿态坐在并不平坦的地上，背靠着地牢阴冷的石壁，正低头看着自己的右手。

这地牢除了屋顶上几处比拳头还小的气眼，找不到更多和外界连通的地方。走道里的壁灯少得可怜，火苗一点儿也不旺，颇有种吊着最后一口气的意思。

在这种昏暗光线的映照下，凯文的右手便显得更加可怖……

如果那还能叫作手的话。

完整的皮肉在腕部戛然而止，血色淋漓的创口下是森森白骨，就连白骨都不是完整的，掌骨缺了一半，指骨只有两根是齐全的，剩下的部分比被狗啃的还不如。

啧，真丑。

凯文垂着眼看了会儿，又自嘲道："不过好歹还有几根骨头。"

要知道在几分钟前，就连那狗啃的半边掌骨都还没有呢。

墙角的石缝里突然钻出了一只瘦成皮包骨的耗子，硬质的毛从凯文滴着血的伤口上擦过，滋味酸爽妙不可言。

凯文无声地吸了一口气，瞥了那耗子一眼，灵活地动着指骨，将它弹远了几步。

仅仅是眨眼的工夫，他那狗啃的掌骨似乎又完整了一些，中指多了两段指节。

瘦巴巴的耗子吱哇叫了一声，不知是被那骨头的触感吓的，还是被凯文本人吓的，转了个方向就跑，结果没找对路，一头撞在奥斯维德的手臂肌肉上，滚了两圈才匆忙逃走。

就这不轻不重的一下撞击，躺倒在地的奥斯维德手指抽动了两下，皱着眉睁开了眼。

他一时间没搞清楚境况，眯着眼扫了一圈，才猛地撑坐起来。

"嘶——"他按住后脑的伤口，低低地抽了一口气，而后抬眼问道，"这是什么鬼地方？"

凯文左手非常随意地一划，道："显而易见，牢里。"

至于那只不太美观的右手，则被他掩在了身侧偏后的阴影里，从奥斯维德的角度根本看不到。

凯文指了指脚链锁眼旁刻着的标志，又补充道："北翡翠国的地牢里。"

奥斯维德的脸黑了个彻底："沙鬼出力抓人，最后却关在北翡翠国的牢里？"

这在他们看来确实有些稀奇，要知道北翡翠国就相当于沙鬼的跟班，帮着威慑可以，真出力就别指望了。更多时候反倒是北翡翠国四处忙活蹦跶，沙鬼坐等收益。

现在这么看，倒有种从完全的跟班变成等位合作的意思。

"有合作，利益交换是少不了的。指不定北翡翠国那个老不死的萨丕尔突然多了什么筹码呢，比如挖到了绝世宝藏之类。"凯文拨弄着脚链上的锁眼，似乎在研究怎么才能把它鼓捣开。

"说到利益交换……"奥斯维德皱眉道，"今天那只沙鬼究竟怎么回事？谁碰谁死，开什么玩笑！变异？"

凯文随口道："说不定这就是利益交换的结果呢。"

奥斯维德："……"

"拜托别用那种口气讲这么恐怖的猜测，谢谢。"米奥的声音顺着那个老鼠洞，从隔壁闷闷地传来，"刚睁眼就听到你们这种对话，我觉得还是晕着比较省心。"

"你还活着？"凯文诧异道。

米奥："我也不是完全没有价值啊。"

隔壁传来一阵窸窸窣窣的衣物摩擦声，片刻后，米奥的声音便挪了位置，紧贴着墙，清晰多了："说真的，光一个这样的沙鬼就干死了我们这么多人，要是再多一点，那还打什么仗啊……"

谁还打得过它们？！

别说金狮国、北翡翠国了，整片大陆的所有种族，它们都可以踩在脚底下。

"可它们还在跟北翡翠国合作。"奥斯维德道，"所以说这当中肯定有蹊跷，要么它们的状态并不像看起来的这么难对付，要么还有什么牵制在北翡翠国或者其他人手里。"

凯文还在拨弄着脚链，听完"嗯"了一声，表示赞同。

说到手里……

奥斯维德突然抬头冲凯文道："你右手呢？"

凯文："你话题跳跃度是不是有点儿大？"

他丢开脚链，抬眼不解地冲奥斯维德道："好好的，干吗突然问我右手？"

"废什么话——"奥斯维德见他扯着话题，脸色一下子沉下来，二话不说倾身过去一把钳住凯文掩在身后的右胳膊。

"问话就好好问，一言不合就动手，什么毛病！"凯文被他拽得无奈，顺势把右手伸了出来，"所以说我右手怎么你了？"

两人拉扯间位置都有了变动，头顶上风眼里漏出一点儿稀薄月光，刚好照在凯文右手上。

只见他手指长而匀称，常年握着刀剑，却没有留下硬茧，略微一动，手背的筋骨就会凸显出来，除了比奥斯维德的手要瘦一些，苍白一些，并没有什么别的差异。

"怎么可能……"奥斯维德的表情一瞬间变得很复杂，说不出是松口气的感觉更多一些，还是难以置信的感觉更多一些，"我明明看到——"

"看到什么？"凯文挑眉。

看到你的右手被裹进了沙粒里……

奥斯维德张了张口，又把这句话咽了回去，他蹙着眉心有些迟疑，之前那样紧张的情况下他真的看清楚了吗？难道真的只是角度问题？

还是觉得不太对劲……

可如果真的被沙粒裹进去，这只右手早该不存在了，又怎么会这样完好无损，连个伤口都没有……

奥斯维德心里犯着嘀咕，便忘了嘴上要说什么，他盯着那只右手发了会儿呆，而后不着四六地来了句："你的手怎么冷成这副鬼样子？"

凯文："你操的心会不会有点儿多？"

奥斯维德面无表情："我觉得你大概有必要滚回学院重修礼仪课，比如学学怎么跟皇帝说话才能活得久一点。"

凯文非常光棍地一笑："可惜皇帝陛下正跟我一起蹲大牢，能不能活着出去还不太好说。"

奥斯维德："……"

他盯着凯文的眼睛看了一会儿，突然掰开了凯文的右爪，把脖颈上贴身挂着的一个圆形骨雕坠子拿出来，按住某个边角一拨，就听咔嗒一声，那坠子分成了两半，中间是个空心的凹槽，凹槽里放着三枚黑色的"小甲虫"。

"信砂……"凯文诧异道。

他们身上挂着的牛皮袋不是丢了，就是被收走了，万万没想到这位还留了点儿能派上用场的东西。

奥斯维德倒出一枚来，二话不说捏得粉碎，然后慢条斯理地冲凯文道："活着出去的机会大概比阁下你预估的要高一点儿，现在你可以好好想想滚回去学礼仪的事情了。"

凯文："……"

说完，他兀自检查了一遍，把身上所有能翻的地方都翻了一遍，还顺带着翻了一遍凯文的衣服，最后在凯文腰扣上摸到一个作为搭扣用的金属环，他抬头冲非常无语的凯文道："提着裤子。"

凯文翻了个白眼："拽了这环裤子也不会掉，谢谢操心。"

奥斯维德二话不说扯了那个细细的金属环，徒手将它拧出了一个断口，然后撸直一些，捅进脚链的锁眼里鼓捣着。

凯文一脸复杂地听着锁眼咔地响了一声，松了。

"小时候当少爷，大了当皇帝，你跟我说说你究竟是上哪儿学来的这种技能？"凯文一边捅着自己的锁眼，一边感叹道，"还好这里的侍卫不爱在地牢里瞎转悠。"

"但是肯定守着出口。"奥斯维德说着还想再去捅牢门的锁眼，就听走道里突然有一阵风灌了进来，发出呼的一声响。

两人动作一顿，眨眼间便倚回墙上，歪着头悄无声息地装起晕来。

10

也不知道是太有默契还是太没默契，两人刚好一个下意识往左偏，一个往右偏，成了脸对脸，真是冤家路窄。

凯文："……"

地牢里阴湿寒冷，凯文身上穿的还是奥斯维德硬塞给他的那套，虽然比之前破布似的旧衣服好一点，却也绝对跟"御寒"沾不上半点儿关系。所以奥斯维德问的那句"你的手怎么冷成这副鬼样子"简直就是废话，何止是手，他浑身都冷！

正因为冷，奥斯维德带着热度的呼吸打在他皮肤上时，才更加清晰明显。

明显得他鸡皮疙瘩都起来了。

凯文心里"啧"了一声，心说果然受不了别人离我太近，太怪异了。

他忍不住皱了皱眉，抬起一边眼皮看了眼，却见奥斯维德也一脸复杂地半睁着眼，一副想说什么却不得不憋着的模样，大概也觉得这造型拗得不太痛快。

走道里风声刚落，便响起了脚步声，有轻有重，来的不止一人。

改换姿势的动静有些大，凯文不可能冒险，只能继续这么拗着。

谁知在这种境况下，奥斯维德还是不怕死地张开了口。

就这位皇帝陛下小时候的"黑历史"来看，他嚣张起来简直浑身挂着胆，在这种境况下搞出点儿动静来也不是不可能。

凯文警告性地瞪了他一眼，却见他只是动了动嘴，并没有出声。

从口型来看，他在问凯文："难受吗？"

凯文翻了个白眼，这还用说？

奥斯维德："看到你难受，我就舒服多了。"

凯文："……"你是不是闲的？

就在他被年轻皇帝的幼稚举动搞得哭笑不得的时候，走道里的脚步声已经从地牢那头到了这头。

他表情瞬收，立刻闭上了眼。

"都还没醒？"一道粗哑的声音在门口响了起来。那种嗓子里含着沙一样的摩擦音，除了沙鬼一族，别人也发不出来。

"丢进地牢之前，给他们每人滴了点药，能药倒一头犹塔巨型野猪的量，正常人肯定扛不住，估计今晚都醒不了。"一道略微尖细的声音答道。

凯文："……"比野猪能扛，不知道这是夸还是骂。

沙鬼抛了个什么东西出去，叮的一声，听音质像是玻璃质的容器："那正好，这是你们要的，可以在这里挑个人试试，效果自己看。"

尖声音恭维道："效果已经见识过了，不然他们也不会躺在这里。"

凯文心思一动——

能让他们躺在这里的是那个披了皮囊的沙鬼，现在照这两人的话来看，那沙鬼"谁碰谁死"的逆天状态不是普遍现象，而是跟它们手里拿着的东西有关？

可如果真是这么关键的东西，沙鬼怎会轻易给北翡翠国的人用？

"别废话，赶紧试试，没什么问题我就回荒漠了，领主在催。"沙鬼的声音里透着不耐烦和傲慢。

尖声音道："您这就要回去？陛下千叮咛万嘱咐让我好好招待您，起码得办个隆重的送行宴会，不然陛下病好了肯定要拿我问罪的。"

沙鬼更不耐烦了："用不着了，我们今晚就走。"

这么急着走？

把好东西留给北翡翠国，都不看看会搅起什么样的动荡就退回荒漠，这跟沙鬼一贯的嚣张风格不符啊，总不至于真的无私奉献不求回报吧？

凯文有些疑惑，不过很快他就反应过来了——雨季要来了。

现在已经是五月了，东部安多哈密林雾期结束，就意味着整个大陆最大的雨季要来了，前后只会相差两三天。沙鬼一贯怕水，讨厌潮湿，每到雨季就只能乖乖地窝在西部荒漠。

这也是它们没法完全压制其他种族，占领整个大陆的原因。

这是众所周知的弱点，沙鬼也没掩饰，它略带嘲讽地笑了一声："这一瓶够你们操控的，雨季持续四个月，对我们来说时间太过长久，能做很多事情了，希望我们重回大陆的时候，能看到你们计获事足，也别忘了跟我们的约定。"

"怎么会？"尖声音笑了，他似乎搓了搓手，斟酌道，"那我先试试？让我来挑一个……"

他拖长了尾音，脚底在地牢有些潮湿的地面上摩擦着，似乎在转身看着各个牢房，犹豫着应该选哪个倒霉鬼。

凯文听见他朝这边走了两步，因为兴奋而变得粗重的呼吸几乎贴到了牢房的门栏上："金狮国的怎么样？"

他用手指轻轻敲击着玻璃瓶，似乎在考虑。

沙鬼大概受不了这么磨叽的性格，"啧"了一声，道："快点，不过我事先提醒你，这东西并不好操控，还有你那手别抖，瓶子抖碎了就前功尽弃，有你跪着哭的时候。"

听了它这话，尖声音似乎又慎重了一些，他撤后两步，转向了对面牢房："那就先拿这边的试试，灵族一个小祭祀，试坏了也不影响。"

凯文听见那边窸窸窣窣一阵轻响，而后是连呼吸都屏住的寂静。

就在他扭着的脖颈开始发酸的时候，尖声音突然低声道："来了来了，站起来了！"

凯文："……"八百辈子没见人站过吗，这么一惊一乍的。

他当然知道尖声音所谓的站起来没那么简单，应该是把瓶子里的东西用在了那个灵族小祭祀身上，并且效果不错。

"他有意识吗？"尖声音问道。

沙鬼："当然，不然怎么伪装？"

看来是跟之前的重铠骑兵一样，借了皮囊伪装成正主。

凯文心里一琢磨，差不多明白了北翡翠国的意图，如果瓶子里的东西能有这种效果，那么想对付哪个种族，就抓几个人来换层皮。

如果是战士，可以回去搞乱军队；如果是宫廷里的人，那就可以接近上位者；如果直接抓到了举足轻重的大人物比如掌权者，那就更方便了！简直兵不血刃就能取而代之！

这是上哪儿搞来的巫术？凯文纳闷极了。

"有意识还会听话吗？让他把另一个掐死。"尖声音阴暗地撺掇。

沙鬼："瓶子在你手里。"

"哦哦，那我来试试——你，过去扭断他的脖子。"尖声音压低了嗓音，听起来又轻又阴森，刻毒极了。

"好。"一道陌生的声音应了一声，应该就是被顶包的灵族祭祀。

片刻之后，就听咔的一声骨骼脆响，尖声音压着兴奋道："好，好，太好了。"

沙鬼问道："现在知道效果了？亲手试的感觉不错吧？地牢里这么多人你随意。我事办完了该回去了，刚才来的时候天已经阴沉了不少。"

话音刚落，走道里便响起了呼的风声，又很快归于寂静。

那尖声音半天没有动作，也不知道在想什么，许久之后，才叹息般地喃喃了一句："好。"

凯文："……"听着就是个变态。

尖声音的脚步迟疑了一下，终于还是朝凯文他们这边来了。地牢的走道并不宽敞，几步就贴到了牢门前。

凯文能感觉到那人穿过门栏伸出了手，手指正一点点靠近他。

鬼知道手里有没有什么古怪的东西。

因为侧着头，那人只能看见凯文的后脑勺。

仗着视角安全，凯文微微睁开了眼皮，却发现奥斯维德正半闭着眼，视线一动不动地越过他的肩膀，紧盯着牢门的位置。

凯文："……"

冷不丁看到这么个情况，他心下一惊。可那尖声音却并没有发现，也不知是太亢奋了还是什么。

就在凯文屏息的时候，奥斯维德双眼倏然全睁，整个人如同猎豹一般蹿了起来，凯文登时明白，转头便是一巴掌。就听啪的一声脆响，凯文的巴掌不偏不倚正打在尖声音的手腕上，尖声音的手指一软，掌中握着的一个玻璃瓶便骨碌碌滚到了地上。

与此同时，奥斯维德已经越过凯文蹿到了牢门口，狠狠地掐住尖声音的脖子，一扭一拽。

砰——

尖声音的头在金属制的门栏上狠狠撞了一下，磕出了血。

一个瘦高的身影突然从对面牢房里蹿了出来，直扑这边。他身上穿着白色的麻袍，颇有种裹尸布的风范，一扫一掠间像个枯朽的幽灵。这服装审美不用看都知道是灵族的。

那个被顶包的祭祀！

危急关头凯文可没忘了之前的教训，那个重铠骑兵被戳破后，蹿出来的沙鬼谁碰谁死。

他顺手摘了尖声音腰间挂着的长剑，又将尖声音整个人朝前一推，刚好跟尖啸而来的祭祀撞了个满怀。

相撞的瞬间，凯文抬手便是一剑，又快又狠。

而奥斯维德则抄起了地上滚动的玻璃瓶，吼道："让开！"

在那一眨眼的工夫里，被顶包的祭祀因为奥斯维德一声高喝刹住冲势，同时凯文的长剑从尖声音背后捅进，从胸膛透出，"扑哧"一声，扎进了祭祀的心口，直接将两人捅了个对穿。

中了！

跟沙鬼纠缠多年的经验，使得凯文练就了一手一招毙命的本事。这一剑下去，他便清楚地知道，沙鬼的心脏被捅穿了。

一声凄厉又粗哑的长号响起，奥斯维德二话不说扑开凯文。

被捅穿的灵族祭祀整张皮囊轰然爆开，沙粒四散，溅得到处都是，但溅向凯文他们的那些则统统被尖声音的身体给挡住了。

凯文被奥斯维德扑到了远离牢门的角落，眼睁睁看着尖声音从头开始坍塌，化成了地上的一堆沙子。

地牢里这么大动静，门口那些守卫再不来就是死的了。

两人翻身起来，三下五除二捣开牢门上的锁，直奔隔壁，把米奥的牢门也给捣了。

"憋死我了！哎——快醒醒！别装死了！"米奥一蹦而起，一边接了金属棒费力地捅着自己的脚链，一边连推带搡地叫着同牢房的那三头巨兽人。

金属铠甲的碰撞摩擦声接二连三响起，嘈杂的人声从走道那头传来——显然，守卫们冲进来了！

要命的是，听起来声势浩大。

米奥捅着锁眼的手一抖："……"

奥斯维德："萨丕尔那老不死的把全城的军队都调来守这破牢了吗？！"

米奥一脸绝望的表情："你说我把自己拽细了从气眼里钻出去的可能性有多大？"

凯文："呵呵，别做梦了。"

11

拽细了直接钻出去肯定不可能，但是那气眼……

凯文朝上瞄了一眼，又匆忙收回目光，跟着奥斯维德一起急吼吼地扯人腰带环。

"咦——干什么？嗷——别拽！裤子要掉了！"米奥一边死死揪住裤腰，被强盗似的凯文扯得直蹦跳，一边还要把捅锁的金属棒丢给巨兽人肖："拿着拿着，赶紧！能放几个放几个，就我们这点儿人根本没法跟他们正面扛，还没出门就该被堵回来了！"

巨兽人那帮人高马大的糙汉子向来做不来这种偷鸡摸狗的细致活儿，肖捏着

那根纤细的小棒，神志还没完全脱离昏迷状态，一脸蒙："怎么救？"

"别傻了，给我！"奥斯维德一把抢过来。

他一个皇帝也不知道为什么会有这么炉火纯青的开锁技能，也不管地牢里关着的是谁，逮着一个锁捅一个，以三秒一个的速度接连开了三个牢门。

凯文抢了米奥腰带上的金属环，也迅速捅开了这边两个牢门。

浩荡的大军泄洪一般从地上的入口涌进来，米奥吼了一嗓子："管他的，上！"便跟肖他们一起冲了过去，过程中顺手拾起了掉在地上的长剑，剑上还穿了一颗沙鬼的心脏。至于那个尖声音的心脏，已经化成沙了。

"别踩到地上的沙堆！"凯文一边捅着锁眼，一边提醒他们。

米奥心思一动，拎着剑便跟涌进来的守卫打了起来。

一名穿着轻甲不带手下的光杆副指挥，一个身高两米五肌肉健硕却因为药效有些手软的巨兽人，还有一头瞎了双眼瘸了爪的雄狮……三个怎么看都有些够呛的家伙硬是横在了地牢过道的那头，来一个杀一个，颇有种一夫当关万夫莫开的架势。

小狮子班原本也想扑上去，却被他爸反手一爪摁了回来。

"班，你认识丹吗？！丹！就关在咱们对面那个牢房里，把他弄醒！快去！"肖连头都顾不上回，咆哮着冲他喊了一句。

班连滚带爬地扑了回来，在凯文开锁的牢门前一个急刹："快快快！"

门锁"咔嗒"一声响，班便冲了进去，连扇带打不遗余力地把躺在地上的一名壮汉弄醒了。

"快醒醒！！再不醒你就要被做成烤小鸟了！！想不想活！！"班对着丹的耳朵咆哮，气壮山河，差点儿被自己的口水呛死。

小鸟？

凯文看了那壮汉一眼，再度瞄了瞄头顶上拳头大的气眼。

一排牢房门都被奥斯维德捅开了，里面关着的人也被牢里的动静纷纷弄醒，装死装晕的也都翻身蹦了起来。一时间，地牢狭窄的通道里站满了人——各式各样的人。

有偏好"裹尸布"天生细瘦的灵族；有站起来像小山一样，一个人有两个大的巨兽人族；还有凯文他们这样看起来普普通通的欧拿族。

欧拿在古语里的意思是神的遗迹，可惜他们除了长得匀称像样一点儿，半点儿神力都没继承。灵族擅长巫术长寿不衰，巨兽人天生凶猛力大无穷，而分割成数个国家的欧拿族没什么先天优势，就只能靠小聪明。

能救命的小聪明。奥斯维德捅开最后一个锁眼，把手里的金属棒丢开。

平日里，这些种族相互之间多少都有些摩擦和过节，要么直接干过架，要么相互远离，井水不犯河水。在如今这种境况下，却出奇地和谐。

"傻了吗，打啊！"奥斯维德没好气地喊了一句。

米奥他们毕竟人少，就算占了个地形优势，也不可能真的做到万夫莫开。只这么一会儿工夫，他们边杀边退，已经被涌入的守卫压了回来。从牢里放出来的那些人总算从诧异和呆愣中回过神来，纵身扑入战局。

"你是雷音城的还是我们金狮国的？哎呀不管了，反正都是欧拿人，你以为自己是巨兽人吗？赤手空拳打个鬼的架！抢剑啊！"米奥边打边骂，简直要被几个愣头青气吐血。

"巨兽人族，兽形的组成楔形队的楔尖，人形跟上！欧拿族不管哪国的，抢到剑的从两边抄！灵族压阵，你们搞巫术看准再杀！"凯文一剑捅穿两个守卫，冲混乱的人群吼道。

奥斯维德个头极高，在洪流般的人群中显得孤拔精悍，明显超出了欧拿族的平均身高，即便站在巨兽人族面前也没那么怵。他扭断一个守卫的脖子，又避过另一把捅来的剑，劈手打掉武器，拽着那人的胳膊一个背摔，将那守卫摁在了沙堆里。

守卫惊叫一声，瞬间被沙堆化了个没影。

米奥也引了一堆人过来，全部坑在了这沙堆里。

"不行……"奥斯维德"啧"了一声，借着身高优势一眼望过去，他们杀了一拨还有一拨，源源不断的守卫正在涌入地牢，根本看不到尽头。还没等杀出去，他们就该力竭了。

凯文头也不回地提醒道："看头顶的气眼！去找丹！"

奥斯维德抬头一扫，凝神盯了片刻，终于在气眼旁边发现了一点细小的蛛网似的裂缝。

他瞬间便明白了凯文的意思，转头一把揪住冲杀的壮汉丹，在嘈杂中叫道："烤小鸟，你兽形是什么？"

丹："……你才烤小鸟！"

"快回答！想不想活？！"奥斯维德几乎想冲着他的耳朵吼，可惜，就算他比欧拿族一般人高很多，离巨兽人的平均身高还是有段距离，没法对着丹的耳朵咆哮。

"好吧，巨鹰！"丹回吼道。

奥斯维德又干掉了一个守卫，在他身上翻找了一下，未果，干脆卸掉了守卫手上的半指护甲套在自己手上，指着头顶的气眼冲丹道："换兽形！飞上去！"

丹一脸蒙地看了眼混战中的人，心不甘情不愿地换了形态，鹰唳声回荡在过道里，比人还大的猛禽在这破地方几乎施展不开拳脚，挣了半天才勉强伸开翅膀。

041

奥斯维德十分不客气地翻身上了他的背。

丹："……"

他长翅一扇，一股劲风瞬间把近处的守卫掀了个跟头。

这么一看，他又觉得自己找到了另一种攻击的方向，瞬间来了劲，一下接一下地扇着巨翅，扇得那帮守卫几乎站不稳脚跟。

"悠着点儿，我都要扑进敌窝了！"肖顶着一脸长疤，回头吼了一句。

丹非常不友好地又狠扇了两下。

肖："……"

奥斯维德攀在巨鹰的背上，十分不稳当地贴近了屋顶。

他摸了一下拳头大的气眼，又看了看裂缝的走势，而后握起拳头对准气眼便是一击。

他的力道大得出奇，又用了个十乘十，就连肩背的肌肉都被牵动出了极为紧致流畅的线条。他手上套着从守卫那里抢来的铁甲，质地坚硬，棱角锋利。

只一拳，气眼周围的裂缝便更明显了，有石质的碎渣从缝隙间落下来，扑簌扑簌全撒在了丹的背上。

不过丹毛厚皮硬，这么点儿粉渣他甚至都没感觉到，只顾盯着下方的守卫，一个劲地扇着翅膀，死活要添点儿乱。

奥斯维德又是狠狠一拳，气眼周遭碎了一圈，这回落下来的可不只是石粉了，还有石块。

丹非常惊悚地把头变回了人形，顶着一身鸟毛叫道："你在干什么？！"

奥斯维德不答，只一下一下狠狠地砸着气眼。

咔啦——

不断有碎裂的声音响起，连锁效应般一处接一处。气眼被扩大了一圈，周围的裂缝越来越长，也越发明显，像一张硕大的蛛网，从这处发散出去，连接上了其他气眼。

砰——砰——砰——

又是三下，奥斯维德砸下去的拳头力道只怕不比巨兽人小。

众人终于反应过来有点儿不对劲，整个地牢都抖了一下，屋顶上不断有碎石砸下来，粉尘石灰在地牢里炸成一片，又呛人又影响视线。

灵族的人身上能用的工具都被搜得干干净净，除了一身裹尸布，什么也不剩。

但这也阻止不了他们用最基础的巫术。

也不知道他们神神道道地念着什么，就见打头的那个灵族手指猛地一指前方，地牢内所有的壁火都蹿到了他手里，凝成一团巨大的火球，而后猛地扑了出去，像一条火龙一样，从地道这头直扑向那头。

无数守卫炸了锅般尖叫着，金属的铠甲一经火烤瞬间升温，能活活烫掉人一层皮。

"让开！"奥斯维德一声吼，再次重重一拳砸下去。

就听轰的一声巨响，那片本就有着裂痕的屋顶被他彻底砸塌了，巨大的石块天崩地裂一般垮下来，全砸在了地牢里。

丹："……"

他在纷落的石块中差点儿被砸出脑震荡，惊魂未定地疯狂扑扇着翅膀，奥斯维德压着他的后颈道："下去一点！"

巨鹰在纷落的石块中俯身，奥斯维德冲惊慌的人群叫道："会飞的巨兽人换个形态！剩下的人爬背也好抓腿也好随你们！能上的都上，走了！"

说完他一把拽过凯文的手臂，又揪住米奥，让他们翻身上了鹰背。

身后一声声猛禽尖啸骤然响起，野兽咆哮此起彼伏。丹一声长唳，带头从地牢正在崩塌的房顶巨洞里冲了出来。

脚下突然响起接二连三的轰鸣——地牢彻底塌了。

不过他们顺利出来了！

奥斯维德他们瞬间从趴着的姿势变成竖挂着，差点儿从冲天的巨鹰背上滚下去，不得不死死揪住丹的硬羽。

"我飞不了多久啊，你们好重啊啊啊啊！"丹咆哮着，在空中盘旋了一圈，便有种要把他们甩下去的意思。不过下一秒他就不敢落地了，因为他发现斐灵城主城墙上，无数密密麻麻的守卫正举着长弓，拉满了弦，遥遥对着他们。

12

丹扭头就走，翅膀扇得恨不得再上升八千米，离那些射箭的人越远越好。

"东南！朝东南飞！"奥斯维德迎着劲风，一边艰难地稳住身体，一边指挥道。

"麻烦你说前后左右！！我现在没那脑子分东南西北！"丹咆哮着回道，"我们族从来只讲兽类的直觉！不讲这么复杂的东西！"

奥斯维德："……"

城墙上隐约传来一声喝令："还等什么？！放箭！"

锥形头的金属长箭向来是北翡翠国的骄傲，他们制造的箭矢又稳又锋利，随着无数破风的嗡鸣声，犹如一场浩大而密集的暴雨。这些箭矢上面带有小毛刺，一旦射中就会牵扯在皮肉里，搅人得很，疼了百倍不说，血还不好止，极难处理。

被这样密集的流矢追上，任谁都会背后发凉，头皮发麻，因为几乎避无可避。

凯文听见身后一片混乱——有箭矢呼啸声，有城下守卫士气高涨的呼喝，有

金属刺进皮肤的闷响，以及不幸中箭的人凄厉的痛号。

猛禽的尖喙和野兽的咆哮交错着，一打眼就会发现有人从高空中掉落下去，栽进敌窝，后果可想而知。

"左转！好！然后直行，飞过前面那片山脉！其他人跟上——"凯文牢牢把控着丹的方向，单手死死揪住鹰羽根部，另一手将长剑挥成了一道密不透风的墙，将一切可能刺中巨鹰要害的箭矢统统挡了出去。

城下一大片乌泱泱的北翡翠国骑兵翻身上了马鹫，纵身疾驰。那些马鹫一个个勇猛精健，在巨大的双翅扇动下，奔跑如飞，像漫涌而来的黑色浪潮，势不可当。

"萨丕尔都快病死了，究竟谁下令这么穷追不舍！"米奥跟凯文一样在挡着箭矢，只是他本就抓得不是太稳，随时有掉下去的危险，也不敢动作太大。

当然，他这话夸张了不少，事实上传言萨丕尔只是卧床，还不至于快死了，这只表达了米奥内心美好的愿望。

"之前离得近我看了一眼，指挥的人肉厚得很，像萨丕尔那个满脑流油的大儿子曼考。"奥斯维德讥讽道。

米奥一听脸都绿了："陛下你可别逗我，要真是他那乐子就大了，那货出了名的不择手段，丧心病狂！"

萨丕尔那尿性凯文倒是清楚，但对于他那刚冒头没几年的儿子曼考，凯文的认知还停留在多年以前。那时候凯文还没被埋入地下，而曼考刚十六七岁，北翡翠国和金狮国交界处流传最广的一则传言就是关于他的——

说那年春天，北翡翠国西南面一个边郊小镇法兰镇上接连失踪了三四个女人，最小的十五岁，最大的儿子都四岁了。有人说她们被陌生人掳走，有人说已经死了。这流言传出来没多久，其他几处边陲小镇也流出了类似的传闻，失踪的都是女人，前前后后加起来有二十多个。她们的家人寻了大半年也没有结果，几乎已经不抱希望了。

结果就在快入冬的时候，曼考的一个近侍偷了钥匙，偷偷打开了曼考寝宫后侧方的一处地牢门，放出了二十多个神志不清的疯癫女人。

那些女人全身赤裸，手脚处有被铁链磨出来的伤口和瘀痕，有的身上带着交叠的鞭痕，有的身上布满烫疤，触目惊心。

她们正是之前失踪的那些人，被曼考掳了关在地牢里满足他龌龊的欲望，一人一间狭小的牢房，锁着铁链，不能穿衣服，也见不到光，就这样被折辱了大半年，从饱满鲜活的姑娘变成了浑浑噩噩的行尸走肉，全疯了。

那个近侍的妹妹也在其中。

这件事当时并没有引起轩然大波，因为那些疯女人终究没能跑远，几乎刚出地牢就被曼考紧急调过去的守卫抓了回去，当夜就全部弄死毁尸灭迹，当然也包括那个近侍。

　　然而纸终究包不住火，很快就有细碎的流言从王城斐灵传了出来，似假非真一路传到了那些边陲小镇。

　　此后的两年间，那些失踪女人的家人陆陆续续因为"意外"死亡，最终一个没剩，巧合还是人为，不言而喻。

　　累积多年的民怨一夜之间骤然爆发，萨丕尔费了整整三年时间才用高压手段把大儿子干下的畜生事镇下去，而后便走钢丝一般堪堪维持着表面的平衡。

　　要不是沙鬼的威胁力太强，这对禽兽不如的父子早该被人削皮啖肉了，哪能喘气到今天……

　　凯文攀在巨鹰背上，眯着眼盯着脚下追袭的黑浪："他们追得很紧。"

　　巨兽人族的猛禽飞行速度本来很快，但现在一个个背上和脚上都挂了一连串的难兄难弟，能不栽下地就不错了，想要达到平时的速度简直是做梦。

　　这就便宜了下面驾驭着马鹫的骑兵，要是平时，他们早被甩开一大截了。

　　那些骑兵也不是白吃饭的，马鹫背上的技能不容小觑，他们骑在飞驰的马鹫背上，依然能平稳地挽起长弓，朝天上的猛禽发动攻击。

　　使了吃奶的力气逃命的同时，还得"走位"灵活地避开破风而来的利箭，丹他们简直要疯。

　　混乱间，略落后半身的白嘴秃鹫被三支流矢钉穿半边翅膀，连带驮着的两个人，一起朝这边倾倒过来。巨大的身体没能扭转平衡，狠狠撞到了丹身上。

　　硬质的翅膀扑扇间打到了奥斯维德，不小心掀掉了他腰间挂着的一个东西。

　　"不好！"奥斯维德皱眉。

　　"什么？"凯文连忙低头看去，就见一个微微反射着月光的物体正朝地上坠落。

　　"那个玻璃瓶！"奥斯维德道。

　　凯文一惊，可他们连捞一把都来不及。

　　片刻之后，凯文眯着眼，他眼力惊人，能看到地上打头的那个人拽了一把马鹫缰绳，抬手接住了那个玻璃瓶。

　　凯文道："带头的那个好像是你说的曼考，他接住了。"

　　这种东西到了曼考手上简直太要命了！

　　丹也明白危险性，顿时大吼一声，憋足了一股劲，疯了似的朝凯文指的方向飞去。

　　一路上，所有人都有种"脑袋别在裤腰间"的危机感，无数次跟死亡擦肩而过。每个人身上都多多少少受了点伤，轻则被流矢划伤数处，重则直接中了好几箭，像个刺猬似的苟延残喘着。

终于，奥斯维德指着前面道："来了！"

在他手指所指的地方，克拉长河横亘东西，水流浩荡，巨浪翻涌。在那翻搅的浪花后面，乌泱泱的军队刚巧在河边勒住马鹫，像是一面铜铁之壁。

那是奥斯维德作为皇帝直接掌管的乌金铁骑团！

看来那枚捏碎的信砂及时传送了消息。凯文略松了一口气，指引着丹和剩下的人越过长河，飞降到乌金铁骑团中。

结果丹的鹰爪还没沾地，他们就听见身后曼考的守卫军团在河岸那头刹住了步伐。马鹫嘶鸣中，凯文看到曼考那疯子居然把手里的玻璃瓶打开了。

"退后——"同样注意到这一幕的奥斯维德大喝一声，所有乌金铁骑唰地退了一步。

结果出乎他们意料的是，曼考并没有把瓶子里的东西朝乌金铁骑甩过来，而是转头洒向了他自己的守卫军团。

13

"他吃错药了？！"米奥目瞪口呆地看着对岸，下巴都快惊掉了。

克拉长河较之其他河流来说并不算宽，但水流湍急，暗涡无数，这个季节更是浪潮不息。

大量飞溅的水沫使得河流之上总氤氲着一层雾，时浓时淡，对岸的一切便显得有些不太真切。

似乎有一片淡棕色的烟从瓶子里蒸腾出去，向曼考身后那些守卫军弥漫。只是弥散的过程中，还伴着某种低低的嗡鸣声，像是弓箭在风中抖着弦——

不对！那根本不是什么烟雾！

凯文瞬间反应过来，那瓶子里撒出去的东西根本不是烟雾，而是飞虫！

那些飞虫聚在一起的时候，淡如烟雾，一旦散开便一点儿也看不见了，不知是因为体形太小还是有伪装色。

曼考的守卫军人高马大，却在飞虫散开的那一瞬间，接二连三地出现了肢体扭曲或周身僵硬的状况，有些甚至在明显地抽搐抖动。他们身下的马鹫常年征战，早已训练有素，却依旧出现了一些骚乱。

飞虫钻进他们身体里了！

看到那样扭曲而诡异的画面，凯文脑中便冒出了这样的想法。

一瞬之间，曼考神色痴狂地捏着手里的瓶子道："去对岸，抓住他们，或者杀了他们！"

凯文瞳孔骤缩，冲着铁骑大军猛地一挥手臂："快走！"

可人总是需要反应时间的，更何况下令的还不是奥斯维德，乌金铁骑还没来得及拨转马鹫头，对岸的人已经扑了过来。

或者说他们已不能算真正的人了，真正的人不可能在跃起时扭曲出那样的姿态，也不可能仅凭一跳就横跨过克拉长河。那模样，更像是他们身体里有一股力道巨大的旋风，带着那副轻而空的皮囊，直接呼啸而来。

"盾墙！"奥斯维德大吼一声。

乌金铁骑军将手中巨大的金属重盾砸向地面，随着接二连三几声整齐的金鸣之音，飞扬的烟尘之下，一排又一排重盾相叠加，直接组成了一堵又高又厚的金属墙。

盾墙刚一架起，打头而来的皮囊没能刹住来势，重重地撞在盾面上，震得盾牌嗡嗡颤动。

远一些的"人"发现了这些阻挡物，直接在半空中褪掉了那层皮，露出里面旋转如蛇的沙粒。废了的皮囊掉落下去的时候，饶是乌金铁骑那帮骁勇的汉子也都被恶心得不行，不过恶心并不影响他们的判断和行动。

他们遵照奥斯维德简短的指令，二话不说挽起弓箭，直射向那片聚群而来的沙蛇。

如果能射中心脏的话……

所有人都抱着这种期望，然而这并不那么容易，这么远的距离，足够让那些姿态诡异的沙蛇扭开身体，躲过利箭。

可没人愿意就此放弃，就连巨兽人们，也都接过长弓，纷纷搭起了箭。抵抗一下，或许还有将这些东西剿灭的可能，如果直接转头就跑，那就注定连翻身都无望了。

克拉长河上的水汽对那些沙蛇多少有些影响，它们的移动速度明显没有鸦巢废庙那次快。但也只是让人多残喘几十秒而已。

"射中了！"漫天箭雨之下，接二连三有铁骑军大吼出声，大大鼓舞了士气！

有数条沙蛇在密集的箭雨中被直捣心脏，瞬间僵直，化成散沙落了下去。只是好景不长，欢呼的尾音还没落下，就有更多诡异的惊呼声响了起来。

就见那些了无生气的散沙在下落的过程中被还活着的沙蛇吸了过去，融进它们的身体里，变成了它们的一部分。

一时间，剩下的沙蛇更为粗壮，速度也更快了。

前排的盾墙在沙蛇不断的撞击中嗡鸣不止，颤动得越来越厉害。

一些沙蛇早一步绕过盾墙的两头，直接蹿进了乌金铁骑的军阵中。

一时间马鹫嘶鸣声和惊叫、怒吼声混杂成一片，鸦巢废庙前的场景重现在凯文他们面前。同一时间，盾墙外攻坚的沙蛇在一声重击之下，终于将那面厚重的盾墙彻底冲撞成了废铁。

那极为短暂的一瞬发生了太多事情——

盾墙碎裂成块，轰然炸开，飞溅的金属片棱角锋利，比利箭要命多了，当即便扫得最前排的铁骑人仰马翻。

凯文在铺天盖地的碎片和金棕色的沙粒中站得笔直，像一杆孤拔的长枪，他稳稳地拉开手中的长弓，单眼眯起，透过无数纷飞的碎片，瞄准了对岸的曼考。

而巨大的沙蛇在穿透盾墙朝大军扑来的那一刻，多年来一直维持着兽形的瞎眼雄狮耳朵一动，将惊呼的小狮子班一爪拍远，而后猛地站起。

他的身影在暗淡月色的映照下倏然拉高拉长，仅仅是一眨眼的工夫，一名高大的巨人便悍然而立，山一样挡在沙蛇面前。

那是麦。

他面对大军，背对沙蛇，双眼俱瞎，右手萎缩，但嘴角紧抿的线条却和十年前一模一样，坚毅又决绝。

凯文手中弓弦一松。

嗡——

长箭破风而去，穿过碎片和沙粒的缝隙，快得让人连眼睛都来不及眨。

曼考手中的玻璃瓶应声而碎，裹着河中水汽的箭头在射穿玻璃瓶后，依然去势不减，直接穿透了曼考的身体。

所有由他操控的沙蛇动作戛然而止，而后骤然炸散。

最近的一片更是直接朝凯文身上盖下来。

咣——

一张腐坏严重的铁盾猛地砸在凯文面前，挡住了那片散沙。凯文觉得腰间一紧，便被人猛地扯上了马鹫。

他背后撞上了硬邦邦的肌肉，粗重的呼吸打在他肩胛骨上，奥斯维德的咆哮炸得他龇牙咧嘴："你好歹也举个东西挡挡！真以为自己脸比盾牌还厚是不是？！"

而那条吸了无数同伴，壮硕得惊人的沙蛇化成了漫天散沙，又被山一样的巨兽人麦全部挡在了背后。

那应该是极其痛苦的过程，但疼惯了的巨兽人前首领却面色不变。

他似乎还跟以前一样神志迷茫，又似乎早已清醒。

或许他不明白自己身后是哪条河流，脚下是谁的地界，护住的又有哪些人，但他知道这是战场，而他是个战士。

战士的路总是短的，因为他总希望活着的人能走得更长一些。

"不——"班哭叫一声，猛扑过去。

他在落地的时候，从战斗中的兽形换成人形，死死地抱住麦的腿。

其实也不过是个八九岁的孩子而已，在山一样的父亲的对比下，小得可怜。

啧。

嘴里没有一句好话,什么叫晃荡啊?

虽然他还是光明神的时候确实喜欢到处跑,但神的晃荡能叫晃荡吗?那叫云游。

"如果地图卷的记录没有出错的话,这里应该是有人迹的吧?"奥斯维德道。

"有,当然有。"凯文在回忆里扒拉着关于这里不多的印象,"这里没有像圣安蒂斯那样规整传统的主城,但有人聚居,规模不算很大,但人也不少。"

奥斯维德点点头:"所以人呢?"

他们目之所及全是蓝白色的冰雪,根本看不出哪里有房子以及活人活动的痕迹。

"难道我们还在北方极地的边缘,得再往里面挪一挪?"

但这里除了冰雪还是冰雪,比荒漠还容易晕头转向。贸然跟着感觉走,十有八九不会有好结果,毕竟这两位不认路是有"前科"的。

凯文大略扫了一眼,难得决定当个吃一堑长一智的乖巧老实人。他拿了腰间短匕首,在指间转了个圈,刀尖向下,一把扎在冰面上。匕首花纹漂亮的手柄裹着一层薄薄的、火焰一样的猩红光亮,在这片冰天雪地里成了一个显眼的标记。

"走,找找人迹,最好能拐一个认路的当地人做向导。"凯文直起身,推了推奥斯维德结实的肩背。

他们正要抬步离开,忽然听见一声粗犷的吆喝:"喂,你们从哪儿来的,是迷路了吗?需要喝杯热酒暖暖身体吗?或者需要带火炉的房间解个冻吗?"

凯文:"嗯?"

他扶着奥斯维德的肩膀讶然回头,朝着声音来处望去,看见了一道像直立的熊一样魁梧的身影,宽度能有两个他。

"我发誓,上一次回头那里还没有人。"奥斯维德说道。

那个身影就像是凭空出现在雪原上的,很难不引发警惕。不过对方显然对这种防备和警惕很熟悉,又冲这里吆喝道:"别害怕,我是活人。看,我说话有气的!"

他说着"哈——"了一声,就为了给两人展示热气,只是很可惜被风雪搅浑了。他又指了指自己脚下:"我也不是凭空出现的,我们的酒馆在下面呢,你们那边的角度可能看不清,这里是有个斜坡向下的。"

"来吧,朋友!别考虑了,错过了我这一家,你们不知道还要走多远,不觉得冷吗?"那人招呼着。

奥斯维德小时候住庄园,稍大一点住宫廷,在外面鬼混的机会确实不多,他还是头一次见识这样的拉客方式,高高挑起了眉。倒是凯文一副熟稔的样子与对方笑着打招呼:"是吗?你发誓附近没有别的更划算的落脚地?"

"我发誓,快来吧!"

凯文跟奥斯维德走过去,这才发现那人所站的地方确实有个斜坡,通往冰层以下。顺着斜坡往下走再拐一个弯,他们竟然看到了不止一栋房子,甚至还有巷子和街道。

"你们在冰层底下开凿了这么大的地方？"奥斯维德问道。

"当然不是开凿的，这些房子原本就在地面上。只是每年冬天，这里下的雪都能直接埋过房顶，等顶上结成冰层，大家再各自清理房屋周围的冰雪，就变成你们看见的这样了。"

就像在整个小镇上面盖了一层结实的冰壳。

"那为什么不索性把顶上也清理了？"

"因为雪整个冬天都不会停，不如让它落在冰层上面，而且这样更暖和，天知道这个季节住在地上究竟有多冷。"

魁梧男人领着他们来到排式二层房屋前，推开厚重的橡木门，再掀开毛毡门帘的瞬间，酒液烟草混合的气味伴随着人声扑了过来。

嚯。

奥斯维德低沉的声音压得很轻，跟凯文耳语道："我十分怀疑，整个镇子的人不会都聚在这里了吧？"

这酒馆热闹得出乎意料，人也多得出乎意料。男女老少应有尽有，甚至还有人在木桌尽头伴着风笛搭着肩跳舞。嘈杂声有一瞬间的停顿，众人纷纷朝门口投来好奇的目光。

因为是便装出行，他们看上去就像两个家境优渥、英俊出挑但又有些倒霉的旅人。

有人吹了声口哨，道："真的有人来？！你们怎么会在这种时候来这里，这个季节外面路过一只鸟都能立刻冻得梆硬，你们居然活着？"

凯文熟门熟路道："迷路，跟朋友走散了。"

"我的天，还有朋友？！老板你要不再上去找找？"那帮人连担忧都显得很质朴，"再晚点就真的硬了！"

老板显然就是那位魁梧壮汉，他也跟着说了句："我的天！你们在哪儿走散的？我再去找找！"

"等等！"奥斯维德眼疾手快一把拉住他，"谢谢，辛苦了，但那几个更倒霉一点的朋友显然不在这里，我们是在荒漠走散的。"

老板："……"

老板："那你们是不是走得有点太散了？"

凯文："确实太散了，所以我们得拐……呃，请一位擅长辨认方向的当地人做向导，去找一下那帮朋友，否则他们可能会有一点点担心——"

比如急得发疯之类的。

谁知不仅老板摇了摇头，就连周围听见这句话的人都出声制止道："现在吗？不不不，今天不行，没有人敢带你们出去的，再怎么擅长辨认方向也不行。"

"为什么？"奥斯维德纳闷地问。

"现在是冬天！"

"看得出来。"

"冬天外面很可怕的！太阳每天只出来一小会儿。"老板敲了敲酒馆木质吧台上的沙漏，

"这只沙漏来回翻转十二次是一天，冬天太阳出来的时间甚至不够漏完一次。今天马上就要天黑了。"

旁边喝酒的人抱着杯子说："不信你们现在出去看一眼，应该已经黑了。夜里比白天危险一万倍，出去就是找死，没有人会当这个向导的，没有人！你们一定要现在去？"

凯文道："那帮朋友找不到我们，有可能会干出一些冲动的事。"

比如把自己挂上城墙或者绞刑架。

老板在旁边安慰了一句："你不是说你们跟朋友是在荒漠走散的吗？常年在那一带奔走的人应该都知道那个法则，如果在荒漠里落单或者走散了，千万不要相互寻找，直奔最近处的城镇，东边或者南边都行，先保证自己活下来。只要他们听过这句话就不用担心，应该会先去城镇落脚。"

凯文想了想米奥平日的德行："可能性微乎其微。"

老板："为什么？"

凯文："因为他们也不太认路。"

老板："……"

凯文："又撞上了暴雪。"

老板："……"

老板努力忍了忍，实在没忍住："你们一群人里没有一个擅长认路的，究竟怎么敢挑暴雪天出来的？"

好问题。

"总之就是出来了。"

老板："……"

凯文抬起一根手指将毛毡窗帘挑开一条缝，看了一眼窗外。那条通往地上的雪道果然一点亮光都不见了。正如酒馆里的人所说，几乎眨眼的工夫天就已经黑了。

"看来向导是真的拐不到了。"凯文咕哝着，转头冲奥斯维德说，"不如干脆放弃，在这里落个脚，舒舒服服睡一觉等天亮？"

当初还是神时他就总这样，随心随性，云游不看目的和方向，走到哪里就看到哪里，这也是他方向感糟糕的原因。

"行啊。"奥斯维德点了点头，他本来就只当这是一次普通出游，去哪儿不是游呢，"反正我也没来过这里。"

"老板，你刚刚在上面说，这里不仅能喝杯热酒，还有能睡觉的地方？"凯文问那个魁梧壮汉。

老板一听他们打消了找向导的念头，放心下来，笑着招呼："有！楼上有房间的。我这里既是酒馆，也是餐馆，还是旅店。需要歇脚的房间是吗？跟我来！"

他招了招手，示意凯文和奥斯维德跟上他。

他们穿过一列列木桌和堆叠在墙边的橡木酒桶，沿着狭窄老旧的楼梯上了二楼。这个旅在这样的飓风里保持飞行极其困难,保证背上的人不会在飞行中摔落下去更是难上加难。奥斯维德的翅羽被吹得乱七八糟,忍不住道:"你干脆随手指一个方向,靠运气。"

我有运气这种东西?

凯文一拍狼头:"羞辱我?"

浑蛋玩意儿,皇帝都打。

奥斯维德认命道:"我没有。"

"算了,你说得对,这种情况也只能看运气了。"英明的凯文阁下向来擅长破罐子破摔,"要论运气,你起码比我略好一点,随便挑一个方向飞吧。"

这片荒漠在地图上并不规则,南边面积小,往南飞能最快离开荒漠到达城镇。

凯文捋着天狼颈侧的毛,催促道:"别磨蹭了,奥斯维德,再在风里盘旋几圈,我沙子都要吃饱了。更何况实在找不到南,往东飞也行,大不了就是原路返回圣安蒂斯。四个方向里有两个都是可行的,我们胜算很大。"

天狼:"……"

哦?是吗?要这么算,飞错的概率也一样大。

皇帝陛下在心里反驳着,身体却老老实实照办,挑了一个方向全速飞去。

"你的方向感似乎变好了一点,奥斯维德,我好像看到远处尖顶式房屋的影子了。"凯文依然伏在天狼丝绒般的银白长毛里,声音里带了点夸赞的笑意。

"风也小了一点。"

"我已经有一会儿没吃到沙子了,甚至感觉有雪飘过来了,奥斯维德。没弄错的话,圣安蒂斯应该就在下雪。"

…………

皇帝陛下在一声声"奥斯维德"里迷失自我,铆足了劲朝"应该没错"的方向加速飞行。他们在这样的速度下飞了很久,所谓的"尖顶式房屋"却迟迟没有真的出现。风里的沙子确实没有了,雪倒是越来越大,到最后已经大得有点离谱了。

凯文趴在天狼的脊背上沉默良久,说:"可能……不太对?"

还用得着可能?

奥斯维德麻木的声音顺风传来:"我整个前半生都没见过这么大的雪,帝国边界线上也没有这么无边无际的雪原。"

这样的场景让他们只能想到一种可能——他们运气太背,东南西北选择了最糟糕的一个方向,在暴风雪的干扰裹挟之下一路飞进了北方极地。

奥斯维德盘旋了一圈,合拢翅膀带着凯文从高空落地。地上天狼轮廓的影子越来越大,在某个瞬间拉长变回人形。

"你以前来过北方极地吗?"奥斯维德仗着高大,勉强挡了一点风雪。这话问完没等凯文开口,他又自己回答道:"哦,以你的性格肯定来晃荡过。"

凯文:"……"

"萨拉殿下当年也只打听到那么寥寥几句，我上哪儿保证查到的一定比她多呢？"凯文道，"什么时候找到点实质性的东西，再告诉他也不迟。免得他抱了希望眼巴巴地等，最后又只有失望。那显得我多浑蛋啊！"

米奥："……"

首先，他根本没办法把"眼巴巴"这样的形容词跟皇帝陛下联系起来，好可怕。

其次，某些人浑蛋还用显？！

自从米奥知道了原委，就开始帮着凯文留意那些老旧传闻，到后来关注的范围越拓越广，打听了三年，功夫不负有心人，终于让他们找到了一些遗迹。

他们打算给奥斯维德一个惊喜，于是便有了这次由凯文"一时兴起"，米奥"添柴助火"的出游。

这一年的冬天极冷。

好巧不巧，米奥带着一支青铜军护卫队跟着奥斯维德和凯文出发后的第二天，就碰到了近年来最大的暴雪。从皇城圣安蒂斯到北方高地无一幸免，就连西边荒漠的天空都堆满了积雪云。

荒漠一带本来就难辨东西南北，极其容易迷路。等到积雪云漫天盖地那么一铺，整支队伍就彻底迷失了方向，再加上临近傍晚还刮起了荒漠飓风。

"这跟观星台预测的完、全、不、一样！"米奥扯着马匹缰绳艰难扎步，在狂风中崩溃狂吼，"他们能不能、说对、哪怕一次？！说好了这半个月的天气都棒极了，棒在哪儿呢？从出门开始就没有一天晴天！能把观星台那帮家伙统统挂上城墙吗，陛下？陛……"

他在狂风中打了无数个转，回头一看，奥斯维德和凯文连人带马就没有一个在的。

"……他们人呢？"

人确实是没了，就在刚刚飓风横扫的时候。米奥连滚带爬来来回回找了五遍，终于确认他们把皇帝陛下和青铜指挥官弄丢了，就在存活率极低的那片荒漠。

米奥连同整支青铜军当场就"疯"了。

相较于崩溃的米奥他们，被弄丢的两位情绪倒是十分稳定。

年轻的皇帝陛下展现出了惊人的决断力，当机立断从人转化成了毛茸茸带俩翅膀的巨型版本，于是凯文在漫天狂沙和滚滚黑云之下瞬间拥有了一匹英俊的坐骑。

在天上俯瞰着找路，比在起伏变幻的沙漠里找路要来得容易一点。但也仅仅是"一点"而已。因为曾经的光明神、如今的指挥官凯文阁下完全不认路，而正在充当坐骑的奥斯维德也没好到哪里去。

凯文俯下身体摸了摸天狼的头，在风里抬高了声音："风沙太大，天色太暗，从这个高度看下去，米奥他们比蚂蚁还小，根本找不到！往南飞，先离开风涡再说——"

奥斯维德："我知道，所以南在哪儿？"

凯文："好问题。"

馆陈设拥挤破旧，二楼走廊甚至不能容纳两人并排走，唯一的优点是天花板还算高，即便是奥斯维德带着兽人血统的身高，走在里面也不用低头。

凯文见识过各式各样的环境，上至纤尘不染的光明神殿，下到地底墓穴、深林泥坑，他通通待过，对这样的旅店适应良好，没有什么不能接受的。

但某些有洁癖的人就很难说了。

凯文带着一番打趣的意味回头看了奥斯维德一眼，轻声问："你可以？"

奥斯维德打量着四周，点点头道："当然可以，这里看起来很不错。"

凯文："记住这个评价。"

下一刻，老板魁梧的身影在走廊尽头停步，他摘下腰间的铜环，在上面挑了一把钥匙，仔细辨认一番插进锁孔："这是最安静的房间之一，离楼下的酒鬼们远一点，睡得更安稳。快看看！"

奥斯维德看了，看到一排不认识品种的虫子在墙上爬。

奥斯维德："……"

"其实也可以不用那么安静。"他转头问老板，"还有别的空房间吗？"

老板纳闷道："怎么了？这房间不是很好吗？"

奥斯维德："很好，很不错。所以还有别的房间吗？"

老板："那……那就对面这间吧！这间位置也好，同样很安静。"

他又低头找了一把钥匙，转头插进了对门锁孔，一把推开房门，献宝一样请凯文看。

"我都行。"凯文这个浑蛋摆明了一副看好戏的心态，再次一脚把奥斯维德踹去前面，笑着说，"老板，我看哪里都很好，你问问他呢？"

奥斯维德侧身进去，又一次凭借傲人的眼力看见了墙角的虫子，有一只甚至正在往床柱上爬，看轮廓形态跟刚刚那屋的应该是一个品种。

奥斯维德深吸一口气，转头问凯文："要不再试试去楼下拐骗一个向导怎么样？实在拐骗不到，绑架也行。"

老板这次听到了半句，大惊失色。

凯文立马安抚老板："没事，别慌，他在胡说八道，不到万不得已，我们是不会随便绑架人的。"

老板："嗯？"

然后凯文客客气气抽走老板手里捏着的钥匙，说："就这间，我要了，谢谢。"

老板这才回神，把"绑架"的话当作玩笑抛向脑后，哈哈笑道："那真是再好不过，那么您要这间的话，这位客人就住对面那间？"

老板正要把刚才那把钥匙找出来给奥斯维德，就听见对方说："哦，那倒不用，一间就够了。"

这旅店房间确实陈旧，四柱床的帷幔和绒布窗帘甚至有虫蛀的痕迹，角落的扶手椅以及窗边的木质长桌带着裂纹，墙壁上的黄铜灯座也锈迹斑斑。但这样的房间居然没有尘埃和霉味，说明打扫还是很勤快的。

凯文四处翻了一圈，又转头看向奥斯维德，忍不住说："你已经在那里一动不动站了一个世纪，还打算站多久？"

奥斯维德讥讽："谁知道呢，目前打算站到那一个营的虫子全部爬出这个房间。"

凯文幸灾乐祸地笑了。他看了看奥斯维德，又看了看那一列虫子，索性半蹲着观察起来："老实说，凑近了细看，它们长得圆头圆脑，还挺憨态可掬的。你过来看看？"

奥斯维德："……"

看是不可能看的。

皇帝陛下年轻英俊的脸瞬间拉得比驴长。因为这个浑蛋上一次提"憨态可掬"这个词，是在形容现出天狼原形迟迟变不回来的他本人。

凯文还在那里使坏拿虫子打趣人，说了两句后突然感觉有一丝不对劲。与生俱来的机敏让他在瞬间回头，却只看到了一大片晃眼的银白——戳在那里跟虫子无法和解的奥斯维德不见了，取而代之的是猛扑过来的雪色巨兽。

可怜的凯文被天狼惊人的重量压得不得动弹，又被长毛"糊"了满头满脸。

天狼在气冲冲的情况下，爪子还是精准避过了每一只虫子，翅膀狠狠一扇，掀起的风猛地推开窗户，隔空将那些扫兴的虫子掀了出去。它叼起高瘦的指挥官，含糊道："憨态可掬是吗？圆头圆脑是吗？玩什么不行，非得玩虫子，逗我逗得有意思吗？"

"有啊。"某人说。

为了这句毫不悔改的话，凯文阁下付出了沉重的代价。

老板说过，楼下的酒馆兼餐馆日夜营业，从不休息，任何时候感到饿了都可以下楼要点吃的。但凯文和奥斯维德延续着之前的作息习惯，几乎是踩着饭点下的楼。

不算大的地方依然坐满了人，喝酒的，闲聊的，跳舞的和看舞的，好像换了一部分人，又好像还是昨晚的熟面孔。

这里的人有着很多地方没有的热情淳朴，个个都是天生的自来熟。

凯文在一张木桌边坐下，正想要点吃的。旁边一个八九岁的孩子指着他的衣领，说："你这里粘了一些白色的头发。"

"哦……"凯文摸了一下，手指间多了几根银白色的长毛，"谢谢提醒。"

小孩好奇心重，盯着那些毛看了半晌，先是困惑地看了一眼凯文的发色，又困惑地看了一眼奥斯维德的发色，压低声音说道："好像不是头发，你悄悄带了猫或者狗吗？"

对面奥斯维德一口酒呛在嗓子里，咳得脖颈都显了青筋。

凯文给他递了餐巾，拍着他的肩膀压低声音，煞有介事地配合那个孩子："这里不让带吗？"

"呃，也不是。不过最好偷偷的，老板看见猫狗会疯狂打喷嚏，能抱怨一个月。"

没有人。

包括偶尔不是人的奥斯维德。

即便如此，厨房需要耗费的心思也不会太多，因为凯文阁下从来不会真的提要求。一顿餐饭里，他总能挑到还不错的食物。至于不吃的那些，统统扒拉给对面那位就行，反正皇帝陛下什么都吃。

"这就是神明吗？"

奥斯维德经常捏着餐匙没好气地说。

总而言之，在金狮帝国的历史里，尤其在以浪荡出名的诺尔皇帝的对比之下，奥斯维德成了最年轻、最自律也最省心的君主。在刚刚安定的那两年里，他甚至连出游都不曾有，每年有且仅有的活动就是去军营看练兵。

直到第三年冬天，在青铜军副指挥官米奥的"极力劝说"之下，年轻的皇帝陛下去了一趟比西边荒漠更远的地方。

这一切起因于当初的金叶节，在那个全民狂欢的夜晚，奥斯维德曾跟米奥说过一句话。他说："你以后在西边驻军时帮我……"

当时这句话只说了一半，之后奥斯维德摇摇头咕哝了一句"算了"便没再继续，弄得米奥一头雾水。那几天酒意浓重，又有其他事情打岔，米奥忘了追问。等过了金叶节和三军合会，再想起来时，已经没有合适的机会再去询问皇帝本人了。

于是米奥一想起这半句话就抓心挠肺。

他是个直心肠，受不了这种藏事的苦。某一天实在没憋住，他抓住了顶头上司指挥官凯文——问不到皇帝本人，问这位其实也一样。

他本以为按照凯文的脾气，自己肯定会被狠狠调侃打趣一番才能得到答案。谁知凯文一反常态，说："你知道的，他有一部分巨兽人血统。"

"知道一点，听陛下说，来自他母亲？"

凯文点了点头："对，可他从来没见过他的母亲。只从他姐姐萨拉殿下，也就是辛妮亚的母亲那边听到过一点传闻，寥寥几句，少得很。他手里唯一的一幅画像，也是当初萨拉殿下悄悄委托圣安蒂斯的民间画匠根据传闻描述画的。"

米奥："啊……"

他恍然大悟："怪不得前几次在西陲练兵，你总会找些那附近的人问一些当地的老旧传闻。原来是想帮陛下找找与他母亲一族相关的遗迹啊？"

凯文："不然你以为？"

米奥："噢，我以为你只是练兵太无聊。"

眼看凯文不满地"啧"了一声，米奥连忙补救道："不是，不怪我这么想，你每次只挑陛下不在的时候做这些，陛下一来兵营，你就不再找人聊那些了，好像瞬间没了兴趣。我当然以为你是无聊……"

他越说声音越小，咕咕哝哝，后来又不解地问："既然是帮陛下打听这些，为什么背着他？"

众所周知，奥斯维德是一位勤勉的皇帝。

受一部分血统影响，他精力旺盛得可怕，睡得比任何人都晚，又醒得比任何人都早。这两年帝国上下一片平和，需要处理的麻烦事并不多。他便打算把宫廷书房整整三墙装样儿的书都翻阅一遍。于是书房的壁灯几乎用不着熄灭，桌上也始终堆叠着厚厚的羊皮纸卷。

某位不愿透露姓名的、年迈的内侍总官曾经如此说道："没有人熬得过他，没有人。"

"整个帝国能在夜里跟陛下一较高低的只有猫头鹰，可猫头鹰白天也需要补觉，陛下不用。"

"这让皇宫招揽内侍官的工作变得异常艰难，总有年轻人误以为他们一旦成为内侍官，就需要跟着陛下一起熬夜。其实不是，内侍官的命也是命。"

"这几年除了重大节日庆典，宫廷内侍官每天都是三组轮换。往往在感到困倦之前，就已经换人了。甚至都不用等换人，陛下就会主动催促大家回去休息。有时候是出于仁慈和体恤，有时候则是单纯且由衷地希望我们有多远走多远。"

"譬如青铜指挥官阁下在的时候。"

"而指挥官阁下这两年除了每个季节一次的大练兵和金叶节后的三军合会，几乎都住在皇宫。所以我们从不缺睡眠。非要说的话，可能还是指挥官阁下比较缺。"

"他辛苦了。"

…………

其他内侍官当然不敢这么说，所以不用问就知道这些话出自老管家伊恩之口。奥斯维德听得脑袋疼，但也拿他没办法，毕竟是一手照顾自己长大的人，只能睁一只眼闭一只眼。

而且这话说得一点儿没错，宫廷内的大多数职务都是如此——论精力，内侍官加一块儿熬不过皇帝陛下一个；论身手，宫廷护卫和骑士也打不过有兽人血脉的皇帝本人。更何况年轻的皇帝陛下总跟青铜指挥官凯文阁下待在一起，这两位遇险的概率近乎零。于是皇宫内的人大部分时间都围着年幼的辛妮亚和年迈的伊恩打转。

一定要说的话，宫廷内部唯一需要在皇帝身上费心思的只有厨房。

这也并非因为奥斯维德本人挑剔，众所周知，他对食物有且只有两个要求——

看起来干净不影响食欲；以及，不能整天用果蔬浓汤来打发他。

厨房之所以需要费点心思，是因为凯文在吃的方面有点难伺候。这位阁下甚至无法被定义为挑食，人家挑食还有个规律可循，比如不吃鱼虾或者不吃生肉、不吃甜的，或者不吃口感软烂的，只要规避某些大类就可以。

他不是。

他主打一个随心所欲——去年还不吃贻贝、青口，觉得怎么做都有股腥味，今年突然就喜欢上了，可以连吃好几天；前一天还一口不碰的甜米，第二天就又吃得很满意，明明是一模一样的做法。还有那些近亲海鱼，在奥斯维德吃来根本没有丝毫区别，但他就能分出爱吃的、一般般的以及打死不碰的，并且每天轮换，没有一天的说法是重样的。

没有人能提前预料到今天的凯文阁下爱吃什么。

"那我注意一点，应该不会被发现，谢谢提醒。"

小孩点点头，过了半晌又眼巴巴道："我有机会摸摸它吗？"

奥斯维德呛了第二口酒。

凯文握着锡制酒杯装模作样地思考片刻，冲小孩说："恐怕不太行，它会咬人。"

小孩满脸遗憾："噢，好吧，祝它早点改掉这个坏习惯。"

凯文碰了一下奥斯维德的酒杯，坏笑着道："好的，那就祝它一下。"

"你们会在这里住多久？有可能在那之前改掉吗？"小孩不死心地问了一句。

好问题。

其实在下楼之前，他们都还在打算等天亮就走，毕竟这里并不是原定的目的地，他们会在这儿落脚只是因为意外误入。但在走进楼下热闹的人群时，凯文忽然说了一句："这还真的有点像当年没有目的地的云游。"

奥斯维德听在耳朵里，忽然有点想改主意了。

这会儿小孩又问起这个问题，他端着酒杯扫过四周，目光在凯文身上停了许久，忽然问了那孩子一句没头没尾的话："这个酒馆总这么热闹吗？你们一直待在地下，一天也见不到多久太阳，怎么还这么开心？"

这孩子并没有那么早熟，被这问题问得一愣。倒是旁边那个看起来像孩子母亲的人听到了半句，热情答道："这在我们这里叫作冬歇。"

"冬歇？是我理解的那个'歇'？"

"对，就是休息。休息一整个冬天。"

看见奥斯维德和凯文都露出诧异神色，周围好几个当地人都笑了起来，七嘴八舌地解释着，言语里甚至带着一丝浅淡的、无伤大雅的炫耀："因为冬天这几个月会一直下雪，从早到晚根本不会停歇。这里天亮的时间奇短，根本做不成什么事，大伙索性也就不做了，成了我们这里跟着季节作息的惯例。每年这几个月，喜欢热闹的人会来酒馆尽情喝酒聊天、唱歌跳舞，这里的灯永远亮着，壁炉里的火永远烧着，可比外面舒服得多。"

凯文咋舌："还真是一个小镇的人都在这里了？"

"那倒也不是，一半的一半吧。也有不喜欢吵闹的人，他们往往会待在自己的屋子里，跟家人一块儿窝在起居室烤着炉火，有时候也聊天，一边聊一边不慌不忙地为来年打造点凑手工具、做点编织，或者干脆什么都不做，只是在一块儿待着，享受一些安静的时间就已经很惬意了。"

"会觉得无趣吗？"

"当然不会，呃，起码我不会。休息怎么会无趣呢？"

也是。

奥斯维德看着凯文。在之前漫长的一段时间里，他们好像习惯了"总要做点什么"的日子，看的每一捆羊皮卷、做的每一件事都有目的，就连出游都是定好了路线。所以被意外打乱计划时，便不可避免有些懊恼，然后急着拐一个向导找回原路。

时间久了他差点忘了，其实偶尔也可以不要目的地的。

坐在他面前的可是曾经喜欢四处云游的神啊。

烟囱下，壁炉的火毕剥地烧着，毛毡帘把寒风暴雪连同日夜和时间都挡在了外面。奥斯维德转了一下手里的锡制酒杯，问凯文："你觉得这里怎么样？"

"很有意思的地方。"

"如果多住几天的话，会厌烦吗？"

凯文弹了一下他的酒杯："我没弄错的话，有洁癖症的似乎是你吧？"

奥斯维德："我突然感觉这里其实还不错。"

凯文笑了，点头赞同道："确实不错。"

有时候迷路也不一定总是坏的，那些因为暴雪而错过的事情或许会在下一次、下下次重新送到眼前，总还有时间，不是吗？

决定在破旧旅店多住几天的那个傍晚，凯文和奥斯维德分别捏了专属于自己的信砂，报了个平安。

远在乌金悬宫的老神官正从瞌睡中惊醒，就看见观象池里绽开了两团不同颜色的光亮。他吓了一跳，对照着地图定了方位，火急火燎地交给了内侍总官："陛下和指挥官阁下好像……滞留在北方极地了？！"

内侍总官伊恩愕然道："哪里？"

"极地。"

"……他们不是要往西走吗？"

伊恩当即就要找青铜军，想问问米奥究竟是往哪儿带的队，结果还没踏出神官院，就听老神官又火急火燎地来报了："观象池里又炸了三十多团光。"

伊恩："谁？"

老神官："看颜色应该是米奥副指挥官以及跟出去的那支青铜军小队。"

伊恩连忙问："他们在哪儿呢？"

老神官："荒漠里找路呢。"

伊恩："……"

后来的后来，迷路风波平安过去，奥斯维德也在某个合适的时机听到了一些关于母亲的遗迹旧闻。凯文依然是赫赫有名的指挥官，奥斯维德也依然是勤勉仁慈的皇帝，熬夜赛过猫头鹰。

每年总有一些日子，他们会觉得偶尔来一次没有目的地的云游其实很有意思。

但他们不知道的是，指挥官兼老朋友米奥其实每年也在偷偷祈祷，奢望这两位不安分的主能老老实实待在皇城乌金悬宫里，最好是待一辈子。

11

大帝的挑刺日常

木苏里 著

出版专属番外

神志混乱了太多年的麦被他抱得愣了一下，然后抬起宽厚的手掌，在他杂乱的脑袋上拍了拍："你又长高了。"

他的声音带着久不言语的沙哑，语气却平静又温和，好像他只是打了个盹儿，就发现儿子长大了一些一样。

然而下一秒，他就把班的手掰开，再次将他猛推出去。

班被肖接住的同时，麦彻底化成了沙，在空中留下了一个高大的虚影，被悄然而至的风呼地吹散了。

14

树倒猢狲散，更何况曼考的猢狲们大多变成了一副空皮囊，活着的本就不剩几个。

为防有诈，铁骑军又朝对岸射了一拨箭雨，确认再无动静后，丹他们换兽形飞了过去，在上空盘旋了一阵，才挑着地方落地。

"全是沙堆，连落脚的地方都没有！"两米多高的壮汉丹一边咆哮着朝这边吐苦水，一边捏着鼻子踮着脚，逡巡许久才开始翻找，嘴里嘀嘀咕咕地重复着，"曼考曼考曼考，这小畜生的尸体呢……"

"哟——"丹突然有些疑惑地抬起了脚，蹲下壮硕的身躯低头研究了会儿，而后一脸嫌弃地拎起一支长箭，道："咦——太倒胃口了！那小畜生刚好倒在沙堆里，脑袋和肩膀化没了，其他还在，我说怎么这么难找呢！那谁——你射出来的箭我找到了。"

他说完身形一变，化为巨鹰滑过了河面，落在凯文面前。

"这上面粘着个白色的东西。"丹低头把长箭递给凯文，指了指箭头上粘着的东西。

那其实看着有些恶心——除了血迹和肉渣，箭头上还粘着一片白色略透明的东西，指甲盖大，被风吹得直颤。

凯文凑近嗅了两下，又干脆将那东西从箭头上摘下来，用指腹轻轻捻了捻。

奥斯维德在几步之外整肃存活下来的乌金铁骑，转头看到凯文若有所思的样子，便抬脚走了过来。

"怎么个情况？"他凑近看了看凯文的指尖，问道，"这是什么东西？"

凯文"哦"了一声，稀松平常地解释道："从射中曼考的箭头上摘下来的，如果我没猜错的话，应该是虫皮。"

"……"奥斯维德掏了掏耳朵，"虫什么玩意儿？"

凯文瞄了他一眼，将指尖凑到他眼前："虫皮。软体虫知道吗？就是那种白白

胖胖的，动起来一耸一耸，皮薄馅大的虫子。你仔细看，能看到这皮上有分节。"

奥斯维德："……"

有那么一瞬间，他简直想把手上的重盾拍到凯文脸上去。

"这应该就是留在瓶子里的母虫，估计可以通过它来控制放出去的那些飞虫。"凯文把手上的虫皮拍掉，抬头便是一愣，"陛下，你脸怎么这么绿？"

奥斯维德皱着眉朝后让了一步，冷声道："把你那脏手拿远点！"

"噢对，我差点儿忘了，你怕这种软绵绵的虫子。"凯文非常混账地笑了。

奥斯维德："……"你是不是欠？

当然，区区一条小肉虫，他不可能真的会怕。他只是觉得恶心而已……

但是辩解太多又显得非常不沉稳，尤其在凯文面前。

尽管他现在已经二十岁出头，成了金狮国的掌权者，但他总觉得"凯文·混账·法斯宾德"阁下似乎还在把他当孩子玩儿。

就算他现在个头极高，身材精壮，格斗骑射甚至都不输军中悍将，还有着高高在上的地位，但只要到了凯文面前，他就始终无法完全摆脱当年的影子。他非常介意这种感觉，仿佛自己这十来年都白瞎了。

为了让自己显得更成熟一点，奥斯维德将一串冷言冷语全咽了回去，淡淡地回道："胡说八道！"

凯文默默搓了搓自己的手指，只觉得指尖还有点儿发黏，于是他抬手拍了拍奥斯维德的肩，语重心长道："年纪轻轻不要这么暴躁。"借机擦了擦手。

说完，他扭头就走。

奥斯维德原地愣了一下才反应过来，然后骤然炸了："法斯宾德，你是不是不想活了？！"

凯文已经摆了摆手扬长而去。

他穿过重新列好队的乌金铁骑，走到河岸另一处，那里七八个人高马大的巨兽人正围在一起，沉默着填土。

巨兽人其实是非常排外的种族，天生鹤立鸡群的体形，使得他们也很难跟其他种族的人混成一片。因此许多重要的场合，其他种族的人是不能随便参与的，比如葬礼——

凯文站在乌金铁骑的边缘，远远地看着那群巨兽人将麦所化的沙堆用湿土掩埋，一边小心地避开沙粒，一边将湿土按压严实。

那样高大如山的一个人，死后也不过一捧而已，占据的地方不足方寸。

他们的葬礼跟他们的性格一样简单直接，甚至算得上简陋了。

但是看着那样一群铁血汉子蹲在地上，小心而又笨拙地拍着泥土，又有种说不出的沉重和难过。

直到他们用低沉的兽语念完悼词，直起身来，凯文才走近了几步。

肖正扶着班的肩膀，低头跟他说着什么，话语内容隐约传进凯文耳中："你真的不回山谷吗？你完全可以跟我回去，我的安和乔跟你差不多大，你小时候还见过的，我保证你们会成为很好的朋友。"

班低着头，一头乱毛挡住了他的眼睛，但是从他一抽一抽的鼻子来看，应该还在哽咽。

肖也不催他，只轻轻拍了拍他的肩背，无声地安抚着。

过了一会儿，班才彻底忍住抽噎。他用脏兮兮的手背揉了揉眼睛，抬头冲肖道："谢谢，我……我想好了，不回山谷。"

"那你要去哪儿呢？"肖问道，"不回山谷你要去哪里呢？虽然雨季快到了，但外面仍很危险。"

凯文咳了一声，示意了一下才抬脚走过去，拍了拍班那一头"鸟窝"道："你要不要跟我混两年？"

肖抬头看他："可是——"

凯文道："我没有别的意思，只是个提议，算是备选。"他转头冲班道："你现在年纪太小，身上没几两肉，可以练一些灵巧性的技能，等体格养得壮硕一些，再学力量型的会更合适。"

肖反对的话音咽了回去，因为凯文说得不无道理——班的体格就算跟同龄巨兽人相比也过于瘦小，也不知是营养不良还是别的什么原因。

班盯着凯文看了片刻，然后点了点头。

在他七八岁的人生里，就只有两个人给他一种山一样的感觉，一个是他父亲麦，一个是凯文。当然，后者和前者是截然不同的类型，对麦，他有种天生的崇拜和爱；而对于凯文，更多的是斗智斗勇却被遛得像狗的挫败感。

人总是不服输的，尤其是天生好战的巨兽人。

跟着凯文混上两年，说不定能变成他遛别人，他想试一试。

琐碎杂事很快处理得差不多了，乌金铁骑也已整装待发。巨兽人和灵族所去的方向跟金狮国不同，就此分道扬镳。

灵族聚居于南端海岛，路途最为遥远。他们这一族向来高冷寡言，一个个罩上"裹尸布"背后的兜帽，冲奥斯维德他们点了点头，便一声不吭地上路了，三转两转就如同鬼魅一样消失在了树影之后。

巨兽族的那帮壮汉也纷纷换了兽形，鸡飞狗跳地奔远了。

河边自由散漫没入铁骑队列的，就只剩下凯文、小狮子班……以及一个穿着"裹尸布"的灵族少年。

"你怎么没跟他们一起走？"凯文指了指那片黑森林。

少年原本看着克拉长河发呆，被凯文这么一问，便茫然地抬起了头，表情有些说不出的空洞，他迟疑了片刻，道："我不是灵族的。"

凯文嘴角一抽："那你怎么穿成这样？格外好看吗……"

少年低声道："我只是……只是想混进去。"

"混进哪儿？"凯文没明白。

"斐灵城的王宫。"少年答道。

凯文："结果混进了地牢，也不错了，起码离得不远。"

少年："……"

对这种魂不守舍的"失足"少年，太混账容易有负罪感，于是凯文咳了一声，转了话题："你混进王宫想做什么？"

少年抿了抿嘴唇，低而温顺地答道："杀掉曼考。"

凯文："……"

你长得跟小白兔似的，没想到志向这么远大。

不过这话说出来，这个少年指不定能羞得从头红到脚，凯文想想还是换了一句："也算实现了，曼考死了。"

班顶着一脸"你是谁"的表情，难以置信地看了眼凯文，诧异于这混账居然说了句不带刺的人话。他转头忍不住问了那少年一句："为什么啊？"

少年低下头，呆呆地盯着脚下的泥土，好一会儿才低声道："曼考抓了我妈妈，又杀了我爸爸和奶奶。"

凯文听着这话，觉得略有点儿耳熟，他试探着问道："你是北翡翠国的？哪个城镇？"

少年答道："法兰镇。"

果然。凯文心道：果然是曼考当年干的畜生事留下的祸根，当初法兰镇上被掳走的女人，最大的那个确实有个三四岁的孩子。如果还活着的话，确实也该是十五六岁的年纪了。

"当年曼考派人烧了我们的房子，我没死透，被一个乞丐救了下来，然后就一直跟着他四处流浪。去年冬天他去世了，我就又成了一个人。我想着，反正也活不长久，不如试一试能不能报仇。"

凯文"哦"了一声，点头道："现在仇报完了，你不回去？"

"回不去的，之前曼考就已发现当初涉及的人没死干净，找了我大半年。"少年道，"回去也还是要四处躲。"

"那你怎么办？"班问道。

少年茫然而孤独地站了一会儿，抬头看向凯文："我……我能跟着你们去金狮国吗？就只是跟着，我不认识路，一进城我就走。"

凯文："……"

片刻之后，奥斯维德皱眉道："你是不是有什么特殊癖好，法斯宾德阁下？一会儿不见就捡了两个小鬼回来，那两族的大人没跟你翻脸吗？"

凯文干笑一声，拍了拍班的肩膀："看在这小子长得像咱们国家吉祥物的份儿上，我带他混两年。"

说完他又拍了拍穿着"裹尸布"的白兔少年："看在他跟我一样不认路的份儿上，带他进个城。"

奥斯维德："……"

他目光在那俩未成年的小鬼身上扫了个来回，冷冷地给凯文丢了一句："多年不见，你还长出点儿良心来了？"

凯文"啧"了一声："还能不能好好说话？"

几分钟后，乌金铁骑浩浩荡荡地启程了，打头的是奥斯维德，后面紧跟着米奥和两位副指挥，两位副指挥的马鹫背上各捎了一个小鬼，正是班和那个白兔少年。

而队列的末尾，则是象征乌金铁骑和金狮国的战旗。战旗竖在一块乌金方座上，座下有轮，由两头马鹫稳稳地拉着。

"凯文·不想活了·法斯宾德"阁下为他的嘴欠和手欠付出了代价，他的手脚被捆在两根并立的战旗旗杆上，在马鹫风驰电掣的疾奔中，迎风飘扬。

15

克拉长河距金狮国边界并不远，横穿过去一夜到达王城圣安蒂斯绰绰有余。但是军队过境动静必定小不了，很容易惊动其他城镇上的百姓，所以奥斯维德他们选择绕了点儿远路，最终花了双倍的时间，到达乌金悬宫已是第二天深夜了。

尽管金狮国早已辉煌不再，但依旧能从巍巍的宫殿看出曾经繁荣的影子。

这里大概是大陆北部最奇特的地形之一，陆地像一根根撑着伞面的巨柱，各有高低，由宽长的横桥索道相连，因为存在年代久远到不可考，被称为"神之路"。

而乌金悬宫就静伏在神之路最高的巨柱之上。

铁链哗哗作响，悬宫大门被缓缓放了下来。

乌金铁骑大军并没有进门，而是拨转马鹫头，踢踢踏踏拐上了左边的索道，那里连着他们的军团大本营。悬宫近卫军列着队小跑出来，分列在大门两边，"啪"地一并腿，惊得凯文困意全无。

不怕死的法斯宾德阁下总是从容淡定的，哪怕被绑在旗杆上示众，也不改本性。奥斯维德在行程中途曾打算把他放下来，结果下马鹫一看，发现这位祖宗半点儿反省的意思都没有，早已睡了过去。

他在睡梦中倒不是全无防备,听到奥斯维德靠近还睁起半边眼皮扫了一眼,确认安全后,就又睡着了,把奥斯维德气了个倒仰,干脆又启程颠了好半天,才把他从旗杆上撤下来。

不知道为什么,奥斯维德一看到他这种"无所谓,反正你拿我没辙"的模样就牙根泛痒,尽管他知道这就是凯文的本性,并不是故意气谁。大概是小时候被遛的后遗症,又或者是争强好胜的本能作祟,他总忍不住用各种手段来压制凯文,只想让凯文服一回软。偏偏这祖宗半点儿不把这种压制当回事儿,还总招猫逗狗似的反撩回来。

他自己习惯了不觉得有问题,但在旁人看来,真的很像挑衅。

"陛下,那我也先回营里了。"米奥扯了扯缰绳,冲奥斯维德道。

青铜军大本营跟乌金铁骑相对,由另一条索道跟这巨柱相连,在夜幕中闪着星点灯火,凯文以前就住在那里。不过说是住,其实根本没待多久。大多数时间里,青铜军都镇守在金狮国西面与荒漠的交界处,只有雨季才能拔营回王城歇一阵。

凯文一听米奥这么说,也松着筋骨附和道:"那我也——"

"你也什么?"奥斯维德瞥了他一眼,不冷不热道,"阁下一路都没睁过眼,现在应该睡饱了吧?"

凯文不在意道:"睡不睡再说,我先落个脚。米奥,营里还有空着的铺位吗?"他当然不会指望那边会给一个"已经死了好几年的指挥官"保留住处,但能睡人的地方一定还是有的。

米奥点了点头,还没开口,就被奥斯维德截过了话。他冲敞开的宫门一挑下巴,道:"落脚另说,先领罚,跟我过来。"说完便拽了拽缰绳,骑着马鹫进了悬宫大门。

凯文冲米奥一耸肩,示意他先走,而后驱着马鹫追上奥斯维德,没好气道:"把我当风筝兜了一路还不算罚完?"

乌金悬宫构造宏伟复杂,外围多是守卫待的地方,中间是宴厅及处理公事的楼堡,最里层才是皇帝居所。

他们在第三重高门前下了马。奥斯维德把缰绳丢给跟随的那队近卫,指着凯文身后缀着的两个人道:"给这两个小鬼安排个临时住处,别让他们跑远了。"

班和白兔少年一脸无辜地看了眼凯文,一步三回头地跟着近卫走了。

"那我呢?"凯文有些好笑地问道,等着看奥斯维德还有什么惩罚手段。

"你——"奥斯维德刚开口,就听见一阵啪嗒啪嗒的脚步声从里面跑出来,听起来还挺欢快。

凯文闻声回头,就见一个还没他腿高的小姑娘陀螺似的滚过来,直冲向奥斯维德，还没到面前就已张开了藕节似的手臂，嘴里小鸟似的叽喳直叫，一副乐疯了的样子。

奥斯维德弯下腰，在她跑到面前的时候，单手将她抱了起来，板着脸道："你怎么这么晚还没睡觉？这样下去别想长个儿了！"

年轻的皇帝陛下虽然英俊逼人，但板脸皱眉的时候还是很有股凶悍劲儿的，吓哭个把小鬼不成问题。但这个看起来四五岁的小姑娘却半点儿也不怕他，搂住他的脖子便是吧唧一口。

奥斯维德"啧"了一声，偏过头嫌弃道："又糊我一脸口水。"

小姑娘咯咯笑个不停。

奥斯维德："……"

他一转头刚好跟抱着胳膊看热闹的凯文视线对上，就见对方一挑下巴，好整以暇道："孩子都这么大了，我没记错的话陛下你才二十一岁吧？那不是还没成年就当爸爸了？没看出来，还挺厉害。"

奥斯维德："……"

这话要是别人说出来，奥斯维德理都不会理。当然，也很少有人敢用这种语气问这种话。但是凯文这么调侃一句，他就忍不住想好好收拾这人一顿，让他天天这么欠！

而且什么叫没看出来？！

奥斯维德抱着小姑娘大步流星朝前走，边走边冲一旁的内侍官道："把我书房里那本帝国法典找出来，准备好纸笔，看着法斯宾德阁下抄，把所有关于宫廷礼仪和皇帝权力的部分抄五十遍，一个字都不许漏。"

凯文眼前一黑："……"那法典厚重得能拍死一头牛。

看来当初让他重新学礼仪的话还真不是白说的……你记性这么好你妈知道吗？！

凯文不情不愿地跟着内侍官穿过长廊，在一扇厚重的铜门前停下。

"别在门口发傻，赶紧抄，我过会儿来检查。"奥斯维德道。

凯文："……"你不睡觉的吗？

可惜奥斯维德没再理他，说完就瘫着一张俊脸绕过他，抱着小姑娘一声不吭拐进了前面的横廊。没多久，就听拐角后某扇房门被推开，发出吱呀一声轻响。

内侍官打开铜门，冲凯文比了个"请"的手势。凯文无奈地摇了摇头，跟在他身后进了门。

这书房布置得非常气派，三面墙壁都钉着厚重的铜柜，顶部直抵天花板，每个铜柜里面都塞着厚重的典籍和成摞的羊皮卷，满满当当，装帧精美，排列整齐，一看就知道都没翻过。

全是装样儿！

只有桌面上叠摞的那些书籍是真有用的，能看出频繁翻阅的痕迹。

凯文怀疑内侍官都比奥斯维德熟悉这些铜柜里摆放着哪些书。那小伙子粗略扫了一圈，很快抽出那本比砖头还厚的法典，恭恭敬敬地搁在桌上，又铺好了纸笔，然后默默退到了门外。

"礼仪和皇权……"凯文叹了口气，在书桌前坐下，抬手翻开了法典。

那目录看得凯文肝都疼，两部分的内容少说也有百来页，五十遍他能从今年抄到明年去。凯文一手支着下巴，懒懒地翻了几页，然后啪地将书又合上了。

谁抄谁傻。

他拎起那本大部头走出书房，拐进了横廊。

左手边第一间屋门敞着，奥斯维德低沉的嗓音混着温黄的灯火从屋里透出来："……神举起金色的长弓，用光明锻成的利箭将反叛者钉在了神柱上，鲜血倾流成河，亡灵——法斯宾德？你过来干什么？"

凯文正要敲门的手又收了回来，道："来找陛下你商量点事。"

奥斯维德："进来。"

凯文抬脚进屋，就见奥斯维德手里捧了本不比法典薄多少的书，正坐在床边。那个漂亮小姑娘则躺在床上，乌溜溜的眼睛睁得很大，好奇地盯着凯文。

"这是——"凯文挑了挑眉。

小姑娘抢答道："奥舅舅在给我念睡前故事。"

她大概不太说得溜奥斯维德的名字，便简化成一个字来叫。

"舅舅？"凯文愣了一下。

"嗯。"不知为何，奥斯维德似乎不太想提起这个，只干巴巴地应了一声就带过去了。他大概觉得"念故事"这种事有些丢人，转头没好气地冲小姑娘道："你又来精神了是吧？还睡不睡了？"

小姑娘立刻打了个哈欠，配合道："我现在困了。"

奥斯维德："……"

凯文走近了几步，扫了眼奥斯维德那本书的封皮："《神历》？你读的哪段？"

奥斯维德随口答道："光明神法厄扫荡反叛军那段。"

凯文听了一愣，而后面色复杂地看着他。

"干什么？"奥斯维德抬起眼皮。

凯文朝小姑娘投去同情的一瞥："我没记错的话这段后半截血腥又残酷，死尸遍地，血流成河，你这是哄人睡觉呢还是蓄意吓唬人？"

奥斯维德哼了一声，道："旧神里就这么一个靠谱的，不读他读谁？况且这一仗打得果断干脆，还救了无数人，小鬼就该多听听英雄故事才不会害怕。"

窝在被窝里的小鬼非常给面子地道："奥最喜欢光明神法厄了，这段故事他读了一年,我都会背啦,才不会害怕。"

奥斯维德:"……"

凯文:"……"

年轻英俊的皇帝陛下终于绷不住脸,在凯文看禽兽的眼神中恼羞成怒地甩了书,黑着脸走到门口:"到底什么事?你再这么看我,我就让侍卫把你叉去城楼挂一晚。"

"哦,我就是想说抄法典费笔又费纸,不划算。我们折中一下,我读给你听怎么样?"凯文说着,用指节敲了敲法典的封面,优雅地一笑,"就当睡前故事。"

奥斯维德面无表情地看了他一会儿,抬手指着门外,言简意赅地说了两句话:"做梦。滚。"

凯文"啧"了一声:"我突然很怀念十来年前的你。"

奥斯维德:"怎么?"

凯文:"抬手就能揍。"

奥斯维德:"……"

凯文·法斯宾德阁下五十遍的罚抄变成了一百遍。

而年轻的皇帝陛下则差点儿失眠。

这几天惊险过度的经历、"死亡多年"的凯文重新出现,当年专爱遛他的混账现在依旧爱遛他,也不知这三件事哪一件的刺激更大一些。总之,奥斯维德盯着床顶的帷幔看了很久都没有丝毫的困意,直到凌晨才囫囵睡了一会儿。

就这么一会儿,他还梦到了凯文。

16

帕赫家族旧庄园的春天其实很不错,后花园里有一株阔叶贞树,巨大的树荫总能把茶点桌笼罩进去,散漏下来的阳光恰到好处。还有新结的莓果从栅栏中伸出来,汁水饱满的鲜红色漂亮极了,尽管它们总是难逃被揪秃的命运。

奥斯维德就是那个辣手摧果的主儿。

因为他除了看书和摧残花果,并没有什么别的事情可做。

帕赫家旧庄园这个八岁的小少爷阴郁又难缠,这是庄园不多的几个佣人私下里常说的话。可事实上他们跟奥斯维德的接触算不上多,每日除了例行公事准备三餐、整理房屋,他们几乎不在奥斯维德面前出现。

没人玩闹,禁止出门,这两点足以逼疯一个八岁的男孩儿。更何况他还处于被变相遗弃的状态——帕赫家族早已搬去了新庄园,那里有他的父亲以及三个连模样都不知道的哥哥。

他们留给奥斯维德的,只有老旧的屋子、几个没眼色的佣人,以及一位总爱板着脸的老管家伊恩。

伊恩是个爱挑刺的人,他看不惯很多事情——没有理顺的窗帘流苏、没有对称的餐盘、歪了一点点的桌线。他尤其看不惯奥斯维德,因为这倒霉孩子浑身上下没一点儿是按照规矩来的。

说是管家,实际上伊恩更像是一个刻板且难伺候的教员,他毕生的事业就是把奥斯维德从头发丝到脚后跟捋一遍,拧成一条规矩得体的直线。

非正常的成长环境使奥斯维德提早进入了叛逆期,这大概源于本能,就好像蹄子蹬踢得凶一些,就更容易博来关注一样。可惜他没博来家族长辈的关注,倒是博来了凯文的调教。

凯文是伊恩找来的。因为挑剔的老管家发现,八岁的奥斯维德已经不是他能拧得动的了。

"小家伙你好,我是凯文·法斯宾德,从今天起负责教你剑术和格斗。"这是凯文第一次出现在奥斯维德面前时说的话。

那时候的凯文看起来也只有十七八岁,处在少年和成年的过渡期,他穿着预备军团的制式衣裤,窄腰窄腿,像一柄收进鞘里的军刀。

尽管军刀阁下正坐在茶点桌边,跷着二郎腿,吃着小脆饼,姿态放松不太肃正,但不可否认,奥斯维德对他的第一印象非常好。

年纪小的男孩儿总是会对那些看起来锋利又从容的大男生,抱着一丝说不清的向往和崇拜。

凯文拍掉手上的脆饼碎屑,弯了弯眼睛:"听说你很讨厌别人拍你的头顶,很巧,我也不喜欢。"他说着站起身朝前走了两步,然后弯下腰,伸出一只手,笑道,"希望我不会让你觉得讨厌。"

他的手指长而干净,跟他的长相一样好看。

八岁的奥斯维德还没完全从午睡的困倦中清醒过来,盯着那只手愣了好一会儿,才伸手握住。

他绷着一张少爷脸,道:"我不讨厌你。"还挺喜欢的。

贞树荫里,春斑鸟一声悠鸣,奥斯维德醒了过来。

他坐在宽大的床上捏了捏眉心,听见外面闷雷隆隆,陡然没了继续睡下去的兴致,便干脆扯了件衣服披上,大步出了门。

天还没亮,外面大雨倾盆。

他冲走廊上值夜的守卫摆了摆手,示意不用跟着,然后绕过拐角,走到了书房门口。

书房门大大咧咧地敞着,里面的人大大咧咧地趴着,伏在桌面早已睡得不省人事。

奥斯维德："……"

他干脆抱了胳膊倚着门，好整以暇地等着，想看看法斯宾德阁下什么时候才会发现他的到来。

大概是刚才梦里的场景太过温和安好，奥斯维德心里难得地没了噌噌的火气，显得格外有耐心。

可惜凯文不知为什么睡得格外沉实，没有一点儿要醒过来的意思。

奥斯维德听着走廊外的暴雨声，看了他好一会儿，终于还是站直身体，抬脚进了书房。

凯文侧着脸枕在自己的左手臂上，右手搭着翻开的法典，法典下压着一沓羊皮纸，边缘处还搁着一支笔，笔尖在纸上蹭了好几处墨点，非常杂乱。

奥斯维德眯眼盯着凯文看了一会儿，然后抬手把他搭在法典上的右爪拿开，又把法典推到一边，露出下面的纸。

果不其然，一个字都没抄！

不过纸上并不是一片空白，除了没有字，什么都有。

凯文·法斯宾德阁下坐在氛围肃穆的书房里，用皇帝金贵的笔，在上好的羊皮纸上画了一堆妖魔鬼怪。

奥斯维德当年有幸见识过几回凯文的画技，凭借超凡的想象和对凯文的了解，他猜出了这纸上有比猪还肥大的山兔，比王八还丑的巨甲海龟，长了张笨熊脸的狮子，拔了毛的秃鹫，鸡崽子似的黑鹰……

旁边还画了个巨大的叉，形象生动地表达了一个词语——禽兽不如。

奥斯维德："……"

这抱怨十有八九也是冲着他来的，毕竟罚抄一百遍法典确实不是人干得出来的事。

他斜睨了凯文一眼，没好气地抽出那张羊皮纸，正打算拿笔批个"已阅，加罚"，却发现下面那张羊皮纸上也被凯文画了东西。

那应该是张人脸，两只眼睛画得一大一小，很不对称，中间有个线条磕磕巴巴的鼻子。旁边还有一堆乱七八糟的竖线，也不知这是修改的痕迹还是想给鼻子打个阴影。

那团阴影之下，依稀可见一张奇丑无比的嘴。

这是个什么玩意儿？

奥斯维德盯着那纸看了好一会儿，又从人脸后面分辨出了树和桌子，画风依旧让人无法直视。

树荫？桌子？人？

这几样东西凑在一起，让奥斯维德脑中闪过一个场景。他琢磨了下，脸色瞬间黑了。

笃！笃！笃！奥斯维德屈起一根指节，重重地敲了敲桌面。

"嗯？"凯文哼了一声，皱着眉睁开眼，一脸困倦又茫然地看着他。

"你这画的是什么东西？"奥斯维德弹了弹那张纸。

"哦……"凯文重新倒回去，枕在手臂上闭上眼含糊地答了一句。

"帕赫家的后院。"

奥斯维德凑近过去，听到他这么说。

敢情这位祖宗光怀念抬手就能揍的时光还不够，还要把它画下来。既然画的是帕赫庄园的后院，那这个人不人鬼不鬼的东西是谁就不言而喻了。

奥斯维德："……"

刚才梦里的情景再次浮现在奥斯维德脑中，他想起自己第一眼见到这祖宗时说的话，简直想回去揪掉自己的舌头。

喜欢个啥！不讨厌就有鬼了。

"起来！"奥斯维德又重重敲了敲桌面。

凯文皱着眉挥了挥手，含糊道："等会儿再说，困得不行。"

奥斯维德皱眉："你说了算还是我说了算？"

凯文这次连挥手都懒得挥了，干脆就没开口。

"喂——"奥斯维德瞪了他一会儿，还想再叫，却发现凯文的呼吸又长了起来，似乎真的睡着了，只是皱着的眉头还没松开，饱含着一种和他平日不相符的疲倦。

奥斯维德手指一顿，觉得有些不大对劲。

17

凯文梦见自己在安多哈密林浓重的雾瘴中挖着土，他扒开湿泥，拖拽着一个模糊不清的重物，一起躺进了坑里，然后自己封上了泥。地下闷热潮湿，捂得人周身黏腻，像是糊了一层厚厚的血泥。

铁锈般的血腥味越来越重，他终于忍不住扒开泥土坐了起来，却看到周围死尸遍地，青铜军和金狮国的战旗倒在不远处，被血浸成了深色。他低头看了眼左边，发现和他一起躺在坑里的人是奥斯维德。

"醒醒——"他有些难过，狠狠推了推奥斯维德的肩膀，却见躺着的尸体居然坐了起来。

奥斯维德毫不在意地拔掉自己身上插着的箭，又顺手在地上捡了一张长弓，递给他，道："你能站在这里射中庭院那头的贞树叶吗？试给我看看。"

他撑着身体从地上站起来，一抬头就发现战场已经变成了帕赫家的花园，成年后的奥斯维德站在茶点桌旁，抱着胳膊好整以暇地看着他。

"好，试试。"他迟疑着应了一句，然后眯眼看着远处的贞树，稳稳拉开了弓弦。

长箭带着破风声，重重地钉在阔叶贞树上，整棵树抖动了一阵，应声而倒。

他放下弓，却发现自己站在山巅，整个世界静谧至极，仿佛只剩下他一个人，巨大的夕阳在他身后缓缓下沉，余下漫天血一样的金红色。

凯文在这寂静的黄昏惊醒过来。

他撑坐起身，却发现自己不知什么时候被挪了位置——这明显不是奥斯维德的书房，而是一间宽大的卧室。一间以乌金黄铜为主要装饰、厚重又奢华的卧室。

"您总算醒了。"一个年迈的声音说道。

凯文转头，就见一个装束一丝不苟的白发老人正坐在床边的椅子上静静地看着他，嘴角的法令纹深得几乎刻进骨头里，显得古板又严厉。老人膝盖上摊着一本书，以凯文的目力，轻扫一眼便看清了书角的标注：后神书。

翻开的那页第一行就写着一句话：不要把梦境当成一场无稽又荒谬的旅程，它总有来处。

凯文撇了撇嘴，收回目光，冲老人道："伊恩老伯，好久不见。"

确实很久了，自打他那年春假结束离开帕赫庄园后，就再也没见过这个老管家了，没想到他居然被奥斯维德带进了皇宫。

伊恩顶着一张给人上坟似的脸，道："很高兴再见到您。"

凯文："谢谢。"真是一点儿都没看出来。

"我去把少爷叫来。"他大概叫惯了这个称呼，一时半会儿改不过来，起身顿了一下又补充道，"哦，是陛下。"

凯文掀开被子："不用了，我跟你一起出去。"

他双脚还没沾地，一道高大的人影已经出现在了卧室门口。

"把你的脚缩回去，昏睡了三天三夜的人没资格下床蹦跶。"奥斯维德的声音冷冷地传来，"如果你不想继续抄一百遍法典的话。"

凯文一听，识时务者为俊杰地收回了脚，诧异道："三天三夜？！"

奥斯维德："你以为呢？"

凯文透过窗子看了眼外面，大雨一直没停，地面腾起了一层薄薄的水雾，跟他睡过去之前差不多："我以为也就半天。"

奥斯维德十分轻蔑地回了一声："呵。"

凯文："……"

"让他们弄点吃的来，烤山兔、焖乳鹊之类的。"奥斯维德一边解下沾了雨气

的外衣，一边吩咐伊恩。

老伊恩行了礼，然后一板一眼地道："不，三天三夜没进食的人不能吃这些，我会让他们做些别的。另外，陛下您最近的饮食也太荤了，我早上已经通知他们改了菜单。"说完状似恭敬地离开了。

奥斯维德面无表情道："我当初脑子一定是进了水，才会把他带过来。"

眼看着到嘴的肉飞了，凯文也抽了抽嘴角，道："所以他现在是？"

奥斯维德瘫着脸："内侍总官。"

凯文："……"

他盯着奥斯维德看了好一会儿，一言难尽地开口道："我现在发现了，你大概是个受虐狂。"

奥斯维德："……"

他冷着脸把房门砰地关上了，而后大步走到床边，一把拉过扶手椅。坐下来的时候忍不住硬邦邦地解释道："如果我不带伊恩老头儿过来，他早就没命了。我是很烦他没错，但不代表我希望他去死。"

凯文张了张口，还想调侃，但话没出口就被奥斯维德喝住了："闭嘴，没你说话的份儿。现在是我问你，你究竟是怎么回事？"

"什么怎么回事？"凯文一愣。

"从安多哈密林出来一直到现在，除了打起来的几次你是醒着的，其余时间你几乎一直在睡觉。"奥斯维德道。

凯文干笑一声，揉了揉有些发酸的脖子："大概……睡眠不足吧。"

奥斯维德冷笑一声："如果我没记错的话，你跟米奥说过你一直昏迷到今年才醒过来。睡了好几年的人跟我说睡眠不足，糊弄鬼呢？"

凯文："……"

"下次信口胡诌的时候，最好找张纸记下来，以免转头就忘，自己打自己的脸。"奥斯维德靠在椅背上，抱着胳膊眯眼看他，"所以我认为你很有必要把整件事情重新解释一遍。"

凯文想了想，开口道："好吧……我也不知道当初为什么没死，又为什么会在安多哈密林里醒过来。只是睁眼的时候，刚好看到一头饿昏头的狮子扑过来，哦，就是班那个臭小子。我当然不可能这么便宜了他，就收拾了他一顿——"

"等会儿。"奥斯维德对他怎么收拾班一点儿兴趣都没有，"你说你睁眼的时候看到一头狮子？你躺在哪儿？"

"地上。"凯文道。

"就这么躺着，没有遮盖？"奥斯维德道，"安多哈大型猛兽确实不多，但有的是虫子，活人死人都吃，并且受雾瘴影响每种都带毒，咬上一口不涂药的话必然溃烂化脓，你伤口呢？"

凯文："……"

"所以你到底躺在哪儿？"奥斯维德挑了挑下巴，再次问道。

凯文无奈道："地下。"

奥斯维德皱眉："地下？什么叫地下？"

"就是刨个坑埋进去那个地下。"

奥斯维德："……"

这描述就很诡异了，活人能被埋在地下？

"再怎么假死，被埋一阵也该真死了。"奥斯维德绷着脸说完这句，又冷不丁想起了另一件事，"你当初战死的时候我还在帕赫庄园，没亲眼看见，但是后来听米奥提起过。他说你的葬礼他全程都在，棺材下地之后，他和青铜军几个军官在墓碑前站了一整天，一直到黄昏才离开。棺材那么点儿空间，闷上一整天，还能活？"

凯文："……"

奥斯维德的眼珠颜色比小时候还要浅，近乎透明，像摩高冰原最精明的雪狼，直直看过来的时候，有种高傲又透彻的意味。

"好吧……你等下。"凯文从另一边下床，将窗户关严，然后走到奥斯维德身边问道，"有什么凑手的兵器吗？比如匕首什么的？水果刀也一样。"

奥斯维德："……"

这话说的，像是要谋权篡位。

"哦，我没有别的意思，只是借用一下。"凯文又补充了一句。

"你再赤着脚走一步试试。"奥斯维德让他滚回床上，自己走到一旁，从穿衣镜后面摸出一把乌金匕首丢给他。

凯文一把接住，弹开匕首鞘，眼睛都不眨一下就在自己手腕上划了一道。

"你干什么？！疯了吗？！"奥斯维德一把夺过匕首。

"欸——放轻松。"凯文满不在意地摆了摆手，把手腕举到他眼前，"你仔细看。"

奥斯维德不甘不愿地闭了嘴，脸色却依然不太好看，大概还是觉得凯文有点儿疯。他黑着脸看向那道滴着血的伤口，随时准备喊人进来给凯文上药止血。

但是没看一会儿，他的脸色就变了。

因为那道伤口已经自己止住了血，并且在短短几秒内，愈合了大半。那是个非常奇妙的过程，皮肤的裂口以肉眼可见的速度重新愈合在一起，连痂都没结，就好像那里从来没被划伤一样。

如果不是地上还留了两滴血迹，奥斯维德简直怀疑自己刚才在梦游。

凯文把完好无损的手腕在他面前晃了晃："现在明白我为什么要扯谎糊弄人了吗？"

18

整间卧室瞬间陷入安静，过了大约一个世纪那么长，凯文终于确定：年轻的皇帝被惊傻了，已经连话都不会说了。

奥斯维德虽然从小就熊，但拜老管家伊恩强迫症所赐，某些方面还是很有贵族少爷样儿的，比如"命可以送，面子绝不能丢"——就算心里惊涛骇浪天崩地裂，脸也得死活绷住，显得自己沉稳又淡定。如果实在绷不住了，就把眼睛微眯一下，气势和格局一下子就上来了。

可惜，这一套现在不太奏效，他最终还是没控制住，眼睛瞪得有点儿大。

凯文难得看他这副见了鬼的样子，觉得挺有意思，于是忍不住又手欠了一把，用匕首敲了敲奥斯维德的下巴道："吓到了？你不是浑身挂着胆吗，尊敬的陛下？"

奥斯维德："……"

又过了有一个世纪那么长，他终于回了魂，微微眯起眼，用极度克制的声音低低道："怎么会这样？"

凯文转着匕首，冲他一抬下巴："晚了，别眯眼，气势已经救不回来了，年纪轻轻的不要装老成，不活泼。"

一点儿也不想活泼的奥斯维德懒得搭理凯文的调侃，话题一点儿也没被带偏："你什么时候发现自己有这能力的？"

凯文："忘了，天生就这样吧。"

"天生……"奥斯维德嘀咕了一句，他目光刚好扫过伊恩搁在床边的那卷《后神书》，一个念头便随之闪过，"难道是返祖？"

欧拿族被称为"神的遗迹"，原因不言而喻。

这片大陆经历了众星璀璨的旧神时代，又在众神覆灭后经历了一枝独秀的后神时代，再经由百年荒芜，逐渐形成了现在的格局。在这漫长的时光里，欧拿作为传说中神的直系一族，变化得十分彻底，没能继承半点儿神力。

但人嘛，总会抱着一些妄想：说不定哪天能出几个返祖分子呢。

这是一种根深蒂固的种族执念，尤其在被沙鬼暴力压制跪了几百年的情况下，这种执念便更加强烈，在潜移默化中一代代传下来。

奥斯维德小时候的家庭环境比较特殊，没有父母长辈在耳边叨叨，唯一爱跟他叨叨的伊恩老管家喜欢把《后神书》当安魂曲用，而他自己则喜欢把描述旧神时代的《神历》当睡前故事看，自然没培养出这种执念。

可凯文这情况，除了"返祖"，找不到其他更合理的解释。

"返祖？"凯文愣了一下才反应过来，耸了耸肩道，"或许吧。"

"你……不论什么伤口都能这样愈合？"奥斯维德深深看了一眼他光洁如初的手腕皮肤，"那岂不是永远不会死？"

凯文摇了摇头："差不多，但也不全是。目前来说，只要没钉穿心脏就都能愈合。"

奥斯维德皱眉："要是钉穿心脏呢？"

"那当然就蹬腿断气了。"

"你怎么知道？"奥斯维德一脸奇怪地反问道。

凯文想掌自己的嘴。

"你既然活到了现在，就说明没被钉穿过心脏——"奥斯维德浅色的眼眸再次盯住了他，"所以你是怎么知道这一点的？"

凯文一时间没想到怎么回答他，正想诌个理由，卧室门就被敲响了。伊恩的声音在外面响起："少爷，吃的送来了。"

问话被打断，奥斯维德不耐烦地"啧"了一声才道："进来。"

几个女官端着食物鱼贯而入，还贴心地拿了个可以搁在床上的矮几来。

奥斯维德一边示意女官把食物摆好，一边严肃地威胁凯文："你如果敢漏一点儿食物碎屑在我床上，就连人带被子一起滚出去，洗干净了再回来。"

凯文拿勺的手一顿："这是你的床？"

奥斯维德没好气道："不然呢？"

"我躺了三天三夜，你睡哪儿？"凯文面色有些古怪。

"睡个鬼。"奥斯维德揉了揉眉心，道，"一直在前面跟米奥他们说西北面驻防的事情。曼考死了，就算萨丕尔那老不死的卧病在床，也不可能对这事无动于衷。况且沙鬼那边也有蹊跷，它们怎么可能默默助一把力就滚回去躲雨季，坐看北翡翠国受益？鬼才会信。"

他所说的也是凯文所想的。沙鬼不可能做无利的买卖，也从不讲公平交易，前科累累，让人不得不防。只是雨季一到，沙鬼行动大受限制，所有的优势都会转为劣势。在这种情况下，它们还能通过什么手段来侵扰别族？

凯文并没有休息多久，只不要脸地借地儿吃了顿滋补餐，就卷铺盖滚回了青铜军大本营，把大床还给了没怎么休息的奥斯维德。

青铜军营比起往年略为冷清，雨季开始没两天，有一部分人的休假期就已结束了。凯文从奥斯维德那里得知，米奥在他醒来之前，已经带着一支万人防卫队回荒漠边境去了，以免沙鬼别出心裁搞突袭。

同样被派出去的还有三大军团之一的赤铁军，他们依照奥斯维德的命令驻守在克拉长河一带，紧紧盯着北翡翠国的动静。

凯文的归来还是引起了不小的骚动，尽管这么多年里三大军团都换过血，但当年"最年轻且胜仗最多的军团指挥官"声名远播，不可能这么快被人淡忘。

他当然不可能当众表演割腕自杀，也不可能广而告之自己是个独特的"外挂"。在奥斯维德的默许和补充下，他又把先前糊弄米奥的那段鬼话搬了出来，修整完善一番，来一个挡一个，很快便说服了奥斯维德以外的其他人。

就连亲手把他从地下挖出来的班都快被洗脑成功了。

"所以，你到现在都不知道是谁把你从棺材里救出来移到安多哈的？"班一边拉弓瞄准靶心，一边问凯文。

"对，不知道。"凯文对巨兽人种族遗传性的天真万分同情，同时一巴掌拍在班的手腕上，"往左一点，今天是西南风。"

班号道："东南西北这么复杂的东西不要跟我讲，脑子都要炸了！这个姿势我已经保持一上午了，什么时候能放箭？嗯？你们大人能不能讲点儿信用，说好的一会儿呢？我手都要断了啊！"

凯文对他的号叫充耳不闻，转头去纠正安杰尔的动作。

安杰尔就是那个伪装成灵族的白兔少年。他本打算离开乌金悬宫，去圣安蒂斯的城镇上落脚，就像最初说好的一样。可偏偏在离开的那天早上碰到了奥斯维德的小外甥女。

刚满四岁的辛妮亚殿下一眼相中了安杰尔，揪着他的衣服非让他装幽灵跳大戏，追来躲去玩得不亦乐乎，之后便死活不肯放安杰尔走了。

奥斯维德虽然不太乐意，但受不了辛妮亚抱着他的小腿哭，只得一边让人再去仔细查一遍安杰尔的身世来历，一边捏着鼻子让他留了下来。

雨季里晴天可遇不可求，能维持半天已经了不得了。

清晨刚停的大雨，在午后没憋住，又瓢泼似的落了下来。

"这些虫子可真够孜孜不倦的，这么大的雨也不躲躲……"凯文扫开要落在他身上的小飞虫，抱怨了一句。他下令把箭术耐力练习换成雨中马背格斗，便匆匆出了营门，上了索道。

班留下跟青铜军一起训练，安杰尔则像小尾巴似的缀在他身后——凯文要去皇宫找奥斯维德，他则是因为辛妮亚在召唤。

"阁下来了？少爷在书房等你。"伊恩始终改不过来称呼，便索性不挣扎了，一直少爷少爷地叫。奥斯维德本就不在意这个，也就随他去了。

"好，我这就过去。我的天，一下雨这些虫子全聚走廊上了。"凯文皱着眉挥赶了几下。

一群芝麻粒大小的黑虫被他挥得四散开来，兜了几圈后，又孜孜不倦地靠近过来，讨厌极了。

这种飞虫往常没这么多，今年不知怎么突然泛滥起来，几乎要成灾。

米奥每天传回来的信里总要夸张地抱怨几句，诸如"军帐里飞虫多得简直能把我抬起来""昨晚睡觉随随便便就压死了一地虫子"之类。克拉长河那一带的赤铁军更惨，那里湿度最重，虫蚁只多不少。

这种小黑虫虽然飞起来无声无息，不如硬嘴蚊之类吵闹不休，但也是个会咬人的主儿，被咬一口会起一小片疹子，又热又痒，十分难受。

"是的，这可比硬嘴蚊难缠多了，前两天铺的驱虫药对它们作用不大。"伊恩应了一句，又指挥着其他内侍官在长廊墙角撒药粉，试图让这些见鬼的虫子少一些。

几乎所有人身上都有被叮咬过的痕迹，就连奥斯维德也不例外，毕竟虫子可不管你是不是皇帝。

凯文相对好一点儿，他也被叮咬过，但是有奇特的自愈力傍身，那些疹子总是刚出现就开始消失，眨眼便没了痕迹，自然也不会痒得难以忍受。

他绕过铺撒药粉的内侍官，抬脚朝书房走。安杰尔略微停了一下，对着漫天的飞虫点了点眉心和嘴唇，那是信奉后神的人惯常的祈祷动作。

"祈祷虫子不咬人，不如一巴掌拍死来得快。"凯文顺口道。

他话音刚落，就听书房那边传来几声侍官的尖叫，惊得他眉心一跳："出什么事了？！"

19

凯文大步赶到书房，里面已经乱作一团。

一个微胖的内侍官整个儿扑在地上，似乎是摔了跟头，但不知怎么回事，一直保持着那个姿势没起来。他旁边还围了几个侍官和守卫，个个面色惊慌，手足无措地僵在那里。

辛妮亚埋在奥斯维德怀里，哭得上气不接下气，左手揉着眼睛，右手以一种奇怪的角度僵硬着。奥斯维德脸色非常难看，他仔细查看了一番辛妮亚的右手，抬头冲守卫喝道："傻了吗？去医官院叫人啊！"

两个守卫忙不迭应声，甚至都没顾得上冲凯文行礼，就急吼吼地冲了出去。

"怎么回事？"凯文走了进去，感觉气氛不太对劲。如果只是摔倒了，怎么也不至于那么大反应。

奥斯维德没有先回答他的话，而是语气不耐烦地冲其他几个侍官道："你们也不会动吗？别让他一直在地上趴着，先抬起来。"

那三个手足无措的侍官连连点头，相互商量着将扑在地上的胖侍官抬了起来。

凯文看了一眼，脸色就变了："他怎么会变成这样？"

那个胖侍官被抬起来的时候，依旧保持着扑在地上的姿势，一点儿都没有变化，就跟被冻住了一样。那种情形非常诡异，就好像他们抬起来的根本不是一个活人，而是一尊石雕。

可石雕却会说话，只是声音抖得厉害："陛下，我、我怎么动不了？我感觉不到我的手和脚……"

"医官来了再说。"奥斯维德答了一句，而后冲自己的书桌挑了挑下巴，对几个内侍官说道："放桌上，或者放椅子上，看怎么能固定吧。"

吩咐完，他才转过头来冲凯文解释道："辛妮亚跑进来的时候摔了一跤，他挡了一下，结果自己摔得更狠。不过这不是重点，重点你已看到了，他摔完就爬不起来了，辛妮亚磕到地面的手也一样。"

凯文凑近看了眼辛妮亚的右手。

刚才远看没注意，近看他才发现，辛妮亚右手的皮肤颜色变得非常奇怪，从手肘处开始分界，上臂还是正常的藕白，前臂直到指尖的皮肤则泛着死气沉沉的灰黄，没半点儿血色。

"疼吗？"凯文抬手轻轻捏了下辛妮亚的前臂，那触感像质地松脆的砂石，似乎再用力一点儿就会彻底碎掉。

辛妮亚红着眼睛摇了摇头，抽噎道："但是我害怕。"

那边三个内侍官终于把胖侍官靠稳在椅子上，其中一个小心翼翼地瞥了眼奥斯维德，嗫嚅道："陛、陛下，您……您刚才也被辛妮亚殿下撞了下耳朵，真的没事吗？"

奥斯维德臭着脸道："听声音有点儿模糊。"

"你也被撞了？"凯文眉头一皱，他对奥斯维德本就没什么顾忌，一听这话直接伸手摸上了奥斯维德的耳根，按按压压找变硬的地方，就这样顺着耳廓一路摸到耳垂，从头到尾没敢用力，就跟捏辛妮亚的手臂一样轻轻碰着。

好一会儿后，凯文撤开一步收手道："没变硬，不过有点儿热，大概撞得轻一点。你说已经开始影响听觉了？"

他说完这话目光一转，才发现奥斯维德表情略有些古怪，看都不看他一眼就硬邦邦地开讽："出门没带脑子？谁告诉你是这个耳朵？！"

凯文没好气地回道："我摸了一分多钟你才发现我摸错？"

奥斯维德从鼻孔里冷哼一声，表情傲慢，模样欠打，端了一副好架子。可惜老虎皮刚撑起来还没发威，就因为一只发红的耳朵，又漏气瘪了回去。

凯文看他那样觉得有点儿好笑，但碍于场合不合适，只得把表情绷得更严肃，抬脚绕到了奥斯维德另一边。

这次不用上手去摸了，因为奥斯维德这只耳朵的变化非常明显，跟辛妮亚的手臂一样，毫无血色，泛着灰黄。

凯文忧心道："这要是睡觉不小心压到，会不会直接碎了？"

奥斯维德瞬间脸就绿了，他翻了个白眼，从牙缝里挤出一句："不劳操心，闭上你的乌鸦嘴！"

两人正说着话，去请医官的那两名守卫回来了，被架在他们中间的那个医官看起来老得都快成精了，又瘦又小，像颗长了两条细腿的干瘪豆子。他几乎是被守卫全程架回来的，脚都没沾到地，直到进了书房才被放下。

老医官一唱三叹地喘了口气，冲奥斯维德行了个礼，拉长调子道："陛——"

"别陛了，直接看病。"奥斯维德听到他说话就头疼，干脆地把辛妮亚的右手塞到老医官眼皮子底下。

他简单说了辛妮亚和那个胖侍官的情况，然后皱着眉盯着老医官，等他开口说话。

老医官眼神似乎不太好，鼻尖几乎都快贴到辛妮亚手背上了。他看了一会儿，"哦"地沉吟片刻，又颤颤巍巍地挪到椅子旁，把胖侍官上上下下里里外外检查了一遍。

"看出结果了吗？"奥斯维德忍不住道。

老医官点了点头，又摇了摇头："我不知道这是什么病，但我在一本书里看见过。"

奥斯维德："什么书？"

老医官挠了挠脸，仰头想了很久，道："书名忘了。"

奥斯维德："……"

这医官但凡年轻点儿，奥斯维德都能下令把他叉出去！

"但我记得那段内容。"医官喘了老大一口气，又补充道，"那是贝瑟曼时代的事情了，按照辈分算，那是陛下您曾祖父的曾祖父一辈，书里说那年夏天王城闹了一场鼠灾，皇宫里突然开始流行一种怪病，好好的人就不能动了，包括贝瑟曼皇帝本人也有一只胳膊被感染。那病的描述看起来跟辛妮亚殿下以及这位侍官的情况很像。"

"鼠灾？"凯文转头看了眼窗外，走廊上芝麻大小的黑虫四散飞舞，泛滥成灾，跟医官口中的当年还真有点儿相似。

奥斯维德也瞥了眼飞虫，皱眉问道："后来呢？有什么解决办法？"

"宫廷医官束手无策，于是贝瑟曼皇帝只能另寻他法。那时候灵族还没迁居海上，跟咱们国常有往来，皇帝请了当时灵族的大长老来看。"老医官仔细回忆了一番，接着道，"我记得，大长老说这与其说是病，不如说是某种类似传染病的巫术。

后来皇帝遵照大长老的提议，去了趟法厄神墓。"

凯文掏了掏耳朵："谁的墓？"

奥斯维德同样诧异："法厄神墓？光明神法厄的地底神墓？"

老医官点了点头。

奥斯维德和凯文同时露出了"你在逗我？"的表情。

辛妮亚被奥斯维德洗脑长达一年，光明神法厄这个名字对她来说简直如雷贯耳。哭得像小狗的小姑娘突然就止住了眼泪，抽抽噎噎道："去神墓能见到他吗？我想去……"

老医官慈祥道："去神墓能见到他的骨头。"

辛妮亚："……"

据说"十分喜欢法厄"的奥斯维德听不下去，瞪了老医官一眼，扯回正题："灵族大长老为什么让他去法厄神墓？"

老医官摆了摆手，道："陛下，您信旧神还是后神？"

奥斯维德答道："哪个都不信，我信我自己。不过这两者相比而言，我更偏向于旧神。"

辛妮亚转头看他："因为有法厄吗？"

奥斯维德翻了个白眼，直接用手掌盖住她的脸，免得她再捣乱。

"陛下应该知道的，光明神不只主管光明，还司战争和健康。大长老说那种巫术追根溯源跟神属一脉，不是他们能解的。陛下，您听说过法厄神墓的传说吗？流传最广的那个，说法厄神墓主殿神坛里有一只银雀圣杯，杯子里装着满满的圣水。"

奥斯维德："隔了这么多年还有用？"

亏得他是皇帝，否则这话在旧神的忠实信徒面前说出来，铁定是要被打的。

老医官憋了半天，最后挤出一句话："至少当初的贝瑟曼皇帝成功了，否则也不会有后来的继承人。"

这话才是最关键的。

奥斯维德沉吟了片刻，冲老医官道："行了，我知道了。那本书你还有办法找到吗？"

老医官颤颤巍巍又行了个礼，说："我回去试试。"

遣走了老医官和那帮内侍，书房里便只剩下凯文和他两个人。看他的表情，凯文就知道，他并没有真的把全部希望寄托在法厄神墓上。因为那不是一般人能去的地方。

世间流传着很多关于法厄神墓的描述，版本不一，内容也不尽相同，但都有一个共同点，就是凶险难当。

他们没看过老医官说的那本书，事实上，关于贝瑟曼时代的正式记载中并没有提到那场怪病，倒是语焉不详地提过贝瑟曼后期极其尊崇光明神法厄。如果是因为老医官所说的，那倒可以理解。

同样也可以想象，当年贝瑟曼为了进入神墓到达主殿，折损的兵将绝不会少。或许这也是语焉不详的原因之一。

奥斯维德摸了摸自己的耳朵，眯着眼道："法厄神墓……这不是个好选择，要赔太多人进去，不值。你说呢——你在发什么呆？"

凯文正倚在窗边看着外面的飞虫出神，闻言目光一动，将视线投向奥斯维德，道："想进墓地倒也——"

他话还没说完，就被门外一个声音打断了："陛下，王城巡骑军急报！"

20

圣安蒂斯作为王城来说，地形算得上奇特。

乌金悬宫建筑群所处的神之路嵌在大裂谷中，而整座圣安蒂斯城就以悬宫为起点，从裂谷西岸一路延伸下去，地势均匀走低，从地图形状来看，像个边缘里出外进的半圆。

整座王城的建筑风格大多跟乌金悬宫相契合，色调沉稳大气。站在地势最高的悬宫上俯瞰，无数乌墨打底金丝作嵌的房顶高矮错落，总能给人一种热血沸腾的恢宏感。

除了今天……

接到王城巡骑军急报的奥斯维德二话不说便跨上了马鹫背，带着一列黑铠黑马鹫的小分队疾奔出悬宫。

外面大雨瓢泼，昼夜不停。积水顺着地势分流化股地淌着，在马鹫蹄下水花四溅。

王城里大小医所一共六间，奥斯维德高头大马鹫，铁蹄不停，全部巡看了一遍。急而脆的马鹫蹄声在王城街道上川流来回，几乎没有停歇过。大概是气氛太过紧绷，哪怕听惯了马鹫蹄声的王城居民，也忍不住从窗户里探头看出来，张望几眼后又匆匆缩回去，门窗紧闭。

不闭不行，因为飞虫成灾，挡都挡不住。

"陛下，您看到了，所有医所都挤得满满当当。"巡骑军指挥官彼得推开脸上的铜丝面罩，冲奥斯维德道，"之前还要混乱一些，今天大雨，路本来就湿滑，很容易摔跤，一旦磕到碰到就彻底不能动了。街上到处都堵着人。我调动了全城巡骑军，才把人都分散移到就近的医所。但是……"

街道清整了，人也暂时安顿了，恐惧却已无可阻挡地蔓延开来。

如果只是一两个人，消息还能暂时封住，以免引起更多慌乱。可全城到处都有人出现这种情况，就不可能封住了。圣安蒂斯王城虽大，但真真假假的流言在各处街头巷尾同时爆发，由点及面传遍全城只用了一顿午饭的工夫。

彼得说道："大多是老人和孩子，本来就容易磕磕碰碰，这下子一阵风似的全中彩了。我们怕手上没轻没重，帮忙的时候格外注意，一来一回耽误了不少时间。等安顿好大部分人，从医所出来的时候，街上已经成了现在这样子了。"

奥斯维德拽着缰绳扫视了一圈，肃然的面容掩在铜丝面罩后面，看不清表情。

金狮国虽然被压制了近七百年，但瘦死的骆驼比马大，至少王城还称得上热闹。可现在，一场虫灾和"砂石化"的怪病，仅仅用了半天时间，就让圣安蒂斯变成了一座死气沉沉的空城。

大半的房屋都门户紧闭，生怕漏一点儿缝隙。

纵横交错的街道上看不到一点儿行人的痕迹，除了医所人满为患，哭叫不绝，其他地方甚至听不到什么人语声。

原本沉稳的主城色调，在这种时候，却显出了莫大的破落空寂感，灰扑扑的，没有一点儿生机。

王城都成这样了，其他地方更不用想了。

傍晚时分，神官院的老神官拖着满身赘肉，趴在马鹫背上就冲进了悬宫，一起追过来的还有他那两个年轻的副手，神色焦急得仿佛屁股坐在了火堆上。

他们见到奥斯维德的时候几乎是从马背上滚下来的，老神官没能成功，因为他的半边身体也砂石化了。

"陛下！陛下，北边赤铁军和西边青铜驻防军都来了急报！"老神官趴在马鹫背上就嚷开了。

两个副手忙不迭地把他抬下来，轻拿轻放地在椅子上靠好。

奥斯维德现在听到"急报"二字就觉眉心直跳："军营里也出现这种情况了？"

"应该是！"老神官气还没喘匀就连连点头，"因为发来的是求援信号，让皇宫给驻军营加驻医官。"

长久的征战历史，让金狮国磨出了一套完整的紧急信号，就像信砂一样，会出现在神官院的观象池里，不同的颜色和状态表示不同的意思。这样的信息再成系统，表达的意思也毕竟有限。所以只有在万分紧急的时候，才会靠它传递军报。

一般传递的时候，还会有一份更为详细的急报内容，通过传统方式加急递回大本营。凯文手里握着的，就是刚收到的一份。

他放开差点儿飞断气的白鹰，扣上面罩便翻身上了马鹫，一路毫无障碍地进门入院，几乎疾驰到奥斯维德面前才猛地一扯缰绳："青铜驻军里大面积出现这种情况，大多是今天在操练中击碰导致的，现在已经紧急叫停。另外米奥说，他盯了一整天，发现那一片的飞虫主要是从东北方向过去的。他现在已经命人在边境线上加垒火槽，先用烟墙挡一挡，让医官带一部分药草过去一起烧。"

马鹫还没完全止步，凯文已经长腿一扫翻了下来，把手里的军报递给了奥斯维德。

"东北方向？"奥斯维德捏了捏眉心，飞速扫了眼大致内容，道，"他的东北方向，那不就是梅恩镇一带？"

凯文点了点头，又若有所思地补充道："但是如果沿着梅恩镇画一条线延伸过去，可以伸到克拉长河。"

"你是说——"奥斯维德正要说话，又一阵马鹫蹄声奔近。

今天的紧急军报简直不要钱似的往下掉，刚送走神官院的，又来了凯文的，凯文这还没走呢，赤铁军大本营守将指挥官卡缪斯也来了。

卡缪斯带来的军报恰好补全了奥斯维德没说完的话——那些飞虫是在克拉长河一带出窝的。

"拉德带人几乎把沿岸的土都翻了一遍，地下全是虫卵。以前也有，但是没这么夸张，拉德说就好像河岸边被'施了什么助长的肥料'似的，他们打算把翻出来的土烧一遍，清理掉一部分。但是雨太大，效果不明显。"

"肥料？"凯文眉头一皱。他不由得想起了那夜满地的沙堆，那玩意儿根本没法用手去碰，除了落在河里的一部分，剩下的几乎都被埋到了地下，以免误伤到人。

会不会是那些沙堆导致的？

事情一旦跟沙鬼扯上关系，就变得什么都有可能了。

"还有，拉德安排了一小队人混去了北翡翠国那边，陛下您猜怎么着？"卡缪斯冲奥斯维德道，"北翡翠国的飞虫密度起码是河这边的两倍，据说萨丕尔病上加病，更起不来了。他大儿子曼考没了，那个玩物丧志的小儿子博特被紧急召回了王城，不知道有什么打算。"

博特就是当初在赌坊押着麦和肖的那个小畜生，奥斯维德想起他那张心术不正的脸就来气，顿时冷笑一声，道："每当某个国家临近蹬腿完蛋的时候，老天总会给它安排几个作死的傻瓜，把最后那点儿苟延残喘的气数消耗殆尽。"

不过北翡翠国那边更为恶劣的情况，让凯文更加确信那些飞虫跟沙堆有关，准确地说，应该是跟沙鬼给北翡翠国的那瓶东西有关。那只被他一箭射穿的母虫，以及钻进曼考守卫军身体里的那些小飞虫，应该才是这次"怪病"的罪魁祸首。

奥斯维德显然跟凯文想到了同样的事情，就听他寒着脸道："我就知道，沙鬼不可能那么好心，白白给萨丕尔提供助力自己却退回老窝。"

虫灾和"怪病"足够其他几族焦头烂额，顾首不顾尾。而等到雨季一过，它们卷土重来，其他几族早已元气大伤，攻拿起来简直易如反掌。

最让人咬牙切齿的是，就算你串起了前因后果，知道了它们的用意，也不得不硬着头皮继续朝前走，因为抵挡虫灾刻不容缓。

每个人多多少少都被那些飞虫叮咬过，这在以往不过是痒个几天的事情，如今却成了悬在头顶的剑，不知什么时候，它说掉就能掉下来，就像一道无时无刻不在的催命符。

这一夜所有人都过得异常煎熬，不论是皇宫里的，还是皇宫外的。

奥斯维德彻夜没睡，一直盯着驻军军报。神官院也同样灯火通明，几个神官趴在观象池边眼睛都不敢眨。医官院里更是忙得脚不沾地，能早一分钟配出有效的药粉，就早一分钟解脱。

除了王城巡骑军，更多的王城军被分成了无数小队，连夜赶向金狮国各个城镇。

凌晨时分，万年"上坟"脸的老管家伊恩，因为睡觉的时候硌到了脖颈，从脊椎顶端一直硬化到了后脑勺，头不能动了。

小狮子班在清晨起床的时候发现右手无名指和食指因为被压到，也变成了砂石状。

安杰尔的左眼变成了死气沉沉的灰色，像是从雕像上抠了一块下来，塞进了自己的眼眶里。

而仅仅一天的工夫，辛妮亚手肘上的灰黄分界线又朝上蔓延了一厘米。

…………

凯文双手撑在奥斯维德的书桌上，目光微垂，用一种冷静却又不容拒绝的口吻说道："想进法厄神墓并不难，我一个人就可以。"

奥斯维德忍不住骂道："一个人？你疯了吗？！开什么玩笑！"

21

"没开玩笑。"凯文说完，突然倾身向前凑近了一些。他右手砰的一声落在奥斯维德面前，手心朝上，淡青色的血管脉络在皮肤下隐约可见，从手掌末端一直延伸到手腕。

因为单手搁在书桌上，他上身姿态歪斜，有种满不在意的放松感。

他左手随意地在右手手腕上比画了一下，笑道："你是不是忘了，我根本不会受伤。"

奥斯维德瞥了眼他的手，又抬起了眼皮，脸上不耐烦的神色稍微敛了一些，语气却依旧硬邦邦的："不会受伤所以觉得自己厉害极了，长了四颗脑袋八只手，可以一个人抵一百个用了，是吗？"

凯文"啧"了一声："会不会好好说话？"

"恕我直言，看见你就不会。"奥斯维德嗤笑道。

凯文简直无奈了，他有些犯愁地盯着奥斯维德看了片刻，对方坚如磐石，毫不避让地回视着。

"唉——"凯文叹了口气，屈起指节敲了敲桌面，试图换个相对温和理性的态度说服他，"你看，现在人心惶惶，大家都等着救命的东西，一天没有进展就一天不得安宁，这种恐惧不是说压就能压下去的。我知道，没有亲眼见过的东西你总是不太相信，觉得赌上一大班人马的性命去求一个不知道有没有效果的圣水，不如让医官院加班加点来得脚踏实地。"

奥斯维德嘴唇抿成了一条刻板的线，很有股油盐不进的味道。

"或许贝瑟曼皇帝当年是用一班又一班人马的尸体蹚开的路，可现在不需要，我一个就够了。我是没有四颗脑袋八只手，但是我不会受伤，这意味着我可以尝试无数次，直到打开神墓主殿的门。医官院完全可以继续配药，不受任何妨碍；军将守卫继续巡城驻地，一个也不用调开。两条路并行，互不影响。"

凯文摊开了手："最终真有效果当然皆大欢喜，就算圣水无效，我也就当是去郊游了一趟。这种根本不用担心亏本的买卖，我不知道你还在犹豫什么？"

奥斯维德张口就想反驳，嘴唇开合几次却始终没能吐出更多字眼。大概是找不到理由来反驳凯文的话。

是啊，只需动用一个人，说不定就能解决所有麻烦，一本万利，多划算的买卖！有什么可犹豫的呢？

但奥斯维德看起来就是有种……气得不轻的感觉。

凯文轻轻"啊"了一声："这样吧，我也不是什么固执的人。既然你说不出话了，那我们换种方式。"他抬手指了指奥斯维德的右耳，说道："我数到三，你如果不同意就动一下这只耳朵，如果同意就不动，怎么样？好，开始。三！"

奥斯维德："……"右耳都砂石化了还动个鬼！

凯文满意地指了指那只耳朵道："哟，不错，懂事顾大局。"

这话简直就是赤裸裸地在说皇帝本人不懂事不顾大局，法斯宾德阁下大概又不想活了。

奥斯维德一巴掌拍开他欠打的手，烦得不行。

他眼窝很深，脸颊轮廓锋利如刀，下巴微抬，再加上常年没个好脸色，英俊却不近人情，总给人一种极为傲慢和固执的感觉。

如果他年纪再大上二三十岁，有几十年的风雨阅历打底，这种气质大概会让他更有帝王的威慑力。

可惜他现在还年轻，而凯文这个混账从来就没怕过他。

凯文重新直起身，扬着嘴角露出一点笑："纯赚的买卖做得这么不情不愿，我

可以理解为你在担心我的安全吗？"

奥斯维德板着脸没说话，过了片刻才嘲道："我受虐狂吗，担心你？"说完他不客气地冲凯文挥了挥手，示意他快滚，看着就来气。

这就算成了。

虽然费了一番口舌，但凯文终究还是说服了奥斯维德，毕竟年轻的皇帝陛下不会真的不顾大局瞎固执。

他要去闯法厄神墓的消息眨眼间便传遍了乌金悬宫和三军大本营，甚至连王城巡骑军那边都得到了消息，谁放的消息不言而喻。

人在走投无路的时候，总会病急乱投医，不论听谁说的，不管多离奇的方法，都会忍不住去相信去尝试。

更何况现在放话的人是皇帝，而法厄神墓的传说本就在民间有一定的基础，于是听到消息的人几乎都把它当成了一个可以期待的希望。

一时间，笼罩在人们身上的恐惧感居然淡了一些。

对此，凯文乐见其成，觉得奥斯维德干得不错。

但很快他就笑不出来了。

先是一拨接一拨的青铜军精锐来敲门，请愿跟他一起去法厄神墓，搞得他收拾东西都不得安宁；接着普通铠甲兵也前赴后继地扑了过来，满含一腔"为国捐躯，义不容辞"的慷慨之情敲开门，又被凯文统统堵了回去。

再后来连留守的赤铁军和乌金铁骑都来了。

凯文抹了把脸："卡缪斯你不是应该带着赤铁军巡查吗？！跑到这里来是怎么个意思？！什么？来不及准备？我说……你们不来敲门我早八百年就准备好了，我半个人都不缺，快走快走！"

卡缪斯遗憾地勒马鹫走了，走之前还嘀咕了一句："我去找陛下说说。"

凯文没好气地冲他的背影道："骑马鹫悠着点儿，小心明天屁股也砂石化了！"

卡缪斯："滚滚滚！"

这些都不算难打发的，真正难打发的，是他的人形小尾巴——班。

班干脆手脚并用地抱着他的大腿，坐在他的脚背上，耍赖撒泼道："你说了要给我一切锻炼的机会，让我变强大的，我不管，我就要去！法厄神墓的传说我也听过，我不怕，不磨炼怎么变强？！我们族的人生来就是战士，你听过一碰到危险就窝在军营里的战士吗？！那是对我这一生的羞辱！"

凯文把装好小物件的牛皮袋收紧口挂在腰间，没好气道："你这一生才八年，哪儿来什么羞辱？我警告你，再不撒手我踹了啊？你知道我这人有多混账的，尊老爱幼那一套在我这里行不通。"

班还想再不屈一下，但是凯文脚一动，他就飞速撒手蹿到了墙边。不过这并没有让他打消念头，他眼疾手快抢过桌上搁着的一只水囊，拔开塞子，威胁道："你不带我去，我就吐水囊里！我真吐进去了啊，你带不带？"

凯文冷笑一声，冲他招了招手："你站那么远干什么？不是要抓住一切锻炼的机会嘛，来，站到我面前来，我现在就给你锻炼锻炼。"

班"哇"的一声假哭起来，号叫道："我很小的时候，爸爸还偶尔会清醒一下，教我扑击和捕猎，他那时候跟我说，巨兽族的人生来就是战士，战士就要永远向前。我爸爸跟我说的话总共就那么多，我怎么可以不听——"

"停！"凯文顺手捞了个酸果塞进他嘴里，及时止住了他的话。

班："……"这下眼泪真止不住了。

他酸得脸全皱在了一起，也还是抓着水囊死不撒手，决心可见一斑。

凯文无奈地看了他一会儿。

他知道，这小崽子刚才号的一段不全是假的，自从麦死了之后，班对"变成最强的战士"这件事便执拗得可怕，他在军营里这几天，练得比所有大人都疯。虽然嘴上天天抱怨凯文虐待，其实他对自己才是最狠的那个，不愧是巨兽人的种。

"算了，你非要跟就跟着吧，倒也不会有什么危险。"凯文摆了摆手，一边绑好箭筒，一边嘀咕了一句，"真不知道你为什么会觉得挖个坟能锻炼自己。"

班："你这么说神，不怕天打雷劈吗？"

凯文嗤笑了一声。

一人一狮上路，其实还是很有气势的……可惜凯文最终还是没能当成孤胆英雄。

奥斯维德在请愿的一干人里挑了一组精锐兵，不容分说塞给了凯文。他站在乌黑厚重的宫门前，一把拽住凯文的缰绳，沉声道："给我记住，你是去求生的，不是去找死玩命的！"

凯文有些好笑，拖长了调子"哦——"了一声。

奥斯维德又道："还有……"

凯文坐在马鹫背上，弯腰看着他，等他把后面的话说完。谁知他说完这两个字之后，顿了很久都没开口。

"还有什么？"凯文一脸奇怪地问。

奥斯维德撒开缰绳，一巴掌拍在马鹫上："算了，等你回来再说。"

马鹫撒腿便跑，一阵风驰电掣，转眼间便过了大半索道，将厚重而沉寂的悬宫甩在了身后。

凯文："……"说话说一半的人才应该被雷劈！

第二卷
荆棘中的神像

01

众所周知，大陆上的神墓其实不止一处。

《神历》中说，旧神时代最悲凉又最恢宏的一幕是众神陨落的那个黄昏，金红色的残霞万里如血，鸟兽悲鸣，江海倒灌，众神像星辰一样坠落，归于同处，那是旧神时代的末端，也是后神时代的开始。

所以，当年的旧神其实有一个共同的巨型坟地，被称为"万神之墓"。当然，"万"是夸张的说法，为了显得气势恢宏而已。实际扳着指头数一遍，除了百来位小神，旧时代的三大主神只有两个躺在里面。

那个特立独行没躺在万神之墓的，就是光明神法厄。

因为法厄陨落得比其他神祇晚一些，他撑到了黄昏结束，夜幕降临，在最后一丝光明殆尽的时候闭上的眼睛。

不过这些都来自传说记载，实际如何早就不可考了。就像根本没人能说得清楚，究竟是谁，给陨落的众神以及最后死去的法厄，建造了那样险境重重的坟墓。

"我恨建神墓的人……"班搂着马鹫的脖子，气若游丝。

从悬宫出发之前，凯文就替他也备了一匹马鹫。体形较之其他人的相对矮小一些，但四肢健硕，翅膀宽大，跑起来丝毫不逊于那些大个头。给班这种半大小子当坐骑，再合适不过了。

可这小兔崽子也不知道哪根筋搭错了，非要自己跑，并且深信自己可以在长途跋涉中超越大部分马鹫，独领风骚。

于是他就把自己"风骚"跪了。

大半天脚程下来，马鹫依旧风驰电掣，班却快要升天了。最后还是凯文看不过去，打了声呼哨，把那只小马鹫招到前面来，捞起口吐白沫行将就木的小狮子，丢上了马背。

附送一句安慰："该！"

"我看地图上明明没那么远啊！"班嘤嘤地哭道，变回人形的他手脚俱软，趴在马背上再没能直起腰。

凯文瞥了他一眼，道："哪个蠢货告诉你地图上两点之间连条直线就代表实际路程的？"

班："……"

不巧，就是他自己。

"那还有多远？天黑之前能到吗？"班半死不活地仰脸看了眼前面的路，忍不住问道。

凯文笑着摸了摸他的头，抬手一指远处，温声道："看见那座小山包了吗？到那儿就快了。"

班一脸茫然地眯起眼，在远处浓重的雨雾中仔细分辨了很久，也没找到所谓的小山包。

"往哪儿看呢？那边。"凯文抬手就是一巴掌，重新指了一遍。

"啊？"班的视线顺着他的手臂延伸出去，半点儿没敢偏离。

半晌过后，一脸茫然的小狮子缓缓张大了嘴，瞪着眼珠彻底"石化"。他傻了片刻，骤然蹿起来，指着远处一根恨不得接天的柱状高山，嚷道："去你的小山包！那叫小山包吗？！"

凯文"啧"了一声，训道："你才多点大啊就爱骂人，回头叫人抓你去上礼仪课。"

小狮子"呸"道："谁敢抓！"

"皇帝啊。"凯文理所当然道。

小狮子面无表情地看着他："你们国家真奇怪哦，皇帝居然还得听你的话，你是他爸爸？"

凯文："……"

天边泛着青黑，浮起一层薄薄的夜色。

大雨在下午劲头稍缓，拖拖拉拉几个小时后，终于渐渐停了。雨一停，那些飞虫就更来劲了。

奥斯维德挑出来的精锐小队，成员来自青铜、赤铁、乌金三大军团，几乎都是清一色的军官。虽然没有指挥、副指挥级别的，但平日里也都是各军团的佼佼者，所以没有人希望他们在这趟远行中受伤。

临出发前，军团给他们每人配了一副贴身轻甲，能包裹住身体的大多要害部位，且不显笨拙，一人一身带兜帽的防雨斗篷，以及一只网孔细密的铜丝面罩。

这样的全副武装基本能抵挡大多数飞虫，但众人依旧显得十分谨慎。

于是这支队伍就呈现出了这样的奇景——领头的一大一小嘴仗没停过，好似

真是来郊游的。而他们身后那一队黑衣黑骑的跟随者则沉默肃穆，好像是来开追悼会的。

法厄神墓所处位置并不是什么秘密。

几乎所有人从小就听说，法厄神墓在白头山丘一带，位于永生瀑布下面。但是大多数人也仅止于此，他们可能一生都不会知道白头山丘和永生瀑布是什么样的。

民间对白头山丘的普遍理解倒是很统一——顾名思义，就是顶部带了点儿积雪的山丘。

而"山丘"这个词，总让人觉得那里并不高险，可能只是座带了点儿玄机的矮山。

所以，当凯文指着那座通天神柱一样的高峰，说"雨停了，现在能看清楚了吗？那座山就是白头山丘"时，所有人都浮起了一种"你在逗我"的荒谬感。

从稍近一些的地方看，白头山丘显得更加骇人——它山体很窄，山壁几乎笔直而上，倾斜幅度可以忽略不计，看得人脖子酸。

而所谓的"白头"，恐怕不仅是指顶上有积雪，更可能是因为它已经"捅"进了云里。

一个军官仰头看了许久，终于憋出一句话来："请告诉我，'位于白头山丘一带'的意思是指我们要绕过它。"

凯文哼笑一声，抬了抬下巴，非常体贴地打破了他的幻想："不，我们要上它。"

众人："……"

"不过不是今天夜里。"凯文顿了顿，遥指着山顶道，"夜里山上有些不太好对付的东西，上去就是送命，我们加快点速度，在山下过一夜。明天天一亮就动身。"

众人不敢耽搁，快马加鞭驱着马鹫朝前疾奔，溅起大片的水花，将野林道边的花丛淋得七零八落。

那个问话的军官伏在马鹫背上，在呼啸的风声中闪过一丝疑惑：法斯宾德指挥官是怎么知道山上有不好对付的东西的？他来过？

可是谁闲得慌来逛这种鬼地方？！

夜幕很快就彻底笼罩下来。

这里靠近北地，气候比金狮国国界内要干寒得多，昼夜温差大，再加上下了雨的缘故，夜风吹在潮气湿重的衣服上，简直有些透心凉。

凯文呵了呵手，把指尖搓热，然后跟其他人一起麻利地搭好了几个简易的行军帐，好歹能挡点儿风。

几个军官手脚麻利地在几个帐篷围出来的背风区生好了火，支起架子，把带过来的酒水囊放在火堆边温着，而后各自分工，去找吃的。

"别走远,就在前面那片矮林里找找,不要越过林子那边的雾瘴带,小心中毒。"凯文扬声叮嘱了几句,便找了处烘干的地方席地而坐。

他伸直了两条长腿,背倚在一块岩石上,姿态闲散放松地烤着湿透的斗篷。

就凯文自己来说,出门的时候很少带太多累赘,轻衣简行最方便。一只水囊,一个装了打火石、信砂之类小什物的牛皮袋,一柄近战短刀和一把远程长弓,绰绰有余。

食物沿途可以找,这个他经验丰富。住处他也从不讲究,随便挑个背风一些的地方就能靠一夜,糙得很。

但是现在人马多了,带出来的东西自然也多了一些。军帐、救急药物,甚至还有不少干粮。不过,在能找到野味的时候,大家都不打算去动那些干粮。谁知道到了法厄神墓地界,还找不找得到能吃的东西,还是预备着点儿比较好。

凯文看了眼背后的高山,从牛皮袋里翻出一小张皱巴巴的羊皮纸和一支笔,三下五除二画了个柱形的白头山丘,然后龙飞凤舞地写了一行字:"到地方了,明天上去。"

他打了个呼哨,一只被放出来溜达的白鹰盘旋了一圈,落在了他身边的岩石上。

"伸腿。"他不着四六地冲白鹰说了一句,把那张羊皮纸卷进白鹰脚上拴着的金属小圆筒里,说道,"来,回去报告一下行程。"

白鹰翅膀一扑,很快便消失在天边,没了踪影。

这只带了信的猛禽在凌晨时分,扑扇着翅膀砸在了乌金悬宫内皇帝的书桌上,又搞湿了一大片地方。

奥斯维德接连几天没好好睡个觉,这会儿好不容易在书桌上趴了一会儿,就被这小畜生给惊醒了,还被糊了一脸鹰毛和泥水。

"你就学不会好好降落是不是?"奥斯维德抹了把脸,一边拍了拍自己的额头,试图让自己清醒一点,一边从金属小圆筒里抽出了印象派大师凯文的大作。

怪就怪那白头山丘本就长得不太矜持,再被凯文神奇的画笔一扭曲,怎么看怎么都不太像个正经东西。

奥斯维德皱着眉,盯着羊皮纸上那通天神柱似的玩意儿看了好一会儿,终于面无表情地把它揉成一团扔了出去。

简直"辣"眼睛……

02

那个皱巴巴的羊皮纸团在门外滚了一圈,便被墙角掩住,彻底看不见了。

奥斯维德坐在书桌前重重地揉按着太阳穴,刚才稍微提起来的那点儿精神又

候地散了。长久地缺乏睡眠让他整个人处于一种深深的烦躁中，还混杂着一种说不出的疲惫和精神上的麻木，似乎天大的事情落在面前，都蔫蔫的提不起应付的兴致。

白鹰是个识时务的，它深觉面前这人周身都笼罩着一层低气压，随时可能逮着谁撕谁，于是在完成送信这一任务后，就势滚下了桌，四仰八叉地躺在地上歇气。

人在极度疲惫的时候，思维总是跳脱而飘忽的。奥斯维德支着头，翻了两页面前的军报，又看了眼窗外依旧浓重的夜色，不知怎么突然想起以前的帕赫庄园来。

几个零碎的画面一转，困意便又卷上来了——

那好像是个春末的下午，那几天外头爱下雨，带着几声晚春的闷雷，从远处隆隆滚过来。

帕赫庄园二楼的茶厅被那株阔叶女贞树挡了半边窗户，采光不太好，雨天更显得整间屋子黑沉沉的，十分昏暗。

奥斯维德坐在床边的椅子上，手里压着一卷书，眼睛却一直盯着窗外的花园小道。那条小道一直朝前延伸下去，就是铁质的雕花大门。

老管家伊恩咳了一声，清了清嗓子，进屋一板一眼地道："少爷，抓着书发呆不是好习惯，要罚的。"

小小年纪的奥斯维德抿着嘴唇转过头来，问道："那个讨厌鬼今天不来吗？"

伊恩脸上的法令纹变得更深了一些："一个有礼的绅士不应该这样称呼别人。法斯宾德阁下昨天接到了军团调令，春假提前一周结束，已经动身回王城大本营了。那时候您烧还没退，所以没跟您说。"

奥斯维德听完，心里先是庆幸了一下，为自己可以少练几个傻兮兮的格斗术松了口气。但紧接着，他又觉得有些索然无味的失望。

具体失望什么他说不出来。

他只觉得那个法斯宾德虽然是个浑蛋，但至少比那些佣人要有意思许多。庄园里好不容易有了一点儿人气，现在又散了，安静得有点无聊。

他盯着花园尽头的雕花大门看了会儿，又转头问伊恩："那明年春假他还来吗？"

伊恩想了想，摇着头实话实说："军团里一般只有第一年有完整的春假，这是新兵福利，明年他应该来不了啦。"

后年呢？

他想问，不过应该也是一样的答案……

又一声闷雷滚过去，他还没从浅浅的失望中剥离出来，眼前的景色便是一晃，他面前的玻璃窗变成了一面墙，再往前走两步，便是一扇半开的门，几个女佣正在里面躲懒闲聊。

他隐约听见其中一个压低了声音道："你们没听说过老爷不喜欢小少爷的原因？"

另一个人"嘘"了一声，轻轻道："没发现他跟克诺老爷越长越不像？"

"他也不像夫人啊。"

"夫人重病好几年了，瘦得都脱相了，你能看出她原来什么样儿？"

"这倒是。"

奥斯维德站在墙边一动不动，既不想朝前走，听得更清楚些，也不想后退。

就在女佣们又要继续猜测讨论的时候，一只手搭在了奥斯维德肩膀上，不轻不重地拍了拍："少爷，您今天的书还没看，不能偷懒。"

那是伊恩的声音，但是他转头却发现站在他面前的人成了凯文。

他感觉自己像植物抽条一般迅速拔节长高，视线从仰视变成了平视又变成了略微的俯视。

而凯文则拍了拍自己腰间的牛皮袋，一脸轻松道："我去趟神墓，很快就能回来。"

接着他转过身，跑进了一片荆棘丛，身手矫健地在荆棘丛中劈开了一条道。就在他转过头来冲奥斯维德挥了挥手说"看见没，我就说我一个人绰绰有余"时，一条长满尖刺的荆棘枝不知怎么回事突然蹿了起来，眨眼间便捅进了凯文的心脏。

凯文睁大了眼睛，张口想说话，却溢着血沫，无声地朝后倒去……

"你——"

奥斯维德支着下巴的手突然抽搐了一下，像是不小心踩空了台阶一样，猛地惊醒过来。

他垂着目光，盯着自己桌上被水洇湿的羊皮纸地图看了好一会儿，才无声地吐出一口气。

桌角上的沙漏只漏了薄薄一层，离他刚才被白鹰惊得睁眼并没过去太久，但他所有的困意都已被刚才几个杂串在一起的片断扫了个干净，再没有要睡的意思。

他搓了搓自己的脸颊，让自己清醒得更彻底一些，而后起身拎起挂在一边的斗篷和铜丝面罩，打算去一趟医官院。

年轻的皇帝大步走出书房门，在外面巡视的守卫立刻啪地一并脚，就要匆匆跟上，谁知他刚迈出两步，面前的皇帝脚步便骤然一停，低头像是在找什么东西。

守卫差点儿没刹住直接撞上去，扒着墙皮直拍心口：我的天，吓死了！

"陛下，您需要找什么？我帮您。"守卫小心地问了一句。

这话刚出口，奥斯维德已经抬手摆了摆，道："不用，看到了。"

他弯腰从墙边捡了个小小的羊皮纸团，展开看了一眼后冷哼了一声，似乎对纸团上的内容嗤之以鼻，可下一秒他又把那纸团塞进了兜里。

守卫下意识地好奇："这是什么啊，陛下？"

◆

083

奥斯维德抬脚便走，头也不回地丢出两个字："垃圾。"

守卫："……"

垃圾您揣兜里干啥？

地图另一处，白头山丘脚下，凯文他们倒是一夜无话，早早钻进军帐歇下了。虽然负责轮流值夜的几人一直悬着心，但总体过得还算安稳。

早上，天刚有些蒙蒙亮，众人便在凯文指使下收拾东西，准备重新上路。

"马鹫别牵了，就让它们先在林子里等着。"凯文淡淡道，"这山壁它们就是飞也飞不上去，摔下来就是块饼。"

众人："……"祖宗您能别说话吗？

凯文又道："不需要这么多人一起上去，留一部分在这里守着等待接应，顺便看着马鹫别让它们饿死。"

刚才还绿着脸的众人一下子又都正常了，似乎没一个想在这里退下来。

"说真的……"凯文倚在山壁上抱着胳膊，正色道，"不要觉得留在这里是临阵打怵，不够爷们儿。战士本就各有分工，这里必须得守几个人。你们要是都不开口，我可就直接点了啊。"

他说完扫了一圈，见依旧没人主动，便抬手点了五个人出来。

这五个从昨天开始脸色就比其他人白一些，显然是真有点儿恐高，犯不着跟上去受罪。

"虽然不太可能，但要是我们一周都没从山上下来，就回去跟奥……跟陛下说另想办法吧。"凯文想想还是嘱咐了一句，毕竟带了一群人进去，一切都不好说得太满。

打算上山的人很快便收拾妥当了。

凯文解了腰间别着的那把短刀，拇指一挑便出了鞘，握在手里方便过会儿攀爬。

小狮子班站在他旁边，还是忍不住问了一句："为什么不能绕过去，得上去？难道永生瀑布就窝在山顶上？可瀑布不都是挂下来的吗？"

这话其实其他人也想问，但碍于一张老脸，都不太问得出口，只得指望一个有什么说什么的孩子。

凯文用短刀在山壁上试着凿了两下，又摸了摸刀刃，道："上去就知道了，现在说了你们反而要脚软。"

众人："……"你这话的杀伤力更大好吗？！

白头山丘看起来直上直下，也不是真的没有路。真攀爬起来，还是有可以搭手踩脚的地方的。

凯文一马当先，他腰上拴着一根极有韧性的细绳，一个串一个地系着身后所有人。远远看起来，这一行人像是攀在山壁上的一条蜿蜒的蜈蚣。

"看准手里抓住的石块就好，千万别回头。"凯文往上攀爬的时候还有工夫叮嘱其他人注意事项，他声音又沉又稳，连个气都没喘。笔直高耸的山壁于他而言，如履平地。

如果只有他一个人，那他攀爬速度只会更快，因为他知道，这山不适合久待。在这里耗得越久，就越容易碰到些麻烦东西。

但因为身后还叮叮当当串了一串，他不得不控制着速度，爬到感觉腰间的绳子越绷越直的时候，就停下来等会儿，等他们重新赶上来再继续。

紧拴在他之后的是小狮子班，这小崽子没心没肺，不会想太多。而后面的人总体水平差不多，相互间系着的绳子也没出现一会儿拉直一会儿再弯回来的情况，所以一开始，他们没觉得自己和凯文之间差很多。

爬山的时候，尤其是爬这种熬人的山时，时间就好像过得特别缓慢。明明感觉一个世纪都要过去了，却依旧望不到山头。

众人的速度明显降了下来，一个个手脚仿佛灌了铅。手掌上沾了灰尘砂石，抓在凸起的石块上时没那么稳固，总得多抓两把才敢抬脚，一来二去，整个队伍的节奏便有些乱。

"快了，我已经能看到山顶了。"凯文想想，还是回头鼓励了一句。

从他这个角度往回看，黑压压的人头几乎直贴在他脚下，再下去就是万丈深渊，整个人仿佛没有凭依地吊在高空，似乎随便来一阵大一点儿的风，就能把他们统统扫下去。

不过这高度对他来说还能忍，所以他只是表情漠然地扫了一眼早就望不到的山脚，便收回了目光，张口冲其他人道："别回头，已经爬了三分之二了。这山看起来高，其实只有一千来米，你们想想平时一千来米的距离是不是也不算长。"

众人："……"

这祖宗还不如不说话。

不过一千来米的总量刨去三分之二，就只剩几百米了，把它想象成平地，心里也确实会好受些。

只是……

领头的这位是怪物吗？！为什么我们都恨不得累得像死狗了，他还能脸不红气不喘地说着话，说话也就算了，他还敢回头！

一干军团大小精锐军官，终于后知后觉地感受到了神的不公——人与人之间的差距怎么能这么大？！为什么会有法斯宾德这样的奇葩？！

凯文朝前又爬了一段，直到他和班之间系着的绳子再次变直，才又一次停下来。只是这回，他没有再面不改色地回头说话，而是把自己的耳朵贴在山壁上，

屏息听了一会儿。

隐约有窸窸窣窣的摩擦声，顺着坚硬的山壁石脉传了过来，听起来，就好像这山里面有什么东西在动似的。

好在其他人几乎把所有的注意力都放在了快要没有知觉的手脚上，所以没人注意到这种让人细想起来觉得毛骨悚然的声音。

凯文听了一会儿，皱着眉抬起了头，一直冷静放松的表情终于有了绷紧的迹象。

所以说，爬这破山还是得抓紧时间……

他心里这么感叹了一句，却并没有回头催促其他人稍快一点儿，因为催促其实也起不了什么作用。

"过会儿你们可能会看到一些乱七八糟的玩意儿从头顶掉下来。"凯文语气依旧平缓，似乎在交代一件非常平常的事情，"不用管，继续爬你的就行，不过要稍微避让一下，别好不容易爬到这里，又被闷头一下砸回原地。"

一开始听他这么说，众人脑中先想到是山间落石，除了叹两口气，倒也没真觉得多可怕。直到他们听见头顶上不知多远的地方，突然传来了一些声音。

那声音非常怪异，音调像是人声但又含糊糊，听不清内容。

非要形容的话，就好像是一群被拔了舌头的人凑在一起，交流全靠嚷嚷，却没人能听懂他们嚷的是什么。

山顶为什么会有这种声音？！

众人细想了一下，只觉得头皮都有些发麻。

"世界之大，我们要坦然接受各种族群的存在。"凯文的声音自头顶幽幽传来，那变态这时候居然还有工夫调笑一句，"就算长得丑也不能歧视人家。"

众人："……"

凯文一手抓着石块，一手握着短刀凿在山壁中，静静地伏在石壁上，眯眼看着山顶上笼着的一层奶白色雾气，像一条贴着山壁游走的蛇，伺机而动。

突然，就见那层奶白色的雾气里接二连三出现了一些黑影的轮廓。

凯文身体一绷：来了！

几乎是眨眼的工夫，那些雾中的黑影便以极快的速度蹿了下来。它们好像手脚上带了吸盘似的，由上往下蹦蹿居然没有直接滚去山脚，两步一跳便跟凯文来了个脸对脸。

凯文刚才的话不算调侃，这些玩意儿长得是真丑。

它们硕大的脑袋和身体之间几乎没有"脖子"这个过渡，仿佛就是把一个老倭瓜扛在肩膀上。上半身几乎骨瘦如柴，连肋骨都根根分明，却有着一个浑圆得仿佛胀了气的肚皮，再往下是两条瘦如枯枝的腿，细脚伶仃，仿佛捏一捏就能断。

实际上，凯文还真就抬手去捏了。

这些怪物身上的皮肤如同百来年的老树皮一样，捏爆的时候，会发出脚踩在枯叶上的咔嚓碎响，听起来有种说不出的恶心感。

它们速度快，力气也不小，枯柴似的手指但凡沾到人身上，就能牢牢粘住，一拉一拽之间，攀在山壁上的人很容易就会被扯得直滚下去，在山脚摔成一摊肉泥。

凯文单手死死握着深凿进山壁里的短刀柄，另一只手疾风般勾住怪物的腿脚，在那怪物即将揪住他的手臂时猛一使力，咔嚓一声拗断它的骨头，而后毫无留恋地将它甩脱下去。

那七八头怪物接二连三地扑过来，凯文空着的手攀住另一块山壁，转眼间便把凿进山壁的短刀拔了出来，而后也不再客气，抬刀便剖。

怪物硕大的肚皮大概是它浑身最软的部位，凯文刀锋雪亮，切豆腐般一划拉，便能活剖掉一个。

缀在下面爬山的众人身上刚站起来的汗毛还没伏贴下去，就听脑袋顶上叽里呱啦一阵凄厉尖叫，嚎得上天入地，让人耳膜都有些发痛。

紧接着，一个个黑影便不要钱似的从两边扑簌直落，速度之快，让众人应接不暇。

缀在末端的那个军官忍不住追着落下去的黑影看了一眼，腿肚子便是一抽——那怪物老树皮一般的脸长相可怖不说，脚下几乎望不到底的深渊更让人心惊肉跳。

他猛地收回视线，死死盯着近在咫尺的山壁默念了好几遍"不能回头就要到了，不能回头就要到了"，要从嗓子眼儿里蹦出来的心脏这才跳得平缓了一些。

奥斯维德有句话说得不错："就算你不会受伤，也总共只有一颗脑袋两只手，以一当百当千那就是做梦。"

凯文就算动作再敏捷，也总共就两只手，何况还有一只必须扒住山壁，只能招架那些怪物一时。

好在这一拨下山的怪物并不多，总共八九个。凯文在手臂抽筋前，把它们全都干翻了下去。他转了转那只手腕，稍微放松了一下筋骨，而后一刀凿在山壁上，冲下面的人道："暂时没事了，走吧。速度加快一点，否则说不定还会碰上一拨，到时候我就不能确定你们是不是只用看着不用动手了。"

众人一时间心情复杂。

他们从悬宫整队出来的时候，个个心里都抱着帮凯文一把的想法。毕竟只要是脑子正常的人，都会觉得"单枪匹马去闯法厄神墓妥妥是找死"，只是没好意思说出来而已。

他们觉得，有这么多人一起，毫无疑问会让凯文轻松许多。

直到爬山前，他们这样的想法还很坚定，毕竟搭帐篷、找食物、烧水饮马鹜，

包括值夜，大多是他干的。但这会儿，他们就有些尴尬了，仿佛横空一个大嘴巴子抽在了脸上，火辣辣的直发红。

"帮忙？让他轻松很多？"

"呵呵。"

众人几乎都在心里给自己丢了一声干笑。

从攀上山壁开始，越往上爬，他们越发现自己仿佛不是来帮忙的，而是敌人派来给凯文当卧底的，专拖后腿的那种。

如果不是他们，凯文现在大概已经站在山顶上了，也自然不用经历刚才那一番肉搏，尽管他的声音听起来似乎依旧很轻松。

"那是什么东西？"依旧是之前那个问爬山还是绕山的军官第一个开了口，"它们怎么会从山顶下来，住在山上？"

凯文斟酌了一下用词，最后道："也不是，它们住在山里面。"

军官一时间没能领会这之间的区别，毕竟平日里说起"山上"和"山里"，表示的意思差不太多。

"至于是什么东西……你们就当它们是白头山丘的土著好了。"凯文也不知道该怎么解释这玩意儿的存在，他一边继续朝上攀爬，一边道，"刚才不是还说了吗，我们要坦然接受各种族群的存在。"

"你昨晚说山上有麻烦的东西，就是指的这个？"班喘匀了气，跟在他后面问道。

"差不多吧。"凯文想说也不全是，但怕这话说完，后面的人一个手滑滚下去，那就不太美妙了，"刚才那东西据我所知更喜欢晚上出来，刚才那几个大概是作息不太正常。"

他有意多说一些话，好让疲惫和惊吓双重煎熬中的众人稍微缓和一些，注意力都在话上，爬起来可能也没那么累。

"要是昨晚上来的话，碰到的可就不止这么点了，说不定成群结队地下来。"凯文"啧啧"两声，"跟涨潮似的扑下来，那我可拦不住。"

众人稍微想象了一下那种场景，脸色都有点儿发绿。

几番言语间，他们又往上爬了好一段。

众人虽然一直悬着心，但运气还不错。最后这一段算得上平安顺利，没再碰上什么幺蛾子，唯一的危险就是山壁上裹了一些冰，摸起来透心刺骨地凉，而且滑得厉害。

不过他们人手一柄军刀，凿进石壁里也不怕滑，而且一路爬下来早就蒸出了一身汗，冻一冻也无所谓，刚好降温。

"到了。"凯文淡淡的两个字，比什么兴奋剂都来得振奋人心。

原本感觉自己快要撒手人寰的众人眼睛一亮，突然就活了过来，回光返照似的提了速，嘴里还不断催促着前面的人："快点，快啊！"

凯文伸手在山顶的石台上摸了摸，而后借着短刀的力道，一个翻身便上了山顶，又转头把手递给紧跟在后的班。

一行人一个接一个地爬了上来，而后死狗一样张开手脚瘫在地上，呼哧呼哧地喘着粗气。

凯文也坐了下来，屈着一条腿，手肘松松地搭在膝盖上，另一只手给自己扇着风。

这里的地面其实裹了一层不厚不薄的雪，也不知被什么玩意儿踩踏多了，已经快压成冰了。一干人在冰面上冻了一会儿，懒懒的，一根指头都不想动弹。

直到快冻成人棍了，这才陆续坐起身，问道："之后怎么走？"

小狮子班年纪小精力也旺盛，很快就重新活蹦乱跳起来，溜溜达达地在四周转了一圈。

因为高而直，这山在外看有些显瘦，好像到了山顶就只剩针尖那么大的地方了。可实际爬上来才发现，这山还是很藏肉的。

山顶的面积比他们想象的大很多，且并不是一望到底的平坦，而是怪石嶙峋，层层而立，三转两转就容易头晕，搞不清方向。

班没敢跑远，堪堪看了个大概就又缩回凯文身边，道："我转了一圈，没看到什么永生瀑布啊。"

凯文冲他摆了摆手，道："不急，你们先歇口气，背着的那些干粮可以掏出来先吃一点儿了。我不确定下一次有时间吃东西会是什么时候。"

他这话一说，众人俱是一悚：什么叫作不确定下一次有机会吃东西是什么时候？！难道这就要进神墓了？可是神墓明明连个鬼影子都没有啊？！

凯文也没忙着解释，他怕解释完这些人会胃疼得饭都吃不下。

他自顾自地从牛皮袋里掏出一点儿细碎的鹰食，在地上细细地撒了一圈。而后一巴掌拍在那个喜欢问话的军官背上，道："尼克，把你包里的肉干掏出来，我快饿死了。"

尼克"哦"了一声，干脆把背包倒扣过来，包着肉干的油面纸包就那么滚到了地上。凯文毫不客气地剥开那层油面纸，叼起一根肉条，三两口就咽了下去。

爬个白头山丘花了大半天时间，他们天亮出发，到山顶时已经过了正午，再加上大量的体力消耗，这帮大老爷们儿早就饿得前胸贴后背了。

太阳被泛着青黑的云挡了大半，只能看到一团模模糊糊的亮光，天色阴沉沉的，一副随时可能要下雨的样子。

山顶上的风又干又大，唯一的好处就是飞虫几乎绝迹，不用被担心叮得满身

包。凯文连吃了三根肉条打底，到第四根时才缓下速度，细嚼慢咽起来。

就在他剩了最后一小口时，一声鹰唳从一旁的云雾里传来，吸引了凯文的注意力。

他刚转过头，就见之前被派去送信的那只白鹰跟着他一路撒的鹰食追上了山顶，扑棱着翅膀一个猛子扎进他怀里。

凯文："……"

他是不太清楚这几年皇宫都是怎么养的鹰，怎么莫名有点儿卖萌犯傻的意味，回回都扑人一嘴毛。

白鹰十分通人性地支棱出一条小细腿，抖了抖腿上拴着的金属小圆筒。

凯文干脆把手里最后一点儿肉干塞进它嘴里，从小圆筒里抠出了一张卷好的羊皮纸。

临出行前，他就跟奥斯维德约好了，为了方便皇宫远程操控，他每推进一步都要把进程报回去，最好附上地点路线和进入神墓的方法。

凯文这人懒得很，觉得洋洋洒洒地解释一番太费笔墨，才想出了那么个"图示法"，自认为简单潇洒，一目了然。

结果奥斯维德的回复更加一目了然，上面连图都没有，只写了两行潦草的字：画的什么东西，不堪入目，再乱涂些狗屁不通的东西，回来打断你的狗腿。

凯文："……"

不是，什么玩意儿就不堪入目了？

他盯着皇帝嚣张得过分的小字条看了好一会儿，冷笑一声：这是仗着人离得远揍不到他，皮痒了是吧？究竟是谁打断谁的狗腿？！

凯文想也不想便从牛皮袋里再度抽了一小张羊皮纸，迅速涂了起来——不让画？谁理你啊……

他依旧懒得用蝇头小字大段描述过程，而是一笔画了个更加简单粗糙的白头山丘，在山顶上涂了一个黑点，支出去一根箭头，言简意赅地标注了一个字"洞"，在下面又龙飞凤舞地批了一行：到顶了，从洞里进去。

这混账玩意儿非常没有自知之明，对自己"高超"的画技半点儿客观认知都没有，写完大概看了一下，觉得没什么问题，便卷好塞回小圆筒内，让白鹰把消息继续带回去。

白鹰吃够了鹰食，又喝了点儿水，歇够了腿脚便大爷似的走了。

只有班叼着条肉干，一脸茫然地冲凯文道："你刚才画的那是什么东西？"

"白头山丘啊。"凯文脸不红心不跳地道，"那么明显，看不出来？"

姑且忽略掉这句，班歪了头道："那你为什么在山顶画了个点，说是洞？这山顶上还有洞？我刚才怎么没看见？"

凯文摆了摆手道:"在那片岩石后头呢,不急,反正过会儿得从那里走。"
班没反应过来他这话的意思,一脸寻常地"哦"了一声。

二十来分钟后,当众人围站在那个硕大的洞口旁边时,班才彻底领会了什么叫"过会儿得从那里走"。

他们活了这么多年,听过无数次关于白头山丘和永生瀑布的传说,每次在心里构想的时候,都下意识地把瀑布挂在山顶上,或是半山腰。而从来没有想过,原来瀑布居然还能嵌在山里面。

白头山丘不只外观看起来高耸得近乎"奇葩",内里也同样"奇葩"——因为它是中空的。

山顶上有一个硕大的洞口,从洞口边缘探头看进去,可以一直看到底,像个天然的地上的深井。而所谓的永生瀑布,就长在"井底"。

至于为什么井底的水流会被叫作瀑布……

那是因为在井底有一个巨大的坑洞,那坑洞不太像天然的,因为边缘是一层层的台阶,螺旋状朝洞中旋去,如果不是处在这种险地,乍一看,还有点儿像圣安蒂斯中央神庙广场上那个边缘带台阶的圆形喷泉池。

只是这里并不像喷泉那样温和安静,巨大的水流从台阶四面奔涌而来,直灌入中间的黑洞里,因为太过湍急,在中心形成了一个巨大的漩涡。

班和尼克他们目瞪口呆地趴在洞口边,听了一会儿。

里面哗哗的流水声,经由山壁层层打回叠加,变得尤为声势浩大,像是呼啸的狂风中裹杂着万马奔腾,震得人心脏都嗡嗡直颤。

"你说的从这里走是怎么个走法?"尼克问话的时候,嘴唇都哆嗦了。

"凯文·禽兽·法斯宾德"大马金刀地一指那个漩涡,道:"跳进去。"

班咣当一声,当即昏了过去。

就在他们哆嗦着两条腿,站在千米高的地方准备"自尽"的时候,北端的乌金悬宫里,奥斯维德刚好跑完了医官院、神官院和三大军团大营,有了些小小的进展。他好不容易在午后得了一点儿空,打算抓紧时间小憩片刻,缓一缓精神。

结果就这么一会儿的工夫,他又好死不死地梦到了一些血淋淋的场景。综合来说,可以概括成一句话——凯文的数种死法。

不是被神墓机关的利箭射中,就是被钉在高大的石像上,又或者从高处失足落地……无一例外,都被捅穿了心脏。

每一段梦境最后都定格在凯文空茫的表情上,他的嘴角溢着止不住的血沫,身下鲜血由慢至快渗透出来,转眼间便淌得到处都是,成了一片殷红的浅泊。

而后，那双漂亮的眼睛里，黑色的瞳孔慢而清晰地扩散开来……

奥斯维德手指抽搐了一下，再次猛地惊醒过来。身上不知什么时候出了一层冷汗，被窗口进来的风一吹，冰凉黏腻，难受极了。

他带着满身低气压躺了好一会儿，终于抹了把脸翻身坐起来。而后一脸郁闷地拉开床头的柜门，从里面摸出那张皱巴巴的画了白头山丘的羊皮纸，眯着眼看了片刻。

要不然……

他心中晃过一个想法，不过很快，又被他自己摇头否决了。

就在他打算翻身下床的时候，巡骑军指挥官彼得叩响了房门："陛下，有急报。"

03

奥斯维德"嗯"了一声，道："进来说。"

因为睡眠不足，他的声音有些微哑，但沉稳有力，没有半点儿紧张的意思，很容易让别人也跟着安定下来，以至于在这几天的接触里，彼得常常会忘记这位皇帝陛下年纪其实比他小很多。

当然，奥斯维德心里其实是有些无语的，这种急报一天恨不得送八回，他就是想不麻木都难。

有时候他简直要怀疑是不是自己的命格运气都有点儿问题。金狮国以前也不是没有过作死的掌权者，甚至还不少，大概是辉煌不再了索性就破罐子破摔，不务正业起来一个比一个厉害。

然而前几任享乐皇帝整天混吃等死都没出什么大事，怎么他这个被架上皇座的，刚掌权没多久就冒出这么多麻烦？

彼得站在靠近房门的地方，用尽量沉稳的声音说道："东南方有巨兽人进入地界，因为飞行速度太快，已经直接跨越四城，到圣安蒂斯了。"

奥斯维德刚扯掉身上被汗浸湿的衣服，正套上新的，闻言动作一顿："巨兽人到圣安蒂斯？多少？"

彼得面有菜色道："大概小一百吧，刚好够他们一支突袭小队的人数。"

奥斯维德："他们脑子进水了？"

彼得："……"这让人怎么答？

金狮国前几位皇帝在任的时候，跟巨兽人族的关系实在算不上好，他们非常排斥巨兽人这个"野蛮不开化"的种族，觉得他们粗鲁无礼还没脑子，除了战斗力惊人之外，一无是处。

事实上，别说金狮国了，欧拿族大小几个国家都有这种想法。

不过掌权者有这种想法并不奇怪，坐在那个位子上，哪怕不务正业混吃等死，也不会喜欢那些看起来有威胁的群体。所以奥斯维德大概是金狮国近百年来里唯一一个对巨兽族没什么厌恶感的皇帝。

一来他小时候没受过长辈"箴言"的荼毒，二来上次克拉长河一战跟巨兽族合作的感觉还不赖。况且如果不是麦在关键时刻像山一样挡在那里，乌金铁骑死伤的战士人数起码得翻一倍。

承了这份情，他对巨兽族的人非但没有厌恶感，甚至还很待见。

当然，他的待见，一般人靠肉眼看不出来。

就好比现在，他回了彼得一句："突袭不至于。那些个鸡飞狗跳又天真的货，智商应该负担不了突袭这种需要策划的事情。"

彼得："……"

奥斯维德翻折着衣领，想想又补了一句："也不一定，毕竟白天突袭这种事本来也不像是有智商的人计划的，没准儿他们真干得出来。"

彼得："……"陛下这张嘴哦！

"你拦了没？"奥斯维德问道。

这要放在以往，有别国或是别族军队无故进入金狮国，一般在国界线附近就该打起来了。就算现在境况特殊，应对手段也不会滞后太多。

否则，你层层报到皇帝面前，等皇帝想好了，领了命再回去处理，人家早袭到皇宫门口了。

彼得总算有话答了，正了色一点头，道："拦了，他们转头落到城北蜡树林地，弓兵营把整个林地围起来了，现在领头的两个巨兽人说要见您。"

奥斯维德心下有了点计较："我知道了，他们还在蜡树林地？"

彼得："对。"

毕竟巨兽人个个都那么大的块头，谁敢随随便便往皇宫领？一不小心发起疯来拉都拉不住。

蜡树林地是圣安蒂斯城边郊一处奇地，因为蜡树这玩意儿一年中只有秋末会短暂地长一茬叶子，开一回花，剩下春、夏、冬三季都秃得坦荡荡，偏偏这玩意儿的枝干呈肉色，乍一晃眼能错看成人的手臂，于是整片蜡树林地就显得格外……瘆得慌。

除了采蜡的季节，平时林子里连个鬼影子都不愿意来。

可见，那么多地方不挑，偏偏选这里迫降，巨兽人族的口味真是重得独树一帜。

小一百个巨兽人或站或蹲地聚在林子里，一下子显得格外拥挤起来，有些干脆变回兽形伏在蜡树上，压得枝干摇摇欲坠。

蜡树枝干淋湿之后散发着一股不太友好的味道，非要形容，大概像带着血水

的生肉味，熏得包围在外的弓兵一脸生无可恋。

刚到树林外，彼得就狠狠打了两个喷嚏，一脸狼狈地冲马鹫背上的奥斯维德道："陛……阿嚏！抱歉，这味道太大了，我有……阿嚏，有点儿过敏。巨兽人族那两个领头者就在……阿嚏！"

奥斯维德一脸牙疼地道："行了，你别说话了，我看得见。"

他想不看见都难，因为在弓兵冲他行礼的时候，一个两米来高的壮汉站了起来，动作夸张地冲他挥了挥手："欸嘿，小皇帝还记得我吗？你跟那个小白脸指挥官上回还骑过我的背！"

众人："……"

彼得一个喷嚏差点儿直接从马鹫背上滚下去。

奥斯维德抹了把脸："……"根本就不该待见这种连人话都不会说的货。

这位人话都不会说的货就是当初驮着奥斯维德他们从地牢里逃出来的巨鹰丹。

一般来说，有过共同逃亡经历的人相互之间的关系要比其他人深一些，绝不至于分开还没一个月就忘了对方是谁。

但是丹这个自我介绍却一点儿都不多余，因为他如果不这样提示一下，奥斯维德可能还真就认不出来他——

就见这位壮汉不知用什么材料把自己涂得全身漆黑，大脸盘子上只有眼睛和嘴唇周围没有惨遭毒手。远远看过去，仿佛一张拍扁了的黑饼上抠了三个狗啃的圆洞，两个用来安放眼珠，一个用来镶嵌肿成香肠的嘴。

奥斯维德觉得就他这副尊容，多看一眼都折寿，还不如回去看凯文那狗爪涂的画。

丹毫不羞涩地继续蹦跶着，扬着嗓子叫道："小皇帝，你先让这些弓兵把箭收了，仗打多了有点儿条件反射，我们一看到箭头就手痒，过会儿没憋住就不好了。我们是来找你商量事情的。"

奥斯维德手掌一抬，弓兵营唰的一声收了箭。他拽了拽缰绳，马鹫朝前踱了几步，离林子又近了一点："我的巡骑军告诉我，你们的两位领头的找我。所以领头的是——"

"我啊！"丹指了指自己的鼻子，而后又指了指身边一个席地而坐的身影道，"还有肖，我们两个就是这次的领头。"

他说着，扭头用脚尖踢了踢身边的人："欸，别装死！人都来了，你缩在下面算怎么回事？"

席地而坐的人沉默了两秒，不情不愿地站了起来，同样顶着一张滑稽的黑皮，瘫着脸，很有股生无可恋不想见人的意思。

奥斯维德终于没忍住翘了翘嘴角，又很快咳了一声掩饰了一下。

肖面无表情道:"想笑就笑。"憋啥!

"几天不见变化挺大。你们为什么把自己涂成这副样子?"奥斯维德问道。

"还能为什么!"丹没好气道,"为了防虫呗,我看你们这边闹得也挺凶。"

奥斯维德:"哦?有效吗?"

丹指了指自己的嘴:"你说呢?我都被亲肿了,就不说其他被咬的地方有多少了。"

能不被咬嘛,这帮巨兽人崇尚野性和自由,觉得规整的房屋、包裹太多的厚重衣服都是束缚,胸腹肌肉不露出来就不能显示自己的英雄气概。就连上战场都敢甩着两条光膀,更何况平时?

"你们找我商量什么事?"奥斯维德心里其实有猜测,但还是问了出来。

丹收了嬉皮笑脸的模样,正色道:"来请你帮个忙。"

奥斯维德眯眼看了他片刻,而后一拽缰绳拨转马鹫头,扬声道:"走吧,回皇宫说。你们想让我帮忙,我刚好也想请你们帮个小忙,做个交换怎么样?"

乌漆麻黑的巨兽人突袭小队跟着奥斯维德的队伍回悬宫的时候,白头山丘顶上的那拨精锐小队的脑子里正陷入天人交战中——

先跳还是后跳,这是个问题。

"怎么?准备好没有?"凯文一扭脖子,颈骨发出咔的一声脆响,他不紧不慢地走到洞口边缘,活动了一下手脚,道,"快到洞口的时候注意调整一下姿态,落到漩涡里放松了随水走就行,到地方自然就停了。"

班哭丧着脸道:"你、你、你怎么这么清楚?你、你、你跳过啊?别、别、别骗人啊,我害、害、害怕。"

其实在场的人大多都有这个疑问:凯文为什么会对这个地方的情况摸得这么清楚?要说知道怎么上山、瀑布在哪儿也就算了,怎么连下了瀑布之后是什么样都知道得这么详细?

凯文摆了摆手没多说,只道:"差不多算来过吧,至少上一回我见到的是这样,进漩涡停了之后记住别出声,惊动里面的东西就有点儿麻烦了。我想,你们大概不愿意被刚才山顶跳下来的玩意儿围着啃。"

众人闻言,面有菜色地摸了摸脖子。

"不过一般情况下应该不太会惊动它们。行了,别浪费时间了。我先跳,你们跟上。"

凯文语气轻松得好像自己要跳的不是瀑布,而是浴池。

众人琢磨了一下,他跳下去之后,山顶上就一个靠谱的都不剩了。

于是尼克下意识地拽了下他的手臂:"要不……还是我们先跳?"

凯文无所谓地撤后一步，挑眉道："也行，那你来。"

尼克："……"

众人很是扯皮了一番，可见那瀑布真不是人跳的。

五分钟后，凯文耐心告罄，背过身去翻了个天大的白眼。

"走了！"他说完便纵身一跃，朝那巨浪翻腾的漩涡跳了下去。

班作为一只年幼的陆地野兽，生平最恨这种高地。他一方面怕得面无血色，一方面又觉得勇士应该无所畏惧。

他如热锅上的蚂蚁似的在洞边直转悠，眼看着凯文的身影越来越小，就快要落进漩涡里了。他终于眼一闭腿一蹬，朝前冲了两步。

结果大概是太慌张，他没看到脚下一处凸起的石块。

经过的时候被一个狠绊，在他还没来得及深呼吸的时候，就已经球似的滚了出去，直坠洞底。

一时间，千米深的山体里响彻他上天入地的鬼哭狼嚎："啊啊啊啊啊啊——"

下落的过程中，狂风在耳边尖叫，刮得人脸颊生疼，几乎变形。

凯文闭着眼，心中默数着距离的同时轻叹了一声：啧——这么尴尬的地方，还真是不想再来啊……

哗——

湍急的水流带着轰然的声响，将他兜头淹没。他屏住呼吸，放松手脚，任自己的身体随着漩涡流转，巨大的吸力拖拽着他极速下沉。

这样高速的旋转持续了好一会儿，在他缺氧之前，终于渐渐平缓下来。

他顺水滑到了一处平地，随着惯性朝前滑了一段后，终于停了下来。

"咯咯——"凯文咳掉嗓子里的一点水，猛地吸了一口气。

再转就要吐了。

他在心里骂了一句，抬手抹了把脸上的水，刚要睁眼起身，就觉得有什么比水还凉的东西抵在了他脖子上。

什么东西？！

他猛地睁眼，因为眼睫上还沾着水珠，没法全睁开，只能半眯着。

透过水汽的模糊视线，他看见一把闪着寒光的刀刃，正一动不动地横在眼前。

04

头刚动，架在脖子上的刀刃便毫不客气地抵得更紧了一点。凯文甚至能感觉到自己喉下的皮肤被割破了一层，渗出了一丝血来。

尽管他号称"基本死不了"，但是该疼还是会疼的，而且一点都不比别人疼得轻。

凯文"嗞——"地皱了皱眉，视线还没恢复清晰，耳边就接二连三响起了水花飞溅又戛然而止的声音——剩下的班和尼克他们也陆陆续续下来了。

"法斯——"尼克大概随水转得有点晕，刚想开口确认凯文的位置，就同样得到了刀尖抵着喉咙的高级待遇。

倒抽凉气的声音陆续响起，又都被半路截断，咽回了喉咙里。

一阵"嘀嘀"的怪声响了起来，就像某些人在用奇特的语言窃窃私语。

凯文眼睫上的水珠终于干了，视线变得清晰起来。之前从山顶上翻下来的那些怪物，再次出现在了他的视野中。

用刀尖抵着他脖子的那个怪物，丝毫不顾他还睁着眼，将那张丑陋的脸凑到了凯文的脖颈边，重重地吸了两口气，像是在试着嗅出什么气味似的。

以这样的角度看，这种怪物的脸便显得更加可怖——过于突出的眼珠上蒙着一层灰白色的膜，以至于根本看不到黑眼珠，只剩眼球正中间那一小点瞳孔。脸部皮肤跟其他地方一样，就像经年的老树皮，有些地方甚至还支棱着毛刺刺的树芽儿。

整个来看，这种怪物就像是行走的老树精。

大概是皮太厚，老树精们脸上少有表情，显得沉默又凶狠。

除了拿刀压着众人的那几个树精，还有几个看起来像是领头的站在一旁，正指着这边被钳制的精锐小队，指指点点，叽里呱啦在说着什么。

军团里面混出头的人，总有那么几个掌握着一些稀奇技能，比如腹语。

落汤鸡似的尼克嘴唇未动，用极低的腹语问道："这帮神经病在说什么？有谁能翻译一下吗……"

凯文同样用腹语回他，语速又低又快："我猜测，在我们之前已经有人提前闯入这里了。这些东西的活动范围离这入口很远，白天也不会轻易靠近这里，因为它们不喜欢有天光的地方。"

尼克："告诉我，还有你不知道的吗？"

凯文："谢谢夸奖。"

另一个会腹语的军官生无可恋道："拜托，你们能不能换个时间聊天。它们是在商量怎么弄死我们吗？"

老树精们的头领听到动静，停下自己的话语，转头用只有眼白的眼睛阴森森地朝这边扫了一眼。

尼克他们立刻闭嘴，眼观鼻鼻观口。

领头的伸出树枝一样分叉的枯瘦手指，并拢中间两根摇了摇，像是用这手势下了某种命令。

还没等凯文他们反应过来，用刀尖抵着他们的树精们便以迅雷不及掩耳之势，抬起手肘便是一下，又狠又绝，重重地敲在众人的脑袋上。

众人两眼一翻便晕了过去。

在那一瞬间凯文其实是有能力挣开刀刃挡一下的，只是脖颈免不了会受伤，这地方血液喷起来可不是一时半会儿能止住的，想愈合也有些麻烦。

凯文最终没有采取任何动作，承受了树精那一下，顺其自然跟着晕了过去。

因为他其实听懂了树精头领之间的对话，它们并没有打算立刻杀掉精锐小队，而是打算把他们带回聚居的地方。

而那里，几乎就位于真正的法厄神墓的"门口"。

对于凯文这种懒到极致的人来说，能搭顺风车，即便被打晕也不是问题。

神志的恢复速度在凯文的预估之内。他彻底醒过来的时候，树精们恰好刚把他们一行几人搬到聚居地。

凯文控制着呼吸，让自己看起来跟其他没醒的人一样。那些树精丝毫没发现"挺尸"的人当中出了个叛徒，连拖带拽地将整个精锐小队塞进一处不甚宽敞的地方。

等它们叽里呱啦的交谈声远去之后，凯文才睁开眼。

这地方的顶部像个拱形的罩子，完全由交缠的粗藤、对向生长的枝叶以及一些带刺的荆棘枝组成，厚实严密。

姑且称之为"洞穴"。

洞穴墙壁上挂着几个巴掌大的囊袋，那囊袋近乎透明，薄得仿佛一戳就破，像是从动物肠道上揭下来的肠衣。

在那些个肠衣袋里，鼓鼓囊囊圈着一捧发着荧光的虫子，被养成了天然的灯。

几个肠衣袋往那儿一挂，还挺亮堂。

就着这光亮，凯文四下扫了一圈。

这洞穴角落里堆着小山似的浆果，两壁上挂着成串带蕊的鲜花，以及各类不明生物的尸体。

还不是全尸，骨肉皮全分了家。皮子堆在一处，肉撕成条块状，悬挂在空中晃晃悠悠。头骨一个一个倒扣着，里头无一不装了东西，显然被当成了容器。

不出意外，这应该是老树精们的仓储屋。

或者说是另一种意义上的厨房。

那几个老树精从厨房里出去的时候，用带刺的藤茎把他们手脚都捆得死紧，稍有动作，那些尖刺就会在皮肉当中扫刮翻搅，火辣生疼。

凯文对这样的疼痛倒并不在意，他略微动了动身体，让自己倚得更舒服一些。

尼克他们横七竖八地躺在周围，麻袋似的交叠着，班的脚丫刚好横在一名军官的脸上。

在他们身后的墙角里，莫名竖着七八尊一动不动的石像。那些石像贴着墙壁背对着凯文，看身形装扮像是人形，或许是那些树精闲出病雕的，也可能是从法厄神墓搬过来的。

只是不知道为什么会放在厨房这种地方。

凯文还想细看，门外突然传来了窸窸窣窣的脚步声，由远及近，最后停在了厨房门外两边，像是来守大门的。

它们没有注意到门内的情况，只在外头有一句没一句地聊着。

大概是觉得屋里的俘虏跟它们语言不通，所以那两位聊起来毫不避讳。

只是不巧，刚好屋里有个能听懂大半的。

"我们要在这里傻站多久？不换班吗？"凯文听见其中一个问道。

另一个慢吞吞地答道："别抱怨了，其他人都在忙，我们不站岗谁站？难道你想被派去外面？"

"不想！就算外面是雨季，天也亮得让人讨厌，我可不想换一层皮。"

"那不就得了？最近闯进来的人太多，别指望闲着。"慢吞吞的那个说。

"抓回来的两拨人长得一样，是一伙儿的吗？"

慢吞吞："味道不同。你没听说吗？刚抓回来的那些人里，有一个味道非常特别。"

"多特别？"

慢吞吞压低了嗓子，神秘道："像'那一位'。"

另一个树精狠狠地倒抽了一口气："那不就是咱们想找的？"

"对啊，这次抓的加上昨天那一拨，刚好够一次活祭的量，再有那个味道特别的，应该够挡很多年了。"

"哦，怪不得让咱俩在这儿看着。"

"不看着过会儿揭皮放血之前跑了几个你负担得起？毕竟好不容易才找到个味道这么像的。"

凯文："……"

揭皮放血？！树精头领之前只说他们还派得上用场，先带回来再议，提都没提所谓的用场居然是这种事情……

凯文嘴角一抽，直觉这次犯懒有些玩脱了。他自己倒无所谓，想走随时都能脱身，但是横七竖八躺着的这些就够呛了。

他一声不吭地看了看外面，又看了看身边横七竖八躺着的人，心里默默琢磨着离开这里的计划。

外面的树精为了它们口中的"活祭"忙得不亦乐乎，凯文听见它们来来往往，一会儿找枯枝，一会儿找石片，一会儿煮沸水……

活像要围炉涮肉吃。

凯文趁着外面动静不小，找了地面一块凸起的石块尖角，一边磨着手上的藤茎，一边想办法弄醒其他人。

"呼……什么味儿？"有个低哑的声音哼哼道。

凯文警惕地朝外瞥了一眼，门外的树精正跟往来忙活的那些说着话，没听见这句。

凯文松了口气，用脚尖踢了一下那个刚睁眼的军官。

军官瞬间清醒，猛地反应过来自己的处境，立刻闭了嘴。然后一脸糟心地盯着自己脸上横着的脚丫子。

他皱着眉侧了侧头，班的脚丫便顺势滚到了地上。这么一动，班也醒了。

兽类的感官比普通人要敏锐许多，警惕性也高。班一睁眼便满是防备，目光扫到凯文之后才略微放松了一点。

"这是怪物老窝？"军官用夸张的口型无声地问道。

凯文点了点头，同样用口型道："怪物厨房。"

军官："……"

他顿了顿，又用下巴指着外面，问道："它们那么吵在做什么？"

凯文答："准备拿我们做活祭。"

军官："……"

这天简直没法好好聊。

他想想还是没憋住，又问："祭什么知道吗？"

这也是凯文所疑惑的，这些树精能祭什么呢？

军官又道："不会是光明神法厄吧？"

凯文毫不犹豫地摇了摇头："不可能。"

"怎么不可能？这里除了法厄还有别的能祭吗？没了啊！"军官想不通。

凯文张了张口，正想说什么，就听门外突然一阵骚动，几个树精仓皇跑过来叫道："有人！有人闯进来了！"

守门的树精慢吞吞道："叫什么？这两天闯进来的人还少吗？抓回来不就行了？活祭人多不更好吗？"

"不一样不一样！这次这个——"它话音未落就被一声远远的鹰唳打断了。

凯文"欸"地疑问一声。

军官神情紧绷："怎么了？"

凯文："这鹰叫有点儿耳熟啊——"

下一秒，一个更耳熟的声音从远处传来："老子被那瀑布转得头晕！根本把不住方向啊！这什么鬼地方？这些鬼鬼祟祟的树杈子又是什么玩意儿？好烦啊它们！那小白脸指挥官给你画的指示图究竟靠不靠谱？你要不给我看一眼，我不放心！"

说话的间隙，那声音已经由远及近。于是另一个声音也被凯文捕捉到了。

那人又冷又傲慢地回了一个字："不。"

05

凯文被绑在身后的手还在一块尖石棱角上来回磨着。那个"不"字一入耳，他的手便是一滑，绷到极限的藤茎啪地应声而断，手掌因为惯性作用，直接撑在那个尖角上，划拉出了一条长口。

凯文"咝——"地轻吸了一口气。

那个军官本就有些紧张，听到他这么一声，也顾不上搞唇语了，一脸警惕道："怎么了？"

凯文干笑一声，依旧保持着背手在后的姿势："没事，手抖。"

窗外又是一声鹰唳，好像有巨物掀起了一阵劲烈的风，呼啸声一扫而过，外面嘈杂跑动声在风中乱成了一团。

"拿下！拿下他们！"凯文听见那些树精用奇诡的语言疯狂地嘶吼，"剩下的人去围住那些俘虏！别让他们进去——"

手掌上的伤口在眨眼间便迅速愈合，凯文手腕飞速拉拽两下，便扯掉了缠绕的藤茎。手腕被勒得扭了筋，又僵又硬不好活动。

就听咔咔两声骨骼活动声接连响起。

军官目瞪口呆地看着他："你干什么呢？"

"松松筋骨。"凯文眼都不眨一下，就把自己别别扭扭的那只手腕骨卸了重新合上，而后一骨碌翻身坐起，一脸云淡风轻道，"别急，等会儿就给你解绑。"

军官："……"

班盯着凯文的动作看了一会儿，扭着手腕也想有样学样，被离他最近的军官低声喝止了："小心卸不好把手废了！"学什么不好学变态。

"少儿不宜，请勿模仿。"凯文没好气地丢给班一句。

他根本不管藤茎上满是毛刺，直接一把握住，将绑腿的那部分生生扯断了，三下五除二摘了个干净。

那些树精也不全是痴傻的，把他们关在厨房的时候还知道要把他们身上的武器全摘了收走，一点儿凑手的东西都没给他们留。

101

凯文再不管门外有没有看守了,他站起身四下一扫,在那一堆贴墙的石像旁边找到一排盛水的瓦罐。他二话不说拎起两只瓦罐,抬手便泼了昏睡的那些军官一脸。

　　"呼——谁?!"尼克他们被凉水惊得一激灵,纷纷呸着嘴里的水醒了过来。

　　"我。"凯文随手丢开瓦罐,大马金刀地走过去,有一个扯一个,单靠一双看起来苍白清瘦的手,将所有人身上的藤茎全都活撕了下来。

　　尼克他们还有些蒙,一脸呆滞地问道:"这哪儿?那些树皮怪物呢?把我们抓起来都没个看守?"

　　凯文竖起一根食指压住嘴唇,"嘘"了一声,指了指门外道:"自己听谁来了。"

　　巨鹰丹咋咋呼呼的大嗓门已然到了近处,从头顶上空传来:"这帮树杈子一脸猥琐尽往这处涌是怎么回事?!这草棚里有什么东西吧?哎哟——居然敢用箭射老子!扇不死你们!"

　　他话音刚落,便又是一阵狂风呼啸而过。

　　外面的树精们被掀得四处滚走,根本没法直立站稳。刀剑相磕的金属脆响在风声中变得模糊不清,似乎丝毫没起什么作用,气势弱得可以忽略不计。

　　振翅声接二连三地响起,有什么巨物刚好落到了厨房顶上,震得整个洞穴都抖了抖。

　　众人刚从捆绑中解脱,手脚还没活动开,闻声下意识地扬起了脸,刚好碰到从顶上扑簌落下的泥石,吃了一嘴的灰。

　　"看准点,别把这地方扇塌了。"那个之前说"不"的声音再次响起,依旧是有些冷的语气,却比先前清晰得多。

　　屋里的众人顿时一愣。

　　尼克目瞪口呆地顶着一脸泥灰,道:"陛下?刚才那是陛下的声音?我没听错吧?!"

　　"没听错。"凯文拍了拍衣服,转头冲面面相觑的众人道,"能劳驾皇帝亲自出宫来救,咱们也挺厉害的。"

　　众人默默挡住了脸:"……"这并不值得自豪好吗?!

　　"还捂什么呢?起来走了。"凯文没好气地说完,大步流星朝门外走去。

　　有巨兽人在,战斗力果然直接晋升了一个档次。光听外面的阵仗和动静就知道,这次小皇帝带过来的是真救星。

　　那些树精被这些庞然大物搅得四处奔逃。它们天生比普通人矮小一些,优势在于皮糙肉厚耐打击,可若单论战斗力其实并不怎么样,对付凯文带的一行人尚且需要靠突袭,更遑论对上丹他们了。

　　凯文一脚踹开挡在门口装样子的两块大石。

乱成这样，那两个守门的树精依然顽强地坚守着岗位，尽管其中一个已经死死抱住了柱子，一手挥舞着一把跟它们风格完全不同的铁剑，一副魂不附体的模样。

被首领调来支援的救兵总是半路被丹他们截和，怎么也靠近不了这里，于是守门的两个只能诚惶诚恐地盯着不断扩大的混战，一时间居然没有注意到俘虏们已经在里面翻了天，直到凯文破门而出，它们才回过神来。

两只树精只愣了一下，便纵身扑了过来。

可惜，面对凯文的时候，哪怕愣一下也很要命。

"精神可嘉。"凯文言简意赅地点评了一下这两位树杈子爱岗敬业的品格。

他一个侧身，让开了胖一些的那个，同时抬手一劈瘦树精枯柴似的手腕。

当啷——

瘦树精手指一软，铁剑应声落地。当它想要低头去捡的时候，就见一只细长瘦削的手从眼前一晃而过。接着，它便听到了咔嚓一声骨骼脆响。

这响声一部分是从耳边传来的，一部分是顺着皮肉筋骨延伸到脑子里的。

它傻了一秒，终于惊恐地睁大了眼睛，慢一拍地反应过来自己被人拧断了脖子。它保持着快速凝固的表情栽倒在地，在死亡前，听到了另一下清晰干脆的咔嚓声。

凯文行云流水地拧断了两个树精的脖子。他拍了拍手上沾的灰，弯腰捡起地上的铁剑。

这片地底下的聚居场所到处都挂着发光的虫囊，足以照亮整片活动区域。凯文粗略扫了一眼，到处都是倒地挺尸的树精，刀剑零零散散掉了一地，类似厨房的洞穴好几处都被掀了顶，还有些被不知从哪儿滚落的石块压塌了，只剩为数不多的几处还坚挺着，但里面估计也不剩人了。

眼看着混战已经接近尾声，凯文索性也不动手了，抱了剑倚在厨房洞穴前的柱子上。

头顶盘旋的几只猛禽一声长唳，抖了好几根被刀剑流矢蹭落的硬羽，最后清了一遍战场，便缓了速度打算落地。

凯文抬起眼皮，就见打头那只巨鹰压低了身体俯冲下来，硕大的翅膀在地上笼罩了一层庞然的阴影，一张黑乎乎的大脸盘子嵌在鹰首的位置，要不是那双大白眼珠子，简直要跟黑暗融为一体了。

"哎哟！那不是小白脸指挥官吗！"丹嚷嚷着。

在巨鹰宽大的背上，还屈膝坐着一个人。那人的视线早早地就落到了凯文所站的地方，目光半垂，下巴却微抬，神态姿势一如既往带着股居高临下的傲慢。

虫囊微黄的光亮勾出他一侧的轮廓，眉眼深邃，脸颊窄瘦，显得英俊又锋利。

凯文嘴角微翘，眼珠清亮，含着一抹颇具调侃意味的笑意冲那人道："气势不错，时机刚好。我要是个十八九岁的小姑娘，被这么救一回，转头就该哭着闹着要嫁你了，陛下。"

巨鹰离地还有两米多高的时候，奥斯维德就直接从他背上翻身下来了。他一拉肩上的斗篷，把手里拎着的铜丝面具丢给跟上来的乌金铁骑副手。

他没什么表情地上下扫了凯文一眼，冷冷地开口道："谁说我是来救你的？"

任谁卸掉一身负担心情都会变得很好，凯文依旧嘻着笑，难得地没堵回去，而是从善如流道："好，不是来救我们的，那请问您是来干吗的，尊敬的陛下？"

奥斯维德眯眼看了他片刻，伸手从腰间挂着的一只牛皮袋里捏出两个纸团。他低头不紧不慢地将那两个纸团展开，两指夹着冲凯文抖了抖："我来看看你是不是闲得慌。"

那两张纸展开只有巴掌大，大概被踩蹭了不止一回，显得格外皱皱巴巴。

但凯文还是能一眼认出来，这是他给皇帝陛下传的信。他一脸无辜道："我怎么闲得慌了？"

奥斯维德冷笑一声："让你写明路线不好好写，净画些乌七八糟的，没点想象力都看不懂你画的是什么东西！神官院那边来问了两回，我都没好意思拿给他们看。"

凯文恬不知耻地一扬下巴："别找打啊，我画得简洁形象，看不明白的是傻子。"

奥斯维德："……"

凯文想到之前奥斯维德的回信，当时他还没反应过来，这会儿听奥斯维德提到"想象力"，突然福至心灵地领会了所谓的"不堪入目"是怎么个意思。

他琢磨了一下，忍不住又补充道："至于想象力……陛下您的想象力是不是超出常人了一点？不过二十岁出头的年纪，血气方刚嘛，也可以理解。"

奥斯维德："……"

终于把气势汹汹的皇帝陛下堵得说不出话来，凯文心满意足地住了口，转身进了屋内，打算把一干狼狈得没脸见人的军官都拉出来，免得他们憋死在里面。

一干巨兽族的人落地之后都变回了人形。

这帮人从来没有"自己长得格外显眼"的自觉，打头的丹蹭了两步挪到奥斯维德身后，试图勾着脖子偷偷看一眼凯文画的究竟是个什么玩意儿。

可惜，还没看清，奥斯维德就已把那两张破纸重新塞回了牛皮袋里。

"哎呀别收呀，让我看一眼。"丹说道。

奥斯维德斩钉截铁道："不给！"

丹："……"这种莫名的尴尬气氛是怎么回事？

06

　　除了一行十五个飞禽类的巨兽人，奥斯维德还带了三十来个乌金铁骑和一个医官过来，一下子把这一片地方填得满满当当。

　　"咱们这是在地上还是地下啊？"尼克扫了眼门外，忍不住问了一句。

　　也不怪他产生这种疑问，任谁在这种地方转上一圈，都会被这里的景象所迷惑——

　　这里到处都是叶面肥亮的草木，有的笔直高大，华盖亭亭；有的成团成簇，攒聚在各处角落，深色的繁叶当中还缀着颜色鲜亮的小红果。粗壮如婴儿手臂的藤茎在地上蜿蜒，沿着洞穴式的房屋一路攀爬，在墙边垂下几条细枝。

　　有树有果有房屋，再加上四处悬挂着的照明灯，一不小心便会给人一种身在地面某片密林里的错觉。

　　"再像也不是地上，我刚才盘旋的时候，好几次翅膀都拍到顶了。"丹顺手在墙边揪了几颗红果，胡乱擦了擦，问凯文，"这玩意儿可以吃吗？看着挺下饭的，我咬一口会不会死？"

　　凯文摆了摆手："那倒不会。"

　　丹听到"不会"两个字便不管不顾地把红果塞进嘴里咬了一口，咔嚓咔嚓地嚼着，嘴里还含含糊糊道："哟，还挺脆，有点儿甜，味道不错。"

　　"我还有个'但是'没说完呢……"凯文无奈道，"你下嘴怎么这么快？"

　　"但是？但是什么？"丹嘴里一顿，低头看了眼手里只剩下不到一口的红果，直觉后面不会是什么好话。

　　凯文"哦"了一声，道："但是这里毕竟是地下，没有阳光，只有肥，而且这肥料吧……"

　　神墓再怎么惊险刺激也是个坟地，坟地一带的植物结出果实，能吸收的肥料还能有什么呢？

　　丹略微一顿，脸唰的一下绿了。

　　"哕——"他抱着门口的柱子将嘴里的果子吐了出来，一脸虚弱地冲不远处的奥斯维德道："皇帝呢？皇帝能管管你的指挥官吗？他怎么这么会说话？哕——"

　　两米多高的壮汉，硬是被凯文细思恐极的话搞得一脸虚弱，捂着胃想进洞穴找医官缓一缓。

　　奥斯维德正在吩咐乌金铁骑清理那些树精尸体，闻言转过头来，瞥了凯文一眼，冷哼道："我的指挥官？法斯宾德阁下整天都想着造反，根本不知道'皇帝'这个词怎么写，我哪管得了他？"

当着这么多人的面，凯文还是知道皇帝不能打的，他十分给面子地摆了摆手，道："管得了管得了，我不说了。你继续吃呀，都进去大半了，吐也不管用的，干脆就别想那么多了吧。"

丹："……"

他再也不想跟这个小白脸指挥官聊天了，于是扭头便要进洞穴，结果咣当一声，脑门刚好撞上门顶，痛得他龇牙咧嘴。

"这是矮人国吗？！"他狠狠啐道。

先前这个用来关押凯文他们的厨房洞穴，现在挤了更多的人，医官正在里面给所有身上有伤的人上药。大多数人，诸如跟着凯文过来的精锐小队，身上的伤口大多是擦伤，还有些是被藤茎的毛刺扎出了一片血窝。这些伤口都没什么，医官处理起来得心应手。比较麻烦的是个别人身上的磕碰撞击伤。

那些被撞击过的地方，先是慢慢变红，而后逐渐硬化，变成了砂石质地。对这个，医官就没辙了。

所以当丹的脑袋在门顶上磕出那惊天动地的声响时，不只是屋外的凯文、奥斯维德他们看了过来，就连屋内的医官以及一干晾着药的军将也都看了过来。

几乎所有人的眼神里都写着："完了，撞得这么重没准儿整个脑袋都不保了。"

谁知丹揉了揉额头的红印，便若无其事地矮身钻进了洞穴，洪亮的大嗓门嚷嚷得外面的人都听得一清二楚："医官我想吐。"

凯文转头，和奥斯维德面面相觑了片刻，两人二话不说，一前一后，大步流星也跟进了洞穴。

"都盯着我干什么？怪瘆得慌……"丹一进门就被医官强行拉坐在地，遭到了一屋人的围观不说，皇帝和小白脸指挥官居然也跟进来了，就站在他两边，弯腰盯着他的脑门看。

他的脑门被颜料涂得乌黑油亮，根本看不出原本的肤色，自然也看不出有没有砂石化。

凯文想了想，便要上手去摸一下，看看皮肤有没有变硬，谁知还没碰到丹的大脑门，就被奥斯维德挡开了。

奥斯维德一巴掌拍开他的手，"啧"了一声，道："乱动什么？你比医官懂？"

说话间，医官已经在丹的脑门上摸了起来。

片刻之后，医官有些诧异道："真的没有砂石化。"

丹一头雾水地摸了摸自己的脑袋："石什么玩意儿？"

"一点都没有？"奥斯维德问道。

医官摇了摇头："准确地说也不是完全没有变化，能感觉到这一片皮肤跟脸上其他地方的手感略有一点不同，稍微硬一点，有点儿像结了一层薄薄的茧，但是离砂石化还差得远。"

"丹,你们族里被虫咬的多吗?"凯文问道。

丹点头:"多啊!海了去了!我们本来就容易招虫子,几乎每个人每天都被追着咬。要不然我涂成这样干什么,格外好看吗?"

"那有没有出现过撞到哪里,哪里就硬得像石头一样的情况?"医官忍不住也问了一句。

丹想了想,而后一拍大腿道:"哦!这么说我突然想起来一个。那是个老头儿,住在我附近,上回打水的时候,在谷里摔了,摔了好几个跟头。回来之后据说不能动了,就这么一直躺着,我路过还去看了一眼呢。"

"他皮肤有变成这样吗?"有个军官指了指自己的手臂外侧。

丹盯着那砂石质地的灰黄皮肤看了一眼,又伸手捏了一下,道:"对,就是这么硬!至于皮肤颜色……我们全都涂成这样了,看不出来啊。"

众人盯着他那张黑脸看了会儿,默默扭开了头:瞎眼。

丹又伸手按了按自己的额头,道:"原来你们说的砂石化是这个意思,那我明白了。我们族出现这种情况的好像就那么一个,我们还以为是他年纪大了,摔残了。不过像我额头这样有点儿变硬的倒是不少,除了在关节附近,活动起来有点儿揪着皮,其他倒没什么太大的影响。"

奥斯维德皱眉道:"那你跟肖说你们现任首领不太方便出来是因为?"

丹道:"他被虫子亲得最多!脸整个儿肿了,膝盖也肿得不太好动,当然不太方便出门。"

奥斯维德:"……"

"陛下,我们能不能……"医官说着,有些迟疑地看了眼丹。

巨兽人不多的脑细胞在这一刻突然活动了一下,丹恍然道:"你们是不是想看看我们为什么没像你们一样砂石化?"

医官连连点头:"我们这边砂石化的人太多了,而且砂石化的面积每天都会扩散一点,如果迟迟没有进展,后果将不堪设想。"

凯文听到这一句的时候,突然想起厨房角落里面壁站着的那一排石像。

"等等——"他冲靠着石像的几人开口道,"能不能把你们后面那几尊石像转过来,我想看看他们的脸。"

他这冷不丁的一句话,硬是让屋里的人都莫名地有些毛骨悚然。

那几个军将愣了一下,而后纷纷起身,连挪带抬地将那一排石像转了过来,面朝众人。

这里位处法厄神墓一带,众所周知,但凡跟神相关的地方,不论是神庙还是神坛祭台,总是随处可见各种石雕。有神像、有顶礼膜拜的人像、有带着象征意

107

义的兽像……

所以众人最初看到墙角堆放的一排石像时，根本没有多想，都以为是那些树精从法厄神墓里面或是门口搬回来的，至于搬回来干什么，那谁知道？

可现在，虫囊微黄的光映照在石像脸上，那些石像本已凝固的表情突然变得有了点儿活气。惊恐的、呆愣的、茫然的……看得众人心里咯噔一下。

因为太逼真了……

逼真得根本不像雕刻出来的。

"我之前跟尼克提过，在我们之前应该已经有人闯入这个地方了，你看外面散落在地的刀剑，和这里的风格完全不相符，应该是那些树精从俘虏身上卸下来的。其中一部分来自我们，另一部分……"凯文适时地顿了顿，目光落到那些石像身上。

"你是说，这些石像就是他们抓回来的第一批俘虏？"奥斯维德低声道。

凯文点了点头："只是因为磕磕碰碰砂石化了，每一处再蔓延扩散一点，最终就变成了这样。"

丹那双大白眼珠子盯着那排石像看了几秒，浑身一个激灵。他正了正神色，冲奥斯维德道："你们不是想在我们身上找办法吗？你安排一下，我挑个人给你回皇宫送信。"

巨兽人为什么不容易砂石化？是因为他们体形太过庞大，对欧拿族人起效的东西在他们身上效果不明显，还是因为血统或是别的什么原因？

如果是前者，那就没什么办法了，毕竟体形不是一朝一夕可以改变的。可如果是后者，那或许能通过一些手段尝试一下？

不管怎么说，这也算一个进展，众人的心情顿时又好了一些。

厨房洞穴被伤员填得有些挤，奥斯维德和凯文没多待便从里面出来了，顺便叫人把那一排石像也搬了出来，一方面好仔细查看他们是什么来路，一方面也能腾出一些地方。

奥斯维德摸了下自己腰间的牛皮袋，发现没有带多余的传信纸，便转头冲凯文道："给医官院那边写一封传信，就说——"

他说了一半，想起凯文那惊为天人的画技，又把后面的话吞了回去，直接抬手摘了凯文腰间的袋子。

凯文愣了一下，抱着胳膊没好气道："你是不是太自觉了？"

奥斯维德摸出纸笔，也不找个垫纸的地方，就这么龙飞凤舞地写着内容，边写边头也不回地讥讽道："需要我给你讲一遍皇权吗？依照法典，你身上的东西都是我的，包括你自己，我想拿就拿了，有意见？"

凯文哼了一声："有。"

奥斯维德："闭嘴。"

07

凯文神色复杂，目光怅惘。

奥斯维德很少在他脸上看到这副仿若要死的样子，忍不住斜睨了他一眼道："看我干什么？你这是什么表情？"

"年纪大了，翅膀硬了，学会用皇权压人了。"凯文装模作样地叹了口气。

奥斯维德青筋一跳："……"

他终于受不了这混账东西了，一巴掌把手里的笔和牛皮袋都拍在凯文胸口，捏着写好的纸卷头也不回地走了。

这战场清理起来说费劲倒不费劲，但说简单却也不简单。

那些散落的武器都已经被乌金铁骑拾了起来，集中清理了一下，大约有三十把剑，十余柄短军刀，以及成堆的箭矢。

其中凯文他们的武器上面都刻有金狮国的狮头标记，很好辨认。剩下的那部分铁剑应该来自之前的闯入者，可不论是样式简洁毫无装饰标志的铁剑，还是那一排石像身上普通到落进人堆就找不见的着装，都没法给凯文他们提供任何关于第一批闯入者的身份信息。

那么闯入的人会是谁呢？是北翡翠国派出来的，或是雷音城那些城邦小国的人？也是为了对付虫灾导致的砂石化怪病，抑或是别的什么原因？

众人心中冒出了一个又一个的疑问，却一时又找不到任何解答。

把所有能用的武器收拾完，那些乌金铁骑便依照奥斯维德的吩咐，打算把地上横七竖八的树精尸体聚到一起，放把火烧了，以免节外生枝。

结果他们刚动了没几具，就"啊"地叫出了声。

"怎么了？"奥斯维德不喜欢这些一惊一乍的动静，在这方面，凯文倒是完美地契合了他的脾性，毕竟法斯宾德阁下的心理素质不能用常人的标准来衡量。

乌金铁骑这次的小队头领抬手指了指自己面前的树精尸体，冲这边道："陛下，这怪物的尸体自己碎了。"

奥斯维德皱了皱眉："什么叫碎了？"

凯文检查完几间空屋，刚绕过来就听到了这么一句话，便跟在奥斯维德后面走了过去："怎么了？"

"指挥官。"领队冲凯文行礼，打了声招呼。

在他脚尖正前方，有一只树精的尸体正蜷缩着躺在那里，光看模样，并没有什么问题。

"陛下，您看这只树精，有什么特别的吗？"领队平日里跟奥斯维德接触相对多一些，没有别人那么怕他。

奥斯维德垂下眼皮看了一眼，又嫌弃地收回目光，道："特别丑。"

领队："……"

年轻英俊的皇帝陛下大概平日里看自己看多了，对长相一直很不敏感。他始终认为自己不是肤浅的人，并不会被漂亮脸蛋所迷惑。但实际上，对长相不甚敏感只是因为他的审美起点略有点儿高——

长得不错的人在他眼里都停留在"是个人样"的档次，格外突出的也顶多混到"能看"的级别，剩下的人基本徘徊在"不大能看"和"连个人样都没有"之间。

因为总体跨度不大，所以给了皇帝"自我感觉重内涵不重外表"的错觉。

但这位躺着的老树精实在有点儿挑战奥斯维德的审美底限，多看一眼都觉得对不起自己。

领队咳了一声，用剑尖指着这树精道："陛下，您看好了。"

他说着，用剑尖拨了拨那树精的身体。

结果就那么一眨眼的工夫，原本还维持着死时模样的树精乍然变成了一堆混杂着枯枝烂叶的齑粉，整个儿坍塌下去。刚巧一阵不知从何处而来的风呼地扫过，树精便像是林间的尘埃一样，弥散在空气里。

"咯——"奥斯维德皱着眉，虚握着拳头抵住嘴唇咳了两声。

比起常年在战场上摸爬滚打的凯文，奥斯维德简直算得上有洁癖。尽管他从小跟亲属长辈接触很少，被圈在旧庄园里几乎无人问津，但总体来说，过的还是少爷日子，再加上有伊恩那么个强迫症管家天天调教，他就是想不讲究都难。

他尤其讨厌这种粉尘类的东西，偏偏从之前的沙鬼，到面前的树杈子，一个两个的都喜欢拿自己的尸体磨粉，简直损人不利己。

他一脸厌恶地"啧"了一声，抬手重重地挥了两下，扫开那些尘雾道："这又是怎么回事？"

领队摇了摇头："我也不知道，先前这边还躺着一个，在我跟您说话前刚被打散。"

"把剑给我。"奥斯维德绷着脸，从领队手里接过那把长剑，在地上剩余的枯枝烂叶里拨了拨。

那些齑粉散了之后，这些东西就和普通森林地面上堆积的枯叶没什么区别了，因为微微潮湿而泛着棕黑色。

负责清理战场的乌金铁骑都碰到了这样的情况——那些树精尸体陈放了一会儿之后，一碰就变了样，变成奥斯维德他们所看到的样子。

以至于没多久，这里的地面便被一层薄薄的枯叶覆盖了，齑粉则湮没在了泥土里。

"我居然觉得这才是这地方本应该有的样子。"尼克忍不住说道。

众人听了，既没嘲笑也没反驳，因为他们也有同样的感觉。

"这玩意儿的骨灰实在有点儿别致啊……"丹想想自己刚才吃的那半个红果，说不定也没少吸收这种东西，顿时脸绿得更厉害了。

小狮子班装作老成样子拍了拍他，语重心长道："它都在你肚子里轮了一圈了，就别想了。"

丹："……"

近朱者赤，近墨者黑，他觉得这小子跟着那小白脸指挥官别的没学会，先学会聊天了，真棒啊！

"这些树杈子究竟是什么东西……"奥斯维德回到屋檐下，远远盯着那一层枯叶，低声问道。

凯文耸了耸肩，一副他也不太清楚的样子。不过顿了片刻后，他还是开口道："你说……在墓地旁边居住生活的，可能会是什么呢？"

奥斯维德想了想，道："守墓人？"

凯文没说话。

他漂亮的黑眼珠在虫囊萤火的映照下像覆了一层有机质的琉璃，润泽透亮。因为视线微垂，浓密的眼睫在下眼睑下投了一片弧形的阴影，让他的目光多了一层说不出的复杂含义。

奥斯维德一脸古怪地看了他一眼，心说这怎么又是一副仿若要死的样子。他想到之前自己嘴欠问了一句，这位混账便逮住机会，堵了他个倒仰。这次怎么也不能二次上当，再问他就是傻子。

谁知这次凯文只是看了会儿枯叶，就转头走了，根本没有要继续说话的打算。

奥斯维德："……"

整个金狮国大概就属法斯宾德阁下一个人敢把皇帝晾在那里自己走掉……

在这片洞穴式的聚居处前，有一条蜿蜒的小路，小路两边同样有撑天顶地的树木以及繁密的草丛，前半段路边还挂着虫灯照明，后半段路就没有这种福利了。

远远看过去由亮至暗，一片漆黑，不知尽头。就好像有一张巨大的黑色兽口张在小路那头，等着来人自己走进去。

凯文站在蜿蜒的小路这头，抱着胳膊盯着那片漆黑看了片刻，而后随手在路边摘了一盏虫灯。他刚要迈步，就听见自己身后传来了一阵踩在枯叶上发出的沙沙脚步声。

"你要去前面看看？"奥斯维德低沉的声音由远及近。

凯文转头挑眉看了他一眼，"嗯"了一声，点了点头："怎么？陛下要一起？"

奥斯维德的脸在虫灯映照下依旧冷冰冰的，因为眉骨突出眼窝很深，英俊得很有侵略性。他转头抬起手，似乎想叫上乌金铁骑和巨兽人同去。

"没什么好叫人的。"凯文将他的手按下来，晃了晃手里的虫灯，"前面没什么问题，只是看看有没有什么标志而已，有照明就够了。"

奥斯维德浅得近乎透明的眼睛微微眯起："什么东西到你嘴里都是没什么问题……"

他嘴里讥讽着，伸手也在路边摘了一盏虫灯，一抬下巴，道："行了，走吧。"

凯文笑了一声，大步流星朝前走去。

包裹虫灯的囊袋被处理过，拎在手里怪好看的，随着走路的节奏一扯一扯，晃晃悠悠挺有弹性。

奥斯维德之前没顾得上仔细看这东西，这会儿忍不住将灯拎到眼前，转着圈扫了一遍："这是什么东西做的？"

"大肠吧。"明明能说肠衣，凯文却偏偏挑了这么个词。

奥斯维德："……"

他差点儿把这脏东西丢在凯文脸上。

凯文一转头就看到奥斯维德那张绿得不行的脸，翘着嘴角问道："小少爷洁癖症又犯了？"

就知道这混账玩意儿是故意的！

奥斯维德忍下要把虫灯扔出去的冲动，绷着一张俊脸转过头去，居高临下地看着和他并肩的凯文，冷冷一笑道："你也就嘴上逞逞能了，法斯宾德阁下，见过比你高一个头的小少爷没？"

他本就介意凯文用一种偏向于长辈的口气调笑他，这会儿被这么称呼，更是被戳准了点。最后那个"小"字被他咬得极重。

凯文撇了撇嘴："那又怎样？除了巨兽人，谁到你面前差不多都矮了一个多头。"

他边说边走，没一会儿便一晃虫灯刹住脚步，叹道："啊，到了。"

08

奥斯维德闻声一顿，忍住嫌弃拎着虫灯扫了一圈。他脚下的小路在这里便到了头，眼前已经没有了明显的路痕，取而代之的是一大丛一人多高的木丛，枝丫粗壮尖利，笔直向上，每一根上都布满了细密的刺，成丛成簇。

乍一看，像是一片营养过剩的高个儿荆棘。只是这些荆棘并不是单生的，道路两边蜿蜒的藤茎顺着荆棘根部缠绕而上，几乎要跟荆棘合而为一。肥硕的叶子层层叠叠地挂下来，将荆棘丛后面的景象遮挡得严严实实。

"这是——"凯文听见奥斯维德开了口,"路就到这里?那法厄神墓又在哪里?"

凯文摇了摇头,上前一步,弯腰在路的一侧扒拉了两下,将几条厮混在一起的藤茎扯开,一挑下巴道:"喏——地碑。"

就见他下巴所指的地方,有一块铜质的方碑从泥土里歪歪斜斜地露了半截出来。

也不知这方碑是多少年前埋在这里的,上面满是花绿色的锈迹,斑斑驳驳,挡了大半的碑面,透出一股腐朽而沉重的气息。

凯文将左手的虫灯换到右手,直接悬在地碑顶上,微黄的光自上而下投照着,一些雕刻的痕迹依稀从锈迹下面显露出来,只是太过模糊,让人分辨不清。

"写的什么?"奥斯维德皱着眉走近两步,直接在地碑前蹲下了身。他眯眼凑近地碑看了片刻,而后放弃似的又朝后仰了仰脖颈,干脆抬手覆在了碑面上。

凯文一看他的动作便"啧"了一声:"你还会摸字啊?摸出什么了吗?"

奥斯维德瞥了他一眼,懒得搭理,只缓缓挪动着手指,一排排仔细地摸着地碑。

因为锈迹太重,摸起来有些慢,凯文没有阻止他,也不忙着催促。他一直支着手臂擎着灯有点儿酸,便四下里看了一眼,没找到合适支撑的地方,便干脆倚着地碑的背面席地而坐,手肘搭在地碑顶上,虫灯便刚好垂落下来,两条长腿交叠着直伸出去,还挺惬意。

奥斯维德抬起眼皮没好气地扫了他一眼,便继续摸索起来。

过了好一会儿,凯文伸直的长腿换了个姿势,踢了踢皇帝陛下尊贵的脚踝,问道:"摸到第几行了?"

"你能不能安分一会儿?"奥斯维德斜睨着他犯嫌的腿,斥道,"把蹄子拿开,别蹭我。"

凯文:"……"讲点道理好吗,踢跟蹭区别很大。

奥斯维德不知为什么被他踢了一下就显得格外不耐烦,绷着脸皱着眉,一副不大想理人的样子。又过了几分钟,他终于拍了拍手上沾的锈屑,站直了身体。

"摸完了?"凯文仰头看他。

"嗯。"皇帝陛下这声应答几乎是从鼻腔里哼出来的,"地碑上说,这是法厄神墓的墓道入口,神明尸身所在之地,一切人等不得入内,否则即为亵渎神祇,会遭受最严重的诅咒。"

他顿了顿,表情不太好看地补充道:"后面跟了一长串骂人八辈祖宗的诅咒。简而言之,就是让闯入者死无葬身之地、断子绝孙之类的。"

凯文挑着眉"哦"了一声,表情淡定极了,半点儿诧异的意思都没有。

他们俩一个站着,一个坐着,视线的高度差便大得夸张。奥斯维德垂着眼皮居高临下地盯着他脸上的表情看了片刻,低声道:"你看上去像是早就知道地碑上的内容。"

"是吗？"凯文随口答了一句。

他这人有时候其实很奇怪，身上缀着大大小小的谜点，却给人一种"他并不太在意"的感觉。他从没主动提过任何一件事情，你不问，他就不说。你问了他也会掩饰一下，但掩饰得一点儿也不走心。如果你直接戳中要害，他要么随口答上一句"傻子都觉得假"的说辞，要么干脆就直接承认了。

就好像你认为重要或不重要的事情，在他眼里都不值一提。

"你来过这里。"奥斯维德连疑问句都省了，直接平静地陈述了出来。他干脆抱起了胳膊，一副打算就地审问的模样："你熟知白头山丘和永生瀑布的所在地，清楚这地下住着什么样的怪物，现在连藏得这么隐蔽的经年老铜碑都能一下子找到……显然你以前来过这里。"

凯文手指笼着虫灯的光，没开口，几乎就是默认。

"比起郊游探险，这种地方显然更适合送命。"奥斯维德扫了四周一眼，又道，"那么，你以前来这里是干什么呢？"

没等凯文开口，他就想起了一件事："你那不捅心脏就不会死的体质……就是跟这里有关？"

凯文闻言抬起头，挑眉看他。

"看来说对了。"奥斯维德沉缓的声音继续道，"所以你听神官说法厄神殿的圣水能解除砂石化的怪病时，轻易便相信了那种说法，甚至都没想过传说十有八九都是以讹传讹，为什么？因为你的能力就是来自这里，甚至就跟圣水有关，所以你完全了解圣水有多神奇？"

凯文懒懒地换了个姿势，评价道："逻辑还挺通顺。"

奥斯维德："……"

就奥斯维德对他的了解来看，当他不正面否定的时候，就说明猜对了一些东西。

年轻的皇帝陛下脑中突然飞快地闪过了很多画面，有他第一次见到凯文的时候，有凯文懒洋洋地坐在桌边一边喝着下午茶一边把他遛得团团转的时候，也有凯文难得正经跟他讲一些不知从哪里听来的传言故事的时候……

尽管不太情愿承认，其实，还在当小少爷时候的他一方面对凯文极其不耐烦，一方面又被凯文身上某种特殊的气质吸引。

年纪小的时候逆反心理严重，反天反地反自己，根本不乐意去细想那些情绪的来由，成年后难得沉下性子回想一下，便有了解释——那种所谓的特殊气质……大概就是超出年龄和生理界限的从容感。

那种气质，太容易勾起小孩子本能的慕强心理了。就像他小时候看《神历》，对曾经战无不胜的光明神产生的莫名崇拜一样。

凯文来到帕赫庄园的时候，顶多只有十八岁。他理应是个刚进预备军团什么战事都没经历过的新兵，可举手投足间却一点儿局促青涩的痕迹都没有。

以前，奥斯维德只以为这人天生嘴欠手欠脸皮厚，没觉得哪里不对。现在冷不丁想起来……简直哪里都不对！

没人是生下来从咿呀学语起就定了性的，性格只会因为经验和阅历而成型。十七八岁的人能有多少经验和阅历？

奥斯维德沉吟许久，迟迟没有说话。

凯文仰脸仰得脖酸，便低头捶了捶后颈。刚捶了两下，余光便看到奥斯维德突然朝前迈了一步，蹲下身来。

他一把按住凯文搭在地碑上的手，眯着那双浅到近乎透明的眼睛凑近过来，压低了嗓子道："你究竟活了多久……"

凯文一愣。

年轻的皇帝此时看起来极有压迫感，他说完这一句，便凑得更近，声音也压得更低："我刚才在想，我第一次见你的时候，你已经进了预备军团，此后所有的时间几乎都在军营里度过，想要在那期间悄悄潜进法厄神墓还不为人知，几乎是不可能的……那么你是什么时候进来的呢？"

凯文不太习惯跟人距离这么近，下意识地朝后让了一些，背却抵上了藤茎缠绕的荆棘丛。

奥斯维德却步步紧逼，再次朝前压了一些："你来帕赫庄园的时候，真的只有十七岁吗……"

他的声音低到近乎耳语，鼻尖也近乎要碰上凯文的鼻尖了。

奥斯维德说完最后几个字，才发现自己语气极其冷静，大脑却越来越兴奋——他似乎从来没有这样看过凯文，近距离，且居高临下。

这并不是单纯视角意义上的居高临下——

平日里总让人牙根泛痒的混账肩背抵在藤茎上，腰胯因为拧转的角度，被上衣勾勒出一个精瘦的轮廓，因为没有退路，避无可避，所以不得不被圈禁在这么狭小的一块地方。

这是真的被压制的姿态。

如果凯文平时温顺随和也就罢了，偏偏这人看起来浑不凛，实际却又韧又硬。而当他难得沉静下来没有表情的时候，又会有种格外冷漠且刀枪不入的气质。

这样硬骨头的人偶尔露出哪怕一点点软化的痕迹，都有着说不出的吸引力。

奥斯维德在莫名的兴奋中突然恍悟，他长久以来想给面前这个人找些麻烦，不论是挑衅似的讥讽还是刻薄地挑刺，不过就是为了能看到他这样特别的一面。

因为别人都看不见！

年轻的皇帝目光动了一下，落在凯文的鼻尖之下，又飞快地抬起来，缓缓开

口:"你身上……究竟还藏了多少事情?"

凯文听了,目光朝旁边偏了一下,不知在看什么东西。

奥斯维德下意识地蹙了下眉,顺着他的目光看过去,除了一盏支在地碑顶上的虫灯和稍远处的一片黑暗,什么特别的都没有。

而当他再度转回目光的时候,却发现被压制的凯文已经迅速恢复了坦然淡定的模样,这混账居然胆大包天地抬手拍了拍他的脸颊,用一副不要脸的无赖口吻说了两个字:"你猜。"

奥斯维德:"……"

就在两人对峙的时候,巨兽人丹领着小狮子班沿着小路找了过来,刚拐过转角就嚷道:"就知道你们沿着路摸索过来了,我看到你们手里虫灯的光——嗯?"

前一句话还没说完,一大一小两个人已经傻在了原地。

丹张着嘴,而后一巴掌盖住班的眼睛,拎着男孩儿原地一个转身,用麻木不仁的机械音调道:"不能看,瞎眼。"

奥斯维德:"……"

凯文:"……"

奥斯维德站直了身体,顺带伸手把重心不太稳的法斯宾德阁下一把拽了起来。就在他们打算开口解释两句的时候,脚下的软泥地面突然震了一下。

09

震感不算大,几人甚至都没踉跄一下,只有紧贴着地面的脚底感受到了一点颤动。

"什么情况?"丹挪了挪脚板,低头盯着地面,一时间有些惊疑不定,没敢有过多的动作。

"不知道,先回去再说吧。"凯文连地都没看,顺口答了一句,抬脚便走。

奥斯维德跟在他身后,有些古怪地瞥了他一眼。

几人很快回到那些树精聚居的洞穴群前,被留在那里的尼克他们此时全都从屋子里出来了,就连医官也站在了洞穴外面。他们面面相觑,一脸疑惑又紧张的模样,似乎也被刚才那一下震动惊得不轻。

金狮国这边军队纪律严谨一些,乌金铁骑和精锐小队见到皇帝陛下和指挥官一起拐回来,便立刻收了脸上的茫然,啪地收紧脚跟。

巨兽人族氛围要散漫得多,他们天性好胜,没什么上下级的说法。对他们来说,所谓首领,不过是相对而言更强悍更值得信赖的同伴。所以丹回来的时候,其他几个巨兽人直接冲他招了招手问道:"喂,刚才感觉到震动了吗?知道是怎回事吗？"

"知道个鬼！"丹边走边道，"这白头山丘是死的还是活的？别一会儿破土涌出点儿岩浆什么的，乐子就大了，那可真的跑都来不及。"

"不会。"奥斯维德沉声答道，"北边的活山只有两座，和这边根本不在一条脉络上。况且谁会把神墓修在活山里？"

丹脚步一顿，脸有点儿绿："要不是活山，乐子好像就更大了。"

刚才那一下，就好像是地下有什么东西蠢蠢欲动，只是被六尺黑土给闷在了里面。这要是在别的地方倒好说，但偏偏是在墓地里，墓地的地下还能有什么呢？

在场的众人被他这么一句话勾得脸色都有些不大好看，他们忍不住用脚扫开堆叠的枯叶，盯着那些不知多厚的湿泥发呆。

丹越想越觉得毛骨悚然，他忍不住又道："虽然巨兽人和欧拿族现在长得不太一样，但是最初的起源是差不多的吧？你们是'神的遗迹'，我们多少也能算个旁系吧？神不会对后人下手的对不对？请告诉我'对'。"

"对。"凯文要笑不笑地答了一句，又接着补了一句，"不过你们族不是普遍不信神吗？"

"嘘嘘嘘——"丹竖起一根手指，制止他说下去，"既然都进了神墓，就不要提这种细节了好吗？况且谁说我们不信神？传说故事我们也是从小就看的，该崇拜的我们也很崇拜的，非得像灵族那样天天念叨才叫信？我们只是尊重历史，把神的时代翻篇了而已，毕竟现在也没有神的存在了。"

他说完觉得表达不精准，又加了一句："没有活着的存在。"

"那倒不一定。"乌金铁骑有个军将刚好站在离他最近的地方，忍不住接了一句，"所有书里都讲过旧神的陨落日，但后神——"

"好了好了，你那是抠字眼，现在哪儿来那种工夫探究这个问题啊？"尼克指了指脚下的地面，"问题是我们现在所在的地方是法厄神墓。法厄啊！光明神法厄！旧神时代最受尊崇的主神，他只会庇佑我们，绝对、绝对不可能害人。所以怕什么呢？"

被他这么一提醒，众人似乎突然后知后觉地反应过来：自己所在的地方是法厄神墓，最高洁的主神永眠之地，他就算真的从地底下重新走出来，也根本不用害怕，跪拜祈愿就够了。

刚才还惊疑不定的众人像是被塞了一颗定心丸，至少不再是一副手足无措神经紧绷的模样了，站在尼克旁边的一个军将还拍了尼克的肩膀一把，附和道："说起来，我小时候最崇拜的就是光明神。"

"怎么你什么意思？大了就不崇拜了？"另一个人道。

"不不不，小时候不懂'神'意味着什么，大了领会了，就觉得'崇拜'这个

117

词用在神身上太不合适了……"那人连忙摆手解释道。

他这话倒是引起了一群人的共鸣，顿时你一言我一语地聊了起来。

凯文听了好一会儿嗡嗡的议论声，忍不住抬手揉了揉太阳穴。

"你笑什么？"奥斯维德问道。

"我什么时候笑了？"凯文愣了一下。

"刚才，从我这个角度看。"奥斯维德道。

凯文顺口回了一句："你什么角度？"

奥斯维德："比你高一个头的角度。"

凯文："……"

他没好气地瞥了皇帝一眼，道："笑倒是没笑，只是觉得这么看着挺有意思的。"

奥斯维德不冷不热道："你整天看谁都跟看乐子一样当然有意思。"

"什么话……"凯文用下巴朝人群的方向指了指，"在对神的态度上，种族区别真是一目了然。巨兽族是把神当过往传说的主角，灵族是把神当成高高在上的信仰和指引，只有欧拿族……"

"欧拿族怎么了？"

凯文笑了一声："不觉得那口气像在说自家曾祖父吗？"

奥斯维德："……"

别说，还真是……

不过凯文很快就收了笑，面无表情的样子显得有些懒懒的冷淡："神不会害人这说法还有待商榷啊，说不会有危险的……是忘了刚死的那一批树精了吗？"

刚才奥斯维德的脑中其实也闪过一个问题：法厄是旧神里最高洁强大的主神，这一点毋庸置疑。那么……这样高洁的主神为什么会永眠在这种地方？

不见阳光、幽暗晦涩也就罢了，还生存着一群那样的树精，不问来人地捕杀活祭。

这种玩意儿要真是守墓人，法厄会气活过来吧？！

凯文并没有要跟人深入讨论的意思，与其说他丢了句问话出来，不如说他只是顺口感叹了一句，感叹完，他便转头该干吗干吗去了。

他跟奥斯维德打了声招呼，便去安排乌金铁骑和精锐队，并叫上了丹他们那一拨巨兽人，分编成了三组，轮流守夜。

"守夜？我们现在不进去？"丹有些摸不着头脑。

凯文"哦"了一声，反问道："进哪儿去？"

丹答道："就神墓啊！不是到门口了吗？"

"现在不吃一点儿睡一会儿，到时候可就有你后悔的了。"凯文没好气道。

"你们没看过那个关于神墓里面的传说吗？"有人开口道。

"传说版本太多了,你说哪个?"

"具体的没说,只是说进了神墓你就不能后退、不能停步、不能做任何歇息,慢一点儿后果都不堪设想。虽然不能保证这个传说就是真的,但是谨慎点儿总没错,休养一点儿精神再进去要安全些。"

众人最终还是选择听从凯文的建议。

奥斯维德过来的时候阵仗不算小——因为有猛禽类的巨兽人帮忙,他们带起东西来也方便得多。军将们在外扎营的经验不少,下地探墓倒是头一回。所以在奥斯维德嘱咐他们收拾点有用的东西带上时,他们几乎就是按照扎营的习惯准备的。

凯文看到他们随身的行囊里居然还有一口铜锅的时候,简直哭笑不得。

丹让人飞了一趟他们下来的地方,用铜锅接了点从瀑布口倒灌进来的水,在洞穴前支了个干柴木架,汩汩煮了一锅汤。啃了几天干粮的众人把一些肉干掰碎了丢进锅里,直到将它们煮成一锅微稠的肉羹,才瓜分干净。

白头山丘本就位处北地,外面连日大雨气候湿寒,地底下更是阴冷异常。一碗热腾腾的肉羹汤下肚,香气混着热气一熏,众人的脑子便开始犯了困,模模糊糊有了点困意。

"明明都入夏了,我干吗总吃饱了撑的穿着单衣往这种冷地方跑……"丹嘀咕了一句,毫不讲究地在未熄的火堆边就地躺下了。

他们所谓的休息也并不是指睡到自然醒,顶多能歇一小时就不错了。一旦精神稍有恢复,就该继续动身了,所以抓紧时间才是硬道理。

军队里混过的人,别的不说,"该睡立刻睡,该醒立刻醒"的功夫几乎炉火纯青。没多会儿,除了第一拨守夜的人,剩下的几乎都没了动静。

只是几分钟的工夫,睡下的人呼吸就变得绵长均匀起来,有些甚至还打起了鼾,长长短短此起彼伏,盖住了柴枝燃烧的毕剥轻响。

第一拨守夜的六个人,两个站在洞穴奥斯维德附近,护着皇帝的安全。另外两个站在左右两处洞穴门边,将众人圈在其中。至于剩下的两个,则直接端坐在火堆边,一边守着火堆以免灭掉,一边盯着四周的动静。

又几分钟后,守着火堆离众人最近的两个守夜人被一阵突如其来的困意扫刮了脑子,上下眼皮直打架,他们狠狠掐了下自己的大腿,试图让自己清醒一点儿,却并没起到什么实质作用。

尖锐的皮肤疼痛很快便被困意盖了过去,他们几乎没能眨几下眼,脑袋就慢慢垂了下去,一点一点地打起了盹儿。

就在这时,躺在那里的凯文突然睁开了眼,他眼珠漆黑明亮,极为清醒,连半丝睡意都没有。

他盯着不远处的皇帝看了一眼,又扫了一圈周围。所有容易注意到他动静的

人都已睡实了，再没半点儿动静。

凯文收了目光，悄无声息地起了身，鬼魅一样借着各处阴影和黑暗的遮挡，顺着剩余几个守夜人的视线死角，不紧不慢地拐进了之前那条通向地碑的小路。

10

身处地下的人早在黑暗和虫灯的交织中混淆了时间，而事实上，在他们就地而卧睡囫囵觉的时候，外面天光正亮。

连天的暴雨难得地歇了一口气，让四处积余的水流有个缓冲的机会。

大裂谷神之路上的乌金悬宫几乎从头到脚被洗了一遍，泛着厚重的乌泽。屋檐上的水还没流尽，在长廊边滴成了一串水帘，淅淅沥沥的，显得寝宫越发安静。

长廊尽头的铜门突然吱呀一声响，两个内侍官领着一个瘦弱的人影匆匆朝辛妮亚的房间走去。

"安，我起床很久啦！一直在等你来讲故事！"辛妮亚就是躺在床上也不安分，抱着被子翻滚了两下，差点儿碰坏砂石化的那条胳膊，惊得两个女官连连低呼。

那个瘦弱的人影正是被凯文带回来的白兔少年安杰尔，辛妮亚喊人不喜欢叫全名，图省事好记，永远只叫第一个音节。第一次喊"安"的时候，安杰尔耳根都红了，连连道："别别别，那个是女孩儿名。"

可惜年仅四岁半的辛妮亚某种程度上隐隐有她舅舅小时候的风范，把这话当成了耳旁风，呼一呼就散了。第二天见面依旧只喊一个字，安杰尔也只能随她叫了。

自从手臂砂石化之后，辛妮亚就没法出门满地滚了。侍官都听了奥斯维德的令，从早到晚看顾着她，以免再跌撞到哪里。

这么点儿大的小孩子出不了门是一件生不如死的事情，尤其奥斯维德不在，她哭也没地方哭，闹也没地方闹，上吊技术难度又有点儿超出她的智商，只能乖乖躺着认命。

正因如此，安杰尔才得天天往悬宫跑。好在辛妮亚小殿下除了喜欢没完没了地听故事，暂时没开发出别的什么癖好，还不算难伺候。

"昨天那本已经讲完了。"安杰尔道，"今天听什么？"

辛妮亚偷偷朝门外瞄了两眼，见内侍官恭恭敬敬地站在门口，没有要进来捉她的意思，便赶紧从枕头底下摸出来一本书。

这么点儿大的小孩鬼鬼祟祟的样子看起来有点儿滑稽，安杰尔不好意思笑得太明显，只抿了抿嘴角。他接过辛妮亚手里的书，顺手翻了两页。

不开玩笑，这书简直破烂得像是刚从垃圾堆里捡回来的。安杰尔翻页都小心翼翼的，就这样，还不小心拎下来几片纸。

安杰尔："……"

他拎着书页，表情略有些惶恐："殿下，你老实说，这书是从哪里找出来的？"要是什么古籍之类，掉两页下来，就是卖了他也赔不起！

辛妮亚煞有介事地压低了声音，偷偷耳语道："昨晚从舅舅书架上偷拿过来的。"

安杰尔手就是一抖。

皇帝的东西能乱拿吗？！

辛妮亚立刻又变得理直气壮起来："但是舅舅说他书房里的东西除了书桌上放着的不能拿，其他的我都能随便看！而且这本是昨天被人放进去的，反正舅舅不在，我拿来用一天也没关系嘛！"

"昨天？"安杰尔疑问道。

奥斯维德出行的事情是不让外传的，只有常往来于悬宫的人知道。他临走前把该安排的都安排好了，所以不论是神官院、医官院还是三大军营都没出什么问题，照常运作。

昨天安杰尔离开悬宫的时候，刚好看见神官院的老爷子颤颤巍巍地进了书房，如果没弄错的话，这书很可能是老爷子放进书房的，毕竟之前听他念叨过要给皇帝找一本书的事情。

安杰尔拗不过这个小姑娘，只得老老实实地拉来椅子在床边坐下，捧祖宗似的捧着那本破书粗略地扫了一眼："殿下你确定要听这个？这书里讲的都是……"

怎么去挖神的坟……

至少他随手翻的那两页说的都是贝瑟曼皇帝时期，怪病在皇宫里蔓延，皇帝不堪其扰听了灵族大长老的建议，组了一批人马去了法厄神墓，中间有缺页，但断断续续也提到了不少神墓里发生的事情。只是用词极其夸张扭曲，那架势不像是在描述某个史实，倒像是在写神话故事，鬼知道真假。

安杰尔看完，又忍不住翻回最前面看了眼封皮。

"怎么了？"辛妮亚在床上不甘心地滚着，见安杰尔迟迟没开始，忍不住歪着脑袋扑过来问他，"你怎么不讲？"

安杰尔干脆把封面合上了："这书怎么连个名字都没有？"

"没关系！我听的是故事又不是名字。"辛妮亚小手一挥，"讲嘛！"

"好吧。那就——那就从贝瑟曼皇帝带人进了法厄神墓开始讲吧。"安杰尔看书的速度很快，几乎扫一遍就记住了内容。他抬眼问辛妮亚："你知道法厄神墓吗？"

小姑娘点点头，乌溜溜的眼睛笑得弯弯的："知道知道！舅舅说那里睡着旧时代最厉害的神祇！"

安杰尔抿嘴笑了一下，低头看着书页缓缓讲道："法厄神墓在白头山丘一带，永生瀑布下面，那里没有阳光，常年阴晦，是个长眠的好地方。"

"为什么晒不到太阳会是好地方？"辛妮亚忍不住打断道。

"因为没有光的打扰，就能长长久久地睡下去，不会醒过来呀。"安杰尔答了一句，又继续缓声道，"那里有一群忠诚质朴的精灵替他守着墓门，任何人都别想轻易闯入。亡灵是台阶，荆棘是栅栏，还有块沉重的方碑刻着对生者的祝福。没有灵魂铺路，墓门永世不开。"

辛妮亚再次打断："什么叫没有灵魂铺路，墓门永世不开？那你说的贝……嗯嗯皇帝是怎么进去的？"

永远记不住人名的小姑娘含含糊糊地略过了贝瑟曼皇帝的名字。

安杰尔哭笑不得地道："我怎么知道贝嗯嗯皇帝是怎么进去的呢？"他顿了片刻，又道，"或许就是靠灵魂铺路吧。"

"灵魂怎么铺路？"辛妮亚问道。

"死了就有灵魂了，死的人足够多，就能铺成一条路。"安杰尔答道。

辛妮亚依旧似懂非懂："可是……可是神不是要睡在那里吗？就像我躺在床上一样，怎么会让房门口想进来的人都死在那里呢？多吓人呀！那岂不是一开门就都是灵魂？"

安杰尔歪了歪头："那就刚好不用出门了，本来就应该一直睡下去。"

辛妮亚嘀咕了一句："神是怎么想的……"

"他不用想，修建墓地的时候他已经死了。"安杰尔道。

辛妮亚仰着脸想了一会儿，没想明白，便一挥手把这个问题揭过："那如果不死人呢？不用灵魂铺路还能进吗？"

安杰尔答道："那就只有一种办法了。"

"什么办法？"

"神亲自去开。"

四岁半的小姑娘突然精明了起来，她盯着那本破书，生生把两只眼睛看成了斗鸡眼，而后突然抬头，挂着一副猫逮耗子的贼贼表情，笑嘻嘻地指着安杰尔道："你瞎编！这页明明都是图，只有一行字，你已经说了这么多了，早就超过了！"

安杰尔红着耳根，一脸被戳穿的尴尬。他挠了挠头承认道："好吧，神亲自去开是我猜的……"

蜿蜒的小路后半段黑得伸手不见五指，直到拐过最后一个弯才看到一点儿光亮，那是凯文之前顺手丢在这里的一盏虫灯。

虫灯悬在荆棘枝的尖端，因为没有风，所以纹丝不动。

安静的黄光就这么洒在地上的方碑上，映照着上面锈迹斑驳模糊不清的字迹。

这方碑露出地面的部分其实只有一半，原本只埋到底座的泥土在经年的堆积中越来越厚，渐渐把下半部分也掩盖住了。

凯文的脚步不紧不慢又悄无声息，他走到方碑前蹲下身，伸出瘦长的手指扒拉了几下泥土，很快便把那一层并不紧实的泥土拨到了一边，露出了方碑的另一半。

常年在潮湿的泥土下闷着，这另一半方碑锈蚀得比上面还厉害，刻得浅一些的字已经锈没了，只有几道极深的沟壑还留有痕迹，像地图线一样从中心蜿蜒四散开来。

凯文盯着那些蜿蜒的沟壑看了片刻，伸手摘了腰间的短刀，在左手五根手指的指尖分别划了一道血口。

为了避免伤口愈合太快，他每刀都切得很深，血珠几乎成串地砸在泥地里。

手指的疼痛要比其他地方尖锐得多，但他也只是皱了皱眉，便又是一副老神在在的模样。他将整只左手覆在了方碑上。那方碑便突然活了过来，鲜红的血液像是被吸出来似的，沿着那些沟壑迅速流淌，很快便如同蛛网一般布满了整个表面。

满是锈迹的铜碑乍然变得猩红，像是刚从锻造炉里炼化出来的一样，一些碎屑抖落下来，沾在荆棘丛上，眨眼间便"轰——"地燃烧起来。

火势瞬间蹿得极高，整个荆棘丛都被包裹在了金红色的火舌之中，从中心向四周迅速蔓延，烧成了一片火海。

在火海的毕剥声中，有无数野兽猛禽的咆哮和尖鸣若隐若现，忽远忽近，仿佛从地狱尽头传来。

凯文神色淡然地站在火海前，疯狂的火舌几乎要燎到他的脸了，他却连眼睛都没眨一下。

他在看火海背后。

直到那片猩红背后的黑暗里缓缓传出一阵金石摩擦的响动，凯文的目光才动了一下——

因为墓门开了。

这扇门大概尘封了太久，缓缓洞开的时候，甚至有腐朽的灰尘气味从火中传出来。

凯文吸了一口，嘴角挂上一个不冷不热的笑……

他独自打开墓门的时候，洞穴前的火堆边正一片混乱。

奥斯维德是在守夜人惊疑未定的议论声里醒过来的。睁眼的一瞬间，他心里就莫名咯噔了一下。也不知道是直觉作祟还是什么，他几乎本能地朝凯文原本躺着的位置扫了一眼。

空的！

这两个字横亘在他脑海里的瞬间，身体已经先一步有了反应。他几乎是一骨

碌站了起来，二话不说便直奔那条蜿蜒小路。身后一群乌金铁骑匆匆忙忙追上来，脚步声七零八落。

他身高腿长，大步跑起来别人追着很吃力。还没到拐角，他就看到了一片明明灭灭的红光。

起火了！

奥斯维德面色一紧，一步便转过了拐角。

那一瞬间的场景大概会让他永生难忘——

他看见滔天的火海中，嗥叫的亡灵从地底破土而出，热浪翻涌，血光漫天。

凯文在扭动着的猩红火舌中似有所觉地瞥了他一眼，而后满不在意地挥了下手，转头便走进火海深处，彻底消失不见……

11

"你！"奥斯维德被迎面的热浪扑得脑中一片空白。

凯文身处大火之中冲他摆手的那一刻，他近乎是茫然的，然而很快，一股比眼前的大火还要滔天的怒气瞬间席卷上来。当人愤怒到极致的时候，大脑几乎是断片的，他甚至连一句完整的话都说不出来。

凯文转身消失的时候，奥斯维德下意识地伸手朝前捞了一把。

"陛下！"后面的乌金铁骑队追了上来，匆忙间甚至连凯文的面都没见到，只看到一个残留的虚影，以及气得几乎冲进火海的皇帝。

最前面的几个人猛扑过去一把拽住奥斯维德，想把他往回拉以免被火燎到。然而扑到面前他们才惊惶地发现，年轻的皇帝陛下不是几乎，而是已经有一只手伸进了大火里。

"天哪！快！"有人吼道，"手！陛下您的手！"

人在丧失理智的时候，总是身重力大，而此时的奥斯维德就气成了这种状态。他甚至没反应过来谁在拦着他、谁在拉住他朝后拽，猩红的大火已经直接烧透了他的双眼和大脑。

乌金铁骑里大多数人都知道皇帝不论近战还是远攻技术都很高超，揍人的时候拳头硬得像铁，力道大得吓人。但他们从来不知道，皇帝失控的时候，力气居然能这么吓人……

最终七八个人才勉强拦住他一个，离他最近的那个还差点儿被甩进火海里。

奥斯维德被迫朝后踉跄了几步，离火舌远了一些。周围嘈杂的人声终于渐渐进了他的耳朵，钻入了他的脑中。

"医官呢？！叫医官！陛下，您的手！您的手必须——欸？"吼叫着的人话说到一半突然刹住了，转成了一声疑问，他用一种难以置信的茫然语气喃喃道，"我明明……我明明看见您的手伸进了火里，怎么会、怎么会毫发无伤？"

奥斯维德原本浅色的眼里一片血红，布满了因怒气和焦灼而生的血丝。他慢了好几拍才反应过来这句话的意思，终于腾出目光看了眼自己的手。

他的手上几乎连一点儿被火燎过的痕迹都没有，更别说伤了。

可是他这只手确实伸进了火里，这点没人比他自己更清楚了。

奥斯维德重重地喘着气，一眨不眨地盯着自己的右手，出走的理智终于慢慢回笼，冲天的怒气稍稍压下来一些。

他冷着脸扯了一下胳膊，将手从乌金铁骑手里拽出来，而后重重地朝前迈了两步。

"陛下！"身后的人又想抓住他，被他一抬手制止了。

怒气虽然略微压住了一些，但他依旧说不出什么话。

真实得近乎有些灼人的热浪再度扑在他脸上，他阴沉着脸，在粗重的喘气声中，干脆地把整条手臂都伸进了火里。

身后的人群爆发出一阵惊呼。

奥斯维德甚至在火里待了会儿才把手臂抽回来，他冷冷地看了两眼，抬起来冲众人示意了一下，沉声道："假火。"

这火根本烧不死人，尽管看起来很可怖，且热浪滚滚。

奥斯维德几乎毫不犹豫地大步走进了火海里，他在一片猩红的火舌中逡巡片刻，却始终没有摸到任何类似入口的东西。

仿佛是为了印证皇帝的猜想，这场大火来得突然，去得也突然，几乎转眼间就收了声势，火舌由高变矮，很快便消失了。而当大火消失之后，原本立在那处的荆棘高墙依旧枝丫朝天，上面缠绕着的藤茎也依旧阔叶层层，一片焦枯的都没有，好像刚才的大火全是众人的臆想一样。

而刚才的大火唯一残留下来的，就是那些若隐若现忽远忽近的嚎叫声，幽灵般让人直冒鸡皮疙瘩。

奥斯维德带着满身低气压扫了一眼荆棘墙，却发现根本找不到任何入口的痕迹，更别说凯文的影子了。他眼里充盈的血丝在慢慢退去，眼神却依旧森寒得让人不敢开口也不敢靠近。

他沉默了一会儿，突然狠狠踢了一脚方碑。

砰——

被掘了大半的铜质方碑彻底从泥土里飞了出来，重重地撞在荆棘墙上，又滚落回地面，横斜着倒在那里。

众人一缩脖子，噤若寒蝉。

过了好一会儿，终于有人试图出声提醒："陛下，那个地碑……上下两截颜色不太一样。"

奥斯维德合了一下眼睛，又缓缓睁开，粗重的呼吸很快平缓下来，就好像强行把怒意从表面压进了内里，他走到方碑前蹲下身，伸手在方碑表面摸了一下。

正如刚才那个乌金铁骑所说，这方碑上下半边颜色和锈蚀程度都有明显的分界。奥斯维德这才想起来，刚才竖立着的方碑确实跟之前所见的不太一样，似乎被人挖开了一层厚土。

除了刚才消失的凯文，不会有别人了。

他好好的不会闲着没事来挖这块碑，除非这碑上有跟入口相关的信息，就在被土层掩住的下半面……

"灯。"奥斯维德头也不回地冲后面伸手道。

一名军将愣了一下，将临时拎过来的虫灯递给了皇帝。

奥斯维德拎着虫灯贴着方碑的表面仔仔细细地照了一圈——新挖出来的那半面锈蚀得特别厉害，几乎看不出字的痕迹。他顾不得嫌弃上面还粘着的一层浮泥，干脆地伸手摸了上去。

手指尖反复在那上面摸了好一会儿，终于摸到断断续续的一句话：除非……开路……否则墓门永世……

奥斯维德皱起了眉，脸色更难看了：偏偏关键词快被锈没了！

"永世"后面的靠猜也能猜出来是"不开"，可"开路"前面和后面的词就没法靠猜了。

他不信邪地反复摸着那块地方，摸到指尖近乎麻木的时候，他突然摸到了一点儿若有似无的痕迹。

"亡灵！"奥斯维德终于摸出了"开路"前面的部分。

完整的意思是"除非亡灵开路"？那么亡灵又该从哪儿来……

就在他思索着的时候，那些仿佛来自地底深处的若隐若现的嚎叫再次传进了他的耳中。

难道——

奥斯维德视线落在荆棘丛前面的泥地上，而后拍了拍手上的泥土站起身来，冲身后的人吩咐道："其他人呢？都醒了没？去把人全都叫过来。"

两名军将应了一声，匆匆沿着小路回去了。

没一会儿，所有人就都站在了这里，甚至包括那名医官。

众人手中都拎上了武器，眼里血丝未退，有几个人脸上还沾着水珠，显然是刚刚才强行让自己清醒过来。

"这是怎么回事？"尼克抹了一把脸上的水珠，用力晃了晃脑袋。

医官在后面犹犹豫豫地解释道:"应该是在火堆里加了一把药。没弄错的话,大概是从我这里弄过去的……"

此时的奥斯维德已经没那心思去关心大家是怎么睡死过去的,药又来自哪里。他满脑子只有一个想法:出发前凯文那个混账玩意儿就说要自己一个人进墓,兜了一大圈,他果然还是这么干了,就因为他认为自己根本不会死……

奥斯维德沉着脸站起身:"简单分个工,尼克,你点五个人过来把这面荆棘和藤茎统统砍了。至于剩下的——"

他抬脚踩了踩湿泥覆盖的地面,一字一顿道:"给我把这片地整个儿翻过来!"

众人也没多问,二话不说便动起了手。

然而很快,其中一队人就碰到了问题。

"陛下!这些藤茎……没办法砍断。"尼克说着自己也觉得有点儿蒙。

奥斯维德目光投过去,尼克抬手便是一剑,狠狠地横斩在藤茎上,落下一条极深的口子,有几根细一些的甚至直接断了。

可下一秒,那几条粗壮藤茎上的横口就重新合到了一起,而那几根细一些的也直接抽出了新枝。

总之,除了地上堆积了一些迅速腐烂的藤条,那面荆棘墙并没有丝毫变化。

奥斯维德并没有多么惊讶,事实上这和他预想的差不多。

他从来就没指望过这面荆棘墙会是什么普通玩意儿,更没指望将它们劈开就能看到神墓的大门。

但总要试一试不是吗?万一见鬼了呢。

尼克的伐木小队转眼便倒戈并入了挖土小队,一行人把能用的力气都用了,挖起来简直泥土翻飞。

没多久,土层便下去了将近一米深。

咔嚓!

一声轻微的脆响在金属碰撞声中显得格外突出,众人齐齐顿住了动作。

其中一个军将蹲下身在自己脚前连连扒拉了几下泥土,露出了土层下面刚刚被他不小心斩断的东西。

那是一根骨头。

一根不知道埋了多少年,却依旧如新的骨头,上面甚至还沾着一层薄薄的网状的血丝。

墓地里有骨头并不算什么稀奇的事情,但众人还是觉得背后凉了一下。

"继续。"奥斯维德道。

众人干脆丢了手里的刀剑,弯腰徒手挖了起来。

可约莫十几分钟后,众人就不得不停下手里的动作,因为他们几乎没有立足

的地方了。

除了他们脚尖站着的地方,所有被翻挖的湿泥上,都堆着骸骨、皮毛和肉块,看起来新鲜得不可思议,就好像是刚被人埋进去的一样。

这些碎碎糟糟的尸体无一例外,全都来自猛兽。

那几个巨兽人整个都不好了!就算是不能变成人形的猛兽,对他们来说,那视觉冲击也很大!

光是最上面一层的尸骨,就差不多有百十来只了,而下面还不断有新的挖出来,估计埋了好几层。众人干脆放弃,否则他们就要被堆积的尸骨活埋了。

"这是兽祭?"尼克惊呼,"从来没看到过规模这么大的兽祭……"

兽祭是流传于大陆古时期的一种祈祷巫术。

因为很久以前的人们觉得自己为了食物猎杀猛兽是一种罪过,所以他们每每捕猎完,都会把猛兽的头颅、骸骨以及不能吃的内脏肉块埋进地下,认为这样就会使得被猎杀的猛兽保持灵魂完整,然后获得新生。

后来慢慢演变成一种祭奠和祈祷,在死去的人墓前埋下猛兽尸骨,祝福他们在庇佑下得以安息。

"毕竟是神墓,规模大一点很正常……"另一个军将喃喃道。

"不对!"奥斯维德盯着那些猛兽尸骸看了片刻,突然狠狠皱起了眉,"这不是兽祭。"

"啊?"尼克没反应过来。

"兽祭的前提是要将头颅、皮毛和肉块拼成完整的样子,像猛兽活着的时候一样。但是这里……"

这里的猛兽尸骸全都被切割得支离破碎,零零散散地混杂着,没有一个是完整的,倒像是被人故意打乱成这样的!

"完整的尸骨是祝福,而与其相反,乱成这样的兽骨——"奥斯维德一字一顿道,"分明是诅咒!"

众人满脸诧异和惊骇:在这里埋下诅咒?诅咒谁呢?

这里除了应该在墓里长眠着的光明神法厄,还能有别人吗?!

12

"如果说,按照标准兽祭把动物尸骨拼合完整意味着祝福获得新生,那么这么反着来的诅咒就是……永不瞑目?"尼克说完,所有人都抽了一口凉气,一时间甚至不知道该怎么呼吸。

这里是法厄神墓,躺着旧神时代最受尊崇的一位主神。可现在他们却发现,主神长眠之地的门口被人埋下了这样的诅咒，上千猛兽零碎的骸骨，诅咒法厄永不解脱……

"这……这究竟是谁干的？"有人咽了口唾沫，难以置信道，"诅咒神？这何止是不要命了，这是要逆天啊！"

正如凯文曾经说的，巨兽人族将神当成逝去的历史和传说的主角，灵族将神作为信仰和一切力量的来源，而欧拿族对神的态度，更像是对待自己的直系祖先。

谁乐意自己祖先的坟被搞成这副鬼样子？！

在场所有人都既惊又怒。

奥斯维德的脸色难看至极，先是凯文丢下其他人单枪匹马地杀进墓地，再是法厄被人下了如此恶毒的诅咒。他的心情一坏再坏，已经差到了极点。

"除了修建这座墓地的人，谁会有机会做出这种事情？！"他沉声反问。

众人刚才惊诧至极，脑子都不会运转了，此时听奥斯维德这么一说，瞬间便把前后的疑问都连上了——

为什么好好一个光明神，墓地却是在这种不见天光幽暗阴湿的地方？

为什么那么受人尊崇的法厄，墓门口会有树精那样凶恶的守墓人？

任何一个普通人的墓地前，都是惦念他的人献上的花束和祝福，而本该万人来祭的神，墓地具体的位置鲜为人知也就罢了，门前还全是亡灵。

唯一的解释，就是修建法厄神墓的人从最开始就不是为了祭奠法厄，而是为了将他困在这片黑暗里，灵魂永不见光。

那些所谓的"守墓人"也不是为了守护，而是看守。

这些层层叠叠的不同年代里埋下的猛兽尸骸，跟那些树精脱不了干系，或许它们每隔一段时间，就会在上面加埋一层骸骨，让诅咒长长久久地延续下去。

"我总算明白什么叫拿我们做活祭了……"尼克想起之前凯文说的话，脸都绿了，"这是一时没捉到猛兽，就有一个宰一个啊。"

"墓地修建成这样就是为了来一个死一个，来一打死一打，刚好给诅咒添砖加瓦吧。"尼克旁边的军官附和道。

听到这话，奥斯维德想到已经进到神墓里面的凯文，脸色顿时更坏了。

就在他张口打算下令的时候，一阵阴飕飕的风顺着众人的脖子吹了上来，众人手里的几盏虫灯忽闪了两下，突然扑地熄灭了。

众人悚然一惊。

"这囊袋里装的是虫又不是火，怎么还会被风吹熄？"有人压低了声音难以置信道。

"因为不是熄了，而是里面的虫子都死了。"奥斯维德寒声道，"还记得刚才各自的位置吧？所有人背向聚拢，有东西来了。"

"什么东西？！"

"亡灵……"

门外众人碰上麻烦的时候，凯文正提着一盏虫灯，在一条一弯三折的路上不紧不慢地走着。如果仔细看就能发现，这条路两边的景象简直令人毛骨悚然——

那是成片的芦苇一样高的草，几乎齐到凯文的肩膀。只是那些高草的顶头长着的并不是毛穗，而是人脸。

每张面孔都惨白且微微浮肿，眉毛眼珠又格外青黑，对比鲜明得让人头皮发麻。有男有女，有老有少，它们盯着凯文的眼神直勾勾的，好像除了他，这地方再没有任何值得它们关注的了。

事实上也确实是这样，这条路寂静极了，除了凯文被无限放大的沙沙脚步声，就只剩下另一种有节奏的闷响。

那是血液滴在地上的声音。

从进了墓地的大门开始，凯文的身上就不断有新的伤口出现，再缓缓自动愈合。有时候是手指，有时候是胳膊，有时候在胸背……

每次都是从表皮迅速溃烂开始，而后是淋漓的血肉，直到露出森白的骨头，再慢慢生长愈合。这一块伤口还没愈合彻底，另一块就又开始重复这个过程。

所以凯文一路走过来，地上的血已经形成了一条线。

两边的人脸忍不住直吞口水，死死地盯着凯文，似乎饿极了却又有所畏惧。凯文走到哪儿，哪一块的人脸就会下意识地朝后躲让，给凯文分出更宽的路。而一旦凯文朝前迈步，那些人脸就会疯了似的扑向地面，去舔那些滴落在地的血肉。

扑得快的，几乎要撞到凯文的脚后跟。但凯文却连个停顿都没有，就这么继续大步流星地朝前走。

那些人脸舔食血泥的时候，会发出呼哧呼哧的粗鲁声响，好像它们不是在舔一层薄薄的血肉，而是在把什么东西拆吞入腹。

凯文的脸色在虫灯的映照下也苍白如纸，就像他刚从地下被班挖出来的时候一样。周围没有任何人的时候，平日里的那些表情就会从他脸上消失，显得格外冷淡，没有任何情绪。

这条让人毛骨悚然的道路并不是直通到底，中间有几处看起来一模一样的岔道。

每每碰到岔道口，凯文甚至连眼皮都不抬一下，脚尖一转就直接走上了其中的某一条，看起来熟门熟路。

没多久，他就走到了路的尽头。

他身后是吞咽不息的人脸，它们疯狂舔食地上的血泥的时候，眼睛依旧直勾勾地盯着凯文，好像有些舍不得放他离开，但是又出于某种畏惧心理，不敢真的去拦。

而凯文的身前，则是一片泛着泡的热沼泽，沼泽里的泥看起来颜色古怪，像黑色，却又泛着一点儿暗红，沸腾一般汩汩翻滚着，让人看了有种说不出的不舒服。

凯文盯着这片泥沼看了片刻，眉头微微蹙着，又慢慢归于冷漠，甚至比之前还要更冷一些。他抬起刚好从皮烂到骨的左手，悬在泥沼之上。

大滴的鲜血成串跌进泥沼里，被热气一蒸，散发出更为浓重的血腥味。

凯文快变成白骨的左手再次一点点愈合，最终又变成了骨肉匀称的细长模样。他收回手的瞬间，滴了血的沼泽里突然蹿出来一个庞然大物，模样倒是没看清，只清晰地露出了它满嘴锯齿一样的尖牙。

凯文及时后撤一步。

在那怪物落到沼泽面上的那刻，他一个翻身便跳到了那怪物的背上。怪物转头就想咬，被凯文一把死死捏住了嘴。凯文将它拧出一个几乎要折断的姿势，俯身盯上了它金黄的眼睛，用一种非常平静的语气问道："走不走？"

那怪物被迫仰着头翻着大白眼看了凯文片刻，也不知是闻到了他身上血的味道还是看清了他的模样，顿时又亢奋又畏惧地伏在了沼泽上，甩动长尾，带着背上的凯文朝沼泽另一头游去。

怪物风驰电掣地撞上了岸，凯文在它离岸边还有一小段距离的时候，就已经敏捷地跃了出去，刚好躲过怪物最后的反身一击。

那怪物几乎用了十乘十的力道，上下颚的尖牙撞击在一起的时候，发出了非常脆的声音，凯文甚至怀疑它牙都快要咬碎了。它一击不成，屈死一般坠回泥沼中，不甘地死盯着岸上的凯文。

凯文短促地笑了一声，冲它一摆手，头也不回地扬长而去。

怪物泛了两串泡，沉回了沼泽深处。

这一路看似骇人，对凯文来说都不算什么问题，他波澜不惊地走完了全程，站在了岸的这一边。

在他面前矗立着一扇高门，两边各有四根巨柱支撑着上面的斜顶，斜顶正面的山花刻着不死鸟、巫蛇和飞鹿。如果是在山巅之上、高阳之下，这扇门看起来一定是气势恢宏而高洁的。可惜，这里既不在山巅，也没有阳光，阴森幽暗的环境让这个矗立着的建筑显得格外孤寂破落。

凯文神色复杂地抬头看了眼山花，而后抬脚迈进了门内。

门里连着的是巨大的柱厅，每根石柱上都雕着跟山花上一样的三种动物。在《神历》之中，这是旧神时代三大主神的象征物，不死鸟象征法厄，巫蛇象征斐撒，飞鹿象征忒妮斯。

只是，这三种动物身上无一不缠缚着藤茎。

凯文扫了一眼那些巨柱，便目不斜视地抬脚朝里走去。

柱厅太过空寂，他的脚步声打在石墙上，又折返回来，形成了重重叠叠的回音……

他身上的伤口依旧在不断重复溃烂和愈合的过程，好像是两种无形的力量在他身体里拉锯牵扯，而他本身却毫不在意。

柱厅虽然旷大，但他依旧很快走到了头。

他抬手推开一扇石质的巨门，法厄墓的主殿便呈现在了他眼前。

主殿两边的墙上，是各种形态的巨鸟，翅膀几欲从石墙上横支出来，却又被藤茎拖拽束缚，好像永远无法挣脱。而在主殿的最里面，正对凯文目光的位置，是一座巨大的神像。

神像身材修长，面容英俊，眉目微垂。高洁神圣中混杂着一种说不出的感觉……

在神像四周，是真实疯长的荆棘丛，就像是墓门外的那一丛一样，长刺尖利，枝丫交错，像一张密集交织的网，将神像围在其中。

凯文走到神像面前的石杯边，抱着胳膊将神像从上到下打量了一遍，而后牵着半边嘴角哼笑了一声，自语道："头一回站在这种角度看，这雕得还真是……一点都不像我。"

13

其实撇开一切单论五官，这座神像跟凯文还是有七分相似的。但它从眼角眉梢到嘴唇弧度，每一处棱角都被修磨得温和了一些，再加上微微颔首的姿态里除了圣洁外，还透出一抹悲悯世人的感觉，跟凯文平日里有棱有角还欠打的气质实在相差太多。

真面对面站着时，绝对没法把两者联系到一起去。

凯文不是第一次看到温和版的自己，只是他上一回这样仔细看，已是千万年之前了……

"这画的是谁啊？"当年的光明神法厄站在阿纳圣湖边，用两根手指夹着一张透薄的琴叶纸抖了抖，冲忒妮斯道，"长得倒还不错，只是我好像没见过嘛。"

那张琴叶纸上画的是一个微微颔首的年轻男人，炭制的笔细细描摹了他乌黑柔软的短发和低垂的眉眼，嘴角还有一抹清清淡淡的浅笑。

忒妮斯原本正捏着一串鲜红的甜果喂她的宝贝独角鹿，听了法厄的话，当即翻了个白眼，一拍鹿屁股，道："我真是白画那么久了，你看不出这是你自己吗？"

独角鹿被她那一巴掌拍得低头就跑，气势汹汹地直奔法厄，撞了他个措手不及，鹿角刚好顶在他肋骨上，搞得光明神直接岔了气。

他身负重伤还不忘找打，眯着眼把琴叶纸拿远了一些，仿佛自己瞎了似的又看了一会儿，道："抱歉，这小白脸怎么看都跟我有很大的差别，你起码把我画胖了一圈。"

忒妮斯一把夺过他手里的纸，没好气道："这叫温和！我只是给你把棱角修了修，这样看起来更容易亲近。"

法厄："亲爱的姐姐，你这是给人画像呢，还是给人换脸？"

忒妮斯捻出一张空白的琴叶纸，一巴掌拍在他胸口，道："好好好，你说了算，你给我画个模板来。"

法厄二话不说抽了支硬羽笔，将琴叶纸夹在山楂木做的画板上，一手背在身后，一手捏着笔，有模有样地在纸上勾画起来。别说，姿态优雅又潇洒，看着挺像那么回事儿。

忒妮斯刚巧站在画板背面，瞥了他一眼，便继续用手里剩下的甜果喂鹿。

当她把最后一颗鲜红油亮的甜果填进鹿嘴的时候，法厄刚巧也收起了硬羽笔，一挑下巴道："好了。"

"这么快？我看看——"忒妮斯把独角鹿打发去玩，便转到了画板正面。

只见那张上好的琴叶纸上被法厄涂了个比鬼还丑的禽兽脸，两边的脸颊因为他乱打阴影，深深凹陷下去，眼睛一大一小，头发更是比鸟窝还乱……

"你这画的不是中毒太深就是纵欲过度，还有脸嫌我画得不像！还有，请问你哪儿来的拖地长胡子？"忒妮斯瘫着脸问他。

法厄漫不经心地胡说八道："我觉得斐撒的胡子能把人衬得优雅又睿智，打算从明天起也留个那样的。"

忒妮斯面无表情地抽回那张琴叶纸，抬手一指北边高山之巅："沿着你那八根大柱子，回你的光明神殿去。"简而言之一个字：滚。

英俊的光明神便优雅地滚了，只留下一个颀长的背影。

那之后又过了很多很多年，在某个夏初的午后，云游回来的忒妮斯身边多了个不足她小腿高的小男孩儿。

小崽子有一头炭似的黑发，微微卷曲，乖巧又柔软。因为瘦小，他那双乌溜溜的眼睛显得格外大，葡萄石一样水亮。

"这小东西哪儿来的？"斐撒揪着胡子问道。

他是忒妮斯和法厄的哥哥。事实上单论长相，他并不比两位主神大多少，但因为留了一把长胡子，看上去比法厄他们老了一大轮，过早地有了慈祥的痕迹。

可惜光慈祥没用，那小男孩似乎特别怕生。他穿着松松垮垮的小白袍，揪着

133

忒妮斯的长裙躲在她身后，只露出半边小脸。

"我生的。"忒妮斯笑嘻嘻地答道。

斐撒手一哆嗦，差点儿把胡子揪秃了："跟谁？在哪儿？什么时候？"

忒妮斯一歪头："你猜！"

斐撒还没说话呢，倚着树的法厄已经懒懒开了口："酒神莫亚？不对，他太黑，生不出这么晃眼的。风神乌诺？也不对，他腿短，比例相差太大。河神曼耳？更不会了，他——"

"你再胡说八道我就把你那神殿掀了。"忒妮斯忍无可忍地打断了他。

再让这混账东西说下去，明天其他小神就要来造反轰了他的老窝了。

"又不猜了？"法厄抬起眼皮要笑不笑地问道。

忒妮斯没好气道："别猜了！这小东西不是生的，是我造的。云游路过苏塔平野的时候，那里的长藤月季开得正好，我就用长藤花叶和底下的木刺造了这个小东西。刚好阿纳圣湖的冬天太冷清了，有他能热闹一些。"

法厄："你确定？"这小崽子半天没吭一声，跟热闹完全搭不上边嘛。

忒妮斯一脸复杂地看了他一眼，又看了身后的小男孩儿一眼，有些惆怅道："我是照着你小时候的样子造的他，你以前明明又乖又害羞，大了怎么就这样了呢？"

法厄默然盯着那小崽子看了片刻，忍不住又道："你确定？"

斐撒附和地点了点头："怪不得，我说你找谁生的能生这样的翻版，除了法厄头发不是卷的，其他简直一模一样。"

"我给他取了个名字，叫梅洛。"忒妮斯道。

梅洛长得特别缓慢，他在阿纳圣湖一住就是很多年，却还是那副小男孩儿的模样，唯一的变化大概就是不那么怕生了，但是依然容易害羞。

法厄的一双长腿成了他天然的量尺，每回见面只要这么并排一站，法厄就会伸出手指，掐出极其微末的距离，冲小梅洛道："很遗憾，你今年只长高了这么多。照这个速度，再长一千年能勉强到我下巴。"

忒妮斯总会拉走梅洛，没好气道："是，你高得能捅天。"

斐撒和忒妮斯向来喜欢孩子，他们对这种柔软弱小的生物总是无法抗拒，不然他们后来也不会创造出那么多崩豆似的人，以满足他们泛滥广博的爱。

而那时候的法厄一直觉得自己冷硬又冷漠，也不知道是不是兼具战神神格的缘故。

他少而又少的耐心和几乎不存在的爱不足以应付这些小东西。乖巧的太柔弱，调皮的太聒噪。总之，都很麻烦。

所以他每每见到梅洛都只会简单逗一会儿，而后便交给斐撒和忒妮斯，自己撒到一边去了。

直到梅洛的个头终于到他腰眼，看起来不再"一捏就断"的时候，他才开始慢慢教授梅洛一些最为实用的作战技巧。毕竟这小男孩儿虽然活得久长得慢，却并没有获得神格，万一哪天碰上意外，不学一点没法保命脱身。

在长久的相处中，梅洛看起来对法厄这个混账又怕又敬。

根据斐撒和忒妮斯私下里的分析——

怕是因为法厄外热内冷。虽然看起来优雅又懒散，还有点嘴欠，却不容易跟别人真正亲近，更别说掏心掏肺地亲近。

敬是因为法厄教他的都是真正管用的东西，颇有点儿严师风范。

忒妮斯喜欢画画，常年跟着她的梅洛大概受其影响，也培养了这方面的爱好，只不过他更热衷于雕刻。在很长一段时间里，法厄去阿纳圣湖的时候，总能看到这一大一小坐在树下，一个支着画板，一个抱着石块和刻刀。

梅洛第一次送给法厄的礼物，就是一个烛台高的雕像。

他看起来依然瘦小而害羞，抱着个石雕颠儿颠儿地跑到法厄面前献宝。

法厄一开始根本没看出来那雕像究竟刻的是谁，这要换作忒妮斯或者斐撒，他早张口就损了，但他少有的那点儿良心让他把欠打的话咽了回去，没有不要脸地连个孩子都损。于是他捏着雕像盲夸了一句："手法娴熟，线条流畅，刻得不错。"

梅洛看起来被夸得很开心："真的吗？刻得像您吗？"

法厄："……"又是我？

被这么一提醒，他才终于想起很多很多年前忒妮斯的大作，这么一想，梅洛这雕像还真是照着那画来刻的，连神情都一样，就是略有些粗糙。

法厄默默扭开头，咳了一声，调整了一下表情，再默默转回头来，勾起嘴角道："一看就知道是我，非常像。"才怪。

小梅洛满足地跑走了。

后来这小子龟速地长大了一些，雕工也真的越来越好，就像法厄之前昧着良心夸的一样。他后来又送过几个更大更精致一些的雕像给法厄，只是依旧固执地照着忒妮斯画的那个模板来。

以至于有一段时间，法厄神殿里从小到大排了一溜这样温和版的光明神雕像，看得法厄很有些无奈……

这些细碎的往事慢慢湮没在了漫长的时间里，再后来千年又千年……

凯文站在巨大的神像前，跟它低垂的眉眼默然对视，心里缓缓想着：忒妮斯和斐撒死了，死了很多年，或许还在长眠，或许已经成为某个平凡又普通的人了。阿纳圣湖变成了一片浅水洼，光明神殿所在的那座高山几经起落，分崩成了一条巨大的裂谷，那八根殿前巨柱现在被人称为神之路，上面居然还建了新的宫殿，

135

挺有意思的……

只是千万年前他第一次拿到那个小小的雕像时，怎么也没想到，有一天，这样的温和神像，会竖立在自己的墓地里。

就在他难得生出一点儿怅惘感的时候，他隐隐听见神殿外面遥遥传来一声长响，就好像有什么巨大的东西，正乘着风呼啸而来。

凯文愕然回头："……"这都能进来？！

14

轰——

有什么东西似乎没刹住又或者不好控制，撞在了大殿外墙上，大概扫到了承重的巨柱，以至于整个神殿都跟着微微震颤了起来。

外头听起来嘈杂，有人在急吼，有人在惊叫，其中夹杂着一些断断续续的句子："这……怎么控制？！啊啊啊我要被甩飞了——"

"这些亡灵怎么这么疯！"

"能不能认准方向？啊？！"

"跟上去！快跟上去！陛下已经进门了！"

凯文："……"听起来似乎是用了某种非常不靠谱的方法。

结果下一秒，一阵带着死亡和腐坏气息的黑色狂风将神殿巨大的石门猛地撞开，劈头盖脸地呼过来。凯文眼疾手快一把拽住石杯的杯柱，才勉强没被掀飞出去。

一时间，鬼哭狼嚎充斥了整个神殿，上千头凶兽凄厉的咆哮和猛禽的尖厉长鸣此起彼伏，全部灌进耳朵里，搞得凯文眼前一黑，脑中嗡的一声，一个头两个大。

这是赶了一整个农庄进来吗？！

两扇石门狠狠地砸在两边的墙面上，顿时碎石直落，扫起一片经年的积尘，呛得人眼睛都睁不开。

凯文刚眨了两下眼睛，把眼里的灰眨出去，就见一个展翅的黑影兜头落下来，奥斯维德的喝令透过喧嚣从上面传来："都让开！别让它们撞上神像亵渎神祇！"

在大陆流传久远的传说中，不论是万神之墓还是法厄神墓，主殿里除了图腾象征，还有与神相应的巨大石像。那些石像都不是纯粹的雕塑，而是棺椁。

它们外硬中空，里面是神祇沉睡了千万年的遗体，象征神即便死了也永远高高在上，站得笔直。

这样的说法代代相传，后来几乎成了所有人公认的事实，尽管没有人去确认过，也不可能有机会去确认。

"都进来没？把这团东西引过去关在门外！"

凯文还没睁开眼，就感觉头顶又是一阵巨翅扇过的风，紧接着那一团鬼哭狼嚎的黑雾跟着被遛向了门口，力道之大，差点儿又把凯文掀飞。

一切都发生在须臾之间，但一切又似乎在按照皇帝的指挥运转着，那团呼啸的黑雾眼看着就要撞出门去了，已经有人长长地喘了口气，提前叫了句："终于——"

这两字刚出口，那团黑雾却突然转了方向，似乎神殿内的东西比起活人更吸引它们的注意力。就见那团黑雾混乱地尖啸了一声，直扑向巨大的法厄神像。

奥斯维德他们反应不及，转身追过来的时候，只看到了神像轰然倒下的一幕。

咣——

一声巨石和地面撞击的炸响过后，是一连串碎石滚地的嘈杂之音。在神殿中孤独矗立了不知多少年头的法厄神像就这么碎了一地。

众人："……"

他们吓得直接闭上了眼，连心脏都在抖：法厄神墓啊！这是法厄神墓啊！我们挖了神的坟不说，还开了神的棺啊，救……命……

坐在鸟背上的人闭上眼也就算了，连变成鸟的巨兽人都闭上了眼，于是结果可想而知。

就听接二连三几声撞击闷响，众人撞门的撞门，撞墙的撞墙，纷纷摔了个七零八落。等他们终于没法再摸瞎，不得不睁开双眼的时候，却突然反应过来——刚才那团混杂了千百亡灵的黑雾不知怎么已经消失不见了。

"亡、亡灵呢？"尼克结结巴巴地问道，目光却始终不敢朝碎裂的石像附近瞟。

"好像刚才神像倒了之后就没听见了……"有人低声回了一句。

神像倒了……

为什么要提神像倒了……

所有人都默默低下了头，深吸了一口气。

"都趴着干什么？起来！"奥斯维德不大耐烦的声音再次冷冷地响起，他顿了顿，又低声补充了一句，"神像里面是空的，没有传说中的光明神遗体。"

众人闻言一愣，而后迅速地站起来，朝那一大片碎石看去，果然没见到什么疑似遗体的东西。

这么一来心里就好受多了。

尼克他们拍了拍胸口，狠狠松了口气。

凯文站在石杯边，看着飓风过境般一片狼藉的神殿，表情有些麻木：这帮不知道隔了多少代的小孙子是不是有点无法无天？嗯？

当然，"孙子"两个字纯属骂人，没有任何亲昵的意思。

神像被撞毁这件事对奥斯维德来说确实极具冲击力，但当他发现法厄遗体并不在这里后，另一件事情的冲击力就明显占了上风——尊敬的凯文·法斯宾德阁下正站在神殿石杯旁边拗造型。

奥斯维德眯了眯眼，抬脚跨过满地的碎石，边朝凯文走去，边冷笑道："法斯宾德阁下，你迷药用得爽吗？怎么不干脆再多来一点儿，让我们直接睡到下个世纪？"

凯文："……"

照他一贯的性格，这时候如果不过脑子，指不定已经脱口而出"量太多怕把你们迷傻了"这种话了，但他这会儿却破天荒识相地闭了嘴，把找打的劲头又闷了回去。

眼前正朝他走来的年轻皇帝看起来十分冷静，除了惯常的冷笑并没有别的多余表情。向来不看别人脸色的法斯宾德阁下，这回难得多探究了几分，越是探究就越发觉得……奥斯维德平静之下仿佛压着某种呼之欲出的怒气。

只是这怒气和单纯的发脾气又有些区别，具体区别在哪里凯文形容不出来，只是看到奥斯维德这模样的时候，他有点儿莫名的心虚。

我有什么好心虚的？

凯文心里自我讥讽了一句，抬手指着面前的石杯，道："喏——圣水。"

奥斯维德走到面前，冷着脸看了一眼。

石质的杯状小池里确实蓄着一汪水，大约占了石杯三分之二的量。这水在地下存放了不知多少年，却依旧清澈无比。经过刚才那一番混乱，水面甚至都没有落上一层灰尘，可见确实很特殊。

奥斯维德在面对圣水的时候，微微松了一口气，脸色略有缓和。但在重新抬头盯着凯文的时候，脸却翻得比书还快。

凯文："……"

他想想又问了一句："你们怎么进的门？"

这话不问还好，一问奥斯维德的脸色就更黑了，凯文头一回觉得自己这嘴挺欠抽的。

奥斯维德不冷不热堵了一句："你说呢？你不是第一个进的吗？"

凯文："……"我的方法显然跟你们不一样。

一旁的小狮子班鼻青脸肿地撑坐起来，刚想往这边跑，却被丹一把抓住了，好一阵挤眉弄眼。

班显然领会不到那张大黑脸盘挤在一起是什么意思，但他又挣不脱丹的魔掌，只得远远地冲凯文连说带比画："我跟你说！我们把荆棘前面的泥土统统挖开了，挖了一米多深呢！结果你猜怎么着？挖出了成堆的动物骨头！啊，还有皮啊肉啊什么的。"

凯文："……"

这么一说，他突然想起在安多哈密林那边，奥斯维德曾经提到过，当初神官院接到信砂惊疑不定的时候，为了确认可信度，他带人去刨过凯文的坟。

再加上这回的神墓，短短一段时间内被人活活挖了两回坟，杀父之仇不过如此。

凯文在脑中自娱自乐、自我讥嘲的时候，班又指了指奥斯维德，继续道："你们皇帝说分离的骨头代表诅咒，诅咒神啊！天，这你能想到？！"

凯文："……"我还是被诅咒的那个倒霉鬼呢，这你肯定也想不到。

不过他在听到诅咒的时候，表情还是出现了一瞬间的复杂，而后又很快恢复了原样，问道："然后？"

"墓门口的地碑你是不是看过下半部分？"奥斯维德终于沉声开口，"我在上面摸到了'亡灵开路'这句话，刚巧，被挖出来的那些来势汹汹，就借它们用用。"

凯文一脸佩服："你果然浑身挂着胆。"

"那么——"奥斯维德盯着他的眼睛，缓缓道，"你又是怎么进来的？"

凯文被他冷不丁抛回来的问题弄得愣了一下，又很快反应过来。他冲奥斯维德挑了挑眉，又扫了一圈稍远处的其他人，凑过去低声道："同样是亡灵开路，只不过我不需要辅助，因为我就是亡灵。"

他说着，将背在身后的左手伸出来，冲奥斯维德比画了一下手腕："你忘了？我可是死过的人。"

奥斯维德："……"

凯文重新抬起头的时候，发现皇帝陛下的脸色又有了变化，凯文忍不住要感叹他那么一层薄薄的脸皮竟能同时兼容这么多复杂的含义，也真挺不容易的。

"对于墓门口埋下的诅咒，你之前知道？"奥斯维德说出这话的时候用的根本就不是疑问句的口气，"刚才班提起的时候，你一点儿也不惊讶。"

"算是吧。"凯文耸了耸肩，"最初不知道，后来知道一点。"

奥斯维德皱了皱眉："你之前说自己之所以是现在这种情况，跟法厄神墓有关，是受到了这诅咒的牵扯？"

凯文越发佩服他的联想力了："确实有点关系，但也不全是。"

被他这么一肯定，奥斯维德顿时脸色更难看了："那一拨亡灵在撞完神像之后消失了，这诅咒是解了还是没解？"

"一般来说，这种诅咒源自被禁锢的亡灵的怨恨，现在既然给它们解了禁，效力差不多该慢慢消退了。"凯文顺口宽慰了一句。

奥斯维德被他这种似乎无所不知的状态刺激多了，已经有些麻木，没多说什

么,只是再次盯着他看了很久。

凯文有些无奈道:"我发现你最近很喜欢盯着别人的眼睛,相信我,这不是一个令人自在的凝视方式。"

奥斯维德并没有因为他这句话改变什么,该看还是继续看。他沉吟片刻后,有些一言难尽地开口猜了一句:"我现在甚至怀疑,贝瑟曼皇帝来法厄神墓那次,你就参与其中。"

凯文敲了敲石杯的杯沿,好整以暇道:"你究竟琢磨了多少东西,干脆一起问吧,别跟倒豆子一样一颗颗往外蹦。"

"所以你的答案是?"奥斯维德不依不饶。

"好吧,勉强算我一份。"凯文叹了口气道。

奥斯维德:"……"

"你这是什么表情?"凯文被他类似于牙疼的表情逗乐了,干脆也不再凑到近前,而是直起了腰又抱起了胳膊,慢悠悠道,"你上次问我究竟活了多少年,现在能有个数了吗?要不改口叫曾曾曾祖父之类?"

这臭不要脸的混账拿人逗乐的时候有些忘形,刚说完这句话就遭了报应。

就见奥斯维德的目光扫过他手臂时猛地一顿,而后一把拽过他的手腕,力道一如既往大得惊人,拽得凯文几乎一个踉跄。

"你手臂怎么回事?!"奥斯维德压了半天的怒气陡然冲上了头,他厉声问道,"为什么好好站在这里,会突然出现这么大的伤口?!"

皇帝的力气虽大,却只扼在手腕那一截,刻意避开了一切可能碰到伤口的地方。他的手指关节及虎口都绷得发白,全无血色,可见用了多大的力气,怒意有多盛。

那片伤口就在他眼皮子底下越扩越大,血肉淋漓,顺着凯文的胳膊汩汩流淌,眨眼间便沾得奥斯维德满手都是。

"说话啊!"奥斯维德的表情看起来简直像要将人生吞活剥了似的,看得凯文再次泛起了一丝心虚。

很多年前在帕赫庄园的时候,他只觉得这个八九岁大的小少爷性格不是一点半点的别扭,大概是非正常的成长环境所致,他表达情感的方式总是别出心裁。心里喜欢的嘴上总说厌烦,想引起人注意的时候就格外喜欢跟人反着来,有时候极度偏执,爱走极端,但本质倒不坏。

小孩子的这点儿心思凯文其实一眼就能看出来,但是不巧,他天性恶劣,是个十足十的浑蛋。知道归知道,他却一点儿都没有顺着小少爷的意思,非要把人逗得恨不得撸袖子打架才算过瘾。

他虽然混账,但某种程度上还是很有自知之明的。深知自己那么把人家遛着玩,小少爷不恨他就算不错了,怎么也不可能会有多喜欢。

所以，当他提出要单枪匹马来法厄神墓时，奥斯维德的反应其实让他很是诧异了一番。

毕竟他看得出来，皇帝陛下虽然整天没个好脸，但阻止他的时候，是真的出于好意和关心，以至于凯文那阵子深觉奥斯维德颇有"受虐狂"的潜质。

可这次又不一样了，那回奥斯维德虽然出于担心极力反对他的提议，怎么也没气到这种程度，以至于凯文直接把诧异挂在了脸上。

大概是看到了他的表情，奥斯维德紧攥着的手指略微松动了些，沉到底的表情也强行缓和了一些，再次问了一句："你这是怎么回事？明明没有受伤，自己却突然溃烂成这样。"

凯文答道："因为在神墓里面，身体状况不太稳定，这里毕竟不是什么适合活人待的地方，出去之后就该好点了。"

说着，他指了指被奥斯维德攥着的那条胳膊，道："看见了吗？开始愈合了。"

正如他所说的，那块触目惊心几乎露出骨头的伤口在扩张到极致后，又以肉眼可见的速度朝中间愈合，先是筋骨后是皮肉。

"行了，这就没什么事了，你该忙什么忙什么去，圣水不要啦？就这么晾着？"凯文摆了摆手，一副已然活蹦乱跳的模样。

然而他的身体似乎正致力于打他的脸，这话刚说完，他颈骨靠近肩膀那片便又开始溃烂起来，因为动作牵扯大概疼得不轻，扯得他略微蹙了蹙眉。

奥斯维德："……"

凯文："……"

说实话，不论是溃烂扩张的过程还是重新愈合的过程，都挺刺眼的，非常不美观，比起上次手腕的那道小口，这些个要吓人得多。

在凯文看来，这种事情实在不适合邀人共赏，于是他咳了一声，一边动了动手指，一边冲奥斯维德挑着眉道："差不多了，我手都被你攥麻了，你这样我脖子这边扯得更厉害，先放开让我活动活动。"

奥斯维德攥着他的手腕，没有立刻应声，依旧维持着眉目低垂凝视着伤口的姿态，不知是没听见还是在想别的事情。又过了片刻，他才抬头松开手指，点着头缓缓吐出一个字："好。"

这短短几分钟的近距离对话内容没什么问题，但氛围实在有些诡异，凯文收回手的时候，习惯性地朝后撤了一步，才开始捏着手腕活血。

奥斯维德已经转身朝人群那边走过去了，转头的时候表情格外沉肃，也不知道在想些什么。

凯文听见他冲乌金铁骑下令道："谁身上的水囊空着，过来把圣水装上。"

言罢他又转头搜寻了一番，问道："医官呢？医官在哪里？"

"陛下，我在这里，腿上磕了一下，有点抽筋。您有什么吩咐？"医官在神像废墟附近抬手示意了一下，挣扎着想要站起来。

"行了，别动，我过去。"奥斯维德说完便抬脚迈过了几块碎石，走到医官面前蹲下身，低声问了几句医官的情况。

凯文收回目光，也没再继续注意那边的动静，只兀自想着跟诅咒有关的事情。

但刚过片刻，熟悉的沉稳脚步声就又朝这边靠近过来。凯文有些无奈地抬起头，就见奥斯维德冲他招了招手，道："让他们去灌圣水，你别在那儿拗造型了，过来收拾收拾准备回去。"

凯文点了点头，迈步走了过去，到奥斯维德面前的时候，就听他偏过头来，板着脸压低了声音道："那么大的伤口，愈合起来快不到哪儿去，我从医官那里拿了点药粉。"

"哪用得着药粉……"凯文哭笑不得，"还没敷完呢，伤口都长好了，风一吹，除了糊我一脸就没有第二种用处——"

他"了"字还没说完，奥斯维德便仗着人高马大，一手扶住他的后脖颈，一手直接捂在了他脸上。

凯文只觉得一股花药香直扑门面，瞬间便充盈了他的鼻腔，下一秒他便感觉深重的困意席卷上来，脑袋里就像是灌进了厚重的泥沼，搅都搅不开。

他眼前一黑，一片混沌的头脑中闪过了最后一个念头：你皮痒得欠剁吗？居然暗算我？！

而后他便人事不省了。

除了奥斯维德急眼的那几句，他们两人之间的对话都刻意压低了声音，神殿里的一干人等根本不知道发生了什么事。

"我只是一个低头又抬头的工夫，小白脸指挥官怎么就躺了……"丹干瞪着一双大白眼珠子，一脸蒙地看着奥斯维德，"他、他还有气吗？"

奥斯维德刚把凯文抱起来朝人群这边走，就听到这么一句傻不棱登的问话，当即翻了个白眼，没好气道："当然有气，只是单枪匹马杀进来有点儿过度劳累，我让医官给他弄了点药，现在昏睡过去了。"

给了皇帝一大包迷药的医官默默低下头，直摸鼻子，咳了一声附和道："嗯，对，止疼药止疼药。"

丹："……"他着实不理解为什么止疼药能把人吃晕过去。

但是鉴于他跟班在墓门前撞见的那一幕，他决定还是闭嘴别多问比较好。

"陛下，圣水装好了。"尼克领着两个人，边朝外边走，边晃了晃手里的水囊，"咱们这就走吗？"

另一个军官有些迟疑地朝地上的碎石看了一眼："神像就……就这么不管了？"

142

奥斯维德示意丹变回巨鹰的形态，把昏睡的凯文安顿在他背上，这才走到那片碎石边，蹲下身来仔细翻找了一番。

"您在找什么，陛下？"尼克他们忍不住问道。

"你们没发现，这神像确实是空心的吗？"奥斯维德指了指脚前神像的一只断手，又扫了一圈其他带有弧度的石块，道，"如果不是为了在里面放置什么东西，为什么要费劲做成空心的？"

众人听了这话，也觉得有道理。被皇帝这么一点，众人就明白了他的意图——既然神像是空心的，那么里面很有可能装着东西，或者曾经装过东西，皇帝是想在这些碎石上找寻到一些痕迹。

因为神像太大，碎石太多，找起来着实费了一番工夫，尤其整个神殿里只有凯文带来的那一盏虫灯，照明很有问题。

不过好在他们人数不少，每人搜罗几块凑近虫灯看一眼，很快便翻看了大半。

"陛下！这里！来看这里！"有位军官抬手示意了一下。

"怎么？"奥斯维德忙走过去，顺着他的手指看向地上的一块碎石。

"您看这个弧度，没猜错的话应该是神像的底部。"军官用手指悬空勾出一个轮廓，道，"您看这里，像不像脚印？"

奥斯维德眉头一皱，拿过一旁人举着的虫灯，凑近了石块。就见那石块上，隐约可见一点痕迹，像是某种深色的液体比如血水之类的沾在脚下，在石像里面留下的印迹。

只是这印迹也不知道是多少年以前的，浅得几近消失。

神像内部的底端有双脚印说明什么？

那一瞬间，众人连呼吸都下意识地屏住了——那个传说或许是真的，留下这双脚印的，除了法厄的遗体，他们实在想象不出任何其他的可能。

"等等！"尼克在旁边又翻出了一块石块，他把那块石块凑到虫灯下，道，"这里还有东西。"

"什么东西？"

"这是……一个名字和一个图案。"尼克把石块和虫灯都递给奥斯维德，"陛下，这图案我怎么看不太懂？名字用的文字也特别久远，我不太会念。"

奥斯维德盯着那块石块端详片刻，沉声道："图案是花……不对，是花藤，还有荆棘。名字是……"

久远的文字跟现在使用的有不小的出入，但是有些依旧能根据现在的推断出来。

皇帝的目光在那个陌生名字上停留了很久，然后试着读了出来："梅洛，刻的名字是梅洛。"

15

"梅洛是谁？"众人均是一脸茫然，"荆棘和花藤又代表什么？"

其中一个军官突然"哐——"了一声，皱着眉道："梅洛……梅洛……怎么感觉有点熟呢？"

关于旧神时代的事情，大多数人认准的就只有《神历》这本，其余零零碎碎的一些补充，都分散着记在别处，东一句西一句，书类庞杂。而且真真假假混淆着，很难分辨是有根据的，还是纯粹瞎扯淡。

一般人看几本就差不多了，很少有到处搜罗来全嚼一遍的。

但乌金铁骑的人都知道，开口说话的这个军官在这方面可算得上是有收集癖，不管多么边边角角的东西都能被他翻出来，大概是在场所有人中对旧神时代真真假假的流言了解最多的。

所以他这么一嘀咕，便引来了所有人的注意力，连奥斯维德都不禁瞥了他一眼。

见军官皱眉思索半天也没想出什么名堂来，奥斯维德提醒道："是眼熟还是耳熟？这区别很大。"

一扫而过的文字再次看到的时候或许有印象，但是光凭听的可不一定反应得过来。

他这么说着，伸出手指用现今的文字在地上重新写了一遍这个名字："是这个梅洛。"

果不其然，就听那个军官"啊"地叫了一声，而后一拍大腿，道："还真见过，但印象不是很深……"

他低头回想了一下，又道："好像只有一本书里提到过他的名字，还只有寥寥数语。那书又老又破一看就很不靠谱，所以我也没看仔细……好像是说女神忒妮斯创造过一个孩子，给他命名为梅洛，并赐予他同住在阿纳圣湖的权利。"

"然后呢？"

"没啦，跟他相关的内容实在太少了，显然不是什么重要的人物。"军官一摊手，"诸神陨落的时候，所有旧时代神祇，包括他们饲养的神物和同住在宫殿的那些都一并死了，这个梅洛肯定也一样嘛。"

与这个名字相关的线索就这么戛然而止，而众人不可能一直在这地方耗着，便只得暂且把这事搁置下来。

奥斯维德命人捎上印着脚印和名字的这两块石块，便带上队伍打道回府了。

从外面进入神墓时只觉得处处惊险，危机四伏，如今从神墓出去却顺顺利利没碰到一点儿磕绊。

一行人熟门熟路地沿着来时路返回，经过永生瀑布直冲山巅，再俯冲而下落回山脚。

说起来他们真正在地底神墓里待的时间并不算太久，但长久得仿佛永不见光的黑暗总让人觉得度秒如年。重新见到天光，哪怕是雨天阴沉沉的天光，也让他们有种久违的轻松感……

"光明神墓……"奥斯维德回头看了眼白头山丘，觉得这简直是一种莫大的讽刺。曾经代表无上光明和希望的法厄，如果知道自己死后被困在这种地方，不知会作何感想。换作任何一个普通人，恐怕都会被这种落差和窒闷折磨疯吧……

那样的神祇，即便闭着眼睛再无所觉，也应该躺在阳光之下，与这个开阔而充满生机的世界同在。

山脚下负责守望的那些精锐队成员还驻守在那里，看到奥斯维德带着凯文从天而降的时候，一个个都引颈而望。

"陛下，法斯宾德指挥官怎么——"

奥斯维德低头看了眼身前躺着的凯文，冲众人道："只是太累了，圣水已经拿到了，回城！"

巨鹰长唳一声，带领长队，破云而去……

金狮国国内有一条长河，名苏塞，以圣安蒂斯城最高处的大裂谷为始，支流途经各处城镇，以国境外克罗平原一处浅泊为终。

曾经一度有传言说那处浅泊就是《神历》当中描述的曾经的阿纳圣湖。

不管怎么说，苏塞河是名副其实的金狮国生命之源，圣安蒂斯中心广场祭台上的圣坛水池就直通那里。

奥斯维德他们总共接了三水囊的圣水。按照神官所说的，将圣水投入圣坛水池当中，让它流入苏塞河，就能拯救一国人的性命。

为了保险起见，奥斯维德只将其中一只水囊里的圣水倒了进去，并发布了全国通令。

平日里金狮国的民众就是以苏塞河为主要饮水水源，这一下，各个城镇更是在河边排起了长队，就连乌金悬宫以及各大军团大本营，也都分发了掺了圣水的饮用水。

一夜过后，一些砂石化症状极其轻微的人已经略微感受到了圣水的效果，僵化的部位隐约有了些知觉，摸起来也没有先前那样僵硬了。但是因为效果缓慢而细微，有一部分人甚至怀疑是不是心理作用。

但到了下午，当一些手指砂石化的人可以小幅地曲起关节时，众人终于笃定，

圣水真的有用！

那一天，整个金狮国仿佛从衰颓中活了过来，乡村、城镇，大小街道和集市重新开始有了人语声，逃过一劫的人心情总是格外舒快而明媚，仿佛任何一点动静都能将他们逗乐。

皇城巡骑军指挥官当天中午再次冲到皇帝面前，送上来的急报内容令人啼笑皆非："陛下！长藤大街和小苍兰街两条主道的住户都开窗了！我还听到好几户人家屋里传来了笑声！哈哈哈哈！"

他就在一连串的"哈哈"声中，被奥斯维德用手里的羊皮卷打了出去。

"特准你一个午休假，去神官院吃点药再来我这里卖傻。"奥斯维德没好气地丢了一句。

西边和北边两处驻军也发回了加急军报，表明驻军营里砂石化的那些士兵也开始有了恢复的迹象，状态良好，目测很快就能恢复正常。米奥的那封写得跟裹脚布一样又臭又长，后半段对凯文和奥斯维德拍了整整一页纸的马屁，花式十八夸，看得奥斯维德牙都酸了。

说实话，年轻的皇帝陛下虽然看起来依旧绷着一张脸，一副宠辱不惊的模样，其实心情还是很不错的。

虫灾还没完全解决，但拥有圣水的金狮国人底气满满。当天入夜时分，皇城民众甚至自发在中心广场的圣坛前举行了一场祈祷会。

但凡能走动的人几乎全都来了，他们向着悬宫的方向山呼三声，重复了一遍新帝登基时的礼仪，而后，他们围住了圣坛中心的雕像。

圣坛水池正中矗立着一座巨大的柱形浮雕，上面刻着旧时期的三大主神、后神，以及一头威猛的雄狮。

奥斯维德在全国通令里虽然没提挖坟的事情，但提到了光明神法厄的圣水。

解除了性命之危的民众们朝着巨柱上法厄雕像的那面虔诚伏地，感谢光明神跨越千万年的圣愿和祝福。

奥斯维德站在悬宫城墙高塔之上，两手撑着墙墩，在阴影的遮挡下俯瞰围聚的民众。

当初坐上皇位的时候，他并不觉得这位子有什么值得争抢和期待的。

曾经的成长环境将他的性格塑造得非常自我，他喜欢事事亲为，讨厌把希望寄托在别人身上，也讨厌被人寄托，甚至一度觉得皇帝这个位子意味着要担负起其他无关人员的安危和未来，实在太过麻烦，无聊极了。

但这一刻，当看到全城的人都在欢呼的瞬间，他突然觉得，肩膀上的东西重一点，似乎也没那么不好。

当所有人都非常开心的时候，有一个人非常地不开心。

这人正是曾经的光明神法厄，现在的青铜军指挥官凯文·法斯宾德阁下。

不知道是皇帝迷药下得太重，还是之前在神墓里伤口反复愈合耗费了太多精力，凯文昏睡的时间比上一回还要久，他整整睡了一个礼拜，着实把骨头都睡酥了。

凯文睁眼的时候迷药后劲还没过，他顶着一脸"我是谁这是哪儿"的空茫表情，盯着皇宫里厚重大气的穹顶看了好一会儿，才翻身坐起来。

稍一动弹，他就听见自己全身上下每个关节都发出了嘎吱的转动声，仿佛一架锈蚀透了的四轮破马鹫车。

还好醒了，再睡就该直接瘫痪了……

凯文自嘲了一句，眯着惺忪睡眼，抬手打算揉一揉酸疼的脖颈。

结果手一抬，就传来了一声哗啦脆响，像是金属碰撞的声音。而且手腕大概睡软了，动起来只觉得沉甸甸的，还挺费劲。

总之，怪异得很！

凯文皱着眉抬起一边眼皮朝左手扫了一眼，瞬间所有困倦一扫而光，醒了个彻底。

"哪个欠打的小畜生给我上的手铐脚镣？！"凯文觉得自己一定是没睡醒，还在做梦，说不定又梦到北翡翠国地牢那夜了呢！

但是很快，他脑中断片的记忆就全都连接上了——昏睡之前，他还在法厄神墓的主殿里，奥斯维德那个混账玩意儿居然敢暗算他，给他糊了一脸迷药。

凯文："……"呵呵。

这手铐脚镣是谁上的，还用说吗？

那一瞬间，他特别想让时间回溯，重回千万年前的阿纳圣湖边，他一定要揪住忒妮斯和斐撒，给他们彻底洗洗脑子：让你们闲得无聊撒豆造人，看看你们亲爱的弟弟现在的熊样吧，你们造出来的后代简直要翻天了好吗……

可惜，他现在没有神力，除了死不了，跟普通人几乎没什么区别，只能对着手铐脚镣干瞪眼，默默在心里呕出一口老血。

不行，得找点儿凑手的工具。

他这么嘀咕了一句，便仔仔细细地在房间里扫视了一圈。

这大概是皇宫里的某处寝屋，规格比奥斯维德那间甚至都差不了多少，只是内里的装饰要比那边亮一些，不如那边沉肃，看起来像是给年轻人住的地方。

奥斯维德给他打造的手铐脚镣还挺人性化，没有死死地绑扣在床上，链条很长，足够他在房间里自由活动，只是没法出门而已。

凯文翻身下了床，也懒得找鞋，就这么赤着脚在屋里走着，毫不客气地翻箱倒柜。

"你在找什么？如果是可以开锁的东西，比如小细棍之类的，那就不用忙活

了，根本没有。"奥斯维德的声音骤然响起，听起来懒懒的，语速沉缓，尾音还拖出了漫不经心的调子，没有以往那么冷硬。

可惜，听在凯文耳朵里，却满满都是"欸嘿，你打不着我"的挑衅感。

当然，这主要源自法斯宾德阁下自己的主观添加。

"我说——"凯文正在翻一个半身立柜，闻言直起腰来，干脆将手肘支在了立柜顶上，以一种非常懒散的姿势斜倚着说道，"别以为你当了皇帝我就真不敢抽你。"

皇帝陛下正站在门口，亲力亲为地托着一个银质圆盘，上面放着香气诱人的食物，甚至还有一杯果酒。他用下巴指了指房间里蜿蜒的铁链，道："我知道你敢，所以事先锁上了。"

凯文抖了抖手上的铁链："怎么？几条链子就能锁得住我？"

奥斯维德纡尊降贵地腾出一只手，比了个恭敬的"请"，道："那倒也不一定，万一你能徒手拆铁链呢，我还是做了心理准备的。"

凯文："……"他现在还真徒手拆不了。

"好。"凯文没好气地翻了个白眼，懒懒地拖着铁链坐回床边，揪了一截铁链在手里把玩着，问道，"你倒是跟我说说，我究竟怎么你了，以至于你这么别出心裁地'犒劳'我？我还帮你开了神殿大门拿了圣水呢，亲爱的陛下，你是鱼吗，转眼就忘？"

奥斯维德盯着他看了会儿，道："你知道你这次睡了多久吗？"

凯文朝窗外望了一眼，依旧大雨连天，看不出日子："多久？"

"七天。"奥斯维德道，"我给你的迷药剂量其实很小，我问过医官，最多能让人睡一夜，可你整整睡了七天，究竟是因为什么需要我告诉你吗？"

凯文撇了撇嘴。

"如果我没猜错的话，上一回你昏睡是因为从地下苏醒，相当于死而复生。即便那样你也不过前后睡了三天三夜就恢复了，你这次却睡了整整七天。"奥斯维德眯起眼，不冷不热道，"你在神墓里走了一趟，甚至比你死了一回还要耗费精力，我不信你事先没有预料到。"

凯文抬起眼皮，张口想说话，却又被奥斯维德打断了："你还记得临行前你是怎么跟我说的吗？你说要一个人去神墓的时候，那语气轻松得就跟去吃一顿饭一样，结果呢？"

凯文耸了耸肩，依旧满不在意："结果我确实顺利走到了圣水面前，不是吗？"

奥斯维德懒得跟他争论这一点，而是斩钉截铁道："我敢打赌，我如果不把你锁上，你今天醒了，明天就敢继续四处玩命。"

凯文哭笑不得："我是有病还是欠？没事玩什么命。"

奥斯维德赞同道："确实欠。"

凯文："……"

他简直想抄个什么东西去砸皇帝尊贵的脸，可惜屋里所有能攻击的玩意儿都被奥斯维德收起来了。

以前他还觉得这小子只是性格别扭，某些时候有点儿不正常的偏执和极端。现在看来，这哪里是别扭，这是变态好吗！

让变态当皇帝是会出人命的，你们金狮国人脑子里进了海水吗……

"我没说解锁你解不掉的。"奥斯维德抬着下巴道，"认命吧，歇够了自然给你解。你这两天身上还会出现那种伤口。"

凯文："解了我一定好好收拾你，真是越大越无法无天。"

"我让他们做了点东西，有焗兔肉、烤猩果，我记得你以前对这两样似乎很有兴趣。"奥斯维德端着银盘就要进门。

结果凯文却十分无赖地倚在床头，拍了拍旁边的木柜，懒懒道："在墓地里滚了那么久，我要洗澡，要泡温泉，不然吃不下东西。"

显然，寝屋里不可能给他挖个温泉池出来供他洗澡，要洗必须得出门。

奥斯维德面无表情地上下扫了他一眼，道："抱歉，你早上刚洗过澡。你难道都没发现身上衣服已经全换了？"

凯文："……"

16

刚才醒了就只顾折腾怎么开锁，在心里亲切问候了皇帝百八十遍，他还真没注意自己身上穿着什么衣服。

他低头看了片刻，忍不住道："谁给我洗的？"

奥斯维德冷哼了一声："你那一身的怪伤，自己裂开再自己愈合，能让其他人看？你说谁洗的？"

凯文："……"

凯文换了个更自在的姿势倚在床头，冲奥斯维德一挑下巴道："好了，我懒得跟你理论这些，就当是在地下弄晕你们所有人的报应。吃的呢？我饿了。"

奥斯维德挑了挑眉，端着银盘走进了寝屋。

就在他站在床边，弯腰把银盘放在床头木柜上的时候，凯文突然弹起，抬手一甩又一拧，便以迅雷不及掩耳之势将粗大的铁链缠到了奥斯维德的脖子上。

皇帝整个人被他拽得倒在了床上，凯文手里用的劲很巧，恰好能将人撂倒却不至于让人窒息。

他趁着奥斯维德没反应过来，整个人一个敏捷的翻身，压了上去。

凯文跪着的右膝盖压在奥斯维德的左手腕上，左手钳住奥斯维德的另一只手，右手在拽着铁链的同时刚巧卡在奥斯维德的脖颈间，居高临下地低头问道："钥匙呢？是在你身上，还是在什么守卫身上？"

他压得很有技巧，奥斯维德不至于太难受，于是仰着下巴，短促地笑了一声，眯眼道："怎么？跟我耗上了？"

"我有的是办法把这些铁链在你身上缠一堆死结，我解不开你也跑不掉。"凯文挑眉道，"我其实不太喜欢跟人这么近距离斗殴，太狼狈了，你说呢？解了这些玩意儿，我少揍你一顿。"

"这买卖还真是划算哪。"奥斯维德没好气道，"解不解都是要被你打的，这些我小时候也没少受，不差这一顿。"

凯文："……"

他被这臭小子皮糙肉厚不怕揍的脾气弄得有些无言，头一回自我反省了一顿，所谓的棍棒教育是不是真的不太合适，容易教出这种造反分子。

这百来年，他一直觉得自己对普通人的身份和力量适应得非常好，并且对过往的神力没有任何怀念。现在世界上所有人都一样，神祇才是异类。不论是谁，拥有高出常人太多的能力，总会滋生一些弊端。

但是现在，面对奥斯维德这种皮糙肉厚还耐打的货，他突然有点儿怀念有神力的时光了。换成光明神时期的他，铁定要用一根手指头把这无法无天的皇帝倒吊在光明神殿顶，晾上个把月，做成腊肉干。

他就着这么个姿势自顾自地出了神，手上的力道倒是也没松懈。

但当他回过神来的时候，就发现被压在下面的皇帝正一瞬不瞬地盯着他的脸，那双浅到近乎透明的眼珠凝视人的时候，总有种无形的干扰力，让被盯的人从头到脚都不太对劲。

凯文偏了偏头，没好气道："卖什么傻，钥匙呢？"

奥斯维德"哦"了一声，淡淡道："在我身上藏着呢，自己拿。"

凯文改用左膝盖压住奥斯维德另一只手腕，腾出自己的一只手来，先是抬手给了奥斯维德脑门一巴掌，打得非常不客气，当即拍出了一点红印，训道："我看你是要造反。"

奥斯维德嗤笑一声，不冷不热道："你好像没弄清楚究竟是谁在造反。"

"呵——"凯文抬手从床头柜的银盘里抓了个黑麦面包，二话不说便塞进了奥斯维德嘴里，强行让他闭了嘴，道："为了让你不再说什么欠收拾的话，先帮你堵上，不客气。"

奥斯维德："……"

说完，凯文便大刀阔斧地在奥斯维德身上翻了起来。

他翻找的时候又快又干脆，似乎只需要用指尖碰一下就知道这里究竟有没有可能藏东西。他自己找得很自在，但被他翻找的奥斯维德就有点儿无语了。

"欸——你干什么呢？"凯文被他用手指拍了两下，不耐烦地拿走黑麦面包，"给你说一句话的机会。"

奥斯维德咳了两声，没好气道："你找东西能别这么和风细雨的吗？碰得我汗毛都竖起来了。"

"麻烦！"凯文摇了摇头，丢下这句话，便又用黑麦面包把皇帝嘴堵上了。

奥斯维德真是有种非常郁闷的感觉。

被皇帝抗议过，凯文下手总算重了点。这位祖宗摸完上半身还要抱怨一句："皇帝的衣服做这么复杂干什么？你穿起来累不累……"

摸了半天，凯文总算在奥斯维德靴子边的牛皮搭扣下，找到了一把钥匙。他笑了一声，捏着钥匙在奥斯维德面前晃了晃，道："真能藏啊，陛下。"

奥斯维德没理他，只道："既然找到了钥匙，还这么钳着我干什么，开你的锁去。"

凯文垂下眼皮，随口"嗯"了一声，一边不改压制着奥斯维德的姿势，一边就着这姿势用钥匙去捅手铐上的锁眼。

大概是好不容易翻找到钥匙有点得意，伟大的凯文·法斯宾德阁下在捏到钥匙的一瞬间其实感觉到了这钥匙有点儿怪，但是他只顾着赶紧开锁，没去细想。

他觉得顶多就是找错了钥匙，开不了再继续威胁奥斯维德，要耗一起耗着，无所谓。

当他将那把钥匙艰难地捅进锁眼时，他发现除了紧一点，这钥匙跟锁眼还是吻合的，于是就更没多想，自然也没注意到被压着的皇帝挑眉的表情。

凯文捏着钥匙，轻拧了一下，感觉有点儿滞涩，没拧开，于是又加了一点力道。

结果就听啪的一声，那把看起来没有丝毫问题的钥匙就这么轻而易举地断成了两截，严严实实地堵住了锁眼。

凯文："……"

这下好了，锁眼被堵死，除非把里面那玩意儿抠出来，或者直接把整个手铐毁了，不然不可能解开了。

就在他发愣的时候，被他轻易压制住的皇帝突然一个翻身，以更大的力道将凯文掀开，反客为主。

只不过眨眼的工夫，两个人就调换了位置。

"风水轮流转。"奥斯维德压着凯文的手腕，居高临下道。

凯文看了眼堵死的锁眼，又看了眼奥斯维德，一脸麻木道："你用什么玩意儿做的这把钥匙？"

奥斯维德道："金狮国自制，最脆的合金。"

凯文简直想给他一脚："吃饱了撑的搞这种东西！"

这么一看，刚才那一切显然都是皇帝算计好的，凯文回想了一番，觉得肝疼。

奥斯维德用一种格外挑衅又格外低沉的音调道："这下消停了吗？好好吃饭，亲爱的法斯宾德阁下。"

不知为什么，凯文觉得现在的奥斯维德跟去神墓之前有了很大的转变，尽管还是喜欢气他，但不再是那种抬着下巴离得远远的挑衅了，好像格外喜欢这样近距离找打。

他声音沉沉的，压得凯文几乎能感受到那种胸腔的共鸣，这种感觉容易让人产生一种过于亲近的错觉。凯文有些不太自在地仰了仰头，道："行了，消停了，不消停我还能怎么样？赶紧给我下去，你知不知道你很重？"

奥斯维德满意地点了点头，下床走到一边的扶手椅里坐下，一手松松地支着太阳穴，好整以暇地等着凯文认命吃饭。

凯文没好气地甩了两下铁链，坐起来换了个舒服的姿势，屈起一条腿，拎起餐盘里的果酒杯便喝了一口。

这人脾气倒也神奇，上一秒还在企图宰了皇帝砍了铁链逃出生天呢，下一秒就架着手肘喝着酒吃起了东西。如果将这些铁链去掉，光看他的姿势和表情，大概只觉得这是个优雅又不着调的贵族在享用午餐。

他睡了七天，按理说早该饥肠辘辘了，吃起东西来却还是慢条斯理的，就好像这种不紧不慢的从容感是与生俱来，刻在骨头里的。

刚才还打了一架，这会儿他居然就能心平气和地跟奥斯维德聊起了天，他咽下一口果酒，突然想起什么似的问奥斯维德："圣水试了吗？效果怎么样？"

奥斯维德点了点头道："目前看来还不错，各地传过来的都是好消息，伊恩的脖子已经能转动了，辛妮亚砂石化的痕迹也已经从肩膀退到了手腕。"

他说着又指了指自己的耳朵："如果没恢复，照你刚才那造反的劲，这只耳朵早该碎成渣了。"

凯文瞥了他一眼，没好气地安抚道："该。"

奥斯维德突然翘起一边嘴角笑了一下："这几天傍晚圣安蒂斯都有祭神礼，身体恢复的民众自发组织的，打算对着中心广场的光明神浮雕拜上七天。"

凯文一愣，而后又继续吃着东西，非常混账地评价了一句："就是闲的，好好的拜什么旧神。"

"法厄意义不同。"奥斯维德挑眉回了一句，"我从神墓里带了两样东西回来，打算——"

他话还没说完，就被门口的内侍官打断了："陛下，皇城巡骑军又送了急报过来。"

奥斯维德："……"

"又是来我面前傻笑一顿？"奥斯维德刻薄道，"我怎么那么闲呢？让他滚回去对着老婆孩子犯蠢去。"

内侍官小心地探了个头，低垂着眼道："这回不是，指挥官说有大量的难民正在朝这里涌。"

"难民？"奥斯维德皱眉问了一句，"什么难民？"

"具体不太清楚，您还是问指挥官阁下吧。"内侍官讷讷道。

奥斯维德："知道了。"

他站起身，抬脚便要出门。

凯文一手朝嘴里塞了颗小莓果，一手随意一拽铁链，绷起的铁链刚好横在奥斯维德脚前。

"话说一半找打？"凯文没好气道，"刚才那话后半句是什么？你从神墓里带了什么玩意儿回来？打算干吗？简要给我一句话概括一下。"

于是，奥斯维德言简意赅道："我把法厄的脚印和另一个不知什么玩意儿的签名带回来了，打算以后找时间给法厄重修个墓，可能没那么隆重，但至少……能配得上'光明'这个词。"

凯文听了，拿小莓果的手一顿，抬眼看了奥斯维德一眼，又很快收回了目光。

他将手里的铁链一撒，拦住奥斯维德的铁链便松垂在地上，头也不抬地挥了挥手，赶小狗似的道："行了，走吧。"

皇帝大度地没计较他这混账动作，大步流星地出了门，拐去找巡骑军了。

凯文朝嘴里丢了个小莓果，嚼了两下，而后上身朝后一靠，倚在床头出了神。

年轻的皇帝陛下虽然欠打，但窝心的时候，又总是很能戳到别人的点……

或许是拗断在锁眼里的钥匙真的很难搞出来，又或许是确实像奥斯维德说的那样精力还没完全恢复，凯文居然真的老老实实地在这寝屋里又待了好几天，甚至在奥斯维德找人把浴桶搬进他房里供他泡澡的时候，也没怎么抗议就接受了。

搞得皇帝反倒有点儿不太适应。

正如奥斯维德之前说的，他身上还是会突然出现大片的伤口，烂至骨头后再一点点愈合。只是比起在神墓那时候要好很多，频率也慢了不少。

他在寝屋待着的这几天，除了奥斯维德，就数辛妮亚小殿下来得最勤快。班和安杰尔因为不是悬宫内部住着的人，这几天都被挡在了悬宫外面，没能见到凯文手铐脚镣的丢人盛况。

辛妮亚手臂恢复得不错，奥斯维德便解了她的禁令，允许她跟以前一样，皮球似的满地儿乱滚。

153

安杰尔不在，奥斯维德事务繁忙，于是她最爱骚扰的对象就变成了凯文，天天抓本书就过来求凯文讲故事，偶尔自己也给凯文讲。

"我前一阵子可惨了，舅舅把我关在房间里，下床都不准。"小姑娘每天都要把这件事拎出来跟凯文告状，"不过伊恩爷爷更惨，舅舅说脖子连着脑袋，没有完全好之前，还是不许他出门，所以他现在还躺着呢。"

凯文："……"

通过这种由面到点的归纳概括，他终于明白了，奥斯维德这人担心谁就喜欢把人关起来，直到对方没有危险为止，真是……好大一个丧心病狂的变态，连老人孩子都不放过。

告完状，辛妮亚就非常不客气地三两下爬上床，盘起小短腿坐在凯文对面，把书一递，道："喏——我今天想听这个。"

凯文小心翼翼地拎起书，一脸嫌弃地摸了一手陈年老灰，哭笑不得道："你这又是从哪个坟里挖出来的古董啊，小丫头？"

辛妮亚一拍大腿："讲嘛！"

凯文只得点头嘀咕道："好，讲。唉——跟你舅舅一个样儿。"

不过他翻了两下书的内页，手就顿住了，盯着其中一页看了好一会儿，才道："旧神啊……你一个小姑娘怎么净喜欢听这种陈芝麻烂谷子的故事呢。"

辛妮亚嘿嘿笑了："很好玩！"

"从头讲？"凯文大致翻了两下，便干脆把书合上，丢到了一边，"来，我背给你听。"

辛妮亚一脸崇拜地看着他。

结果凯文这个混账还真就背了，比照着书念还要没感情，连个音调起伏都没有，大气不喘地背了一长段，听得辛妮亚鼻水都要下来了。

"……美丽圣洁的女神忒妮斯说：'愿你的生命和花一样鲜亮，荆棘一样坚韧，赐予你名梅洛，在神语里，意为光明永恒。'"凯文背书的时候非常敷衍，一切美好的形容词从他嘴里说出来都自带嘲讽。

偏偏辛妮亚很不挑剔，这样的故事照样能听进去，听到这里还打断了一下，问道："梅洛是谁啊？以前在别的故事里怎么没听过？"

凯文看了看她，"哦"了一声，道："梅洛是他以前的名字，鲜花和荆棘是他最初的象征。后来呢，他长大了，出于一些原因，他把名字连同过去一起埋了，认为神不需要名字，象征图腾也换成了太阳和月亮。"

辛妮亚歪了歪头："那他没有名字，别人怎么叫他？"

凯文答道："他给自己取了个新的称呼，叫后神。"

第三卷
荒芜里的战士

01

　　这几天，金狮国地界内涌入了大量别处来的难民。主要来自西北方，翡翠国的、雷音城的、沛达城的，各占了不小的比例，还有一部分是居于各国边境线之间的无籍人，其中流散之地来的就有不少。

　　主要目的只有一个——求圣水。

　　之前从法厄神墓带出来的三水囊圣水，其中一水囊被奥斯维德倒进了苏塞河中，另外两水囊，一个给了巨兽人族，连同其他一部分御虫装备一起让丹他们带了回去，另一个奥斯维德打算留着以防万一。

　　"他们怎么过来的？驻守在克拉长河一带的赤铁军发回来的军报甚至都没来得及提到他们。"奥斯维德沉声问道。

　　"一部分是从鬼月森林那边摸过来的，剩下的据说绕得更远，他们不清楚赤铁军驻守的目的，不敢贸然从克拉长河那边过来。"巡骑军指挥官彼得答道，"圣安蒂斯防得严，能摸到这里来的已经算是少数了。更多的在琴叶城那边。"

　　奥斯维德站在城墙上，远远地可以看到圣安蒂斯整齐的街道，一些集市已开始重新热闹起来，主流大街上摊点商店门口民众往来不息，又渐渐恢复了往日的生活气息。

　　他隐约能看到在街角巷尾，甚至中心广场的圣坛边缘，都或蹲或坐着一些衣衫褴褛形容狼狈的人，身上还背着大小包裹，有男有女、有老有少。甚至一些是拖家带口过来的，身边攒聚着好几个孩子。

　　"克拉长河绕远一点，除了鬼月森林，就是鹰山。"奥斯维德道，"鬼月森林猛兽众多，鹰山一脉还有一个活山口，随便哪一处过来，对普通人来说都能送掉半条命。"

　　彼得点了点头："所以那些难民大多数都砂石化得厉害，我还见过几个老人孩子全身都硬了，被家里人抬过来的。最惨的是一个女人，她丈夫那个头比我可能

还高一点，加上那一身腱子肉，分量可想而知，全身砂石化得除了脸能动，其他都不行。她硬是背着从鬼月森林那边过来的。"

彼得越说越来劲，好一阵唏嘘，好像平时板着脸在街上游的那人不是他一样。

奥斯维德沉吟片刻，下了一道命令。

第二天，各城镇的边郊用简单的布帐搭建了难民集中处，设立了分水台。所有逃过来的难民都需要经过集中处登记下名字和来历，然后去分水台领一份饮水。

于是这么一批人便就此暂住了下来。

金狮国有圣水的消息不胫而走，很快便招来了更多别国的人。人员流动太过明显，想不被注意都难。雷音城和沛达城两座大城邦国以及周遭一些城邦小国的国王干脆派人送了信，亲自启程来了。

唯有北翡翠国这边拉不下脸面，老萨丕尔据说依旧卧床，他疑心重，不喜欢生病的时候有其他人靠得太近，只相信自己的儿子，于是一切指令都经由他的小儿子博特传达出来。

他没法亲自看到外面的情况，而博特又是个嚣张的蠢货，一连串指令下来，整个北翡翠国更乱了。

萨丕尔对有人逃难到金狮国求活命非常不能理解，觉得这是对国家的背叛，这是他极度不能容忍的。于是他一怒之下搞了条封国禁令，勒令全国边境一带全部封锁，禁止一切民众越线。

奥斯维德闻言，下令让驻守克拉长河的赤铁军精神点，照这个趋势下去，保不齐萨丕尔什么时候发疯咬人。

就在这些大小国都乱作一团的时候，被圈禁在寝屋好多天的凯文也出了点问题。

这天下午，外面暴雨不歇，偶尔有炸雷滚过，一惊一乍很不安定。奥斯维德在前厅议事的时候，左眼皮就一直跳个不停，总觉得有什么事要发生，他处理完难民的事情之后就匆忙往内院走。

就在他走在走廊上的时候，凯文的屋里传来了辛妮亚的一声尖叫，奥斯维德眉心一跳，立刻大步赶了过去。

屋子里，小姑娘抱着凯文的手臂，哭得满脸眼泪，哇哇号啕。

凯文对付熊孩子很有一套，对付这种软乎乎的小丫头就十分没辙。他顶着一脸头大的表情，一边拍着她毛茸茸的脑袋，一边哭笑不得地安慰道："欸——哭什么呢，别哭了，糊了我一手鼻涕，羞不羞？嗯？我这一手血都没哭，你倒先号上了。"

小姑娘在短短几天内对他产生了深厚的感情，亲昵程度大概仅次于她对她的黑脸舅舅。

被凯文胡乱一通安慰，辛妮亚非但没停，反而号得更厉害了。

凯文被她抱着的那条胳膊已经血肉模糊，手肘以下根本没法看，手指皮肉已经掉光只剩下骨头，仿若一只瘦长的鸡爪。

怕她多看几眼吓得更厉害，凯文干脆捂住了她的眼睛。

小姑娘一边挣扎着想露出一只眼睛，一边又试图扒住凯文的胳膊，还害怕碰到他的伤口。手忙脚乱中哭得肝肠寸断，仿佛烂掉一只胳膊的人是她自己似的。

"没事，一会儿就好，我逗你玩儿呢。"凯文的声音还带着一点笑意，鸡爪似的手指屈伸了几下，发出轻微的骨骼碰撞声，好像这样就能加快血流速度而后尽快愈合似的。

然而片刻之后，他的眉头终于蹙了起来——这只手非但没有要开始愈合的迹象，就连捂着辛妮亚眼睛的那只手也不太对劲了，从手肘开始裂开了几道小口。

"恐怕你得出去找别人玩会儿了，小姑娘……"凯文撤开了捂着她眼睛的手。

当他举到一旁时，这只手也变得鲜血淋漓，皮肉俱失。

奥斯维德一进门看到的就是这幅情景。

"怎么回事？！"凯文听见他紧着嗓子问了一声。

"来得正好，赶紧，把这丫头拎走，鼻涕都快流到我骨头上了。"一见有人来帮忙，凯文这混账玩意儿松了口气的同时，居然还开起了玩笑，"我这一身血都够给她洗个澡了，让她离远点还不乐意。"

"撒手。"奥斯维德这人即便宠着谁，板着脸的时候也依旧很有震慑力，他伸手抱住辛妮亚，抹了把她的眼泪。

小姑娘一睁眼就跟她黑着脸的舅舅视线对上了："……"

她扁着嘴抽噎了一声，尿尿地放开了手。

凯文："……"

奥斯维德三两步把她抱到门口，递给招来的女官，转身就要回房间。

"法……法会不会死？"辛妮亚揪住他的袖子，呜呜咽咽地问。

"法？"奥斯维德正急，闻言一时没反应过来。辛妮亚一般叫人只叫名字的第一个音节，叫姓还是头一回。

他愣了一下，正要赶人，就听屋里的凯文扬声回了一句："借你吉言。"

奥斯维德："……"这混账东西又开始不说人话了。

"疼——算了。"奥斯维德觉得自己大概是脑子有点不太清楚，居然下意识想问"疼不疼"这种废话，手都不见肉了，能不疼吗？可问出来这人绝对会一摆手来一句"挠痒也就这力道了"。

"劳驾关个门。"凯文悬着他那两只鸡爪子似的手臂，冲奥斯维德道，"别再把门外那些侍卫给吓抽过去。"

157

奥斯维德背手关上门，然后又在贴近胸口的衣服口袋里头摸了两下，在一处隐秘的夹层当中摸出了一把钥匙。

"锁眼不是堵了吗……"凯文没反应过来。

他眨了眨眼，看着奥斯维德臭着脸走到面前来，眉头紧锁着低下头，双手悬着，似乎想碰又不知道该从哪里碰起。

"能把皇帝吓得手抖，我也挺不容易的。"凯文又调侃了一句，将两只手伸到奥斯维德面前，仿佛要吓他似的动了动森白的骨头，问道，"像不像啃干净的鸡爪？你要碰就碰吧，这骨头还真没什么感觉。"

"……"这种时候居然还有心思开这种玩笑，奥斯维德绷着脸白了他一眼。

他小心地捧住凯文的手骨，然后转动他手上的锁链，绕过被堵住的那个锁眼，将锁头翻了一下，露出下面一个更为隐蔽的孔眼，将手里的钥匙插了进去。

咔嗒一声，手铐应声而开。

直到他同样小心翼翼地打开另一个手铐，凯文才一脸叹为观止地感叹道："你所有脑筋都费在这个东西上面了，是吧？"

奥斯维德怕那些手铐再蹭上他的指骨，顺势收盘起来搁在一边。他没接凯文的话，只盯着他的双手问道："前两天不是已经不再出现伤口了吗？今天这是怎么回事？"

前两天凯文身上任何大小伤口都没再出现过，奥斯维德甚至都以为他已经完全恢复了，本打算今天给他解禁，谁知现在又出现这种情况。

凯文耸了耸肩，摇头表示："我也不太清楚，正给你的小丫头讲故事呢，突然就变成这样了。"

"怎么还没有愈合？"奥斯维德皱着眉，目不转睛地盯着凯文的双手，几乎没有眨眼，看得格外仔细，仿佛想要看清每一点细微的变化。

"我觉得可能一时半会儿愈合不了啦。"凯文尝试着活动了一下手指尖，却发现比之前还要迟钝一些，几乎就要控制不住了，"从刚才到现在也有一会儿了，放在平时，皮肉起码该长了大半。"

"以前出现过这种情况吗？"

凯文略一回想，摆了摆手道："我都活了多少年了，哪记得那么清楚，大概有的吧。"

奥斯维德一听到他说什么"或许""可能""大概"之类模棱两可的词，火气就噌噌往上冒。就好像他不只是不在乎疼痛，甚至连死活都不那么在乎。

能活就活着，万一哪天被捅了心脏或是碰到别的什么危险，死了也就死了。奥斯维德甚至觉得凯文的心理跟常人完全相悖，好像肉体之躯在他眼中根本就不是什么重要的东西似的，也不知道是活得太久觉得够本了，还是别的什么原因。

但不管是因为什么，这种态度在奥斯维德看来都很让人来气。

"你自己的身体你就一点都不在意？！"奥斯维德忍不住冷声喝问了一句，"有没有什么解决的办法？你既然活了这么久，总该有什么办法吧？！"

凯文有些诧异地看了他一眼："你怎么突然就炸了？"

奥斯维德："你！"

他说了一个字就噎住了，看起来像是气得根本不知道该说什么了，冷冷地瞪着凯文看了好一会儿，又忍无可忍地低头抹了把脸，硬邦邦地道："算了，你就回想一下有没有应对的办法，需要什么东西或是需要什么人，我都可以派人去找。"

凯文盯着他半垂的眼皮看了会儿，突然笑了一声，道："我没记错的话……你小时候被惹急了，几次放话说以后长大了再见到我，一定要让我笑着过来哭着回去。现在怎么转性了，居然乐意给我跑腿了？"

他用一双只剩指骨的手，勉勉强强理了理被血浸透大半的衣服，道："我发现我还真不太能理解小鬼的想法，小时候跟长大了居然能差这么多……"

奥斯维德一看他开始闲扯淡，气不打一处来，又没法无缘无故发出来，只得抬起眼皮堵了他一句："你就别难为你那双秃鸡爪子了，好像这衣服理完还能穿似的。"

见他终于有心思刻薄人了，凯文道："这话才是你一贯的风格嘛。"

奥斯维德："……"

"别顶着一张板砖脸看我。"凯文说完，见奥斯维德脸色更臭了，又要笑不笑地说了句人话，"在地下被埋了那么多年，我都能诈尸，这点破皮烂肉算不上什么。以前应该也有过这种情况，反正最后总是会好的，所以我也没上心。我大概没给你解释过，伤口愈合情况其实会受很多因素影响。"

奥斯维德闻言抬眼："什么因素？"

凯文抬手指着窗外比画着："比如环境，比如天气，比——"

"你说话就说话，能不能别比画你那两只爪子？"奥斯维德顶着一脸一言难尽的表情，盯着他的手指看了半天，担心关节处的连接不够紧实，再多活动两下，那些骨节都会一根根地掉下来。

"啧——"凯文斜睨着他，"你怎么这么麻烦？我有点不太感觉得到手指了，活动两下能保持灵活，有意见？"

奥斯维德冷冷道："有。"

凯文："憋回去。"

他说完突然想起什么似的，促狭地笑了一声，抬手用食指指骨的尖端在奥斯维德下巴那儿挠了一下："还是说……你其实害怕这种东西？英俊威武的皇帝陛下，你小时候有没有被鬼故事吓哭过？"

骨头尖端划过皮肤的感觉古怪得让人有些不自在。

奥斯维德抬手就想拍开他的爪子，然而临到近前又怕把那鬼爪子拍散了架，只得匆匆顿住了动作，没好气地回道："胡说八道，张口就造谣。我从记事起就没掉过一滴眼泪，手拿回去！"

凯文过了嘴瘾，挑着眉收了手，继续抄着那双爪子指着窗外道："刚才说到哪儿了？被你一打断我都忘了。哦！天气，还有季节。春天、秋天愈合得快一点，你看外面树和果子也长得快，一个道理。冬天过于寒冷，血倒是容易止住，但是创口很容易被冻坏，坏了还得自己手动削掉一点，挺麻烦的。至于像现在这样的夏天，温度高，湿度重，肉这么晾着容易馊容易烂，顺带还会招点儿虫——"

他这话前面还靠谱，到后面打起比喻就越来越不像话，听得奥斯维德眉心直跳却还总是不小心跟着他的话去脑补，脑补了两段他就忍无可忍地打断道："行了，我知道了，你再继续描述下去我就堵上你的嘴。愈合情况受外界因素影响这个……你真不是瞎编？"

凯文略微收了收玩笑的表情，摇了摇手指："跟你说认真的呢。"

他说完，还非常主动地道："虽然你小子终于良心发现给我解了手铐，但这两天我大概还得在屋里窝着，不然出去遛一圈，能吓晕一个团。"

奥斯维德巴不得他别出去蹦跶，自然没有任何异议。

凯文想了一圈，没什么要交代的了，于是挥手赶人："你在这儿戳着干什么，该干吗干吗去。"

奥斯维德生平从没见过挥着骨头架子还如此活蹦乱跳的伤患，一时间简直不知道该以什么态度来对他，迟疑着不太想就这么离开。他在脑中扫刮了一圈，问道："你确定没什么需要的东西？"

"应该没有，哦对了——"这位大爷看了眼自己抹布似的血衣，一抬下巴吩咐道，"劳驾搞一桶水来，我洗个澡。"

奥斯维德："……"

你见过两条胳膊都烂没了的人直挺挺地站在你面前要求洗澡吗？

没有。

一般两条胳膊都烂成这样，没死过去也该晕了。

奥斯维德简直破口就想骂，然而看到凯文那副刀枪不入的模样，又瞬间闷了火，没好气道："你这样子还洗澡？两只爪子在身上划拉几下能钩出肉丝来，忍一天能死？"

凯文一副活见鬼的模样："听说有洁癖的是你啊，小少爷。"

"我今天休假不洁癖！你就是滚一床的血，我也能忍，让人换套新的不过眨眼的工夫，你老实待着就行。"奥斯维德道。

凯文钳着自己的衣角抖了抖:"站着说话不腰疼,要不我跟你换换,你糊着一身血闷一晚上试试?"

他身上本就只穿了一件修身的薄衫,此时被血浸得几乎贴在了身上,腰腹一带都是绷着的,能隐约看到薄削肌肉的纹路。换位想一想,确实不会好受。

奥斯维德让了步:"你那胳膊也没法沾水,这样吧,我让人备好水,你用毛巾沾着水把身上擦一遍,换一身衣服,先将就一晚。"

"也行。"凯文欣然应允。

奥斯维德让凯文在里间避一下,而后招来几个手脚麻利的内侍官,把床上沾了血的东西统统换了一遍,连地都迅速抹干净了。

热水几乎是现成的,内侍官试好了温度,端进了房里。

"后面的我来就行了,你们出去吧。"奥斯维德接过毛巾,把人都轰出去,再度关上了门。

那些内侍官都是守规矩的,不该看的不乱看,不该说的话也绝不会乱说。所以凯文在这屋里待了几天,出了这条走廊,就没人知道。

凯文听见门响,便从里间出来了,边走过来边道:"毛巾放这里,你忙你的去。"

奥斯维德根本没理他,只将毛巾浸在温度刚好的热水里打湿,头也不抬地冲凯文丢了句:"把那抹布脱了吧。"

凯文:"……"

"擦个身体这种事情,就不劳陛下大驾了。"凯文干笑一声,抬手挥了挥,轰鸡似的要把他赶出去。

结果奥斯维德不退反进,已经站在了他面前,一手拎着冒着一点热气的毛巾,冷笑道:"这种时候又知道我是皇帝了?"

"我不太习惯——"凯文干巴巴的话还没说完,就被奥斯维德又堵了回去。

"你昏睡那几天也没少洗澡,怎么没见你有意见?我看你挺习惯劳皇帝大驾的。"奥斯维德说着,挑了挑下巴,仗着体形优势道,"比技巧你现在少两只胳膊,比力气你就别挣扎了,刚才不还嚷嚷着糊了一身血受不了吗?这会儿又受得了啦?"

凯文:"……"

他默默翻了个白眼,心说反了你了,抬脚就要把皇帝踹出门,结果被皇帝眼疾手快压住了动作:"你一天不找机会打我就浑身不舒服是不是?"

奥斯维德道:"啧——我只帮你擦一下背后的血,前面的你爱用爪子钩就钩去吧。"

非常时期非常做法。尽管不论是当神还是当人,凯文都不太习惯跟人这么贴近,但是毕竟爪子不方便,背后的部分确实够不到。于是他哧了一声,没好气地收了脚,道:"行吧。"

一旦交涉达成了一致，凯文就会变得非常干脆。他那双爪子还挺利索，三两下便把那件血衣给剥了，露出瘦削却并不单薄的上身。

他的肩背胸腹都覆着线条漂亮的肌肉，薄薄一层，并不偾张，却每一点都恰到好处。这一看就不是刻意练出来的，而是在经年的实战中凝成的。

奥斯维德垂着眼重新把半凉的毛巾弄热给凯文擦起背来。

房间里一时间除了两人并不同步的呼吸声，以及毛巾触碰身体发出的一点潮湿水声，几乎没有任何别的声音。

凯文出问题的是两只胳膊，血肉蹭擦的位置也基本上都分布在胸口以下，腰腹部位沾上的尤其多。

因为没有胳膊可以借力，奥斯维德的手只好扶在凯文脖颈和肩膀的交界处，四只手指搭垂在他的肩骨上，大拇指则按压着他的后颈。

毛巾柔软的纹理沿着肩背的肌肉擦下来，最后集中在侧肋骨到后腰的位置，一下一下地摩着那里的血迹。而脖颈后按压着的拇指，也随之一下一下轻微摩挲着那一片皮肤。

有那么一瞬间，凯文的感觉非常奇怪，他感觉自己全身的触觉都消失了，只有脖颈后面的那一小片皮肤和后腰那里还有知觉，鲜明地告诉他毛巾是什么样的纹路，以及……奥斯维德的拇指上有一层薄薄的茧，触觉有些粗糙。

也不知道为什么，腰后的毛巾擦了一会儿后突然停了下来，而脖颈后的拇指却又缓缓摩挲了两下……

"差不多了吧。"凯文突然转头瞥了奥斯维德一眼，见他一时愣怔，便干脆抽过了他手里的毛巾，"就那么一点血迹擦得这么慢，等你全部擦完，天都该亮了。"

他习惯性地嘲了一句，而后两步转到奥斯维德身后，抬脚不轻不重地踢了一下，冲大门抬了抬下巴："你可以走了。"

奥斯维德小腿被他轻踢了一脚，这才反应过来，他顺着凯文的力道朝前走了两步，回头瞥了凯文一眼，懒懒地说道："用完就扔，你还真是不客气啊，法斯宾德阁下。"

凯文兀自走过去重新浸湿毛巾，一边麻利地擦着胸口和身侧沾染的血污，一边抬起眼皮道："我向来这样，你第一天知道？"

奥斯维德从鼻孔里哼了一声："知道你不是东西，但是不知道你这么不是东西。"

"快滚。"凯文没好气地骂了一句不算，还顺手从旁边抄起一个不知是什么玩意儿的东西，丢垃圾似的朝门口扔了过去。扔完也不看砸没砸到皇帝陛下尊贵的后脑勺，就自顾自低头擦起了身体。

奥斯维德迈出门的时候，凯文扔来的东西刚好擦着他的脸飞过，落在前面的地上。奥斯维德反手掩上门，走了两步将那玩意儿捡起来，瞬间便绿了脸，那是一只靴子。

两秒之后，门外依稀响起皇帝的怒喝："居然拿靴子扔我，你是不是不想活了？！"

这一天的凯文·法斯宾德阁下还是很嚣张的，但是第二天他就傲不起来了，因为睡了一夜之后，他那两只白骨森森的鬼爪子终于彻底没了知觉，不受控制了。

他连撑着床坐起来都办不到，两只骨架式的手臂毫无生气地垂在身侧。

凯文："……"

好在自从他被软禁在这里，亲爱的皇帝陛下就养成了每日晨昏定省按照三餐规律往这里跑的习惯，搞得凯文一度以为自己住的地方不是什么寝屋，而是哪个点名报到厅。

鸡都没他准时。

大清早奥斯维德推门进来的时候，瘫痪在床的凯文难得亲切地冲奥斯维德点了点头道："早啊，陛下。"

奥斯维德一开始没发现问题，倚着房门抱着胳膊道："我生平头一次见人躺在床上跟人打招呼。"

凯文翻了个白眼："你这不就见到了嘛。"

"你要赖到什么时候？早餐他们都备好了，就打算端过来了。"奥斯维德问道。

凯文："来帮我个忙。"

他主动开口求帮忙简直是破天荒的事情，奥斯维德挑起眉毛，一脸新奇道："什么忙？说！"

"我大概起不来了，手没感觉，你把我扶坐起来。"凯文道。

奥斯维德："……"

他只愣了片刻，就立刻站直了身体，大步流星走到了床边弯腰看着凯文的手指骨："什么叫没感觉了？"

"一个晚上没动，锈了。"凯文想了个非常合理的解释，"别废话了，把我弄起来。"

奥斯维德没再讥嘲他，而是皱着眉，托着他的头将他抱坐起来。

"行了行了，倚着床头就行，我其他地方还是好的。"凯文道。

"腰朝前。"奥斯维德说着，在凯文身后塞了个横枕，以免他靠得不太舒服。

"陛下，给指挥官阁下准备的早餐好了。"门外的内侍官低声提醒。

奥斯维德没让内侍官进来，而是自己过去把餐盘端了过来，搁在了床头柜上。

凯文："……"

奥斯维德："……"

两人面面相觑了一会儿，奥斯维德终于忍不住翘起了一边嘴角，好整以暇道：

"看来阁下是没办法自己动手了。"

凯文默默看了眼满盘的丰盛食物，又瞥了眼奥斯维德，只觉得这混账玩意儿脸上简直写了大大的四个字"喜闻乐见"。显然，这货非常热衷于看人服软。

"你应该庆幸，我小时候没跟着你有样学样，学成个惊天动地的浑蛋。否则——"奥斯维德漫不经心道，"肯定要在这种时候，捏着食物放在你嘴边，说：'想吃可以，求我。'"

凯文："你脑子坏掉了？"

有求于人还这么欠的，全天下大概都找不到几个，就连皇帝都忍不住对他叹为观止。

奥斯维德心里笑着脸上绷着，顶着副纡尊降贵的晚娘脸，将托盘里的食物一勺勺送到凯文嘴边。

被伺候的那个偏偏一点儿自觉都没有，十分泰然自若地指挥着："虾汤，两口。"

"给一颗甜果。

"一口黑麦面包。

"这个不要。"

奥斯维德盯着银叉上的两片普兰菜叶："你活了这么多年还挑食，好意思？"

凯文很不理解："活了多久跟吃不吃这玩意儿有直接关系？"

奥斯维德："讲点道理，普兰菜叶补血，你需要多吃一点。"

凯文嗤笑一声，满不在意："我这两条胳膊皮还没封上呢，上面刚补了血，破口这边就该流了，你傻吗？"

"你这是哪门子的歪理？"奥斯维德看到他这样子就气饱了。

总之，不管怎么说，伟大英俊的前光明神、现指挥官就是对普兰菜叶厌恶至极，他这么描述了一句："这玩意儿的味道，总让我想起安多哈密林泥土深处扎窝的青色软虫。"

奥斯维德："……"

听完这种鬼话，他觉得今天早上的早餐可以彻底省了，大概是不会觉得饿了。

"你脸色也挺难看的陛下，要不你补了吧。"凯文拖着音节，说得十分讨打。

脸色难看究竟是因为谁啊？！奥斯维德狠狠瞪了他一眼，而后绿着脸把那两片晾了半天的普兰菜叶给吃了。

"还有松塔鱼片上放着的两枚石巴果，也劳驾你解决了吧。"凯文十分不要脸道，"鱼片给我叉过来就行。"

奥斯维德："……"

一顿早饭下来，餐盘里所有凯文不乐意吃的东西都进了奥斯维德的肚子，搞得本就毫无食欲的皇帝陛下灌了一耳朵的青色软虫和飞浆蜘蛛，带着一肚子的菜叶水果,黑着脸走了。

临走前还得帮凯文大爷拿走餐盘,翻好书页。

好在这种精神肉体双重折磨的日子并不长久,正如凯文自己说的:"伤得再吓人,也总有好的时候,没什么好上心的。"

他瘫着的时候,皇帝变着花样把各种补血补肉补骨头的东西掺杂在一日三餐里,连哄带骗加威胁地塞进他的嘴里,还得帮着解决他不吃的那些,可谓十分辛苦。

但辛苦还是有效果的,凯文的气色在这几天里以肉眼可见的速度好了起来,三天过后,他的两条胳膊终于开始以缓慢的速度长出了皮肉。

而这短短的三天内,其他的事情也发生了一些变化——

北翡翠国因为萨丕尔的封国令变得混乱不堪,砂石化怪病流传的同时,不知哪些人听信了一些邪书上的巫术传言,相信婴孩的血是这世间最为纯净的东西,可以对付这种性质古怪的砂石化病。

这样的传言一经流散后果不堪设想,而萨丕尔这个疯子被逼急了很有可能干出一些更出格的事情,紧紧毗邻于北翡翠国,并且和萨丕尔积怨已久的金狮国不得不做着准备。

同时,那几位来访的城邦国国王跟奥斯维德达成了协议:一方面,由金狮国提供足够的饮水,解除砂石化疫病;另一方面,那些城邦国和金狮国之间结成了联盟,把七百年来一家独大的北翡翠国包在了其中。

看起来,形势似乎并不算晦暗。相比于有了同盟者且民众安乐的金狮国,被围在其中内外交困的北翡翠国的处境似乎更难堪一点。

但是奥斯维德却格外谨慎。他虽然不是巨兽人族的,但某些时候也会有点儿所谓"兽类的直觉",总觉得事情并没有他们想象的那么顺利……

他隐约觉得哪里有点儿古怪,却一时说不出来究竟怎么个古怪法。

接连下了很久的暴雨这几天突然势头变小了,每天上午几乎都是干热的晴天,直到几近傍晚才会气势汹汹地滚来一场雷雨,忽闪的雷电映得整座城镇乃至半片大陆都明明暗暗的,隐约给人一种不安定的感觉。

凯文开始长皮肉那天,甚至连傍晚的雷雨都没能落下来。

而这雷雨又总是任性极了,一停就是好多天。

凯文两条胳膊恢复原状后,便从悬宫内院搬回了青铜军大本营,带着大营里的士兵以及小狮子班日夜操练。

如此过了半个月后,神官院那边终于一道急报通传到了奥斯维德书桌上,上面只有一行字:"雨季提前结束,西部荒漠那边出现了非常奇怪的情况,请陛下移步观象台亲自来看。"

收到这道急报的时候,凯文刚好过来例行汇报,还没来得及搞明白怎么回事,就被奥斯维德拽上了马鹫，沿着长长的铁索道，直奔神官院最高处的观象台。

结果刚一进去，两人就被里面的景象惊得一愣——

那位一直负责主要事务的老神官正沿着观象台的边缘，一边脚步凌乱地跑着，一边嘴里念念有词，说不了两句，声音还会突然变大，看起来像疯了一样。

两个年轻的神官试图拦住他，却没能成功，搞得形容非常狼狈。

"怎么回事？让我来，就是给我看这种事情？"奥斯维德一时间不能确定这是什么情况。

其中一个年轻神官道："不不不，陛下，莫格利神官给你发完急报后，趴在观象台边不知道又看到了什么东西，突然就成了这个样子。"

"哪边？"奥斯维德皱眉问道。

"这里。"年轻神官指了指正对悬崖那一侧边缘的一方黑石水台，"南方这个，但是我们凑过来却什么也没看见。"

神官院的观象台上，东南西北分别有一方黑石水台，水台底部有暗色的龟裂纹，乍一看凌乱得毫无章法，细看却又似乎暗藏乾坤。有些龟裂纹交织处粘有金色的圆点，有大有小，疏密错落。远看起来，像是最繁复的星空。

奥斯维德凑到南方水台边朝里看了一眼，发现里面平静无波，没有任何异象。

他蹙眉沉吟片刻，道："那老神官给我的急报里说是什么奇怪情况？"

年轻神官指了指西边的水台，道："是这里，迹象还在，但是很淡了。"

奥斯维德大步过去弯腰查看，就见黑石水台的底部，右上角的位置，隐隐有一圈像是灰尘笼聚出的花纹，正在缓慢地被水冲淡。

"这是什么花纹？"奥斯维德隐约觉得那有点像一张人脸，但是因为太淡了，有些扭曲，不大认得出来。

神官指了指花纹中某个凝聚点，道："这里本来是一个圆形图腾，现在看不清了。"

"什么图腾？"奥斯维德问道。

神官道："不死鸟。陛下，是象征光明神法厄的不死鸟。"

凯文猛地抬头："怎么可能？"

02

奥斯维德连同那两位神官都转过头来看了他一眼。

凯文盯着黑石水台看了半天，才意识到其他人都在看他，顿时一愣："都看我干什么？"

"你的反应很大。"奥斯维德有些奇怪道，"好像特别诧异。"

凯文更奇怪地看他:"旧神时代都过去多少年了,法厄更是在地下埋了不知道多少年,现在突然出现他的图腾,不值得诧异?"

"是很诧异,但是你平时连扯个嘴角都嫌累,还从来没见你表情这么明显过。"奥斯维德道。

凯文嗤了一声:"现在是研究我表情多不多的时候吗?"

他这话倒是说得有道理,奥斯维德又瞥了他一眼,也没再继续揪着不放,转头问那两个神官:"所以,你们对这个法厄图腾的解释是?"

这四方黑色水台在金狮国观象台已经存在了很久很久,甚至可以追溯到金狮国刚建立的时候。它们每一次变化都暗藏玄机。早期的神官被称为"能捕捉神迹的使者",大概是欧拿族里少有的带着"神的遗迹"的人,凤毛麟角。

出色的神官光凭这几个水台的变化,就能探测甚至预知很多事情,在安邦立国上处于至关重要的位置,所以是极为重要且地位极高的官职。

但是随着时代变迁,离神的时代越远,神官的能力就越差,一代不如一代。别说探查所有玄机和信息了,能解读大概的意思就很难能可贵了。

可尽管如今的神官不如人意,他们依旧是不可或缺的,因为没有他们在,其他人甚至连大概意思都解读不了,只会看得一头雾水。

"我们所解读到的,是在西面荒漠地带出现了光明神法厄的痕迹,具体位置大概位于玫瑰旧堡一带。"其中一位神官回答道,"莫格利神官在意识不清之前,跟我们的见解一样。"

奥斯维德抬手道:"等等——痕迹可以表示很多种意思,你们所谓的痕迹究竟指什么?说清楚一点。是某种信号还是?"

神官用一种非常难以言喻的口气道:"尽管无法相信,但是……我们认为这个痕迹是指光明神法厄本身的痕迹,就是说他应该在玫瑰旧堡附近出现过。"

凯文:"……"

奥斯维德:"……"

这回不用凯文诧异了,奥斯维德自己都快绷不住表情了。

有那么一瞬间,他差点儿脱口而出:"你们是不是没睡醒,没睡醒滚回去继续睡,站在这里说的哪门子胡话?!"

但是想了想,他又把这话强行咽了回去。

整个观象台安静了很长一段时间,就连一直在旁边发疯撒泼的莫格利老神官都突然安静了下来。

他缩在墙角的位置,盯着石柱上的一处污迹,几乎把自己看成了斗鸡眼,而后突然低声喃喃道:"回来啦……又回来啦……"

接连叫魂似的喃喃了几句"回来啦"之后,莫格利老神官一抖身上的肉,表

情从茫然变得惊恐起来，把自己拼命往墙角挤，叫道："我想活啊，我想活……太阳别落山！"

众人被他这疯疯癫癫的举动弄得安静不下去了，奥斯维德的表情终于从难以置信中缓了过来，渐渐眯起了眼，看着那两位神官。

疯了的老神官莫格利依旧在拼命彰显着自己的存在感，他在墙角自言自语地缩了一会儿后，又突然抓着石栏站了起来，神情傲慢而冷漠地指着一圈人，最终目光停留在奥斯维德和凯文面前，厉声道："跪下！"

众人："……"

两位年轻神官一缩脖子，终于忍无可忍地把老神官连拖带哄地拉到了一边，其中一人冲奥斯维德低头行礼道："陛下，我先带莫格利神官去医官院，有多恩在，他能为您解答所有问题。"

奥斯维德捏着眉心点了点头，他便一把扛起老神官，匆匆出了观象台。

留下的多恩神官冲奥斯维德解释道："解读到这一点的我们也非常震惊，这看起来确实像在胡扯，但确实是这样，莫格利神官甚至解读到了一幅场景。"

"什么场景？"奥斯维德皱眉问道。

多恩答道："他说他看到了暴雨下的玫瑰旧堡，有一个穿着白袍的黑发男人站在断墙旁边，手里拎着一把金色的长弓，正回头看着旧堡塌了一半的高塔。莫格利神官说他看不清那个人的脸，只看到他脖颈一侧有金色的飞鸟翅羽图案，非常耀眼。"

众人呼吸均是一滞。

所有人，所有看过《神历》或是听过旧神名号的人都知道，光明神法厄的惯用武器是金色的弓箭。出现了法厄的痕迹，又看到玫瑰旧堡旁边站着一个拿着弓箭的人，这人是谁，不言而喻。

奥斯维德一愣："这是意象还是实景？"

"是实景，陛下。"多恩答道，"莫格利神官说了，这是在玫瑰旧堡断墙边出现的一幕。"

奥斯维德还是有些不太相信："会不会是……有人将自己装扮成了法厄的样子？"

凯文却在其他人没注意的时候，动作很小地摇了摇头。

不会的。

要说跟他长得最为相像的人，就只有被忒妮斯创造出来的梅洛。现在的人只知道众神都有代表的图腾，但并不清楚所谓的图腾是什么意思，以为是类似于印章或是署名之类表示身份区分的印记。实际上，真正的图腾是刻在每一位神祇身上的，印刻在灵魂上的。

梅洛穿上一样的白袍，拎着一样的金色长弓，在外貌上看起来会跟他有几分相似，但是脖子上的不死鸟翅羽图案是模仿不来的。

更何况梅洛的后神时代也早就过去了千来年，他也早已长眠于地下，或许重生成人了……

也就是说，如果莫格利看到的是实景，那个场景中的男人脖颈上真的有不死鸟图案，那只可能是光明神法厄本人，不可能是其他人装扮的。

这个玩笑开大了！

那么一瞬间，凯文简直有点儿啼笑皆非——他正好好地全须全尾地站在这里，哪儿来另一个光明神跑去玫瑰旧堡旁边拗造型？

逗谁呢？！

然而神官没必要在这种时候胡说八道，所以……

啼笑皆非之后，凯文又低头皱起了眉：这究竟是怎么回事？那个玫瑰旧堡旁边的光明神又是从何而来？

"莫格利神官还说什么了？"奥斯维德连声音都变了调，像是连嗓子都变紧了。

"神官还说了几句话……"多恩说到这里有点儿游移不定，他抬起眼皮看了奥斯维德一眼，似乎在斟酌着该怎么开口。这表情这模样，一看就知道不是什么好听的话。

"我不怪罪，你直说就行。"奥斯维德不耐烦道，"别磨蹭。"

多恩偏头看向黑色水台，伸出手指在其中几处亮着的星点处划了两道，又指向几乎看不见的不死鸟图腾："神官说，光明神法厄出现在玫瑰旧堡的时候，白袍子上沾着血迹，脚下有无数尸体，但是看不清人脸。而四颗砂点移了位置，说明……说明我们国家将有大难，重至倾颓的大难。他能感觉到这两件事之间有莫大的联系，但究竟会是什么样的情况，他也看不出来。"

奥斯维德脸色瞬间变得很难看。

光明神法厄重新出现这件事实在很不可思议，让人根本没法相信。如果光是听到了这样一件事，奥斯维德可能会在惊诧之余，找一些人去玫瑰旧堡附近看一看，但绝不会把过多的重心放在上面，毕竟现在有更现实的问题摆在面前。

但偏偏这样匪夷所思的一件事和金狮国的存亡扯上了关系，这就让人无法轻视了。

他沉默了一会儿，点了点头，沉声道："好，我知道了。你继续盯着水台，如果再有变动及时上报。"

"另外——"他又扫了眼南面那个将莫格利神官弄疯的水台，"那个也盯着点，回头我会往观象台加派一点人手。"

他说完，冲凯文一偏头道："你又在发什么呆？我们走。"

两人翻身上了马鹫，一扯缰绳便直奔悬宫。

马鹫双翅一展,在铁索道上疾驰如飞,眨眼间便到了悬宫门前。然而奥斯维德却并没有让马鹫停下来,而是拽了一下缰绳,让它直接拐上了城墙高塔。

"你来这里干什么?"凯文问道。

奥斯维德下了马鹫领着他走到高塔里面,站在围栏边朝下俯瞰。

这里是圣安蒂斯的最高点,俯瞰下去能看到几乎整个皇城,乌色的屋顶沉静厚重,一方面让人心绪澎湃,一方面又能让人莫名安定下来。

这是金狮国历经千年风雨之后,给人的一种安抚力。

"你相信法厄还会重现在这个世上吗?"奥斯维德沉沉开口。

凯文答道:"你问的是光明神,还是法厄?"

"有区别?"奥斯维德看了他一眼。

凯文点头:"区别很大……因为神的时代已经过去了。"

奥斯维德一时间对他的意思似懂非懂,但转而又道:"我刚才虽然诧异,其实是相信的,因为我在法厄神墓的神像里找到了脚印,却不见遗体。我有种直觉——法厄还活着。"

他顿了顿,又道:"更古怪的是,我甚至感觉,光明神法厄离我们并不遥远。"

03

凯文:"……"

奥斯维德没听到他的回应,转头又瞥了他一眼道:"怎么,觉得我这想法太可笑?"

凯文干笑两声:"没有没有。"

"虽然说看起来神的时代已经过去了,但事实上跟神相关的事情一直层出不穷。"奥斯维德漫不经心地指了指被甩在远处的神官院观象台,"远的不说,就说神官们,他们生而能通晓常人不知道的事情,能看到常人看不到的场景,甚至能预言未来的一些事情乃至国家兴亡,这些显然是从神的时代遗留下来的。灵族也是,虽然他们的巫术更多源于后天的能力,但是天赋的那一部分显然也来自神的遗留,尽管他们属于旁系。"

他难得地话多了几句,听得凯文都忍不住转头看他:"你在极力证明神的痕迹还在?"

奥斯维德顿了顿,沉默了片刻道:"不仅是证明……如果是法厄的话,我希望他还存在。"

奥斯维德对于旧神的观感一直好过后神,这凯文是有所感觉的。他对法厄的好感也远超其他大小神祇,这凯文也是知道的,但是他一直不太理解原因。

曾经他身为光明神的时候，不太在意这些，后来成了普通人，也就更不在意别人的评价和想法了。但是现在，他手肘架在高塔的铁栏上，屈着的手指松松地支着下巴，好整以暇地看了奥斯维德片刻，突然出声问道："为什么？"

奥斯维德愣了一下："嗯？"

凯文道："为什么喜欢法厄？因为他是光明神？"

傲慢别扭惯了的皇帝似乎很不习惯这么直白地讨论对某个人的喜好，准确地说，他不太习惯轻易地用"喜欢"这个词去评价谁，但是这么冷不丁地被凯文一问，他却又不知道该怎么反驳这个词，也不知道该用什么更恰当的词来代替。

于是只轻描淡写地把这个词绕了过去，在心里自我替换了一下，而后答道："没什么原因吧，看谁顺眼或是不顺眼一定要有理由吗？我对法厄所有的了解都来自《神历》，严格来说，那样的书有太多后期添加的内容，我看到的很可能不是法厄最真实的情况，或者只是他的其中一个片面表现。但是至少——"

他说着缓了一下，抬眼看向皇城圣安蒂斯的全景："我很小的时候，至少在看到法厄相关的故事时，是觉得自己总有一天能变得足够强大无所不能的。所以我希望，这样一个能让人充满勇气的神祇能存在得更长久一点。"

凯文听得一愣一愣的，到最后忍不住哭笑不得地问道："活久一点干什么？让更多的人跟你一样充满勇气，浑身挂着胆四处找打吗？"

奥斯维德没好气地白了他一眼，道："那前提是得碰见你这样的人，不然这种找打的潜能一般都激发不出来。况且我也没说希望他以光明神的身份活那么久，按照《神历》后续里所说的，神祇死亡之后，可能是另一场新生开始，他们或许会成为这个世界上的任何一个普通人，也可能会选择就此长眠，永不睁眼。我希望他能成为前者，能以普通人的身份，来感受一下这个被他们创造出来的世界——啧，你这是什么眼神？"

凯文终于忍不住笑了场，他拍了拍奥斯维德的肩膀，道："你整天绷着张脸，一副人人欠你一个国库的模样，没想到还有挺多感慨。"

"你一天不挤对我两句就嘴痒？"年轻的皇帝居高临下地丢给他一个斜眼。

"你有注意听多恩说的话吗？他说莫格利神官看到的场景里，那个疑似法厄的人脚下有无数尸体。"凯文道，"你现在在这儿写心情小论文，就不怕回头发现真正的法厄颠覆了你的所有认知？"

奥斯维德微微皱了皱眉。

刚才多恩的话里最让他在意的其实就是这一点，法厄的脚下有无数尸体，身上还沾着血迹，并且他的出现和金狮国的国运休戚相关……这样的话按照常人的逻辑来看，几乎就是在隐隐暗示，重现人世的法厄很可能并不像世人所想象的那样高洁神圣、悲悯世人。

"我不太相信。"奥斯维德用沉稳的声音缓缓道,"就算那个场景是真实的,我也觉得其中另有蹊跷。"

凯文挑了挑眉,没有立刻接话,看表情似乎在琢磨着什么事情。

片刻之后,他突然没个正形地开口问道:"欸?我问你,要是法厄本人或者重生为人之后是我这样的,你怎么办?"

凯文根本没把他当个位高权重的皇帝,手臂直接挂上了他的肩膀松松垮垮地勾着他,一脸看笑话的模样,清晰分明的双眼微微弯了起来。

奥斯维德被他冷不丁凑近的脸弄得一愣,双眼先是落在了他漆黑的眸子里,又很快移开,面无表情地看着远处冷笑一声:"呵,那我撞死算了。"

凯文嗤笑一声,撒了手,重新站直了身体。

他懒懒地倚着铁栏,盯着皇城层层叠叠高矮不同的乌色屋顶看下去,一直看到天的尽头,远到无可触及的地方,漆黑的眼珠净透得像蒙了一层玻璃。

他脸上玩笑的神色半隐不隐,意味不明地说了句:"有人能给予勇气是件好事,越多越好。"

这没头没尾的一句话让奥斯维德有点摸不着头脑,他看了凯文一眼,正想再问,却被他一巴掌狠狠拍在肩膀上:"大事当头看个鬼的风景,走了,回去找你那些大臣指挥官议事去!"

这人的手看着白皙清瘦,是个斯文坯子,手劲却大得惊人,一巴掌简直能让人把肺都吐出来。

奥斯维德即便没吐出什么龙肝凤胆,也觉得五脏六腑都被震了一把,顿时瞪了这混账东西一眼,回了一句:"谁跟你说我只是简单看看风景?!"

他说着,趁凯文没注意,抬手便把他捞了起来,一把甩上马鹫宽厚的背。一向嚣张不知轻重的凯文·法斯宾德阁下犹如一只人形麻袋,横挂在奥斯维德前面,在马鹫的风驰电掣中差点儿把肺也颠了出来。

扯平。

当晚,奥斯维德叫来了重臣和各军团大本营指挥官,召集了十二人圆桌会议。

他将神官解读到的东西说了出来。在听到玫瑰旧堡出现了法厄的痕迹时,整张圆桌除了皇帝和事先知道的凯文,其他人几乎都是一脸要昏厥的模样。

在听到光明神的出现关系到国家存亡的时候,大半的人就再也坐不住了。

众人对着庞大的大陆地图讨论了整整一夜,代表兵力分布的标旗几乎没在一个位置上久待过,一直在挪动更改。大臣和军团指挥官想法不一,保守一方和激进一方意见也很难统一,对神高度信仰的一方和把神当作历史的一方偏重点也同样不同。

十二人会议有将近十人都唾沫星子横飞，嗓子都快喊哑了。

剩下话较少的，一个是主决策的皇帝，一个就是凯文。

凯文一改平日里满嘴跑火车的调子，他两手松松地交握着，搁在桌面上，静静地听着不同人的不同意见，从头到尾没开过几次口。

因为在这次事情上，他太有主观偏向性了，根本没什么好探讨的。

最终，到第二天天亮的时候，地图上的标旗由奥斯维德拍板，总算定了下来——

乌金铁骑军按兵不动，和皇城巡骑军一起，负责镇守大本营；原本安排在克拉长河一带的十支赤铁军依旧驻守在那里，紧盯金狮国和北翡翠国的交界；驻守西面的十二支青铜军也同样不改安排，紧盯和沙鬼荒漠的边界。

余下的所有兵力重新分编，集合成两支队伍伪装成商队，从蜃海绕道去往玫瑰旧堡。另外的兵力统统驻在达达城，那里不论是回皇城，还是去克拉长河，抑或是去西边荒漠，都有直通的捷径。

只是去往玫瑰旧堡的"商队"带队人还没完全敲定下来。那里说安全也安全，是商队往来最常走的一条道，离沙鬼所在的鬼城荒漠相对远一些，适合伪装，遭遇突袭的概率相对小很多；但是说危险也危险，因为那里有蜃海……

因为讨论到了早晨，奥斯维德干脆叫人准备了早餐，直接送进了会议室，一干熬了一夜的人得以稍作休息，缓一缓脑子和嗓子。

奥斯维德刚端起杯子喝了一口薄荷茶，就被凯文拍了拍肩膀叫出去了。

"怎么？"奥斯维德边走边道，"早餐里又有你不想吃的东西了？"

凯文没好气道："那个星脚鱼我确实不吃，但是这和我把你叫出来有什么关系？"

"谁知道呢，万一你觉得堂堂一个青铜总指挥官，当着众人的面挑食太丢人呢？想私下里求我帮你把那玩意儿又走吃了？"奥斯维德不冷不热地戳着他的点训道，"那玩意儿对你这种整天掉血的人有好处，不吃也得吃。"

"不。"凯文在走廊前站定，先是斩钉截铁地回绝了他的要求，而后理直气壮地提出了自己的要求，"玫瑰旧堡那边，我去。"

奥斯维德一听就皱了眉："别做梦了，你之前伤成那副鬼样子我可还记得呢，这才过去多久，就想去蜃海那种地方？门儿都没有！"

凯文连道理都懒得讲，依旧不容回绝道："我必须去。"

"为什么？"奥斯维德简直弄不懂了。

"你就当我也喜欢法厄得了。"凯文随口诌了个理由。

奥斯维德："……"

有那么一瞬间，皇帝心里泛起了一股难以忽略的不爽。

04

"你这是什么见鬼的理由？！"既然心里不爽，奥斯维德脸上就摆不出多好看的脸色。

三番五次地表达对自己的喜爱这实在有点脸大，凯文也不再重复那个确实见鬼的理由，只摆了摆手道："总之就那么个意思吧，你不是看光明神挺顺眼的吗，相信能理解的。玫瑰旧堡那边，我一定要去。"

奥斯维德想也不想道："我不理解，别做梦了，不会让你去的。况且你从来也没主动提过法厄几次，怎么突然就喜欢他了，骗鬼呢？"

皇帝一方面觉得凯文不可能单单为了法厄就不顾危险，去玫瑰旧堡一定另有原因。可是玫瑰旧堡那边能有什么值得他这么固执的呢？那里除了残垣断壁就是黄沙漫天，除了因为法厄，他还能因为什么呢？

自认为理智地分析了一通，奥斯维德心里的不爽感不减反增，脸色更不好看了。

而凯文毫无所觉地继续道："谁说主动提了才叫喜欢，我这……"

他话刚说了一半，倏然住了口，转头朝一旁直通内院的直廊望过去。黑着脸的奥斯维德情绪还没来得及收，就板着一张人人欠他一座金矿的棺材脸，也跟着转过头去。

刚拐进直廊的一个人影怯生生地刹住脚步："陛下，阁下……早。"

"早。"凯文冲他点了点头。

自从凯文挥着鬼爪子把辛妮亚吓哭了之后，为了避免小姑娘再受惊吓，也以免凯文被笨手笨脚的丫头碰到伤口，奥斯维德不得不再次给小丫头下了个禁足令。

不过这个禁足令并不苛刻，没有要求她像之前一样整天待在房间里不许出门，只是禁止她有事没事往凯文房里跑而已。辛妮亚非常喜欢凯文，又因为少了讲故事的一员大将，很是哭闹了几天。在那之后，她重新缠上了好说话的少年安杰尔。

"你手里抱着的是什么东西？"被人听到皇帝和指挥官吵这么幼稚的架，奥斯维德莫名觉得有点儿尴尬。他闻到了一点清淡的花香，就借机转移了话题。

只是他忘了自己正顶着一张锅底脸，开口问话简直有种厉声质问的感觉，吓得安杰尔活活僵成了一根立柱。

少年仿佛一只受惊的兔子，抱着怀里的花枝解释道："辛妮亚殿下昨天问我多罗圣花长什么样，我就去给她摘了一枝回来。"

"我们这里多罗圣花很少见啊。"凯文道。

安杰尔"嗯"了一声，点头道："我本来想画个图给她看，结果刚好看到军营后面的悬崖上长了一枝，我就折来了。"

他抱着花枝的手臂上还有一道结了疤的擦伤，显然没少费劲。

"我很高兴你把辛妮亚的话看得这么重，不过下次这种事情不用这么认真，从悬崖上翻下去可没人捞得了你。"奥斯维德道。

安杰尔："……"

皇帝的脸色显然还没切换到"高兴"的频道上来，跟他的话语内容形成了鲜明的反差，莫名有种嘲讽感。

随口问了几句之后，奥斯维德便挥了挥手，让安杰尔去找辛妮亚了。

听到了皇帝和指挥官讨论"喜欢不喜欢"这种问题的安杰尔显然也有点儿尴尬，一被放行，就忙不迭地跑了。

被皇帝定义为外人的人一走，他便瞬间拉下了脸，冲凯文斩钉截铁道："想去玫瑰旧堡，门儿都没有，说不行就是不行。"

撂下这句话，他便转身大步朝会议厅走去。

凯文挑了挑眉，莫名感觉皇帝陛下在闹脾气。

"我最近脾气还真是温和……"凯文他老人家自言自语地嘀咕了一句，心说这要是放在以往，他三句话说不到一起差不多就该直接动手了，尤其是对着奥斯维德这种不需要他客气的。

他摇了摇头，远远地缀在皇帝身后，也跟着回了会议厅，打算吃完早饭，回头再找机会跟奥斯维德说，实在不行那就只好动手了。

有早餐打底缓了缓脑子，众人再次在桌旁坐下后，效率又高了许多。

这回很快便敲定了去玫瑰旧堡的领队人——赤铁军副指挥伍德。而去过法厄神墓的精锐小队副队长尼克，成了伍德这次的副手。

所有军团有三天的准备时间，三天之后的入夜，按计划分批准时出发。

凯文对此暂时没发表任何言论，只打定了主意回去要揍奥斯维德一顿，哪怕他是皇帝。

不过这个打算并没能立刻实现，因为在散会的时候，奥斯维德出了点状况。

就见身形高大的皇帝脚步虚了一下，一手撑住桌角，皱着眉低头晃了晃脑袋，看起来有点儿不太舒服。

"陛下，您怎么了？"离他最近的大臣紧张地问道。

虽然奥斯维德坐上皇帝这个位子的时间并不算太久，但是经过上回圣水一事后，大部分大臣和军团指挥官心里都稳稳地跟他站在了一边，对这个年轻的皇帝非常有好感。尽管皇帝经常绷着脸不太温和。

凯文倏地转头看他："怎么？头晕？"

奥斯维德用力眨了眨眼，缓了一会儿，又捏了捏眉心，这才睁眼站直身道："没事，一夜没睡，眼睛不舒服，很正常。走了。"

众人面露忧色，再三确认，一直不太放心的模样。

奥斯维德这人有着年轻人的特质，在体质体格方面格外死要面子，好像身体出现一点小毛病就是天大的侮辱一样。他被关切得直接毛了，众人才讪讪离开。

凯文还打算磨一把，于是没直接回军营，而是跟着奥斯维德朝内院走。

"刚才怎么了？真是眼睛不舒服？"凯文走上前转头看了他一眼，又问道。

奥斯维德"啧"了一声，下意识地要炸，但是和凯文的目光对上，又默默把不耐烦压了回去，道："差不多吧，就是眼前突然一黑，站急了出现这种情况很正常。"

凯文点了点头，"哦"了一声。

奥斯维德斜着眼睛看他："你跟过来做什么？又想说服我让你带队去玫瑰旧堡？"

凯文毫不掩饰地点了点头，非常干脆。

"你……"奥斯维德被他这副光棍样儿气了一下，他顿住脚步，宽大的手掌一把钳住凯文的肩膀，止住凯文的步子后直接扳着他转了个方向，"找打的法斯宾德阁下，大门在那边，滚。"

凯文："……"

"我看你是真的浑身皮都痒！"之前还觉得自己非常温和的凯文·法斯宾德阁下转眼就扯下了一层伪装皮，抬脚就想照着皇帝的脸印下去。

作战经验非常丰富的奥斯维德眼疾手快地捞住他的小腿，正要借力把凯文抵去墙角，限制行动，就听见皇城巡骑军指挥官彼得又举着急报来了："陛下！皇城刚收到——欸？！"

彼得被眼前两人的姿势惊傻了，原地站成了一根壮实的棒槌。

凯文毫不客气地借势一歪脖子，在奥斯维德腰间捅了一记，迫使岔了气的皇帝把他的腿放下。

奥斯维德抹了把脸，严肃地抬头看向彼得："又有什么事？说。"

"我不是故意打扰的……""棒槌"一脸尴尬道。

"打你个头！"奥斯维德劈头便骂，"究竟什么事，赶紧说。"

"棒槌"虽然不知道发生了什么了，但知道他再不说正事，皇帝真能把他叉出去，于是赶紧正了脸色把手里的一小卷纸递了过来："刚才收到了这封求救信，来自沛达城国王斯托。"

奥斯维德展开卷纸迅速扫了一眼，了解了始末——跟奥斯维德达成协议的城邦国国王在金狮国逗留了一阵子，都陆续回了城，他们带着逃来金狮国的难民，有老有少，速度没法太快，这会儿几乎才到自己的国家。

最远的沛达城国王斯托眼看着就要抵达城门了，却遭遇了袭击。

袭击者是躲过了雨季的沙鬼，它们进攻起来简直犹如风卷残云，斯托的队伍甚至还没来得及反抗，就已全部落入了沙鬼的手里。

"现在有沛达城的新情况吗？"奥斯维德眉头紧蹙着问道。

"刚才接到信我就派人去打探了，过会儿应该能收到回音。"彼得答道。

果不其然，片刻之后，彼得派去搜集信息的人便回来了，他们带回来了两个坏消息——

一是沛达城在极短的时间内被沙鬼以某种手段全部控制，民众全被收押，连国王也不例外；二是其他几个城邦国也同样没能幸免于难，几乎都遭到了袭击，境况非常惨烈。

"还有一个不好不坏的消息。"彼得又道。

"什么？"奥斯维德问道。

"雷音城还没沦陷，国王西奥多返程途中因为一些事情耽搁了，结果在半路接到了其他国家遭袭的消息，当即就掉头返回了，希望能得到我们的支援。刚才收到消息的时候，他们的队伍已经快到国界线了。"

西奥多的队伍来得比他们预料的快得多，也狼狈得多，看起来跟之前的难民也没什么区别了。

当天夜里，西奥多挂着一身破布，带着四名身上比他还破的贴身护卫，见到了奥斯维德以及还没离开内院的凯文。

05

西奥多进殿厅的时候，传信的白鹰刚从大厅里飞出去，而奥斯维德正和凯文还有下午被临时叫过来的小狮子班说着什么，神情严肃。

"陛下正忙吗？忙的话我可以出去等着，处理国务要紧，我这只是小事。"西奥多衣着破烂，却行着皇室的礼，看着颇令人唏嘘。这人什么都好，就是太喜欢自谦，自谦过了界，话语里反倒透出一种讽刺感。

不管怎么说他也是堂堂城邦国国王，离开金狮国的时候带着百十人的护卫队，现在却只剩寥寥几个，大半的人被沙鬼俘虏，国将倾颓，这要叫小事，那就没什么能叫大事了。

要真是不急，也不可能连换洗接待都免了，直奔主题。

奥斯维德摆了摆手道："琐事。"

其实也并非真的琐事。在早上接到彼得接二连三的急报后，他就觉得形势要乱，之前协议达成的城邦联盟被沙鬼彻底搅散，将北翡翠国圈围在其中的打算也化成了泡影。

更重要的是，沙鬼的袭击又快又狠，短短一天，几个返程的城邦国国王几乎统统遭殃。这让奥斯维德觉得时间格外紧迫。

他直觉原定于三天后出发的几支军队路上并不会太顺利，于是临时改了主意，将计划全部提前。其他分派各处的军队人数众多，需要准备的东西不是半天就能全部就绪的，于是各提前了一天或两天不等。而被安排去玫瑰旧堡的两支军队则被提前得更早。

奥斯维德花了一整个下午的时间，把那两支军队伪装成商队所需的一切东西准备齐全，而后彻底改变原计划，让他们在入夜前，沿着大裂谷底端的一条隐蔽旧道先行出发，已经直接去往蜃海了。

早上还跟奥斯维德争着要带队的凯文，在下午突然改了主意，非但没有继续磨领队的位置，反倒非常支持皇帝提前把这两支队伍派出去的举动。

"以防万一。"两个人几乎都是这么想的。

在伍德和尼克带着两支队伍出发之后，奥斯维德在入夜前又让凯文去军营把班领了过来，让他用巨兽人族特有的方式把沙鬼突袭的信息传回了巨兽人所待的山谷。西奥多国王抵殿的时候，班刚回来。

原本见皇帝要谈正事，凯文打算带着班离开殿厅，却被奥斯维德抬手拦下了。

皇帝没有交代什么话，甚至都没有回头给个眼神，凯文就领会了他的意思。他干脆领着班在皇帝右手下方的位置坐下，靠着椅背抱着手臂，左手垂下的手指刚好不动声色地搭在腰间的短刀刀柄上。

面对外人，皇帝自然不可能表现出任何时间紧迫的模样。于是西奥多被安排了座位和充饥的茶点，得以稍缓一口气。

这位雷音城的国王倒是非常自觉，在入殿之后就把带来的四名贴身护卫差遣到了殿外候着，以免唐突。他人虽然在座位上坐下了，但是茶点却并没有碰一口，显然无心吃喝。

"究竟怎么一回事？"奥斯维德问道，"雨季虽然提前结束，但现在依然是湿气最重的时候，沙鬼一般不会选择在这种情况下离开荒漠。怎么会这样反常？"

西奥多一脸愁苦地摇了摇头："我也并不清楚它们为什么这么早就离开荒漠，我们的队伍沿着北翡翠国边界外围的松林长道朝雷音城走的时候，甚至还没听说任何关于沙鬼踪迹的传闻。但是当我们在松林长道尽头取道往冰原岔道去的时候，就接到了沛达城卡斯罗的求救，紧接着一封又一封求救信，几乎没停过。"

他捏紧的拳头重重地在座椅扶手上敲了一下，叹气道："说实话，刚接到沛达城求救信的时候，我们是打算转头过去支援的，但是当我收到六七封来自不同人的求救信之后，我也没了那个勇气。当时我就猜测，会有沙鬼在雷音城外打埋伏，等着我们自投罗网。于是我下令直接返回，希望能过来向您求助。"

"结果你们在半途碰到了沙鬼？"奥斯维德皱着眉，沉声问道。

"对！"西奥多点了点头，"唯一值得庆幸的是，我们碰到的并不是埋伏的整支沙鬼队伍，应该是袭击别国时遗落下来的散兵游勇，不知道是没跟上大部队还是在清扫后路。但即便是散兵游勇也够我们喝一壶的，正如陛下您所见——"

他张开手臂，展示了一下身上血迹斑斑的破衣，又指了指殿外等着的四名贴身护卫，道："如果不是他们拼死护着我逃命，我可能就没法坐在这里了。我身边近百名护卫，现在也只剩下这四个了，其他几乎全军覆没。被我带回去的那些民众，也同样……"

西奥多喉咙哑了一下，顿时说不下去了。

奥斯维德一直蹙眉听着，目光沉沉地看着他，余光则刚好落在殿厅门口。西奥多说完这些，脸色便郁郁沉沉的，似乎又沉入了之前临头的大难里。

"你们——"奥斯维德抬头正打算开口，却感觉眼前又是一黑，心脏突然猛跳了几下，耳朵里嗡嗡作响，鸣声不断。

"打算让我怎么帮？"他强行忍着这些不适感，用和平时全无二样的沉稳口吻说完了后半句话，而后敛容等着这种不适感过去。

听起来就好像是他自然地在当中断了句一样。

坐在他下手的凯文却敏感地觉察出了当中的异样，大概是因为他平日里跟奥斯维德接触太多，对皇帝的说话口气和方式太过了如指掌。

他没有立刻转头去看奥斯维德，而是在泰然自若的模样下，用余光瞥了一眼。

直到奥斯维德一句话说完，他才自然而然地把目光投了过去。

借着西奥多没注意的当口，他冲奥斯维德略微蹙了蹙眉，用眼神询问了一番。谁知奥斯维德依旧半眯着眼，目光沉沉地投向西奥多的方向。

凯文心下顿时了然：他眼前又发黑了。

这个状况在下午已经发生了三次，中途医官被请来看了一趟，除了昨晚熬了一整夜，精神太过集中，劳心耗神导致的短暂性亏虚，并没有什么别的结论。

这种情况如果发生在其他人身上，倒还能理解，但是发生在奥斯维德身上，不论是他本人还是凯文都觉得有些不对劲。毕竟同样是熬了一整夜，几个上了年纪的大臣都还没什么反应呢，他一个正值壮年的人居然亏虚？怎么可能？！

可这一天事务繁杂，他们也分不出心思再思考这个。

只是凯文心里隐隐觉得有点风雨欲来的架势。想必奥斯维德的想法和他一样，所以才会在西奥多进殿厅的时候，把他和班留了下来。

而同样留在殿厅内的，还有十个乌金铁骑，分站在殿厅两侧。

奥斯维德问出那句话之后，西奥多答道："沙鬼太过猖獗，又因为体质特殊，太难对付，危险性也太大。求您派兵支援雷音城，让我们重新掌握主动权救出民众，这有点太过分了，我不可能这么无耻。我只希望陛下能给我提供个方便，借金狮国的秘道一用，让我能从另一条路绕回雷音城。"

"秘道？"奥斯维德面露疑惑。

"我知道这很不合时宜，但也是不得已而为之。"西奥多带着一脸难以启齿的尴尬之色，道，"关于贵国的秘道传闻众多，传说能绕过通向荒漠的那几条正道，以最短的时间越过克拉长河，甚至能通向冰原方向……"

奥斯维德嗤笑了一声，打断了他的话："这种传言什么时候能当真了，如果真有秘道能通往冰原，我直接派兵过去就能把萨歪尔那老东西包抄了。可能吗？"

"但是……"西奥多一副硬着头皮的模样，还想再争取，但是看了眼奥斯维德，又叹气道，"好吧，那陛下能否帮我一个小忙？"

"什么忙？"奥斯维德刚问出口，一只白鹰就从殿厅门口直冲进来，一头栽在奥斯维德手边，可见飞得有多急。

奥斯维德抬手示意稍等，把白鹰脚上卷筒里的字条抽了出来。之前皇城巡骑军给他的消息大多是在皇城内外收集到的，他心里总觉得有些不对劲，于是上午给更远一些的赤铁军发了加急信，这会儿看来是收到回音了。

他展开不大的一张纸卷，就见上面用潦草的字迹写了一句话：沛达城、雷音城、卡曼城，还有一干小城邦悉数遭袭，国王无一幸免。

奥斯维德捏着纸卷的手指顿时一紧。

就在他看到纸卷内容的瞬间，西奥多又顺着他之前的话开了口："我希望陛下您……今后的俘虏生涯万分愉快！"

他说话的同时，音调在眨眼间变了数重，嘶哑又难听。四位等在殿厅外的护卫在那瞬间脱了皮，化作狂沙席卷入内。

06

又是沙鬼！

这样脱了一层皮就换了个人的戏码，让殿内众人不禁想到之前碰到的相似情景，一时间只觉得寒气顺着尾椎骨蹿了上来，几乎连手脚都冻住了。

但这也只是极为短暂的一瞬间！

留在殿内的乌金铁骑在最短的时间内反应了过来，克服了那种四肢僵硬的恐惧感，不管不顾，纵身便扑。

但奇怪的是，他们不要命的攻势并非正对沙鬼，更像是兜在了沙鬼的身后，断了它们从殿厅出去的路，简直像是驱赶着它们朝皇座席卷似的。

而奥斯维德在沙鬼卸下伪装的同时，也不经意地朝头顶上方飞快地瞥了一眼。

在西奥多进殿厅的时候，他放出去的一只白鹰刚好飞出殿门。算一算，现在也该有回音了……

年轻的皇帝把手里的纸卷捏进掌心，又看也不看地撒手丢开。他面无表情地端坐于乌金皇座之上，非但没有让开，反而抬手解开了左肩扣着的披风……

任何人都明白擒贼先擒王的道理，就算是不知从哪个腌臜角落里生出来的沙鬼也一样。"西奥多"连同四个护卫，一共五股砂石旋转而成的风卷都毫不犹豫地朝皇座上的人扑去，仿佛殿厅里的其他人根本没被它们放在眼里似的。

说时迟那时快，就在风卷中伸出的沙状手快要攀上皇座前的九级台阶时，殿厅的拱形穹顶之上接连传来了四声轻微的咔嗒轻响，像是有什么金属关窍被人同时打开了。

凯文搭在腰侧短刀柄上的手指跟着一动，将短刀从金属刀鞘里抽了出来。

沙鬼一心想要将奥斯维德拉下王座，疯狂之余甚至根本没听到头顶之上有人急切地催促了一句："快！赶紧甩进去！"

奥斯维德目光一动，抬手将解下的披风甩了出去。

猩红色的披风在空中倏然展开，顺着劲风刚好罩在扑来的沙鬼上方。

与此同时，就听殿厅穹顶之上一声隐约的大吼："开闸！"

四条巨大的水柱从穹顶四角喷注下来，带着巨大的力道直射向皇座的位置。兜在上方的猩红披风在四道水柱的重击之下瞬间浸透，如同一块厚重的幕布，将正在开演的刺杀大计兜头截断。

五股攒聚到一起的砂石旋风被披风劈头盖脸地罩住，速度顿时一滞。

四道水柱紧跟着打在了那一团砂石之上。

所有人都知道，沙鬼之所以年年都需要躲开雨季，就是因为它们唯一的弱点在于怕水，因为水会使它们变得负重累累、凝滞不前，是它们活动的最大阻碍。

在水的妨碍下，几乎无敌的沙鬼会变得不那么令人惧怕。

尽管在战场上机动因素太多，没法随心所欲地利用这一点，但是在悬宫，在自己的地盘上，这实在是再凑手不过的攻击助力了！

奥斯维德抓住时机，抽出皇帝佩剑，在水柱打下来的瞬间从皇位上一闪而开，一剑捅进了披风之中！

"同样的当我会上两次？做梦！"奥斯维德冷笑着冲披风下的沙鬼说了一句，而后就势朝侧边一滚，将凯文和班扑到一旁。

在被皇帝扑开的瞬间，凯文眯着双眼几乎不用瞄准，便把手里的短刀大力扔了出去。

他在激灌的水声中捕捉到了两声轻微的扑哧闷响，于是挑起半边嘴角短促地笑了一声。

很好，一箭双雕。

一柄短刀穿透了两颗心脏。

殿厅中的乌金铁骑刚好围成了一堵人墙，拉开手中长弓，对着被披风罩住的那一窝沙鬼一顿乱箭齐发。穹顶上有人叫了一声："水用完了！"

凯文刚从地上起身，便被奥斯维德大力推了一把："出去！马鹫等在外面！"

他这话音刚落，一阵急促的马鹫蹄便在殿厅门口一个急刹，嘶鸣声响成一片。

"收箭！撤往悬宫后崖！"奥斯维德喝令一声，在出门的瞬间，捞过内侍官抱过来的辛妮亚朝怀里一护，便和凯文以及跟上的乌金铁骑一人上了一匹马鹫。众人缰绳一抖，风驰电掣地跃出了悬宫。

这是在"西奥多"进殿前，他和凯文两人商议好的，又临时差了一只白鹰送到了巡骑军彼得的手里——让他同时做好两手准备：一是在殿厅穹顶上四角天窗边临时加上水防，以防万一；二是让他通知民众，全员紧急撤离！

伪装成西奥多一行人来突袭的五只沙鬼虽然被困死在了殿厅里，不足为惧，但这只是先行散兵而已，既然它们到了，就意味着大部队也不远了。

沙鬼向来自负，它们认为这样的袭击出其不意，必能得手，所以没做过多准备，水攻能打它们个措手不及。但大部队一来可就没这么好对付了，到时候水攻能否得手全靠运气。

战场上是一说，死伤难免，但是在城中，到处都是普通民众，老幼妇孺随处可见，根本不可能拿这么多人的性命来赌这种运气，在没有万全把握之下，自然能撤就撤。

奥斯维德带着悬宫内的人在铁索道上和巡骑军指挥官彼得碰了面。

"城内撤得怎么样了？"奥斯维德一勒缰绳，马鹫蹄高高扬起。

"基本都转移进地下储藏室了。"彼得语速飞快，几乎刚到奥斯维德面前便掉转了马鹫头，"我这就回去把巡骑军分散在各门各户里，以保安全。"

两句话的工夫，两人的马鹫便又朝着不同的方向疾奔，几乎没耽搁一秒。

神之路上从来没有出现过这样的情景，各大军团大本营几乎全部出动，马鹫蹄踏起的尘土四溅，神之路八根巨柱烟雾氤氲，雷鸣不断。

而远处的天边，肉眼可见的地方，原本刚入夜的墨蓝天色已被染成了一片灰黄，那是漫天砂石裹挟着狂风袭来的景象。

神之路上人头攒聚，乌泱泱却乱中有序。事先分派好的几支军队按照不同的计划路径出发，两条长龙直接翻到了裂谷另一端，一条迅速掩进了城市边郊，剩下的则全部站在神之路的巨柱边缘，于高崖之上朝下俯瞰。

奥斯维德接过了一旁护卫军递过来的武器，将其中一柄匕首和一把长剑丢给了凯文。

凯文抬手接住匕首反握在掌中，又把长剑丢了回去，转头冲青铜军余部的方向招了招手："我还是更喜欢弓箭。"

他将青铜军余部抛来的箭筒搭在肩后，拎着长弓一夹马鹫肚，问奥斯维德："所以呢？要怎么撤？"

奥斯维德朝脚下的悬崖指了指，冲所有人一声喝令："跳！"

凯文："……"

"什么玩意儿？！"他愣了一下，就见奥斯维德已经抱着辛妮亚纵身跃了下去，在半空中将匕首狠狠地扎进了石壁上，一路滑了下去。

"别犹豫！跳！"奥斯维德的吼声从脚下传来。

同时传来的还有辛妮亚丧心病狂的尖叫："啊啊啊啊啊啊——"

但是听起来这位小殿下根本不像是被吓的，倒像是觉得格外刺激。

凯文："……"

"我在下面兜着你！摔不死！"奥斯维德又补了一句。

这话说的，好像他不敢跳似的。

开玩笑，曾经是光明神的凯文·法斯宾德阁下随随便便就能上天，这点高度根本不在话下，他只是被这种"自杀式"的撤退方式震惊了而已。

凡人的想象力果然无穷无尽……

凯文刚要跳下去，却被一个重物猛地抱住了腿。

他低头一看，就见班这小崽子不知道哪根神经烧断了，居然在这种时候变回了狮子的模样，只有脑袋还勉强维持着人形："救命！我没法借匕首的力！"

"所以你究竟为什么要找刺激变回兽形？找打？"凯文没好气地问道。

班爪子一撩，指了指天边即将被挡住的月亮："我也不想啊！！但是你忘了已经到六月底了吗？！"

六月和七月交界的这一周，被称为贝坦日，在古语里意为"野兽的狂欢"。因为在神的时代，兽类最初就是在这一周被创造出来的，在这七天，所有野兽均不受束缚，野性最盛。

但这对后来的巨兽人族来说，就没这么美好了。但凡有巨兽人族血脉的，在这一天，都会不受控制地变回兽形，一周之后才会恢复。

夜色在转眼间又深了一层，班堪堪解释完这一句，就连人脸都维持不住了。凯文不再耽搁，任这狮子抱住腿，也纵身跃了下去。

匕首薄刃锋利，剖石如切豆腐。凯文在金石相击的声响中顺着笔直的石柱滑了下去。而大批的马鹫也借着巨大双翅的缓冲，滑翔到了神之路的底端、大裂谷的深处。

大裂谷狭长的地形，使得谷底的风常年响彻着尖厉的哨音，倒是掩盖住了马鹫的嘶鸣和鼎沸的人声。但是众人一抬头就看到上方的天空也已泛起了灰黄，速度奇快的沙鬼估计已经进城了，要不了多久就该杀到悬宫这里了。

奥斯维德翻身上了马鹫，带着浩浩荡荡的队伍在大裂谷底疾驰了一段路，在无数石林中绕转了一番，终于在一道山壁前停了下来。

这山壁乍一看似乎没什么不寻常，但仔细分辨，就能发现山壁上有两处颜色略深的地方，像是两扇门一样嵌在其中。

他二话不说走到两扇门中间，在地上一块凸起的石块上一拳重击。

就听"轰隆——"一声巨响，两道门豁然洞开。

奥斯维德干脆地一挥手，道："快！走左边这条！"

众人训练有素，也没浪费时间多问，立刻一抖缰绳带着马鹫冲了进去。浩荡的长队犹如一条黑色长龙，游走着钻进洞口。

"快！"奥斯维德抬头看了眼天，他几乎已能听到沙砾旋风呼啸着俯冲下来的声音了。

旋风眼看着越来越清晰。

奥斯维德抬脚在最后几人的马鹫屁股上猛地踹了一脚，马鹫猛地一惊，把前面的人也直接撞了进去。

还没等马鹫后半身进去，奥斯维德便又是一拳，重捶在石块之上。

两扇洞门在巨大的声响中重新落下。

奥斯维德一推凯文，正要跟着钻进大部队所在的那个洞口，却发现沙鬼的旋风已经跟了下来。万分情急之下，他跟凯文不约而同一个转身，引着沙鬼朝右边的洞口滚去。

07

滚去的同时，奥斯维德直接推翻了旁边矗立的一块大石，横在了大部队所在的洞口之前，巨门刚好在那一刻跟大石合上了缝，贴着大石背面继续缓缓下落，将一切可能的危险都挡在了外面。

电光石火间，两人甚至都顾不上其他，眼中只有狂袭而来的沙鬼。

凯文滚进洞内便就地一个起身，变成单膝跪地的姿势。他利落地从身后的箭筒里抽出三支箭矢，搭在弓上稳稳拉开了弦。

巨门落了大半，还剩不足小腿高的空隙。砂石旋风猛地砸在巨门之上，发出隆隆闷响，犹如滚雷一般。

凯文手指一松，三箭齐发，将已经顺着门缝探进头来的沙鬼直直钉出了门。

沙鬼狂啸一声，打算就势再冲，巨门却终于在此时轰然落到了底。

冲得最快的沙鬼被巨门斩成了两截，一部分在门内，一部分在门外，尖厉的咆哮声内外相和，显得格外诡异。

凯文想也不想，便是接连三支箭矢，一支接一支地将沙鬼被夹进门内的部分狠狠钉在了地上。奥斯维德跟着长剑一捅，就见垂死挣扎的沙鬼终于彻底卸了劲，变成了一摊毫无生命力的散沙，铺散在靠近门口的那块地上。

一切暂时告一段落，终于可以稍微安定下来。

凯文将搭在弓上的箭矢撤下，在手指上转了一圈，轻巧地顺着肩膀的弧度滑进了背后的箭筒里。

"你抱着的辛妮亚呢？"凯文瞥了奥斯维德一眼。

"刚才顺手塞给谁了，一起进了隔壁。"奥斯维德说起这个脸色也不太好看，"会有人照顾她的。"

"所以这里是……"凯文站起身，大致扫了一眼洞内，就见里面一片黝黑，深不见底。洞边的石壁上每隔一段路会嵌一颗萤石，勉强照着凹凸不平的路。一眼望下去，星星点点，夜空似的。

"西奥多……哦错了，沙鬼提到的传说中的金狮国秘道。"奥斯维德回答了一句，又有些奇怪地问道，"你不知道？你不是活得比王八还长吗？怎么会不知道？"

"什么比喻？！仗着我现在懒得揍你？"凯文没好气道，"活得久也不代表我一直在军团里混着，那样太容易被人发现不对劲了。况且我中间还被埋过几次，睡过很多年。"

奥斯维德缓缓走到门口，把钉在散沙中的长剑拔了出来，又将箭矢抛给凯文："这条秘道从很早之前就开始修了，据说修了二百多年，历经了四任皇帝。最后一任就是贝瑟曼，我以为你会听说一点。"

凯文耸了耸肩："那我不知道就太正常了，贝瑟曼皇帝时期我才出来混世。"

奥斯维德哼了一声，用剑撑着身体，倚着石壁靠坐在地："有件事我倒是一直没想通。"

"怎么坐下了？"凯文站在他面前，踢了踢他的脚尖，"嘴跟脚只能用一个吗？边走边说。"

奥斯维德两手架在屈起的膝盖上，敷衍地摆了摆，道："稍等一下，我现在眼睛看不见。"

凯文皱了皱眉，干脆蹲在了他面前，抬手抵住他的眼皮仔细看着："怎么总发黑？你这是虚壮啊。"

奥斯维德："胡说。"

他本来还任凯文的爪子在眼睛上乱摸，听到这话顿时又不乐意了，抬手一把将他的手拍到了一边："别东扯西扯的，问你话呢亲爱的阁下。"

"我看下你的眼睛而已，又没堵上你的嘴，有什么想不通的就问呗。"凯文哭笑不得。

"你不是活了很久吗？为什么当初来帕赫庄园的时候，会是十七八岁的样子？"奥斯维德闭着眼睛问道，"难不成你还能越长越回去？"

凯文答道："我不是说了嘛，钉穿心脏才会死。"

奥斯维德："所以？"

"所以其他的其实跟你也没什么区别。就好比上次死在战场上，我的样子就停留在了那个时候，直到重新醒过来。之后我还会正常变老，如果这次幸运地没碰上任何意外，安稳地老死，那我就会在下一次醒过来的时候变回小时候的样子，重新长一遍。除了受了伤会愈合这一点外，我就是个正常人。"

奥斯维德听了没说话。

过了好一会儿，他才将头靠在石壁上，半睁开眼睛懒懒地问道："这么说来，岂不是相当于过了很多辈子？"

凯文随口答道："差不多吧，除了什么都记得，确实像过了很多辈子。"

"那你——"奥斯维德略微迟疑了一下，又接着道，"你之前的家人呢？我是说你活了这么多年，在不同的时期总会有不同的家人和朋友，你之后都有去看过吗？"

"家人朋友？"凯文愣了一下，而后嗤笑了一声，"你觉得我这种天生地长的人会有父母？"

奥斯维德沉声道："家人不只是父母，还可以是妻子、儿女之类……"

凯文一脸古怪地看了他一会儿："我哪儿来的妻子儿女？"

奥斯维德："……"

曾经的光明神凯文·法斯宾德阁下在脑中略微回想了一下，他当神的时候没少调笑别人，但自己始终光棍一个，当人之后连调笑别人都少了，并且依旧光棍。

主要原因大概在于他独来独往惯了，不喜欢跟别人有太深的关系牵扯，并且非常懒……懒得去注意谁长什么样子、有什么吸引人的地方。

这位阁下有个最大的毛病，那就是他不太想讨论某个话题的时候，不管别人跟他说话的模样多么正经，他总能轻轻一拨就把话题扯到十万八千里之外。

所以即便有主动送上门来的，也都被他一顿东拉西扯给堵回去了，让人气恨不已又十分无奈。

总之，这种混账玩意儿就是个注定孤独一生的命。

你问他妻子儿女，那不是逗他玩儿嘛。

皇帝陛下被他一句回答弄得十分复杂。活了这么多年还是条光棍这绝对是有点儿什么问题吧？

"你这是心里有疾还是生理有疾？"奥斯维德终于没忍住，还是嘲了一句。

凯文："……"

他抬手便是一巴掌，毫不客气地扇在奥斯维德的腿侧。啪的一声，又脆又响，一听就知道是那种火辣辣地生疼。

奥斯维德："你造反吗？"

凯文冷笑一声："造反我就扇脑袋了，但是陛下你比较虚弱，我怕扇了你又是眼前一黑。"

奥斯维德虽然被打了，其实心情不差。他装模作样地绷着一张没什么表情的脸，淡淡道："活了这么多年都没成个家，不是有疾是什么？"

"我看你整天找打也挺有病的呢，亲爱的陛下。"凯文没好气地回嘲了一句。

两位病友鼻子不是鼻子，眼睛不是眼睛地对视了一眼。

凯文站起身来理了理身上的衣服，居高临下地垂着眼皮道："眼睛好了？好了就起来走吧，别赖着不动。"

奥斯维德抬眼看了他一会儿，突然伸出了手。

"哟，刚刚还说我有病呢，现在又想让我拉你一把？"凯文凉凉地嘲讽，"我怎么这么喜欢你呢？"

他踢了踢奥斯维德的脚，道："快起来。"

说完，他就自顾自地走了，连个多余的眼神都没丢给皇帝，显然没把皇帝放在眼里。

片刻之后，"凯文·被打脸·法斯宾德"阁下又原路返了回来。他抱着胳膊盯着依旧伸着手的奥斯维德看了会儿，终于受不了地翻了个白眼。

他一把握住奥斯维德宽大的手掌，将这个仗着自己是皇帝就撒泼的傻大个给拽了起来。

奥斯维德要笑不笑地看着他，脚下还没站稳，就被凯文一巴掌打在手背上。

"你知不知道你很重？能不能有点起码的自觉？多大的人了……"凯文丢下这么一句没好气的话，便打头走在了前面。

奥斯维德在他身后看不到的地方笑了一声，又很快蹙起了眉。他一边走着，一边按着太阳穴晃了晃头。如果凯文回头仔细看一眼，就能发现他的脚步非常虚浮，跟平时区别很大。

"要走多远才能跟他们接上头？"凯文头也不回地问道。

"接头？你是说隔壁的大部队？"奥斯维德反应比平时要略微慢一些，他顿了一会儿才道，"不用想了，接不上的。"

凯文脚步一顿，有些诧异地回头问道："什么意思？接不上？"

"这两条秘道差别很大，隔壁的秘道四通八达，有无数岔道口，迷宫一样，但是可以藏身的地方也同样很多。"奥斯维德答道，"能连通金狮国所有城镇的地下，所以是个藏身的好地方。"

他抬脚点了点地面，又道："至于我们所走的这条，是为了给隔壁打掩护的，

同时也能行军，中间岔道很少，可以通往蜃海和冰原。"

"所以我们现在不是跟隔壁接头，而是去追玫瑰旧堡那支队伍？"

"嗯……"奥斯维德这个字又拖出了有些疲惫的尾音，脚下的步子节奏也跟着有些乱，忽轻忽重。

"你怎么了？"凯文终于发现了他的不对劲，回头走到奥斯维德面前，"眼睛又看不见了？"

奥斯维德摇了摇头，道："只是有点……头重脚轻的。"

凯文用手背碰了一下他的额头，诧异道："怎么这么热？"

08

其实刚才握住奥斯维德的手时，他就觉得掌心温度略有些高了，但他并没放在心上。毕竟很多年轻人体火都有些旺盛，整天像个移动火炉似的，掌心灼人一点也挺正常。

尤其军队里这样的人可不少，凯文几乎司空见惯。

但额头这么烫可就不是什么单纯的体火旺了，这分明是身体出了问题。

"你在发烧！"凯文又用手背靠了一会儿，斩钉截铁地下了结论。

"怎么可能？"奥斯维德想也不想就回了一句，"一没受寒二没感染，发的哪门子烧？"

"过度疲劳也可能导致这种结果，你别忙着否认。"凯文答道，"今天动不动就眼前一黑的人难道不是你？别忘了医官说的话。"

奥斯维德毫不客气道："那是胡说！同样熬了一晚上，那帮头发白一半的都没事，我会这么大反应？还发烧……"他臭着脸嗤笑了一声，"我长这么大就没生过几回病，哪有这么矫情。"

凯文："……"

年轻的皇帝越说脸越黑，显然是被戳了痛点。可惜刚说完，脚下的步子就又是一阵发虚，头昏沉得更厉害了。

凯文眼疾手快地给他搭了把手，没好气道："承认生病能死？"

奥斯维德一本正经地点了点头："能。"

凯文："……"

伟大的前光明神头一回生出了"良心"这种东西，他看着皇帝这副死鸭子嘴硬的模样，想给他两脚。但他自认为，身为长辈，偶尔也要对年轻人体现出充分的理解和包容——嘴硬就让他们硬嘛，反正到时候晕的也不是他。

"好好好，你不是有病，你是火烧心，行了吧？"凯文没好气地略微撒开手，

"你走两步试试还能不能保持直线——能，我们就继续赶路；不能，就在这里歇一会儿。"

奥斯维德："你是不是分不清醉酒和头晕？"

皇帝陛下堵完这一句，冷着脸抬着下巴便走，一副非常高傲的模样。然而刚走没两步，就被凯文一把薅住手腕，道："行了，还是在这里歇会儿吧。"再走下去指不定头一歪就能撞墙。

"不用！"奥斯维德一摆手否决了这个提议。

凯文哭笑不得："刚才说不急着赶路的是谁？现在让你歇你又不用了，这么多年过去你逆反心理还没好是不是？要不要我再给你治治？"

奥斯维德哼了一声。

"好，我腿累得要断了，一步都走不动了，英俊的皇帝陛下请你纡尊降贵地原地坐下，歇一会儿成吗？"凯文抱着胳膊斜睨着他，不冷不热地说着，心里暗道：看在你小子生病的份儿上……

奥斯维德心里知道这混账难得给了个台阶，再不顺着台阶滚下去，过会儿指不定真要动手。于是他也不硬撑着了，沉沉地"嗯"了一声，哼唧了一句："那行吧。"

凯文："……"真够蹬鼻子上脸的，说你胖还喘上了。

两人也不再讲究，直接倚着石壁坐了下来。

奥斯维德刚才强撑的时候还觉得自己并不严重，这会儿一松懈，所有症状都变本加厉地扑了上来。头昏脑涨、天旋地转，心脏及其连着的全身血管都有种异常的饱胀感，像是被人往里面充了气，随时都有可能爆开似的。

凯文虽然嘴上一直在挤对他，心里却还是担心的。说来滑稽，他担心的理由跟奥斯维德嘴硬的理由其实一模一样——只是熬了一夜而已，以奥斯维德这种体格和身体素质，怎么可能会出现这么大的反应？！这显然不是什么疲劳过度，也不会是简简单单的发烧。

这条秘道为了方便行军，修得并不算窄，刚好够一匹半张翅的马鹫通过。凯文坐在奥斯维德对面，手肘架在屈着的膝盖上，一边摩挲着短刀刀柄上的纹路，一边盯着奥斯维德。

只见皇帝闭着眼垂着头，眉头紧蹙，一手拇指缓缓按压着太阳穴，已然没有开口说话的精力。

会是受什么影响呢……

凯文在脑中把这一天一夜出现的人、发生的事走马观花地过了一遍——他这种模样不像是长期积累下来的，病得这么急只可能是某种突然出现的因素导致的。会是什么呢……

是神官院的水台暗藏玄机？还是十二人会议中的某个大臣或指挥官暗地里动

了手脚？抑或是——

安杰尔？

凯文不由自主地想到了清早在悬宫直廊上碰到的少年，他手里捧着一捧多罗圣花，说是找来给辛妮亚看的。那花有问题？

细想起来，奥斯维德第一次感觉眼前发黑，就是在那之后。

可是同样在场的自己并没有出现什么异常，辛妮亚看起来也活蹦乱跳的……

其实对于安杰尔，凯文的想法一直有些复杂。他一方面觉得这少年来历并不算明晰，看起来又太婉转含蓄，不如班直爽，所以不太容易让人全盘地信任他。但是潜意识里，他又跟辛妮亚这小姑娘一样，觉得安杰尔温和无害，让人不忍心对他起戒心。

所以他才一直让安杰尔住在军营里，尽可能地让他处在自己的眼皮子底下，一方面不至于有明显的疏远和戒备，另一方面又能掌握他的一举一动。

可相处至今，这小子确实没出现过什么值得怀疑的状况。

如果不是安杰尔，那就只剩借着西奥多的皮囊闯进悬宫内的沙鬼了。难道在捕捉沙鬼的过程中，奥斯维德不小心受了伤，当时没注意，现在开始发作了？

也不太像……

凯文暗自在心里琢磨了一番，提出了几种可能，又一一推翻了，一时间还真没找到最合理的解释。

他垂下眼皮扫了一圈，在萤石光芒的映照下，地面上显露出明显的马鹭蹄印迹，踩踏过的压痕几乎连成了两条深色的路线，乱中有序。想必是下午被奥斯维德提前差遣去往玫瑰旧堡的那两支队伍。

有马鹭在的情况下，行军速度必然不会慢到哪里。从军队出发到他们两个躲进洞里，这段时间足够军队穿越小半个金狮国了，追起来够呛。

只有奥斯维德早点恢复，才能尽快跟上大部队。

然而他们两人身上除了武器，以及凯文整天随身携带的装着打火石和信砂的那只牛皮袋，什么都没有。大部分医官都在隔壁的秘道里，此时也不知道走了多少个岔道了。

"这下真得靠你的体质硬扛了。"凯文抬头看了眼奥斯维德，略有些担心地说道。

奥斯维德并没有回答，他按压着太阳穴的拇指不知什么时候已经停了，因为垂着头，从凯文的角度只能看到他紧蹙出两道皱褶的眉心，以及蒙了一层薄汗的额头。

"睡着了？"凯文压低了声音轻轻又问了一遍，对方依旧没有回音。

他迟疑了一会儿，干脆窸窸窣窣地爬起身来，掉转了一个方向，坐在了奥斯维德身边。

年轻皇帝的侧脸便清楚地落在了他的眼里，奥斯维德双眸紧闭，眉弓突起，棱角分明的轮廓使他的眉眼藏在了深沉的阴影里，显得有种说不出的疲累感。

他额角的发根有些微微濡湿，显然难受得很，就连睡着了也并不安稳，呼吸粗重，节奏也有些乱。

凯文摸了摸他垂着的手掌，依旧有些烫人，甚至比之前有过之而无不及。他甚至光是坐在这里，就能感觉到身边的人身上传来的一阵阵烫意。

照这个趋势发展下去并不太妙啊……凯文心里嘀咕了一句。

然而这种烫人的感觉持续的时间并没有他想象的那么久，黑暗的空间里时间很难估算，但是凯文感觉不到半小时，奥斯维德身上散发出来的热烫感便弱了很多。

他再次抬手摸了摸奥斯维德的掌心，果然快趋于正常状态了。

"好了？"他对奥斯维德的恢复速度很是诧异，又不放心地用手背贴了贴奥斯维德的额头，"还真不烧了……"

但是皇帝却并没有要立刻醒来的迹象。

想到他昨天熬了一夜，今天又应付了这么多事情，凯文也没立刻把他弄醒，打算让他再睡一会儿。

想到奥斯维德的体温降了下去，凯文放下了心，也不再继续盯着了。他后脑勺靠上石壁，也闭上眼睛养起神来。

可这份平静并没有维持多久，很快，凯文的双眼再度猛地睁了开来。

他有些诧异地转头看向奥斯维德，就见他垂着的手指尖泛起了微微的青白色，眉头也皱得更厉害了，身体似乎还在以几不可见的幅度打着战。一股跟这个季节完全不相符的寒冷气息正从他身体里散发出来，就连凯文都跟着降了些温度。

"奥斯维德？"凯文抬手摸了摸他的脸，感觉冰得吓人。这么冷的情况下再睡下去只会更冷，而这里又没有什么可以给他御寒的东西。

平日里睡觉并不沉的皇帝这会儿却好像陷入了什么梦魇之中，根本叫不醒，只本能地动了动手指，试图抓住唯一的热源凯文。

"喂——"凯文正打算把他弄醒过来，却见他皱着眉动了动嘴唇，含含糊糊地说了几个字，音调古怪而奇特，凯文一开始完全没听懂。

片刻之后，他突然反应过来，这根本不是欧拿族惯用的语言，而是兽语。

09

从奥斯维德有记忆以来，他几乎从来没有梦见过自己的父母，极少的几次也只是在梦中某个佣人嘴里听到"帕赫老爷""夫人"这样毫无亲近意味的字眼。

归根结底，原因在于帕赫这对所谓的父母当得实在乏善可陈。更刻薄点儿说，比起父母，他们更像是收容者，除了一座老旧的庄园、一个老管家和几个眼睛长

在头顶的佣人，他们没有给予奥斯维德任何正常父母会给予的东西，比如，亲近和关心，抚慰和教导。

别说这些了，甚至连棍棒与呵斥都是不存在的。

对于帕赫老爷的模样，他仔细回想还是能想得起来的，毕竟碰上一些节日，帕赫会偶尔想起老庄园里还有个儿子，带人过来看一眼。不过，名义上虽然是来看儿子，实际也不过是找管家伊恩问上几句情况，跟奥斯维德反倒说不上什么话。

而对于帕赫夫人，奥斯维德甚至连模样都想不起来了。毕竟在那么些年里帕赫夫人久病缠身，常年卧床，跟她的接触少得可怜，见面次数一只手都能数得过来，而时间最长的一次，就是她的葬礼。

不过即便如此，奥斯维德对他们也没什么恨意，毕竟恨也是要有深刻的感情作为前提的，而他并没有这种前提。只是小时候的他偶尔会有些想不通，为什么帕赫夫妇对他会是这种态度。比起帕赫其他的孩子，他也并没有多个脑袋少只眼睛，为什么独独是他被这样区别对待？

小孩子不懂分析什么爱恨情仇，也很难分辨感情之间细微的差别。但他依靠本能也能看出来，至少帕赫夫妇对待他的方式并不像对待儿子。

如果是对待儿子，不论是喜欢还是讨厌，都会表达得更理直气壮一点。而不会像帕赫这样，总带着股犹犹豫豫的反复感。

后来的后来，直到诺尔皇帝派人来把他接进乌金悬宫的时候，他才明白帕赫夫妇对待他的态度究竟是什么——那是对待一枚烫手山芋的态度，不敢丢得太远也不敢拿得太近，人之常情，实在再正常不过了。

最初他听见皇室来人说他是诺尔皇帝的儿子时，第一反应是：不管是被派来的这人还是诺尔皇帝自己，都疯了！

在他的认知里，诺尔皇帝可不是什么值得喜欢和欣赏的人。关于这位皇帝的传言很多，即便常年住在旧庄园里几乎与世隔绝，奥斯维德也多少从碎嘴佣人那里听过零星的一些事情。

这位皇帝年轻的时候是个浪荡子，精力过于旺盛，是个换女人如换衣服的浑球。当然，皇帝从不承认自己是个浑球，总强调自己跟每一位当任的女人都深陷爱河。

只是他的爱河从来都是水沟大小，三扑两扑就到了头，上了岸就江湖不见。当他再跳进下一条爱的水沟时，提起上一段又总会说：那时候太年轻，没弄明白自己的感情。

他"年轻"了三十多个年头，终于懒得再扯爱河这面大旗，中年过后浪荡得比之前还要过分。

也不知道是老天开眼还是什么原因，当他终于玩累了开始考虑下一代的时候，才猛然发现，自己身边并没有留下几个孩子。悲惨的是，这些留下的孩子纷纷早夭，最终只剩下一个女儿。

可惜这位皇帝对儿子有种近乎疯狂的偏执，认为仅剩的女儿不足以继承整个金狮国。于是，年逾五十的诺尔皇帝再度开始了他的浪荡生涯，勤奋耕耘了数年却一无所获。

他终于开始认命，自抽嘴巴子一般回想自己年轻时候造的孽，试图再找出几个儿子来。

思来想去，竟然只想到了一个，就是他当年让帕赫家代为养育的奥斯维德。

奥斯维德对这位声称是他父亲的皇帝没有任何好感。同样，对乌金悬宫这种代表着权力和地位的地方也没有丝毫向往。

准确地说，那其实是他心情最差的两年——先是得知任职青铜军总指挥的凯文·法斯宾德死在了战场上，以后再也没有相见的机会了；接着帕赫家族被连窝端，他曾经住了很多年的旧庄园也被毁于一旦。如果不是他把伊恩带到了皇宫，那么所有跟他幼年、少年时期回忆相牵扯的人就真的一个都不在了。

就好像把他的过去统统抹杀了一样。

在这种境况下，奥斯维德跟诺尔皇帝的关系能好就见鬼了。那时候的奥斯维德也不过十来岁的年纪，他每天白天致力于气死皇帝，晚上则想尽一切办法打算从乌金悬宫翻出去，离这个见鬼的皇帝和见鬼的地方越远越好。

诺尔皇帝发现了他的企图后，差点儿把他住的地方搞成监牢，层层把守。

在那段日子里，奥斯维德自学成才地掌握了各种溜门撬锁、明修栈道暗度陈仓、道高一尺魔高一丈的技能。

可惜，皇宫毕竟是皇宫，想进去不容易，想出来更不容易。

那时候的奥斯维德除了跟身边的老管家伊恩偶尔说说话，几乎谁都不愿搭理。他看乌金悬宫里的一切都不顺眼，除了他同父异母的姐姐，诺尔皇帝唯一的女儿萨拉。

萨拉几乎是皇宫里唯一一个毫无心机和芥蒂，只单纯地关心他的人。

大概是共有一个那样的父亲，所以某些方面存在共鸣，奥斯维德对她没法露出厌恶的表情。这个唯一的姐姐比他大了将近十岁，有时候对他的关照甚至比长辈还细致，是他从小到大接触过的人里最温柔的一位。

因为萨拉，他头一回模模糊糊地明白了家人的关心和亲近究竟是什么样的。

奥斯维德刚来乌金悬宫的时候，诺尔皇帝只说了自己是他的父亲，甚至没告诉他母亲是谁，是个什么样的人。当然，奥斯维德怀疑皇帝自己可能都记不清了。

后来还是萨拉偷偷帮他跟皇宫里的老人打听，才问出来一个结果。

"听说叫白·希尔，是个高挑的大美人！有着透明的漂亮的眼睛，就跟你一

样。"萨拉告诉他的时候，还神秘兮兮地掏出一卷羊皮纸来，"我偷偷在圣安蒂斯转了一圈，找了个民间画匠帮你画了一幅。嗯——不过是根据描述画出来的，可能不那么像。"

那是奥斯维德第一次听说跟他母亲有关的事情，也是第一次看到他母亲可能的模样。

画上的女人笑得很温和，眉眼间跟他确实有几分相似，大概正因如此，才会让他有种熟悉感，好像他还存有一点关于她的记忆似的。

在那之后，他偶尔会梦到萨拉递给他羊皮卷的情景，关于那个叫白·希尔的美人，他始终没能形成什么立体的印象。

所以，当他在寒热交错的昏沉梦境中看到一个高挑美人的时候，甚至差点儿没反应过来那是谁。

梦里的女人就像萨拉描述的那样，有着近乎透明的眼睛，清澈极了。她的头发长而浓密，颜色倒是跟奥斯维德差别很大，是那种极浅的白金色。她笑起来也并不像画卷上那么温柔，而是有种少女的鲜活和明亮感，似乎下一秒就能弄出点儿玩笑似的恶作剧。

"他太小了，手指捏起来倒是挺有趣。"奥斯维德看到她俯下身看着自己，笑着揉了一把他的脸，"他怎么呆呆的连哭都不太会啊？我想把他逗哭。"

奥斯维德："……"

他其实想张嘴说话，却发现他的嘴巴就像是被缝起来似的，一点儿声音都发不出来。

梦里的一切都像是隔了一层雾气，每个人的面孔和声音都不清晰。他隐约听到一个中年女人的声音没好气地呵斥道："白，你别总去捏他，毛手毛脚的，小心点。"

这个女人的声音越来越近，话音落下的时候，奥斯维德看到一个温和慈祥的中年女人也出现在了他的上方，她看起来比白矮小得多，笑起来的样子有几分相似。

"爸爸，你不来看看他吗？他在笑。"白又笑着回头喊道。

"会笑了？"一个低沉的声音由远及近，紧接着，一个比常人高大得多的身影出现在了奥斯维德眼前。那个中年男人肩膀宽厚得几乎能将他的女儿和妻子两个人一起圈进怀里，他一过来就皱了皱眉道："怎么没给他盖条毯子，已经快入冬了，受了凉要生病的。"

奥斯维德愣怔地看着他们，下一秒就被温热的毛毯罩住了身体，只是不知道那毛毯是不是太小的缘故，温热的感觉始终只停留在半边手臂上。

他冷得有些难受，忍不住试着伸手去抓了两把，执拗地把那个温暖的毯子扯进了怀里，死死搂着，试图能让自己变得再暖和一些……

"喂——醒醒！哎哟——我的肋骨！"

194

奥斯维德是被怀里毯子的挣动弄醒的，隐约间还听到了几句近在耳边的抱怨，声音耳熟极了，不像他梦里见到的任何一个，倒像是——

凯文·法斯宾德！

皇帝猛地睁开了眼，就被凯文近在咫尺的脸惊得呼吸一滞。

"终于醒了？"凯文叹了口气，哭笑不得道，"我知道你冷，但是你别勒得这么紧行不行？我肋骨快要断了，你不知道你手劲大得吓人吗，亲爱的陛下？"

他整个人都被奥斯维德死死地勒在怀里，老腰上箍着的手臂几乎把他的骨头压得嘎吱出声，简直是不可承受之重。

年轻的皇帝不知道是被现实的状况惊呆了，还是没从梦里完全脱离出来，他就像是没听懂凯文的话一样，维持着原本的姿势愣了好一会儿，才略微松开了一点劲。

凯文长长地出了口气，心说总算让人能喘口气了，结果这句感叹刚结束，他就感觉奥斯维德再度收紧了手臂，他冰凉的鼻梁和脸颊突然压在了凯文的肩窝里，贴着凯文温热的脖颈蹭了蹭。

凯文："……"

这两下搞得他后背汗毛都竖起来了，鸡皮疙瘩雨后春笋一般争先恐后地顺着脖颈往上爬，几乎蔓延到了头顶。

"你……连脸都要暖和一下吗？"凯文浑身僵硬地问了一句。

奥斯维德贴着他的脖颈，低低地"嗯"了一声，搞得凯文更僵了，这才撒开手抬起头道："已经快冻得说不出话了，借你脖子的暖气缓一缓。"

凯文："……"

他不尴不尬地坐到一旁，理了理衣服，而后又突然想起了什么似的问道："你刚才的梦话为什么是兽语？梦见什么了？"

奥斯维德皱着眉回想了一番，突然有些迟疑地开了口："我不知道这仅仅是我臆想出来的一个梦境，还是曾经真的发生过……我梦见了我的母亲，还有她的父母，而我那时候应该还小得很，甚至还不会说话。"

他想起梦中那个身材格外高大的中年男人，犹豫着道："梦里，我的外祖父是个……巨兽人？"

"什么？！"凯文一愣，"巨兽人？"

如果是巨兽人……如果有巨兽人族血统的话……

凯文突然想起之前班说的话——现在是六月底，已经到了贝坦日。在这一周里，所有的巨兽人都会被强制变回兽形。那么混血的呢？

他似乎明白了奥斯维德现在的身体反应是怎么回事了："你以前——你在看什么呢？"

195

凯文正打算问他以前有没有过这样的经历，却发现奥斯维德正目不转睛地盯着他自己的左手手指，不知道在发什么呆。

"这里——"奥斯维德动了动他的无名指，表情一言难尽道，"为什么突然多了一小撮白毛。"

被打断了思路的凯文看都不看，顺口道："谁知道呢，发霉了吧。"

奥斯维德："……"谁来把这个混账东西叉出去？！

10

论给人添堵，凯文·法斯宾德阁下敢认第二，大概整个大陆都没人敢认第一。奥斯维德本来就有那么点儿不大不小的礼貌性洁癖，被他"发霉"这两个字一堵，怎么看自己的手指怎么别扭，想象之后更没法直视。

他一言难尽地瞄上一眼，撇开脸，再瞄上一眼，又撇开脸，最后只能一言难尽地瞪着罪魁祸首。

凯文一脸无辜地回视："怎么了？这季节潮湿，发个霉有什么可大惊小怪的？"

奥斯维德忍无可忍地道："你闭嘴吧。"

凯文挑了挑眉，嘴角藏不住的一点笑把恶劣本质显露得淋漓尽致。

早就知道他不是个东西，没想到在这种时候，他居然还能这么不是个东西。

当然，凯文也不是那种真的分不清情势的人，他笑了一会儿，又良心发现似的道："在下山崖之前，班被强制变回兽形态了，因为贝坦日到了。"

尽管金狮国总体大环境对巨兽族人并不亲近，历任皇帝也对这个种族敬而远之，至少在表面上是这样的。但这并不代表他们对这些巨兽人的习性不了解。相反，正因为有过冲突和交战，金狮国人对巨兽族人的一些特殊节日、礼仪以及习惯知道得非常清楚。

奥斯维德自然知道贝坦日是个什么情况。但是，他也同样知道，巨兽人在寻找伴侣这方面属于非常排外的种族。准确地说本质其实不在于排外，而在于他们非常挑剔，以巨兽人族的眼光来看，其他族的人又矮小又瘦弱，身材体质都不怎么样，真结合在一起，一个不小心对方骨头断了或者被压死了怎么办？

巨兽人族种族性的"傻白甜"特质和尊崇强者的本性在这方面同样发挥着作用，他们觉得为了他族人民能活得长久一些，也为了后代不论男女都依旧能成为天生的勇士，还是自己内部解决吧。

因此，巨兽人族的混血少得近乎无。

在此之前，奥斯维德只知道每逢贝坦日，巨兽人族无一幸免，全都得变身。但他从来没考虑过纯血种和混血种的问题，更没想过，有一天，独属于巨兽人族的贝坦日居然会跟自己扯上关系。

"但是……刚才所说的只是我做的一个梦而已。"奥斯维德略微皱了皱眉，忍着"长霉"的不适，盯着自己的手指尖道，"梦境能说明什么呢？完全不能当作依据吧，毕竟我本身根本没有对他们的记忆，连母亲都不记得，更何况外祖父母。"

他说着自己都觉得很荒谬。

凯文靠着墙壁放松着被奥斯维德勒了半天的手脚，一副漫不经心的模样："你们不是人手一本《后神书》吗，信后神的人也不少，如果我没记错的话，《后神书》里写着一句话——不要把梦境当成一场无稽又荒诞的梦境，它总有来处。"

奥斯维德先是愣了一下，接着表情古怪地看了他一眼，只觉得他这句话里含着好几个意思："什么叫'你们'，你这口气倒是把自己直接从种族里面择出去了似的。不过——你还看《后神书》？"

"那倒不，有一回无意间在伊恩老管家的书上看到的。"凯文说完又忍不住问了一句，"你这语气很诧异的样子，怎么，我不能看《后神书》？"

奥斯维德从鼻腔里发出一声短促的嗤笑："你这种恨不得能上天的人会看那种东西？后神相关的记载都太过温暾了，我看着能直接昏睡过去，你能看得进去就有鬼了。不过——"

凯文对他说的那些未置一词，只是在听到"温暾"这个词的时候，表情略微复杂了一瞬，又很快放松了下来问道："不过什么？"

"我其实一直很好奇你对旧神的态度，你信旧神吗？"奥斯维德说完，顿了一下，又面无表情地补充了一句，"别再扯什么你喜欢法厄这种鬼话了。"

凯文耸了耸肩："其实我一直不太明白你们所谓的'信'是什么意思。他们的存在没什么好怀疑的，所以你们的'信'是指相信他们依然存在并且可以给予人们救赎和惩戒？"

"差不多吧……"奥斯维德除了是法厄的粉丝，对神祇并没有什么格外的感觉，所以对其他人的信也只能理解个七七八八，"有些人在碰到不得解脱的苦难时，总要有个能支撑他们活下去的东西，毕竟在很多人眼里，人的力量太小了，但神就不一样了。况且这几百年也确实够乱的。"

凯文撇着嘴角笑了一下，不是嘲讽，倒是略有点无奈："挺能想的。要是这种含义的话，那我什么也不信，只信我自己。"

他这话说得其实非常不要脸，毕竟这混账自己曾经就是个神。

"果然——"奥斯维德无声地翘了翘嘴角：咱俩半斤八两，一脉相承。

可见年轻时的法斯宾德阁下很容易在思想上潜移默化影响别人，斯文表皮下狂放不羁的内心一不小心把"三观"还没成形的奥斯维德给带歪了。

他其实很喜欢听凯文说一些心里的想法，再琐碎的都没关系。大概因为凯文

平日里总游走于老不正经地嘴欠和一本正经地干大事这两个极端，他但凡开口，要么是找打来的，要么是说正事，很少会提到跟自己相关的私事。

总而言之，就是不太生活化。

奥斯维德虽然一张嘴也不饶人，整天跟他互撑，其实非常乐意看他在自己面前展露出生活化或者个人化的一面，挑食也好，吐槽一些人一些事也好。只要是别人看不到的一面，他就很喜欢。

这大概也挺有病的。奥斯维德在心里自我嘲讽了一句。

不过凯文显然没那个兴致和耐心一直聊这些有的没的，他的关注点很快又到了奥斯维德身上。

"比刚才暖和点了？"他本想拽过奥斯维德的手看看那撮白毛怎么样了，却摸到了一手温热——至少手掌的温度已经不知不觉恢复了正常，只是不知道会不会继续升高，再重复一遍之前的热寒交替。

奥斯维德"嗯"了一声，说话的时候他的注意力不在自己身上，现在被凯文拉回来，才发现刚才还冷得周身僵硬如同冰棍的自己，已经慢慢缓过来了。

但要命的是……他手上的白毛又多了。

一想到凯文那个"长霉"的比喻，他就整个人都不好了，隐隐有种想把手剁了的冲动，简直多看一眼都是作孽。

"还成，不难看。"凯文这混账非但没有半点儿同理心，反倒顶着一副好整以暇的表情，抬手摸了一把那撮白毛，道，"有时候你自己都不知道你记得多少东西，梦里的也不全是荒谬无依据的，我倒觉得你离变样不远了……啧，还挺好摸的。"

这混账摸了两下不过瘾，玩儿似的又揪了一把，特别不要脸地问："有痛感吗？"

皇帝没好气地看着他："你说呢？阁下你手欠上瘾了，是吧？"

凯文之前还想问奥斯维德以往有没有出现过类似的情况，但是现在不问也知道肯定没有了，不然不至于盯着那撮白毛一脸僵硬又惊奇。

他手欠归手欠，也不是纯闹着玩儿，摸了两下，他就挑着眉猜测起来："要真是从你外祖父那里继承来的巨兽人血统，那你外祖父一定跑不了是头猛兽，这毛质……不是白狮、魔虎就是雪狼。不错了，变了也不亏。"

奥斯维德："……"你能行行好别说话了吗？

年轻的皇帝实在想不出来自己好好的从人变成不是人，怎么就不亏了？况且就算梦境是真的，他外祖父一个纯血统的巨兽人族，跟他这个混血统的能一样？万一变出来的缺胳膊少腿，或者跟丹犯蠢的时候一样，其他地方都变了，脑袋还保持原样，那还能看吗？！

如果现在只有他一个人待在这条秘道里，变也就变了，偏偏旁边还有个人。

奥斯维德高傲地想：谁爱露谁露，反正我不露。

"白狮的毛摸起来比你这还要粗糙点,排除了吧。"凯文对奥斯维德的心理活动毫不知情,还在逗他玩儿似的分析着。

"你怎么对毛发这么了解?变态吗?"奥斯维德没好气地拍开他撩闲的爪子,手指攥进掌心不让他看了。

"我以前养过不少。"凯文说完自己回想了片刻,又觉得往自己脸上贴金不太好,于是略微修正了一下,"放养。"

曾经的光明神殿下养过很多猛兽,说是养,其实只是把神殿前前后后方圆很大的一片山谷都划给那些猛兽任它们自由生长,他偶尔兴致来了站在一旁欣赏欣赏,或者慈爱地摸一把它们的大头。此人的品位非常庸俗耿直,有且仅有一个标准——颜值越高的越喜欢。所以被他放养过的,大多是长得比较威猛帅气的狮、虎、狼一类。

狮子倒是不讲究,虎要獠牙尖长、气质桀骜的魔虎,狼他比较偏好高原上的雪狼,通体雪白,目光冷静,精悍英气。凯文一度觉得这种生物简直深得他的气质,这话被女神忒妮斯追着吐槽了两年。

他甚至养过比雪狼更漂亮的天狼,除了雪狼该有的气质之外,还多了一双翅膀。可惜当初满世界也没几只,后来估计也彻底消失了,毕竟旧神时代早已不在。

"行了。"凯文拍了拍手站起身来,他其实也觉得混血,尤其是只剩这么点儿血统的奥斯维德受贝坦日影响应该没有普通巨兽人那么重,变身应该不太可能,顶多长几撮毛变个爪子之类的,所以刚才那番分析也只是逗他。

"体温正常了吧?正常就动身吧,别在这里耗着了。"凯文这次没吝啬帮助,主动伸手把赖着的皇帝大爷拉了起来,大步流星带头走在了前面。

秘道的路毕竟是人工开凿的,凹凸不平,偶尔会有不知从哪里渗进来的积水,在凹处形成一个浅浅的洼。以至于脚步声、水花声、两人的呼吸声以及回音混杂在一起,显得并不安静。

不知走了多久,凯文突然意识到身后奥斯维德的脚步节奏缓了下来,似乎被落下了一段。

"你怎么了?"他停下脚步,转身问了一句,奈何一段突出弯折的石壁挡住了视线。

结果就在那时,他听到石壁后面传来一声古怪的响声……

仔细想来,就像是羽翅类的东西扑打在石壁上的声音……

凯文心里顿时突地一跳:因为借着萤石的光,他看到一个巨大的影子投在了石壁对面的墙上,那怎么看,也不是人会呈现的样子。

11

独属于猛兽的那种粗重呼吸声，以及蹄爪不安踩动地面的水声从那处传了过来，打在秘道弯折的石壁上，折出了好几重回音，听起来给人一种莫名的焦灼感。

这绝对不是什么平和的征兆。

巨兽人族的后代在刚出生的时候呈现的都是人形，直到后来的某天会突然开始出现兽形的模样。这个过程就像是普通人会说话会走路一样，有的人早，有的人晚，但总有个相对集中的时间段。提早太多或者晚了太多都会被人当成稀奇事来谈论。

每年的贝坦日那一周，便是三岁左右的巨兽人族幼儿变样的高峰期。

众所周知，第一次变成兽形的巨兽人，会短暂地出现六亲不认的情况，凶性难当。一方面是因为身体上的变化必然伴随着一定的生理不适，容易让人不安又烦躁；另一方面则是第一次把兽性释放得这么彻底，难免控制不住，不会刹车。

所以对巨兽人家庭来说，幼儿第一次变兽形的那天真是既令人欣喜又令人头疼，为了武力压制幼兽又不把他搞死，成年巨兽人总要费上老大的劲，往往是一片鸡飞狗跳、屋瓦狼藉。

但是不管怎么说，那是幼儿，再凶残又能凶残到哪里去呢？

眼前这位就不一样了……他比人家普通巨兽人起码迟缓发育了十年，跟"幼"字扯不上半点关系。平时以人的状态认真打一架，凯文都只能靠经验技巧争取过半的赢面，单拼力量之类硬性的东西，根本不是奥斯维德的对手。这下好了，再变个兽形，体形压制的力量只会变本加厉，万一疯起来……

三个自己都不一定拴得住吧？凯文干笑着想。

墙壁上巨大的影子看起来实在太具有压迫感，凯文没有直接莽莽撞撞地冲过去，而是一步一顿地朝石壁后面走，尽量不造成太杂乱的声音，以免让本就躁动不安的猛兽更加焦灼。

事实证明他没有冲过去的想法是对的，墙壁后的那位貌似不太想见到他。

他每朝前走一步，就能清晰地看到那个巨大的影子朝后方退了一步。而一直在秘道中来回折返的兽息却随着每一点动作变得更加粗重。如果不是因为知道墙壁后是谁，凯文早就判定对方要么想逃走，要么打算以退为进地攻击他了。

"陛下？"那影子再度后退一步的时候，凯文忍不住还是开了口。

猛兽从喉咙底发出了一声低沉的吼声，听起来略有一丝警告的意味。

凯文想了想再次朝前走了一步，道："奥斯维德？"

猛兽安静了片刻。

凯文："……"平时也没见你对称呼有什么反应啊？！

他略微在心里琢磨了一下，心说纠结个称呼，这反应有点儿幼稚，别是形态变了心理也跟着解放了吧？学巨兽人族卖蠢可不是什么好事……

"我已经看见你了，你后退个什么劲？"眼看着再迈两步就能转到石壁后面，凯文怕奥斯维德一个冲动下转头就跑，于是先唬了他一句。

奥斯维德似乎真以为自己已经被看见了，巨大的身影一顿，没再继续后退。

凯文趁机大步绕过了石壁，嘴里还说着："怕肉太厚被我宰了吃，还是——"

后半句话还没出口已被生生咽了回去，因为凯文终于看到了奥斯维德的兽形模样——

天狼。

在他面前的是一头巨大的天狼。通体雪白，皮毛蓬松，透明的眸子里有种冰冷又透彻的意味，居高临下看着谁的时候，总能透出一股冷漠的凶性。模样气质和摩高冰原的雪狼极其相似，却又孤高得多。

凯文："……"

凯文被戳中了审美点，一时间不知道该说什么。只在心里感叹了一句：这小子真会选模样变啊！

他的突然出现显然让变成天狼的奥斯维德有些措手不及，再加上他见了奥斯维德之后便一副被惊到的样子，让本就有些躁动的奥斯维德更加安定不下来。

他似乎被凯文的沉默刺激到了，眯着眼微微放低了脖颈。弓起的腰背呈现出攻击的姿态，肌肉线条随着他的动作变得更加凸显，显得流畅有力，一看就不是什么好惹的。

奥斯维德从喉咙底低低地呼哧了两声，便猛地扑了过来。

巨大的猛兽一跃而起，从凯文头顶笼罩下一大片阴影，似乎真的陷入了巨兽人第一次变身的传统里，兽性难控，六亲不认。

回过神来的凯文瞳孔骤缩，下意识地抬手摸上了腰间的短刀刀柄。

然而在手指触上刀柄纹路的那一瞬间，他才猛地反应过来这个攻来的猛兽究竟是谁。于是他不得不半途改了主意，打算放弃短刀空手肉搏。

这么一下犹豫终究还是拖慢了他的反击，使他转眼间便处于劣势。

天狼扑来的速度很快，凯文甚至手指还没从刀柄上挪开，就感觉那个庞然大物的前爪已经毫不客气地抵上了自己的喉咙。

紧接着，整个天狼躯体都压了上来。

"噗——"被压得几乎吐血的凯文眼前一黑，只觉得整个世界都砸在了他的身上，简直是生命中不可承受之重！而天狼蓬松的白毛则趁机糊了他一头一脸，有几根差点被他咬进嘴里。

等他从头晕目眩中缓过神来的时候，却发现这位英气逼人的大爷正端卧在他身上，抵在他喉咙上的爪子收回了利刃般的爪尖，只剩下一团不算多软的毛。

凯文："……"

他觉得自己仿佛被迫塞进了一个巨大的毛绒睡袋里，只勉强露出了一颗脑袋。这本身并不是什么坏的体验，但可怕的是，这睡袋上面还被缺德货压了好几块巨石，沉得要死不说，睡袋的毛边还偏偏在他脖子上蹭来蹭去，又扎又痒，生不如死……

这就很要命了。

简直是酷刑！

经受过百般锤炼的凯文·法斯宾德阁下对"疼痛"这种东西从来都是不怕的，剖皮刮骨他都能一声不吭、面不改色，这种千斤压顶他也同样能硬生生扛下来。

但是他怕痒……

毕竟从古至今也没有哪个有胆子去挠他的痒痒不是？

"你有意识？"凯文艰难地开口问道。

他试图绷住表情表现出一副非常严肃的模样，但是他真的要被痒得不行了，于是两厢竞逐之下，最终定格的表情略有些扭曲。

稳稳压在他身上的天狼不太熟练地收了两边的翅膀，低下头用看猎物的目光盯着他看了好一会儿，才突然开了口："你以为我会像那些刚出生没几年的巨兽崽子一样控制不住乱发疯？"

凯文一愣："你这样子还能说人话？"

这话问得实在有点儿像在骂人，听得奥斯维德很是无语。他不屑地从喉咙底咻了一声，道："大概是混血的功劳。"

被压在地上的凯文这会儿明白了，眼前这个臭小子刚才那一系列兽形难控的模样都是故意的。

天狼的头再度压低了一点，鼻尖几乎要抵上凯文的鼻尖。奥斯维德的声音低沉地顺着胸腔传递到凯文的胸腔里："我现在……是什么样子？"

凯文："……"

"你把脑袋拿开一点我就告诉你。"凯文白了他一眼，没好气地道，"如果你能把自己整个儿身体都拿开，那就最好不过了。"

奥斯维德却没有乖乖听他的，他透明的眸子一瞬不瞬地盯着凯文的眼睛，道："不，我可以在你的眼睛里看到一点倒影。"

"地上的水洼多的是，你要照镜子也挑个大的，你再这么盯着，我可就摸刀了！"凯文简直要被压得喘不过气来了，说话几乎是一个字一个字地往外蹦，偏偏身上这位大个头还在这里装傻，一副听不懂人话的样子。

"你刚才也摸刀了……"说到这个，奥斯维德避重就轻地说道。一提到凯文之前的举动，他的语气就变得很古怪，听起来甚至含着一点儿危险的意味，显然对此非常介意。

凯文因为不得不重呼吸，连脖颈和耳根都有些充血，泛着一层薄薄的红："那只是下意识的动作，想起来是你，我就打算把手挪开了，结果你已经整个儿压上来了，你知道你现在这模样究竟有多重吗？换个脆弱点的已经被你压死了！"

奥斯维德成功地在凯文的眼睛里看到了自己大概的模样，鉴于充当镜子的凯文连脖颈边的青筋都快暴起来了，他终于拾起了一点儿良心，把自己庞大的身体挪到了一边，但一只前爪还不依不饶地压在凯文脖颈上，只是放松了力道。

"呼——"凯文终于活过来，重重地喘了几口气。他从刚才那股泰山压顶般的憋闷感里慢慢缓了过来，然后有气无力地抬手把奥斯维德的爪子往旁边拨。

凯文拨了两下没拨开爪子，立马给了奥斯维德一巴掌："啧——差不多行了啊。"

他这一下打得没什么力道，只看到奥斯维德的眼睛突然眯了起来，将鼻尖凑近他脸侧嗅了嗅，大而沉的前爪磨圈似的在他身上揉了两下，揉得凯文整个人都不好了。

"你这又发的哪门子疯……"他刚瞥了奥斯维德一眼，就感觉这货挪开了一点爪子。

凯文："……"

奥斯维德掐点掐得非常准，在凯文正要开口的时候，他非常识相地抬起爪子，挪到了一边。

凯文神色略微复杂地瞥了他一眼，说也不是，不说也不是，最终还是一声不吭地坐起身来。

"这是哪种动物？我从来都没见过。"奥斯维德面不改色地扯开了话题。当然，也可能是他正顶着一张兽脸，想改色也改不了，有种天然装聋作哑的优势。

"天狼。"凯文站起身理了理衣服，解释道，"恐怕只有带插图的《神历》里才有，总共也没出现过几只，我以为早就绝迹了，没想到还残存了一点血脉下来。猛兽的身体，猛禽的翅膀，搁一块儿凑了个禽兽，多奇妙啊。"

他面无表情地拐着弯儿骂人，本想借题发挥揍皇帝一顿，然而一看奥斯维德现在的模样，他就噗地熄了火，下不去重手，也骂不出什么重话。

可见戳中"萌点"是件多么重要的事情。

"……"凯文叹着气翻了个白眼，心说这日子简直没法过了，打人都得束手束脚的。

他默然片刻，斜睨了奥斯维德一眼，道："既然都成这禽兽样了，贝坦日结束前你也别指望能像个人了，认命当坐骑吧。"

奥斯维德："……"

堂堂皇帝变成坐骑这种奇遇，大概除了奥斯维德也没第二个人能经历了。这要是换个人说这种话，奥斯维德能当场结果了他，但说的人是凯文，他也就只能听着了。

不得不说，四条腿的跟两条腿的比起来速度就是不一样；有翅膀的和没翅膀的，更是大有不同。

有了一匹奥斯维德，凯文可谓日行千里不在话下，追起先行的军队来简直如有神助。不到一天的工夫，他们就看到了先行军留下的痕迹。

只是那些痕迹并不让人愉快……

那是零零星星遗落在秘道里的士兵尸体。

12

"这些……"凯文看着前面横陈着的几具尸体，面色渐渐冷了下来，"有人从另一头攻进来了？"

然而说完他又兀自摇了摇头，将这个猜想否定了。

且不说这秘道的另一头能被别人发现的概率有多高，就算真被发现了从另一边攻进来，秘道里两支军队镇着，在这种狭小的环境里借着地形的方便搞一出一夫当关，万夫莫开也不是问题。而且这种打法如果有伤亡，也会集中在前面，不会出现这种零零散散落在后方的情况。

退一万步说，如果来的是沙鬼，能一路从前杀到后犹如狂风过境的，也不会出现这种情况。因为它们根本连个全尸都不会留下。

奥斯维德停下了步子，凯文从他背上翻身而下，大步走到几具尸体前。

这些尸体有一部分朝侧边倒着，更多的是朝下跪趴着。总之，都不大看得见脸。

奥斯维德朝前踱了两步，抬起前爪试图把脚前的一具尸体拨得仰躺过来，结果试了两下也没能成功。

"狗爪子就别在这儿撩了。"凯文不客气地把他拍到一边去，一边皱着眉把尸体小心地翻转过来，一边嘀咕了一句，"姿势可够奇怪的……"

好好一只天狼被人强行说成狗，奥斯维德有心想给他一脚，奈何说话的是凯文，他也只能从鼻腔里哼了一声，没好气地给自己辩解了一句："你试试突然多出两条腿，看看能不能控制自如。"

凯文想也不想便回了一句："手笨别找借口，你一岁之前也没少用四条腿爬，就当活回去了呗。"

"……"奥斯维德感觉自己每天都要被他糊上一脸的嘲讽和挤对，然而仔细想想这话居然还挺有道理,他真是想反驳都不知道怎么驳。

"你看这些人的姿势,"凯文翻转脚前这具尸体的同时,又冲目之所及处的尸体抬了抬下巴,"不觉得都反了吗?"

奥斯维德一时没反应过来:"什么反了?"

凯文转身冲着他脖颈处啪地拍了一巴掌,道:"如果攻击是从正面过来的,就好比我这样给了你一下,你会怎么倒?"

"往后。"奥斯维德沉声答道。

他显然也明白了凯文的意思:如果攻击或者冲撞是从正前方迎面而来的,那么正常人大多会被这样的攻击弄得朝后倒去,尸体也应该大多呈仰面的姿势,跟眼前的这些刚好相反。

"总不至于攻击是从后面来的吧?"奥斯维德又道,"别忘了我们可一直殿着后呢,如果有什么东西从后面攻击他们,我们怎么一直没遇见?"

"所以才古怪……"凯文收回目光,低头仔细看着被他翻转过来的这具尸体,很快便发现了另一个问题。

这次不用他提醒奥斯维德也注意到了——被翻转过来的尸体表情非常诡异,他双眼大睁,瞳孔虽然扩散了,但能看得出应该是见到了什么令他十分惊诧的东西。但又不是惊骇,因为他的嘴角是微微翘着的。

这就是最诡异的地方,单看上半张脸,这人在临死的那一瞬间应该是震惊至极的,可下半张脸却又显得祥和而满足。这两种情绪糅杂在同一张面孔上,显得极其违和。

看得久了,会让人生出一种毛骨悚然的感觉来。

他们接连翻看了这一片的所有尸体,发现他们的表情几乎如出一辙,而身上也找不到任何致命的伤口,有些甚至根本没有伤口。

他俩顿时都陷入了沉默……

什么东西,会使看到的人露出这种表情?

更重要的是,有什么东西,会让人在露出这种表情的时候就已经死去了呢?

一时间根本抓不住什么头绪。凯文摇了摇头道:"再往前看看。"

他翻身上了奥斯维德的背,变成天狼的皇帝低声说了句"抓紧了",便再次疾奔起来。

这一路细算起来并不长,却比之前走得都要久,因为尸体越来越多,没多远之后便几乎不能落脚了。

"还有人活着吗……"凯文皱着眉看着脚下的狼藉,表情非常难看。

"有。"奥斯维德斩钉截铁地答道,"还有一半,我刚才大概点了下人数。"

尽管他对"有人生还"这件事非常笃定,但光听语气也能知道他的情绪非常

205

凝重，显然没料到会在秘道里出现这样的情况。

秘道很快便到了头，蜿蜒曲折的终点有一道斜行向上的石梯。

凯文端坐在巨兽背上，弯腰仔细盯着石梯表面看了好一会儿，一点儿痕迹也没有放过："这里倒是有不少脚印的痕迹，很多但不算乱，应该还稳得住。算一算时间，生还的重新编好队离开这里顶多就是几个小时之前的事情。"

一人一兽不再耽搁，沿着石梯找到了出口。

出口严格来说是一块厚重的石板，正悬在石梯最上一阶的上面。两个高个子的人搭个人梯，能刚好够到那块石板，只是要将它推开还得费不少的劲。

凯文本身个子就高，变成巨兽天狼的奥斯维德更是一个天然助力。

只是这混账让人帮忙从来不会好好说话，而是用手指在奥斯维德的鼻子前晃了晃，引过他的注意力，道："是时候发挥你垫脚的功能了。"

奥斯维德："……"

他想也不想张嘴便是一口，将凯文那讨嫌的招猫逗狗的手指叼进了嘴里，用狼牙锋利的尖端毫不客气地磨了两下。

凯文："……"

他一巴掌拍在奥斯维德的狼头上，冷笑着抚摸了两下："你松不松口？不松我敲碎你一嘴狗牙。"

奥斯维德轻蔑地松了口，把凯文撩闲的手指放了出来。

凯文想也不想就把手指在奥斯维德的皮毛上蹭了蹭，而后仔细看了一圈，发现没有破皮，这才没好气道："这要被你蹭破皮，我还得赶紧追上大部队让医官给我来点儿药。"言下之意，你离狂犬不远了。

奥斯维德哼了一声，弓背一拱，示意这混账赶紧去卸石板。

凯文站在他宽厚的脊背上，踩着他蓬松的皮毛，忍不住低头问了一句："我分量也不轻啊，过会儿卸石板力量更大，你脊椎骨撑不撑得住？"

奥斯维德顶着一张英俊冷漠的雪狼脸白了他一眼道："你都在我脊椎骨上坐一天了现在才问撑不撑得住是不是有点晚？你当这么大的猛兽骨头是玻璃做的？"

难得良心发现关心一下年轻人，还被堵了回来，凯文咔了一声，二话不说抬手对着那块石板边缘便是一拳。

其实也幸好现在奥斯维德是兽形，除了乖乖当垫脚，做不了别的。要都是人形，他必然不会让凯文动手，而且以他的力气，三拳下来，那块挡住出口的石板能直接裂了往下掉渣。

凯文的拳头不如他硬，但劲道却足，而且他使了点巧劲在里头，很快便把石板的一边砸起了一角。

他两手一顶便把石板掀了开来，缓缓托着移到了一旁。

这个出口大约一米见方，凯文三下五除二便从里面翻了出来，趴在洞口旁边等着下面的奥斯维德。然而后者却略有点儿悲催。

因为他卡住了……

天狼体形本就比普通猛兽要庞大得多，比例虽然漂亮，但不论腿脚还是腰身，单看都非常结实强壮。皇帝陛下矫健地一跃，探出了头、探出了两只前爪、探出了前半截腰……最终却卡在了收起的翅膀那块儿。

奥斯维德："……"

趴在旁边本打算帮他一把的凯文肆无忌惮地嘲笑了他一顿，而后捧着他硕大的狼脑袋，一本正经道："说实话，我以前放养的那头天狼比你瘦不少，你看你壮的，唉……回头乖乖减肥吧。"

奥斯维德已经完全不想搭理他了，他费了半天劲，才在凯文的拔河式救援下从洞口跃了出来，一脸狼狈地抖着身上的白毛。

他们所在的地方是一口干涸的枯井井底。凯文把石板重新封好，摸着查看了一圈石壁。上面刀凿过的攀爬痕迹还很新鲜，显然大部队离他们并不遥远。

"卡门，井口外面是哪里？"凯文一边拍着手上的尘泥，一边随口问了一句。

奥斯维德："……"

不小心卡了回洞口，转眼就给取了个外号叫卡门，这种人不是欠是什么？！

奥斯维德颇为糟心地盯着他看了好一会儿，才冷冷答道："蜃海。"

而后也不管凯文有没有准备好，他便一口叼住了凯文背后的衣服，双翅一扇，将这位欠打的祖宗拎出了深井。凯文好悬没被他吊死……

蜃海虽然名字中带了个"海"字，却和水沾不上半点儿关系，在这里，触目可及之处是一片灰黄，头顶是灰黄色的天，脚下是灰黄色的沙，风烟起伏，漫无边际。

他们所站的地方，则是沙漠中一小片不起眼的废墟，横着一些残垣断壁和几块刻着古花纹的地基。

两人刚在井口边站定，凯文便拍了一把狼头："你看那边。"

他所指的方向有一片连绵起伏的沙丘，看起来好像就在百米之外，实际走起来也不知会有多远。在那沙丘的脚下，隐约可见一条细细长长的队伍蜿蜒向前，好像一排黑色的蚂蚁。

不出意外的话，那就是先行的军队了。

13

"不能耽搁，得赶紧跟过去。蜃海的环境瞬息万变，现在还能看得见他们，过会儿可就不能保证了。"奥斯维德说完用翅膀拍打了凯文两下，示意他到背上来。

天狼之所以叫这么个名字，正是因为它们的双翅和马鹫一类不同，不仅仅是作为跑动或滑翔的助力存在，而是真的能飞，速度虽然比不上巨鹰之流的纯种鸟类，但也绝不算慢。

凯文刚在奥斯维德背上坐稳，他便双翅一振，从这个残留着废墟和深井的沙丘上直冲了下去。

蜃海里最困难的一件事情就是分辨方向，这里终年沙尘蔽日，看不清太阳的方位，更不要指望有什么足以让人区分南北的植被。这里甚至连个标志性的东西都没有，目之所及的一切转眼间就会变成另一副模样，沙砾形成的山丘转瞬间可以被夷为平地，而原本一望无际的沙原也能在眨眼的工夫平地起高峰。

从这里跨商道去往玫瑰旧堡，需要经验极为丰富的人做向导，还少不了指向工具。

奥斯维德派出去的先行军副指挥尼克就是个沙漠认路的好手，他虽然在找寻法厄神墓的路线时没派上什么用场，但在沙漠，有他在要比没他在安全得多。

况且军队里总指挥手里还有神官院专门定制的定向仪。

相比而言，比较危险的反而是凯文和奥斯维德。他们是形势所迫临时更改的路线，两人都不擅长认路，并且连个导向工具都没有。

"我记得正常天狼飞得没这么慢啊……"凯文纳闷道，"你还没熟悉这种形态？"

奥斯维德："慢？过会儿你被掀下去了可别后悔。"

他的挥翅幅度一直不敢太过夸张就是因为有凯文在他背上，而这匹尊贵的坐骑跟普通马鹫可不一样，首先他是纯种皇家的，其次他脖子上可没套缰绳。尽管凯文毫不客气地揪住了他后脖颈的一撮兽毛，但速度太快还是有摔下去的可能。

这可不是开玩笑的，从这里摔下去，受伤事小，最重要的是很可能在沙地里滚两个跟头就再也找不到了。

凯文却拍了拍他的狼头，斩钉截铁道："劳驾，全速前进。要是没在先行军消失踪迹前追上他们，你就可以收拾收拾准备退位了，我们手里没有任何导向的东西，三五年都不一定出得去，金狮国不灭也该换代了。"

奥斯维德："……"

"你跟我一起困在这里绝对不是什么好选择，毕竟我对肉食不那么挑，虽然我对天狼确实喜欢得不得了，但是我饿极了可就不考虑这些了，十分不是个东西。"

凯文又道。

奥斯维德嗤笑一声："没想到你的自我评价还挺中肯……抓紧！"

话音刚落，他便骤然加速。

旧时代神祇身边才会出现的孤高巨兽，在风烟中划过一道长长的弧线。一人一兽跟远处行军队伍的距离正在以肉眼可见的速度迅速拉近。

然而与此同时，沙漠中特有的黑风也毫无征兆地刮了起来，乌压压地从天边滚了过来。

"起风了！再快点！"凯文揪紧了天狼后颈长而韧的皮毛。

奥斯维德："……"

他倒是完全不介意被凯文抓个背什么的，但并不是这种抓法！

变成天狼的皇帝连连振翅，而后压低了身体犹如离弦之箭一样朝前方的军队俯冲下去。

眼看着探出的天狼前爪就快够到军队的尾巴了，泛着黑的狂风顷刻间已经从天边滚到了咫尺，带着横扫千军的气势朝这列军队扑来。

军队里的士兵随便拎出来一个，都是铁骨铮铮的壮汉，然而在这广袤无垠的沙漠和肆虐而来的狂风中，却犹如最微渺的蚁群，随便一掀就能散窝。

"抱团！趴下！"情急之下，奥斯维德在狂风中脱口而出便是一道喝令，刚巧跟先行军指挥的狂吼混杂到了一起。

前后一呼应，整支队伍几乎都听清了这个号令，眨眼间便朝中心迅速攒聚。奥斯维德猛扑着陆，而后双翅一张，将大半的人都掩在了翅膀后面。

趴在他背上的凯文完全没想到他会这么直接地挡在前面，忍不住愣了一下，低声凑在他耳边感叹了一句："你这皇帝当得还真是——"

"真是"后面的词被骤然糊上来的呼啸狂风搅得稀散，一个字都没听清。

奥斯维德："……"

如果他没理解错的话，以凯文这个语气，最后应该不是什么坏词，这就很让他呕血了——这混账东西难得良心发现夸他一句，还不让人听个完整的！

他借着巨大双翅的弧度，给后面的士兵做了个巧妙的缓冲，把迎面而来的狂风略微拨转了一点方向。

但这并不能挡住漫天沙尘，一时间，所有人都像是被笼罩在了灰黄的浓雾里，根本抬不起头，也根本看不到其他人。

细碎的沙粒重重地打在脸上身上，刮擦得生疼，有种火辣辣的麻痛感，而后撕扯着众人的狂风渐渐弱下来，有了变小消失的趋势。

这是蜃海黑风的特点，来得快，去得也快。

事实上，在蜃海中行走的人最惧怕的并不是黑风本身，而是黑风经过之后人

人都会见到的幻觉。尽管所有人都知道碰上黑风之后所见的情景不可信，不能当真，但依然有人频频中招。

最让人惧怕的一点就是，有一些人的幻觉始于现实又终于现实，最后总让人分不清自己究竟是从幻觉中出来了，还是始终沉溺在里面，什么是假的什么是真的……

所以每回有商队或是迁徙的人路过蜃海，出来总得疯那么一两个。

"所有人！所有人一概不许动，抓住身边最近的人！"在黑风风势渐收的时候，先行军指挥伍德和副指挥尼克两人在风中嘶吼着传令，"无论看见什么听见什么！一概不许动！直到你确信从幻觉中清醒，能看清路再动手摇醒抓着你的人！"

凯文刚从风沙中半睁开眼，还没看清自己身边有哪些士兵，就被兽毛强行糊了一脸。他甚至还没来得及挣扎就被某只庞然大物扑在了地上，再次以某种千斤罩顶的方式把他压在了地上。

"是抓！不是压！"凯文默默呕了一口，崩溃道。

然而就这样，他还是顺手揪住了天狼的一撮长毛。

奥斯维德低低"嗷——"了一声。

凯文干脆泄了劲瘫在地上，闭上眼睛道："过会儿幻觉结束了，我差不多也断气了。"

"幻觉？"有个年轻的声音接着他的话，低声反问了一句，又很快轻笑起来，"你还觉得这一切只是幻觉吗？不是的，这个时代就要结束了，你睁开眼睛看看……太阳正在下落。"

凯文倏地睁开了眼，他由瘫躺在地变成了站立的姿势，浑身缠满了长着尖刺的长藤月季花，缠得密不透风，从光裸的脚踝，一直缠到了脖颈，勒得他近乎喘不过气来。

尖利的花刺扎在他周身的皮肉里，连呼吸这样的起伏弧度，都会带动尖刺在身体里刮擦。

他看不到自己的模样，但是光想象他也知道一定毫无血色，狼狈至极。

这里不再是风烟漫天的蜃海，而是千万年前旧神时代的圣山之巅，这里有众神齐聚的圣殿，一百二十六根神柱，每根神柱代表一位神祇。

而他则被钉在最高的那根神柱之上。

他现在不是什么青铜指挥官凯文·法斯宾德，而是光明神法厄。

那个一直笑着的人，正站在神柱下，抬着头仰视着他，像在端详一件极有价值的艺术品。他有着跟光明神极为相似的容貌，气质却完全不同。

即便这样面对面，也很难让人想到，曾几何时，在他们分别都还是孩子的时候，不论长相还是性格都是一模一样的。

"现在还有人会说，我是另一个你吗？平凡版的你……"那人笑着环顾了一圈，叹了口气，"可惜，这种时候他们也评论不了了。"

神柱上的光明神嗤笑了一声，咳了一口血沫出来。他咽下血沫，低声道："梅洛——"

"这个名字也很快会被我埋葬掉，跟你们一起埋葬。"梅洛打断道，"我不再需要它了，不再需要以名字跟你区分。新的时代将只有一位神祇，没有任何人有资格赐予我名字。"

曾经抓着忒妮斯衣角的孩子在漫长的岁月中变成了现在的模样，温顺害羞的目光在众神不曾注意的时候，悄然沉淀了沉默的疯狂。

当初忒妮斯手把手教会他绘画和雕刻，于是，他给众神雕了一座又一座墓碑。当初大小神祇赐予他祝福和力量，于是，他反过来用于钳制众神。当初三大主神没有给他神格，于是，他自己伸手来抢了。

每杀一位神祇，就会继承他的神格。所以，众神迎来了最后的黄昏。

撑到太阳落山的时候，法厄就成了旧时代最后的神。

梅洛手指指着的地方，金红色的光芒映照下，无数神祇的灵魂裹着盛大的犹如火焰一样的光芒，从最高的圣山上纷纷坠落。

但是法厄也快撑不下去了，继承了一百二十五位神祇的神格，梅洛已经是最高的存在了，即便是生而为了光明和战斗的法厄，也不可能是他的对手，所以，他被钉在了神柱上。

"其实我很怀念小时候的日子，阿纳圣湖的树荫是我最喜欢待的地方……"梅洛垂着眼睛低低自语了一番，又抬头兀自笑了一声，不咸不淡地说道，"你看，就连到了现在，我都还在仰望你呢。所以放心，我不会抹去你们的存在。后世的人们还会知道你们，传颂你们，像我一样仰望你们，不好吗？"

他顿了顿，又道："作为交换，你就送我最后一个礼物吧……"

光明神兼具战神神格，所以法厄看起来比其他神祇难以亲近，也比其他神祇都要强大。而梅洛最想拥有的，就是他的神格，象征永恒的希望和勇气。

真是讽刺极了……

被钉在神柱上的光明神脸上始终带着一抹嘲讽的笑。

"你还笑得出来？"梅洛皱起了眉，他说话的声音一如既往，又轻又缓，跟法厄完全不是一种腔调，听起来有种莫名的疯狂感。

神柱上的光明神摇了摇头，低声道："你知道为什么当初不给你神格吗？"

这是困扰了梅洛近千年的问题，也是他百思不得其解将自己困死在其中的问题，更是慢慢发酵导致他最终变得扭曲而疯狂的问题。可惜最初的众神并没有想到这一点，而当他们终于明白这一点的时候，却已经没法再回答了。

梅洛脸色一变："为什么？！"

光明神垂眼道："因为……"

他的血都快要将整株长藤月季浸透了，声音也低得近乎耳语，又因为不时有血沫呛到，变得含糊不清。

梅洛踩着虚空走到了光明神面前，近乎咫尺的距离让法厄的声音终于清晰了一些。

"因为……"

两个字话音落下的同时，法厄周身突然金光乍现，化作无数刀尖，将缠缚着的长藤月季猛地挣断，利刃刺破花叶，直戳梅洛的心脏。

梅洛面色一紧，骤然闪出数十米，避让着那些利刃。而满身带血的光明神则在那一瞬间化成神格原型不死鸟的模样，巨大的翅膀带着灼人的火焰，直冲向天际，转眼便没了踪影。

不死神鸟最终落在了光明神殿所在的山顶，只是光明神殿已被梅洛彻底毁去。法厄落地变回人形，两翅的火焰在手中化作金色的长弓。

他拎着长弓，孤身一人站在山巅之上，曾经美好的世界突然沉默下来变得静谧无声，仿佛只剩下了他一个。巨大的夕阳在他身后缓缓下沉，而陨落的神祇却早已不见……

杀掉一名神祇就能继承他的神格，而他不希望梅洛来继承希望和勇气。

于是他垂下眼笑了一声，而后金红色犹如太阳一般的神鸟从他身体里挣脱而出，又被他用最后的力气亲手捏碎，散成无数光点浮在他四周，最终沉入万顷泥土，消失不见。

旧时代最后一位神祇自毁神格，跟着终于落山的夕阳一起，坠入黑暗。

14

身在幻觉里面，你根本分不清每一次动作究竟是幻觉中的你动了，还是你真的动了，这才是最难以控制的。就连凯文这样的老油条也不敢放话说自己能保持意识的绝对分离，不会被幻觉牵着走。

尤其还是这种幻觉……

然而跟着落下的夕阳一起沉入黑暗的他，心里却异常放心，因为现实中的他身上压着个大家伙呢，他就是想被幻觉牵着走都困难。

至于那个重得要死的大家伙……

不知为什么，如果说这么多人里谁最不容易受幻觉影响，凯文绝对第一个把票投给奥斯维德。

皇帝陛下虽然年纪轻轻，但骨子里却有种超乎常人的坚定。年轻人特有的狂傲气和上位者常有的从容理性在他身上合二为一，使他有种很难被外界因素动摇又不至于冥顽不化的气质。

坚定得恰到好处。

凯文偶尔想到这一点的时候，心里还是有点欣慰的。早年的经验教训差点儿让他对各路小孩子有了心理阴影，当然，不至于真到"阴影"那么夸张，但是本就嫌小崽子们麻烦的凯文·法斯宾德阁下从此对他们更没什么耐心了。

所谓的一哭二闹三上吊在他这里统统没用。

这混账一个大劈叉，从招猫逗狗骗骗小孩的放养路线，一竿子来到了毫不留情的棍棒教育路线。

在凯文自己看来，成果还是很喜人的，至少奥斯维德在一票小崽子中非常突出不是吗？长大了也没变态，该干什么干什么。

刚从跟梅洛相关的幻觉里出来，有了他的对比在前，凯文这会儿冷不丁想到奥斯维德时，甚至都想不起来这小子有什么缺点了；甚至可以趁着尚未清醒，勉强给奥斯维德脸上贴了一个标签——大写的完美！

随着意识渐渐在黑暗中回笼，周身每一块地方的触觉也渐渐变得清晰起来。

凯文闭着眼叹了口气，心想身上那个一个顶四个的二百五果然还压着，一动没动，重得要死。而他手里揪着的那一撮狼毛也依然还在，显然没有因为幻觉动过位置。

他艰难地动了动被压麻的手指，未果；又艰难地动了动几乎没有知觉的腿，依旧未果。最终，他只能认命地拽了一下那撮狼毛，睁开眼哑着嗓子问道："醒了没？"

谁知他的目光刚好对上了奥斯维德那双透明的眸子。

显然，这货从幻觉里出来已经有一会儿了，只是不知道为什么一直没把凯文挠醒，反倒凑近了一张英气的狼脸，目光一瞬不瞬地盯着凯文看。

也不知道他看了多久。

浅到近乎透明的眼睛总会显得精明而冷静，有种天生的睿智感，但是配上他那张毛茸茸的脸，却莫名地有种傻兮兮的意味。

凯文身为光明神的时候，虽然放养了不少猛兽，其中也包括天狼，但他从来没有这么近距离地看过天狼的脸，尤其是还躺在地上自下往上看。从这种迷之诡异的角度看过去，天狼脸少了点英气和凶性，多了点眼巴巴的蠢态。

别说，有点萌……凯文心里暗自嘀咕了一句，然后又见了鬼似的把这种想法收了回去。

他松开揪着兽毛的手，毫不客气地把奥斯维德毛茸茸的大脑袋推得歪了过去，

213

道："醒了你还压着不放干吗？孵蛋啊？"

"我一时间竟然没领悟过来这句话是刺我呢还是刺你自己。"奥斯维德不冷不热地回了他一句，"你这种伤敌一百自损八千的训人方式也蛮别出心裁的，怎么想的？"

凯文没好气地白了他一眼："灵机一动，你管得着吗？"

奥斯维德："你赢了。"

在斗嘴这件事上，凯文的胜率向来比较高。但是光斗嘴并没什么用，现实看来还是谁壮谁有理，毕竟他已快被压得灵魂出窍了。

好在奥斯维德还不算太缺德，他见凯文已经从幻觉里彻底清醒过来，也不再继续"孵蛋"了，理了理身上的狼毛，站了起来。

凯文"呸"了一声，没好气地骂道："抖我一嘴毛。"

奥斯维德默默看了他一眼，没吭声，一脸高傲地走开了几步理自己的翅膀去了。一旦神志清醒之后，凯文就把他之前认为奥斯维德没啥缺点的想法扔到了脑后，典型的转脸不认人。

沙地里躺一会儿绝对算不上舒坦，尤其这些沙地下面还时不时夹杂着碎石废砖类的东西，硌得凯文这一身老骨头都嘎吱作响。

他站起身在旁边松了松筋骨，周围其他以各种姿势沉浸在幻觉中的先行军队士兵也终于陆续被他们的动静惊醒，渐渐恢复了清醒的神志。

"我这是从幻觉……出来了？"有士兵终于摇了摇脑袋，松开了旁边人的手，"噢——你究竟抓得有多紧，指甲掐破了我的皮！"

"都醒了？"指挥官伍德低着头眯着眼，一边揉着太阳穴一边哑着嗓子道，"唑——说起来，我之前好像听到了陛下的声音？最开始跟我一起喊了声趴下的，幻觉——"

"吗"字还没出口，他便一脸疲惫地抬起了头，结果一眼就看到了站在队伍末端的凯文，以及远远坐着的巨大猛兽，"法斯宾德阁下？！抱歉，之前太乱了，所以您……"

他一头雾水地绕着他看了一圈："所以您怎么会跟到这里来？"

"说来话长。"凯文一如既往懒得又臭又长地给人解释缘由，四个字就把人家打发了，"总之我现在在跟着你们。"

"所以我刚才听见陛下的声音其实——"

"哦，那是我吼了一嗓子。"凯文眼睛都不眨一下，糊弄人的话张口就来，也不管这话听起来靠不靠谱。

伍德："……"

尽管凯文的声音跟奥斯维德完全不同，但是之前那种被风吹得谁都看不清谁的情况下，哪儿还有精力去仔细分辨音色呢？伍德尽管依旧有些蒙，但是姑且还是把这话当真的，指不定情急的时候凯文吼起来声音跟平时不太一样呢。

离凯文比较近的士兵们清醒过来之后，无一例外都被不远处的天狼惊了一跳，尤其奥斯维德还摆了张"谁靠近我我就弄死谁"的冷血脸，着实不像是什么友好的玩意儿。

"那是——什么东西？"副指挥官尼克眨了眨眼，又眨了眨眼，一副见了鬼的模样，瞪大了眼睛又惊叹又诧异。他们说话的声音都下意识地压低了一些。

凯文揉着手腕，道："天狼。"

"那是什么？"尼克顶着一张文盲脸问道，"大陆上还有这种玩意儿？"

这位不怕死的战士，在短短两句话里，先是称呼尊贵的皇帝陛下为"东西"，后又改叫"玩意儿"，大约是不想活了。凯文要笑不笑地转头看了"扑克脸·天狼"一眼，满脸看戏般的幸灾乐祸。

奥斯维德："……"

有个士兵弱弱地开口道："我好像在哪本传说里看到过天狼，但是我一直以为那只是个传说而已，没想到还真有。"

尼克冲凯文问道："阁下你家养的？"

凯文脸不红心不跳地点了点头，道："对啊。"

奥斯维德默默看了他一眼，眼里赤裸裸写着四个大字——脸、大、如、盆。

手欠的凯文·法斯宾德阁下挑着眉走到了巨兽身边，笑抚狼头，顺便揪起一只毛茸茸的耳朵，凑过去用只有奥斯维德才能听见的音量耳语了一句："有意见憋着。"

"刚才是它帮我们挡了一下风吧？我还以为是巨鹰之类的呢，还纳闷翅膀怎么这么大。"尼克道，"阁下您这是上哪儿弄来的？我们也去捉点儿来养在军营里。"

凯文还没来得及回答呢，尼克这不怕死的又开了口："对了，您这头是公的还是母的？要是母的是不是能生个一窝半窝的？"

凯文："……"

奥斯维德："……"

一人一兽以非常诡异的表情对视了一眼后，讨打的凯文·法斯宾德阁下笑趴在了狼头上。

奥斯维德杀气腾腾地眯起了眼，要不是碍于洁癖和面子，他就要不管不顾地把尼克这倒霉玩意儿咬死扔出去了。

"好了，这些琐事不提了。天狼你也别想了，就这一只，归我，你做梦去比较快。"凯文倚着奥斯维德的狼头，摆着手岔开了话题，"说正事。"

他的姿态虽然有些不太端正，但是表情却在瞬间凝重了下来："秘道里面那些尸体是怎么回事？你们碰上什么了？"

这问题一出口,整支先行军队伍就沉默了下来。

凯文目光扫了一圈,发现所有人的表情都一样古怪——他们张了张口,似乎迫不及待地想说什么,但是在出口的那一瞬间,眼神却陡然变得有些茫然,好像话到嘴边却想不起来究竟要说什么了。

果不其然,众人茫然了片刻后,几乎异口同声地低声说了一句:"忘了……"

"咝——看到了什么来着?"尼克不死心地捶了捶脑袋,"我怎么想不起来了,明明话都到嘴边了。"

凯文皱着眉和奥斯维德对视了一眼,而后等了片刻,发现众人没有丝毫要记起来的迹象,差不多明白这些人中招了。可中的什么招,又是什么人给他们下的招……就不好说了。

"这样吧,换个问题。"凯文略一思索,再次张口问道,"在秘道里,那些士兵死去之前,你们还碰到过什么古怪的事情吗?"

"这个我记得!"伍德答道,"我们当时在秘道里稍微休息了大约两个小时的样子,大家轮流靠着石壁上睡了一会儿,有一部分人做了梦,一部分人没做梦。"

凯文:"怪在哪里?"

"做了梦的人梦到的都是类似的内容。至于那些没有梦到的人……"伍德垂下眼道,"后来在我们看到那个东西的时候,都死了。"

凯文眉头一蹙:"你的意思是,你们在临出口前确实看到了某个东西,只是想不起来那是什么了。而在看到那东西的时候,所有没做过梦的人,都死了,而做了梦的都活了下来?"

伍德点了点头:"对。"

凯文:"你们梦见了什么?"

伍德沉声答道:"玫瑰旧堡。"

15

又是玫瑰旧堡!

那里究竟有什么东西,以至于一次又一次的事情总能跟它扯上关系?

身为一个在现世活了几百年的人,凯文对玫瑰旧堡这个地方并非一无所知——那里曾经是一方小小城邦的所在地,他们生活在那里的时候,周围还不是沙漠,据说曾经的绿野很美,盛产杏色的野玫瑰。整个古堡都被野玫瑰包围着,是个非常浪漫的地方。

但是那个城邦存在的时间并不长久,前后大约不足一百年的时间,就彻底覆灭了。

关于它覆灭的原因，传说有很多，但流传最广的一种是说蜃海黑风的突然到来，使得毫无准备的城邦人民陷入幻觉的混乱中，一夜之间城邦里到处都是大火，以及受幻觉操控毫无意识地相互砍杀的人，据说连国王都被钉死在了城堡里，就横尸在杏色的玫瑰丛中。

而随着蜃海黑风一起到来的，还有漫天的风沙。

一个城邦的兴起可能需要很多年，但一个城邦的消失却根本要不了多久。

很快，这里就变成了一片沙海，而原本的城邦也只剩下了一片旧堡的废墟。

不过，大多数人虽然知道玫瑰旧堡的存在，但是除了一拨生而喜欢探险的人，很少有人会真的走到玫瑰旧堡所在的地方亲眼看一看，毕竟要冒着碰上蜃海黑风和迷失沙漠的危险。

偶尔有穿过蜃海的商队会拐道去旧堡看一看，不过大多会失望而归，因为那里真的不剩什么了。

凯文跟大多数人一样，没有真的去过玫瑰旧堡。毕竟他对那地方并没有什么好奇的。从某种程度上说，他很不喜欢沙漠，因为这里总给人一种死气沉沉的孤寂感。大概正是受这种感觉影响，他才会在蜃海黑风引起的幻觉里再次看到那个黄昏。

更重要的是，就算好奇了，他也根本不认路。

此人对于路线这种东西与其说不敏感，还不如说懒得记。他觉得有必要认识的路，走一遍就能记得非常牢固，比如法厄神墓的路。毕竟自己的坟在哪儿都找不到，也实在有点儿说不过去。但剩下的大多数地方，他从来都懒得认，始终秉持着走到哪儿算哪儿的原则。

这大概是旧时代神祇的通病。

他们各自住在不同的地方，闲着没事的时候便会出门云游。

对，云游。他们从来不说串门，因为搞不好原本想找酒神，最后却走到了爱神那里。事先说了最后往往自己打脸，还不如不定目的地，随意走。

总之，凯文这样的人要想去玫瑰旧堡看看，没个三五年肯定是绕不回来的。

但是现在，他却觉得自己不得不去。

玫瑰旧堡这里既然出现了跟法厄相关的东西，他就不得不去。离玫瑰旧堡越近，他心里就越有一种情绪隐隐跳动，也越发怀疑这跟梅洛脱不开干系。尽管神的时代已过去很久了，连后神墓都建了不知多少年，但是他怀疑梅洛依然没有完全消失。

如果梅洛真的想做点什么，普通人是根本拦不住的。

所以他必须去。

"玫瑰旧堡在哪个方向？我们身上都没带指向工具，只能靠你们认路了。"凯

文心里的想法很少表现在脸上，他依旧倚着天狼的脑袋，一只手非常光棍地拍了拍自己腰上的囊袋，"我们来得匆忙，只带了自己。"

伍德迟疑了一下："我……们？们在哪儿？"

奥斯维德："……"

凯文"啊"了一声，顺手拍了下天狼的头，漫不经心地解释道："可别看它不是人，智商还是跟得上的，我一般勉强算它一个人头。"

奥斯维德："……"

伍德恍然大悟，也不再咬文嚼字了，而是从贴着心口的夹兜里掏出一枚黄铜罗盘。伍德"咔嗒"一声拨开了盘盖，就见里面一枚精致的小指针如同刚上了发条似的疯狂旋转。

"虽然指针还在转，但是我隐隐有种感觉，觉得玫瑰旧堡离我们不远了。如果我的直觉没错的话——"碎嘴的尼克又憋不住了，在旁边手搭凉棚看了一圈，而后抬手一指道，"那个方向。"

神奇的是，军队里大多数士兵也跟着出声附和："对，我也觉得在那边。"

离凯文较近的一个年轻士兵更是一脸茫然地嘀咕了一句："我也感觉在那边，奇怪，我可从来不认方向，直觉也没准过啊。"

他旁边的一位士兵则用手肘拱了他一下，低声问道："嘿，你有没有觉得有一点心焦？"

凯文原本还没太在意，一直盯着伍德手里的指针，等着它越转越慢，渐渐停下。然而听到这两个士兵的对话时，他忍不住朝他们瞥了一眼。

那两个士兵没注意，依旧头对头在小声低语着："你也心焦？我还以为是刚才幻觉导致的后遗症，或者是我太渴了呢……"

"什么心焦？"凯文突然走过来问了一句，他的语气非常随意，就像是指挥官随口关心一下年轻士兵的军营生活似的。

但是那两个士兵还是习惯性地一并脚跟，正色道："没有，指挥官阁下。我们只是想早点去玫瑰旧堡那里。"他们想了想觉得这话有点儿没头没脑的，于是又补充了一句，"毕竟早点探查完早点安心。"

凯文盯着他们看了一眼，又很快扫了一圈其他士兵，正想再找几个问问，就听伍德叫道："阁下！指向定了！"

"哦？往哪里走？"凯文暂且搁下这边的事情，大步走到伍德身边，接过他手中的罗盘看了一眼。而伍德已经掏出了带着的一卷地图，对照着罗盘定的方向确定起了位置。

片刻之后，他抬手一指道："往那边去。"

好巧不巧的，他所指的方向和尼克以及大多数开口的士兵直觉的方向一模一样。

方向一定，众人半点儿迟疑都没有，转眼便上了马鹫，凯文也二话不说翻身上了天狼的背。

尼克朝他的方向扫了一眼，喊道："阁下，你的坐骑居然没有套上缰绳？跑快了容易被甩脱！等等啊，我们有备用的，你还是套上吧。"

凯文揉了揉天狼毛茸茸的脖颈，道："不套了，它要敢把我甩脱了，回头我就烹狼肉吃。"

奥斯维德："……"

尼克翻出了一套缰绳扣，刚要继续劝说，却发现那头巨大威猛的天狼一脸傲慢地走到了他面前。

尼克："……"

说实话，被这种凶兽透明的眼珠子盯着实在不是什么舒服的体验，胆子再大的人都会有种不寒而栗的惊惧感。尼克僵着手腕没敢有大动作。

天狼冷冷地盯了他片刻，而后一口咬走了他手里的缰绳套，扭头甩给了背上的凯文，意思非常明显：给朕套上！

尼克："……"

凯文："……"

这俩都愣了，前者是被吓的，差点儿以为自己的手要进天狼的嘴；后者则是诧异的，他不要套缰绳其实是觉得，不论是纯种的天狼还是纯种的奥斯维德，这两者之间有个共通点，就是生而高傲。给这种生物脖子上套根绳，实在太缺德了。

谁知他难得良心发现了一回，对方还没领情。

奥斯维德把缰绳丢给他便驮着他走到了稍远一些的地方，压着嗓子低声道："老老实实套上。"

凯文同样用只有他能听见的声音回道："你确定？堂堂皇帝套缰绳？"

"别废话！"奥斯维德没好气道，"摔下去就有你受的了。"

凯文拎着缰绳愣了一会儿，一反常态地没继续调侃，而是把缰绳翻了个花样套在了奥斯维德身上，避开了会勒得他不舒服的脖子。

他一声不吭地套完，单手拽住缰绳，拍了拍天狼的脸道："行了，走吧。"

"我开道，你们随后。"凯文不容置喙地冲伍德和尼克说道。

"欸？"

还没等他们的疑问出口，天狼便双翅一振。

凯文在天狼双翅掀起的巨大劲风中压低身体，一人一兽速度奇快，很快便遥遥飞在了前头。

伍德他们领略了速度的差距，赶紧一夹马鹫的肚子，跟着疾驰而去。

因为要照顾后面的大部队，奥斯维德一直控制着速度，倒是凯文偶尔会催他

219

两下,让他不用管其他人全速前进。

"你这口气怎么好像是故意要把他们甩开?"奥斯维德终于忍不住问了一句。

凯文沉吟片刻道:"玫瑰旧堡不太对劲,我想先去看一眼。"

最初神官提到玫瑰旧堡的时候,凯文不是没想过这是个饵,但他一直以为这个饵只是针对某一部分人,比如他,比如代表着金狮国的奥斯维德。但是现在,他却觉得这个饵波及的范围有点广,就连普通的士兵似乎都在受其影响,被引着朝那里去。

这又是为什么呢?

漫天沙尘之中,视野并不算很清晰,即便他们在空中居高临下,目力所及的范围也非常有限。

但是飞了很久一段路后,凯文还是透过风烟看到了远处一点高塔的轮廓。

如果没弄错的话……玫瑰旧堡就快到了。

然而凯文扫了一圈后,眉心便紧紧蹙了起来,因为他看到玫瑰旧堡的轮廓脚下,隐约有一片黑压压的东西,乍一看像是古堡投下的阴影,然而风沙小一些后再看,却发现那分明是密密麻麻的人!

16

更让他吃惊的是,他在离玫瑰旧堡越来越近的时候,有了一种极为熟悉却又久违了的……舒适感。

就好像被灌进了一大口新鲜空气,或是在冰天雪地中跳进一池温热的泉水里,又或者严寒酷暑里冷不丁送来的一阵凉风。

总之,让他全身都无意识地放松了下来。

然而很快,他就浑身一个激灵般清醒过来。这种危险的环境下能让人觉得放松而愉快的,不一定是什么好东西。而让他觉得愉快的东西,对普通人来说,也不一定是什么好事。

尤其是,这种感觉让他想起了某一样东西,某个他曾经亲手毁了的东西……

这个念头一旦在他脑海中出现,他抓着缰绳的手便猛地一紧:"奥斯维德!回头!"

他抓着缰绳,猛地往回拽了一下,却发现身下的巨大猛兽并没有止住前行的势头。

"奥斯维德?!"凯文叫了一声,脸色肃然一冷,立刻感到了事情的不正常,一切似乎来得比他预料的还要严重。

然而奥斯维德却没有立刻回应他，依旧一声不吭地朝前飞行，速度丝毫没有要减慢的意思。

而且就在这个时候，他听到了身后隆隆的马鹫蹄声，以及巨大的翅膀扇动声，他甚至能感受到先行军的马鹫掀起的狂风，正一阵一阵猛刮在他的背后。

怎么回事？！

他愕然回头，发现原本被他和奥斯维德甩在身后很远的先行军，不知怎么突然赶了上来，并且越来越近，甚至大有要超过他们的意思。那些马鹫何止是疾驰，简直是在不要命地狂奔，有种近乎疯狂的感觉。

"伍德！退后！"凯文在天狼的背上朝底下的人喝令着，却发现伍德和尼克他们跟奥斯维德一样，仿佛对他的话充耳不闻、无动于衷。

"聋了吗？！退后！"凯文一边死死拽住缰绳，试图拖慢天狼的速度，一边俯下身冲地面上狂奔着的军队下令。

因为风太大太烈，他几乎要用吼的才能将自己的声音传过去，然而两声喝令下去，却依旧没起到任何效果。

都疯了吗？！凯文在天狼背上愣了片刻，目光却再一次被玫瑰旧堡附近密密麻麻的人群吸引了过去。

因为随着距离的靠近，他愕然发现那些人群当中，居然横着一面金狮国青铜军的军旗。

他对那面旗子实在太过熟悉，以至于只模糊地扫过一眼，甚至还没看清楚上面的纹路，就轻易地认了出来。

留在金狮国大本营的那一批青铜军，后来都被奥斯维德连同其他几支大军进行了混编。这时候还举着单军旗的，只可能是两拨人。

一拨是跟凯文他们一起跳进大裂谷深处，在另一条秘道中负责接应各城城民的；而另一拨，则是之前奉命镇守在荒漠和金狮国接壤地段的驻军，也就是米奥所率领的那支大军。

不论是从路线来看还是从距离来看，此时扎堆在玫瑰旧堡脚底下的，只可能是后者。

可是米奥并不是不听命令乱行事的人，他怎么会放弃驻守接壤地，带着大军来到这里？！

更让他惶然的是，玫瑰旧堡脚底下的人显然不止米奥这一拨。从大片的呈现不同色块的制式铠甲来看，密密麻麻的人群当中，包括了雷音城、沛达城那一批大小城邦国的散兵游勇，看起来像是幸存于沙鬼袭击的残部。

如果他没有眼花的话，那其中甚至还有北翡翠国的边疆守卫军……以及一些并非来自军队的人。

凯文眯着眼，透过茫茫沙尘朝远处又望了一眼，四下里都扫了一圈……

心里顿时咯噔一下——因为他能看到，有更多的蚂蚁一样的黑色小点正一点点地朝着这里移动，像是中了邪一样，又好像是在千里朝圣一般，不顾阻碍又茫然地朝这里聚拢过来。

好像玫瑰旧堡这片在风沙中埋了数百年的废墟突然成了整个大陆的圣地。

看着这样的情景，凯文愣了片刻，面色突然沉静了下来。垂下的眼睫掩住了他的双眸，让人看不清他眼里的情绪……

尽管离玫瑰旧堡还有一段距离，尽管还有两片旋转的风涡遮挡着他半边视野，但是他差不多已经猜到，玫瑰旧堡存在的究竟是什么样的东西了。

奥斯维德的目光直愣愣的，翅膀却像是受什么东西指引似的微微倾斜了半边，以一种盘旋的姿态，渐渐绕过了那两片挡着大半废墟的风涡。只剩下残垣断壁的玫瑰旧堡终于在凯文眼中现出了全貌。

而那其中掩映着的东西，也终于完整地露了出来——

那是一只一人多高的巨鸟，垂着长长的尾羽，停栖在一堵高高的断墙之上。它通体笼罩着一层如同太阳一般耀眼的光，以至于人们根本看不清它真正的模样，除了那修长的轮廓和漆黑的眼睛。

它双翅带着燃烧的赤焰，灼灼烈火饱含着强盛的生命力，仿佛永不会熄灭。

攒聚过来的人越多，那只巨鸟的轮廓就越发耀眼。

直到凯文出现在玫瑰旧堡上空的时候，那只一动不动的巨鸟突然活过来似的，抬头冲着他的方向清啸了一声。

与此同时，它周身的亮光骤然倾泻而出，耀眼得仿佛世间另一个太阳。

凯文身下的天狼身体突然一沉，仿佛承受不住巨鸟流泻出来的光芒一样，在那一瞬间，如遭重击般晕了过去。

好在巨大的双翅帮他缓冲了一点下落的速度，而在落地的一刹那，凯文倏然翻身一跃而下，护了一下他的头。

天狼重重地摔在了地上，昏死过去再无声息。而后面浩浩荡荡赶来的先行军，在光芒的撞击之下，连人带马轰然倒地，砸起漫天风沙。

外围的人还只是晕死过去而已，至于里面的人……

凯文闭了一下眼，垂在身侧的手指紧紧握成拳。他抬脚大步流星地朝旧堡断墙走去，那些挤挤攘攘挡在他前面的人几乎没有造成任何阻碍，轻轻一拨就散开了。

因为他们早已失去了意识。

上万的人聚集在这里，从外围往里看去，除了密密麻麻的人头，还是密密麻麻的人头，这是非常惊人的一幕，甚至让人毛骨悚然。

而那些失去意识的人，在被凯文拨开的那一瞬间，如同被劈开的潮水一般往两边倒去。他们倒地的姿势非常怪异，就像是被某种力量驱使着要跪下一样。

这种姿态使得凯文的眉头皱得更紧了，他脸色从来没有如此凛然过。

而越往里走，他的脸色就越难看，冷得如同刚从冰窖里挖出来的一样，因为他脚下踩到的沙地越来越潮湿。

浸染它的并不是什么水，而是血……

凯文不知道他来这里之前，围聚在这里的人们究竟经历了什么，他们远没有后来的人那么幸运，除了一部分昏迷的之外，更多的人已经没有了心跳和呼吸。

他们死亡的那一刻，甚至还保持着直挺挺站立的姿势。又因为人太多，攒聚成簇，居然少有人栽倒下去。

直到凯文拨开他们的那一瞬间，才保持着一脸惊诧的表情，以一种虔诚跪地的姿势侧歪过去。

最初凯文还下意识地用手托一下，到后来他闭了闭眼，索性不再伸手。因为他根本扶不过来，而就算他扶了一把，那些人也不可能再有心跳。

汩汩的鲜血，从他们的身体里流了出来，一眼望去，甚至不知道伤口究竟在哪里。

凯文就这样，带着满脚淋漓的鲜血，一步步走到了玫瑰旧堡残损的高塔旁边，和那只一直笼着光芒和火焰的巨鸟咫尺相对。

自他从安多哈密林地底下重新苏醒后一直苍白的皮肤，终于开始有了点血色。

就好像久病不愈的人终于开始慢慢恢复健康一样，但他的表情却并不愉悦，甚至是沉默而沉重的。

这只巨大的圣物就是不死鸟——光明神法厄的本体神格，千万年前的那个黄昏被他亲手捏碎的那只。

他从没想过还能再跟自己的神格重新相见，毕竟从没有谁能够把已经毁掉的神格凝聚起来。

会费尽心力去做这件事的人，除了梅洛不会有第二个。而他做这件事的目的也昭然若揭——让凯文重新获取神格，再由他亲手杀掉，将神格永久地继承过去。

凯文可以选择不接受，然而最纯正的神格在没有躯体的包裹下，会不断地吸引人们前来朝圣，然后他们就会像此时汇聚在这里的人一样，因为承受不住神格的光，或死亡，或昏睡。

他也可以选择像千万年前一样，再一次亲手把自己的神格毁去。然后他很可能会和梅洛再次陷入循环往复之中，永无休止。

又或者，他还有第三种选择……

凯文盯着不死鸟的眼睛，似乎在透过它回想着什么事情，片刻之后，突然从嘴角露出一个嘲讽的嗤笑。

他冲高傲的巨鸟伸出了一只手，沉声道："我回来了。"

不死鸟一声尖啸，双翅一扫，从高塔断墙上倾身落下，融入了凯文的身体里。它周身沐浴的耀眼光芒笼罩在凯文身上，两片翅膀上裹挟的金色火焰被凯文握进手里，转瞬间化作一弯金色长弓。

盛光中站着的人挺拔而修长，脚上沾染的鲜血在圣洁之中平添了一分肃杀之气。

"喜欢我送您的礼物吗？凡人生而应当跪拜在神明脚下，这是我最后的敬意。"梅洛缓慢和轻巧的声音顺着四面风声传来，却不知源于何处。

圣光中的人冷冷一笑，凭空抽了一支金色的长箭搭在弓上，看也不看便朝某个方向直射出去。

那处空中的黑风骤然变成长蛇模样，又被倏然而至的箭矢瞬间钉穿，轰然四散。梅洛的声音也跟着戛然而止。

射箭的人拎着弓微微偏头，漆黑静默的目光扫过千万人马。

这和神官院老神官莫格利所看到的场景一模一样，只是他看到的不是过去，而是未来……

光明神法厄，回来了。

第四卷
冰川下的凡人

01

玫瑰旧堡这地方乍看起来确实荒凉极了。曾经冒着风险来过这里的人对此处的评价就只有一句话："杳无人烟，就连废墟也没剩多少，除了那座极具标志性的残损高塔，几乎只剩碎石。总之，见面不如闻名。"

然而就是这样，每年依然有那么几个不死心的人执着地往这里跑，再带着同样的评价失望而归。

久而久之，对于玫瑰旧堡的固有印象便传播得越来越广。

但那里毕竟曾经是一个城邦，又是一夜之间覆灭的，怎么可能会只有这么几块破石头呢？

数十年前有一队旅人，带着这样的想法来到玫瑰旧堡，不信邪地跟流动的沙砾死磕，硬是挖到了约莫两三米深的地方，然后骇然地发现了累积成山的枯骨。

那些在地下已经埋了几百年的旧国城民，密密麻麻地堆积着，睁着一双双黑洞洞的窟窿眼沉默地盯着他们，像是一种无声的哭诉。那队旅人完全没想到会挖出这么多尸骨，还都攒聚在一块，顿时头皮一麻，被那视觉效果给震呆了。

他们捂着裆连滚带爬地离开了旧堡，据说在荒漠里疯疯癫癫地流浪了大半个月，才陆续狼狈地回到城镇里。

而那些被挖出来的旧国城民，被几道沙风一吹，便再次埋入了永恒的黑暗中。

从此以后，慕名去看旧堡废墟的人们再也不会闲得没事去挖沙了，旧国遗物没挖出来就被骸骨尸山给活埋了，多刺激啊。

但这天入夜，还真就有人手欠了一回。

此人不是别人，正是生来就欠的凯文·法斯宾德阁下，也可以称他为光明神法厄。

这位仁兄仗着自己神格归位、神力也在逐渐恢复，差点徒手拆了整座玫瑰旧堡的地上废墟，在地底近十米深的地方找到了玫瑰旧堡的地宫。

✦

旧堡的地宫面积大得近乎空旷，里面除了几根雕花的巨柱支撑着顶部，几乎再没什么别的东西了，就好像是被谁全部清空了一样，就连巨柱的雕花表面都好像被什么东西粗暴地磨过，显得坑坑洼洼，斑驳不清，根本无法辨别原本雕的是什么图案。

凯文将昏死在废墟四周的所有人全都挪进了地宫里，除去已经死去的那些，数以千百计的人横七竖八地躺在地宫的地上同样显得非常壮观，这位祖宗在挪人的时候，居然还恰到好处地给自己在每一处都留了一点落脚的地方。他站在某一处墙角，伸手摸上石质的墙壁，屈起瘦长的手指在沉寂百年的壁灯台上轻轻一笼，便能聚起一团火光。

他就这么沿着地宫的四面墙壁走了一圈，又绕过了那几根承重巨柱，动了动手指，整个地宫所有的壁灯台里就都多了一团温黄的火焰。

蜃海附近这片地方昼夜温差太大，白天虽然干热，夜里却能把人冻得直哆嗦。任这些昏死过去的人在外面横上一夜，明天早上一个个地就都该硬了，也就不用指望再醒了。

十多团壁火把地宫烤暖的同时，也将里面的情景映照得清清楚楚。

那些横七竖八躺在地上的人并非完全乱作一团，想来光明神在这方面大概是有点儿强迫症的，挪了数千人进地宫的工夫里，他居然还有那个心力把人分成了三拨。

所有来自金狮国的人全都倚靠着墙壁，几乎将整个地宫都包围了起来。而那些城邦国的游兵散卒以及来历不明的人因为数量不算多，被打包堆在了西墙边上。

至于那最后一拨……

最后一拨正是来自翡翠国的那些边疆守卫军，他们被派出来大概是想跟米奥所率领的驻军对峙一番，结果却因为离沙漠较近，也被不死鸟神格给引了过来。

凯文非常混账地把他们拢成一团，铺在了地宫中间的空地上，刚好被一圈金狮国士兵包围在其中，严丝合缝，跑都跑不了，简直缺了大德了。

不过，准确地说，他在做这些琐碎事情的时候，一直是心不在焉的，一边安置这些因为他的神格而昏死过去的人，一边忍不住想着梅洛的下落。

正如他之前在高塔断墙边所听到的，神格是梅洛搞出来的把戏，而梅洛显然还活着。只是神的时代早已过去了太多年，梅洛的踪迹也消失了太多年，根本让人无从下手。

之前传音的黑风，也没有留下任何线头，以至于根本没法顺藤摸瓜揪住梅洛如今的藏身地。

有什么地方，能让他待上这么多年呢……

凯文手指尖托着一丛提灯似的微火，站着沉吟了片刻，而后皱着眉摇了摇头。

就在他正有些出神的时候，脚踝边那团毛茸茸的东西突然微微地动了一下。

醒了？！这么快？

凯文一愣，低头看过去，就见硕大的天狼正蜷伏在他脚边，脑袋无意识地搁在前爪上，巨大的双翅半遮着身体，随着不甚明显的呼吸微微起伏着。

一般来说，因为承受不住神格而昏迷的人，只是侥幸没死而已，受到的冲击其实同样大得惊人，严重的可能一两年都醒不过来，轻微的也起码要昏睡上一整天。

可这才多久？

凯文暗地里感叹了一句，就见脚边的天狼又动了一下。就像是做了什么焦灼的梦一样，前爪肌肉猛地抽动了一下。那张毛茸茸的兽脸居然蹙起了眉，褶皱的眉心还真有几分皇帝平时的模样。

然而狼脸的表情毕竟没有人脸来得丰富，除了皱着眉，看不出更多的情绪。

但是凯文却发现他的呼吸变得越来越粗重，也越来越急促，好像因为某个急切的念头，想从无尽的黑暗中挣脱出来一样。这并非简简单单地从梦境里醒来，而是人对神力压制的反抗。

如果你顺从于被压制，那么你会觉得梦境舒适而温暖，甚至让人觉得依赖又留恋。如果你潜意识里个人意志太浓，想从被压制中脱离出来，那么就会噩梦连连。

越晚醒来的人越容易跪伏在神祇脚下，反之则不然。

这个反抗的过程比想象的煎熬得多，因为你会梦见你最惧怕、最担心、最痛苦的事情，逼真得好似真正在经历一样。

凯文向来知道奥斯维德是块硬骨头，因为他对杳无影踪的神明几乎没有信仰，这也正是凯文所赞同和欣赏的。但他没想过这块骨头能硬成这样，仅仅不到半天的工夫，他居然就有了要醒过来的迹象……

奥斯维德的眉心越蹙越深，喉咙底发出一阵低低的吼声，他甚至猛地龇了一下尖利的狼牙，身体跟着紧紧绷住，前爪有些急切地在地上抓挠了两下。

也不知道他使了多大的劲，爪尖在厚重的石地上留下了几道粗重的印迹，甚至在爪根迸出了一点血丝。

"这是梦见什么了……"凯文半蹲下来，抬手捏住了他那只前爪，刚想看一下迸裂了多大的伤口，就感觉手里猛地一轻，那只前爪近乎本能地朝凯文拍了过来。

好在凯文反应够快，猛地一偏头让了过去，否则脖子上起码得让他撕下三条肉。

梦里的奥斯维德极具攻击性，这种碰都不能碰一下的状态，莫名有种困兽之斗的感觉。

凯文没再轻易动他，而是保持着半蹲在他身边的姿势，半防半护着，以免皇帝陛下一个大怒，把自己整只爪子给废了。

结果他刚把目光挪到奥斯维德龇着的森白狼牙上，就听见这位硬骨头突然蹙

227

着眉头低低哀嗥了一声。

凯文眉心一跳。

他习惯了皇帝平时断手断脚都只冷哼一声的状态，冷不丁听到这样一声低得几不可闻的哀嗥，心里兀地有点不舒服，就好像有根荆棘条在心脏上捆扎了一道，尖细的刺跟着在皮肉里绞了一遍似的。

算不上有多疼，但是麻麻的有点扎人。

他下意识地伸手拍了拍奥斯维德的脸，似乎忘记了刚才是怎么差点儿被利爪撕下三条肉的了。

挣扎着的巨兽大概本就在梦境的尽头了，被他这么一拍，前爪抽动了一下，倏地睁开了双眼。

平日里透明得几乎毫无杂质的狼眼里，此时像是蒙上了一层淡淡的水汽一样，里面布满了细密的血丝，显得疲惫又沉默……

"奥斯维德？醒了吗？"凯文看到天狼的眼睛，眉头皱得更深了，他再次轻轻拍了两下天狼的脸，低声叫道。

俯卧在地的巨兽眼神便骤然一凝，似乎被他这一声彻底叫醒了。那双满是血丝的眼睛突然有了焦点，死死地盯着凯文的脸看了好一会儿，几乎要滴出血来。

凯文被他的眼神弄得一愣，张了张口刚要说什么，就感觉眼前一花，那头庞然大物便整个儿扑了上来。那颗毛茸茸的狼脑袋用力地拱顶着他的脖颈，那些并不算特别柔软的银白色毛发蹭在他皮肤上，粗糙得几乎有点疼。

这并不是什么宠物扑着人玩闹的感觉，凯文在这近乎粗暴的动作上，感受到了比之前更沉重的"困兽"感，不安和惶然中甚至带上了攻击性的意味。

"你……梦见什么了？"在这种时候，反抗或者打趣都不是什么好选择，凯文一反往常的混账作风，难得温和地拍了拍巨兽。

奥斯维德从喉咙底低低地吼了一声，然后埋在他脖颈间粗重地喘着气，像是直到现在才能确认自己从梦境中脱离了似的。

他沉默了良久，沉沉道："梦见你死了。"

02

缺德如凯文这样的人，是非常不善于说好听话的，譬如安慰人。

在他漫长的过去时光里，好好安慰别人的次数屈指可数，几乎为零。一般碰到别人情绪不对的场合，他但凡开口，基本都是奔着找打去的，很可能把没哭的人直接"安慰"哭了。

所以一般碰到这类事情，他都会选择走远点，闭嘴装死不说话，省得麻烦。

但是这次，他看到奥斯维德被噩梦魇住，就连睁眼后都没完全脱离的模样，心里头一回有了打算说点什么的想法，不管怎么样，他想让奥斯维德尽快从这种情绪里出来，他不太见得了奥斯维德这种模样……

这种不太舒服的感觉在他过去经历的漫长岁月里出现的次数很少，细究起来大概因为他天生感情比较淡漠，能让他为之难过的人少之又少，大概也只有诸如忒妮斯、斐撒这种跟他共处过千万年时光，现在却早已不知何处的人。但是那和他现在的感觉又并不一样。

必须界定的话，他拍着奥斯维德，听着他困兽般不知如何是好的粗重呼吸时，泛上来的感觉，大概就是普通人所谓的心疼……

他想说点什么，让奥斯维德能放松一些。

于是，一向有什么说什么，最怕啰啰唆唆穷麻烦的光明神破天荒地在心里打了个腹稿，准备了几句自认为能安慰奥斯维德又不失调侃的话，打算缓一缓这气氛。

结果奥斯维德短短一句话，就把他准备好要出口的话统统截了回去，效果好比大清早刚睁眼就受到当头一闷棍。

他从来没想过，对奥斯维德来说最惧怕、最担心、最痛苦的事情，居然会是这个。

对凯文来说，做神祇也好，做普通人也好，他都活得够久了。他经历过太多的事情，看过太多的人，不论是以神祇的心理来看还是以常人的心理来看，都已经足够了。生命对他来说并非不珍贵，但并不是什么需要执着的事情。

就连他自己都没把自己的死亡看成是多么重要的事情，甚至很少上过心，而面前这个人，却因为梦见他的死亡，显得极度痛苦……

奥斯维德哑着声音低低道："我梦见你死了……我却什么都做不了。"

他说这话的时候，无论是语气，还是嗓音，听着都让人有种说不出的感觉，好像也禁不住跟着难过起来。

凯文沉默了好一会儿，才无声地叹了口气，手落到了略有些硬质的天狼皮毛上。

凯文正想说点什么，还没开口，地宫屋顶突然震动了一下，扑簌簌落下一层灰来。

"怎么回事？"奥斯维德用爪子掩了他一下，挡掉了一些碎落的砂石，仰头警惕地看着上方。

03

当他的目光扫过完全陌生的石质屋顶，扫过十数根粗壮的石柱，以及上面斑驳不清的雕刻花纹，这才诧异地低头问凯文："这是什么地方？刚才被梦搅昏了

头，我都没反应过来……我们这是在哪里？"

"这是玫瑰旧堡的地下。"凯文答道，他也仰头看了眼从余震中归于平静的穹顶，猜测道，"有东西从外面过去了。"

玫瑰旧堡在沙漠里埋藏了百年之久，结实程度大打折扣，起码比凯文所想的要差一些。地面上的动静很容易透过废墟的粗石地面传到地宫里面来。

刚才隆隆如闷雷般的动静，就好像是一队人马从这附近匆匆而过所致。但要引起一片范围内地底下的震动，这队人马的动静也不会小到哪里去，而且似乎非常急切。

"噢对，我们已经到玫瑰旧堡了。"奥斯维德满眼警惕地盯着穹顶，等了片刻，见不再有别的什么动静，这才放下替凯文挡着脸的爪子，挪动着天狼巨大的身躯，让到了一旁。

凯文这才得以从天狼的重压下解脱出来，他撑坐起身体呼了两口气，简直如释重负。

奥斯维德的目光还在地宫里面打转，他扫过满地横七竖八的人，眉头紧蹙，狼脸上露出的表情显得疑惑又严肃："我记得我们在秘道中遇到了先行军的一部分，他们死了，表情和姿态都很是古怪。然后我们从那口枯井里面出来，到了蜃海，追上了先行军，又赶到了玫瑰旧堡……再然后呢？"

他转头看向凯文，似乎在努力地回想，却又偏偏怎么都想不起来记忆里缺失的那个片段："我发现我少了一段记忆，赶到玫瑰旧堡之后我们碰见了什么？你还有印象吗？我觉得我应该是看到了什么，但是无论如何我也想不起来那究竟是什么，呼之欲出但是——"

说到这里，他便一愣。因为这几句话听起来太熟悉了，就在不久之前，他们在沙丘前碰到伍德和尼克率领的先行军时，也听到过同样的话。

"等等——所以伍德他们在秘道里看到的东西，跟我们在玫瑰旧堡废墟边看到的是一样的东西？"奥斯维德虽然是在猜测，但语气几乎是斩钉截铁的，"你还记得伍德他们说的吗？他们看到了某样东西，但是却怎么也想不起来。"

凯文捏了捏眉心，"嗯"了一声，应和道："差不多吧，应该是一样的或者类似的东西。"

当初在山丘下听到伍德的描述，凯文就想过那东西应该跟梅洛有关，毕竟没有哪个普通人能随随便便制造出这种抹去记忆的效果，除非巫术和药物一起上。但是他从没想过自己的神格还能有回来的一天，所以根本没往不死鸟神格上面想。

而当他到了玫瑰旧堡，看到不死鸟的那一瞬间，他便已明白，伍德他们在秘道里究竟看到了什么。

但是如果伍德他们看到的就是不死鸟，那么问题就来了——

梅洛安排他们看到不死鸟是为了什么？为什么一部分人死去，一部分人却活着追去了玫瑰旧堡？

而且，既然他有办法让不死鸟去秘道晃一圈，又为什么不干脆在秘道内就逼凯文拿回神格，非要兜上一个大圈子，绕到玫瑰旧堡这里来呢？

凯文屈着腿坐在那里，手肘松松地撑在膝盖上，一边缓缓揉着眉心，一边垂着目光思索着：梅洛费这么大劲让他在这里重归神位，是因为什么？玫瑰旧堡对他而言有什么特别的意义吗？

一旁的奥斯维德见他含糊答了一句便一副苦思冥想的模样，以为他也在努力回想缺失的那部分记忆。他抬起毛茸茸的爪子不轻不重地拍了凯文一下，道："别揉了，想不起来就不用想了，其实我有一个猜测。"

凯文一愣，抬头看他："什么猜测？"

"你还记得我们是因为什么要来玫瑰旧堡的吗？"奥斯维德沉声道，"是因为神官说，在玫瑰旧堡看到了法厄的痕迹，莫格利看到的那幅场景你还记得吗？他说他看到法厄就站在玫瑰旧堡的高塔断墙边，手里拎着长弓，脖子一侧有不死鸟的图腾。"

凯文干笑一声："嗯，你记得还挺清楚，然后呢？"

"莫格利他们没有提这幅场景出现的时间，而我们似乎潜意识里把它默认为是过去的事情，是已经在玫瑰旧堡出现过的。但是——如果并非过去而是将来呢？如果莫格利所看到的其实是某种预言呢？"他转头盯着凯文，透明的眸子显得格外透彻而清明，"你说，我们都被抹去的记忆，会不会就是关于法厄？我们到达玫瑰旧堡的时候，在高塔前面落地的时候，会不会看到的就是光明神法厄？"

凯文一脸麻木地看着他，无言以对。

"如果真是看到了神迹，记忆出现缺失就完全可以理解了。"奥斯维德道，"毕竟那并不是常人随便能看的。然后我们就出现了集体昏迷……"

他抬眼扫过这地宫里满地堆放着的人，甚至还一本正经地猜道："如果我刚才的想法都没错，那么，我们很可能是被法厄搬进这地方，毕竟谁能一下子把这么多人从地上挪到地下？"

凯文："……"

"你觉得呢？"奥斯维德分析完，瞥了他一眼，沉声问道。

"有理有据有逻辑，差不多就这样了吧。"凯文摆了摆手，非常敷衍地赞同着，同时心里好一阵嘀咕：年轻人也真敢想，这都能全部猜中，也真是服了。

凯文嘀咕着的同时，目光还在绕着地宫的四周角落打转，试图找到点什么之前没有注意到的线索。

结果刚看了两眼，他就觉得一个毛茸茸的东西凑到了自己后腰那一块，猛地

拱了他一下。

凯文本来就怕痒,被这么一拱,鸡皮疙瘩都起来了,浑身一个激灵,回头道:"干什么呢你?"

结果就见奥斯维德抬起了他那颗尊贵英俊的狼头,微微朝右侧偏着,拗出一个十分傲慢的造型,而后从眼角露出一点斜睨的目光,非常不满地看着凯文。

显然,他是被刚才凯文敷衍的答话弄得不太高兴,毕竟尊贵的皇帝陛下大胆地作了那么一串非常靠谱的联想和猜测。

凯文只觉得他那毛茸茸的脸上清晰地印着一行大字——你是不是应该夸我一下?这是不是起码的礼貌?你究竟有没有把皇权放在眼里?!

凯文:"……"

以往皇帝陛下死要面子,想尽办法也要让自己显得成熟稳重深刻内敛,现在不知道哪里出了毛病,正在往某种诡异的路线狂奔。

非要界定的话,大概是既没法完全拉下脸,又想要展示展示自己的才华。

凯文默默盯着他的脸看了会儿,抬手一巴掌拍在他脑门上,狠狠揉了两下毛,用一种"你是不是二百五"的语气阴森森地夸道:"你怎么能这么聪明,智力都快赶上十岁的人类孩子了,答应我,一边玩儿去!"

奥斯维德:"……"

他从鼻腔里哼了一声,目光深沉一瞬不瞬地盯着凯文的一举一动。凯文此时不知道看到了什么,正站起身朝一旁的墙角走过去,从奥斯维德的角度,可以看到他漆黑的头发下一截白皙的脖颈,因为扭着头,拉出了明显的筋骨轮廓。

奥斯维德眯着眼看了会儿,只觉得自己牙根泛痒,想扑上去叼住那块筋骨分明的地方,用牙尖狠狠磨上两下。他舔了舔牙尖按下这种冲动,又突然想起了什么似的开口道:"对了——"

"嗯?"凯文在墙角半蹲下来,不知在那里摸索着什么东西,闻言头也不回地应了一句。

奥斯维德听到他这种懒懒的声音,牙更痒了。他咳了一声,才正色道:"神官说法厄的颈侧有不死鸟的图案,这样明显的标记应该不难找。"毕竟照神官的语言来看,法厄的出现可关系着金狮国的生死存亡。

凯文闻言手指一顿,转头没好气道:"你看《神历》里面有提到过这一点吗?"

"那倒没有……你的意思是这个图案并不是一直跟着他?"奥斯维德道。

凯文:"只是平时别人都看不见吧。"

奥斯维德想了想道:"这么说来倒也没错……不死鸟是法厄的代表图腾,会不会跟他的灵魂之类也有关系?就好比是那种印记类的东西,平时正常情况下都不会显露出来,特定的时候才会?比如重临人世的时候、灵魂归位?"

不得不说……年轻人还真会发散。凯文半蹲在墙角，心里暗道：又猜了个八九不离十。

那个图腾凯文再清楚不过了，那代表着本体神格，怎么可能天天露在脖子上给人看？正常情况下，只要本身状态稳定，都不会显露出来。

万一哪天光明神殿下突发怪癖，梦个游、丢个魂什么的，倒有可能会显出来。

不过这种事情的发生概率之低，就好比梅洛跑到凯文面前来，把占有的百来个神格主动掏给他。

总之，皇帝还是别指望靠这个来找人了，做梦比较快。

他心里这么嘀咕着，手里的动作却没停。

刚才他目光扫过这处墙角时，在倚着墙的一名士兵身后看到了一道裂缝，便过来摸索了一番，果然，在裂缝里摸到了一点东西。

那裂缝只有一指来宽，那东西摸出来的时候，几乎已经碎在了凯文的手上。他把那撮黑色的碎末抖落在掌心，拨弄了一番，又凑近嗅了嗅。

"什么东西你就瞎闻？"奥斯维德皱着眉走过来。

凯文盯着那撮碎末看了会儿，道："我知道这里是什么地方了。"

他手上的那撮碎末，虽然早已不成样子了，但是凯文依旧能够通过它残留的一点气息闻出来，这是长藤月季的味道。

传说玫瑰旧堡以杏色的玫瑰著名，玫瑰攀爬在古堡的每个角落，缤纷美好如梦幻的国度。现在想来，那很可能不是玫瑰，只是跟玫瑰极其相似的杏色长藤月季。

杏色的长藤月季对凯文来说，比杏色的玫瑰要熟悉得多，因为，那是忒妮斯用来创造出梅洛的花。

"什么地方？"奥斯维德问道。

凯文捻着碎末，淡淡道："苏塔平野。"

他终于知道为什么梅洛一定要在这里让他神格归位了。

就凯文对梅洛的了解，不论是他小时候，还是后来脾气开始变得古怪的时候，都存在着一个不知算是优点还是缺点的癖好——他特别喜欢自我纪念。

后来的后来，凯文想过，那大概是因为他迫切地想要把自己从凯文的阴影下剥离出来，所以才格外喜欢强调自我。所有由他创造出来的东西，他都一定要在某个角落标上独一无二的印记。他把每一个跟他紧密相关的日子都认定为某个纪念日，把每一处对他来说很特别的地方，都标记为圣地。

曾经的忒妮斯他们只觉得他像个四处圈地盘的小狗，这种行为在自认为是长辈的一众大小神里除了固执得有趣，就是偏执得可爱，并不觉得哪里有问题。

从某种层面来说，这些浪荡惯了的神祇也是心大得可以。

以梅洛的个性，苏塔平野是他诞生的地方，怎么可能不把这里当成一处特别

233

之所？而且不是简单的特别，是最神圣的地方。

他喜欢提醒一切人记住跟他相关的东西，让凯文在曾经的苏塔平野重获神格，必然会让梅洛产生一种"由我赐予你生命"的错觉，并且可以时时刻刻提醒凯文，他在后神诞生的地方重归神位，这是后神的施舍。

这简直太符合梅洛的脾性了。

就在他捻着粉末出神的时候，一旁的巨兽天狼突然从喉咙底发出一声低低的呼噜，而后神色警醒地俯下身来，贴着地面，似乎在听着什么动静。

04

"怎么了？"凯文注意到他的动静，将手中的那点粉末装进腰间的牛皮袋里，拍了拍手上的灰走了过来。

奥斯维德轻轻"嘘"了一声，皱着眉把耳朵贴得更紧了一些，不知道在听什么。

片刻之后，他又一脸受不了似的抬起硕大的脑袋，抖了抖耳朵，语气烦躁地道："我能感觉到地底下有动静，但是声音太小了，怎么也听不清。"

"什么动静？"凯文疑惑地问了一句，干脆单膝跪在了地上，一副也要听一听的样子。

"这地上多干净啊就往上凑？贴一脸灰也不嫌脏……"奥斯维德一看他那架势就忍不住嘲讽了一句，跟着没好气地反手一爪子，毛茸茸的大巴掌直接盖在凯文身上，把这碍事的东西给排到了一边去，"没有狗耳朵就别来凑热闹，好像你听得见似的。"

"嗯，你狗耳朵最灵。"凯文瞥了他一眼，道，"你这是自己当不成人了就破罐子破摔，把你那小少爷洁癖强行按在我头上了是不是？再说了，哪个告诉你我要把脸凑过去听的？"

他把那颗十分扎眼的狗头朝远处推了推，给自己挪出了一块地方，瘦削细长的手按在了地面上。

奥斯维德以为他继续跪着就是逗个能，硬着头皮在那里拗造型，也没再继续管他，抖完自己那对狗耳朵后，又不甘心地贴在了地面上。

地底深处，准确地说是非常遥远的地方，正有一些模模糊糊的声音传过来。奥斯维德干脆连呼吸都暂停了，屏蔽了其他一切干扰，聚精会神地听着那点动静。

这过程简直能耗尽他全部耐心。

终于，就在他终于要烦躁的时候，那声音又略微大了一些。

他空着的那只耳朵一抖，皱着眉对一旁单膝跪着一手按着地面的凯文低声道："为什么我会觉得那像是人在说话的声音……"

凯文没说话，静静地按着地面，偏着头似乎若有所思。

奥斯维德见他没回应，耳朵耷拉下去，继续专注听着地底下的声音。

那声音非常杳渺，听起来简直像是某种魂歌一样，听久了会下意识地安静下来，让人产生一种不由自主想起身跟着声音的指引，朝某个地方赶去的恍惚感。

直到奥斯维德骤然回过神来时，才发现自己已经不知不觉地意识放空了好一会儿。

"这招魂似的声音究竟是个什么玩意儿？！"天生性格强势的皇帝陛下对这种莫名其妙就会把人带进沟里的东西非常反感，他直起脑袋，虽然表情变化不大，但是紧皱的眉心和透彻的目光里都明晃晃地露出一股厌恶。

但是他依旧顶着厌恶仔细回想了一下，在意识放空的那段时间里，他似乎隐约听到了几个词："虽然不知道那是个什么东西，但是它好像在说什么太阳，还有朝圣？"

凯文终于将按在地面上的手掌收了回来，搭着膝盖道："是'太阳即将落山，朝圣的时刻来了'。"

奥斯维德："……"

皇帝陛下上上下下打量了凯文一番——狗……不是，狼都听不见的声音，他这么跪一会儿就能听见了？这是什么道理？！

总之，光明神殿下就是这么没道理！他的脸上没有什么表情，甚至连皱眉都省了，但是语气里却罕见地透出一丝冷意来："真是……劣性不改。"

"谁？"奥斯维德发现一觉醒来，他突然接不上凯文一直跳跃的思维。

凯文摇了摇头道："一个……"

他想了想，发现居然找不到合适的词来形容对方，最终只顿了一下，冲奥斯维德道："一个你不认识的人。"

毕竟，冷不丁跟人说神在召唤你，这换谁听了都觉得有病。

然而奥斯维德别的不纠结，只是一听"你不认识"这个前缀，心里便微妙地不爽起来。他讨厌任何一个能让凯文记住，而他又不认识的人，非常厌恶。尤其当他发现凯文提到这人时，语气也没有多好时，他就讨厌得更加肆无忌惮了。

"我得——"凯文张了张口，正打算交代一句什么。

地宫里横七竖八躺着的千百号人却突然开始有了点动静，其中一部分几乎同一时间开始窸窸窣窣地有了要苏醒的意识。

这时间之巧，让奥斯维德不得不把这种情况跟刚才那招魂似的地底谜音联系起来。

显然，凯文跟他的想法不谋而合。就见他生生顿住了话头，转头看着地宫里的人，低声嘀咕了一句："果然……"

太阳即将落山，朝圣的时刻来了。

这句话怎么听，怎么都透着股偏执却又蛊惑人心的疯狂感，反正在奥斯维德看来，没有哪个精神正常的人会这么神神道道地说一句没头没尾意味不明的话。

但棘手的是，能影响这么多人，对方显然来头不小。

地宫里本该昏睡上很久的人，竟然陆陆续续都睁开了眼。

凯文倏地起身，大跨步绕过人群，走向角落里某个撑坐起来的人。

"哟——我的腰……凯文？"那人迷迷瞪瞪地揉着自己僵硬的腰背，一抬头就被走到面前的人惊了一跳，"你怎么会在这里？不对——"

他挠着一头早已乱成鸡窝的鬓发，转头扫了一眼地宫，茫然道："我是谁？这是哪儿？"

这一脑袋问号的货不是别人，正是负责带领青铜驻守军的米奥。他在碰见神格的时候距离算很近了，但也不知道是走了什么狗屎运，居然没有直接断气，只是昏睡了过去。

凯文在他面前蹲下来，斩钉截铁地道："醒了没？我抽你一巴掌能彻底清醒吗？"

米奥顿时便直了腰背道："醒了醒了，不劳驾您上手，但你先告诉我这是哪儿，我们怎么会在这里，那帮弟兄们呢？"

"这里是玫瑰旧堡地宫，你们是被一些东西给召唤过来的，在场的有大小城邦国士兵以及北翡翠国边疆守卫军，还有伍德和尼克带着的那支。"凯文言简意赅地给他大概说了一下情况，脸色肃正道，"被召唤来的人有一部分已经死了，你们是存活下来的。现在，我需要你把这里所有人带上，往东边的静默谷走，路上但凡碰到意识不清说着要'朝圣'的人，统统拦住一起带过去。"

"等等，为什么？"米奥一脸蒙地问道。

"因为静默谷隔绝外音，听不到那些乱七八糟的蛊惑！"凯文说着，拍了他一巴掌，"尽快！"

"不是！等一下！你刚才说还有北翡翠国边疆守卫军？！我怎么带他们？"米奥顶着一脸"你仿佛在逗我"的表情道，"他们怎么可能听我的？"

凯文按着他的脑袋，给他转了个方向，指着地宫中间那一堆正茫然着的人道："武器全卸，你说他们听不听你的？"

正中间的北翡翠国边疆守卫军相互之间茫然地看了一眼，又看了看周围一大圈把他们围在中间的金狮国青铜军和先行军，以及他们身上完好的武器，顿时静默了下来。

守卫军："……"

青铜军："……"

沉默持续了约莫一秒钟，青铜军士兵们纷纷一骨碌翻身站起来，攥紧了身上的武器，居高临下地把守卫军围了起来。

莫名其妙就俘虏了一批悍将还真是……有点蒙呢。

"那你呢？"米奥忍不住拽住凯文道，"你这话音听着不太对啊，你要去哪里？"

"我另外有事。"凯文正说着，奥斯维德毫不在意地跃过人群，三两步便扑了过来，稳稳地落在凯文身后，巨大的翅膀呼地一收，糊了俘虏们一脸阴风。

"哪儿来这么大条狗！"米奥被惊了一跳。

奥斯维德："……"

凯文："……"

怎么说呢，金狮国一干军将里面，放浪不羁爱作死的人还真是不少。

米奥瞪大眼睛道："你从哪儿拐过来的？坐骑吗？有点威风啊！"

凯文摆了摆手："不说这些废话，你们收拾收拾就上路。"

一旁终于醒过来的伍德揉着肩膀走了过来，抹了把脸皱着眉冲凯文道："阁下，我刚才又听到了一个声音，说着'朝圣'之类的话，唉——含含糊糊记不太清了，但是这个声音很耳熟。"

"耳熟？"凯文偏头看他。

"还记得我跟您说过，在秘道里面我们都做了类似的梦吗？梦里有人一直在提玫瑰旧堡，所以我们才会都梦见那里。那个人的声音，与这次的非常像。"

凯文目光一沉，点了点头道："我知道了。"

他一把按住米奥的肩膀，又拍了拍伍德，沉声嘱咐道："记住，在到达静默谷之前不要睡觉，再困也熬着，休息也不要贴着地面，不要听任何类似耳语的声音，只要记住一个目的地——静默谷。"

交代完，凯文也便匆匆沿着一角的石阶梯，从地宫里出来了。

奥斯维德两步一蹿，也跟着上了地面，重新回到了高塔废墟边。凯文再度跪下来用手掌按了按地面，然后径直朝某个方向一指，冲身边的天狼道："你认路，能盯准那个方向吗？"

"怎么？"奥斯维德问道。

"声音是从那里来的，我们顺着找过去！"凯文冷声道。

05

金狮国边郊塔格瓦小镇南边，通往黑沼泽的林间道上，一支近千人的队伍正拖拖拉拉地前行着。

说起来是支队伍，其实并没有那么强的聚合感，如果有人从高空俯瞰下来，会发现这支所谓的队伍里，人们三五成群，百十成簇，互相之间牵连并不很深。

再仔细看看，就会发现，那些成群成簇的人时不时还会发生交叉和变化，实际上本身也没有太多的牵连。

他们就像是无意识间刚好同路的人一样，除了看起来有点浩浩荡荡的声势外，没有任何同行者之间会有的交流。

这拨人看方向是从金狮国内出来的，看穿着打扮混杂了平民和士兵，有男有女，有老有少，甚至还有夹杂在人群中的猫狗乃至老鼠……

因为夏季潮湿，林间到了夜里总是会漫起浓重的水汽，看起来雾蒙蒙的。这支队伍便在雾气里若隐若现，显得人影幢幢，很是古怪。

他们并没有因为人多而给人一种热闹感，倒是因为反常的安静而透出一种莫名的萧瑟和诡异，活似行尸走肉。

"妈妈，还有多远？"有个小姑娘拉了拉牵着她的年轻妇人，小声问道。

小孩子的眼睛总是格外圆，眼白也比成年人少一些。平日里又亮又清澈的时候显得格外漂亮，但在这雾蒙蒙的夜里，却莫名有种人偶似的空洞感。

年轻妇人有着跟她一样漂亮的眼睛，只是眼里同样蒙着层透薄的雾，毫无焦点。

她晃了晃牵着小姑娘的手，目视前方机械地走着，过了好一会儿，才后知后觉地轻轻"嘘——"了一声。她的目光木然而凝滞，甚至连看都没看小姑娘一眼，用一种极为平淡没有起伏的音调道："还没到，乖一点。"

小姑娘的手指突然痉挛似的挣扎了两下，又倏地恢复了平静，好像刚才的一点挣扎都是幻觉一样。

这对母女走在队伍的后半截，速度比起前面那些士兵和青壮年要慢一些，呼吸有些重，脚步也有些拖沓，显然已经走了很远的路，生理上开始疲累了。

小姑娘缓缓回头，朝队伍末尾看了一眼，又转回头睁着一双大眼睛茫然道："后面多出来的这些人也是一起的吗？他们也要去那个地方？"

原本从塔格瓦小镇出来的时候，她们一直走在队伍的末尾。然而沿途经过几处流民村落后，陆陆续续有一些人跟了上来，加入了队伍，不远不近地缀在她们身后。

年轻妇人点了点头，答道："是的亲爱的，他们跟我们同路。"

这些人每走一段路，就会下意识地抬手轻轻点一下眉心和嘴唇，嘴里近乎无声地念着一句话，像是在做着某种膜拜或祷告。

在人群前约莫几十米远的地方，就是大陆中部偏南一带最为闻名的沸腾沼泽。

大片黑色的湿泥横亘在那里，汩汩地泛着大小不一的气泡，破裂的时候发出轻微的噼啪声响，此起彼伏，和着咕嘟咕嘟的沸腾音，成了这一带唯一的一点动静。

那些黑色的湿泥表面并不平滑，泥泡破裂时，会将一些其他的古怪东西带出

238

来，黑黢黢地浮在表面，片刻之后又静静地被软泥吞咽回去。

这片沼泽周边方圆十来米都不生草木，大多是一些早已萎缩的茎秆，耷拉着半垂在泥里。

还没完全靠近，便能感觉到沼泽散发出来的腾腾热气，以及混杂在泥土潮湿味中的腐败气息，非常刺鼻。

可那整支队伍却好像完全没有意识到他们在靠近危险似的，只一味机械而茫然地朝前走着，似乎脑中只有目的地，连拐弯和绕路都不知道。

林间有风扫过，带着沸腾沼泽里令人作呕的气味，扑打在人脸上。

大概因为这味道太过刺激，队伍最前端有几个士兵打扮的年轻人猛地皱了皱眉，接连眨了几下眼睛，麻木空洞的目光在那一瞬间，终于找到了一点焦点。

他们在意识半清醒的状态下，被眼前的沼泽慑住了，硬生生停住了步子。

然而后面的人群却依旧毫无所觉地往前走着，挤挤搡搡的力道，推着那几个士兵朝前又挪了一段距离。

那几个士兵一方面在脑中顽强抵抗，试图让自己意识更清醒一点，能足够自如地操控自己的肢体；一方面还要跟后面推搡着不断前移的人群较着劲。

他们在本能的驱使下，几乎要从人群中脱离出来，让到一边，以免被挤进沼泽。然而其中一个长着一张娃娃脸的士兵挣扎着转头的瞬间，刚好看到了身后的一帮老老少少，最小的崽子甚至连路都不会走，被抱在怀里。

小崽子的眼神比其他人要清透得多，却同样对危险一无所觉。

娃娃脸士兵目光跟那小东西对上的时候，没牙的崽子瞪着乌溜溜的眼睛看着他，而后突然冲他露出一个孩子特有的、傻兮兮的笑。

"我……抓住我的……的手！"看到那个笑容的士兵一下子清醒了很多，他愣了一下便转回头，用不太利索的话语冲旁边的士兵喊道，"快！拦住……拦住他们！"

前排的士兵在他的喊声中陆陆续续地伸出手，手腕扣着手腕，硬是在神志并不太清醒的情况下，拉起了一堵单薄的人墙，试图拦住后面还在不断前行的人。

然而仅仅是他们几个，想要跟身后近千人相抗，几乎是不可能的。

他们一边强行保持着自己的清醒，一边叫喊着试图喊醒后面的人，一边却被人群推得离沸腾沼泽越来越近……

"停、停下！！"最中间的士兵脚尖几乎已经触到沼泽地的边缘了，叫嚷的声音顿时更大了，声音几乎有些尖厉。

然而即便这样，他也没想起来，他还可以选择把手放下，自己躲到一边去。

"快醒醒！！"最边上一个看起来高大的士兵急了眼，抬脚便狠狠踩在了身后人的脚面上。

就听"嗷——"的一声号叫，那一片人的秩序都乱了起来，有几个平民被这

一嗓子惊醒。人群像聚在巢窝边的火蜂一样，嗡嗡的声音渐渐从前端朝后面散开。

然而这只是队伍前端的变化，后面的大部队依旧行尸走肉般朝前挤着。

"啊！！"一声惨叫响起，最前面的士兵有一个终于拦不住，被挤进了沼泽。

他瞪大了眼睛疯狂挣扎着，然而仅仅是眨眼的工夫，他就沉进去了大半个身体，只余下胸口以上的位置。沸腾沼泽，顾名思义，温度极高，光是碰到就能将人活活烫脱一层皮。

那个士兵的惨叫渐渐微弱，最终断在了喉咙底，连同他整个人沉没进了沼泽黑泥里。

人墙一旦有了缺口，便又有几个人紧随其后推搡着踩进了沼泽里，拉着人墙的士兵转眼间便下去了三个。

一时间，这一带惨叫声不断，听得人连心脏都跟着哆嗦。

娃娃脸士兵坚持了又坚持，几乎要把自己全身的力气都扎在脚跟上，却依旧没能挡住后面的人。他被两拨人流一个推搡，没能站住，不小心朝沼泽踩了一步。

沸腾沼泽的黑泥就像是凶兽吃人的血盆大口，一旦咬住了一只脚，就不会再放开了。

他绝望地发现有一股难以抗拒的吸力在将他整个人朝沼泽深处拉，烫得惊人的黑泥已经没过了他的脚踝、小腿……

虽说是个士兵，其实他年纪并不大，可能刚成年不久，相对人群里的很多人来说，甚至还是个孩子，只是个头高大一些而已。

他眼睛泛红，一边随着身下的剧痛叫着，一边却还在冲后面的人喊着："退后！……快醒醒！！啊——"

就在他感觉黑泥已经没过了他的膝盖，生命力正因为剧痛从他身体里迅速流失的时候，他突然听见了上空传来了一声猛兽的嘷叫。

他在绝望和茫然之中仰头看了一眼，就发现一头庞然大物正张开双翅朝这边俯冲而来，而在那猛兽的背上，还骑坐着一个身形高瘦的人。

那人在夜色中挥了一下手，而在他手腕挥动的瞬间，他身下的猛兽也近乎同步地鼓起一双巨翅，猛地扇了一下。

呼——

一阵大得几乎能将树木拔地而起的狂风猛地扑向人群，将还在往沼泽里走的人们猛地掀飞出去。

近千人的队伍，一个压一个，从前推到后，眨眼的工夫便全都横七竖八地倒在了地上，再没法朝前推搡挤攮了。

娃娃脸红着眼，一边感到绝望，一边却又下意识地松了口气。

就在他认命地放任自己被黑泥吞没的时候，他感觉自己脖领猛地一紧，一股巨大的力道勒上了他的喉咙，差点儿将他噎个半死。

而当他终于从剧痛和痉挛中回过神来，发现自己居然被人从沼泽里生生拔了出来，倚着树安置在了地上。一个清瘦的身影正半蹲在他面前，用不知从哪儿扯来的衣服，把他膝盖以下包裹了起来。

不知道是不是错觉，他总觉得那包裹的架势，好像他的小腿还能有用似的。

"找找还有没有谁有腰带之类的，抽两根过来，布条也行。"给他包扎小腿的人头也不抬地说着。

娃娃脸士兵愣了一下，以为他在跟自己说话。结果目光一转，他就发现那人身边还蹲着一头猛兽，看起来像是冰雪高原上下来的雪狼，皮毛漂亮，却冷傲凶悍得让人不敢靠近。只不过他从来没见过这么大的雪狼，而且它还长了一对翅膀！

他想到刚才，这双看起来非常漂亮的翅膀一下子掀了近千人一个跟头，就觉得非常不可思议。什么时候翅膀能扇出这么大的风了？！简直像是神招了一下手，便临时送来了一阵妖风一样。

"快去！"包扎的人裹好最后一下，见巨兽还没动弹，便顺手一巴掌拍在它身上，把它轰走了。

娃娃脸士兵看得目瞪口呆，心说这么吓人的猛兽还能这么拍？不过下一秒，他就没工夫想这些有的没的了，因为腿上的痛感再度爬了上来，引得他狠狠吸了口气。

"忍一忍，暂时别碰也别挪动，如果你希望小腿还能长出来的话。"包扎的人头也不抬地冲他道。

"谢、谢谢你们救我……"娃娃脸士兵艰难地开了口，低声道，"我的小腿还能长好？我见过掉进沸腾沼泽的人，几乎连肉都烫化了，转眼就只剩骨头……我……"

那人抬头冲他挑了挑眉道："我说能长就一定能长出来。"

"天！指挥官阁下！"娃娃脸士兵终于认出了来人。

他不是别人，正是凯文。

被支使去找布条的奥斯维德匆匆在人群中扫了一遍，一边瞄过每个人的腰带，一边在心里暗自嘀咕：扇一下翅膀这么大风？啧……哪里不对。

06

堂堂一个皇帝，就算变成了一副禽兽样，这么游走在人群中盯着别人的裤腰带看也着实有点儿不像样子。奥斯维德觉得自己自从碰见凯文·法斯宾德阁下，嗯——不对，大爷，就开始奔走在一条十分魔性的道路上，他有点不太敢想象自己数年后会被带歪成什么样子。

241

大概金狮国皇家墓地里躺着的那一帮都能被他气活过来。

这么想想，倒也挺不错的。

巨大的猛兽在横七竖八的队伍里踱着步，因为气势高冷又慑人，几乎走到哪里，哪里的人就会自动朝远处躲开几步，一副惊惧又被惊艳到的模样。

倒是有些小娃娃无知者无畏，瞪圆了眼睛好奇地看他，有些胆子特别肥的小崽子甚至还伸手想摸上两把，可惜老远就被长辈抱走了。

只能说凯文让尊贵又挑剔的皇帝陛下去找裤腰带是个非常愚蠢的决定，因为奥斯维德挑布条的眼光非常高。胖的不要，怕扯了腰带肚子一弹，把裤子崩了；女的不要，那是耍流氓；满身狼狈的不要，那腰带干净不到哪儿去……

终于，皇帝陛下在人群中搜罗了一圈后，挑中了一个清瘦老人。

倒不是因为这老人的腰带格外干净，而是因为这老人衣领上别着一枚银章，这是金狮国统一制式的圆形领章，只有合格的民间医者才有资格佩戴。

奥斯维德挑中他，是因为这位老医者身上背着简便的随身药箱。

威猛的天狼盯着老人略微思索了一下，试着张了张嘴，想咬住袖子把人拉过去。然而凑到半路，果然还是没能克服洁癖，实在下不去那个嘴。

对尊贵的皇帝陛下来说，这就是个再简单不过的尝试；但是对那位老医者来说，他简直就要吓哭了！

老人家正拿着个银壶跟另一个瘫倒在地的中年人说话，被皇帝凑过来的一口狼牙一吓，手指顿时一哆嗦，一银壶的水全泼了出来，好死不死的，大半都泼进了皇帝嘴里。

奥斯维德："……"

那些液体也不知是什么玩意儿，一股说不出的腥苦味，要是药汁倒还好说，要是带点毒性的，那就冤大了。

奥斯维德顿时黑云罩顶，一脸糟心地冲老人呼噜两声，而后一偏头，做出了个"跟我走"的姿态。

老医者哆哆嗦嗦迟疑了几秒，终于领悟了巨兽的意思，冲瘫倒在地的中年人道："它……它似乎在让我跟它跑一趟，这药我下回再给你调一壶吧。"

奥斯维德撇了撇嘴。

这些莫名被聚合在一起的人一部分还处在惊魂未定的惶恐中，一部分已经迅速跟周围熟悉的人混成了堆，一边说着事情一边商讨着该怎么回去。

奥斯维德领着老人，从他们当中横穿过去，来到了凯文身边。

老人一看娃娃脸士兵的腿就明白了巨兽的意思，一边翻着自己的医药箱，一边庆幸地嘀咕："幸好，幸好我出门还记得带这宝贝箱子。"

"我给他包好了，也不用再拆，老人家您如果有绷带布条之类的给他扎一下就行。"凯文冲他说了一句。

老医者翻着药箱的手一顿:"包之前上过药了?是什么伤?"

凯文"嗯"了一声:"都处理好了,您只要打个结就行,劳驾。"

老医官还有些迟疑,但是看娃娃脸士兵拘谨又恭敬的态度,可以猜测这位英俊的年轻人来头不小,地位也不低,不至于瞎胡闹。

于是老医者按捺下疑问,点了点头,便动手给士兵扎起了腿。

凯文交代完这边的事情,一转头就跟一脸麻木的奥斯维德对上了目光。

他看到奥斯维德的模样便是一愣,抬了抬下巴道:"你这是乱啃了什么东西搞得下巴全黑了?喝泥水了?"

奥斯维德碍于有外人在,有苦不能言,只能用极具灵性的目光表达了自己的回应:胡说八道。

老医者一脸尴尬地晃了晃自己腰间的银壶,冲凯文道:"抱歉阁下,那是我不小心洒在它脸上的药汁。"

奥斯维德默默翻了个白眼,被泼的是自己,接受道歉的却是这位指使人干活的指挥官阁下,等他恢复人样之后,务必给凯文一点儿"回报"。

凯文挑了挑眉,问道:"什么药汁?对犬类的动物有坏处吗?"

奥斯维德:"……"犬类……

老医者连连摆手,解释道:"没有,坏处肯定是没有的。"

凯文"哦"了一声:"那就没关系了。"

他走到奥斯维德身边,一把揽住他的脖子,抬起袖子狠狠糊了皇帝一脸,半点儿不温柔地给他把下巴上的药汁擦了擦,边擦边道:"洁癖就收收吧,没条件洁癖,将就着点儿,这里也没水让你洗脸。"

高傲的皇帝陛下一方面觉得自己莫名有种"生活不能自理"的屈辱感,一方面又觉得让凯文伺候一下十分难得,洁癖不洁癖的已经抛在脑后了,反正凯文的袖子他也不嫌弃。

然而凯文正给他擦着嘴的时候,老医者又一脸尴尬地开了口,道:"但是那药……"

"嗯?怎么?"凯文回头看了他一眼。

"哐——"老医者挠了挠脸,讪讪道,"那个是我帮一个邻居调的补药,嗯……最近两天,阁下您的坐骑可能会需要找个伴侣。"

凯文:"嗯?"

奥斯维德:"……"

老医者看了巨兽一眼,觉得这样长着翅膀的雪狼实在稀有,不一定能找到合适的伴侣,于是又补充了一句:"不找的话也不会怎么样,就是可能会比较闹人。"

凯文："……"

奥斯维德："……"

皇帝陛下雪白的狼脸瞬间就绿了，凯文也莫名有点儿尴尬，尽管他其实不明白自己有什么好尴尬的，毕竟吞药汁的不是他。

三个人面面相觑的片刻，奥斯维德一脸麻木地扭开了头，也不知道是气的还是怎么的。

凯文冲老医者干笑了两声，道："行了，泼都泼了，出不了什么问题，您忙吧。"

他拍了拍天狼的脖子，算是安抚，但是奥斯维德总觉得这动作里有股幸灾乐祸憋着笑的意思，顿时更糟心了。

凯文也顾不上这些了，按照娃娃脸士兵所指的方向，在人群里找到了这一批士兵的队长。

他面色肃然地冲这个皮肤黝黑的军官道："之前陛下下令，让各个分编小队把各城镇的人都引导到地下秘道里，避让沙鬼大军，你们是怎么到这里来的？也是听到有人让你们去'朝圣'？"

"您怎么知道？"黑皮肤军官诧异又愧疚，"我们太大意了，也不知怎么就……"

"这倒没必要自责，这不是你所能控制的。别的不谈，你们路途中碰到的事情现在还能回想起来吗？"凯文问。

军官："虽然当时没什么意识，但是现在隐约还能记起来一点，比如路过几个流民小镇的时候，有新的人加入。"

"那你们在路途中有碰见其他队伍吗？"凯文问道，"秘道里的其他人还好好待着吗？"

军官："不能确定，阁下。我们出来的时候沙鬼已经不在了，不知去了哪儿，那时候我还有点模糊的意识。如果没记错的话，我们甚至在桑林大道附近碰到了穿着皇城巡骑军制式铠甲的人，按理来说，他们应该待在圣安蒂斯附近的地下秘道里。"

凯文面色一凛。

他也不再多言，把交代给米奥的话同样给这位军官说了一遍，让他即刻带着士兵以及这些民众赶往静默谷。

言简意赅交代完后，他便大步流星地回到奥斯维德身边，一拍他的脖颈，翻身骑上了他的背，凑在他耳边低声道："情况不太妙，波及范围比我想象的还要大一些，原本安排躲在秘道里的人很可能都被引出来了，我们得赶紧走。"

黑着脸的奥斯维德一听这话，顿时把药汁的事情先抛到了脑后，二话不说便避开人群疾奔起来，在林道的尽头双翅一振。

白色羽翅带起的劲风掀得周围草木俱倾，地上的众人偏头避让开那股力道，而后一脸呆愣地看着身姿矫健的猛兽带着凯文飞上了天,很快便不见了踪影。

避开了外人,奥斯维德在疾飞中开了口:"不觉得奇怪吗?从塔格瓦到沸腾沼泽,少说也有一天的脚程。我们离开玫瑰旧堡才几个小时而已,还是用飞的。他们这老老少少的一群人怎可能走得这么快?"

"所以……"凯文伏在他背上沉沉开口道,"他们比我们更早听到那个声音。"

奥斯维德眉心一皱。

如果这些躲在秘道里的人比他们更早听到声音,那说明声音的来处最初很可能就在金狮国地界!他们听到了,金狮国其他城镇的人也很可能听到,圣安蒂斯同样不会例外。

这规模简直有些骇人。

"究竟会有多少人被引出来……"奥斯维德冷声道,"会有不中招的吗?"

"有。"凯文淡淡道,"孩子。你刚才没看到吗,那些被抱在怀里的孩子眼神是最清明的。"

"为什么?"

凯文道:"因为他们没经历过苦难,没有值得烦扰的事情,也从未祈求过什么东西。"所以不需要神明……

奥斯维德带着他飞上一段,便要落地确认一下声音和新的方向。

凯文用手按着地,奥斯维德则直接用耳朵贴着听。

原本模糊得句不成句的声音,渐渐变得清晰起来。显然,他们越追越近了。

然而就在他们飞过安多哈密林上空的时候,奥斯维德的翅膀突然抽搐了一下,驮着凯文的身体因此猛地朝下落了一截。眼看着就要掉到密林上空,擦着树木而过的时候,奥斯维德才堪堪稳住身形,带着凯文重新飞高了一些。

"你怎么了?"凯文拍着他的脖颈问了一句,然而刚问完,他就想起之前那老医者干的事情,顿时干笑了一声道,"那药汁这么大作用?"

奥斯维德黑着脸道:"胡说!不是那回事!"

07

"那是怎么了?"凯文还是觉得跟药汁有关,而奥斯维德有点尴尬,所以语气才这么恼羞成怒。

"我说不上来。"奥斯维德迟疑了片刻,又干巴巴道,"那老人家的银壶里真的装的是他说的那种补药吗?我怎么觉得有点怪……"

他感觉对翅膀和四肢的控制力在莫名地减弱,似乎有点力不从心的意味,就好像……

"就好像我快要维持不住现在这个形态了。"奥斯维德沉声道。

只是一说完,他就觉得哪里有点不对。好好的从人变成兽类,对他而言绝对不是什么美妙的事情。但是现在说起这句话的时候,他却猛然发觉自己的语气竟然是担忧而遗憾的。

于是他意识到这一点的时候,便一脸糟心地闭了嘴,心里暗自觉得自己一定是吃错药了。

然而不得不承认的是,凯文对兽形态的他,要比对人形态的他亲近不少。这大概也是他心里觉得有点遗憾的原因……

所以其实还是吃错药了,那泼了他一脸的药汁肯定不是什么正经玩意儿。

奥斯维德一边黑着脸嘀咕着,一边却还在奋力加快速度。

他能感觉到自己应该坚持不了多长时间了,所以速度越快越好,越早到达目的地越好,否则两个人单凭四条腿得追到什么时候才能追上那个声音?!

不得不说,皇帝陛下别的不提,耐力真的远超常人。

在他发现自己身体不太舒服越来越难以操控后,又驮着凯文飞了近一整夜,并且全程没再提过半个字。他依旧每隔一段路就会落地,跟凯文重新感应一下那个声音,再沿着正确的方向继续前行。

在这期间,他们又拦下了四支浩浩荡荡的朝圣大军,甚至不只是来自金狮国的,还有一部分来自北翡翠国乃至巨兽人族的,也不知道是怎么凑到一起的。

意识清醒过来的时候,北翡翠国的一拨士兵跟巨兽人族差点儿打起来,鸡飞狗跳。

在这种时候,凯文他们自然没那个精力也没那个打算,去按照城邦或者种族来划分人群。他依旧是找到能够起领头作用的人,让他们带领那些人群转头直奔静默谷。

这一夜的整个行程中,奥斯维德时不时会跟凯文交流几句,但是从语气和声音上都听不出半点问题。

于是凯文一开始的担心便慢慢压了下去。

然而天亮之后,在飞越过一片雨林和山群时,奥斯维德突然又开了口:"如果沿着这个方向下去,不再变向的话,我们就到大陆南岸了。"

他这一次开口,声音跟之前的状态完全不同,明显透出一股难以掩藏的疲惫感,显得格外干涩沙哑。

凯文一听便皱了眉,二话不说拍了拍他的脖颈,道:"落地。"

奥斯维德哑着嗓子回道:"不是因为累,是因为喉咙口烧得厉害。"

"不管是不是累的,落地。"凯文斩钉截铁道。

他对奥斯维德的性格太了解了——这人可以接受别人的协助,也可以放下身段充当一个协助者,但是不能忍受完全依赖别人。但凡跟他相关的事情,他就一定要真实地参与进去,根本不可能老老实实地待在某一处,眼睁睁地看着别人去解决麻烦。

这其实跟他皇帝的身份是相违背的。不管从大局来说,还是从身份地位来说,都没有哪个皇帝会凡事冲在最前面。

要说不知道"皇权"两个字怎么写,皇帝本人疯起来比凯文更胜一筹。

但这就是奥斯维德的本性,连骨带皮都是硬的,绝不服软也决不龟缩。

如果凯文不坚决一点,奥斯维德就算再难受都不会主动开口说要停下来,死也要撑到最后。

"不落地?"凯文态度强硬地又问了一句,而后二话不说坐直了身体,单手按着天狼的脊背便直接翻身跳了下去。

且不说天狼的飞行速度有多快,光是这高度,跳下去就能直接砸成肉泥,别指望活命了。

"你疯了?!"奥斯维德被他这举动吓得魂差点儿飞了,忍不住吼了一声而后压下身体,离弦之箭一般俯冲下去,在半空中险险接住了凯文,然后无奈地滑翔了一段距离,心不甘情不愿地落在了一块山石上。

山石边有块天然的凹进去的石洞,好歹能挡点山风。

落在石洞里的时候,奥斯维德的状态已经差极了。

这山洞非常浅,他还得缩着点爪子才能卧坐下来。山风呼啸不绝,在耳边呜呜地叫着,跟奥斯维德此时的耳鸣声混杂在一起,闹得他紧皱着眉,脸色非常烦躁。

他体内的反应和之前在秘道里几乎一模一样,眼前一阵阵发黑,心跳声大得如同擂鼓,忽快忽慢,时不时还陡然漏上一拍,蒸出一身汗。

靠在他旁边的凯文甚至能感觉到他皮毛里一阵阵翻涌的热意。

这让他有些拿不定。照那老医官的说法,那药汁的补效大概不会弱,落到本就处在贝坦日的巨兽身上,只怕效力能翻倍,毕竟贝坦日本来就是巨兽野性和兽性最盛的时候。但照奥斯维德的说法,他自己觉得身体的不适感和之前由人变兽的过程极为相似。

所以凯文一时间还真无法判断奥斯维德此时的反应究竟是因为什么。

照理说贝坦日还没结束,巨兽人不会变回人形,但是混血可就说不定了,况且吃错了药也不知道会不会真的对此有影响。

凯文愣了几秒后,还是把手搭在了奥斯维德背上,轻轻拍着。

他神格回来了,神力也在慢慢恢复,虽然无法即刻恢复到曾经的巅峰时刻,但真用起来时还是很有效果的。他之所以一直能不用就不用,只是为了等待梅洛。

光明神的治愈力不容小觑,巨兽由最初落地时的烦躁不安渐渐安静了下来,

呼吸也变得绵长而匀称了，那种一会儿散着寒气一会儿蒸着热汗的交错折磨也逐渐缓和起来。

凯文能感觉到手指下原本僵硬而紧绷的巨兽躯体正在慢慢放松。

那种类似变形的不适感终于散去，奥斯维德懒懒地从喉咙底呼噜了一声，透明的双眼眯了起来。

凯文看见他这副大爷相，顿时有点哭笑不得，但是揉着他脖颈的手也没停，依旧在帮他缓着残留的一点不适感。

懒到骨子里的光明神觉得一直半蹲着给这头傻大个顺毛着实有点累，便干脆毫不讲究地席地而坐，把天狼当成了毛绒靠垫，一手懒懒散散地架在屈起的膝盖上，一手拍着巨兽："好受点没有？都快追到南海岸了，也不差这么几分钟，你再趴一会儿。"

天狼哼了一声，硕大的脑袋趴在了前爪上，伏卧的身体蜷曲了一个弯度，毛茸茸的尾巴来回扫了两下，最后有意无意地落在了凯文腰后的地上。

凯文见他好一点儿了，注意力就没全放在他身上，而是转头盯着山群静静地扫视了一圈，好像他能越过这些山丘看到更南边的景象似的。

他的目光最终停在了虚空中的某一个焦点处，架在膝盖上的手也落在了地上，手掌按着山石，食指有一搭没一搭地敲击着，像是在仔细寻找着什么。

"声音停了。"凯文皱着眉道。

奥斯维德咕哝了一声，晃了晃脑袋，把耳朵贴在了地面上，一动不动地趴了好一会儿，而后低声应了一句："嗯，确实停了。"

他的声音又低又沉，身体明明应该比之前好很多了，听起来却比之前还要哑。

凯文一开始还没反应过来，注意力还专注于探听地底的声音。然而片刻之后，他突然面色古怪地转过头来看了眼自己覆在巨兽皮毛上的手，神情复杂中露出一丝尴尬——

因为在他没注意的时候，这位尊敬的皇帝陛下似乎恢复得有点过头了。

他感觉手指下的巨兽身躯热烘烘，一层层地朝外蒸着汗，这和之前越蒸身体越冷的汗意完全不同，凯文甚至感觉自己被这汗意蒸得都有些跟着发热了。

"你这会儿……是要变身了？"凯文疑惑道。

眼前巨兽庞大的躯体轮廓迅速变幻，仅仅一眨眼的工夫，巨大的天狼就没了踪影。取而代之的，是已经撑坐起来的奥斯维德。

凯文还没从这冷不丁的变形中回过神来，就见奥斯维德很快又变回了兽形。

08

重新变回天狼的奥斯维德低低地嗥叫了一声，而后叼起凯文甩到自己背上，便一鼓作气地从山洞中跳了下去。

凯文根本来不及诧异，只得一把薅住他后脖颈的缰绳，以防因为俯冲的速度太快直接甩出去。

奥斯维德懊恼地抱怨了一句，也顾不上把控方向了，直接盘旋着落到了山下林间的一片湖泊上方，不管不顾地跳进了水里。

因为林子太密，水面很少受到阳光照射，这里的水温比外面要低很多，冷不丁将整个身体泡进去，会被激得一个激灵。

这要放在平时，莫名其妙被带着跳进水里搞得一身湿，凯文免不了要毒舌两句的。

但是这次，这位难伺候的祖宗却破天荒地没有开口。

他泡在水里，没好气地看着某只大狗如同石墩一样，直直朝湖底沉下去。

过了好一会儿，某位傻狗才冒着泡从湖底浮上来，一脸狼狈地顺水漂着，一边抖着翅膀上的水一边叹着气道："还是冲凉比较有用。"

凯文冷哼一声："其实斩草除根比冲凉效果更好。"

傻狗："……"

变成落水犬的皇帝陛下默默浮了一会儿。

"你干吗还在水里泡着不上岸？"奥斯维德睨了他一眼。

顶着张狼脸能做出这种表情也是蛮厉害的，但是莫名地显得更欠打了。

凯文冷笑了一声："我当然得看着点，以免某人不会狗刨直接沉尸湖底。"

奥斯维德无所谓地甩了甩脑袋上的水，不过下一秒，他再度看向了凯文，有点奇怪地问道："你脖子怎么了？干吗一直捂着？"

凯文挑了挑眉，道："某人投湖太快，我怕扭到。"

他说着，手指在脖颈间揉了两下，便放了下来。那片被他揉过的皮肤除了红一点，并没有任何异常。

奥斯维德扫了一眼，也没放在心上。

凯文很快便上了岸，坐在一块岩石上，一边绞着衣服，一边冲奥斯维德道："你怎么又变回来了？学会自己控制形态了？"

奥斯维德"嗯"了一声，道："这么一折腾反倒打通了关窍。"

两人正有一搭没一搭地说着话时，突然不约而同地转头看向了某个方向。

凯文拧着水的手指一顿，透过层层林木盯着那里，眉心渐渐蹙了起来。

"你听见没？"奥斯维德无声地上了岸，在凯文身边低声道。

凯文眯着眼点了点头。

那个之前已经消失的声音再次出现了，这次比之前的任何一次都要清晰，清晰到甚至不用通过地面就能听见，仿佛就在不远处。

凯文脸色变得肃正起来，头也不回地冲奥斯维德道："把自己弄干，我们从林子里抄过去。"

奥斯维德无师自通地甩掉了一身的水，跟在凯文身后朝密林的外围走去。

这里树木茂密，枝丫交错，以至于天光都很难漏进来。无数不知名的鸟虫藏在密叶间鸣叫着，各种声音交织成一片，却并不显得聒噪。

这几乎成了凯文和奥斯维德最好的掩护。

他们擦过草木以及踩上枯叶所发出的声音全都被这些鸣叫掩住了。

湖边到林子尽头的距离比他们想象的要长许多，但是一人一兽潜行的速度奇快，所以没费多长时间，林木就渐渐开始变得稀疏，他们透过不再稠密的枝叶看出去，隐约看到了远处深色的水面，以及一些模糊的人影。

"嘘——"凯文冲奥斯维德打了个手势，脚下的步子却完全没停。

片刻之后，一人一兽终于站在了一棵高树粗壮的枝干后面，垂下来的犹如长发一般的叶子勾勾连连，跟门帘似的刚好给他们打了掩护。

凯文用手指轻轻挑开眼前垂着的长叶，眯着眼看出去。

正如奥斯维德之前所说的，他们已经到了大陆的最南岸，从这片原始林地出去就能看到一片天然的海滩，海滩上有一片支出去的石台，两边用金属和木枝加了护栏，看起来像是最为简陋的码头，然而码头外面却空空如也，水平波静，没有任何船舶。

而就在那码头旁边，则"热闹"得令人诧异。

乌泱泱的人头一眼看过去几乎没有尽头，根本无法估量这里究竟聚集了多少人。所谓的"热闹"只是看起来而已，实际上这些人并不吵，甚至开口说话的都不多，看起来有种说不出的压抑感。

他们并非完全攒聚在一起，事实上有那么一撮人已经站在了码头入口处，有两个甚至站在了石台上。

那块石台见过的人很多，真正站上去的却很少。因为这码头等来的船是通往灵族聚居地的。灵族向来以巫术闻名，去他们海岛的方式自然也不是想象的那么简单，没谁会愿意主动把自己送到那个岛上。

站在石台上的人被一部分人群挡了大半，以至于凯文和奥斯维德都看不清那是什么人。但是他们却听到了码头边缘的海水突然翻起了浪的声音，好像有什么东西从水里翻上来似的。

原本木然的人群中隐隐传来一阵惊叹声，靠近码头的人有一部分开始骚动。

"看！那是彼得！"凯文压低了声音道。

奥斯维德面色顿时便是一凛。

彼得是皇城巡骑军的指挥，当初是负责圣安蒂斯安全的，他出现在这一处就意味着连圣安蒂斯的民众也已被蛊惑过来了，甚至还包括从乌金悬宫里出来的。

"辛妮亚！"奥斯维德突然又叫了一声，"码头上的那个是伊恩抱着辛妮亚！"

09

凯文闻声望去，辛妮亚似乎神志还算清醒，趴在伊恩怀里还在左右张望。但是老管家伊恩肢体动作却显得非常僵硬，他就像是被人用线牵着一样，机械地朝码头边缘又走了两步，整个过程中除了脚，其他地方动都不动。

岸上的人群全都望着海上的某一处地方，像一群引颈远眺的鹅，似乎在等待着某种东西的到来。

"太阳即将落山，朝圣的时刻到来了……"

熟悉的低语声再次响起，来源就在黑压压的人群当中。

"走！"凯文眨眼间便翻身上了奥斯维德的背，天狼一展双翅，直冲人群。

然而就在他们动身的那一瞬间，海边骤然起了一片足以遮天的浪墙，一艘巨大的木船从浪里劈波而出。

它仿佛在海底沉睡了太多年，木质已经被泡得发了黑，桅杆破烂，甲板湿滑。整个船身都裹满了墨绿色的苔藓和海草，然而在那艘巨大木船的船身上，一个古老的图案依旧清晰可见，那是两条首尾交缠在一起的蛇，缠成了一个横着的"8"字。

但凡读过《神历》的人都知道，那是三大主神之一斐撒的象征——巫蛇。

斐撒是海神和大地之神，大海中来往的人们总喜欢在各种器物上留下这位神祇的象征图腾，以祈祷平安祥和。

不过这艘巨船也着实惊人了一点。

凯文看到那艘木船的一瞬间，满脸诧异地低声道："这古董居然都翻出来了……"

就在他混杂着惊讶、感慨与了然，神色复杂的时候，那艘木船突然翻了个身，船底朝上，船身朝下，轰然落在海岸上，将那些引颈而望神志不清的人全都笼罩了进去。

大船的木板发出一声经年的脆弱呻吟，瞬间就被巨浪扑了个兜头。

哗——

巨浪眨眼间便顺着海岸退了回去，连带着一起消失的，还有倒扣着的巨大木船，以及被它扣住的密密麻麻的人。

整个过程之快，根本让人来不及做出任何反应。

奥斯维德咆哮一声，然而再快的速度也没能预料到这种变故，他猛抓过去的前爪只捞到了满爪咸涩的海水。

只差一点点！

就差这么一点点距离而已！

奥斯维德怒嗥了一声，狠狠砸了一下被浪浸过的岩石。巨大的石块应声被拍出了裂痕，咔嚓一声碎成了两半。天狼疾奔而去，打算一个猛子扎进海里把那些人捞上来，能捞多少是多少。

结果身体刚腾跃起来就被凯文拽了下缰绳："这样追不到的，你跳进海里也找不到他们，这不是正常的沉船。"

"什么意思？"奥斯维德紧紧皱着眉。

"我知道他们被带去了哪里。"凯文面色肃然地看着海面，一边拍着奥斯维德的脖颈，一边沉声道，"少安毋躁，在这里等一会儿。我保证，我们会追上他们的。"

一人一兽所站的地方正是之前伊恩抱着辛妮亚所站的简易渡口。

石质的平台上刻着一堆意义不明的图案和笔画，像一个花纹繁复的圆，这显然是惯用巫术的灵族人留下的印记。

当他们两个站在圆的正中时，一只看起来跟石台一样简陋的木舟破水而出，小舟有一个方形的舱，就像一个倒置在船板上的方盒，里面勉强能塞进四个人。这也是灵族的规矩，早在近千年前，他们也是生活在大陆上的，只是后来因为巫术，跟陆地上的其他种族闹得有些不太愉快。

他们人数较之其他种族要少很多，实在没什么优势，再加上又突然出现了沙鬼这种令人厌烦却又无力抵抗的种族。在跟沙鬼纠缠了将近一百年，还差点变成奴隶之后，他们终于忍不住举族迁徙，搬到了海岛上。

一般情况下，除了必要的交易，他们很少来陆地，同样地，也并不欢迎大陆的人去海岛，如果有重要的事情需要登岛，一次最多只能去四个人，因为他们看够了大数量的陆地种族。

眼前这只小木舟，便是灵族对陆地人最后的友好，尽管友好得非常有限……

依照常态，凯文他们只需坐进方形小舱里，木舟便会自己漂到灵族所聚居的海岛上，不需要任何人来掌舵。

但是刚才那拨人显然是被卷进海底了，上灵族的木舟又有什么用呢？根本是南辕北辙。

奥斯维德一脸将信将疑地指着木舟道："靠这个救人？"

"错，是追。"凯文一边随口回了他一句，一边扫了一圈四周的地面。

他弯腰从地上拾起一块黑漆漆的小石块，招呼了奥斯维德一声："走，上船。你悠着点，别把这小舟踩塌了，我奉劝你最好先变回人形，不然一会儿有你受的。"

奥斯维德瞥了眼那木盒似的船舱，倒是颇为赞同凯文的话。

要不变成人形，他想挤进门都困难。

转眼间，他的轮廓便起了变化，从兽形变成了人，身上的皮毛也跟着变成了能遮体的衣裤，只是因为沾了水，显得湿答答的，贴在他身上，裹着他那一身紧致的肌肉。

凯文先行跨上了木舟，而后松松地拽了一下奥斯维德脖颈上挂着的缰绳，道："这玩意儿你可以卸了，看着怪别扭的。"

如果是个瘦骨嶙峋或者满身狼狈的人，身上缠着这玩意儿，就很有种被虐待、被奴役的感觉。但是这么个人高马大，肌肉线条流畅饱满的人缠着这玩意儿，怎么看怎么有点……

他颇为糟心地把那缰绳从皇帝的脖子上摘下来，但也没扔，就那么拎在手里。

奥斯维德以为凯文留着缰绳，是打算等他变回天狼的时候再用，便没再多问，跟着凯文上了小木舟，弯腰钻进了方形的船舱里。

谁知刚坐下，凯文便过来抓起了他的一只手腕，二话不说便把缰绳缠在了他的手腕上，另一边则吊在了舱顶，绑得非常紧。

"干什么你？"奥斯维德一脸惊诧地瞪着他，扯了两下手腕发现完全动不了，也不知道这人打了个什么结。

"帮你固定一下，过会儿你会感谢我的。"凯文头也不回地边说边走出船舱，还非常讨打地摆了摆手，"我先提前说声不用谢。"

奥斯维德："……"

他走到船舱外，抛了抛手中那枚黑色的小石块。小石块一笔笔划在小舟外壁上，效果就好像炭笔一样。凯文非常潦草地在那里画了个横躺着的"8"。

笔画最后头尾相连的瞬间，整个图案线条闪过一层温和的白光，又在转眼间恢复正常。

凯文扔掉小石块，拍了拍手上的尘土，弯腰进了船舱。

他没有规规矩矩地坐在木板打制的简陋座椅上，而是一手抓住舱门，一手勾住奥斯维德手腕上绑着的缰绳，懒懒散散地倚在门边，冲奥斯维德道："小船比大船麻烦一些，需要屏气的时间比较长，来，听我的，深吸一口气。"

奥斯维德下意识跟着他深深吸了一口气。

下一秒，整只木舟瞬间翻了个身，船底朝上，船身朝下，简直天旋地转！奥斯维德整个人被狠狠甩在船舱硬质的木板上，来回砸了两下，差点连脑子都磕蒙了。

海水轰然倒灌进来，巨大的冲击力猛地撞上奥斯维德的胸口，在他还没来得及睁眼前，就直接没过了他的全身。

奥斯维德："……"

他总算明白凯文为什么要把他绑在船舱里了，如果不是因为他被绑得很紧，这么甩上一气，他早就飞出船舱了。

但是凯文可没绑任何东西！

他在翻江倒海中用另一只空着的手胡乱摸索，一阵心惊肉跳的担心之后，终于摸到了那个混账的手。

不知道是不是他的错觉，他感觉凯文似乎还稳稳地靠在门上，并没有像他一样狼狈地摔来砸去。

但是怎么可能呢？

他很快又否认了这一点，在这种境况下，怎么可能什么力量都不借，就这么稳稳地倚着门框呢？

奥斯维德在心里自嘲地一笑，觉得自己大概是被船舱磕傻了脑子。

不过很快，他就没有这个多余的脑子去想这件事情了——

巨大的颠簸和甩动让他几乎无法完全屏住呼吸，而且过快地消耗了他深吸进去的那口气。

正如凯文之前没头没尾的提醒一样，需要屏气的时间比他想象的长得多，他几乎完全不能想象究竟是什么样的过程，会折腾成这种样子。

他隐约意识到整艘船都沉在了海水里，至于为什么会这样颠簸，这么难熬，他就无法得知了……

屏息的过程并不那么令人愉快，准确地说，非常煎熬。每一秒钟都像是一百年那么长，长得奥斯维德感觉自己的肺都要被掏空了。

就在他感觉已经过了成千上万年之后，他终于无法控制地陷入了一种窒息感。

一手拽着缰绳，紧靠着门框倚着的凯文突然发觉身边的人开始挣扎起来，闭着眼睛，眉心紧蹙，显得非常痛苦。显然，对普通人来说，一口气撑到最后还是很艰难的。

凯文发愁地看了他一眼，最终还是耸了耸肩转过头去。

当一口气息送进肺部的时候，奥斯维德的脑子还处在缺氧的空白中，一时间没反应过来是怎么回事。

直到肺部发麻的疼痛感终于消失，停滞的大脑也终于开始重新运转的时候，他才发现是凯文救了他一命。

忽然，奥斯维德隐约感觉有什么亮亮的东西从他眼前一晃而过。

可是……他们正处在逼仄的船舱里，这里能有什么会发出光亮？

10

　　凯文三下五除二解开了奥斯维德手上捆绑着的缰绳，二人被船舱外的景象惊得一愣。

　　这只被巨浪卷进海底的木舟经过重重颠簸和翻滚，最终倒悬在了海中的某一处。就在船底朝上，船身朝下彻底稳住的那一瞬间，他们所在的地方便颠倒了过来。

　　就好像镜像一般，海底变成了海上的天空，而海面翻到了海底。

　　于是，木舟便成了正着的。

　　落在奥斯维德眼里的世界诡异得让他说不出话来，天空中游弋着成群的海鱼、大如海岛的鸟尾鲸、龇着牙的长吻鲨，而木舟所漂浮的海面以下却是大团的云絮。

　　"这是什么地方？"奥斯维德张了张口，诧异地问道。

　　凯文跟在他身后出来了，哑着嗓子懒懒道："在往镜岛走，发什么傻，不追人了？"

　　"镜岛……是传说中主神斐撒辟出来的那块地方吗？"奥斯维德喃喃道，"我以为那只是个传说，居然真的存在？"

　　"你以为，"凯文不冷不热地哼了一声，"你以为的事情多了去了。镜岛一直存在，跟灵族聚居的那个海岛刚好成镜像，悬在海下，只不过没有斐撒的船到不了而已。"

　　准确地说，是没有神力相助到不了。

　　他一言难尽地瞪了奥斯维德一眼，抬手把手里拎着的缰绳甩给他，冷冷地抬了抬下巴："套上，变个模样，免得我看到你就手痒。"

　　奥斯维德接过缰绳，毫不在意地套上了自己的脖子，刚调整好搭扣变回天狼的模样，他便突然想起什么似的顿住了身形。

　　巨大的猛兽猛地抬起头，透明的眼珠紧紧盯着凯文，疑惑道："差点忘了，刚才在船舱里有什么在发光，而且……你捂着脖子干什么？"

　　不断被岔开的注意力终于回到了最初的那个点上，奥斯维德在脑中回想了一下之前的情形，越来越觉得奇怪。他顿时想起来，之前在林子里凯文也是这么捂着脖颈的……究竟是为什么呢？

　　有个模模糊糊的念头在他脑中一闪而过，他刚要抓住，却又被凯文踹了一脚。

　　这回这位大爷直接踹在了皇帝的尊臀上，而后毫不客气地翻身骑上了奥斯维德的背，如同骑马鹫一样夹了一下他的侧腹，一巴掌拍在他毛茸茸的脑袋顶，道："你不如边飞边琢磨，没看到要追的那艘船就在前面吗？！"

　　奥斯维德有些木然地"嗯"了一声，而后条件反射地扇着巨翅猛地一跃，便

255

驮着凯文飞了出去。

他机械地振动着巨翅，满脑子都萦绕着两个词：脖子……发光……脖子……发光……

之前那艘将岸上数千人都倒扣进去的木船就在前面不远处的海面上，老旧的风帆饱满鼓胀，带着一整船的人破浪而行。船身上的巫蛇图腾发出隐隐的白光。

整艘船的速度快得不可思议，好像有某种巨大的力量在拽着它似的，绝不是单纯靠风帆就能有的速度。

一整船的人都面无表情地站在船上，所有能站人的地方全都站满了，他们浑身湿漉漉的，浸透的海水还没干，配上那副空洞的表情和僵硬的站姿，像是运了满船的水鬼。

而就在他们正前方不远处，一个巨大的海岛慢慢从海平面上显出了全貌。那个海岛乍一看更像是漂浮在海面上的冰山，从头到尾都是冻着的，在海面的映衬下，发着浅淡的莹蓝色的光。

奥斯维德渐渐追上了那艘巨大的木船，在木船上空盘旋了一圈的时候，他目光无意间扫过船身上的斐撒图腾。

皇帝陛下心里木然地想着：嗯……也在发光呢。

"太阳即将落山，朝圣的时刻到了……"

就在皇帝发愣的时候，那个熟悉的声音又一次隐隐从船上传了出来。这数千号人控制起来并不是那样容易的，显然，得靠不断地蛊惑才能将他们彻底稳住。

"太阳即将落山，朝圣的时刻到了……"那声音空灵得仿佛是贴着人的灵魂在低语。

凯文在巨兽背上皱着眉，目光在密密麻麻的人头中逡巡。

就在那个声音再度响起来的瞬间，凯文目光一凝，眉心猛地一蹙。他二话不说从天狼背上翻身跃下，百米的高度他似乎根本没放在眼里。

奥斯维德顶着一张面无表情的狼脸，依旧麻木地扇着翅膀，甚至都没有反应过来背上的人已经不在了，脑子里已经被凯文的脖子占据了全部空间。

凯文从百米高空轰然落下，稳稳地踩在了木船的桅杆顶端。他冷着脸抬手虚虚一抓，人群中一个单薄纤瘦的身影便被一股巨大的力道猛地一拽，嗖地落进了他手里。

不偏不倚，刚好被捏住了脖子。

于是，不断吟念的声音被迫戛然而止。

凯文的目光冷冷地落在这人的脸上，双眼微微眯起，缓缓道："安杰尔……"

因为被钳住脖子，少年的脸变得通红，额角都绷起了青筋，跟平日里害羞又安静的模样简直判若两人。他双目朝上翻着，几乎只露出了眼白，一边流着泪水，一边在缺氧中再次断断续续地念着："太阳即将落山，朝圣的时刻……时刻到了……"

船上的人刚有些茫然的脸色再度唰地僵硬起来。

凯文手指猛地一收，少年的声音便被掐灭在了喉咙底，再也发不出声音，只"嗬嗬"地喘着气。

"梅洛——"凯文突然换了个称呼，垂下目光看着安杰尔的脸，不冷不热地嘲笑道，"这么点大的孩子你也下得去手，你可真有出息啊。"

他高瘦而孤拔的身影立在桅杆顶端，能踩踏的地方甚至不足拳头大小，却在风中稳如泰山。

安杰尔的手紧紧扒着凯文的手，因为难受，指尖甚至在凯文手背上划出了几道血痕，只是转眼间就愈合了。他翻着的眼白颤抖不息，似乎在跟意志里的某样东西做着垂死抵抗。

"我并不想的……"梅洛的声音再次响起，只是这一回，安杰尔甚至都没有张开口，声音就从他身体里传了出来，"只是这孩子格外虔诚，日日夜夜祈祷不息，说要跟我做笔交换。您知道的，他双亲惨死，可怜极了。他向我求祷，只要能让害死他父母的那个人惨死，只要他能替父母报仇，什么都愿意奉献给我。"

梅洛轻轻地叹了口气，仿佛他真的在心痛一样："您不能这样毫无缘由地指责我，我只是帮了他一个小忙，顺便借用一下他的躯体而已。"

"哦，借用躯体。"凯文笑了一声，凉丝丝道，"处心积虑步步为营地杀了那么多神祇，夺了一百多个神格，你怎么混到这步田地了呢？居然还需要借用凡人的身体，你不是一贯最厌恶别人将你跟凡人混为一谈吗，尊敬的……后神？"

"尊敬的"三个字从他嘴里不急不缓地说出来，简直就像是凌空而来的大巴掌，重重地扇在对方的脸上，非但没有半点"尊敬"的意思，反倒有种居高临下的怜悯和嘲讽感。

他的声音不算大，但是因为整片海面都太过安静了，船上依稀有点恢复意识的众人以及天空中盘旋着的天狼都听到了他这句话。

尊敬的后神……

尊敬的……

后神？！

盘旋着的巨兽浑身一个激灵，巨翅一抖，仿佛刚被惊醒一样，面色愕然地看向桅杆上的人。

而船上黑压压的人群则瞬间连呼吸都凝滞了。片刻之后，他们茫然地抬起头，目光痴呆地仰视着上面对峙的两人，一时间居然反应不过来后神意味着什么！

凯文趁着他们半醒不醒的时候，空着的那只手猛地一挥，木船两侧便骤然腾

257

起了巨大的海浪，轰的一声，兜头泼在了被操控的人脸上。

靠近镜岛的海水带了冰雪的气息，冷得惊心。

众人被泼得一个哆嗦，发热的脑子瞬间冷静下来，终于彻底恢复了神志。

船头上，抱着辛妮亚的伊恩老管家帮小姑娘抹了一把脸上的水，张着嘴看向桅杆，喃喃道："老天，我们……我们为什么会在这里……那不是，那不是法斯宾德阁下吗？！还有安杰尔？"

他刚嘟囔完，就突然想起刚才半醒之间听到的那个称呼——尊敬的后神。

给辛妮亚擦着水的手顿时一个哆嗦，感觉自己几乎要不能呼吸了……

他仰视着桅杆上的人影，死鱼一般张了张嘴，又张了张嘴，半天没能说出一句话。过了好久之后，他才气若游丝地挤了几个字出来："我……我没听错吧？后神？！"

安杰尔的身体里传来了一声轻笑："一百多位神祇的神格都在我这里，我想用什么方式就用什么方式，想借用谁的身体就借用谁的身体，只要达到目的就行。要说怎么混到这步田地，应该是您才对……那样高洁耀眼的神祇，为什么要混迹在凡人堆里呢？我一直在等你厌倦凡人的生活，主动凝回神格，谁知一等就是几百年，最后还得我亲自把神格送到您面前……真是叫我失望啊，尊敬的光明神殿下。"

他这话音刚落，人群便陷入了死一般的寂静中。

天空中，巨兽天狼瞬间"石化"，连翅膀都忘了扇，瞪着一双透明的眼睛，满脸惊骇地盯着凯文……而后就那么直直地掉进了海里，砰的一声，砸出了惊天动地的水花。

凯文听着身后的动静："……"出息呢？

11

然而，就算他现在把"出息"这个词拍在皇帝脸上，皇帝陛下都不会"诈尸"蹦回来。

奥斯维德犹如落石一般，直直地朝大海深处沉下去。别说挣扎了，他连呼吸都忘记了，脑中一直在来回播放刚才梅洛说的最后几个字：光明神殿下。

光明神殿下……

光明神……

凯文……

巨大的天狼从喉咙底呼噜了一声，感觉自己被人当头打了一闷棍，头盖骨都被敲碎了，蒙得不知东南西北今夕何夕。

光明神？凯文？这两个怎么可能是同一个呢？！

奥斯维德觉得这一定是个玩笑！天大的玩笑！荒谬至极的玩笑！《神历》里那个代表着无上光明与希望的神祇，怎么可能是那个没骨头没形整天找打的缺德玩意儿？！

然而，现实噼里啪啦扇了他好几巴掌。

其实在落水之前，在带着凯文从小木舟飞向巨大的木船时，奥斯维德脑中就已经闪过了这个猜测，他之所以全程都表现得那么机械和木然，就是因为被这个一闪而过的猜测惊傻了。

现在猜测被人一语道破，证实成真，他就更傻了。

他觉得难以置信，可是仔细回想起来，种种细节又都在印证着这件事情的真实性——

普通人好好的就能死而复生活上几百年？仅仅是一个诅咒就能有这么大的威力？

普通人会对旧神时代的事情知道得那么清楚？

又有哪个普通人会对法厄神墓熟门熟路，甚至有胆量单枪匹马杀过去？

还有当初在神官院，凯文看到观象池里出现的不死鸟图腾时，为什么会露出那样诧异的神情，就都能解释了。

奥斯维德又想起在玫瑰旧堡地宫里的情景……现在想来，凯文根本不是醒得早，而是他根本就没晕也没有失去什么记忆，从头到尾他都醒着，就是他把所有人挪进了地宫。

北翡翠国的边疆守卫军被围困在中间，连武器都给卸干净了，让金狮国的士兵平白占了大便宜。这么缺德的摆放方式，除了凯文还能有谁呢？！

越是回想那些细节，奥斯维德的脸色就越发麻木……因为他不信也得信了。

凯文，就是他小时候崇拜了那么多年的光明神法厄。

巨兽在大海里睁开了双眼，目光如丧考妣。

他健硕的狼形身躯终于停止了下沉，正顺着海水的自然浮力缓缓上升，离海平面越来越近。海面外的景色也扭曲着映入了他眼里，他甚至隐约可以看到那根长长的桅杆，以及上面从容站立着的身影。

奥斯维德突然明白，当年第一次见到少年凯文时，他身上那股跟年龄极不相符的从容淡定究竟是来自哪里了，那是神看众生的目光。

只不过这位神性格有点缺德，不太正经而已。

在天狼泛着气泡，终于浮出海面的时候，他突然想起法厄神墓墓门前的地碑，上面说开启墓门的方法只有两种。现在想来，当初的凯文也根本不是用的"亡灵开路"那一种，而是后半句——神亲自去开……

等等！

奥斯维德诈尸一般猛地睁大眼睛：法厄神墓！

天狼湿淋淋的巨大双翅抖了抖，而后颓然地盖在了自己脸上——我都干了些什么？！我居然挖了光明神的坟！两次！后面一次还带着光明神本人！在他眼皮子底下轰了他的墓门，炸了他的雕像！还傻兮兮地把人家的脚印带回来了……

他回想起当初跟凯文说过的每一句关于光明神的话，都尴尬得恨不得自尽，一了百了……

他多么想时间倒流，回到那些瞬间，然后撕烂自己的嘴。

桅杆上的凯文空着的那只手两指一勾，漂在海面上挺尸般的天狼就被一股力道凭空打捞起来，湿淋淋地挂在空中。

奥斯维德没看到凯文回头，却听见凯文的声音贴着自己的耳边响起，没好气道："咱们商量下，你能换个时间投海自尽吗？现在回想那些有的没的是不是有点不合时宜？嗯？你是不是脑子进水了？"

皇帝生无可恋道："你怎么知道我在想什么？"

"哦，看你高位截瘫似的掉下去有点不太理解，就探了探你在想什么。"凯文半点儿自觉没有地回了一句。

然而他依旧高高地立在桅杆上，跟梅洛对峙着，连嘴巴都没张一下。

奥斯维德默默闭了闭眼，深吸一口气，刚要翻身挥动巨翅，却听见缺德的光明神殿下安慰他道："再说了，挖坟炸雕像又算什么呢？你不还用铁链锁了我好几天吗？"

奥斯维德脚底一滑，又趴下了："……"

他瘫了一会儿，默默用前爪抹了把脸，颇为糟心地抬头看向凯文，想说"要不你还是闭嘴吧"，结果目光好死不死地刚好落在了凯文的脖子上。

虽然现在那片地方白皙得没有任何瑕疵，但是奥斯维德的脑中却浮现出之前凯文掐着脖子的模样，还有在逼仄的船舱里，在他闭着的眼前晃过的光亮。

那光亮想必不是别的，正是光明神脖子上偶尔会闪现的不死鸟图腾。

救……命……

这个世界大概跟他有仇……

凯文余光瞥到巨兽天狼动了动翅膀，以为他终于活过来了，于是便撤了手上的力道，也不再探听他的心理活动。结果刚一收手，就发现那没出息的货也不知少了哪一窍，又直挺挺地往海里掉。

凯文："……"

光明神一怒之下，勾了勾手指，木然的天狼便被一股极大的力量拎着，在空中上下左右一顿甩，这滋味大概好比当初凯文被挂在旗杆上迎风飘扬。

奥斯维德："……"太棒了，我还把光明神叉上过旗杆。

什么叫往事不堪回首,皇帝陛下今天体会了个淋漓尽致!每回想起来一件事情,就有一把刀扑哧一下捅在他心脏上。想了一串之后,他的心脏已经被扎成了刺猬,全是刀。

凯文在心里狠狠翻了个白眼,而后在虚空中拎着那头傻狗毛茸茸的耳朵,把他揪起来抖了抖,用腹语忍无可忍地贴着他的耳朵道:"你浑身挂着的胆都炸了吗?再这么要死要活的,我现在就跟你算个总账,反正斩草除根不过就是动动手指而已,我一点儿也不介意帮你多炸一个地方。"

奥斯维德:"……"

熟悉的配方,熟悉的味道。

缺德玩意儿就算成了神,也不改本性。

皇帝陛下被一兜子海水当头浇了个透,又听了一耳朵致命威胁,终于嗖地诈了"尸",面无表情地扇着巨翅重新飞了起来,尽管姿势还有点像是半身不遂。

"我很荣幸,能再次见到恢复神格从凡人中脱出的您,也很怀念曾经跟您相处的千万年时光,只是可惜……"梅洛的声音还在继续,只是当凯文把注意力挪回他身上的时候,只听到了最后这么一句,"留给我们的重聚时光并不多了。"

梅洛轻轻笑了一下:"为了这短暂的重逢,我可准备了很久呢殿下,您想不想再见见故人?"

凯文眉头一皱:故人?

梅洛轻轻"啊"了一声,拖着轻而温和的尾音,道:"我就知道,您还是想的。我也……很想念他们呢。"

"我想您也知道的,斐撒的船只来不回,镜岛的出口还在镜岛上。反正您现在也没法送这些人回去,不如来会一会故人。"梅洛声音越发轻了,话音落下的瞬间,海底骤然乌云密布,紫白的闪电从下面直劈向海面,巨大的海浪被劈得一个翻涌,将满载着众人的木船猛地朝前一推。

轰——

木船顶端狠狠撞上了冰雪海岛的边缘。在那一瞬间,晶莹的冰如同活的一般,顺着船头向前冻结攀爬,眨眼间便爬到了船尾。整艘木船,连同桅杆和风帆,全都被裹在了冰里,仿佛跟海岛长在一起一样,再也不动了。

整船的人被这惊人的变化吓蒙了,呆若木鸡地站在那里,然而很快他们就因为骤降的气温而瑟瑟发抖起来。

凯文冷着脸,半阖双目,抬手在安杰尔额前弹了一下。

一道白色的雾气瞬间从安杰尔身上蒸腾出来,而后忽地散了。消散之前,梅洛轻缓的声音顺着风送进了每个人的耳朵里,他带着笑意,温和地道:"欢迎来到世界上最纯净的地方,我爱的人们。"

最后一个字音落下，整片冰雪之岛便陷入了极致的静谧中。

凯文面无表情地从桅杆顶端跳下来，把昏迷的安杰尔塞给身后一个大块头的壮汉，头也不回道："顾好他。"而后垂着目光默念了一句话。

在他念完的瞬间，所有人身上都闪过了一丝温和的光芒，仿佛冬天里最暖和的阳光一样。

"所有人都跟紧我。"凯文转头扫了他们一眼，道，"听着，我带你们去出口。到了那里，不管发生什么事情都不要去管，只要记住一件事情——出去。"

镜岛的出口他太清楚了，因为斐撒曾经带他们来过不止一次。

但是他更清楚，梅洛必定准备好了一切，带着所谓的"故人"，正等在出口的路上……

他知道梅洛处心积虑就是为了让他来到这里，但是无所谓，因为这正合他心意。已经拖了太多年了，该彻底清算一回了……

12

一群人恢复神志和没恢复几乎没有差别，因为之前是被蛊惑得脑子发蒙，行为不受控制。现在虽然蛊惑被凯文强行打断了，但是他们已经被梅洛和他之间的对话吓傻了，让走就走，让停就停。

尤其是其中一部分跟凯文本就相识的人，比如伊恩，比如皇城巡骑军。这帮人眼珠子都快脱眶了，直勾勾地一直盯着凯文，看一会儿又惶惶然地低下头，挪两步又忍不住偷偷看过去，表情除了难以置信还是难以置信。

凯文偏头刚要说话，所有人便倒抽一口凉气，唰地一个急刹车，绷直身体，一脸紧张地等他开口，仿佛下一秒就要彻底昏过去似的。

凯文："……"

这么一比，迈着四只爪子跟在凯文身边的奥斯维德还算好的了。

"法法！抱！"辛妮亚大概是这一堆鹌鹑里唯一一个完全不受影响的了，她玩杂技似的从伊恩怀里探出半个身体，伸出一条肉肉的胳膊艰难地勾了两下，一巴掌拍在凯文的肩头。

凯文回头，就见这小姑娘笑得见牙不见眼，张着手臂朝凯文倒过来。

伊恩一把捉住她的手，一边把她往回揽，一边想冲凯文说句抱歉。然而他一想到"光明神"这个身份，就仿佛被掐住了脖子的老鸭，跟凯文大眼瞪小眼地干瞪了片刻，愣是没能说出一个字。

凯文倒是不介意，抬手架住辛妮亚的手臂，冲伊恩点了点头道："我抱一会儿吧，你们跟紧点。"

伊恩："……"

老爷子眼白直翻，直挺挺就要往后倒，被一旁的天狼用尾巴勾了一把，又被站在他后面的皇城巡骑军指挥官彼得给扶住了。

皇帝避开凯文，目光扫了眼伊恩，五十步笑百步地想着：这就要晕？出息呢？

很显然，他已经选择性遗忘了之前惊得要投海的人是谁了。

人总是会有这种心理，当一个犯尿的人看到其他人比自己尿得还要厉害时，会从中获得一种诡异的勇气，仿佛自己突然间牛气了不少。这种来源缺德的勇气从某种程度上来说还是很有用处的，比如，能让人迅速地淡定下来。

奥斯维德在看了一众人的反应后，就处在这种淡定中。

他甚至破罐子破摔地想：反正该干的不该干的都干了，就算是光明神又能怎么样呢？难不成还要跑去挽回一下说自己不是故意的，就当一切都没发生过，不要放在心上？

皇帝在心里暗自哧了一声：做梦！

有些人之所以强硬坚韧，不是因为他真的强到没有任何事会对他产生威胁，毕竟就连神都不会这么说，而是因为他越挫越勇。不在沉默中死亡，就在沉默中"变态"。英俊的皇帝陛下显然属于后者。他感觉自己的身心都在这种跳楼般的心理刺激下得到了升华，抗打击力更上一层楼。

他在心里暗自想着：光明神就光明神吧，横竖都是死。

于是顶着一张天生冷漠脸的天狼瞟了凯文一眼，又颇为糟心地扭过头去，然而爪子却大爷似的动了两下，站得离凯文近了许多。

凯文抱着辛妮亚，瞥了他一眼，哼了一声："胆子又长回来了？"

奥斯维德默然装聋，对这混账东西的嘲讽恍若未闻。

众人惶恐又茫然地跟着凯文上了镜岛，走了一段路才发现，这镜岛并非远看上去的那样。它并不是真的单纯由冰雪堆积筑造的，事实上，他们透过晶莹剔透的厚厚冰层，可以看到冰雪深处被冻住的花草树木，甚至还有展翅的鸟和歪着翅膀正在盘旋的白鹰。

开始的那段路上，隐约可以看到草色还新，树芽还嫩，走了一段之后，冰雪覆盖下的草木也渐渐变得繁荣丰盛起来，有的枝头还缀着半开的花骨朵儿。

每一处都带着一种栩栩如生的动感，仿佛冰雪一化，被风吹过的低草就能继续直起来，被鸟踩着的树枝就会轻快地弹跳起来。

这里的一切，像是在一瞬间被冻住的，然后便成了倒悬在海里的冰雪标本，静静凝固了不知多少年。

"这是季节在变幻？"奥斯维德极为低声地嘀咕了一句。

因为众人不敢离神太近，跟凯文他们一直保持着五六米远的距离，再加上脚步声多而凌乱，所以没什么人听到他的话，除了凯文和辛妮亚。

小姑娘突然转过头来，眨着黑葡萄似的眼睛盯着天狼看，仿佛在努力思考为什么这头猛兽会说话，而且声音还和她的皇帝舅舅那么像。

凯文"嗯"了一声，答道："原本没有这些冰雪，斐撒最初创造的镜岛从入口到出口刚好是一年四季，只有出口那一片地方是冰天雪地的冬天。"

"为什么要创造这么个岛？"奥斯维德疑惑地问道。

"为了净化和反省。"凯文随口答道，"我记得跟你说过的，神祇和人其实并没有太多不同，同样会犯一些错误。普通人脑子进点水，顶多干点儿浑事，造成的影响也只是一小部分。但是哪个神祇如果脑子进了水，那就很麻烦了。所以需要预留一些补救的余地，这里是斐撒预留出来的一块缓冲地带。"

他解释得并不很具体，奥斯维德在心里琢磨了一番，感觉听起来像个独立于世界之外的垃圾场。

但是接着，他又听见凯文补充道："打个比方，我创造了一个你，但是一个手抖把猪脑子装进你的头盖骨里了，又一个手抖给你安了八条腿六只眼睛，你说把你放出去是不是要完？所以要把你拎到这里来修补修补。当然，神祇犯的所谓错误可不是给人多长几条腿少个脑子这种，而是比这要严重得多。"

奥斯维德："……"就算是打比方，这混账也肯定带着故意拐弯挤对人的成分。

总之，狗嘴里吐不出象牙，凯文……哦不，光明神殿下的嘴里吐不出好话。

"既然是这样，为什么我们会被带来这里？"奥斯维德有点弄不明白所谓的后神是怎么想的了，为什么要窝在这么一个独立于世界之外的缓冲地带？

曾经看《后神书》之类的卷本时，他对后神的印象一直都只有一个：温暾含蓄。

但是现在他可不会继续这么认为了，一个温暾含蓄的神祇，是不可能干出这种大规模蛊惑人心，让凡人来朝拜自己的事的。况且如果他没记错的话，之前凯文和后神的对话中提到，后神处心积虑步步为营地杀了一百多位神祇，才创造了所谓一枝独秀的后神时代。

能干出这种事情的神，会选择默默放手，让这个世界从后神时代过渡到人的时代，而自己却窝缩在这种地方，安安静静地待上千百年？

做梦呢吧！反正他不信。

除非……是身不由己。

凯文和奥斯维德的目光对上，清晰地看出了皇帝目光中透露的想法。他挑了挑眉，手指压着嘴唇，冲皇帝陛下轻声"嘘"了一下。

奥斯维德从他的动作和神情，能看出自己应该猜对了方向，并且凯文对此也并非一无所知，甚至看起来知道得还相当清楚，只是暂时没有要说出来的打算，大概是为了防止打草惊蛇，或者纯粹吊着后神的胃口。

用脚指头想也知道，在这个镜岛之上，他们的一举一动和每一次交流，都很有可能被后神看得一清二楚。

奥斯维德脚下站着的地方也是厚厚的冰层，同样隐约可以看到深处蜿蜒的小路轮廓和两边茂盛的高草。

嗯？这是什么？奥斯维德突然略微蹙了蹙眉，低下头，鼻尖贴着冰层边走边看了一会儿，终于看清了高草中若隐若现的苍绿色物体。

蛇？他想想又摇了摇头：不对，是藤蔓。

因为他隐约看到上面缀着的零星几朵花。不过很快，这些花茎就藏到了植被深处，看不到后续的走势了。

"朝旁边让开点。"凯文的声音陡然响起，只不过不是对着他一个人说的，而是对着身后那一大群人说的。

奥斯维德发现他们面前已经无路可走了，被一座巨大的冰山封死，冰山又高又滑，无处落脚更无法攀爬，除了原路返回，看不到别的办法。话音刚落，人群刚散开的那一刹那，凯文抬了抬下巴，整座冰山便倏然炸开，在巨大的声响中碎成齑粉。

众人被冻得顿时打了一个激灵。

在漫天散开的白色冰雾中，一个冰雪铸就的旋梯便出现在了面前，旋梯的下方是一片看起来像神庙一样的巨柱门厅。

众人跟在凯文身后陆陆续续顺着楼梯走下去，远远便看到一个瘦高的人影安安静静地站在那里，背对着他们，望着其中一根巨柱，不知在看什么。

那人发色漆黑，也不知任其长了多少年，蜿蜿蜒蜒地铺散在地上，看起来莫名有种邈远感，仿佛跟这漫天的冰雪融为了一体。

13

所有人都对他陌生极了，然而众人在看到他的时候脑中都不约而同闪过了一个称呼：后神。

奥斯维德看到那个人的瞬间便是一愣，那人的背影给他的感觉有种说不出的别扭。

一开始他不知道这股别扭源自哪里，还以为是自己先入为主地对对方没什么好感，以至于一见到对方就觉得不那么顺眼。

不得不说，神和凡人就是不太一样。尤其是这种确实把自己当个神的，光是背影都给人一种压迫性的洁净感，即便是奥斯维德这种对神没有绝对信仰，甚至

不太待见他的人，都忍不住移开目光，不再冒昧地直视他。

然而，当他目光无意间扫到凯文的时候，下台阶的爪子便是一顿。

他皱着眉盯着凯文领先两步的背影看了片刻，诧异地把目光重新落回神庙里的那个人身上，来回打量了几回之后，他终于明白那种古怪感是怎么回事了——

那人的背影太像凯文了，不论高度还是身材，甚至于站立时的姿态、垂在身侧的手指自然弯曲的弧度，几乎一模一样，仿佛跟凯文是一个模子里刻出来的。然而他跟凯文又有着截然不同的气质，头发更是长了不知多少倍。

就好像是凯文的身体，却住了另一个灵魂一样，不古怪别扭就见鬼了。

奥斯维德对凯文的崇拜欲非常强，尽管平时相当克制没有表现出来，但实际上，他比凯文自己还要在乎属于凯文的一切，当然也包括躯体。

就像他不能忍受凯文很当一回事的人他却不认识一样，他也不能忍受另一个人跟凯文模样相像。

偏偏这位后神专挑他的"雷点"戳，非常霸道地两项全占。

于是本就看他不爽的奥斯维德唰地黑了脸，把本就近乎无的敬畏心扔了个干干净净。他目光冷冷地走下最后两级台阶，站在了凯文身边，半收的巨翅刚好挡住了凯文半边身体，完全呈现出一种护卫的姿态。

"天狼……"那黑发垂地的人仿佛背后生了眼睛似的，头也不回地笑了一声，状似怀念道，"您还是喜欢养这种威风漂亮又不爱亲近人的宠物。"

奥斯维德被这种语气激起了一身的鸡皮疙瘩，浑身发痒似的抖了抖毛。

当他注意到这位后神的背影跟凯文极其相似后，也不知是心理作用还是什么，他陡然发觉后神连音色都跟凯文非常相像。他下意识地在脑中构想了一下凯文用这种轻柔低缓的语气说着肉麻兮兮的客套话，简直比见鬼还要瘆得慌。

偏偏这位后神一点儿自觉都没有，根本没有闭嘴收声的打算。

真正到了一定地位的人，总是很少会显露出过分的情绪，比如愤怒，比如怨恨。即便心里想着要弄死对方，都能在弄死之前闲话家常似的聊上两句。

更别说高高在上的神祇了。

凯文本就是个吊儿郎当的性子，就算天塌下来，他两手顶着，还能空闲出一张嘴来挤对人。此时对方不急，他就更从容了，居然还手欠地摸了两下奥斯维德的翅膀边，把粘在指尖的一点绒羽呼地吹掉，懒懒地满嘴跑火车："是啊，个头大，长得讨喜，有的活的时候赏心悦目，没的活的时候还能当个储备粮，我当然喜欢养。"

奥斯维德："……"

他突然想起当初凯文还跟他提过自己曾经养过天狼，他当时怎么就没细想一下呢，哪有普通人养得了这玩意儿的。

"您说话还是这么风趣。"后神略有些遗憾地道，"我小时候不知道多羡慕呢，甚至曾经想要跟您更亲近一些，可惜……机会太少了。"

凯文笑了一声："是吗？"语气就像是随口客套一样。

他嘴上虽然这样不经意，一副敷衍了事并不清楚的样子，其实心里是知道的。因为这句话，凯文忍不住想起了梅洛还很小的时候。

那时候的梅洛还很腼腆害羞，他是神活动领域中最小的小不点，也是唯一的小不点。整天被忒妮斯领着到处晃悠，对这个也好奇，对那个也好奇，无数神祇都热衷于逗他。有时候逗他哭，有时候逗他笑，那一群浪荡惯了的神祇就像凡间那种突然多了个孙子孙女的老人一样，将这个小不点宠上了天。

不断有神祇给予他祝福，希望他能一生顺遂，健康快乐。

其实当初身为光明神的凯文也不例外，否则他也不会耐着性子教这么个小不点怎么抓弓怎么射箭，怎么能变得更强一些。

准确地说，其实凯文对当初的梅洛的感情跟别的神祇都有点微妙的不同，因为梅洛跟他小时候长得一模一样。

一般人碰到跟自己小时候长得特别像的小崽子，内心总会有种更亲近的感觉。

凯文这人感情向来有点淡薄，但在看到梅洛时同样会泛起这种感觉，只是他对小孩这种太过柔软脆弱的东西并不感冒，也没太多的耐心整天陪小不点耗着，所以表达得含蓄很多。

大概是有战神神格，他是众多温和热情的神祇里少有的信奉严苛教育的人。他一直认为好好教些实用的东西，才是真正对这小不点的将来有帮助的。

这使得梅洛从小就有点怕他，但是怕他之余又忍不住想要亲近他。

这小东西早年的亲近里带了太多崇拜和敬慕的意味，而且他总会不自觉地去模仿凯文的一举一动，这让凯文总是有些不太自在，而且有点哭笑不得。

那时候的梅洛非常执着于得到凯文的认可，凯文夸他一句，他能开心很久。如果凯文送他点小玩意儿，他更是满足得不得了。

让凯文变更天性整天温声细语地陪着这小东西，那不太可能；让他不顾事实闭着眼睛随口乱夸这小东西，那也不太可能；但是他不介意在其他事情上逗一逗梅洛，让这小崽子开心点。

曾经有一回，梅洛来光明神殿的时候一直盯着凯文养的魔虎看，也不知道是把对方当成大猫了还是什么，一副想摸又不好意思摸的模样。

凯文见了，弯下腰，捏着魔虎的一只肉爪在梅洛面前晃了晃，问："小东西，要摸一下吗？"

结果这小崽子因为被看穿了心思而涨红了脸，扭头忙不迭地跑了。

搞得凯文哭笑不得。

那时候他其实已经看出了梅洛透露出的一些脾性，这小东西天性对"自己的"

和"别人的"这两个概念分得特别清楚,对"自己的"东西会肆意很多,对"别人的"东西总是显得拘束而羞怯。

但是那时候他并没觉得这种性格会导致什么问题,只琢磨着小崽子不好意思摸魔虎大概是因为这魔虎不是他自己的。

于是后来的某天,凯文路过巴斯山谷的时候又拐了一只魔虎回来,甚至比他自己养的那只还要威风漂亮,然后非常慷慨地把它领到阿纳圣湖,送到了梅洛那小崽子面前。

"这只送你了,随便摸。"那时的凯文斜倚着树,冲他招了招手。

那头有三个成年人大的魔虎看到小不点型的梅洛也很开心,为了表达对新伙伴的欢迎,它张嘴便"嗷"了一嗓子,整个阿纳圣湖的草木都被震得一哆嗦,梅洛那小崽子更是呆若木鸡。

然后伟大慷慨的光明神殿下就被闻声而来的忒妮斯轰出去了。

不过后来梅洛走哪儿都带着那头魔虎,养了百来年。

其实如果梅洛跟众神祇一直维持这样的相处方式,日子会非常美好恬静。

梅洛想法和性格的变化其实非常不明显,当众神祇终于开始发觉这种变化并意识到这会引起很多问题时,已经太晚了。

凯文后来回想起来,梅洛真正的变化大概是从斐撒和忒妮斯大量地创造人的时候开始的。

最初他以为那是出于占有欲的微小嫉妒心,以为梅洛很介意那么多凡人分散众神祇对他的关爱。

可后来再想起却发现并非那样,因为梅洛依旧是唯一真正跟神祇生活在一起的,跟一众凡人并不一样,而且事实上神祇们对他的关爱也并没有因此而减少。

那时候的凡人机缘巧合下是可以见到神祇的。声势最浩大的那一次是忒妮斯带着梅洛去蝴蝶雪原的时候,半途中帮大规模迁移的凡人挡了一下暴风雪,被他们看到了神迹,于是所有人都跪了下来,虔诚伏地送他们离开。

忒妮斯回到阿纳圣湖之后跟凯文说了这件事,那几天梅洛就总是默然出神,问他在想什么,他就腼腆地笑笑,摇头说没什么。

后来的凯文回想起来,觉得这件事大概才是那根导火索。

自那之后,梅洛心思越来越深,有时候能从他眼里看出他心里藏着很多想法,但是他从来都不说。

再后来,他甚至连眼里都很少透露出什么情绪了。

忒妮斯还跟凯文聊过这件事,但是因为当时的梅洛数百上千年都没干过什么出格的事情,一直都温顺有礼,乖巧得让人找不出什么瑕疵,所以众神祇包括凯文在内,没有一位能想到他会有屠尽众神的一天……

268

想想曾经，再看看现在，翻天覆地的变化饱含感慨和讽刺，好似突然间就一溃千里了，但一切又似乎都是有迹可寻的……

"时间快得惊人也慢得惊人，上一次这样面对面见到您还是数千年前呢，当时的场景还历历在目。"神庙中的身影轻声说道，"想必您也一样。"

凯文非常光棍地回道："是吗？什么场景？我倒是记不太清了。"

奥斯维德扭开了头，差不多能想到对方心里骤然升起的火气。

果不其然，神庙中的后神沉默了好一会儿，终于缓缓转过身来。

他的脸上覆盖着冰雪凝结而成的面具，遮住了面容。身上穿着一件无瑕的白袍，垂坠的袍摆在地上堆叠出微微的皱褶。他赤着脚站在这冰天雪地之中，连呵出来的气息都似乎带着冰霜的寒意。

"不记得了……"他轻声重复了一句，然后突然笑了起来。

他抬手一扫，神庙中冰雪凝结成的巨柱上便接二连三出现了一些身影。

梅洛屈起两根手指一叩，凯文身后那乌泱泱的人群便陡然扑通一声跪在了地上，随着梅洛动着的手指，额头抵着冰面，彻底伏趴下来。

"不记得……就让您再见一见。"梅洛目光扫过一圈巨柱，道，"曾经高高在上的这些神祇，您有多久没见过他们了呢？在永久安息之前，让您再看看这些……凡人。"

尾声
山巅上的神明

01

　　荒漠通往静默谷的路上,米奥正带领着浩浩荡荡的队伍行走在一条盘山道上。佛利亚山道以惊险著称,又窄又滑,只够两人勉强并行,一个不小心,很容易被落石砸中,或者一脚踩空摔成肉酱。

　　在此之前,他们在途经流散之地的时候本想买点马鹫代步,结果却发现整个流散之地都空荡荡的,所有人都仿佛在一夜之间消失了。曾经鱼龙混杂热闹又危险的地方,此时安静得近乎有种荒凉感,让人忍不住有些感慨。

　　用脚指头想想,也能联想到这里的人恐怕也是被那个声音给蛊惑了,人走楼空,不知去向。

　　倒是专门用来关马鹫的棚厩处还有点动静。米奥领着人过去看的时候,发现大部分马鹫都被流散之地的人一起带走了,只剩下少部分被遗忘在了这里。

　　于是米奥在棚槽里留了钱,便差人把这些马鹫都牵了出来,让队伍里因为受了伤不便行动的人坐上去。如此这般,才能勉强保持赶路的速度,在一天之内到了佛利亚山道。

　　越过佛利亚山道再往前行,再翻过两座山,就是静默谷了。

　　"小心点,这是最险的一段路,不急在这一会儿,能翻过佛利亚山,后面就没什么险地了,可以加快速度。不出意外的话,明天应该就能到静默谷了。"米奥冲后面的人喊了一句,又被士兵们一个一个地传到了队伍末尾。

　　两人并行都勉强的山道上,走马鹫就有些痛苦了,不得不更加小心翼翼。

　　山顶时不时会有一些小石块被风吹落下来,虽然重量不大,但是因为棱角锋利,还是伤了不少人。就这么战战兢兢走到半山腰的时候,天突然就阴了下来。

　　米奥抬头看了一眼,嘀咕道:"刚才还有太阳呢,怎么突然就这么阴了……"

　　仅仅这么一句话的工夫,天色就彻底沉了下来,黑云滚滚,从远处倾轧过来,明明临近中午,却已经阴沉得仿佛入夜,仿佛末日来临一样,让人泛起一股深重的不安。

马鹫纷纷扬起前蹄，长声嘶鸣，巨大的翅膀烦躁地扇动着，有一部分甚至忍不住后退了几步，以至于后面的队伍不得不手忙脚乱地跟着让开几步，有几个人甚至不小心踩了空，差点儿顺着山路栽下去，还好被旁边人眼疾手快地抓住了。

"不能在这里耗着了。"米奥抬手做了个继续前进的手势，有心尽早离开山道。

可谁知手势打出来之后，一部分人紧跟着他动了，另一部分人却没能迈步。

因为那些马鹫怎么都不肯再动了。

"阁下！走不了啊怎么办？"后面的人一边喊着，一边连哄带骗试图让马鹫挪一挪步子，然而那些马鹫却显得极度不安，蹄子乱踢。

米奥直觉不能再耗哪怕一秒了，顿时斩钉截铁地下令道："所有人下马鹫！前后的人背上受伤不方便行走的那些，我们得赶紧离开这里。"

几分钟前还在说"不急在这一时"的米奥不得不自己打自己的脸，再次催促道。

那些士兵也同样感受到了天气的诡异，不敢多耽搁，当即背上伤员，小心地绕过马鹫，紧贴着山壁匆匆往前走。

然而还没走出几步，一阵风便贴着山壁刮了过来，这风来得突然而蹊跷不说，还裹挟着一些颗粒状的东西，打在脸上麻剌剌的，还有些凉。

"这是……雪珠子？！"人群中陆陆续续有人惊叫起来。

这要是冬天也就罢了，可这是夏天啊！况且他们在往南方走，而不是在北方！怎么会突然下起雪来？！

众人后知后觉地感受到了山风中不正常的那股冰冷气，顿时都打了个寒战。

"走走走！我们得——"米奥刚说了一半，就被远处传来的一阵沙沙声打断了。他循着声音转头看了一眼，瞳孔便骤然一缩，头也不回地狂喊："等等！趴下！！所有人！立刻趴下！"

在米奥他们被困在佛利亚山道上的时候，镜岛的冰雪神庙里却陷入了一片死寂。

打破死寂的还是梅洛。就见他抬手虚空一拍，角落里一根巨柱便突然炸裂开了一半，冰碴四溅，雪雾瞬间升腾起来，让整座神庙里的温度更低了一些。

乌泱泱跪伏在地的那些人已经开始瑟瑟发抖了，即便是凯文附加在他们身上的温和白光，也没能替他们抵消掉全部寒冷。

除了依旧肩背板直站立着的凯文，还有对梅洛无惧无畏的奥斯维德，以及趴在凯文怀里睁大了眼睛有些茫然的辛妮亚之外，乌泱泱数千人没有一个敢抬起头来，全都被神祇的威慑力压得惶恐无息。

那根裂开一半的冰柱里，一个看起来普通得不能再普通的老人闭着眼蜷缩其中，全身看起来连呼吸的起伏都没有，就好像已经死去了，正躺在一口水晶立棺

中一样。

"认不出了吧，这是酒神莫亚。"梅洛抬手指了指，"您看见他那一头白发了吗？是不是觉得挺新奇的，莫亚居然会老成这样，居然还会长出白头发。"

他转头看了凯文一眼，声音透过冰雪面具传出来，却一点儿也不显得瓮声瓮气的："惊讶吗？惊讶我是怎么找到他们的？我说过的，我一直很怀念曾经的日子，这可不是假话……众神陨落后，我所做的第一件事就是跟着他们，直到确认他们都分别复生成了什么人。这几千年来，我可一直看着他们生老病死呢。"

凯文在看到冰柱中的人时，表情微微一动。

酒神莫亚曾经是众神里最充满活力的一位，皮肤黝黑，眼睛湛蓝，总是大笑着露出一口白牙，喜欢恶作剧和美酒，曾经为了套出忒妮斯最爱什么花，几次企图灌醉凯文。

如今这种普普通通的模样，凯文确实是第一次见。

他目光在冰柱中老人的手指上停留了片刻，而后又不动声色地收了回来——

这个冰柱中嵌着的人并不是新嵌进去的，起码已经在这里蜷了数百年。

或许是因为凯文的反应太过平静了，以至于梅洛有些意外，又有些不满。于是他一挥手，随着接二连三的几声炸裂响动，神庙中的冰柱一根接一根爆开，每爆开一根，就会露出里面裹着的人，男女老少，什么模样的都有，都是再普通不过的打扮。

"这是风神，复生成人的第一生是个瞎眼男人，我让他重获了光明。"梅洛轻缓的声音在爆裂声中显得不甚清晰，"这位是雷雨之神，居然生成了巨兽人。

"这是巫蛊神，不出意外，成了灵族的一员。

"这是爱神。

"河神。

"幸运之神。"

还有自由神、山神、冰雪女神……

凯文的目光一一扫过这些冰柱，这些曾经跟他喝过酒聊过天开过玩笑的朋友，此时都毫无生息地蜷在冰柱中。

大多数都模样陌生，有那么三四个凯文甚至曾经见到过，比如被梅洛称为"湖神"的那个女人就在流散之地拥有一间成衣店，凯文从地底下爬上来后，奥斯维德还差米奥在那里给他买了一套衣服。

曾经的故人却相逢不相识，想起来确实有些难以言说的感慨。

然而凯文的面色看起来却依旧冷静极了，没有露出哪怕一丝一毫过分的情绪。他甚至在这样的匆匆一瞥中迅速确定了这些人被裹进冰柱的大概年代。

最久远的已经近千年了，而最近的大概刚被捉来短短几天。

凯文的目光又扫过了梅洛的手腕。

他手腕上的皮肤很薄，青蓝色的血管就显得非常清晰，以至于甚至透露出一种病态的虚弱感。

这么匆匆一扫，凯文心下便有了判断。

他静静地盯着梅洛戴着面具的脸，道："给我看这些是为了什么？曾经能掌控你生命的神祇变成了你口中最普通最不起眼的凡人，而你却靠着自己的手段爬到了这个世界的巅峰，成了能掌控一切的人……你就是想强调这一点吗？"

"不是强调，只是给您看一眼事实。我记得很小的时候，每次见到您，我都会跟自己说，总有一天要成为跟您一样强大，甚至更为强大的人。"梅洛答道，"我只是想让您替我见证，我做到了。"

凯文看着他，突然笑了一声摇了摇头："真正觉得自己是强者的人，是不需要靠别人伏地跪拜来确认的，也不需要别人来做所谓的见证。你真是……让我开了眼界。"

他的语气一如既往地漫不经心，却饱含着让梅洛不能忍受的讽刺。

一直温温和和的后神突然间就被激怒了，垂在身侧的手指神经质地抽动了两下。

他猛地一抬手，那些冰柱中的人便在眨眼间从头到脚化成了冰霜一样的齑粉，被一股劲风裹挟着进入了梅洛的身体。

"随您怎么说，不过是让您再见他们最后一面而已。"梅洛的声音骤然冷了下来，整个镜岛随着他不再沉定的心神微微颤动起来，跪趴的人群顿时惶惶哆嗦——他们能感受到神明的怒气，生怕后神一个疯狂之下，将他们，将这存在的一切都毁了！

整个神庙狂风翻搅，梅洛的白袍被灌得翻飞鼓胀，他整个人腾空而起，浮到了更高的空中，垂着双眼，居高临下地看着凯文。

"况且，您还有两位没见过呢。"梅洛的声音里透露出一股强压着的疯狂，他笑着一掌拍在了身边最近的一根冰柱上，露出里面一个穿着兜帽长袍，抓着一根巫杖的老者。

"这是灵族世世代代轮回不断的大长老，也是斐撒！"梅洛手指屈成爪状，猛地一抓。

一股巨大的力道将辛妮亚拽飞出去，重重地撞在他右手边的冰柱上："这，是忒妮斯！"

02

巨兽天狼上一秒还一副冷冰冰的模样，下一秒已经一键切换成了一张发蒙脸：自己最崇拜的人是曾经的主神，自己最宠的外甥女居然也是曾经的主神？！闹了半天……同行的三个人里两个都是神，就自己是普通人？这是什么离谱的世界！

皇帝有一瞬间觉得整个世界都炸了，杀父之仇都没这么狠！

而就在他觉得世界都崩塌了的时候，他身边的凯文也显得不太好了——

灵族大长老是斐撒？！辛妮亚是忒妮斯？！

如果说之前那些神祇只是让凯文心生感慨的话，这两句话就真的有些冲击力了！之前的神祇复生而成的凡人毕竟大多都跟凯文没什么交集，仅有的几个有过交集的，也不过是一面之缘有点印象。但是灵族大长老和辛妮亚就不同了……

灵族大长老大概是跟凯文渊源最深的陌生人。他从没见过这位大长老的模样，但是却因为这位大长老而重获自由。

正如梅洛所说的，灵族的大长老并不是随随便便挑选一个人就能当的，他们坚信大长老的灵魂轮回不息，始终都是庇佑这个种族的一盏明灯。于是每一任大长老去世之后，他们便会四处寻找他的转生，找到之后便会继续拥护他成为下一任大长老。

金狮帝国贝瑟曼皇帝时期，因为突然肆虐起来的怪病，灵族当任的大长老建议贝瑟曼皇帝去法厄神墓求圣水。

尽管他提出这个建议的初衷只是解救那些患病人的苦难，但如果不是贝瑟曼皇帝去闯了一趟神墓，被封在巨大神像中的凯文也不可能醒过来。

所以，灵族大长老相当于间接给了凯文复生，虽然大长老自己都没有意识到这一点。

而至于辛妮亚……

凯文在乌金悬宫生活了多久，辛妮亚这个小姑娘就黏了他多久，要不是奥斯维德在中间挡了挡，辛妮亚简直恨不得长在他身上。

他活了这么多年，接触过很多孩子，有真正腼腆乖巧得让他下不了狠手的，也有像奥斯维德小时候一样毕生事业就是跟人唱反调的，但是不论哪种，都或多或少有点距离。辛妮亚是第一个敢直接挂在他身上撒娇的，好像从第一次见到他起，就没有任何陌生感，自来熟得理直气壮。

毫不客气地缠着他讲故事，他受个伤，她哭得上气不接下气，号得好像他快死了似的。

凯文没见过忒妮斯小时候是什么样子，但是现在想来，辛妮亚的一举一动中恐怕还真有一些忒妮斯的影子。

这小姑娘还总下意识地管凯文叫"法法"，不论是凯文自己，还是奥斯维德，都觉得这是法斯宾德这个姓的简称。曾经有一回，奥斯维德问过她为什么挑这个音节，小姑娘茫然了一会儿才弯着眼睛嘻嘻笑道："好听！"

复生为凡人的神祇是不可能存留曾经的记忆的，所以辛妮亚必然不会记得千万年前的那些事情，不会记得自己曾经是代表美和祝福的主神，也不会记得自己有个沉稳慈爱的哥哥斐撒，有个整日懒洋洋张口就欠打的弟弟法厄。

一切的亲昵，大概只是出于潜意识里的一点熟悉感。

斐撒和忒妮斯，大长老和辛妮亚……这些在千万年前就以他们特有的方式爱着凯文的人，在千万年后，在没有记忆甚至不相识的情况下，也依然在以特有的方式爱着他，爱着这世上的人。

这大概，才是曾经身为神祇的他们的本性。

梅洛冷笑着要扼住辛妮亚咽喉的瞬间，凯文和奥斯维德同时暴怒而起。

天狼巨大的身躯猛扑过去，巨翅扇起的狂风将折断在地的几根冰霜巨柱都掀出去老远，他前爪猛地拍在梅洛手腕所在的地方，力道大得仿佛那是钢铁铸就的一样。

就听砰的一声爆响，整根巨柱炸裂了大半，冰碴飞溅，整座神庙随之震颤不息。

就连梅洛都从没见过天狼能有这么强大的攻击力。

不过神祇就是神祇，如果这么容易就被拍碎了手掌，那死在他手下的一百多位大小神祇就真有些冤了。他从面具下发出了一声轻笑，就在奥斯维德即将触碰到他的一瞬间，将手收了回来，而辛妮亚也被他以拥抱的姿态，扼在了怀里。

在那么一瞬间，小姑娘看了他一眼，葡萄似的眼睛干净得让人几乎不忍心与其对视。

梅洛似乎不想看到她的目光，所以一把捂住了她的双眼，将她翻转过去，背对着自己，而后手上一用力，便将小姑娘扼得喘不过气来。

凯文攻过来的时候，所有碎落在地的冰雪瞬间被吸了起来，在梅洛面前织成了一张巨大的白色的网，散着冰冷的寒意阻却着进攻。

凯文落手如刀，巨大的闪着白色光芒的刃刃狠狠砸在冰雪交织而成的网上，发出一声震耳欲聋的撞击音。巨大的网被震得出现了一道道碎纹，却在崩裂的那一瞬间，又被梅洛加了一道，重新坚固起来。

梅洛冲凯文的方向发出一声很轻的笑，而后低头冲怀里的辛妮亚低声道："我也不想让你痛苦，但是没有办法……"

他的声音温和极了，好像在说着什么关爱的话，而不是这种让人毛骨悚然的威胁。

奥斯维德前爪刚落地，甚至还没站稳，就再度怒嗥一声直扑过去，裹挟着呼啸的风声，狠狠地撞上那道冰雪之网。

轰——冰雪神庙又是一阵猛的颤动。

顶上出现了密密麻麻的细小裂痕，仿佛再经受几次撞击就要直接坍塌一样。跪趴在地的人们被梅洛强压着头颅，贴着冰面的额头几乎冻得青紫，有些人浑身发抖，有些人咬着牙似乎想挣脱，却怎么也没法对抗神祇的威慑。

那些在战场上铁血惯了的士兵一方面无法完全克制对神祇的敬畏，另一方面

却又想战胜这种敬畏。

皇城巡骑军的彼得手臂上青筋暴突，使尽了全身力气，似乎想要将自己撑起来，手指尖都因为充血而震裂开了几个小口，却依旧没能从跪着变成站着。

他抵着地面号叫了几声，声音里满是不甘和绝望。

有些胆小的民众已经抖成了筛糠，其中几个甚至承受不住惊吓和威压，眼泪流得满脸都是。

神庙里的温度随着梅洛一点点爆发出来的力量而越来越低，那些眼泪滴落在冰面的瞬间就已凝结了起来，有些体质虚弱的人浑身都发了青，冷得整个人都僵硬了。

奥斯维德连撞两下冰雪之网，梅洛终于分了一部分神出来，他嗤笑了一声，抬手一挥，紫白色的雷电便爬满了那张白色的网，将撞过去的天狼猛地缠住。

雷电不长眼，有些顺着冰雪之网延伸到了冰面上，缠到了离得最近的一个士兵身上。

那跪趴着的士兵发出一声哀绝的惨叫，全身的皮肤都被电得炸裂开来，血口一道又一道，皮开肉绽，焦煳味瞬间便在神庙里散了开来。

仅仅是一眨眼的工夫，那个士兵痉挛了几下，便彻底不动了。

而被雷电缠缚，困在冰雪之网上的天狼却死死咬着牙，一声都没有叫出来。他目眦欲裂满眼血色地透过冰雪之网盯着梅洛，雪白的皮毛上瞬间便染满了血。

"让开！"凯文一见他的模样，瞬间被点爆了，他甚至都没发觉自己的怒气有多盛。

斩在冰雪之网上的刀刃乍然白光暴起，亮得人眼前一片空茫，除了刺痛和无意识涌出的眼泪，什么也感觉不到，什么也看不到，好像整个世界都消失了一样。

就听一声巨大的，仿佛要将整个世界都砸毁的崩裂声响起，所有人脑中嗡的一声，陷入了几乎全聋的境地。

离得最近的奥斯维德更是被震得仿佛陷入了一瞬间的茫然中。

不过下一秒，他就感觉缠缚在自己身上，炸得他皮开肉绽的雷电倏然一松，钻心的痛意取代了之前的麻热。兜头涌来的痛让他瞬间清醒，他在耀眼的白光中恍然看到了刀刃的影子，于是想也不想便一爪子跟着刀刃攻了过去。

不出意料，他听到了利爪剖开肉体的声音，也感觉到爪尖一片霜雪一样的冰冷。

白光在耀晃了片刻之后，终于慢慢退去，奥斯维德刺痛的双目也恢复了视力。他看见凯文劈开了梅洛的防护网，刀刃斩在了梅洛的肩膀上，深深地压进了他的身体里，再往下一点，就能将他上半身活活剖开。

而奥斯维德自己的前爪也钉进了梅洛的心口。

他能感觉自己剖开了梅洛的胸骨，碰到了梅洛的心脏。

那颗心脏扑通、扑通地跳着，一下一下，声音沉稳，节奏没乱，甚至都没有加快，仿佛对身上的这些伤口毫无所觉。

凯文将白光凝聚而成的刀刃猛地一压，就听扑哧一声，薄而锋利的刃口便从肩骨处，一下子斜贯了梅洛的整个上身。而凯文自己也由远及近，贴到了梅洛面前。

"捏碎他的心脏！"凯文语气森寒道。

奥斯维德爪尖一收，梅洛的身体便微微颤了一下。

一道白光从梅洛心脏处滑了出来，顺着奥斯维德的手臂，钻进了天狼的身体里。

凯文压着刀背，冷冷地冲梅洛道："这一刀，为了火神阿瑞纳，他曾经祝福你终其一生暖衣饱食、严寒不侵。"

梅洛连让都没让一下，他沉默了片刻后，突然笑了一声，仿佛失掉一个神格对他来说并没什么影响，他扛着身体里的长刀和心脏上的利爪，将怀里的辛妮亚背手甩到了身后。

数条苍绿色的长藤突然从地底破冰而出，在眨眼间，缠住了冰柱里的灵族大长老和地上的辛妮亚。

它们仿佛会吸血的触手一样啜饮着，而大长老和辛妮亚皮肉饱满的躯体瞬间便干瘪了一些。

03

梅洛双手猛地一捏，身体里随之迸发出一股大得惊人的力道，凯文和奥斯维德都被他这股力道弹了开来，掀至很远的地方。冰雪神庙中依旧挺直的巨柱终于在这一次冲击中根根断裂。

没有了承重的巨柱，神庙的顶部便失去了支撑，恢宏的巨大顶部歪斜着，眼看就要坍塌下来。

这样的撞击对梅洛来说没什么，对凯文甚至对奥斯维德来说都没什么，但是对跪趴在那里的人来说将是致命的，眨眼间就将被拍成肉泥。

乌泱泱的人头几乎看不到边际，甚至顺着冰霜凝成的台阶一路盘旋而上。

他们抬不了头，却能感觉到自己上方投下来的阴影，很多人抖如筛糠，眼泪直流，绝望地闭上了眼睛，等待着上面的兜头一击。

"不要——"有人哆嗦着喊了一句，尖厉得近乎有些破音，带着满是惶恐的哭腔。

"求求你……"

"后神……求求您……"

奥斯维德的身体重重地砸在冰面上，裂痕迅速以他砸到的地方为中心四散蔓延开来，发出咔嚓的轻响。而凯文则在那一瞬间抬手猛地一撑，单靠一只手臂撑住了神庙巨大的穹顶。

277

他猛地一收手指，就听整个冰霜穹顶发出接连不断的龟裂声，最终没能承受住重压，轰然碎成了齑粉。一大片云一样的浓重雪雾在头顶弥散开来，温度再次降得更低。

巨兽天狼摔在地上后，便一直没有再爬起来。他周身抽搐，侧躺在地，四爪蜷缩在一起，看起来似乎想揪住心脏的位置。

双目紧闭眉心皱起的样子，看起来似乎痛苦异常。

没人能知道这种感觉有多么难熬，除了奥斯维德自己。他甚至不知道自己究竟是怎么回事，只觉得一股巨大的气流充盈在他的血管中，撑得血管壁又薄又透，明显从皮肉下隆了出来，仿佛已经充满了气的皮囊，再吹一口就要彻底炸开。

他全身每一处血管都胀痛而灼热，仿佛烈火滚滚烧过。

这不是他的错觉，而是真实。

奥斯维德周身都散发着滚烫的热气，简直像是从沸水表面蒸腾出来的，扑在离他最近的几个士兵皮肤上，瞬间便烫红了一片。

那些士兵都忍不住手指一抽，更何况他自己。

他身下躺着的冰面被他过热的体温焐得已经有了要融化的趋势，渐渐有了积水，顺着冰面朝旁边流去，平整的冰面因为他的存在，而化得坑坑洼洼。

更令人吃惊的是，巨兽雪白的皮毛上居然泛起了一点火星，像是被燎到的纸边一样，火星子明明灭灭，要烧不烧，将熄不熄。

终于，随着巨兽一声混杂着痛苦和愤怒的长嗥，神庙废墟被震得瑟瑟直抖。半身浴血的天狼身上突然腾起了高耀的火舌，通体燃烧了起来。

他身上一半是雪白的皮毛，一半则被鲜血浸透了，此时被金红色的火光一映衬，有种悲壮又圣洁的气质，跟之前显得有些不太一样。

巨兽睁开的双眼里满是血丝，盯着梅洛的目光无惧无畏，甚至有些说不出的嘲讽。他一爪狠狠地拍在冰面上，顿时，一条火龙瞬间蹿了出去，呼啸着直冲梅洛。

"送你一个神格，否则你连打都没资格打。"梅洛脚步一动，让开火龙，缓缓说着。平平淡淡的语气，却有种说不出的狂妄和蔑视。

这话的意思，好像刚才被捏爆一次心脏是因为他故意想输一回一样。

为什么？

梅洛这种不爬到顶端，不把一切威胁清理干净就不安心的神经质性格，怎么也不会做出"主动送人一具神格，只为了不显得那么不对等"的事情来。这太不像他了……

奥斯维德心有疑惑，却没那工夫再跟他耗了。他看到被苍绿色的长藤捆住的大长老和辛妮亚，又扫到后面毫无反抗之力的人群，巨大的身躯猛地一跃，跟着腾跃的火龙一起扑向了梅洛。

他压向梅洛的瞬间，用满是嘲讽的语气沉沉道："神祇？别开玩笑了，你这样的，就算把所有神格都揽进兜里，也永远不配称为神祇！"

　　他趁梅洛让开他的时候，再度拍出一条火龙，直奔那些苍绿色的长藤。长藤上面的刺被火焰燎得焦枯，像是怕烫一样，瞬间蜷缩了一下。

　　被捆锁在其中的大长老和辛妮亚软软地躺倒在地，显得干枯而没有生气。

　　奥斯维德怒嗥一声，撞开梅洛，跃到那一老一少面前，落地的瞬间身影在火焰中拉长变幻，由天狼的模样变回了人形。他一把抱起辛妮亚，又将大长老架在背上。

　　梅洛抬起手，刚要阻拦，就被一支破风而来的金色长箭穿透了皮肉。这支长箭带着巨大的冲击力，拽得他整个人都跟跄了一下，还没站稳，就又有一支长箭随之而来，直接钉了他的脖颈中。

　　他被撞得后退了两步，整个人背倚在冰墙上。

　　奥斯维德反手便是一甩，钉在他身上的金色长箭上瞬间流过一串烈火，从箭尾烧到了梅洛身上。

　　而凯文借着火焰的遮挡，三箭齐发，将梅洛直接钉在了墙上……

　　佛利亚山道上，米奥率领的队伍狼狈地趴在地上，伏低了身体，屈着手指扒住一切能够扒住的凸起岩石或者山道边沿，尽量让自己的抓地力变得更强。

　　让米奥惊得紧急下令的，是一阵突如其来的暴风，卷着不知从哪里带来的冰雪，像一条白色的巨龙，从远处旋转着极速逼近，眨眼间便撑上了山道。

　　山道本就有着倾斜的弧度，被这阵暴风一掀，那几匹无法贴在地面上的马鹫因为承力面积太大，被刮搅着直接从山崖上滚了下去，哀嚎和嘶鸣声被风声吹得支离破碎，听得人心惊肉跳。

　　好多身材不够强壮，或者没能扒紧的人也随之被风刮得直接飞了出去。

　　"啊啊啊啊——"无数人的手指被岩石的棱角割破皮肤，嵌进皮肉里，鲜血瞬间流出来，然而他们却一边发泄似的狂吼，一边更加用力地攥紧岩石，仿佛那是救命稻草。

　　那条巨龙一般的暴风来得诡异，去得也突然，沿着佛利亚山道走了一圈后，扭曲着朝另一处地方碾去。

　　然而暴风的离去并不意味着安全的到来，米奥他们甚至还没来得及站稳身体，一群熟悉的杂碎便紧随着暴风的脚步杀了过来。

　　那些玩意儿在呼啸而来的时候，还带着沙沙的摩擦音，甚至能让人产生极为短暂的幻觉，仿佛世界一片寂静，只剩你一个人。

　　那是沙鬼。

　　米奥低头啐了一口，哑着嗓子狠狠道："合该今天躲不过麻烦，兄弟们！上！！"

曾几何时，沙鬼这样不人不鬼的东西是惧怕潮湿的，这种气候和季节，它们向来会减少外出，尽量待在它们那鸟不拉屎鸡不生蛋的老巢里。可现在，它们对潮湿的抵抗却仿佛越来越强了，甚至雨季刚结束就敢出来，小雨天都无法给它们造成多大的困扰，除非倾盆大雨兜头泼个正着，否则，想要对付它们简直难于登天。

喊杀声和不顾一切的叫骂成了一种发泄，当人接二连三地碰到死境，足以要命的麻烦一个又一个接踵而来，没有尽头的时候，任谁都会觉得心力交瘁，烦躁而愤怒。

不论是米奥，还是队伍里的其他人，内心都几乎是绝望的。这么多的沙鬼，平日里数以万计的大军都不一定能扛多久，更何况他们。但横竖都是死，还不如能杀一个是一个，能拦一会儿是一会儿，好歹能拖住这拨沙鬼杀向其他地方的脚步。

狭窄的山道上一阵兵戈混战，金属和砂石的撞击声交错缠织。

人一旦抱了必死的心，总会变得无所畏惧，强得几乎不像自己，就连沙鬼似乎都没见过这样不顾一切的战斗方式，攻势都缓了一些，仿佛有些"惊愕"。

当然，在杀红了眼的米奥他们眼里，是不可能注意到这一点的。

沙鬼一族没有所谓的男女老少，也没有所谓的亲友家族，它们就像是某天突然出现在荒漠里的某种战斗机器，除了战斗和侵略，除了杀人和化血，似乎没有任何其他的事情可干。

它们冷漠至极，也麻木至极。

感情这样的东西对它们来说根本不存在，它们甚至不能被归类于有血有肉的生物，更别说是人了……

连血肉都没有的东西，又何来所谓的"惊愕"这种情绪呢？

"这个世界为什么会出现你们这种杂碎玩意儿！"米奥背身靠铠甲挡了一拨溅上来的沙砾，又借着手臂的遮挡，一剑捅进了这只沙鬼的心脏。

沙鬼凄厉地尖啸一声，骤然失了力道，瞬间从空中散落下来，成了地上的一捧散沙。然而米奥却没工夫看这个过程，他拔出剑的刹那，就已经杀到前面去了。

寥寥不足万人的队伍，在这样危险的山道上，居然生生挡住了沙鬼的攻势。

他们不知道自己能坚持多久，也没人关心这个问题。杀了一个不亏，杀了两个是赚，整支狭长的队伍遥遥看起来就像是一把捅进风沙里的长刀，米奥他们就是最锋利的刀尖。

而刀尖，从来都是要见血的。

04

与此同时，巨兽人聚居的巴斯山谷外也正在上演一场混战——另一拨沙鬼大军和巨兽人的厮杀。

尖锐的呼哨声在那些猛兽之间此起彼伏，相互呼应着。那是巨兽人族进入战时的信号，而这次却不是一场正常的战斗。

以往巨兽人族战斗的时候，总会有一部分变成人形，一部分保持兽形，两厢合作之下，能把他们的优势发挥到最大。而这次，在战场上厮杀的却全都是猛兽，因为他们还没能度过贝坦日。

而这些猛兽当中，甚至还包括了年迈的和年幼的巨兽人。

在冲得最前、杀得最狠的那一批猛兽之中，有一头狮子显得格外突出，他比其他巨型的猛兽小了两圈，甚至比正常的野兽还要略微瘦削一点。

有一头带着刀疤的黑背狼一爪子刨进一只沙鬼的心脏处，他不顾被沙砾腐蚀的皮毛，转头冲那头瘦削的狮子怒吼了一声。

变为兽形的纯血巨兽人无法用人语沟通，如果有懂兽语的人听见，就能知道，他吼的只有两个字："滚开！"

然而这句话却并非恶意，而是想让那头瘦削的狮子离开最危险的战局。

这头黑背狼就是肖，而狮子则是跟着凯文历练了好一阵的班。

他当初跟着乌金悬宫的大部队一起进了裂谷底下的秘道，却在当天夜里就跟大部队失联了。

虽然他经历过不少事情，变成兽形的时候放在普通野兽里也能装装样子，但实际上他离成年还远得很，再加上平日里有些没心没肺的，所以几乎没受到梅洛的影响。

那天他跟着大部队接应了圣安蒂斯附近几个城镇的居民后累得昏天黑地，便在轮到他休息的时候，趴伏在角落里睡了过去。他睡得极沉，全程无梦。而当他感觉到自己骨头都睡酥了，终于睁开眼时，却发现秘道里原本跟他一起的人们都不见了。

班循着不大清晰的脚步和遗留痕迹一路找了出来，从金狮国境内一路追踪到金狮国境外。但是很快就被更多交叠的脚步痕迹打乱了方向。

就在他顺着大致的方向朝南边赶的时候，他在巴斯山谷外碰到了自己的族人。一头怀着孕的豹形巨兽人就在他眼前被沙鬼卷进沙窝里，很快便化成了细碎的沙砾，从空中倏然而落，堆成了一堆。

一尸两命，活生生的便没了。

班瞬间就疯了，二话不说便冲进了战局。

他的身上流着前族长的血，尽管他年纪还小，体形瘦削，跟成年的巨兽人根本不能比，但他敏捷灵活，而且骨子里像他的父亲麦一样，无所畏惧。

跟着凯文在军团大本营里操练的时候，凯文就跟他提过兽形作战的局限性，然后给他配了一套兽形也能操作的口中箭，好在他一直宝贝一样带着，在这里终于派上了用场。

然而他还是被一干成年巨兽人不断驱赶，其中吼得最狠的就是肖。

"谁让你过来的？！滚去后面！能跑多远跑多远！"肖用兽语毫不客气地咆哮着，一边甩起自己已经残缺的一只前爪，一边再度疯狂地朝沙鬼扑了过去。

巨兽人这个种族就是这样——暴躁、好斗、野蛮，就连关心的话都这么硬邦邦的，仿佛在叫骂一样。

班同样用兽语回了一句咆哮："不滚！我杀得不比你少，受伤的才应该滚到后面去！"

"你！"肖被堵得差点气死。他曾经眼睁睁地看着前族长麦在自己面前死去，所以无法忍受再一次看着麦的儿子也落得这样的下场。

巨鹰丹的想法显然跟肖如出一辙，不过他没有扯着嗓子费力气去骂，而是付诸行动，转头用巨大的翅膀把小狮子掀得朝后滚了好几圈。

班狼狈地爬起来，二话不说便又冲了过去："这是在战斗！你们不是都说嘛，巨兽人族生来就是最骁勇的战士！凭什么赶我走！"

他转头咬住金属扣，用口中箭射死了扑向肖的两只沙鬼，喘着粗气吼道："我不走！"

肖瞪着一双满是血丝的狼眼咬牙切齿道："只要还有成年巨兽人在的一天，就永远不需要你们上战场！"

然而事实却并没有他们想的这样乐观，成年巨兽人全力以赴，也没法完全阻挡这些浩浩荡荡气势汹汹的沙鬼。

猛兽形态下的巨兽人跟沙鬼冲突起来，根本没有任何优势，因为猛兽可以利用的撕咬和剖杀都必须和敌人近身接触，所以当他们活剖沙鬼心脏的时候，意味着自己也少不了要废掉一只爪子。这是典型的"杀敌一千自损八百"式的打法，冲在最前面的人就相当于用血肉之躯给后面的人筑了一道墙。

这道墙里有壮硕的男人，也有同样骁勇的女人，有依然健壮的老人，甚至还有班这个远没成年的。

然而不论是谁，不论怎么互相叫喊和呼哨，都没有人真的选择退缩。

而这样惨烈却勇猛的战斗并不只有这么几处，在这一刻，在整片大陆上，几乎没有一处安宁的地方，所有沙鬼倾巢而出——

北面冰原附近的几处城邦国交界处，到处是被化蚀成沙堆的尸体；安多哈密林一带，被蛊惑着长途跋涉朝南海岸赶去的人们，在半途醒来，甚至还没搞清楚自己是怎么回事，身在哪里，就被沙鬼们围了个正着，身陷重围。

最为惨烈的是北翡翠国，因为这里的沙鬼不是从外面入侵的，而是从内部流散出来的，源头就在王城的宫殿内。卧床很久的皇帝萨丕尔终于现了身，只是民众几乎已经认不出他了，包括他带领的那批皇宫守卫。

原本老迈的萨丕尔变得高大而健硕，光看身形，几乎比他正值青壮年的小儿子博特还要像年轻人。但是他的脸却僵硬干枯得如同树皮。

而且他全身的皮肤都泛着一种沙黄色，布满了细微的斑点，近距离看起来显得可怕又恶心，就好像在皮肤里灌进了沙子，硬是填充起了肌肉的轮廓，却把皮囊撑得饱胀透明，露出了里面沙砾的纹路一样。

事已至此，北翡翠国的民众终于从萨丕尔的变化里隐隐嗅探到了一点真相。

这位年迈的皇帝贪恋站在国家最高处的感觉，怀念自己曾经健壮的体魄和旺盛的精力，不甘心老去，也不甘心死亡，他恐怕跟沙鬼做了点交易，最终把自己变成了这副不人不鬼的模样。

怪不得他称病卧床了那么久，也怪不得他极度排斥去金狮国讨要圣水。他把自己变成了这副鬼样子，哪里还能承受得住圣水？！

可惜，当民众反应过来时，他们已经被萨丕尔带领的守卫以及大批的沙鬼团团围困了。

"一个都不能少……我听到了神谕……一个都不能少……"萨丕尔说话的声音也变得和沙鬼如出一辙，嘶哑得仿佛毒蛇在吐芯，语气却恍惚极了，有些神志不清。

说完，他就地跪了下来，朝着南方，虔诚中带着浓重的疯狂。

佛利亚山道上，精疲力竭到再也抬不起胳膊的米奥仰脸倒了下来；巴斯山谷外，巨兽的咆哮和呼哨也渐渐消了音，呼应越来越少，成年的巨兽人损失了大半……

呼啸的沙鬼浩浩荡荡扑来，一些苍绿色的藤枝悄然破土而出，大雪在整片大陆上空纷纷撒落，就像是后神送给人们的最后葬歌……

地下神庙里，凯文钉穿了梅洛的心脏，冷冷道："这几箭，为了那几位被你捅穿心脏的故人，雷雨之神、爱神、山神以及花神，他们曾经祝福你无惧风雨、被人所爱、鲜花满路。这些想必你早就忘得一干二净了。"

雷雨之神的神格顺着梅洛的心脏流泻出来，钻进了凯文的身体。

之前奥斯维德接受火神的神格时痛苦难当，那是因为他是普通人。而对凯文来说就不一样了，他本身就有的神格比其他任何一个神祇，甚至比斐撒和忒妮斯的都要强大，多承受一个雷雨之神的神格对他来说没有丝毫痛苦。

他连眼睛都没眨一下，便抬手一挥。

尽管他身在镜岛，但是他依然能感受到陆地上人们的痛苦，这是人和神之间特有的联系。他甚至能在打斗的间隙，看到陆地上一闪而过的狼藉景象，这让他

的脸色更冷了一层。

雷雨之神的力量被他毫不犹豫地挥洒出去。

顿时整个镜岛所依托的大海风呼浪啸，大陆之上黑云瞬间聚集，紫白色的闪电从天空直劈下来，雷声炸裂，滚滚而来的瞬间，暴雨已经兜头泼了下来。

即将触到小狮子班的沙鬼周身一震，突然惨叫了一声。

它们确实已经可以抵御潮湿、雾气以及小雨，但是碰到这种誓要将整个大陆淹没的狂风暴雨，就不得不抱头鼠窜了，这是它们最大的克星！

米奥躺在山道上，眯起了眼，雨势大得打在人身上几乎有点疼，瞬间就给他洗了个澡，整个人都湿透了。他看着在雨中凄声哀号措手不及的沙鬼，忍不住发泄似的笑了起来，又被雨水呛到了喉咙，咳得眼眶发红。

他还活着，还能笑，但是他身前身后，有许多兄弟再也笑不出来了。

巴斯山谷边，班眼里的怒火还没消去，沙鬼就已彻底被暴雨浇废了。他喘着粗气，看着地上因为湿透而凝固的沙堆，似乎被戛然而止的战斗弄得有些反应不过来，愣了好一会儿，才突然蹿起来朝旁边一处直奔而去。

肖侧躺在地上，两只前爪都没了，身上皮毛斑驳，好多地方甚至都见了骨，丹秃了半边的羽毛，有一侧翅膀几乎只剩了骨架，还是不完整的骨架，地上散落着从他们身上落下的沙子。

有那么一瞬间，他觉得有些奇怪，这次碰上的沙鬼跟之前那种一沾即化的不大一样，有一些人被它们毫不客气地化成了沙堆，还有一些则沙化得非常缓慢，就好像沙鬼出于某种原因，刻意留了他们半条命一样。

然而当他看到肖和丹，看到横倒在地的众多猛兽时，就再也顾不上这些了。

瘦削的还未成年的狮子发出一声咆哮，声音嘶哑，在雷电和暴雨声中显得有些模糊，饱含着愤怒和悲伤……

神庙中的凯文微阖双目，又睁开，他看着梅洛的脸一字一顿地问道："所以沙鬼那种毫无感情的东西是你搞出来的？"

梅洛毫不掩饰地点了点头，他缓声道："是我创造出来的，只是我很疑惑，为什么忒妮斯和斐撒能创造出人，对他们顶礼膜拜，而我却造不出来？他们动了什么手脚？你又动了什么手脚？"

他的声音认真得像个勤学好问的人在求教，好像被奥斯维德和凯文连夺两个神格都不算什么："你们做了什么呢？诅咒？为什么我始终创造不出足够乖巧的活生生的人？我甚至在已存在的活人身上试了一下，依旧没能成功，造出来的尽是些肮脏的废物。"

"自己就是个渣滓能创造出什么好东西？还嫌弃别人肮脏，后神果然好大的脸，怪不得要用面具遮一遮。"奥斯维德将辛妮亚和灵族大长老放在身后的人群里，站起身和凯文并肩而立，刻薄地嘲讽着。

皇帝本就不忌惮所谓的后神，此时认清了后神的真实面貌，嘴毒起来更是毫不客气，不愧是被凯文夸为"浑身挂着胆"的男人。

梅洛却冷声冲他道："我好心赐你一个神格，不代表你有资格这样和我说话。"

他从小就看惯了光明神独来独往的样子，突然来这么一个人极其自然地站在光明神身边，简直有种说不出的刺眼。他想不通，区区一个再普通不过的凡人，为什么能这样理直气壮地跟神并肩？

"我能赐予，同样也能剥夺。"梅洛的声音里甚至透露出一丝厌恶。

凯文看了他片刻，冷漠地挑起了一边嘴角笑了一声："恼怒什么呢？他说得可一点也没错，你永远不可能像忒妮斯和斐撒那样创造出真正的有血有肉的人。"

梅洛提高了声音："为什么？"

凯文面色沉了下来："因为他们在创造人的时候，是真正爱他们的。而你？"他冷哼了一声，"这就是你跟他们之间的区别。忒妮斯创造了你，所有的神祇都真正地爱着你，而你又做了什么？"

他嗤笑道："还想创造人？你创造人的时候是抱着什么样的心理？这片大陆上的人越来越独立，对神的信仰越来越淡，你不安了，所以想创造一群新的信众来取代他们，我猜得对吗？你创造只是为了利用而已，就像你想创造出一批守墓人镇守在我的墓门外，却只创造出了一批怪物一样的树杈子。你都没有感情，创造出来的东西怎么可能有感情？"

"感情？爱？"梅洛突然笑了起来，"神祇的爱最虚伪不过了，我不过是你们闲来无聊创造出来的宠物而已，创造我是因为兴致好，突如其来溢出了一份爱意，如果哪天突然没有爱了呢？如果哪天突然觉得我是一个失败品呢？是不是也能挥挥手就让我从此消失？"

他微微偏了偏头，似乎是在扫视着脚下的这一片地方："镜岛……我曾经跟你们一起来过这里，看着斐撒把他失手创造出来的一片土地丢弃在这里，就像是丢一份垃圾。是啊，你们告诉我说，来这里是为了修正错误。这对你们来说不过是挥挥手的事情，对我来说可就不同了，因为我也是你们创造出来的。"

"我连自己的生死都完全掌控不了，今天睁眼我还活着，可说不定明天睁眼，你们的兴致过去了觉得我索然无味，我或许就该死了。"梅洛和缓的语气终于有了变化，透露出些许质问的意味来，"如果真的是爱，为什么从没想过要给我神格？为什么始终让我低你们一等？为什么不给予我平等地站在你们身边的机会？我并不想做出那些事情，但是我厌恶自己的生死操控在别人手里，我只是想安安心心地活着而已……"

凯文眯眼看着他，像是从没认识过这个人一样："为什么不给你神格？你这漫长的一辈子净揪着这个问题不放，真是白瞎活了这么多年。"

他点了点头，抬手在自己的额前点了一下："想知道为什么不给你神格？自己看！"

他瘦长的手指一抖又一抽，一团白色的光点便出现在了他的指尖，如同一簇摇摇晃晃的火光。而后，他面无表情地把这团白色的光点拍在了梅洛面前。

05

旧神时代的圣山之巅上，有一座纯白的巍峨建筑，山花上雕着形态各异的神之图腾，穹顶之下是一百二十六根巨大的神柱。

站在这里，浮云攒聚在脚下，空气中泛着清洌的冷香，高而杳渺。

"这圣殿年龄比我还大，看着怪有压力的。"光明神法厄一边说着，一边手欠地摸了摸最近处的一根神柱。洁白的巨柱上一面雕着颔首的女神，另一面雕着一头林间的飞鹿，翅膀上的绒羽纤毫毕现，栩栩如生，精致极了，"最初建造圣殿的是谁？你还是斐撒？"

忒妮斯一巴掌拍开他的爪子："乱挠什么？我建的，怎么？有想法？"

"不敢。"法厄漫不经心地瞥了她一眼，收回爪子走到圣殿的边缘，远眺出去，道，"你怎么挑了这么个地方？又高又冻人，谁闲得没事乐意来？你也真是……挺有想法的。"

忒妮斯白了他一眼："没大没小。"

"欸欸。"法厄得寸进尺地用脚点了点圣殿地面的边缘，道，"连堵墙都没有，四面漏风，喝都喝饱了。像花神那种瘦成树枝的，上来还得使点神力把自己固定住，要不就得抱着柱子，谨防被吹跑，多刺激啊。"

"少说两句你会秃？"忒妮斯简直想一巴掌把这混账玩意儿从山顶抽下去。

法厄手指撇了撇，他面前堆攒的云层便被拨开了一些，依稀露出了一点山下的情景。不看还好，一看还真把他惊一跳："什么东西这是？！"

忒妮斯无奈地耸了耸肩："人……"

法厄顺着云层的间隙看下去，就见山脚下全是乌压压的东西，一眼望不到头，可不就是人吗？因为都是跪着，所以只能看到他们的头顶，发色各异，有深到跟法厄一样漆黑的，也有浅到像风神一样白金的。

这么多人跪在脚下，看起来着实有些震撼。

最令人惊讶的是，人群里不知道谁目力惊人，居然一眼就透过被法厄拨开的那点缝隙，看到了云层后面的神殿一角，以及光明神大爷依稀的身影。

286

于是那人抖着嗓子惊叫了一声,一传十十传百,整个跪伏的人群都沸腾起来,而后再次虔诚地冲着光明神的方向叩着头。

法厄:"……"

向来没脸没皮的光明神手指一哆嗦,默默把拨开的云层又扒拉得合上了,转头一言难尽地冲忒妮斯道:"我说……是不是得想个办法让他们别这么客气?"

忒妮斯没好气地看了他一眼:"你也有抖的时候?不容易啊。"不过说完,她又正了脸色道,"我想说的就是这个,这跟我原先预想的相差太多了。"

"怎么?"法厄抱着胳膊,干脆倚在了柱子上。

"我跟斐撒创造他们,本来只是觉得这么美好的地方没人分享太可惜了,我希望他们能尽情地不受拘束地享受这一切,而不是总在寻找神迹,跪在一切神可能出现或者经过的地方。"忒妮斯看着云层,没有拨开它们,但是目光却仿佛穿透了乳白色的雾气,温柔又无奈地落在了山脚下。

"欣慰一点,至少你爱他们,他们也同样爱你,只是表达的方式有点……与众不同罢了,要不咱们下去跟他们对着跪?"法厄这混账玩意儿每每安慰人,总能安慰得对方想打死他。

"有可能改变吗?"忒妮斯懒得理他,自言自语地发愁,"有可能让他们忽视我们的存在,更自在地生活吗?"

法厄摇了摇头:"恕我直言,只要我们存在一天,就不大可能。"

忒妮斯先是沉默了一会儿,突然又想起什么似的笑了:"如果某天我们不再存在了,或者变成他们其中的一分子,他们是不是就彻底不受拘束了?"

她说着冲法厄眨了眨眼:"我最近做了一个梦。"

"预言梦?"甚至不用她多说,法厄已经猜到了。

"对,怎么?你也梦见了?"忒妮斯道,"其实这个梦我做过很多次了,我梦见我们从这圣山之巅飞跃下去,落进了人群里,他们看到我的时候没有跪下,反而笑着向我问早安。"

法厄挑了挑眉:"我倒是没梦见什么,但是我看你这样子也知道你要说什么。"

"我有种感觉,这个世界已经越来越完整了,我们也差不多到离开的时间了。"忒妮斯说这话的时候,神情依旧温柔,没有不甘也没有遗憾,"众神的时代快要结束了,过程或许不那么舒服,结局……也不太清晰。可能会就此消失,也可能会成为他们中的一个……"她说着停了一会儿,似乎是很认真地考虑了一下,道,"我比较倾向于后者。"

光明神偏着头,看着圣殿外面绵延无际的云,勾了勾嘴角:"听起来不赖。"

他倚着柱子闲了一会儿,突然看向忒妮斯,问道:"就因为这个,你一直不给梅洛神格?"

287

忒妮斯耸了耸肩:"是啊,最初是觉得他太小了,瘦瘦一把,长得又慢,得到神格的过程太过痛苦,想等他大些再说。不过后来造了人之后,我就做了这个梦。我不确定那一天什么时候会到来,我们也就算了,但是让他那么点大的一个孩子刚承受完得到神格的煎熬过程,就要承受神格陨落甚至于彻底消失的过程,太痛苦了。"

法厄一脸"我服了你了"的表情道:"拜托,你口中的'那么点大的孩子'看起来只比我小几岁。"

忒妮斯白了他一眼:"要点脸,算算实际年龄,亲爱的弟弟,他就是个孩子,还有山下跪着的那些,都是孩子。"

法厄捂着腮帮子。

忒妮斯皱眉:"干吗啊你?"

法厄哼了一声:"酸得牙疼。"

"滚滚滚。"忒妮斯忍无可忍地在他手臂上拍了一巴掌,指着大门道,"别在我面前找打。"

光明神漫不经心地直起了腰板,还真抬脚就滚,然而没滚两步,他又停下了步子。他扶着巨柱回过头来冲忒妮斯道:"其实吧,我一直觉得你们培养这些'孩子'的方式不太对,又不是一碰就碎,该打就打嘛!你们不好意思的话,我不介意去当执行者,正好好久没打仗,手痒。"

忒妮斯默默看了他片刻,而后再也顾不上自己光辉的女神形象,朝着弟弟的方向就是一脚。

年轻英俊的光明神刚说完这段话,就被她给踹下了山巅。

这段回忆被凯文完好地保存着,事实上虽然他看起来对什么都不上心,但是曾经的那些事情那些人,他都清清楚楚地一直记着,千百年,甚至于千万年都不曾忘记。

他把这段记忆掐头去尾地丢了出来,毫不客气地剥开给梅洛看。

对于梅洛这样的人,他吝啬得很,只放到忒妮斯解释为什么没给他神格的那段话,就把记忆又收了回来。

其实在他看来,关于梅洛神格的解释也并没有什么特别的,只是简简单单那么一段话,只出于一个温柔的神祇对她的"孩子"的爱和不忍而已,没想到被关爱的那个所谓的"孩子"却终其一生都对此不能释怀。

"看完了吗?"凯文冷冷道,"值得你这么要死要活几千年吗?我想忒妮斯当初如果能预言得更多一点,更具体一点,如果知道导致众神陨落的就是她一心想护着的你,她大概会有点难过。"

自从他收回那段回忆,梅洛便一直没有开口。他直直地站在那里,肩背抵着冰墙,皮肤因为常年不见阳光,白得毫无血色,就像是没有生命的霜雪一样。他身上插着凯文的箭,脸上覆着遮挡容貌的面具,一动也不动,就好像陷入了过去的旋涡里,再也出不来了一样。

"我……我不知道……"他突然轻声喃喃道,听起来情绪有些恍惚,"我没想过会是这样……我以为……"

他摇了摇头:"我只是被镜岛给吓坏了,吓得拐进了死胡同,钻了牛角尖,我看所有的神祇都觉得可怕,他们看着我笑,逗弄我的时候,我总会觉得他们在看一个可以逗乐的宠物。我没想过……从来没想过……"

凯文盯着他看了片刻,任他自言自语似的说了一会儿,而后突然打断道:"别找借口了,我不是容易心软的忒妮斯,也不是老好人斐撒,这招对我一点用处都没有,你从来没想过?"

他嗤笑了一声,用脚尖点了点地面:"你口口声声说被镜岛吓坏了,你知道镜岛究竟意味着什么吗?镜岛虽然是用来修正神祇的错误的,但它从来都不意味着毁灭,而是勃发和新生。依斐撒那种性格,怎么可能创造出代表着毁灭的地方?"

"我不知道……"梅洛重复了一句,他低着头,姿态显得有些颓丧,似乎真的在懊悔。

然而仔细看的话,就会发现,有无数条苍绿色的藤蔓正无声地在冰下游动,攒聚在了凯文的脚下,似乎随时等着梅洛一声令下。

"哦?你不知道?你不知道你为什么会一直待在这里?"凯文指了一圈周围,"因为这里格外好看?得了吧!如果不是因为这里有重生的神祇,有陨落在你手里的那些故人,我连半个字都不想听你解释,因为我不在乎。你如果不知道镜岛的真正意义,为什么会选择在这里恢复?以你的身体资质,根本不可能完全承受住那么多神格,你早就该消亡了,只是在这里苟延残喘罢了!"

他说完,看也不看便一勾手指,金色的光芒在脚下一划而过,刚探出头正要勾住他脚踝的那些藤蔓瞬间便被他一刀斩断。

他一甩刀尖上的绿色汁液,冷冷道:"偷袭?你还没重要到能吸引我的全部注意力!"

如果梅洛不知道镜岛意味着勃发和新生,意味着能有源源不断的力量帮他吊着生命延续至今,他怎么可能在这里窝上千年呢?而如果他知道镜岛真正的意义是这样,又怎么可能还惧怕呢?

或许在当初,在他第一次看过镜岛后,真的惶恐过担忧过,但那都是曾经了。在他知道镜岛的真正含义后,他所做的一切,就再也没法揪着"惶恐担忧"作为借口了。

一切都只是自私和欲望作祟而已。

"刚才让出几个神格也不过是因为你想减轻一点负担而已吧?我想忒妮斯他们

一定很想知道，究竟是从什么时候开始，你变得再也没有一句真话了呢？我猜你大概还编了一肚子骗人心软的鬼话，预备着偷袭用，不过很可惜，站在这里的是我。"凯文的猜测已经越来越明晰了，只是可能梅洛没料到让出来的神格刚好被凯文和奥斯维德利用得恰到好处。

"阁下何必这样说呢，让出去的神格你收得也很满意不是吗？你情我愿。"梅洛发现凯文油盐不进，干脆不演了，重新挺直了肩背，毫不在意地拔掉了身上插着的金色箭矢，汩汩而出的鲜血刚流了几秒，伤口就收紧愈合了。

奥斯维德毫不客气地堵了他两句："你凭什么跟他你情我愿？阁下真是不要脸得让我叹为观止！"

梅洛："……"

皇帝陛下大概也没想到自己居然胆子肥成这样，当着光明神的面就说出了这么一席话。不过看起来达到了一点出乎意料的效果，因为后神似乎被惊得愣住了。

凯文白了他一眼，暂时也没那个工夫去揍他。他趁着梅洛难得发愣的瞬间，背手在奥斯维德面前不动声色地划了几下。

奥斯维德迅速领会了他的意思。

下一秒，金色的光芒拔地而起，光明神瞬间腾至高空，双手手腕一翻，不死鸟的火焰从他左手手臂上烧了下来，直劈神庙正中心的地面，而右手则猛地一拍，光芒兜头而下，将梅洛死死抵在墙边，不让他靠近神庙中心半步。

神庙中间的那一片冰面被凯文一下劈开，整个神庙乃至整个岛屿都跟着摇晃了起来。门户开启的声音在神庙中响起，仅仅是眨眼的工夫，原本冰层厚重的地面上赫然开启了一个深洞。

奥斯维德极为默契地抬手一抄，巨大的带着热浪的风瞬间呼啸而过，像一张薄薄的毯子，从跪伏着的众人身下滑过，抄着那群乌压压的人便倒灌进了那个深洞里。

那正是凯文所说的，镜岛的出口。

然而呆愣片刻的梅洛此时终于回过神来了，人群刚被灌进深洞，还没开始下落，就被无数粗壮的长藤给牢牢困住了。梅洛一声长啸，整个镜岛便开始天崩地裂般地摇动起来，风雪吹刮中，一座高山拔地而起，直接砸在了那个洞口，将一干人等全都压在了洞里。

天空勃然变色，海水巨浪滔天，外面的世界因为后神的意志，同样变得一片混乱，陆地被呼啸的浪墙淹没了大块，无数藤茎破土而出，将倒在各处的人们纷纷缠缚住。

藤茎上传来的巨大力道将那些或丧失意志，或疲惫不堪，或苟延残喘的人撑起来，让他们以跪着的姿态，面朝南海岸，趴伏在地，像是整个世界都在虔诚地企望后神重临。

那些藤茎仿佛活的一样，不停地汲取着每个人身上的生命力。每汲取一些，梅洛就看起来更为亢奋一些，之前压抑了千年的欲望瞬间被释放出来，仿佛再无顾忌。

那一瞬间，向来喜欢假装温和有礼的后神变得张扬又疯狂。他笑了几声，而后一抬手指，就将拥有火神神格的奥斯维德拎起来，又狠狠甩在了地上。

单个神格在拥有一百多个神格的后神面前，就像一个幼儿和壮汉对峙一样，被压制得连出手的机会都没有。奥斯维德发现真正爆发起来的后神比他想象的还要难对付。

因为他们甚至连切入点都找不到。

他重重地砸在冰面上，整个冰层都裂了开来，数条藤茎钳制住他，将他猛地下压。他猛地吼了一声，火焰瞬间烧上了那些藤茎。

它们瞬间下意识地瑟缩了一下，然而还没完全松开，就因为梅洛又一收手，重新狠狠地箍紧了奥斯维德。

烧断一根，就新补上一根，源源不断，仿佛永远没有尽头。

咔嚓——

就听无数碎裂的细响传来，奥斯维德被藤茎活活压进了冰层深处数十米的地方，梅洛凭空猛地一捏，奥斯维德的手脚骨骼便发出了几声脆响，被拗成了诡异的角度，显然全都断了。

那些藤茎转眼便吸附在了他的皮肤上，紧接着，他感觉浑身的力量都在被抽空，被藤茎吸往另一处。那是一种非常令人恶心的感觉，甚至能清晰地感受到生命在一点点流逝。

他视线开始变得模糊，手脚发软，火神的神格在这种时候变得和他不再相称，他逐渐虚弱的身体渐渐承受不住神格，皮肤崩裂，开始出现一道道血痕。

他耳中嗡鸣的声音越来越大，几乎盖过了一切其他动静，以至于他都听不见凯文的声音了，在这之前他还依稀感觉到凯文似乎喊了他一声。

奥斯维德猛地眨了几下眼睛，模糊的视线里一片血红，像是蒙上了一片血色的阴影。他努力分辨了一下，发现冰层之上偶尔会有光芒闪现，那应该是光明神和后神在激战，而他在这种时候却帮不上什么忙。

他被恼怒的情绪冲得咳了几声，哇地吐出了一口血沫。

就在皇帝被压在数十米的坚冰之下浑身是血的时候，凯文正跟梅洛战得难解难分，他只来得及在最初喊了奥斯维德一声，就再也没法腾出任何精力了，因为梅洛一百多个神格在身，即便凯文再厉害，也不是他的对手，能坚持这么久已经是奇迹了。

镜岛之外的世界上，天空出现了极为诡异的情景，一半是光明，一半是黑暗。

两方角逐，互相压制，似乎难解难分。

许久之后，光明的那一半已近强弩之末，终于开始一点点地被黑暗吞噬，所

占的地方越来越少，光亮也越来越微弱……

神庙里突然轰然一声巨响，凯文直直地从空中摔落下来，他面色苍白，精疲力竭，黑色的头发被冷汗濡湿，砸在地上重重地喘着气。

他眯着的眼睛里一片空茫，似乎看不清梅洛，也看不清其他。

就这样无能为力地结束一切吗？

不可能……

他闭上了眼，而后强撑着最后一点力气，躲开朝他蹿过来的长藤。然而他翻滚的幅度太大，一不小心栽进了奥斯维德所在的那个深坑中。

凯文落地的时候略微撑了一下，终究还是没能完全让开，几乎半砸在了奥斯维德身上。

原本意识已经开始流失，没什么声息的皇帝猛地咳了一口血，又恢复了一点意识。

凯文艰难地挪动了一下，而后嘴唇贴在奥斯维德的耳边，用气声说了一句话。

奥斯维德忍着剧痛，压住自己的呼吸，才勉强听见他说的内容，而后猛地睁开了眼。原本漂亮的透明眼睛已经被血浸透了，几乎半瞎。

凯文抬手覆在他的眼睛上，无声地动了动嘴唇。就见他指尖温和的白光一闪即逝，奥斯维德的眼睛瞬间便恢复了许多，他又以同样的手法抚上了奥斯维德的手腕。

"记住……喀喀……记住我说的，别打偏，然后……喀喀，然后离开那儿。"说完，凯文便撑起身体想要起来，却被奥斯维德抓住了衣领。

年轻的皇帝这辈子大概从来没有这样狼狈过，也从来没有这样无力过。他揪着凯文衣领的手抓得很松，随便一挣便能挣脱。

然而凯文却因为他的动作顿了一下。

奥斯维德抬头轻轻碰了碰他的额头，而后又因为体力不支，重重地栽了回去。

凯文刚要张口，一道光绳便垂了下来，卷住凯文的身体，猛地拉上了地面。

"光明神殿下……您为什么会让一个凡人这样亲近你呢？"梅洛将凯文拉近自己面前，近乎疯狂地低声问道。

凯文重重地喘了两口气，缓过来一些，而后无声地嗤笑道："我乐意。"

梅洛手背上的青筋暴突着，显得他更为瘦削。从各处汲取来的生命力正源源不断地输进他的身体里，他能感觉到自己苟延残喘了千年的身体正在逐渐恢复。

正是因为太多神格在他身体里存留着，几千年积累下来的基础根本禁不住这些神格的消耗，他每天每夜都在经受烈火灼烧的痛苦，只有待在这冰天雪地里，才能找到一点心理上的安慰。

而现在，这种日日夜夜煎熬着他的灼烧感终于缓和了一点。

然而普通人的力量毕竟有限，汲取了那么多人的，他也只能勉强承受住存留在身体里的这些而已，要达到完全承受还远远不够。

所以他需要光明神的身体，他需要从光明神的身体上汲取力量。毕竟光明神的神格是最强的，甚至比数十位小神加在一起还要强一些，能承受住这样神格的身体，要比普通人强得多。

但就在他抬手捏住凯文的手腕，打算直接从他身上汲取力量时，一阵突如其来的破冰声乍然响起。

梅洛愣了片刻，瞬间顺着声音移到了奥斯维德所在坑洞的上空。

就见深坑中的皇帝带着浑身的血，转头冲他嘲讽地一笑，而后陡然放出了一条火龙。

火龙直冲的地方，是刚才被他炸开的一条冰洞，冰洞的底端，一丛茂密的青藤枝叶攒聚在一起，无数条或粗或细的长藤从这里延伸而出，伸向不同的地方，而这里，就是这些长藤的根。

这是刚才凯文嘱咐他做的，而后他便顺着自己身上缠着的藤茎找到了那个根所在的地方。

梅洛的生命始终和长藤月季分割不开，他将这株藤蔓根植在这里，便是借由它来汲取各方的力量，如果能将它连根拔起，那么梅洛所倚仗的生命之源也就彻底断了。

"不——"火龙冲向那团根茎的瞬间，梅洛终于爆发，他歇斯底里地怒吼一声，手中爆发出一阵强烈到刺眼的光，那是神的愤怒，足以让任何一个人乃至整个世界化成灰烬。

然而他忘了，凯文还在。

那团刺眼的白光还没从他手中脱离，就被光明神用自己的心口严严实实地堵住了。

那极短的一瞬间仿佛被拉慢拉长，白光犹如万根利箭一样，从凯文的心口刺入，又从他的背后刺出。鲜红的血沫从他嘴角溢了出来，而他却好像根本不知疼痛一样，将身体撤离了一些，而后再度压了过去。

那些光芒刚撤出一些，再次刺穿了他的胸口。

而与此同时，没能被阻止的火龙瞬间将那藤茎的根吞没，无数长藤挣扎了两下，便无力地掉落下来。

没有力量的补给，梅洛周身那种火烧火燎的痛苦再度蔓延上来，而更让他绝望的是，凯文身体里的神格也跟着涌进了他的身体。

光明神的神格还兼具战神神格，是最为强硬最难驾驭的神格，涌进梅洛身体的瞬间，梅洛便痛苦得跪在了地上。

他终于忍不住哀叫了一声，然而这并没能阻挡神格冲撞的痛苦。他脸上的面

具咔嚓一声裂成两半，巨大的白光从他身体里一点点透露出来，仿佛由内射出来的利箭，一根根将他的皮囊洞穿。

他最后爆发的强劲神力冲击着整个镜岛，几乎天崩地裂。

奥斯维德再遭重创，周身的伤口瞬间爆开，血流了一地，终于没了声息。

而凯文的身体也自空中摔落下来，重重地砸在地上，再也没能动弹一下……

轰——

随着镜岛不堪重负终于崩裂开来，梅洛的躯体也终于承受不住神格而爆裂。

白光乍现，将他整个人都包裹其中，而后转眼间便扩大到了整个镜岛、整片海域、整个大陆……

黑夜尽退，光明重临。

06

耀眼的白光持续了很久，久到整个世界都悄然无声才开始慢慢消退。

整个镜岛被完全销毁，曾经被神用来修复错误的缓冲地带神祇留于世间的最后一处非常之地彻底消失。

一大片明暗不一的光点从消失的镜岛中流泻出来，在虚空中渐渐有了轮廓，变成了形态各异的模样。领头的那只巨鸟一声清啸划破寂静，两翼瞬间燃起金红的火光。在它细长的尾羽之后，跟着盘综交错的两条巫蛇、金色的飞鹿、长齿熊、松袋狼……细细数来，刚好一百二十六位，一位不少，它们托着从镜岛流散出来的人顺着颠倒的海浪而下，千流百转，最终回到了海面上。

这些神格汇聚在一起的时候，光芒太盛，甚至看不清各自的轮廓，就像一片流光的云，带着和煦的风，从整个大地上拂过。它们扫过南海岸，穿过安多哈密林，滑过巴斯山谷，绕过一切它们所怀念的地方，最终到了极北之地的冰原雪峰上。

这座山峰霜凝雪冻，谈不上巍峨，却很有股孤冷的味道，独自地站在最杳渺的地方，仿佛是整个世界最沉静的守望者。在这片地壳还没有变化的时候，在千万年的起起落落崩离聚合都未曾发生的时候，这座山峰比现在要高得多，它有另一个名字——圣山。

洁白的神光顺着山脚而上，最终落在了雪峰之巅上。

它们温和而从容地并肩而立，在山巅上最后一次俯瞰整个大地，所有的轮廓都变得模糊，金红的火焰渐渐熄灭，耀眼的白光变得和煦而浅淡……

最终从山巅铺散流泻而下，笼罩整个大地的时候，就像是最温柔的一缕晨光。

三天之后，横倒在大陆各处的人陆陆续续醒了一批。

巴斯山谷外的林地上，小狮子班就是最先醒来的人之一。他茫然地在地上趴了一会儿，似乎没反应过来自己究竟在哪里，又为什么会在这个地方。

他眨了眨眼睛，发现自己突然间有点想不起来之前发生的事情了，只记得自己似乎被蛇一样的藤茎缠绕着，被吸成了肉干。

肉干？！

班一骨碌翻身坐起来，这才恍然发现自己已经不再是兽形，而是变回了人的模样，想必贝坦日已经彻底过去了。他低头将浑身每一处地方都扒拉了一遍，直到确认自己皮肉俱在、鲜活有弹性后，才长长地舒了一口气。

可这一口气还没吐完，他就又打了一个激灵。因为他慢慢想起了被藤茎缠绕之前，这里所发生的事情，尽管不那么清晰。他记得他和族人们跟沙鬼干了极为惨烈的一架，死了好多人……

肖！还有丹！

班噌地站起来，直扑向不远处依旧躺着的两兽……哦不，已经变回人了。

然而只看了一眼，他就愣住了。如果他没记错的话，肖和丹的手脚在那场惨烈的战斗中被废得不剩多少了，光失血过多这一项就够死上好几回了，可这会儿他们的伤口却已经愈合了大半，并没有班记忆中的那么惨。

他们躺得四仰八叉，要不是眉头还紧皱着，腿脚还有残缺，班都要怀疑自己是在做梦了。

他挠了挠下巴，还是有些不太确定，于是伸手在壮汉丹的身上比画了一下，挑了个腰边最容易痛的地方狠狠一拧。

"嗷——"丹不负所望地叫了一声，闭着眼皱着眉就是一巴掌，赶蚊子似的拍开了班那只欠揍的爪子。

"会疼，不是做梦！"缺德的小崽子心满意足地想着。

他其实还小，本该是不知烦忧的年纪，却提前体味了一回如释重负、劫后余生的感觉。他扫了一眼满地的族人，他们还未清醒，昏睡得眉目紧皱。他本该一一把他们叫起来，却突然有些犯懒，想好好撒个泼伸个懒腰。

事实上，他也付诸实践了。这小崽子咣当一下直挺挺地倒了下去，在草地上连滚了三圈，滚得如同泥狗一样，才手脚大张地仰面躺在地上，嘿嘿笑了两声。

刚才没醒之前，他做了个梦，梦见了自己山一样高大的父亲，他梦见麦揉了揉他的脑袋，然后拎小狗似的把他提起来放在肩膀上，扛着他在温和的晨光里走着……

又几天后，因为后神而遭殃的那些人便醒了大半，他们一个喊一个，四处找着剩余的人，从密林和山谷里捡回来一批，从沙漠荒野又捡回来一批，最终发现南海岸还躺了一拨大的。

这里乌泱泱横了有数千人，似乎都是从海里漂上来的，在滩边搁了浅。他们身上的衣服倒是被晾晒干了，还平白收获了一点海盐，随便拎个人抖一抖，能攒

✦

295

上两碗，还挺划算。

这些海上"浮尸"的认领工作倒也算不上麻烦，因为他们大多来自圣安蒂斯和附近的一些城镇，被发现后没多久，就让金狮国的一批军队给带回去了。

人不愧是一种很有韧性的存在，耐得了打击受得了灾，从带着一身伤满脸狼狈地回到自己的城镇，到吊着胳膊拄着拐杖满大街蹦跶，这整个过渡期也不过就占了一个来月的时间。

北翡翠国皇帝带头作死，把自己作成了人皮沙囊，连带着那一批被他害得不浅的皇宫侍卫，一并消失，跟黄土之下的沙鬼们做伴去了，而那一干城邦小国也早已群龙无首。

于是经此一遭，金狮国的面积不出意料翻了几倍，北至冰原雪峰，南到安多哈密林，西临荒漠，东靠大裂谷，将整个欧拿族的活动范围都囊括其中。

三大军团指挥官存活了大半，赤铁军沿着克拉长河北上，把原本北翡翠国以及那帮城邦小国的狼藉场面收拾了一番，青铜军也没闲着，帮着金狮国原住民修葺半塌不倒的城镇房屋，而乌金铁骑则镇守在了皇城一带。

民间倒是忙得热火朝天，房屋水道修补完毕，生活渐渐回到了正轨，甚至连集市也开始有了热闹的影子，颇有种百废俱兴的意思。相比之下，乌金悬宫里的氛围反倒有些沉重。

因为所有活着的人都醒了，唯独两个人还毫无知觉毫无反应，甚至连呼吸都探不到一丝一毫。一个是青铜军指挥官凯文·法斯宾德，一个是皇帝奥斯维德·克诺。

要不是金狮国有一套相对完整的军团和大臣代行其责的机制，恐怕也会跟北翡翠国和那些城邦一样乱成一锅粥。

其实，两人被带回乌金悬宫的那天夜里，所有睁着眼的医官都被召了一遍，从年轻的到年迈的，一个都没落。平日里这些医官常有意见不统一的时候，偶尔还会为一些病症争得不可开交。但是对于凯文和奥斯维德，他们给出的答案却出奇地一致——已经没有活着的可能了。

米奥他们那几个指挥官吊着胳膊、绑着绷带围站在旁边，一听这话便是眼前一黑。

他们坚持不信这个邪，重新从民间搜罗了一批医者过来，一个一个地让他们看，结果却依然没变。

从南海岸边带回来的人在那一周的时间里，陆陆续续都醒了过来，包括那一拨皇城巡骑军，包括乌金悬宫里的侍官，也包括最亲近皇帝和凯文的辛妮亚小殿下，以及照顾了奥斯维德二十来年的老管家伊恩。

这一批真正见证了后神和光明神的人，在醒来之后，都显得格外茫然，仿佛失语失智了一般，接连两三天都木木讷讷的，让吃就扒拉两口，让睡就睁着眼睛躺下，似乎把魂丢在了镜岛，跟着那个岛屿一起烟消云散了。

又几天之后，他们的这种情况终于慢慢好转，仿佛大梦初醒一样，恍然恢复了正常，只是对镜岛上发生的一切都记不清了，只依稀记得他们仿佛看到了神迹，而神已经彻底消失了。

唯独残留一点印象的，只有伊恩和巡骑军指挥官彼得，也不知道是因为当初凯文揭露身份时给他们的震撼太大，印象太深难以磨灭，还是因为在镜岛时他们离奥斯维德和凯文最近，受到了最后一点神光的庇护。

可惜，这两位刚恢复神志，就被两口乌木方棺给惊飞了魂。

老伊恩看了眼棺木里奥斯维德毫无血色的脸，一句话都没来得及说，就两眼一翻又晕了过去。

"不可能……怎么可能呢……那是神啊……怎么可能醒不过来？一定会醒的……"彼得头上包着绷带，膝盖上也缠了纱布，行走起来连个弯都不太方便打，直挺挺的，活像具僵尸。他就这么梗着脖子，盯着那两口棺木反复念叨。

念了一整天之后，米奥他们不得不担忧地给他召了几个医官，看看他脑子是不是也跟着坏了。

可怜老伊恩不省人事，彼得没有任何同盟者，所以百口莫辩，到后来，他自己也开始怀疑自己是不是真的只是做了个梦。

老伊恩晕了醒，醒了又晕，彼得神神道道自言自语，辛妮亚则天天坐在两口棺木旁边，托着腮一个字一个字地念着故事。

这样的情景连军团里那帮铁血汉子都不忍心看，更何况米奥他们本就当凯文是出生入死的兄弟，即便不像彼得那样神神道道，也依然不愿意相信两个人真的不会再醒过来了。

他们不断地在两口棺木旁边堆叠冰块，还请了灵族的人来护棺，就为了延长时间，希望能等到一个能带来奇迹的医者。

然而时间越久，众人的意志就越消沉，本就微渺的希望更是一点点消失了。直到凯文和奥斯维德毫无心跳和呼吸地在棺木里躺了近一个月，他们终于开始接受现实。

这天夜里，是两口棺木留在悬宫里的最后一天，明天就是定好的下葬日。

军官和大臣们陆陆续续在夜禁前离开悬宫，整个殿内只剩下辛妮亚、伊恩以及打算赖到最后一分钟的米奥。

"我……"米奥疲惫地抹了一把脸，他从接回凯文和奥斯维德起到现在，足足一个月的时间，几乎没睡几场觉。他用力眨了眨满是血丝的眼睛，冲伊恩道："我这就回去了，您也别待太晚，小殿下也该睡觉了……明天我会按时——"

咔嗒——

"带军团到——等等，刚才是什么声音？！"米奥愣了一下才反应过来，有一道奇怪的声音从他身后某处传来，乍一听，像是什么硬质的东西磕到木头的响声。

他狐疑地循声望去，目光不偏不倚地落在了那两口加了盖的棺木上。

米奥："……"

他的脸色有一瞬间的难以置信，很快又因为这闹鬼似的动静抽搐了一下，综合在一起便显得有点儿扭曲。

笃——

古怪的声音又一次响了起来，这回米奥听得更清楚了，他能确定，是从左边那口棺木里传来的。他肢体僵硬地戳在那里，目光一瞬不瞬地盯着那口棺木，一时间不知道该不该去打开它。

不过下一秒，他就不用再纠结这个问题了，因为棺木盖子自己朝侧边滑了开来，木质的摩擦声在殿厅里显得空洞洞的，让人凭空泛起一层鸡皮疙瘩。

啪的一下，一只苍白瘦削的手伸了出来，一把按在棺木边沿。而后，已经"死了"一个月的凯文·法斯宾德阁下直挺挺地从棺木里坐了起来，又一次上演了诈尸大戏。

米奥："……"

07

堂堂一个军团指挥官级别的人物，被诈尸的凯文惊得整个人都朝后面蹦了一步。蹦完他又觉得有些丢人，咳了一声清了清嗓子，转头瞥了一眼身后那一老一少。

就见伊恩正一脸"我就知道是这样"的表情，长长地吐出了一口气，一边拍着自己的胸口，一边喃喃："醒了醒了，醒了就好！"

辛妮亚则干脆丢开了手上捧着的一本书，颠儿颠儿地跑到乌木棺材旁边，扒着棺木的边沿，仰着脸冲凯文嘿嘿直乐，笑得见牙不见眼地叫着："法！"

米奥："……"

他抽了抽嘴角，突然觉得自己这么大反应十分丢人。但凡是个正常人在这种情况下都会被惊一跳，但是有伊恩和辛妮亚的对比，他琢磨着自己仿佛才是最不正常的那个。

于是，他强行把自己的理智扭到跟这一老一少同一水平面的位置，状似淡定地问凯文："你醒了？感觉怎么样？"好像凯文是从床上起来的，而不是从棺材里起来的一样。

凯文低着头，一手抓着棺木的边缘，一手冲他们摆了摆，而后用力地捏了捏自己的眉心，又敲了两下太阳穴。

他看起来似乎极其不舒服，闭着眼睛眉头紧皱，一副晕得厉害的模样。

老管家伊恩站在一旁，目光跟着他的手上上下下地移动，最后终于反应过来道："哦对！水！我去叫侍官倒点水来！"

米奥叹为观止地看着伊恩慌慌张张地出去了，他认识这位曾经的庄园管家、现在的内侍总官日子也不短了，这位老人向来一副严谨刻板的模样，还是头一回手忙脚乱成这样。

门外等着的内侍官们很快准备好了水，还有一些精致简单好嚼咽的食物和浓汤。伊恩端着银质托盘步履匆匆地进来。

凯文被轻拍了两下，这才松开揉眉心的手，一脸疲惫地抬起眼皮又闭上。他确实渴得厉害，接过水杯一口气喝下大半杯，才彻底睁开了眼。

他冲米奥晃了晃手指，声音嘶哑道："你别站我面前，我有点想吐。"

米奥："我就这么令人作呕吗？"

凯文："别耍嘴皮子了，我头晕得厉害。"

米奥"哦"了一声默默让到了一边。

没有一个大型物体挡在面前，视野一下子开阔了许多，那种晕乎乎的难受劲儿也好了一些。凯文喝完一整杯水，终于出了一口气，眉头舒展开来。

米奥这才猛地想起这货是诈尸的，直接冲人家问"你怎么死了还能活"实在有点找打，于是他委婉了一下，道："你知道你之前呼吸停了，心脏也不跳，整整毫无反应一个月吗？"

凯文看了他一会儿，没好气道："你昏迷了还能数日子？"

米奥："……"也对。

"不对，都一个月了你是怎么醒过来的？"米奥想想觉得自己又被绕了，就不说没呼吸没心跳了，光是棺木加盖都已经四五天了，就这么点大的地方，就算活着也该闷死了，怎么还能自己把棺木盖子推开来诈尸？

凯文懒洋洋地逗他："你怎么好像不大欢迎我醒过来的样子，干吗？副指挥官屈才了要造反啊？"

米奥："滚滚滚。"

伊恩老管家在旁边一哆嗦，米奥余光捕捉到了他的动静，狐疑地看过去："您怎么打抖啊？太累了？"

伊恩面色古怪地朝凯文的方向瞥了一眼，但是目光又没落在凯文的脸上，就那么一触即收，一脸"罪过"地垂下目光，摆了摆手："喀，没什么。"

确实没什么，他就是一想到米奥究竟在对谁说"滚滚滚"，就忍不住有点腿软。

老管家伊恩是个非常严谨的人，不会贸然对谁嚷嚷"我还有残留的印象，还

记得镜岛和上面发生的事情，最重要的是我记得凯文·法斯宾德阁下就是光明神法厄"，因为据他这一个月来的观察，所有曾经跟他一起在镜岛上待过的人，对这些都毫无记忆了，除了巡骑军指挥官彼得。

然而彼得只含含混混地念叨了几回，就差点被医官认定为脑子震坏了。

伊恩是个对神很敬畏的人，但是他的敬畏又跟大多数人不大一样。他并不祈求神帮他保护什么人或者实现什么愿望，只是单单纯纯地认为神明是需要敬畏的。

旧神是初始，而后神是延续，所以他的敬畏也就顺其自然地从旧神过渡到了后神。

现在经过了镜岛上的一系列事情，他对后神的所有敬畏自然就全部转移到了凯文身上。他觉得世间的一切存在和变化都是有道理的，既然大多数人都不记得镜岛上的事情了，那么必然是凯文，或者说神祇们不希望大家记得。

于是伊恩老伯尽管抱着个大新闻，却还是决定装傻充愣，对谁也不说。

米奥见他一副眼观鼻鼻观口的模样，也没再追问，而是又把目光转向了凯文："我就是单纯觉得不可思议而已。"

凯文笑了一下，没急着回答，而是冲伊恩招了招手，非常不客气地从他手里的银质餐盘中捏了个甜果丢进嘴里，一边缓着刚醒来的低血糖，一边问他："欸？我之前在南海岸那边，还没问你呢，你带队伍去静默谷后来怎么样？"

"别提了！"米奥摆了摆手，"在佛利亚山道撞上……哦……哦对，撞上沙鬼了，好不容易来场暴雨把沙鬼灭了，我也半死了。后来又……咝——又干吗来着我记不太清了。我只大概记得晕过去前我都快变成干尸了，手臂只剩这么点儿粗！"

他说着还跟凯文比画了一下细如麻秆的直径。

早就知道这些的凯文点了点头，而后回了一句："所以，你变成干尸都能活，我活了有什么不可思议的？"

米奥："……"好像很有道理的样子。

但是他更纳闷了："那我为什么变成干尸了还能活？"

"谁知道？下雨泡发了吧。"凯文依旧满嘴跑着火车。

米奥："……"

就像上镜岛的人已不记得镜岛上发生了什么一样，陆地上的人对缠住他们汲取他们生命力的长藤也印象模糊了，甚至他们对沙鬼也有了遗忘的迹象，或许再过几年，这个由梅洛创造出来给他们带来百年噩梦的荒漠怪物，也会渐渐从他们的回忆中淡去甚至消失。

这是那些神格散去之前所做的最后一件事。

"这是……"凯文转头敲了敲他旁边的乌木棺材，问道，"奥斯维德？"

老伊恩和米奥的脸瞬间又耷拉了下来，凯文醒了确实值得高兴，而皇帝却迟迟没有要醒过来的迹象。

凯文一伸长腿从棺木里爬出来，绕到奥斯维德躺着的棺木旁，二话不说把盖子给推了，十分笃定道："我都醒了，他也死不了。来，帮把手，把这家伙抬回他自己床上，我刚醒手上没什么劲，他太重。"

米奥"哦"了一声，帮凯文一起把奥斯维德从棺木里弄了出来，搬回了悬宫内院的皇帝寝屋。

其他人对镜岛的一切都记忆模糊甚至完全忘了，但是凯文可清楚得很。镜岛最后的那点影响足以让奥斯维德死而复生，只是需要一定的时间自我适应和修复罢了，只要结束这个过程他就一定会醒过来。

对此，他几乎没有丝毫怀疑。

就这样，原定于第二天的葬礼因为死者诈尸，全部取消。凯文自己以"晕了一个月才醒，手脚发软全身无力"为借口，理直气壮地当了回懒人，大门不出二门不迈，赏赏花翻翻书，把所有"解释权"授予了倒霉催的米奥。

于是，可怜的米奥每天都得就"法斯宾德阁下为什么会活过来"这个问题重复个百八十遍，他不断解释着同样的话，诸如："之前是处于假死状态，现在醒了而已，哪那么多为什么啊！你问老天嘛，问我有什么用？你好像很不希望他醒过来？希望？希望那你这么究根问底地干什么，欢呼就好了嘛！什么？陛下？陛下也是假死状态，过几天也能活。过几天是几天？我哪知道！"

好在这些事情都还只限于悬宫内部以及军营大臣之间，民间对此是不知道的。当然，也有一些语焉不详的传闻在市井之中流传着，但是因为相互矛盾或者太过神乎其神，大家也都没当真，说完了也就完了。

而悬宫内部也只是热议了几天，米奥统统解释了一遍后，这股劲头也就慢慢散了，反正活着就好，不是吗？

唯一始终惦念着这件事的，就只有巡骑军指挥官彼得。三天后，从医官手底下跑出来的彼得跟着米奥去内院看望不省人事的皇帝，恰巧凯文也待在皇帝的寝屋里，正坐在床边的扶手椅上懒懒散散地翻着书。

彼得一见凯文腿肚子就软了一下，他张了张口，冲凯文结结巴巴道："光、光明神。"

米奥："……"

凯文抬头看了他一眼，失笑："这在说梦话还是说胡话？"

米奥"呵呵"干笑一声，解释道："他从醒过来开始就非说看到了光明神，还说你就是，不然你怎么可能躺了那么久又醒了，说实话，你醒过来的一瞬间我还真想到他说的这话了，差点儿就要信了。"

"见过躺在棺材里手无缚鸡之力的光明神吗？"凯文脸不红心不跳地道，"我

要是光明神我还坐在这里啊？早上天发光发热去了。"

米奥："……"

彼得："……"

"说真的，自带光源，从此天上两个太阳，白天一个晚上一个，不亮不要钱。"凯文眯着眼睛信口胡说，边说边翻了页手上的书，显得非常自在且非常欠打。

刚进门的伊恩老管家听了他这话，差点儿被自己的口水呛死。

原本记忆就模模糊糊的彼得被他这么一搅和，忍不住对自己的记忆产生了一点怀疑，他觉得自己说不定真的是在做梦……光明神怎么可能是这副样子！

于是，"凯文是光明神"这个谁都不信的梦话从此再没被人提起过，彻底翻了篇。

凯文本来想像以往一样，住在隔壁的青铜军大本营里，但是辛妮亚死活揪着不放他走，伊恩老管家非但不阻止反而助纣为虐，以"方便照顾阁下"为由，跟辛妮亚一起把他拦下了，就住在之前奥斯维德给他安排的那间寝屋里。

指挥官阁下被伊恩领到寝屋的时候感触良多，撑着门框道："上一次住在这里的时候，我还被你们陛下用铁链锁着呢。"

伊恩："……"

见老管家一脸尴尬，凯文摆了摆手道："哦，我没有介意的意思，只是回想起来觉得挺有意思的。"

伊恩一脸古怪："……"

凯文其实只是想说以前的那些事情现在想来跟做梦似的，冷不丁回忆起来还挺逗。但是表达方式着实有点问题，怎么听怎么奇怪。

于是，仅仅两句话的工夫，特别会聊天的凯文·法斯宾德阁下就把严谨保守的老管家给聊跑了。

凯文在悬宫里的日子闲得很，刚好让他忙惯了的一把骨头松散松散。不过他也很少在内院里走动，大多时候都在自己的寝屋和奥斯维德的寝屋之间来回，两点一线。

这样的路线可谓单调又枯燥，放在以往，凯文早就该腻烦了，但是这会儿，他的耐心却出奇地好。

一天两天，凯文淡定极了。

一周过去，他依旧不慌不忙，边翻着书边等奥斯维德醒过来。

但是半个月过去，奥斯维德依旧没有任何要醒来的迹象时，凯文终于有些坐不住了。

难道镜岛的影响真的没有覆盖到奥斯维德身上？他忍不住冒出了这么个想法，旋即便摇了摇头自己否定了。他否定得很快，甚至没让自己沿着这个可能性多想一秒。

床上躺着的皇帝陛下皮肤是从未有过的苍白，就连嘴唇都毫无血色，白得泛灰。凯文皱着眉又捏了捏他的手指，一把惊心的凉意落在他手心里，怎么也不像是活人会有的温度。

人一旦开始有了一点胡乱的猜测，哪怕刻意按捺住，也会时不时冒个头，就像墙脚石缝里一不留神就会滋生的苔藓一样，防不胜防。

也不知道是不是心理因素作祟，他感觉奥斯维德的手指比之前还要僵硬一些，好像再过两天，就彻底掰不动了似的。

他目光停留在手腕下面的皮肤上，那里有一块淡青色的斑点。

凯文死死盯着那块斑点看了很久，居然一时间想不起来这是之前就有的，还是最近才出现的。

天生淡漠的前光明神殿下活了上万年，头一回体验到了"关心则乱"的感觉。他漆黑的眼珠一转不转，目光直直地凝在那一处，直到他终于开始感觉到有些闷的时候，他才恍然惊觉，自己落在床上的左手已经快要凉到跟奥斯维德一个温度了，而右手里的书页也在不知不觉间被捏皱了一大块。

不可能的，奥斯维德离他那么近，没道理他醒了而奥斯维德却醒不过来……

凯文舔了舔发干的嘴唇，缩回手出了一会儿神，而后看着床上毫无动静的奥斯维德，有一下没一下地捏着手指的关节。

咔吧咔吧的关节脆响节奏很乱，隐隐透着股烦躁感。

凯文来回捏了两轮，终于忍不住丢开了手里的书。他站在床边，上下打量了一下，而后弯下腰，二话不说开始解皇帝的衣服。

他想看看，手腕上的那块淡青色斑点，在别的地方还有没有。

大概是真的太乱了，以至于向来观察入微的凯文在解皇帝衣服的时候，连皇帝的眼皮颤动了一下都没注意到。

就在他毫不客气地把皇帝胸口的衣服扒拉开一半的时候，一只冰冷的手啪的一声，抓住了他的手腕。

凯文一时间没反应过来，愣了片刻才猛地抬起眼，刚好跟奥斯维德半眯着的眸子对上。

"醒了？"凯文·法斯宾德阁下深谙变脸之术，他把所有的汹涌感怀全部收拢进了心里，滴水不漏，脸色在眨眼之间迅速恢复正常，甚至还在嘴角吊了个满不在意的笑。

他用手背敲了敲奥斯维德的胸口，道："醒了就别横着了，皇宫里上上下下的人都快被你急死了。我去让伊恩倒点水来。"

凯文说完，便要直起身去找老管家伊恩。然而眯着眼的奥斯维德却用极为陌生的目光在他脸上打量了一阵，哑着嗓子皱着眉问道："你是谁？"

凯文："……"

303

他腰刚直了一半,就被这句问话惊得整个儿僵在那里。片刻之后,他失笑道:"开什么玩笑,没那兴致陪你玩这种傻瓜游戏,我去——"

话说了一半,他就被奥斯维德的目光弄得一顿,有些说不下去了。他惊疑不定地在心里琢磨:奥斯维德之前获得的火神神格已经不在了,说明在梅洛自爆的那一瞬间,奥斯维德是真的死了一回的。镜岛的力量在于新生,它能让奥斯维德重新活过来,可没保证一定是完好无缺的,难不成连记忆都彻底刷新了?

凯文看着奥斯维德警惕的目光,真有点不太确定了。

"你没开玩笑?"凯文保持着弯着腰的姿势,干脆一手撑在了床边,低头用手背贴了贴奥斯维德的额头,下意识道,"别是傻了吧……不是烧傻的,难不成是冻的?"

就在他嘀咕着的时候,奥斯维德突然抬手抓住了他的衣领。

"看来我演技还不错。"奥斯维德笑了一声,"要不就是你真的担心了。"

凯文:"……"

照凯文一贯的脾气,干出这种缺德事的必须打死,没有二话,他手都抬起来了,又被"未卜先知"的奥斯维德一巴掌准确地按了下去。

凯文:"……"狗爪子大概是不想要了。

"还好……"奥斯维德叹息般地道,"你活着,我也活着。"

凯文听到这话,也突然有了点感慨,他吊儿郎当地想着:行吧,该怎么样就怎么样了,我乐意。

老管家伊恩给凯文送了点水果来,结果刚到门口就看到奥斯维德和凯文斗嘴的场面……

伊恩老管家一个哆嗦,果盘咣当掉在地上。

08

那是光明神啊,少爷您吃了熊心豹子胆吗……

伊恩老管家在心里哆哆嗦嗦地喊了一嗓子,但是喉咙没接上气,所以声音出不来。

尽管平日里凯文才是看起来更不正经的那个,但是老管家连想都没想,就把顶撞光明神的大帽子扣在了自家少爷脑门上,可见这二十来年的管家不是白当的,深知自己带大的熊孩子狗胆包天,出格起来八匹马鸶都拉不住。

老管家伊恩严谨而刻板,做事讲究一丝不苟,穿衣讲究纤尘不染,是个守旧派的老绅士。老人家觉得其他一切都好说,气质却务必从小培养,好苗子必须从根里就是直的,于是奥斯维德从小就被要求做个内敛得体的人。

尽管过程十分曲折,结局却算得上圆满——奥斯维德虽然竖着根反骨,但终归被潜移默化得像那么回事了。越大越沉稳，表面也总是八风不动的模样，穿衣吃饭非常讲究，除了说话不太好听，勉强还算个内敛得体的人。

然而现在，这个内敛得体的玩意儿正跟光明神没大没小。

辛辛苦苦三十年，一朝回到解放前。

伊恩老管家觉得自己一双昏花的老眼都要瞎了。

依照一个守旧派老绅士的标准，就算眼睛被亮瞎了，这种时候也不应该贸然闯进去，而是应该默不作声地悄然离开，免得两方尴尬。有什么想法和忠告，过后再找机会说。

伊恩也确实是想这么做的，奈何年纪大了手哆嗦，甩出去的盘子就是泼出去的水，非但收不回来，还响得惊天动地。

这动静死人都能被诈尸，凯文一巴掌把奥斯维德按回床上，站直了身体，冲门口的伊恩一点头道："你们的皇帝陛下刚醒。"

伊恩老管家中风偏瘫似的抽抽着半边脸，含含糊糊地"嗯"了一声。

这还用提醒？但凡不瞎的都能看出来……

奥斯维德抬着半边眼皮瞄了眼老管家，见他还能站稳，没直接晕过去，于是便厚着脸皮从床上撑坐起来。这不要脸的东西撑到一半，故意手一滑，又仰倒下去，然后煞有介事地冲凯文伸出一只手道："拜托帮个忙，手上没什么力气，撑不起来。"

凯文："骗鬼呢？"

伊恩："……"刚刚揪人家领口的时候，怎么没见您说没力气呢？！

所谓江山易改，本性难移，在这两个当年见证过自己撒泼打滚耍无赖的人面前，皇帝的"脸"基本可以当成个摆设："拉我一把。"

然而凯文显然不吃他这套，他似笑非笑地抱起了胳膊，瞄了眼那只惨白的爪子哼道："撑不起来就别勉强了，躺着吧。"

他转头冲伊恩道："劳驾找根管子来，大概这么粗，再去找个漏斗，多谢。"

饶是眼睛已经被亮瞎的老人家也被他这没头没尾的要求弄得一愣，暂且抛开了刚才看到的那一幕，愣愣地问道："您要管子和漏斗干什么？"

凯文顺手一指瘫痪在床的皇帝，道："给这狗皇帝插嘴里，管子上再加个漏斗，要吃什么就往里倒，省事又省力。"他转头一本正经地冲奥斯维德道："你就当吃杂烩了，我纡尊降贵一下，勉强可以帮你扶着点漏斗别砸你脸上，毕竟你浑身上下也就一张脸能看。"

伊恩这二十多年从没怕过奥斯维德，此时一听凯文的话，直接倒戈前光明神，二话不说转头找管子和漏斗去了。

狗皇帝："……"

伊恩老伯的身影很快消失在了门口，奥斯维德毫不犹豫地撑着床坐起来，凯

文这会儿倒是不再袖手旁观了,他扒拉出了一点儿微末的良心,给皇帝陛下身后塞了个枕头。

奥斯维德倚坐在床头,一边拧转着自己的手腕,一边瞥了凯文一眼,漫不经心道:"说真的,我手上还真没多少力气,也就能勉强撑个床。要想制住一个大男人目前还是有难度的,所以……亲爱的光明神殿下,刚才我……"

凯文坐进椅子里,手肘支在扶手上,长腿交叠,一副优雅又懒散的模样。他冲奥斯维德扬了扬下巴,道:"差不多就行了,别得了便宜还卖乖。现在倒是出息了,一口一个光明神,之前掉进海里的不是你是吧?"

掉海这件事单论可笑程度,大概能列进奥斯维德生平糗事排行榜的前三。要放在以往,提到这种事情,皇帝陛下必然是要恼怒的,然后肯定要板着脸挑着下巴刻薄地反击几句,但是现在却不一样,皇帝陛下心情好!随便挑衅!

"外面现在怎么样了?"奥斯维德揉拧了一会儿,手上已经渐渐有了点血色。他问这话的时候并没有露出什么担忧的神色,因为他知道,如果外面依旧风雨飘摇,凯文是不可能这样气定神闲地坐在床边跟他耍嘴皮子的。

"目前看来恢复得还挺快,集市挺热闹的,据米奥说街头巷尾聊起皇宫奇闻来兴致勃勃,应该过得不错,只是军团里吊着绷带挂着拐的士兵数量有点多,得放个长假让他们光明正大地偷偷懒。"凯文顺口描述了一下,还瞥了奥斯维德一眼,好整以暇道,"你这皇帝做得也挺划算的,国土面积直接翻了几倍,平白捡了个大便宜。"

奥斯维德没好气地白了他一眼,指了指自己道:"就我这瘫痪在床的样子,也叫平白?"

凯文失笑。

"听你这么说,我昏睡了很长时间?"奥斯维德问道。

凯文:"一个半月不到两个月吧。"

奥斯维德皱眉:"这么久?"

凯文手指敲着膝盖道:"也不算久,一个半月,放在现在这天气下,人也才刚开始烂而已。"

奥斯维德:"能不能说句人话?"

凯文非常光棍地耸了耸肩:"人话没有,人命倒是有一条。"

奥斯维德下意识想堵他一句"你这是要造反吧?"然而冷不丁想起来人家是光明神,在他面前说这种话也实在太不要脸了。

至此,他才终于明白为什么凯文整天一副"天塌下来都不怕,皇帝是什么,能吃?"的模样了,堂堂神祇什么没见过,会被皇权约束住?太可笑了。

皇帝默不作声地盯着他看了一会儿,从上到下打量了一遍,不动声色地琢磨着以后该用什么方法治他,免得他说话总这么欠收拾。

在琢磨这个问题的时候，皇帝陛下显然已经把幼年以及少年时期对光明神法厄的崇拜和敬畏统统喂了狗。

不过说到光明神……

奥斯维德突然想起什么似的问道："你……当初在镜岛知道你是谁的人可不少，以后大概会有些麻烦，照你这脾气，整天被人供着肯定浑身泛痒。"

凯文摆了摆手："不影响，他们应该都不记得了，也就伊恩老伯有点……反正他最近一个半月跟我说话没少打哆嗦，他可能还残留着一点印象，彼得更是被我蒙晕了。至于其他人，不出意外的话应该都忘了。况且——"

他笑了笑，跷着二郎腿整个人朝椅背上松散地一靠："我现在也不是什么光明神，神格都没了，有什么好担心的？"

奥斯维德被他那副老神在在一身轻松的模样弄得哭笑不得，他忍不住想起之前在镜岛上，后神梅洛那近乎疯狂的瘆人模样。一个是狂揽了一百多个神格在身还不知满足，另一个丢了神格却毫不在意，这大概是最大的对比和讽刺了。

"欸？你装晕装了多久？不可能我一点没察觉啊。"凯文想起自己被面前这人摆了一道，还是觉得挺纳闷的，尤其他身体凉成那副鬼样子，真醒了怎么也该暖和点。

皇帝被他这话叫回了神，当即脸不红心不跳地"哦"了一声，道："不久，也就你扒我衣服那会儿。"

凯文："……"

走到门口的伊恩老管家非常不巧地刚好听到了这次对话，顿时又一个脚软。好在这回老管家聪明了一把，叫了两个年轻的内侍官过来当帮手，餐盘和洗漱用具都端在这俩年轻侍官手里，这才没浪费第二次。

伊恩活了大几十年，头一回觉得：像管家这种职位，搞不好也会有生命危险，比如心肌梗死、脑溢血之类。

第二天，"皇帝也诈尸了"这个消息便传遍了悬宫和三大军团大本营。

各军将大臣听闻这消息的时候，均是一脸麻木——一年诈三回，就是换成一头驴，它都该淡定了。

这次再也不用米奥这倒霉催的去四处解释了，大家都自动地默认皇帝诈尸的理由跟法斯宾德指挥官一模一样。不就是假死之后又活了嘛！多大的事啊！难道皇帝醒了你不高兴吗？高兴？高兴欢呼就行了！

这天恰逢金叶节，从这天起，夏季便彻底结束了，象征着收获的秋天正式降临。这是整个大陆乃至海岛都会庆祝的日子，到处都会有欢愉炽烈的篝火舞会和果酒会，热闹的集市会持续三天三夜，皇城圣安蒂斯和乌金悬宫也不例外。

军团里的汉子们常年不得闲，每到这几天总是闹得最凶的。他们由米奥、卡缪斯他们几个指挥官为首，伙同机要大臣一起，借"庆祝皇帝陛下和法斯宾德指挥官阁下的新生"为由，在悬宫外院大殿里举行了庆祝会。

奥斯维德心不甘情不愿地批准了，捏着鼻子在羊皮纸上签了字。

皇帝很不开心，不开心的理由主要有三：

一、所有人都在大殿里吃香的喝辣的，偏偏他这个皇帝得待在屋里喝易于消化的果蔬浓汤。果蔬浓汤！除了一点肉蓉苟延残喘地在上面漂着，就再见不到任何荤腥了，呵呵。

二、所有人都能喝今年最新酿的果酒，唯独他一个人要忌口，呵呵。

三、凯文·法斯宾德这个缺德玩意儿居然也跟着去凑热闹，完全不顾他这个皇帝。不管也就算了，这混账居然还把当初那条铁链翻出来，把他一只手捆在了床头，以防他偷偷去前院。而伊恩这个吃里爬外的老家伙，看了两眼之后非但没帮他解开，居然还默不作声地跑了，放任凯文为非作歹，呵呵。

总之，皇帝陛下满身满心只有一句话：去你的金叶节！

晚上的庆祝会正式开始半小时后，凯文·法斯宾德阁下才优哉游哉地进了殿，他这人最怕麻烦，懒得应付各种围过来追着他问这问那的人，所以出现得非常低调，活像个来蹭酒的外人。

他挑的时机非常巧妙，这时候，大段的祝词刚好说完，所有人都正式甩开膀子喝酒吃肉，端着酒杯和餐碟满地儿乱窜，殿里正从秩序井然朝群魔乱舞过渡，注意到他的人并不多。

他也不到处乱跑，目标非常明确地待在摆放着一溜酒杯和美食的餐桌边，倚着墙，悠闲自得地边喝着酒吃着东西，边欣赏大殿里一众妖魔唱大戏。

没看一会儿，他的肩膀就被人重重地拍了一巴掌。

凯文转头一看，发现是端着酒杯游过来的米奥。

"你不是手脚发软全身无力不宜走动吗？怎么这个时候又活了？"当了一个多月挡箭牌的米奥斜睨着他，一脸不满。

凯文非常坦然地一摊手："我现在好了呀。"

米奥："那明天呢？"

"哦，那得取决于明天的状态，我这是间歇性的，不好说。"凯文睁着眼睛说瞎话，脸都不红一下。

"欸？你什么时候回军营住啊？听说小殿下天天缠着你死活不让你走？"米奥叼着一块熏肉，含含糊糊地问道。

之前辛妮亚确实缠他缠得厉害，但是这两天缠他的可不是辛妮亚。其实昨天奥斯维德醒了之后，凯文也没什么好担心的了，便打算回军营住，结果为了哄骗他留在悬宫，某人可谓无所不用其极，无赖到了极点。到最后凯文没辙点头答应的时候，那个不要脸的东西居然又收起了无赖的嘴脸，抬着下巴，一副"既然你这么恳切，我就姑且让你在这儿留一晚"的德行，也不知道这得的是什么病，幼稚极了。

凯文揉了揉眉心，一言难尽地点了点头，道："是啊，过两天想办法去跟医官要点迷药，给他下上一碗，晕个七八天最好。"

米奥："迷药？！"

凯文挑了挑眉："总不能下毒药吧？"

米奥："……"什么叫狗胆包天作的一手好死？这就是了！

"那陛下呢？今天情况怎么样？"米奥作为一个忠诚的将领，对顶头的皇帝表达了适度的关心。然而被询问的人满嘴跑火车，没个正经话。

凯文喝掉杯子里剩下的果酒，随口道："炸了一天了，见谁咬谁，凶得差点儿拴不住，我给他喂了一把药就过来了。"

米奥："……"你说啥？！

"哦，开个玩笑而已，你的幽默细胞都死没了吗，米奥·斯科特阁下？"凯文慢条斯理地吃完一盘煎火贝，用餐巾擦了擦手，一边在众多品种不同的果酒里挑选口味不错长得也不错的，一边冲米奥道，"陛下对未能参加庆祝会表示深切的遗憾——"就是炸了一天的意思。

"对我、伊恩以及上午过来的彼得都细致地交代了一番，让大家务必尽兴。"其实是见谁咬谁。

凯文换了个米奥比较容易接受的方式重述了一遍，而后不过脑地顺口客气了一下："你要不放心过会儿喝完酒可以去看他啊，反正他睡得晚。"

他说完这句话，果断地从数排酒杯里挑了两杯，冲米奥打了个招呼，便在众妖魔来灌酒之前离开了大殿。

凯文端着两杯果酒回到了内院，径直进了皇帝的寝屋。

奥斯维德正倚在床头翻着一本老旧的书，从侧面看，那足够把人砸死的厚度除了《神历》不会有第二种可能了。他的左手手腕上铐着铁链的一端，另一端拴在床头的铜柱上。

铁链很长，足够奥斯维德在房间里绕上一整圈，但是出不了门。

凯文给他铐上的时候，他是拒绝的，但是凯文丢给他一句"礼尚往来"，他也就乖乖认命了。

"哟——指挥官阁下还知道回来啊。"奥斯维德从书上抬起眼皮，不冷不热地刺了一句，"我以为你铐完就不负责，转头跑了呢。"

凯文举了举自己手里的两杯酒,道:"我这人别的不说,良心还是有的。毕竟是一年一度的大节,一杯酒都见不到也确实惨了点。来,挑一杯。"

09

奥斯维德非常狐疑地看了他一眼,目光落在那俩杯子上时,脸上明晃晃地刷了一排大字:这两杯我喝哪杯死得慢一点?

凯文毫不客气地在床边坐下,跷了个二郎腿,没好气地道:"你这是什么眼神?好像我会在里面下毒一样,我人品有这么让你不放心?"

"不是不放心,"奥斯维德摇了摇头,"是你压根儿没有人品这种东西。"

凯文抬脚便给了他一下:"翅膀硬了,不想活了你?"

他这一脚给得十分敷衍,显然,就连他自己都觉得奥斯维德的话有七分道理。不过就这么敷衍的一脚居然还是不偏不倚地落到了奥斯维德身上,因为皮糙肉厚早被打习惯了的皇帝陛下连躲都懒得躲。

"我难得好心来给你送点慰问,你还不领情了。"凯文挑了挑眉毛,干脆收回酒杯,道,"我还是自己喝了吧。"

话音刚落他便喝掉了其中一杯。

这酒是用上好的火鸟果酿的,装在水晶酒杯里的时候,显出一种自上而下由深到浅的红色,鲜亮中微微透出一点粉,只有一口的量,矜贵地占着杯底那块地方。凯文自己吃东西只挑味道不讲究模样,他把空杯塞进奥斯维德手里,又举了举另一杯,道:"为了配合你这少爷病,我还特地挑了两杯颜色层次最漂亮的。"

奥斯维德转了一圈手里的空杯,又抬起眼皮盯着他嘴角沾上的一点殷红酒汁,点了点头道:"刚才装在杯子里我还真没看出来哪里好看,现在倒是觉得还不错……"

他说话间,凯文已经仰头干干脆脆地把第二杯果酒也倒进了口中。

凯文把第二个空杯也塞进了皇帝手里,然后冲他竖起一根食指摇了摇,道:"我这人很讲原则,说不给你喝,你就一滴也别想沾到。"

说完,他舌尖一探,自己把嘴角的酒汁舔了。

奥斯维德:"……"

"行了,关爱傻皇帝的活动到此为止,看到小少爷不高兴我就很开心了。我走了,不用送。"这缺德玩意儿只管挖坑不管埋,非常欠打地理了理衣角,站起身便扬长而去。

奥斯维德眯起双眼,看着他朝房门口走去的背影,不动声色地把手里两只空酒杯搁在了床头的铜柜上……

凯文刚走到门口,就感觉自己脑后生风,铁链哗啦一响。他头都不用回,就能猜到那傻皇帝恼羞成怒扑上来了，于是他脚下一动，轻描淡写地朝旁边让了一步。

这一步让得从容又优雅，然而下一秒，他余光便扫到了地上陡然变大的影子。

凯文心里暗叫一声不好！但是此时再让也已经来不及了。他认命地翻了个白眼，而后被一团巨大的毛茸茸的东西啪的一声压在了身下。

英俊的前光明神殿下光荣倒地，身上趴着一只巨大的天狼，雪白的皮毛蓬松漂亮，在灯火下闪着缎子一样的光泽。

得亏内侍们都被奥斯维德赶去前厅参加庆祝会了，没人看见，不然他这么摇身一变能吓倒一片人。

天狼一脸高傲地哼了一声，用鼻尖顶了顶凯文大爷的后脑勺。

凯文被压得差点儿晕厥过去，他没好气地骂道："你给我起来！血都要被你砸出来了，能不能有点胖子的自觉？"

奥斯维德靠体重干掉了凯文半条命，然后一骨碌爬起来站到了一边，低头嗷呜一口把手脚俱软的凯文叼了起来。他左前爪还拴着铁链子，但是陡然变成巨兽的原因，铁链已经被天狼的筋骨撑拉得几乎变了形，边缘甚至都有了一点裂口，似乎再用点力就要断了。

凯文目光扫到这铁链，嫌弃道："什么质量……"

米奥在大殿里跟一干憋了大半年的汉子群魔乱舞了一气，找了一堆人往死里灌酒，同时也被另一堆灌了回来。长桌上摆着的上千杯酒都被一扫而空。到后来端着酒杯喝都不过瘾了，他们干脆抱着木质的酒桶灌了起来，一个两个疯得不成人样。

"哎——撒手！别拽我！我不行了，不、不喝了！"虽说果酒入口清甜，但后劲还是很足的，更何况这帮疯子灌酒特别快，一杯接一杯。米奥说着说着发现自己的舌头开始有点不大利索，于是果断地绕着殿厅柱子，躲开追着他灌酒的人，往内院去了。

他喝了太多酒，感觉脑子都被酒淹了似的，转起来有些凝滞，只模模糊糊记得自己是要去看看皇帝陛下的。他蛇一样在笔直的长廊里游出了曲折又令人困惑的路线，乱七八糟地拐了几个弯，总算找到了皇帝寝屋的位置。

米奥扶着墙摇摇晃晃地站了会儿，隐约听见寝屋里传来了凯文的声音："什么质量……"

紧接着是金属丁零当啷在地上拖动的声音，好像是类似铁链的东西。

凯文？铁链？

他在带着秋意的夜风中用力揉了揉脸，把自己揉清醒了几分——之前凯文是端着两杯果酒走的，看样子应该是来给皇帝送酒的。

米奥下意识觉得既然凯文也在皇帝寝屋里，那皇帝现在应该是方便见人的，于是他那被酒泡着的脑子一抽，连招呼都没打一声，就扶着墙挪到了寝屋门口。

后来的后来，据当事人米奥·斯科特副指挥官回忆，这大概是他平生最蠢的时刻了。

他扶着皇帝寝屋的门，却并没有在屋里看见皇帝的踪影。只有凯文，以及一头硕大的天狼。

还没等他把这幅画面消化进脑子，他就眼睁睁地看着那头壮硕的天狼摇身一变，变成了奥斯维德的模样。

米奥："……"等等！

倒霉催的副指挥官一脸蒙地后退了一步，结果因为酒精作用，脚步有点虚浮，一个重心不稳，他就啪的一下坐在了地上，这动静终于惊动了寝屋里的人。

凯文一骨碌坐起来："米奥？"

奥斯维德默默抹了一把脸，面无表情地转过头来，透明的眼珠一转不转地盯着门外，幽幽道："米奥·斯科特阁下，你放着庆祝会不参加，抖抖索索摸到这里来干什么？"

米奥坐在地上，摇了摇头，然后仿佛听到了大海的声音。酒精已经被刚才那一幕吓得顺着头皮全都蒸发出去了，只剩下一脑子的水了。

还没等他自我修复语言组织能力，他就被奥斯维德和凯文两个暴徒拎进了屋。

这回，吃了两次教训的皇帝陛下终于有了关门的觉悟。

他变成天狼的时候，把手上的铁链圈给撑开了，现在变回人形，那个铁圈便松松垮垮地挂在他的手腕上。他把米奥丢进床边的扶手椅里，一脸凶残地转着铁圈，轻轻松松地把它从手腕上取了下来。

缺德皇帝和更缺德的青铜军指挥官对视一眼，而后非常混账地用铁链在扶手椅上绕了三圈，将来犯的小贼连人带椅子一起捆上了。

米奥彻底醒了酒。

凯文坐在床边屈着一条腿，架着手肘，冲米奥一挑下巴："说，看见什么了？"

米奥哭丧着脸："我瞎，什么也没看见。"

"行了，别装了，看见什么了？"凯文轻踢了一脚椅子腿，催促他说出来。

米奥继续哭丧着脸："什么都看见了。"

奥斯维德："算了，这脑子没救了，拖出去叉上城墙头挂一晚晾晾吧。"

米奥号得肝肠寸断，凯文顺手从床头的果盘里捞了个拳头大的果子，恶霸一样地塞进了他嘴里："号丧呢？别叫了，拉你进来说正经的。"

军团里出来的人就这点好，一令一动，凯文刚演完恶霸，米奥就收了声，哀怨地看着他。

他嘴里的果子终于被拿了出来，凯文顺手塞进他怀里："送你个甜果压压惊，别一副憋着一肚子话想问又不敢问的样子，你不适合这种风格，看着伤眼。"

米奥一脸恍惚："我看到了一头天狼，是上回玫瑰旧堡里你带着的那头？"

凯文点头："对。"

"那为什么……"米奥梦游似的又把目光转向奥斯维德，"那头天狼会变成陛下？这究竟是怎么发生的！天！简直没法想象！"

奥斯维德："巨兽人是怎么变的，我就是怎么变的，你可以尽情照着模板想象。"

米奥："……"

刚缓冲了一段的脑子再次卡机，米奥一脸蒙地瞪着眼，过了好一会儿，他那被酒精伤害过的大脑才终于慢吞吞地运作了起来："您是说……我的天，您是说您跟巨兽人族的一样能变形态？"

他说完这句话，兀自又琢磨了两秒，终于把前后的逻辑连上了，他陡然瞪大眼睛："陛下您是巨兽人族的……吗？"

"算半个吧。"奥斯维德道，"我母亲那边应该有这个血统。"

他回想起梦里那个活泼热情的美人，温婉的中年妇人，以及那个连模样都模糊不清的高大男人，突然生出了一点遗憾来，他下意识地冲米奥道："你以后在西边驻军的时候顺便帮我……算了。"

说了一半，他又兀自摇头道："没什么，有画也不错，以后再说吧。"

米奥一头雾水地看着他，又看了看凯文。

皇帝陛下撒开了手里的链子，冲他一抬下巴，道："没事了，滚吧。另外回去之后让那帮醉鬼酒醒之前都离我远点。"

金叶节就是狂欢的日子，醉酒简直太正常了，还得再醉两天才算完呢。皇帝之所以这么介意，大概还是因为他被某人下了禁足禁口令，只能干看着。

米奥感受到了皇帝的怨气，生怕自己这倒霉催的再次撞枪口上，于是二话不说把身上那几圈铁链给扯了。

他刚扯了一半，动作便一顿，有些疑惑地抬头问道："陛下，您把我拎进来捆着就是想让我别把巨兽人血统的事情说出去吗？其实您动嘴我就明白了，不用动手的。"他一脸无奈又诚恳地道。

"谁拦着你说了？"奥斯维德毫不在意道，"你不说，等金叶节过了我自己也要说，混血而已，这有什么可瞒的。"

米奥："那您捆我干什么？"

凯文在旁边非常混账地笑了："帮你醒个酒而已。"皇帝陛下自己被拴了一天，心里苦，谁让你撞枪口上了呢。

米奥："……"呵呵。

313

副指挥官再也不想理这两个缺德玩意儿了，就算是皇帝和指挥官也不想理。他三下五除二扯了铁链，灰溜溜地朝门口滚去。

10

人们在节日的火热氛围中欢闹了整整两天两夜。

第三天上午，外面的众人还在延续最后的疯狂时，乌金悬宫内院的皇帝寝屋里，凯文皱着眉，手背抵在额头上，眼皮微微颤动了两下，依稀有了要醒的趋势。

皇帝早醒了好一会儿，也不知是哪根筋搭错了，一声不吭变成了天狼的模样，正趴在床边，用蓬松的尾巴逗弄着凯文。

凯文半睡半醒间用手挥了他两下，没挥开。

起床气非常大的指挥官阁下终于受不了了，他皱着眉翻身坐起来，不耐烦地"啧"了一声，垂着眼皮带着一脑门的火气斜睨着那头大狗……哦不，天狼。

"你还有完没完？"凯文一脚蹬在天狼的尊臀上。

什么叫睁眼不认人，这就是了。

奥斯维德蹲在床边，目光一直盯着他。

"看什么？"凯文没好气道，"我衣服呢？"

奥斯维德叼着干净衣服回到床边，凯文接过衣服扒拉了一下，便往身上套。

奥斯维德见他起床气下去一些，也不再顶着狗脸卖蠢了，当即变回人的模样。

殿厅里面太闹，他们也懒得去跟一帮醉鬼抢东西吃，于是两人洗漱了一番便去了平时奥斯维德自己用餐的地方。

厨房按照皇帝的吩咐准备了一桌吃的，一一送了过来。

凯文长腿交叠，十指松松地交握着搁在桌上，目光从一桌的食物餐盘上一一扫过去。这位大爷浏览了一下概况，终于停下了懒散的小动作，伸手动了起来。

他食指一动，把乳粥推到了奥斯维德面前："太干，送你。"

接着是耳菜浓汤："我不吃草，你爱吃你吃。"

还有薄荷青口："腥。"

他零零散散把不爱吃的都推到了皇帝面前，然后又挑了一堆自己想吃的过来，比以前更不客气了。

奥斯维德一看他挑的东西就皱了眉："刚睁眼又饿得厉害，更需要热一下胃，否则直接吃这些东西有你受的。"

凯文挑起一块干煎鳎目鱼，"呵呵"笑了一声，没接话。

皇帝咳了一声，端起酒杯道："薄荷青口腥，鳎目鱼就不腥了？"

凯文慢条斯理地咬了一口："我乐意。"

他说完，长臂一伸，把奥斯维德刚端起来的酒杯截了过来，喝了一口金色的蜜酒。温热的开胃酒一蒸，整个人都舒坦了不少。他分三口喝完了那小半杯酒，把空杯子塞回奥斯维德手里，一挑眉毛："禁酒期还没过就想偷喝？"

奥斯维德："……"

不过刚起早的小青年脾气总是非常好的，觉得自己简直能容忍这混账东西的一切毛病。于是皇帝一声不吭地把空杯子放到了一边，继续默默解决着被凯文嫌弃的那些食物。

他吃了两枚青口，就发现凯文再度越界，从他面前的盘子里叉起了一块甜果汁黑血肠。

皇帝奇怪道："你上回不是说你不吃黑血肠吗？"

凯文更奇怪地看他："我上回不吃就代表这回也不吃？"

奥斯维德："……"

好了，他算是看出来了，他这是请了个祖宗回来，真祖宗。

奥斯维德转了转手中的银叉，没好气地看他挑挑拣拣，忍不住道："像你这样吃饭都不讲理的，放在普通人家里铁定从小被揍到大。"

凯文嗤笑："要被揍也是你那样的，我小时候可没这烦恼，因为我根本不用吃饭。"

"你小时候是什么样的？"奥斯维德其实一直很想知道，得是什么样的坯子才能长成眼前这个混账。

凯文不紧不慢地吃着东西，咽下去后又喝了一口自己的蜜酒，才道："黑头发，两只眼睛一只鼻子。"

奥斯维德："……"你听听，这不是废话是什么？

凯文瞥了他一眼，道："你长什么样我就长什么样，这有什么好问的？我还能多长个头出来？"

奥斯维德其实想问的根本不是凯文小时候长什么样，就凭他现在这模样也能猜出来个大概，反正怎么好看怎么想象就对了。他更想知道的是凯文小时候都经历过什么样的事情，是怎么生活的，是调皮捣蛋让人头疼的，还是乖巧安静十分听话的，有过什么样的朋友，干过什么样的糗事……

他想知道的太多了，凯文漫长的人生里，一切他没有参与时期发生的事情，他都很想知道……

"我小时候是什么样的？"凯文似乎觉得这样一个命题非常有意思，重复了一遍就兀自笑了一声。他略微回忆了片刻，便正了正脸色，一本正经地冲奥斯维德道："我小时候非常无法无天，上天入地没有我不敢干的事情。忒妮斯和斐撒他们比我大很多，我还小的时候，斐撒已经把自己折腾得一副老头样儿了，所以大多

数时候是他们照看我,然而他们看不住。"

这样的开头其实和奥斯维德想象的相差并不多,他觉得凯文这样的人,小时候无法无天简直再正常不过了,所以他一开始听得非常专注。

凯文讲了好几段猫嫌狗不待见的童年趣闻,有些是他自己干的,有些是他伙同其他几个年纪还小的神祇一起干的。在他的描述中,他自己仿佛混世魔王在世,从小就非常嚣张。

但是听着听着,奥斯维德终于琢磨出了一点不对劲。因为就他对凯文的了解,这人描述事情的时候非常怕麻烦,总是能少一句少一句,能两个字讲完决不拖到四个字。尤其是跟他自己相关的事情,更是怎么简洁怎么来,并且很少带评价性和修饰性的词语,三言两语就算完。

这次却讲得分外生动,还会强调一些细节,听起来反倒不像是他的回忆风格了,简直像是……临时编的。

就在奥斯维德生出点疑惑的时候,凯文·法斯宾德阁下那个"四岁时候以一人之力吓死一山谷魔虎"的故事刚好到了尾声:"我一把拉开了那把长弓,三支金羽箭射下去,钉在山谷石林上,那帮魔虎当场就哭了。"

奥斯维德:"……"

他又不是没见过光明神的长弓!那把弓都快有两个四岁孩子高了,就凭那么短的胳膊能拉得开弦还射出三支金羽箭?蒙傻子呢!

凯文·法斯宾德指挥官阁下又开始满嘴跑火车地胡说八道了!

事实上,光明神殿下小时候的生活远没有他自己描述的这么丰富多彩,既没有上天入地,也不是混世魔王。他小时候非常安静,很少开口说话,忒妮斯或是斐撒问他什么,他都只是睁着乌溜溜的眼睛安静地想一会儿,点点头或者摇摇头。不熟悉的几位老神祇逗他,他也只是好奇地看他们一会儿,而后便绕到忒妮斯的身后站着。

这或许给了忒妮斯他们一种错觉,觉得他是在害羞或者怕生,但实际上并不是。

11

他常说奥斯维德浑身挂着胆天不怕地不怕,其实他自己也不差。象征着希望和勇气的光明神怎么可能怕生呢,他从睁眼有记忆起,就不知道"怕"这个字怎么写。只是他小时候兼具的战神神格还没能跟主神格很好地融合起来,总是不受控制地横冲直撞,以至于血性和戾气总会在不经意间倏然冒个头。

这种在战场上必不可缺的元素在那样温和的世界里可并不是什么好东西,小时候的凯文朦朦胧胧能意识到这一点,于是他大多数时候都在跟这种天性较着劲,他发现自己特别亢奋或者特别恼怒的时候,这种感觉便格外容易冒出来,于是很多时候他都在有意识地克制着自己的情绪。

久而久之,情绪起伏之于他,就越来越少了。

很少有人会把"淡漠"这种字眼跟一个丁点儿大的孩子联系在一起,更何况这孩子长了一张容易迷惑人的乖巧脸,瘦瘦小小的,怎么看怎么"腼腆",显得更软一些。

然而事实上,凯文小时候除了长得软一点,其他哪里都不软,不仅硬邦邦的,还冷。只不过他用一张安静的皮把这些全都裹了起来。

忒妮斯后来常常感叹,说小时候那么腼腆害羞的一个小不点,怎么长着长着就突然变得那么找打。凯文每次听了也都是随口一笑,然后继续找打。

事实上他根本不是突然转变,只是随着年龄增长,经历的事情越来越多,代表着希望勇气的那一面和冷硬血性的那一面已经完全融合起来了,这一冷一热都成了他性格的一部分。

他始终不觉得小时候经历的那段神格冲突是什么值得品咂的艰难过往,只是一段有些特别的经历而已。事实上大部分人都会有这样的一个时期,在这个时期里,日子会过得不那么痛快,不那么顺遂,需要克制诸多情绪,压抑诸多欲望,会开始思考一些从未思考过的事情……

这几乎是一条必经之路,只是早走晚走的区别而已。

凯文有时冷不丁回想起来,想到那时候个子还没长弓高的自己一本正经地坐在鹦鹉瀑布边的岩石上,捉着一只幼年魔虎面无表情地薅毛,表面安安静静,内心里翻江倒海都快搅翻天了,就觉得挺傻的,也挺有意思的。

不过这有意思也仅限于自己想想,说出来其实不过是一些非常无趣的片段,还不足以作为日常逗乐的饭后谈资。

但是……

当旁边有个人高马大的货用一种大狗似的目光追着你不放,大有一种要把你头盖骨敲开挖出回忆来细看的架势时,基本上是个人都架不住。

凯文被皇帝用目光骚扰得烦不胜烦,最后终于兵败,用一句话概括大意的方式简单讲了一点。最后自己还忍不住嘲讽了一句:"枉我生平头一回给人讲故事,听客还不领情,非得听这些更无趣的,你是不是傻?"

奥斯维德听到了自己想听的,便不再计较,挑着眉听他骂,毫不在意地喝着乳粥。

这是他头一回从凯文的嘴里听到他说起自己小时候的事情,也不知是惦记得太深还是什么,日有所思夜有所梦,他这天晚上梦见了凯文三言两语说的那个情景。

他梦见自己站在一片郁郁葱葱的山林尽头,洁净的清泉从更高处的山头流淌

过来，而后从他脚边倏地倒挂下去。他听到猛然清晰的水流声，才发现他再往前一步就是悬崖瀑布。

"你挡到光了。"一个小孩子的声音冷不丁从他身后传来，语调平平的没什么起伏，听起来本该是有些冷冷的，但是因为音质太过软糯，没什么气势。

他心下一跳，转过头去。

就看到一个小不点正坐在水流边的一块大岩石上，头发黑得像墨一样，眼睛像秋天里蒙了一层晨露的乌果，又大又清亮，皮肤却格外白，看起来干净、温顺又安静。

那小不点站起来都没有他的腿高，坐在那里就显得更小了，垂在岩石边的腿晃荡着，显得有些百无聊赖。

他手里还捉着一只猫崽子似的动物，龇着比猫尖利多了的牙，眯着眼躺在他膝盖上，一副任其薅毛的模样。细细长长的尾巴垂在小不点的膝盖上，打了个软软的卷。

奥斯维德盯着那小不点的脸看了好一会儿，从还未长开的眉眼间分辨出了凯文的影子。

"你挡到光了。"小不点看着他，也不皱眉，只是固执地重复了一遍，显然希望这位人高马大的家伙自觉一点，让开位置。

梦里的奥斯维德被缩小版的凯文戳到了"萌点"，点头说着好的时候，忍不住笑了一声，伸手捏了一下那小不点的脸。

一直软软糯糯的小不点脸上终于有了点表情，他瞥了眼从他脸上拿开的爪子，皱了皱鼻子，露出了一丝不太情愿的模样，然后又低了头不知道在想些什么。

从奥斯维德的角度，只能看到他头顶的发旋。

片刻之后，这小不点也不知想到了什么，他突然抬头瞄了奥斯维德一眼，歪了歪脑袋道："你能转一下身吗？"

这种软乎乎的嗓音没几个大人能招架得住，于是奥斯维德抱着一种陪小孩子胡闹的心态，挑了挑眉，顺从地转了半圈，变成了背对他的姿势。

结果下一秒，他感觉自己膝弯后面被人踹了一脚。

从山上奔腾而下的溪流冲劲不小，在奥斯维德踉跄的时候当了回帮凶。就听哗啦几声水花四溅的声音响起，可怜的皇帝陛下还没来得及反应过来，就从悬崖上顺着瀑布掉了下去。

奥斯维德："……"这混账东西在梦里都不消停！

三军合会是每年金叶节之后金狮国的一件大事，通俗点儿来说就是"三天三夜都浪完了，大家也该收拾收拾振一振士气重新严肃起来了"。

每年这个时候，是皇城圣安蒂斯最铁血豪迈的时候，乌金铁骑、赤铁军、青铜军三大军团骑着高头大马鸳，拎着长弓冷剑，从乌金悬宫城墙之下浩浩荡荡铺展开来，气势恢宏。

和往年不同的是，这次的军团里还收编了北翡翠国以及众多城邦原本的军士，显得更加浩荡无边。巨兽人族因为之前的往来关系，跟金狮国一改前数百年的对峙，大有睦邻友好的势头。这次更是派了一支猛禽军过来助阵，带队的是老熟人了——巨鹰丹、趴在他背上的肖，还有渐渐有了点战士之姿的小狮子班。

就连跟大陆井水不犯河水，远居海岛的灵族也因为之前的事情，跟大陆尤其是金狮国有了破冰的意思。身体恢复后的大长老亲自带了一百名大巫渡海而来。

总而言之，这一年的三军合会，大概是近千年来最为盛大的一次。

无数圣安蒂斯以及别处涌来的民众都见证了这个让人热血沸腾的场面，他们围绕在军阵外、挤在二楼的商铺阳台上，或是踮着脚勾着脖子站在街头巷尾，脸上无一不露出既好奇又兴奋的神色。

整个三军合会进行得无比顺利，气氛也分外和谐……除了最后。

因为在最后，向来沉稳的皇帝玩了一票大的！

合会结束之前，年轻的皇帝陛下在数以万计的人面前承认了自己的混血血统，然后在众目睽睽之下当场变成天狼的模样，洁白的双翅猛地一扇，驮着凯文直接上了天，在长空之中滑翔了一段而后一个转弯，便消失在了悬宫之后。

两个浑蛋倒是潇洒，剩下全城的人蒙在原地，久久没有回神。

跟奥斯维德打了数次交道的巨兽人更是如遭雷击，巨鹰丹感觉自己脑仁都炸了，带着自己背上的两个累赘，直接高空坠了机，轰然砸在军阵当中。

所有人都觉得自己应该还没睡醒，肯定是在梦游！

无数士兵一脸茫然，手里拎着的重盾咣当一下砸了地。他们被声音一惊，这才回过神来匆忙捞起重盾，生怕被军官拎出来训斥，结果目光朝前一偷瞄才发现，军官们的重盾也掉了。

众人："……"

奥斯维德带着凯文直接飞到了大裂谷的另一边，这里的地势甚至比乌金悬宫最高的城墙还要高出一大截。他们脚下是深渊千丈的裂谷，前面是坐落着皇宫和军营的神之路，俯瞰下去是整个皇城圣安蒂斯。如果目力好的话，甚至还能看到更远一些的地方。

凯文用脚尖在地上点了点，道："这里以前有座神殿，是我住的地方。"

他轻描淡写的一句话，让刚变回人形的奥斯维德差点儿脚一滑栽到裂谷下面去。

他又转头朝北面看了一会儿，抬手指了指远处滚滚的层云："那里有座山，以前叫作圣山，上面有一座圣殿，里面有一百二十六根神柱，每根象征着一名神祇。"

奥斯维德顺着他的手指看过去，隐约能看到层云之中冒出来的一点儿雪山尖。

千万年来大陆变化不息，高山变成裂谷，圣山变成冻原，曾经那些神祇留下的痕迹也越来越少，而凯文身为见证了这一切的唯一一个，却是乐见其成的。

他们创造的初衷，是让这片大陆因为人的存在更加美好，也让这些鲜活的人尽情享受这个美好的世界。生有两条腿是为了在行走中见证美好的，而不是用来跪拜⋯⋯

两人站在山巅，朝圣安蒂斯城里看过去，乌泱泱的人海浩荡无边，温柔的阳光给街头巷尾都镀上了一层浅浅的金色，平凡而安逸⋯⋯

精工雕琢的神像依旧矗立在皇城中心广场上，周围挤挤攘攘攒聚着无数来观礼的人，站着，并且笑着。

远处，流云浮动，将曾经的圣山露出来的那点儿山尖也掩在了后面，像是为神的时代拉上了最后一道帷幕⋯⋯

山巅的风扫过站在最高处的两个人，又温柔地扫过乌沉沉的悬宫，吹进了皇城里。三大军团的将士一拽缰绳，万骛齐鸣，黑色的重盾朝地上一磕，连大地都震颤了一下。

灵族大巫低声吟诵的祝福被呜呜的风声送到远处，他们祝福世界美好永恒，祝福善良无畏的人生生不息。

我跪下时是个凡人，站起来时却已不朽。[1]

敬这个世界，敬勇者。

---

[1] 出自扬·马特尔。

图书在版编目（ＣＩＰ）数据

大帝的挑刺日常 / 木苏里著 . — 广州：广东旅游出版社，2024.4（2024.5 重印）
ISBN 978-7-5570-3181-7

Ⅰ . ①大… Ⅱ . ①木… Ⅲ . ①长篇小说—中国—当代 Ⅳ . ① I247.5

中国国家版本馆 CIP 数据核字 (2024) 第 024506 号

大帝的挑刺日常
DADI DE TIAOCI RICHANG

出 版 人：刘志松
责任编辑：何　方　李　丽
责任技编：冼志良
责任校对：李瑞苑

广东旅游出版社出版发行
地　址：广州市荔湾区沙面北街 71 号首、二层
邮编：510130
电话：020-87347732（总编室）　020-87348887（销售热线）
投稿邮箱：2026542779@qq.com
印刷：嘉业印刷（天津）有限公司
（地址：天津市静海经济开发区北区银海道 48 号）
开本：700 毫米 ×980 毫米　1/16
字数：393 千
印张：20.5
版次：2024 年 4 月第 1 版
印次：2024 年 5 月第 3 次印刷
定价：55.00 元

【版权所有 侵权必究】

如发现图书质量问题，可联系调换。质量投诉电话：010-82069336